U0891898

细雪

ささめゆき

〔日〕谷崎润一郎 著
郑民钦 译

南海出版公司

新经典文化股份有限公司
www.readinglife.com
出　品

目录

上卷

一

“小妹，来帮个忙。”

从镜子里看见妙子沿着走廊从自己身后走进来，幸子便将手中正在抹脖颈的化妆刷递给她，也不瞧她一眼，只是像看陌生人一样目不转睛地盯着镜中身穿长衬衫、后领下拉、露出一片后颈的自己那张脸。

“雪子在下面干什么？”幸子问道。

“好像在看着小悦练钢琴吧。”

果然，楼下有弹钢琴练习曲的声音。原来雪子刚才一打扮好就被悦子抓住，让她看自己练琴。悦子这孩子，即使妈妈外出，只要雪子在家，她也就乖乖地待在家里。但是今天妈妈和雪子、妙子三人一起出去，悦子有点不高兴，但雪子对她说，两点开始的音乐会一结束会先走，晚饭前赶回家陪她，悦子这才勉强同意了。

“小妹呐，听说雪子又有一门亲事。”

“是吗……”

妙子用化妆刷在姐姐的后颈与双肩抹上鲜明的白粉。其实幸子并非弓背，只是体态丰盈，肩膀到后背的肌肉饱满，在秋日晴光的辉映下，肌肤鲜润光泽，富有弹性，不像一个三十多岁的女人。

“听说是井谷做的媒……”

“是吗……”

“一个公司职员，说是在MB化学工业公司上班……”

“挣多少钱？”

“月薪一百七八十日元，加上奖金，差不多二百五十日元吧。”

“MB化学工业可是法国的公司啊。”

“是啊……哦，小妹，你知道的可不少。”

“这点事还是知道的。”

对于这类事情，年龄最小的妙子比两个姐姐知道得都多。在这一点上她似乎还有点瞧不起不谙世事的姐姐们，说起话来俨然自己更年长些。

“我没听说过这家公司，说是总公司在巴黎，资本雄厚。”

“日本也有啊，神户的滨海大街不就有他们的大楼嘛。”

“是呀，听说他就在那里上班。”

“他会讲法语吗？”

“嗯。大阪外语学院法语专业毕业，又在巴黎待过一段时间。现在白天在公司上班，晚上还在夜校教法语，一个月有一百日元左右的收入。两项加起来，总共有三百五十日元吧。”

“有财产吗？”

“没什么财产。老母亲在乡下，有一所老房子，还有就是他自己住的六甲那边的房子和土地。不过，六甲的房子是分期付款的西式小型住宅。所以嘛，没什么大不了的财产。”

“不过，这样子房租倒是省下来了，一个月可以有四百多日元的生活费。”

“你觉得这门亲事适合雪子吗？也就老母亲一个累赘，不过她住在乡下，不到神户来。那男的四十一岁，说是初婚……”

“怎么四十一岁还没有结婚？”

“说是挑长相，挑肥拣瘦，就拖下来了。”

“哦，不太可信，这要好好查一查。”

“对方倒是很积极呢。”

“雪姐的照片给他了吗？”

幸子上面还有一个亲姐姐叫鹤子，所以妙子从小就叫幸子“二姐”，叫雪子“雪子姐”，但叫快了听起来像是“雪姐”。

“照片以前就给过井谷一张，她自作主张拿给对方看。对方看过以后，好像非常满意。”

“有那个人的照片吗？”

楼下依然传来钢琴的声音，幸子估计雪子不会上楼来，便说道：“你打开右边最上面的那个小抽屉看看，”她拿起口红，像是对着镜中的那张脸接吻似的努起嘴，“有吧？”

“有。给雪姐看了吗？”

“给她看了。”

“她怎么说的？”

“老样子，不表态，就说了一句‘噢，这个人啊’。小妹，你觉得怎么样？”

“要是这个样子，也就是个平庸之辈，不知道有几分好男人样。不过啊，再怎么看，也就是一个公司小职员。”

“本来就是嘛。”

“对雪姐倒是有一个好处，可以让他教法语。”

脸上的妆容大致完成以后，幸子拿过印有“小槌屋绸缎店”店号的厚纸包裹，刚要解开绳子，忽然想起什么似的说道：“啊，对了。我有点‘缺B’，小妹，你下去吩咐一声，让他们把注射器消一下毒。”

脚气是阪神[1]地区的地方病，大概是这个缘故，这家人从主人夫妇到今年刚上小学一年级的悦子，每年的夏秋之际都要犯脚气病，因此注射维生素B成了习惯。最近他们连医生那儿都不去，家里备有强效硫胺素药剂，没什么症状就互相打针。只要身体稍微不舒服，都归咎于缺少维生素B。不知道是谁起的头，大家把这个情况称为“缺B”。

妙子听下面的钢琴声已经停止，便将照片放回到抽屉里，然后走到楼梯口，但没有下楼，只是瞧着楼下，大声喊道：“喂，谁在下面啊？太太要打针，给注射器消一下毒！”

① 大阪和神户地区的简称。（全书注释无特别说明，均为译注。）

二

井谷是神户东方饭店附近一家美容院的女老板，幸子姐妹是那里的老主顾。因为听说这位女老板喜欢做媒，于是幸子很早以前就托她给雪子物色个对象，还给了她一张雪子的照片。前几天幸子去做头发的时候，女老板趁机邀请她："太太，找个时间请您喝茶好吗？"后来抽空请幸子去东方饭店，在前厅把这件事告诉了她。

女老板说："一个半月以前，就给男方看了雪子小姐的照片，事先没有和您商量，实在抱歉，因为担心拖拖拉拉会错失良缘。后来好久没有消息，都快要把这件事忘记了。其实这一段时间，男方好像调查了府上的情况，包括大阪那边的本家、您这边的分家以及小姐本人，还去小姐读书的那个女校找书法、茶道的老师们打听了解，把府上的情况摸了个一清二楚。以前报纸报道失实的那件事，他甚至特地跑去报社调查，弄清了事情的原委。我劝他与雪子小姐见一面，亲眼看看小姐是不是那种人。他谦虚地说，自己与莳冈先生身份悬殊，一个低薪小职员不敢妄想能攀上大家闺秀，要是娶进门来，让她在穷苦家庭里操劳受累，实在于心不忍。但是，万一有缘结为百年之好，却是求之不得，所以请您促成好事。据我所知，对方到祖父那辈之前，都是北陆一个小藩的家老[1]，如今乡下还有一部分住宅，所以从门第上说，两家也算是门当户对吧。您府上当然是名门世家，过去在大阪只要一提“莳冈”，肯定无人不晓。可是，我说一句话您别往心里去，也不能总抱着老祖宗昔日的阔气，不然到头来只会耽误小姐的亲事。依我看大体过得去就可以了，您觉得呢？虽说目前月薪不算多，可是人家才四十一岁，不是没有希望涨工资的。再说了，他所在的公司和日本的公司不一样，个人的时间比较充裕，他还说可以增加夜校教课的时间，一个月能轻而易举地拿到四百多日元。所以啊，结了婚，家里头雇个女佣是没有问题的。至于人品嘛，我二弟和他是中学同学，从小就非常了解，弟弟说可以打保票，绝对没问题。话虽这么说，您最好还是亲自调查一下。他至今未婚，完全就是因为想找个漂亮的，挑三拣四，没有别的，这一点应该是千真万确。他去过巴黎，又年过四十，应该不至于没有过女人，但从上次我与他见面的印象来看，感觉像是个一本正经的职员，没有任何不良嗜好。越是这种规矩正统的人，越是挑剔女子的外貌，正因为他在巴黎待过，反而只想挑一个纯日式风情的美人做太太。他说即便这个人穿西服不合身也无所谓，但一定要端庄文雅，温柔贤惠，仪态优美，穿和服得体，相貌自不待言，首先手脚必须白皙细嫩。照这些条件，没有比您家小姐再合适的了。”

井谷一边照顾因中风而长年卧床的丈夫，一边经营一家美容院，还把她的一个弟弟培养成了医学博士，今年春天又把女儿送到目白上学。由此观之，她聪明过人，脑子比一般的女人转得快，精明能干，无论做什么事都能把握要领，但缺少女人味，令人觉得这怎么做生意。她说话直爽，快人快语，不拐弯抹角，心里怎么想就怎么说，但不添油加醋，拨弄是非，必要时实话实说，所以听的人也不反感。幸子起

① 日本江户时代（1603 年－1867 年）在大名家统管藩政的重臣。一藩中设置多名家老，多为世袭。

初听她说起话来风风火火，觉得有点不靠谱，听得多了，发现这个人是个热心肠的女强人，喜好助人为乐，说那些话都是出于一番好意，而且分析问题时思路井然，条理清晰，旁人无从插话，只觉得心悦诚服。她临走时还叮嘱幸子赶紧和大姐商量，说男方的情况她会尽量调查。

年龄紧挨着幸子的妹妹雪子，不知不觉过了最佳婚龄，已经年届三十。虽然有人疑心这里面有什么深藏的隐情，其实并没有特殊的原因。要说最大的原因，就是本家的大姐鹤子、幸子、还有雪子，一直沉迷于父亲晚年那种奢华生活，不肯放下莳冈家昔日名门望族的观念，坚持认为婚姻大事一定要门当户对。起初说媒者络绎不绝，踏破门槛，但她们一个也看不上，一律回绝，招致大家的反感，此后逐渐无人上门提亲，家道也愈加衰落。所以井谷说的“不能总抱着老祖宗昔日的阔气”那句话实际是为她们着想而发自肺腑的忠告。莳冈家族的鼎盛时期只维持到大正[①]末期，如今仅存留在一小部分大阪人的记忆里。其实坦率地说，莳冈家族在大正末期表面上还是兴盛腾达，但由于父亲生活上放纵无度，加上经营无方，开始处处露出破绽。不久父亲去世，于是缩小营业规模，后来把旧幕府时代[②]就在船场开张的历史悠久的老铺转手给了别人。但是，幸子和雪子一直难以忘记父亲在世时的日子，每次经过那座大致还保留着过去模样的灰泥墙店面——如今已改建为高楼时，都忍不住满含眷恋地往昏暗的门帘里瞧上几眼。

父亲只有女儿，没有儿子，晚年退休以后，把家业交给入赘女婿辰雄打理，又给二女儿幸子找了个丈夫，成家后另立门户。三女儿雪子的不幸，一则因为虽然已到谈婚论嫁的年龄，而父亲最终未能给她物得良缘；二则因为她与大姐夫辰雄关系不好。辰雄的父亲是开银行的，他婚前一直在大阪的一家银行工作，婚后虽说继承家业，实际上

---

① 日本大正天皇在位期间使用的年号，时间为 1912 年到 1926 年。

② 这里指德川幕府时代。

大权还是掌握在岳父和掌柜手里。岳父去世以后，他不顾小姨子和亲戚们的反对，独断专行，把或许可以勉强支撑下去的店面出让给原先莳冈家的一个伙计，自己回到银行重操旧业。与岳父喜欢铺张的性格截然不同，辰雄做事稳重谨慎，甚至有点胆小怕事，觉得自己对这一行不熟悉，难以渡过经营难关重振家业，于是选择这种稳妥的方式，本人还认为正是因为重视入赘女婿的责任才采取这种处理方式。但由于雪子过于恋旧，对姐夫的这个做法很不满意，认为亡父一定也和自己一样，在九泉之下责备这个女婿。恰好这个时候——父亲死后不久，姐夫热心地给雪子介绍了一个对象。此人是丰桥市的富家子弟，父亲是当地银行的高管，姐夫供职的银行就是那家银行的出资行，所以姐夫对他的人品以及资产情况都了如指掌。提到丰桥的三枝家族，绝对是名门望族，就目前的莳冈家而言，远比对方逊色，何况男方性情温厚老实。起初事情进展还挺顺利，双方都同意见见面。可是等到雪子见过本人后，说什么也不愿意。究其原因，并不是长相如何不济，而是对方给人一种土绅士的感觉，看上去忠厚老实，可那副土头土脑的样子实在缺少灵气。交谈中，雪子知道他中学毕业时生了一场病，后来就没有继续上学。雪子心想看来此人的头脑并不聪明，而自己从女中到英专毕业，成绩一直名列前茅。他这个样子，恐怕将来没有一处自己能看得上眼。虽说家境富裕，生活上有保障，但在丰桥那样的小城市过日子，想必寂寞不堪。幸子最同情雪子，表示怎么能让雪子受这样的委屈。然而在姐夫看来，这个小姨子也许学习很优秀，但思想保守，甚至过于因循守旧，既然只喜欢日式风情，让她在没什么刺激的乡间小城安稳度日再合适不过了，想必本人也不会有意见。可事情竟然大出意外，姐夫辰雄第一次见识到这个腼腆羞怯、在人前说话都吞吞吐吐的雪子绝不是没有主见的姑娘，实在是人不可貌相。

雪子心里已经决定不同意这门亲事，本应该尽早表态，她的回复却模棱两可，令人捉摸不透，且不是对大姐和大姐夫说，而是单单告诉了幸子。大概是因为在热心的大姐夫面前不便开口吧。这种含糊其词的说话方式也是她的坏习惯。大姐夫误以为她心里已经同意，男方相亲以后也突然积极起来，恳切希望无论如何要玉成这门姻缘。事情逼到无路可退的地步，雪子这才明确表态不愿意。于是，大姐和大姐夫轮番劝说，说得口干舌燥，雪子就是不肯点头。大姐夫本想这门亲事能让九泉之下的岳父高兴，这个结果让他格外失望，更难办的是，他没脸面对男方以及在中间牵线搭桥的上司，急得直冒冷汗。加上说不出让人信服的理由，说人家的样子缺少灵气，完全是鸡蛋里挑骨头，毫无道理，这门打着灯笼都找不到的好亲事就因为她的任性弄得鸡飞蛋打。如果往坏里猜测，甚至不排除她怀有故意刁难大姐夫的坏心眼。

大姐夫在雪子的亲事上吃尽了苦头，从此以后，如果有人给雪子介绍对象，他还是高高兴兴地倾听，但自己不再积极张罗，而且尽量避免率先表态。

三

雪子迟迟未婚的另一个原因，就是井谷所说的“报道失实”一事。

事情发生在五六年前，当时二十岁的妙子和船场的另一户名门，珠宝商奥畑家的儿子谈起了恋爱，两人离家出走。他们认为，妙子要想先于雪子结婚，用寻常的办法恐怕很难，两个年轻人一合计，就想出这个非同寻常的手段。动机似乎很单纯，但两方家庭都绝对不允许这种行为，于是立马找到他们，各自带了回去。

事情到此看似顺利解决了，可偏偏倒霉的是，大阪的一家小报把这件事刊登了出来，而且把妙子错写为雪子，年龄也写成了雪子的。当时辰雄是一家之主，这件事让他感到十分棘手，如果为了雪子要求报社撤销那篇报道，无异于坐实这件事是妙子所为，是无谋之举。既然如此，不如索性置之不理呢？辰雄费尽脑汁，心想不管犯错的人会有什么样的结果，总不能连累一个无辜的人受此冤枉，所以向报社提出撤销报道的要求。然而，刊登出来的不是撤销而是更正启事，果然不出所料，妙子的名字也上了报纸。辰雄事前本想征求一下雪子的意见，但想到雪子平时对自己沉默寡言，即使问她，也不会有明确的答复，而且如果事先和小姨子们商量，可能会引起有着利害关系的雪子与妙子之间的纠纷，于是他只对妻子鹤子谈了此事的处理方法，说一切由自己负责。不过老实说，也许他心底多少存着一种念头：即使牺牲妙子，也要为雪子伸冤，以此来换取她对自己的好感。因为对辰雄来说，这个表面温顺老实的小姨子从来都不把心里话告诉自己，完全摸不透脾性，最不好打交道，本想趁此机会讨她欢心，没料到这次又失算了，弄得雪子和妙子都对他心怀不满。就雪子而言，“报道失实”一事，只能自认倒霉，所谓撤销，不过就是在不起眼的犄角旮旯登一行小字，毫无用处。撤销也好，或是别的什么也好，她们最讨厌的就是报纸上再次出现自己的名字，置之不理才为上策。

大姐夫为我恢复名誉，我虽然心怀感激，但如此一来，又置小妹于何地？小妹的所作所为固然不对，但两个人毕竟年龄还小，一时冲动，鲁莽行事。要说追究责任，首先是双方家庭管教不严。至少就小妹而言，身为一家之主的大姐夫自然难逃干系，就连我自己也不能说没有半点责任。何况清者自清，那么个豆腐块大小的报道，对我并没有多大损害。倒是小妹，万一她因为这件事自暴自弃，堕落下去，该怎么办？大姐夫做什么事都中规中矩，但就是缺少人情味，这么大的事情也不和最有利害关系的我商量一下就自作主张，实在过于专横跋扈。

对于此事妙子也有自己的看法。大姐夫为姐姐正名无可非议，但难道就没有不让我的名字上报的其他办法吗？区区一张小报，完全可以用点手段搞定，只是大姐夫在这种关键时刻不该舍不得花钱。对于当时那个年龄的妙子来说，这个想法显得有点早熟。

这起小报事件发生的时候，辰雄觉得没脸见人，甚至提出辞职，上司劝阻说“事不至此”，总算平息了风波。但雪子所受的伤害似乎怎样都无法弥补，即便偶尔有几个人注意到小报的更正启事，他们能了解她所蒙受的冤屈吗？即便她是清白的，可大家都知道她有那么个妹妹。不管这个做姐姐的如何自信，这件事还是成了她与婚事渐行渐远的原因。雪子内心怎么想另当别论，她表面上给人感觉“这么点事伤不了我”，非但没有因为这件事与妙子感情不和，反而一直在大姐夫面前袒护妙子。过去姐妹俩总是轮流住在上本町九丁目的本家和阪急芦屋川的幸子家，自从这件事发生以后，两人逐渐频繁地一起到幸子家居住半个月。

幸子的丈夫贞之助是会计师，每天去大阪的事务所上班，还能从岳父那儿分到部分遗产来贴补家用。这个贞之助与严肃有余的辰雄不同，毕业于商科却喜好文学，还会写写和歌什么的。他不像本家大姐夫那样手握家长监督权，两个小姨子都不怕他。只是雪子和妙子住的时间长了，他会顾及本家的想法，提醒幸子说“让她们回那边住一段时间吧”。每当这时，幸子总是说：“姐姐会理解，用不着你操心，如今本家孩子多了，房子拥挤，所以妹妹们偶尔不在那边住，倒能让大姐歇口气，随她们好了，又不碍事。”于是久而久之，姐妹俩住在幸子家也就成了常态。

这样过了几年，雪子的情况基本一成不变，倒是妙子的境遇有了意外的发展，到头来对雪子的命运或多或少有些影响。妙子在女中上学时就擅长制作人偶，一有时间就把小布块剪碎，随手拼接，手艺日渐精进，制作的人偶也能够摆到百货店的陈列架了。她的作品花样繁多，有具有法国风情的洋娃娃，有纯日式情趣的歌舞伎，不论哪种形式都展现出她独创性的精妙才华，同时显示出她在电影、戏剧、美术、文学等方面的日常爱好和造诣。总之，她精心制作的这些可爱的手工艺品逐渐受到人们的喜爱和欣赏，去年在幸子的张罗下，还在心斋桥的一家画廊举办了个展。起初她嫌本家孩子多过于吵闹才到幸子家里创作，如今却想要一间自己的工作室，于是在夙川的松涛公寓租了一间房，离幸子家不过三十分钟的距离，还在同一条电车沿线上。本家的大姐夫不希望妙子成为职业女性，尤其不赞成她在外面租房独居。不过，幸子说服了他——因为妙子过去有一个污点，她的婚事比雪子更难解决，有这样一份合乎心意的工作也许对她有好处，外面租的房子完全只用于工作，晚上还是回家住。碰巧这座公寓是一个朋友的遗孀经营的，一再请求才租到手，而且离家近，可以经常去看看。幸子这一通话，也算是事后得到了他的认可。

妙子的性格和雪子截然相反，原本十分开朗，说话时会突然冒出名言警句，还喜欢开玩笑，可是发生那起事件以后就变得忧郁沉闷、爱钻牛角尖，现在她自己开辟的这个新天地把她从低迷中拯救出来，逐渐恢复了以前的开朗。幸子在这一点上的预见还是准确的。妙子每个月从本家那边拿零花钱，人偶的售价也相当高，手头自然宽裕起来，时常提着一个令人咋舌的高档手提包，或者穿着看似进口货的高级皮鞋。大姐和二姐担心她，劝她把钱存起来。其实用不着姐姐们嘱咐，妙子早就把钱存在邮政储蓄里，但是她只给幸子一个人看过存折，还要求对大姐保密，说“二姐要是没有零花钱，我借给你”。幸子听完，惊讶得目瞪口呆。

有一次，有人提醒幸子“看见你家小妹和奥畑家的阿启在夙川的堤坝上散步”，这让幸子大吃一惊。其实，前些日子幸子看见从妙子的衣服口袋里掉出来的除了手绢还有打火机，就疑心妙子在偷偷吸烟。当时她心想二十五六岁的姑娘吸烟也很正常，可以理解，但当听到别人告诉她这个消息时，她立即把妙子叫来询问。妙子回答说是有这回事。幸子追问下去，妙子说从那以后和阿启再也没有过联系，前几天她举办个人作品展，阿启来参观，买了她精心制作的得意之作，此后又开始了来往。她说他们的交往是清白的，而且只是偶尔见面，自己不再是过去的自己了，已经是大人了，这一点请相信她。

妙子如此解释，幸子反而对妙子在外面租房感到不安，认为要对本家负责。妙子的这份工作完全是兴致使然，感觉自己也算个艺术家，并不是每天规律地进行创作，有时连着几天休息，什么也不干，一旦兴致上来便彻夜不眠地干活，第二天早晨顶着一张浮肿的脸回家。本来不允许她住在外面，后来渐渐放松了，上本町的本家、芦屋的分家、夙川的公寓这几个去处，什么时候从哪里出发，什么时候应该到达哪里，也不再事先联系。幸子想到这些，觉得自己有点糊涂。有一天，幸子趁妙子不在公寓，不动声色地去找出租公寓的房东朋友打听妙子的情况。

据女房东说，小妹近来可了不得，都收徒弟了，有两三个学徒跟着她学习制作工艺，看上去似乎是太太或者小姐。至于男访客，要么是前来取货的盒子工匠，要么是来送原材料的。小妹工作起来真是聚精会神，经常干到凌晨三四点。因为没有被褥，她只好吸烟撑到天亮，然后坐头班车回芦屋。听了这番话，幸子心想时间上确实相符。房东还说妙子原先住的是六叠[①]的日式房间，最近换去了大房间。于是幸子到她的屋子看了看。那是一间西式房间，还带有四叠半的日式小房间。屋里放着各种参考书、杂志、缝纫机、布料等素材以及尚未完成的作品等，挤得满满当当，墙上用大头针钉着许多照片，像艺术家的工作室般杂乱无章，但还是能令人感觉到这间工作室带着年轻姑娘所特有的鲜艳色彩。屋里打扫得干干净净，收拾得井井有条，烟灰缸里没有一个烟蒂。幸子还看了她的抽屉、信袋等，没有发现任何可疑的东西。

幸子在来之前心里还嘀咕也许会发现妙子干坏事的证据之类的东西，有点惴惴不安，打不起精神，但是来了一看，发现一切正常，便一下子放下心来，反而比以前更加信任妙子了。过了一两个月，这件

① 日本计量房屋面积的单位，1 叠约为 1.62 平方米。

事逐渐被淡忘了。有一天，妙子去了夙川，幸子一个人在家，奥畑突然来访，说“想见太太”。两家住在船场时是近邻，幸子也见过他，所以就让他进来了。奥畑一进门就表示突然拜访，冒昧失礼，但因为有件事而特地前来恳求体谅。他说：“现在回想起来，前些年我们所采取的手段虽然有点偏激，但绝不是出于男女一时乱情的行为。后来我们被迫分开，可是我和小妹（大阪人在家里一般称呼小女儿为‘小妹’。当时奥畑不仅叫妙子为‘小妹’，还把幸子叫作‘姐姐’）已经郑重承诺过我会等着她，一直等到双方家长同意。我的父兄起初误以为小妹品行不端，现在知道她是一个富有艺术才华的正经姑娘，我们之间的恋爱也是认真健康的，所以似乎并不反对我们结婚。但听小妹说，雪子姐姐的婚姻大事还没有着落，等她的婚事一落实，家里大概也会同意我们的。我和小妹商量以后，今天特地上门禀告此事。我们并非着急，会耐心等到适当的时机，只是想让姐姐知道我们两人已经订下终身大事，请您相信我们。另外，我们想请姐姐找个合适的机会给本家的大姐和大姐夫做做工作，让我们能够如愿以偿，那就更加感激不尽。听说姐姐您最善解人意，最疼爱小妹，所以我才斗胆前来恳求。”幸子听过以后，只说“知道了”，并没有表态是否同意，让他回去了。

两人的关系到了这个程度，幸子也不是完全没想过，所以并没有感到多么意外。说实话，既然两人的关系已经上了报纸，最好的出路就是让他们结婚，幸子觉得本家的姐姐、姐夫最后也会有同样的想法，只是顾虑到这件事对雪子的心理影响，想尽量往后推一推。那天送走奥畑以后，幸子无事可做，像往常一样坐到会客室的钢琴前面，随手翻阅乐谱，东弹一点西弹一段，正想着妙子该从夙川回来了，这时只见妙子若无其事地走了进来。

“小妹，奥畑家的阿启刚走不久。”幸子停下来说道。

“是吗？”

“你们的事情，我知道了。现在什么也别说，交给我来办吧。”

“嗯。”

“要是现在提出来，雪子未免太可怜了。”

“嗯。”

“你明白吧？小妹。”

妙子显得有点不好意思，勉强装出面无表情的样子，“嗯嗯”地答应着。

四

幸子起先没有把妙子和奥畑最近来往的情况告诉任何人，包括雪子。一天，妙子和奥畑又出去散步，从夙川去香栌园，中途要穿过阪神国道。恰巧雪子乘坐阪国公交车在这里下车，一下子碰上了。雪子没有告诉别人。过了大半个月，妙子把这件事告诉幸子。幸子觉得再不把两人的事情告诉雪子，恐怕会让她产生误解，于是便将奥畑来访的过程一五一十地告诉了她，说这事不急，等雪子的婚事定下来以后再说，他们俩反正是要结婚的，到时候还要让雪子费心说服本家同意。幸子一边说一边观察雪子的反应，但雪子表现得别无异常，平心静气地听着，最后表示没有必要顾及先后顺序而推迟他们的婚期，让他们先结婚为好，自己不会因为妹妹先结婚而受到打击，也不会因此抛弃希望，反而有一种幸福即将来临的预感——在幸子听来，这些话倒没有讥讽之意或者不服气的感觉。

尽管雪子本人不在意，但姐妹间顺序还是不能颠倒，既然妙子的婚事已经定下，雪子的亲事便更要抓紧了。雪子之所以迟迟未嫁，除了上述理由之外，还有一个原因就是她生于未年。一般来说，关东一带忌讳生于丙午年的女人，但并不嫌恶未年属羊的女人，所以东京人可能觉得奇怪，关西人则认为生于未年的女人命运乖蹇，姻缘浅薄，尤其忌讳嫁给生意人。关西一带甚至还有“未年女子，莫站门前”的谚语。大阪生意人多，自古就有这个风俗，本家的大姐说雪子妹妹姻缘浅薄也许就是这个缘故，一来二去，大姐夫和两个姐姐都渐渐明白不能再提苛刻的条件。起先因为女方是初婚，要求男方也必须是初婚。后来改为男方再婚也可以，但必须没有孩子。再后来改为有孩子也可以，但不能超过两个。至于年龄，即使比二姐夫贞之助大一两岁，只要不显老也可将就，条件一降再降。雪子本人表态说只要姐夫和姐姐意见一致，嫁到哪家都可以，对以上的诸多条件也没有表示反对，只是如果有孩子的话，最好是长相可爱的女孩子，这样自己也会真心疼爱她。如果对方四十多岁，基本上升无望的话，也不指望他日后能增加其他收入，自己当寡妇的可能性又很大，虽不要求他腰缠万贯，但至少要保证自己晚年生活无忧。家里人都觉得雪子的要求合情合理，于是追加了这一条作为择偶条件之一。

正是在这个时候，井谷上门介绍了这门亲事，对方除了财产这一项外，其他条件基本符合这边的要求，而且才四十一岁，比贞之助小一两岁，将来不是没有继续发展的可能。本来都能接受年龄比二姐夫稍大一点的男方，现在比姐夫还年轻，那就更体面了。最令人满意的莫过于对方是初婚。本来对此已经不抱希望，正因如此，这一点才最令人心动，恐怕以后也没有这样的机会了。总之，虽然有不尽人意之处，但初婚这一项就足以弥补所有不足还绰绰有余。另外，幸子心想虽然对方靠工资过日子，但毕竟在法国受过教育，多少懂得一些法国的美术、文学，雪子大概也会满意吧。不了解雪子的人，以为她只是单纯喜欢日本情趣，但这只是从服装、体态和言行举止得出的表面印象，实际并非如此，现在她也在学法语，至于音乐，对西方音乐的理解似乎比对日本音乐还要深入。幸子暗地里托人在 MB 化学工业公司内部调查这个姓濑越的男子的为人，还通过其他途径多方打听，结果没有一个人说他人品不好。幸子觉得这门亲事大有希望，打算找个时间和本家商量。然而一个星期前，井谷突然乘出租车到芦屋来，催问考虑得如何，还带来对方的照片。这个井谷还是老样子，说话跟连珠炮一样。幸子心想要是告诉井谷她打算和本家商量，会显得自己拖拖拉拉，于是回答说自己很满意，现在本家正在调查对方的情况，打算一周之后再回复。井谷说："好事趁早办，如果您这边有意，务请抓紧时间。濑越先生那边每天打电话催问，还托我把他的照片拿给你们看看，顺便了解一下你们的态度。您看，这不我就过来了，一周之后务必给个回信。"不过五分钟的时间，井谷简明扼要地谈完事，坐上在门外等候的出租车回去了。

幸子无论做什么事都是上方[①]作派，不紧不慢，她思忖如果将女人的终生大事这样公式化地去办理，未免有点草率，但耐不住井谷的一再催促，一向行动迟缓的她罕见地在第二天就赶到上本町，把大致情况告诉姐姐，说对方催着回复。姐姐鹤子比幸子性子更慢，说这种事要格外慎重，虽然听起来条件不错，但还是要和丈夫商量一下，如果他没意见，就委托兴信所[②]去调查，然后再派人去对方老家了解一下。幸子一听，这样一来可就费时间了，既然大姐这么说，一周之内肯定不会有结果，至少也得需要一个月，必须设法拖延一段时间。

昨天，即约定期满的最后一天，一辆出租车又停在家门口，幸子心头一惊，果然是井谷走了进来。幸子急急忙忙地解释："昨天又催了本家那边，他们说大体同意，不过还有几处没有调查清楚，请再缓四五天。"井谷不等幸子解释完，便不容分说地打断："要是大体同意，细节等以后再继续慢慢查，双方先见见面怎么样？不必摆出正式相亲

① 指京都、大阪一带。

② 接收委托秘密调查企业或个人情况的民间机构。

那样的架势，就是我请他们两个人吃顿晚饭，本家那边不用出席，你们夫妇陪同就行，对方也这样殷切期待着。”在井谷看来，这对姐妹有点高傲，人家这么热心地为她们奔走，她们却漫不经心，不当回事，也不知究竟打的什么算盘。不就是因为这么拖沓才耽误了雪子的婚期吗？所以必须敲打一下才行，说话口气也变得咄咄逼人。幸子隐约感觉到了她的这种心理，便问什么时候。井谷说：“临时动议，虽然有点仓促，明天是星期天，濑越和我都有时间。”幸子说明晚已经有约在先，井谷紧追不放，说“那就后天吧”。于是只好暂定后天，等明天中午通电话最后确定，这才把井谷送走。而今天正是约定给井谷打电话的日子。

“喂，小妹……”

幸子正在试衣服，不满意刚刚套在长衬衫外面的那件，于是脱下来扔在一边，正要解开另一个包装盒，听见楼下又传来刚才停下的钢琴声，忽然想起什么似的说道：“这事真难办啊。”

“什么事啊？”

“出门之前，必须给井谷房东打个电话。”

“为什么啊？”

“她昨天又来了，说今天就要相亲。”

“她这人总这样啊。”

“她说不是正式相亲，只是一起吃顿饭，不用那么拘束，所以无论如何希望我们同意。我说明天时间不合适，她就说后天怎么样。看来怎么也推不掉。”

“本家那边怎么说？”

“大姐接的电话，说要去的话，你们陪着去就好。他们要是去的话，以后就没有退路。井谷房东也说这样就可以。”

“那雪姐是什么态度？”

“这个嘛，她……”

“她说不愿意去？”

“虽然没这么说，可是她说昨天人刚来，就提议第二天相亲，觉得有点草率。我也这么觉得。可她没明确表态，只说再仔细了解了解。无论我怎么劝说，她也没说去。”

“那你怎么回答井谷房东啊？”

“是啊，怎么说呢？要是没有让人信服的理由，对方肯定会追根问底的。不管这次结果如何，要是惹她生气了，以后就别再想请她帮忙了。我说小妹，要不你去跟雪子说说，不一定非得这两天，四五天内和对方见一面，怎么样？”

“说是可以这样说，可既然雪姐已经表态，恐怕我说也没用。”

“那倒不一定。她只是不满对方的要求过于突然，其实心里未必不愿意。你跟她好好谈一谈，我看她会同意的。”

这时，隔扇开了，雪子从走廊走进来。幸子心想刚才的话可能被她听到了，便不再说话。

五

雪子见妙子正在幸子身后帮她系和服的腰带，便说道："二姐，你系这条去吗？记得上次听钢琴演奏会，系的也是这条吧？"

"嗯，是啊。"

"我当时坐在你旁边，你一吸气，袋带就发出吱吱声。"

"是吗？"

"声音很细微，你一呼吸就会发出，听了真难受。我看系这条腰带去参加音乐会不合适。"

"那系哪条呢？"

幸子又打开衣柜，拿出几个纸包摆在一旁，开始解带子。

妙子从中挑出一条漩涡水纹图案的腰带，说："就这条吧。"

"这条合适吗？"

"这条好，这条好，就它了。"

雪子和妙子都已经穿戴整齐，只剩幸子还没好。妙子像哄小孩子似的，边说边拿着腰带转到姐姐身后，好不容易系好了，幸子又坐回到镜台前面，忽然怪叫起来："……这条也不行。"

"怎么啦？"

“什么怎么啦？仔细听，它也在吱吱叫呢。”

幸子故意加深呼吸，让腹部的腰带发出吱吱声。

“真的哦，是有响声。”

“这样的话，就系那条露珠嫩草图案的吧。”

“不知道怎么样，小妹，你找出来看看。”

三个姐妹中，只有妙子身穿西装。她轻巧地在杂乱的纸包中寻来找去，终于找到那条腰带，又转到二姐身后为她系好。幸子一手按着太鼓结，站着吸了三次气，说道：“这次可以了吧。”然后她把叼在嘴里的绦带从腰带中间穿过去，可是一勒紧，腰带又吱吱地响了起来。

“怎么回事啊？这条也叫唤。”

“真的，呵呵呵……”

幸子腹部的腰带一叫唤，三个人就笑得前仰后合。

雪子说：“呵呵呵，不系袋带又不行，这东西可真烦人！”

“不是袋带的问题，是布料。”

“现在的袋带不都是这种布料吗？都会发出吱吱的响声。”

“知道了。二姐，我知道怎么回事了。”妙子又拿出另一条腰带，“试试这条，应该没有响声。”

“这条不也是袋带吗？”

“你先听我的，系上就知道为什么会发出响声了。”

“都一点多了。不快点走，那边就结束了。像今天这样的音乐会，正式演奏的时间很短。”雪子说。

“雪子，不是你说要换腰带的吗？”

“是我说的啊，既然去听音乐会，耳边尽是吱吱的噪音，多难受啊。”

“啊，真费劲，系了又解，解了又系，折腾得我都出汗了。”

妙子跪在幸子身后，使劲勒紧腰带，说道：“说什么呢！我才受罪呢！”

“是在这儿打针吗？”

这时，阿春端着盘子走进来，盘子里放有消过毒的注射器、硫胺素针剂、酒精瓶、脱脂棉、胶布等。

“雪子，麻烦你给我打下针。”幸子紧接着又对往外走的阿春说道，“你叫车吧！让他十分钟以后到。”

每次都是雪子打针，她熟练地用砂轮在安瓿瓶颈上划痕，然后掰断，将药液吸到针管里，抓着还站在镜子前面将衬垫放进太鼓里的幸子的左臂，把她的袖子挽到肩膀，用蘸着酒精的脱脂棉在手臂上使劲擦几下，利落地把针头插进去。

“哎呀！痛！”

“今天可能会有点痛，没时间了，不能像平时那样慢悠悠地打针。”硫胺素的强烈气味立即弥漫整个房间。雪子在针眼处贴上胶布，又拍又揉。

妙子说：“我这里也好了。”

“这条腰带，配哪种绦带呢？”

“那条就行，你快点，快点……”

“别这么使劲催，越催越乱。”

妙子说：“二姐，这条腰带怎么样？吸口气试试看。”

幸子接连使劲呼吸几次。“嗯，真的，这条不响了。小妹，这是怎么回事？”

“新带子就吱吱响，这条是旧带子，布料变柔软了，所以不响。”

“真的，原来是这么回事。”

“稍微动动脑子就会明白的。”

这时，阿春从走廊跑过来：“太太，有您的电话。井谷女士打来的。”

“哎呀，糟了！忘记给她打电话了。”

“咦，好像车来了。”

“这可怎么办？怎么办？”

幸子急得不停嘟囔，而雪子一副若无其事的样子，仿佛事不关己。

“喂，雪子，怎么答复人家啊？”

“怎么答复都行。”

“可那个人不得到满意的答复不干的。”

“那你就瞧着办吧。”

“这样的话，不管怎么说，明天先不见了。”

“嗯。”

“这样行吧？”

“嗯。”

雪子垂下脑袋坐在那里，站着的幸子怎么也看不到她的表情。

六

“小悦，我出去一下。”雪子临出门时朝西式房间瞧了一眼，只见悦子正和小女佣阿花玩过家家，便说道，“你在家里待着，乖乖的。”

“二姨，我要的东西……”

“知道了。就是上次看见的那个做饭的玩具吧。”

悦子只把本家的大姨叫作“姨妈”，把两个年轻的姨妈叫作“二姨”和“小姨”。

“二姨，傍晚之前回来吧？”

“嗯，一定回来。”

“一定啊！”

“一定。你妈妈和小姨去了神户，你爸爸在那儿等着，他们一起吃晚饭。二姨回来和小悦一起在家里吃。学校有作业吗？”

“要写作文。”

“那你玩一会儿就去写作文吧，我回来看。”

“二姨、小姨，再见。”

悦子送她们到玄关，穿着拖鞋直接下到土间，在铺路石上蹦蹦跳跳地一直追着两个姨妈到门口。

“二姨，一定要回来啊。可不许撒谎。”

“知道啦！同样的话说好几遍。”

“二姨，你要是不回来，小悦会不高兴的。”

“真啰唆！知道了，知道了。”

不过，雪子其实很喜欢悦子这样缠着自己。不知道怎么回事，即便幸子出门的时候，这孩子也没有这么追着妈妈不放，而雪子一出门，悦子总是没完没了地纠缠着，提出各种各样的条件。雪子不喜欢住在上本町的大姐那里，一直住在芦屋，主要是因为与大姐夫合不来，与二姐意气相投，周围的人自不待言，连她本人也坚信这一点。然而，最近她逐渐意识到对悦子的疼爱超过了上述两个原因。当她意识到这一点以后，对悦子的爱变得更深厚细腻了。说起来，本家的大姐还曾抱怨过：雪子妹妹只疼幸子的孩子，一点也不疼我家的孩子。雪子无言以对，坦率地说，她的确喜欢悦子这个年龄、这种类型的女孩。大姐家孩子虽然不少，但只有一个女孩，今年才两岁，其他都是男孩，所以不会像对悦子那样关怀他们。雪子早年丧母，十年前又失去父亲，在本家与分家之间来回寓居，没有自己固定的家。所以即使明天就嫁出去，也没有什么可留恋的，只是一旦结婚，就见不到最亲近、最值得依赖的幸子了。不，幸子兴许还能见着，只是见不到悦子了。即使能见到，也已经不再是过去的悦子了——她大概会逐渐忘记自己对她的影响和疼爱，变成另一个悦子吧。想到这些，雪子就羡慕起幸子作为母亲可以永远独享这个少女所给予的爱来，为自己感到遗憾。正因为如此，她的婚姻条件之一便是如果对方是再婚，希望对方有一个可爱的女儿。然而，她觉得即使对方符合这个条件，自己能拥有一个比悦子更可爱的女儿，也不会像疼爱悦子那样疼爱那个女孩。因此，尽管婚事久悬不决，她并没有别人所想的那么寂寞。她甚至认为，如果能留在这个家，代替幸子对悦子尽母亲的职责，要比勉强自己嫁给一个不满意的男人强得多，也能够慰藉孤独之心。

说实话，让雪子与悦子如此亲密相处，也许多少还是幸子的有意安排。例如幸子原先安排雪子和妙子同住一屋，因为妙子总在屋里干活，幸子就趁机让雪子搬到悦子的房间里住。悦子住在二楼六叠的日式房间，榻榻米上放着一张低矮的木制儿童床，一个女佣在木床下面铺被褥陪悦子睡觉，雪子搬进去以后，女佣搬走，雪子在木床旁边铺了一个折叠式的稻草床垫，又在上面放两床木棉褥子，这样高度就和悦子的床铺大致一样了。此后，悦子生病时候的照顾、复习功课、练钢琴、上学带的盒饭以及下午的点心等，逐渐从幸子手中移交给雪子。这也因为雪子比幸子更能胜任这些事情。

悦子气色红润，肌肉丰腴，看上去身体健康，但其实体质像母亲，抵抗力弱，三天两头不是淋巴腺肿大，就是扁桃腺发炎，还经常发高烧。这种时候往往需要通宵护理两三天，换冰袋，换湿敷毛巾，除了雪子，谁也受不了这份辛苦。三姐妹中，雪子的身子最单薄，手臂和悦子差不多粗细，像患了肺病似的，一副病快快的样子，这也算是她至今未嫁的原因之一。可是，别看她这样，她的免疫力是最强的，全家人轮流染上感冒时,就她安然无恙,至今没得过大病。就这一点而言，看似身体最结实的幸子实则和悦子一样，都是徒有其表，护理病人稍微劳累一点就跟着病倒，反而给别人增添麻烦。幸子成长于莳冈家族的鼎盛时期，很受父亲的疼爱。如今虽然是七岁女儿的母亲，但身上依然保留着任性执拗的性格，身心都缺少耐力，动不动就被两个妹妹你一言我一语地数落一通。幸子的这种状态，不要说照顾生病的孩子，所有管教孩子的事她都很不合适，甚至经常和悦子一本正经地吵架。

于是，有人议论说幸子把雪子当作悦子的家庭教师，不放她走，这样一来雪子的婚事更是难上加难，即使有中意的对象，幸子也会从中作梗，故意拆散。这些话不胫而走，传到大姐的耳朵里。大姐虽然相信幸子不至于这样，但背地里的确埋怨过幸子，说雪子在她家里都被当作宝贝了，所以不放雪子回这边来。贞之助对此也有顾虑，曾对幸子说：“雪子住在这里倒没关系，但要是插手干预我们一家三口的关系，那就不好，所以最好让她和悦子疏远一点，如果悦子与她亲近而疏远你，那就麻烦了。”幸子认为贞之助多虑了，回答说：“你别看悦子小，其实这孩子机灵得很，虽然表面上粘着雪子，心里还是最喜欢我，有什么事总是拽着我不放，知道没有我不行，而且她也知道雪子二姨终归要出嫁的。雪子照顾悦子，的确让我很省心，帮了我很大的忙。但这只是她出嫁之前的这段时间，是暂时的。她既然这么喜欢小孩，我把悦子交给她，也是为了让她忘掉婚期延误的不幸。小妹有工作，会做人偶，也有相应的收入（似乎还有一个私定终身的男人），而雪子什么都没有。说得极端一点，她似乎无处安身，我觉得她实在可怜，不妨就让悦子起到玩具的作用，慰藉雪子的孤独。”

雪子是否知道幸子的这番良苦用心，这一点不得而知，但每当悦子生病，她看护时所表现的献身精神，绝不是母亲和专业护士所能相比的。而悦子一个人留在家里需要有人陪同的时候，雪子尽量自己留下来，让幸子夫妇和妙子出去。今天是星期天，本来雪子要留在家里陪悦子，但因为是雷奥·希洛塔在阪急御影的桑山住宅举行的小型钢琴演奏会，邀请她们姐妹三人参加。别的聚会，雪子都可以心甘情愿地不去，唯独钢琴演奏会不能不去。演奏会结束后，幸子和妙子要去有马，和在那里郊游的贞之助会合，然后一起去神户吃饭，而雪子决定自己先行回家。

七

“咦，二姐怎么还不出来？”

姐妹二人在门外等了好长时间，幸子却迟迟不出来。

“都快两点了。”妙子向出租车走去。司机开着车门站在一旁等候。

“这电话真够久的。”

“怎么还不打电话啊？”

“想挂也挂不了哦，真急死人。”雪子事不关己似的取笑，对悦子说道，“小悦，你去和你妈妈说差不多就行了，赶快出来吧。”

妙子手扶车门，说道：“雪姐，我们先坐上去吧。”

雪子一向恪守长幼顺序，说道：“再等等吧。”

雪子没有上车，妙子也只好站在车前。她看着悦子往屋里跑去，为了防止司机听见，压低声音对雪子说道：“井谷房东说亲的事，我听说了。”

“是吗？”

“还给我看照片了。”

“是吗？”

“雪姐，你有什么想法？”

“光看照片能知道什么啊。”

“所以嘛，两人见见面。”

“……”

“对方一番好意来说亲，你要是见都不见，二姐会为难的。”

“是嘛，可为什么这么急呢？”

“早就知道你这么推三阻四的，可还是……”

这时，一阵吧嗒吧嗒的脚步声传了过来，紧接着又传来一句“哎哟，手绢忘了，谁给我拿来，手绢、手绢”。只见幸子一边整理露出的长衬衫袖子，一边匆匆走到门口。“让你们久等啦。”

“可不是嘛。”

“还说呢，我总得找个理由吧……好不容易才撂下电话。”

“好吧，算了，这事以后再说。”

妙子紧跟着雪子的话催促道：“快上车吧。”

从幸子家到芦屋川车站约有七八丁[①]，像今天这样赶时间，就得坐车，平时一般是悠闲地散步走过去。遇到晴天，三姐妹盛装华美，精心打扮，一起走在当地人称为水道路、与阪急线路并行的山边道路上，姿态优雅，惹人注目。那一带人家都见过这三人的模样，街谈巷议，可很少有人知道她们的真实年龄。幸子身边有一个悦子，年龄应该隐瞒不住，但看上去最多不过二十七八，更何况尚未出嫁的雪子怎么看也就二十三四，至于妙子，往往被误认为十七八岁的少女。雪子这样的年龄称为“小姐”“姑娘”，确实有点可笑，但大家都这么叫，没人觉得奇怪，而且花色鲜艳、图案新颖的漂亮衣裳穿在她们身上，显得分外得体。并非她们身穿华服而显得年轻，而是姐妹几人都貌美如花、体态优雅，只有锦衣丽服才配得上她们。去年，贞之助带她们三姐妹

---

① 日本距离单位，1 丁约为 109 米。

和悦子去锦带桥赏花时，曾拍摄三人并排站在桥上的照片，还当场吟咏一首诗：

丽人并立三姐妹，
锦带桥上我拍照。

并非徒然相似，这三姐妹各具特色、相映交辉，但又具有共同点，令人一眼就能看出这是花容月貌的三姐妹。先看身高，最高的是幸子，其次是雪子、妙子，依次稍矮一点，三人并排而行，就是一道风景。再看服装、饰物、品位，最富日式风情的是雪子，最洋气的是妙子，幸子则介乎二者之间。论相貌，妙子是圆脸庞，眉清目秀，身材丰腴，肌肉饱满。雪子则与她截然相反，脸型稍长，身材苗条，体态婀娜。幸子则取两个妹妹之长集于一身。论服装，妙子大多是西服，雪子总穿和服，幸子则夏天穿西服，其他季节穿和服。说到共同点，幸子和妙子像父亲，给人开朗爽快的印象，唯独雪子与她们不同，看上去一副愁眉苦脸的样子。可奇怪的是，雪子特别适合穿贵族府邸侍女穿的那种友禅绉绸的艳丽服装，东京风情的素雅条纹布衣与她完全不相配。

平时去观赏音乐会，姐妹三人总要盛妆前行，何况今晚是应邀去私人宅邸，自然更要精心打扮。适逢秋高气爽的晴天，三人一同从汽车里出来，踏上阪急电车的站台时，大家都情不自禁地回头凝视她们。因为是星期天下午，开往神户的电车内空空荡荡，没有几个乘客。三姐妹依次坐下时，雪子发现坐在对面的一个中学生害羞地低下脑袋，感觉到自己的脸颊顿时绯红，渐渐地如火烧一样。

八

悦子玩腻了过家家，叫阿花到二楼的房间把作业本拿下来，在西式房间里写作文。

这幢住宅大多是日式房间，西式房间只有餐厅和客厅，两间连在一起。一家人团聚、接待来客都在西式房间里，一天的大部分时间也在这里度过。客厅里摆放着钢琴、收音机、留声机，冬天还用壁炉烧火取暖，天一冷，大家都聚到这间屋子里，这里自然也就成为最热闹的地方。只要客人不多，或是自己生病躺在床上，悦子就一直在楼下的西式房间里，不到夜里极少回二楼自己的房间。她住的虽是日式房间，里面却摆着一套西式家具，本来是卧室兼作学习室，而悦子无论读书还是玩过家家都喜欢待在客厅，学习用具和过家家的玩具扔得满屋都是，凌乱不堪。一旦有客人突然来访，总会让大家手忙脚乱。

傍晚，门铃一响，悦子便扔下手中的铅笔出去迎接。雪子没有失约，手里提着礼物盒走进客厅，悦子跟在她后面，一边飞跑进来一边说“不许看我的作业本”，慌慌张张地把作业本翻过来扣在桌子上，接着说道：“我看看礼物。”她一把将礼物盒拽过去，把里面的玩具摆放在长沙发上。

“谢谢二姨。”

“想要的就是这个吧？”

“嗯，就是这个。谢谢。”

“作文写好了吗？”

“不，不准看！”悦子拿起作业本紧紧抱在怀里，跑到一边，“不让你看是有原因的。”

“什么原因啊？”

“嘻嘻，这个嘛，我写了二姨的事。”

“没关系，给我看看。”

“过一会儿，过一会儿给你看。现在不行。”

悦子说她写的这篇作文题为“兔子的耳朵”，里面写了点二姨的事。现在不好意思给二姨看，等自己睡了以后，二姨再慢慢看，如果有错，希望给改一下。她明天一早就起来，上学之前誊写一遍。

雪子知道幸子他们还要转悠着去看电影什么的，很晚才能回来，所以晚饭后就和悦子一起泡了澡，八点半左右进了卧室。悦子虽是孩子，却并不是躺下去就能睡着，总要兴奋地说上二三十分钟。这是她的习惯，所以哄她睡觉并非易事。雪子经常这样陪她闲聊，聊着聊着自己也睡着了。有时候竟然一觉睡到天亮，有时候睡一会儿醒来，为了不弄醒悦子，悄悄爬起来，在睡衣外面披一件短外褂，下楼和幸子他们一起喝茶聊天。有时候贞之助也参与进来，拿出奶酪和白葡萄酒，陪大家喝一杯。雪子有肩膀酸痛的毛病，今晚感觉痛得厉害，睡不着，心想幸子他们还得过一会儿才能回来，不如趁机看看悦子的作文。她见悦子睡得香甜，便起身拿过放在床头灯旁边的作业本，看了起来。

兔子的耳朵

我养了一只兔子。有个人送来这只兔子，说是“送给你家小姐的”。

我家里还养着狗和猫，于是就把兔子和它们分开，放在玄关旁边。我每天早上上学的时候，都要抱着兔子摸一摸。

上个星期四，我早晨上学的时候，到玄关一看，兔子的耳朵一只竖着，另一只倒在一边。我说：“咦，这是怎么回事啊？把这一只也竖起来。”可是兔子根本不理睬。我又说：“那我帮你扶起来吧。”然后用手把另一只耳朵竖了起来，可是手一放，那只耳朵又倒下去。我便对二姨说：“二姨，你把兔子的耳朵竖起来吧。”二姨就用脚丫夹着兔子的耳朵将它竖了起来。可二姨的脚丫一放开，兔耳朵又倒下去了。二姨说“这耳朵好奇怪”，然后笑了。

雪子慌忙拿起铅笔把“二姨就用脚丫夹着兔子的耳朵……”中的“脚丫”两个字擦掉。悦子的作文在学校里出类拔萃，这篇也写得很出色。雪子借助字典改了几个错别字，别的地方都没有问题，唯有“脚丫”怎么改，费了一番功夫，最后把“二姨就用脚丫”到“倒下去”这一段改为：

二姨也捏着兔子的耳朵将它竖了起来。可二姨一放开，兔耳朵又倒下去了。

原本把“脚丫”改为“手”最简单不过，但自己当时的确用了脚丫，考虑到不能让孩子在作文里撒谎，就改成了这样模棱两可的写法。要是自己没看这篇作文，悦子拿到学校去让老师看到的话……雪子想到这里，不由得吓出冷汗，她不禁觉得好笑，没想到这孩子把这种事也写进作文。

这个“脚丫”的由来是这样的：

大约半年前，芦屋搬来一户邻居，是德国人，名叫舒尔茨。说是邻居，其实后院连在一起，中间只隔着一道网眼粗大的铁丝网。悦子很快就和舒尔茨的孩子们认识了，起初双方就像动物互嗅体味似的隔着铁丝网面对面互相凝视，不久便越过铁丝网一起玩了。舒尔茨的大儿子名叫彼得，下面是长女罗瑟玛丽，最小的是男孩，名叫弗里兹。彼得看上去十岁、十一岁上下。罗瑟玛丽的年龄和悦子差不多，不过西方人个子大，实际年龄好像比悦子小一两岁。悦子和他们，尤其和罗瑟玛丽关系好，每天放学回来就邀他们一起到草坪上玩。罗瑟玛丽起先称悦子为"悦子"，后来大概有人提醒，便改口叫"悦姐"。罗瑟玛丽的父母兄弟都以爱称"露米"称呼她，悦子也随之称为"露米小姐"。

舒尔茨家养着德国短毛猎犬和欧洲血统的通身纯黑的猫，在后院还用木箱养了安哥拉兔子。对悦子来说，自己家里也有狗和猫，并不觉得新鲜，而对兔子很稀奇，经常和罗瑟玛丽一起给兔子喂食，有时还提着兔子耳朵抱起来逗玩。不久，她也想让妈妈养兔子。幸子觉得养小动物倒是可以，只是没养过的动物，万一养死了，心里怪可怜的。光是喂养约翰尼（狗）和铃（猫）就已经相当费事，再来只兔子，只会更麻烦。为了防止兔子被约翰尼或者铃咬死，就得把兔子圈养起来，可家里没有合适的地方。正当幸子犹豫不决的时候，经常来打扫烟囱的清洁工不知从何处拿来一只兔子，说"送给你家小姐"。虽然不是安哥拉兔子，只是普通品种，但浑身雪白，十分漂亮。悦子和母亲等人商量以后，一致认为必须和猫狗隔离开来，养在玄关的土间最安全。悦子说兔子这种动物只会睁着红红的眼睛，跟它说话毫无反应，与猫狗大不一样。大家听后都笑起来，觉得兔子是一种与人没有任何关系、整天战战兢兢的奇怪小动物，对它不可能产生对猫狗那样的感情。

悦子作文里写的正是这只兔子。雪子每天早上叫悦子起床，给她准备早餐，检查书包，送她出门上学之后，自己又钻进被窝睡个回笼觉。

但那天早晨，时值深秋，寒气逼人，雪子便在睡衣外面披了一件纺绸睡袍，脚上穿着短布袜，连袜扣也没扣，送悦子到玄关。悦子正不断地扶着兔子的耳朵竖起来，可就是竖不起来，于是对雪子说："二姨，你来试试。"雪子怕悦子迟到，想尽快帮她把兔子耳朵竖起来，但用手去摸那个软乎乎的耳朵让人恶心，就抬起穿着布袜的脚丫，用脚趾头夹住兔耳尖提了起来。可是一放开，耳朵又倒下来，垂在兔子的脸颊上。

第二天早晨，悦子看到作文修改的地方，问道："二姨，为什么这里不能这么写？"

"哎呀，小悦，还是不要写用脚丫了吧。"

"你本来不就是用脚丫的吗？"

"那是因为用手摸觉得恶心啊。"

"哦。"悦子还是觉得难以理解，"那写上原因不可以吗？"

"那种难看的动作还是不要写了吧。要是被老师看了，还以为二姨没有修养。"

"噢。"悦子还是一脸不明白的样子。

九

“要是明天不方便，十六日是吉日，就定在那天可以吗？”前些天，幸子即将出门时，接到井谷的电话，无奈只好应承下来。但是她花了整整两天时间，费尽口舌才好不容易说服雪子说出“那就去看看吧”这句话，还附加了条件，就是遵照井谷以前的承诺，表面上只是请双方吃顿饭，尽量不要让人有相亲的感觉。时间定在当天下午六点，地点是东方饭店。参加者有主人方的井谷以及井谷的二弟、在大阪铁屋国分商店工作的村上房次郎夫妇。房次郎是濑越的老朋友，这门亲事就是他最先提起的，所以当晚的会面绝对不能少了他。濑越那一方，如果就他一个人去未免冷清，但也没必要特意把亲戚从家乡叫来，幸好濑越有一个同乡长辈五十岚在房次郎工作的国分商店担任常务，是一位中年绅士。于是由房次郎出面请他出席作陪。女方则是贞之助夫妇和雪子三人，主客一共八人。

约会前一天，幸子带雪子去井谷的美容院做头发，自己只是稍微梳整一下发型，便让雪子先做。在她等候的时候，井谷抽空过来了。“嗯，是这样，有件事请您原谅。”她一边说一边弯腰俯身在幸子耳边悄声说道，“其实，我不说您也明白，请您明天无论如何要打扮得朴素一点。”

“噢，这我知道。”

井谷没等她说完便抢着说道：“不是朴素一点，而是尽量朴素。虽然雪子小姐长相标致，可是那张瓜子脸显得忧郁愁苦，与您在一起就得逊色几分。您容光焕发，光彩照人，用不着修饰，本身就引人注目。所以啊，明天请您打扮得老气一点，老上十岁或十五岁的，把雪子小姐衬托得光鲜起来。不然的话，本来是一桩希望成就的姻缘，就因为您的陪伴，说不定又吹了。”

幸子不是第一次听到这样的忠告。她曾陪雪子相过几次亲，经常听人议论说：“那位姐姐倒是开朗时尚，只不过妹妹有点内向忧郁。”“姐姐年轻活跃，光彩照人，相比之下，妹妹就黯然失色了。”甚至还有人给她传话：“去相亲的时候，本家大姐陪着就行，二姐就不要去了。”每当幸子听到这样的话时，总是极力为雪子辩护，说自己的长相豁然阳光，也许可以说比较时尚，但这样的脸蛋现在多得很，一点也不稀罕。“我倒不是故意称赞自己的妹妹，要说过去那种千金小姐，藏于深闺，娇生惯养，具有婀娜柔弱、楚楚可人之美，说的不正是我家雪子妹妹这样的娇容吗？要是不懂欣赏这样的美，不诚恳表示非她不娶，我是不会把妹妹许配给他的。”幸子话虽然这么说，其实内心还是压抑不住优越感。她只是在丈夫贞之助面前带着几分炫耀的语气说：“我要是陪她去啊，又会给她添乱。”贞之助听后说道：“那你别去，我一个人陪她去好了。”有时候贞之助看见幸子装扮过于华丽，便会说：“不行，还得再朴素些，不然你又要抢了妹妹的风头。”于是让她重新化妆。幸子看得出来，丈夫对自己拥有这么一个如花似玉的美貌妻子，心里定是美滋滋的。幸子也曾有过一两次不陪雪子去，但自己代表的是本家大姐，而且雪子总说二姐不陪，自己就不去，大多数情况下还是非去不可。虽然幸子努力把自己打扮得朴素一点，但由于平时的衣服、饰物一向华丽，所以即使尽力装扮朴素，也朴素不到哪儿去，事后依然经常被人说“还是不够朴素”。

“好的，好的，大家都这么说，我知道了。不用您吩咐，我一定素净朴实地过去。”

幸子一个人在休息室里等候，没人听见她们的交谈，但与旁边的房间隔开的布帘被拉到一旁，雪子正在那间屋子里，坐在椅子上，头上罩着烘发机。她的样子映在镜子里，这边的幸子看得清清楚楚。井谷本以为雪子头上罩着烘发机，听不见她和幸子的谈话，但雪子也能清楚地看见这边的动静，虽然不知道两个人在说些什么，但是她翻起眼珠，一动不动地盯着她们。幸子担心雪子会不会从她的嘴唇动作推测出谈话的内容。

约会当天，雪子从三点左右就开始让姐妹俩帮自己打扮，贞之助也提早从事务所回家，挤在化妆室里热心帮忙。他对衣服的款式、花色、搭配以及发型等很感兴趣，喜欢看女人穿衣打扮的样子。还有一点，就是女人们缺少时间观念，几乎每次都弄得手忙脚乱，今天约在下午六点，他要督促她们按时出发，以免误事。

悦子放学回来，把书包往客厅里一扔，就跑上楼，冲进门说道：“今天二姨去见姑爷吗？”

幸子吓了一跳，看见镜子里雪子的脸色顿时变了，但装作若无其事地问道：“你听谁说的？”

“今天早上阿春姐说的。是吧？二姨。”

“没这回事。”幸子说，“今天是井谷老板请我和二姨去东方饭店吃饭。”

“那爸爸也去啊？”

“也请了爸爸。”

“小悦，你到楼下去。”雪子对着镜子说道，“你去让阿春姐上来，小悦就不用上来了。”

平时雪子叫悦子走开，悦子总不听，但今天她察觉到雪子的语气非同寻常，便“嗯”了一声，下楼去了。

不一会儿，阿春战战兢兢地拉开隔扇，双手放在隔扇下面的横木上，说道：“请问有什么吩咐？”阿春大概看出家里人刚才已经问过悦子了，脸色煞白。贞之助和妙子见气氛不对，赶紧溜了出去。

“阿春姐，你为什么把今天的事情告诉小姐？”

幸子记得自己没有把今天的事情告诉女佣们，但是她也有粗心大意之处，没能完全不让她们知道。因此，她觉得自己有责任当着雪子的面狠狠教训阿春一顿。

“阿春姐，你说啊……”

阿春低着脑袋，畏缩地低声说道：“我错了。”

“你什么时候告诉小姐的？”

“今天早晨……”

“你把这事告诉她是什么意思？”

阿春今年才十八岁，十五岁来这里当女佣，如今管理家族内务，大家几乎将她视为家里的一员。其实，并非完全因为这个，只有她特别，一来就当上女佣，称呼上习惯在她的名字后面加一个“姐”（悦子有时叫她“阿春姐”，有时直呼其名“阿春”）。悦子每天上下学，必须横穿交通事故多发的阪神国道，需要有人迎送，这大抵都是阿春的事情。盘问之下，阿春坦白是今天早晨送悦子上学的路上对她说的。阿春平时和蔼可亲，招人喜欢，看她被训得垂头丧气，可怜兮兮，反而令人忍俊不禁。

“噢，前几天我打电话的时候，你们都在场，也是我一时疏忽。不过，既然你们听到了，应该知道今天不是正式见面，只是几个朋友私下的聚会，更不应该往外讲。再说了，不论什么事情，有的该讲，有的不该讲，这件事八字还没有一撇，你就对小孩子说。你来我家里又不是一两天，连这点道理都不懂吗？”

“不光这件事……”雪子插嘴道，“你平时就喜欢嚼舌头，不该你说的总爱多嘴，这可是个坏毛病……”

两个人你一言我一语地数落阿春，也不知道她是否听进去了，见她只是趴在地上，一动不动。“好了，你走吧。”幸子说完这句话，可她还是跟死人一般没有动静。“你走吧！”直到幸子说了两三遍，阿春才用低得几乎听不见的声音道歉后，起身离开。

“这个多嘴多舌的毛病，不知道说了她多少遍……”幸子见雪子还没有消气，边看她的脸色边说，“还是我的疏忽，其实打电话的时候，可以说些她们听不懂的话。我没想到她会告诉小孩子……”

“不只打电话，前些日子谈论相亲的事情，阿春都听得到。我当时就担心来着。”

“有这样的事吗？”

“有好几次呢……正说话的时候，她走进来，虽然大家都闭口不说，但她刚走出去，人还在门外呢，这里又开始大声议论起来。她肯定能听见。”

如此说来，前些日子，好几次都是在夜里十点多，悦子睡觉以后，贞之助、幸子、雪子，有时加上妙子，在客厅里商量相亲的事。阿春时常穿过餐厅把茶水饮料端进来。餐厅与客厅之间只有三扇拉门，拉门之间的门缝有手指头那么粗，在餐厅里能相当清晰地听见客厅里的说话声，何况又是夜深人静之时。按说应该低声细语，但谁也没有在意。也许只有雪子一个人意识到了，但她当时为何不及时提醒大家呢？雪子天生嗓门小，所以没人感觉到她当时是故意压低声音说话。她不说，谁也想不到。幸子心想，像阿春那样唠叨多嘴固然招人厌烦，但雪子这样少言寡语也令人为难。可是，雪子刚才说“大声议论起来”时用的是敬语，如此看来，她的批评似乎是专门针对贞之助的，当时没有明说也是为了顾及贞之助的感受。贞之助说话的确高嗓门，声音洪亮，最容易被人听见。

“雪子既然发现了这个情况，当时提醒我们就好了。”

“我只是希望以后别在她们面前谈论这事。我不是拒绝相亲，只是她们每次都在背后议论这次又吹了，我心里难受。”雪子的声音一下子哽咽起来，幸子从镜子里看到一滴泪珠顺着她的脸颊掉落下来。

“虽然结果是这样，可没有一次是对方不同意的。是嘛，你也知道，见过面以后，都是对方主动追求，反倒是我们不满意才吹的。”

“可是她们不这么认为，这次要是不成功，她们肯定又要说没被对方看上。这完全是无中生有，拨弄是非……所以……”

“好了，好了，不说这事了。都是我们不好，以后就那么办吧。别弄花你脸上的妆。”

幸子想上前给她补妆，又担心招她落泪，便没有过去。

十

等到四点过后，躲到一旁书房里的贞之助看到这些女士们似乎还没有装扮完毕，便开始担心耽误时间。这时，他忽然听见有什么东西啪嗒一声掉在院子八角金盘树丛的枯叶上，便靠在桌子上，伸手拉开眼前的隔扇往外瞧。只见刚才还晴朗的天空下起阵雨来，细微的雨点开始在屋檐上轻快地划出稀疏的线条。

“噢，下雨了！”贞之助向正屋跑去，跑上楼梯时一边叫嚷着一边走进化妆室。

“真的下雨了。”幸子看着窗外，“不过，一定很快就会停的。这不都露出蓝天来了吗？”

说话间，窗外的瓦屋顶已经一片湿漉，传来哗哗的雨声，雨越下越大了。

“要是还没叫车的话，现在赶紧叫。告诉司机五点十五分必须到。要是下雨，我就穿西服去，那件藏青色的可以吧？”

一遇到这样的骤雨，芦屋的出租车就很抢手。在贞之助的提醒下，女佣立即打电话约了车。三姐妹梳妆打扮妥当，可是到了五点二十分，车还不来，雨越下越大。女佣打遍所有出租车预约点的电话，对方回答说“今天是良辰吉日，有几十对结婚，又碰上下雨天，车子都在外面跑，等车一回来马上就过去”。今天打算让车子直接开到神户，只要五点半能出发，六点准到。但过了五点半还不见车子来，贞之助心里着急，想赶在井谷催促之前打个电话说明情况，于是往东方饭店打了电话，知道对方已经到齐了。一直等到五点五十五分，车子终于来了，这时外面却是倾盆大雨，司机打着伞把他们一个个接上车。冷飕飕的雨水打在脖子上，幸子钻进车里以后才松了一口气，同时想起雪子前两次的相亲也是在雨天。

“哎呀，迟到了半个小时！”贞之助在存包处见到出来迎接的井谷，首先表示歉意，“今天是好日子，结婚的人多，又突然下雨，车子迟迟不来，所以迟到了。”

“是啊，我来的时候，路上也看见好几辆坐着新娘子的车。您过来一下……”井谷趁幸子和雪子寄存衣服的时候，向贞之助递了个眼色，把他叫到一边，说道，“一会儿我把各位引见给濑越先生，不过，我想先确认一下，府上的调查已经结束了吗？”

“噢，是这么回事，对濑越先生本人的调查已经结束了，无可挑剔，很优秀，大家都很高兴。只是本家还在调查他老家那边的事，大体也都清楚了，没有问题，现在只差委托某个方面调查的结果报告还没有出来，再等一个星期就可以拿到手。”

“噢，是这样啊……”

“承蒙您辛苦奔走，我们回复有点晚，十分抱歉。本家那些人还是老作风，慢吞吞的……可是，我非常理解您的一片热心，对这桩事非常赞成。如果现在还因循守旧，恐怕婚期越拖越长，所以我觉得只要本人优秀，其他的情况差不多就行了。我对此是积极推进的，就看今天晚上的情况，只要双方没有异议，以后大致就谈得成。”贞之助事先就已经和幸子统一了口径，所以解释得巧妙圆滑，而且后半部分的话也坦露了自己的真实心情。

因为时间已经晚了，在大厅简单做过介绍，然后八个人乘电梯来到二楼的小宴会厅。餐桌两头分别坐着井谷和五十岚，一侧是濑越、房次郎夫妇，另一侧是雪子、幸子、贞之助。昨天在美容院的时候，井谷向幸子建议座位的安排是一侧濑越坐当中，房次郎夫妇分坐两边；另一侧是雪子坐当中，贞之助夫妇分坐两边。幸子则提议改成了现在这样。

“今天我不意有幸前来作陪……”五十岚看准时机，一边用汤勺舀汤，一边说道，“我和濑越君虽是同乡，可是大家一看就知道，我比他大得多，算是老前辈，但并非校友。如果硬要说有什么关系的话，大概就是我们出生时两家人住在同一条街上，离得不远。所以今天得以忝陪末座，不胜荣幸，甚感僭越，诚惶诚恐。其实，硬把我拉来的不是别人，正是村上君。这个村上君啊……他的姐姐井谷女士能说会道，口才胜过男子，而他本人也是口齿伶俐，毫不逊色。他说请您参加今晚如此意义重大的宴会，要是推三阻四的话，那太不像话了，好端端的见面就会大煞风景，还说这种场合需要一位老人，即使顾虑您的秃顶，也不许找借口推脱。就这样被他生拉来了。”

“哈哈哈，可是，常务……”房次郎说道，“虽然您嘴上这么说，实际上在这里心情绝对不差吧。”

“哎呀，宴席上就不要叫‘常务’了，今晚不谈生意，只想好好品尝美味佳肴。”

幸子想起自己还没结婚时，船场的莳冈商店里也有这样一个滑稽的秃头掌柜。如今大商店一般都改为股份公司，过去的“掌柜”摇身变成“常务”，和式围裙换成西服，船场话也变成了标准的东京话，可是他们那种形态气质，与其说是公司高管，其实还和过去商店里的伙计一样，态度谦卑，说话伶俐，讨好老板，善于取悦客人，这样的掌柜、二掌柜，每家商店都有一两个。幸子看出井谷是个有心人，今天晚上把这个人请来，是为了不让宴席冷场。

濑越笑眯眯地看着五十岚和房次郎闲聊，贞之助和幸子觉得这个濑越和照片上差不多，甚至觉得比照片上年轻，看上去也就三十七八岁，五官端正，但缺少魅力，神情朴讷，长相正如妙子所评论的那样“平庸”。的确，从体形、身高、胖瘦、西服样式、领带品味等方方面面来看，都显得平庸俗气，丝毫没有受过巴黎洋气熏陶的样子，不过倒没有叫人生厌，是个老实巴交的小职员。

贞之助对濑越的第一印象基本满意，便问道：“濑越先生在巴黎待了几年？”

“整整两年，不过那是很久以前了。”

“哦，什么时候呢？”

“十五六年前的事，学校刚毕业不久就去了。”

“这么说，学校一毕业就进这家公司工作了。”

“不，不是的。进这家公司是我回国以后的事。去法国只是一时心血来潮。其实呢，当时家父去世，留下一些钱，谈不上什么遗产，其中有一小部分我可以自己支配，于是就出去了。如果非要说有什么目的，就是稀里糊涂地想着出去提高一下法语，再则如果能找到合适的工作，就在那边就业。结果两个目的都没有实现，所以完全就是漫游罢了。”

“濑越君与别人不一样。”房次郎在一旁解释，“一般人去了巴黎就不想回来了，可是濑越君对巴黎感到失望，生了严重的思乡病，这才回国的。”

“噢？这是怎么回事？”

“我也说不清楚，总之，大概是最初抱的希望太大了吧。”

“去了巴黎才知道日本的好，这就回来了。这绝不是一件坏事，所以嘛，濑越君才对纯日式风情的小姐情有独钟。”五十岚边取笑濑越边从餐桌这头敏锐地瞟着刚才含羞低头的雪子的侧脸。

贞之助说道：“要是回国就进了现在这家公司工作，那应该精通法语吧。”

“也没有，虽然是法国的公司，但职员大多是日本人，只有两三个高管是法国人。”

“这么说，没有什么机会讲法语吧？”

“嗯，就是法国轮船公司有船进来的时候，我去接待，才说几句法语。不过，公司平时的商务来往信函一直都是我在写。”

井谷问道：“雪子小姐现在还在学法语吗？”

“嗯……因为姐姐在学，所以我也跟着……”

“老师是谁呢？是日本人还是法国人？”

“法国人……”

没等雪子说完，幸子赶紧补充道：“是一位日本人的太太。”

雪子本来在人前就不善言辞，今天这个场合，还非得使用标准的东京话说敬语，所以更显得笨嘴拙舌，话尾部分自然就含糊不清。可是，虽然幸子对拗口的东京话话尾多少有些含混，但她能够巧妙地掩饰大阪话的语音语调，不论什么内容都能运用自如。

濑越从正面看着雪子的脸，问道：“那位太太会说日语吗？”

“噢，起初不会说，后来逐渐会说一点，现在说得可好了……”

“这对学习反而不好……”幸子又接过话茬，“本来说好上课的时候不说日语，可是行不通，最后还是说了……”

贞之助说：“我在隔壁房间听过你们上课，三个人几乎全都在说日语。”

“哎呀，没那回事。”幸子转向丈夫，不由自主地用大阪话说道，“我们也说法语的，你在隔壁听不见。”

“可能吧。好像偶尔也说几句法语，可声音有气无力，还不好意思开口，隔壁房间自然听不到。这样再怎么学习也提高不了，不过太太、小姐们学外语，在哪儿都这个样吧。”

“嗬，瞧你说的！可我们学的不光是外语啊，老师还教我们烹调啊、做点心啊、织毛线啊，这些都是用日语教给我们的。你前些日子觉得那个墨鱼菜好吃，不是还要我多学几手吗？”

夫妇俩你一言我一语，反而活跃了宴席的气氛，大家都笑了起来。

房次郎夫人饶有兴趣地问道：“您说的墨鱼菜怎么做啊？”

于是，围绕着墨鱼煮西红柿加少许大蒜提味这道法国菜，大家又谈论了一会儿。

十一

幸子早就看出濑越能喝酒，倒多少喝多少，照这个喝法，肯定酒量相当大。房次郎好像滴酒不沾，五十岚也已经红到耳根，每次服务员过来斟酒，他总是摆手说“不用，我够了”。但是濑越和贞之助似乎旗鼓相当，两人都面不改色，一副若无其事的样子。井谷说过，虽然濑越不是每晚都喝，但并不讨厌喝酒，遇到机会，还是相当能喝的。幸子认为这未必不好，自家的姐妹们因为母亲早故，伺候父亲晚年吃饭时都陪着喝酒，于是从本家的大姐开始，大家都能喝上几杯。入赘女婿辰雄和贞之助则是每晚必喝，所以她总觉得滴酒不沾反倒不足，酒后撒疯当然不好，但还是希望自己的丈夫好酒不贪杯。雪子虽然没有提出这个条件，但幸子以己推人，认为雪子也是这么想的。再说像雪子这种性格，什么事都闷在肚子里，忧愁不发散出来，憋在心上，如果不让她时不时地陪着喝两杯，长久以往下去，心情就会越发消沉郁闷。娶这样的女人做妻子，丈夫不喝酒的话，一肚子的愁闷也会无处排遣。反过来想，如果雪子嫁给一个不喝酒的男人，那她一定会非常寂寞可怜。

幸子心想今晚不能让雪子一直这样闷不作声，一边对她悄声说“雪子，你也喝一点”，一边用眼神示意她面前的白葡萄酒杯，自己又抿了一口给她看，接着回头低声吩咐服务员，“给我旁边的这位斟点葡萄酒……”

雪子不动声色地观察濑越的酒量，自己也想开朗一些，于是不时悄然喝上一口。只是被雨水淋湿的布袜还湿漉漉地贴在脚尖上，令人难受，酒劲上头，并没有舒畅的感觉。

一直在旁观察却装作没看见的濑越问道：“雪子小姐喜欢白葡萄酒吗？”

雪子嫣然一笑，低头不语。

“嗯，能喝一两杯……”幸子代替妹妹回答，“濑越先生好像酒量不错，能喝多少呢？”

“噢，真喝的话也许能喝七八合[①]吧。”

五十岚说道：“喝醉了会不会露一手啊。”

“我这个人没什么爱好，最多就是比平时多唠叨几句吧。”

“那莳冈先生家的这位小姐呢？”

“小姐会弹钢琴。”井谷回答道，“莳冈先生家的小姐都喜欢西洋音乐。”

“也不全是……”幸子说道，“小时候学过古琴，最近想复习一下。最小的妹妹开始学习山村舞[②]，所以接触古琴、地呗的机会很多。”

“哦，小妹会舞蹈啊？”

“是啊，别看她追求时尚的样子，其实她正在重拾小时候的爱好。您也知道，我那小妹聪明伶俐，舞跳得那么好，大概就是得益于小时候学过吧。”

“专业知识我不懂，不过山村舞的确很好。不要什么都模仿东京，

① 日本容积单位，1 合约为 0.18 升。

② 由大阪舞蹈演员山村友五郎在天保年间（1818－1843）创立的舞蹈流派。

这样的乡土艺术就应该大力发扬……”

“啊，是这样，是这样。这么说来，我们常务……啊，不，应该叫五十岚先生……”房次郎挠着脑袋说道，“五十岚先生歌泽[①]唱得好，都已经练习好几年了。”

“不过，学习那种谣曲……”贞之助说道，“像五十岚先生这么高的水平另当别论，听说初学者非常想唱给别人听，就跑到茶屋[②]去，是这么回事吗？”

“哦，是的。不适合家庭演唱是日本俗曲的缺点。不过，我是例外，我学习谣曲绝不是想让女性恋慕。在这一点上我循规蹈矩，是个铁石心肠。村上君，是吧？”

“那是。因为我们干的就是钢铁生意啊。”

“哈哈哈！我又想起一件事，这个要向各位女士请教，就是平时携带的粉盒里装的是普通的白粉吗？”

“噢，就是普通的白粉……”井谷说，“怎么啦？”

“是这样，大约一个星期前，我坐阪急电车，旁边是一个盛装打扮的女士，她从手提包里拿出粉盒，像这样用粉扑吧嗒吧嗒地拍打鼻子，我坐在下风的方向，结果接连打了两三个喷嚏，这是怎么回事？”

“哈哈哈，那时候五十岚先生的鼻子刚好不舒服吧？是不是粉盒的缘故，这可不知道。”

“要是就这一次的话，我也觉得是自己的原因，前几天又是同样的遭遇，这都两次了。”

“噢，没错。”幸子说道，“我在电车里打开粉盒，有两三次旁边的人也打喷嚏。据我的经验，越高档的白粉气味越浓厚，越会出现这

① 歌泽小调的略称，江户歌谣的一种。

② 为客人提供饮食、住宿、介绍妓女的地方。

种现象。”

“哈哈，原来真是这样啊。不会这次遇见的女士和上次遇见的那位太太就是您吧？”

“哈哈，说不定还真是我，当时实在太失礼了。”

“这事我是第一次听说。”房次郎夫人说道，“以后我要装上高档的白粉试试看。”

“可别闹着玩，这要是流行起来，真受不了。今后女士们坐电车，只要下风处有人，就希望不要用粉盒。莳冈太太刚才表示歉意，这很好。可上一次那位女士，害得我连打两三个喷嚏，她却装作若无其事，太不像话了。”

“噢，小妹告诉我，有一次她在电车里看见一个男乘客的西服领子上露出马毛，当时真想把它拔下来。”

“哈哈哈！”

“哈哈哈！”

井谷说道：“记得小时候棉袄里的棉花露出来，还想使劲往外拽。”

“人似乎都有一种奇怪的本能，喝醉了就想按别人家的门铃，电车站台上明明贴着‘严禁触摸此铃’，反而想去按一按，所以还是要小心点，控制住自己。”

“哈哈，今晚大家可真是笑语欢声啊。”井谷舒了一口气。

饭后的水果已经端了上来，但大家似乎谈兴犹浓。

“莳冈太太……”井谷特意对幸子说道，“您感觉到没有？最近年轻的太太们……哦，叫她们太太还早了点，下一代的太太吧，就是结婚才两三年的那些年轻太太们，怎么说呢……无论在经济上还是养育孩子方面，脑子都很聪明，我都觉得和她们有代沟了。”

“是这样，您说得太对了。现在女子中学的教育方法和我们那时候真是大不一样，所以看见这些年轻太太，真的感觉时代不同了。”

“我有个侄女，从乡下进城来，在我的监护下上学，后来从神户女中毕业。最近她结婚了，在阪神的香栌园有了自己的新家庭。她的丈夫在大阪的一家公司工作，月薪九十日元，另外还有一些奖金，乡下老家每个月还给他们补贴三十日元的房租，这样加起来，每个月平均的生活费就有一百五六十日元。可我还是对他们每个月的收支有点不放心，就过去看看。每到月底，她丈夫把九十日元的工资拿回家交给我侄女，她就立即分门别类地装进写着煤气费、电费、服装费、零用费等几个信封里，把下个月各项必须的生活开支安排妥当。看上去日子似乎过得十分拮据，可请我吃晚饭，做出来的菜肴却相当精致丰富,大大出乎我的意料。家里的装饰一点也不寒碜,可以说是精心布置。不过，她在金钱上可精明了。前些日子和她一起去大阪时，我把钱包给她,让她买车票。她买的却是回数券[①],多出来的车票就归为己有了。这一点我不得不佩服，自己还这样去当她的监护、为她担心啊，真是不自量力，想起来都觉得羞愧。”

“没错，和年轻人比起来，老一辈花钱倒显得大手大脚。”幸子说道，“我家附近也住着一位年轻太太，有个两岁的女儿。前些日子，因为有事，我到她家门口。她热情地请我进去，于是我进到她的屋子里。她家里也没个女佣，但收拾得井井有条。还有，对了对了，我一直认为这样的太太在家里也一定穿着西服，端坐在椅子上。不知是不是这样？反正那位太太平时总是一身西服。那天屋子里放着婴儿车，孩子坐在里面，被很巧妙地固定着，不会掉出来。我正逗孩子玩的时候，她说一声‘对不起，您给看一下，我去泡茶’，便把孩子交给我，自己起身离开。一会儿，她端着红茶和把面包融化在里面给婴儿喝的稠牛奶出来，说‘谢谢您，请喝茶’，然后坐在椅子上。可刚刚坐下，

---

① 一种打折车票，一般花 10 张票的钱可购买 11 张。

她一看手表，说了一句‘啊，听肖邦的时间到了，太太也一起听吧’，接着便打开收音机，边听音乐边用勺子舀着牛奶喂给孩子喝。就是这样。她安排得紧凑有序，时间一点也没浪费，既接待客人，又听音乐，还给孩子喂奶，一心三用，实在是聪明伶俐……”

“现在的育儿方式也完全不一样了。”

“那位太太也说了……奶奶想看孙子，经常过来，这是好事。可一来就喜欢抱孩子，本来孩子已经养成不要抱的习惯，结果老人家走后，孩子又要人抱，不然就哭。好不容易养成的习惯，得费老大劲儿才能恢复，真难办……”

“这么说来，最近的婴儿也不像以前那样爱哭了。带着孩子上街，要是小孩摔倒了，只要他自己能爬起来，就不去抱他。做妈妈的只当没看见，只管往前走，那孩子反而不哭，自己爬起来追上……”

宴会结束后，一行人来到楼下大厅。井谷对贞之助夫妇说：“濑越先生想和雪子小姐单独交谈十五到二十分钟，不知是否方便？”雪子表示同意，于是两人到别的地方交谈，其他人在大厅里继续闲聊了一会儿。

幸子在回家的车里问雪子：“刚才濑越先生和你说什么了？”

“他问了很多……”雪子支支吾吾地说道，“但也没有说个完整的意思……”

“噢，是心理测试吧。”

“……”

车外的雨小了下来，如春雨般淅淅沥沥，静静飘洒。刚才的白葡萄酒涌上来，雪子感觉脸颊发烫，微醺的蒙眬醉眼隔着车窗，出神地看着在阪神国道柏油路上交织辉映的车灯。

十二

第二天傍晚，贞之助回到家，一见到幸子就说："今天井谷到我的事务所来了。"

"干吗又去你的事务所？"

"她说：'本来应该去府上拜访，今天恰好有事来大阪，就顺便过来，本想去看太太，但我觉得与先生交流更直接一些，事先没有联系，突然拜访，十分抱歉。'"

"她到底说了什么？"

"基本上是好事……你到这儿来。"贞之助把幸子带到书房。

井谷说："昨天晚上贞之助等三人回去以后，他们继续留在饭店里商量了二三十分钟。总之，濑越本人的态度非常积极，对小姐的人品、容貌十分满意，但觉得她看上去身子比较虚弱，不知是不是体弱多病。说起来，房次郎去女中了解小姐上学情况的时候，看到成绩单上缺课有点多，学生时期是不是经常生病呢？"

贞之助回答说："我不了解她上学时期的情况，是否缺课多，要询问妻子和雪子小姐本人，不过至少我认识她以后，她从来没有生过什么病。的确，雪子身材瘦小是事实，说不上体格健壮，但在四姐妹中，她最少感冒，而且吃苦耐劳，除了本家大姐之外，数她体质最强，这一点我可以保证。因为她看上去弱不禁风，以前就有人怀疑她是否患有肺病，所以濑越先生有这样的怀疑也可以理解。我回去以后和妻子、雪子本人商量，在征得本家同意的情况下，劝她去医院做一次体检，必要的话拍张 X 光片，这样你们也就放心了。”

这么一说，井谷回答“用不着这么复杂，有您的说明就足够了”。可是，贞之助说：“这件事还是确定一下为好，虽然自己可以保证，但毕竟没有正式听取过医生的意见，现在刚好借这个机会让我们自己也放心，相信本家也是同样的想法。对于你们来说，看到一张胸部没有任何阴影的照片，一目了然，一定心情舒畅吧。”

贞之助对幸子说：“万一这次亲事不能成功，也可以为以后做准备，如果再有人怀疑的话，这次的 X 光片就能派上用场，本家也不至于反对吧。所以，要不明天你带她去一趟大阪大学附属医院？”贞之助还问道，“她上女中时为什么缺课那么多？是因为生病吗？”

“不是的。那时候的女中管理不像现在这么严格，父亲总让我们逃学，带我们去看戏。我就经常去，要是查一下我缺课的情况，大概比雪子还要多。”

“那么，雪子会同意照 X 光吗？”

“可是，没必要去阪大附属医院吧？去栉田大夫那里就可以了。”

“噢，对了，还有一件事……就是那块色斑……”贞之助按住自己的左眼角说道，“也被提出来了。井谷说她一点也没发现，还是男人们格外心细。昨天晚餐结束以后，有人说发现小姐的左眼角有一块微小的色斑，另外有人说也看见了，但也有人说那不是色斑，是光线的关系，大家看法不一样。井谷问真的有色斑吗？”

“昨天晚上能稍微看出一点，我当时就觉得真不是时候，终究还是被他们发现，成了问题。”

"其实对方并不十分在意……"

雪子的左眼角——准确地说，是上眼睑与眉毛之间——最近时常隐隐约约地出现一点阴影，时隐时现。大家也是在半年前才发现的，当时贞之助曾悄悄问过幸子："雪子脸上什么时候出现色斑的？"幸子也是最近才发现，以前没有那块东西。即便是最近，也不是一直都有，平时想注意观察的时候，淡得几乎看不出来，有时候完全消失，也就是一个星期之前，色斑忽然变深。后来，幸子注意到颜色变深是在雪子的月经前后。幸子最担心的就是雪子本人有什么感觉，因为是长在自己脸上，她肯定最先发现，希望不会对她的心理造成不好的影响。雪子的婚期一拖再拖，她并没有因此灰心悲观或者变得乖僻，这似乎是因为她对自己的容貌充满自信，但要是知道突然出现这么个缺陷，她的心情又会是怎样呢？

幸子暗地里担忧，但也不敢贸然去问雪子，只是时常若无其事地察言观色。雪子的言行举止表面上毫无变化，仿佛没有意识到自己脸上的色斑，或者说虽然意识到了却根本不当回事。

有一天，妙子给幸子拿来一本两三个月前的妇女杂志，问：

"二姐你看过吗？"

幸子翻开一看，这本旧杂志的《生活顾问》栏目刊登了一个二十九岁未婚女子的来信，诉说自己的苦恼。她和雪子患有同样的症状，也是最近才发现这个问题，一个月里色斑的颜色时淡时深，有时完全消失，大抵月经前后颜色最深。编辑部回答说这种症状是过了结婚适龄期的女性常见的生理现象，一般在结婚以后会立即消失。如果不结婚，连续注射雌性激素一段时期，大多也能治愈。

幸子看过之后，了解到这个知识，首先放下心来。其实她自己以前也有过相似的症状，那是婚后的事了，几年前她的嘴唇四周出现色斑，就像小孩子吃豆沙包在唇边留下一圈豆沙馅一样。当时去看医生，医生说是阿司匹林中毒，不用治疗，自然而然会好的。于是幸子便没管它，差不多一年以后，色斑就消失了，后来再没有复发。幸子想到这些，觉得也许姐妹都是这种爱长色斑的体质，自己有过同样的经历，而且嘴唇的色斑颜色要比雪子眼睑的深得多，那也很快就好了。她本来对雪子的色斑并不特别担心，现在又看了杂志上的文章，便彻底放下心来。可是，妙子之所以把那本旧杂志找出来，其目的在于设法让雪子看见这篇文章，雪子表面上一如既往，也许肚子里正闷闷不乐呢，所以想让她知道杂志上写得明明白白，根本用不着担心。妙子还打算劝雪子说虽然婚后可以消除色斑，最好还是婚前治好。不过，她知道雪子的脾气，不会轻易听信别人的话，所以想找个机会好好劝说一番。

幸子从来没有和别人谈过雪子色斑的事，所以和妙子也是第一次说。她知道妙子和自己一样，心里难受，不过就妙子而言，除了对雪子的骨肉之情，还有一层原因就是如果雪子不早点嫁人，自己与奥畑的婚事也会随之延期。那么，谁拿这本杂志给雪子看比较合适呢？

她们商量后一致认为妙子比较妥当。要是幸子亲自交给雪子，反而显得小题大做，说不定还会让雪子疑心贞之助也参与其中出了什么主意，所以最好由妙子装作无意间提起的样子。后来，在雪子脸上的色斑比较明显的一天，妙子看见她正独自在化妆室里照镜子，便装作偶然进去的样子，轻声对雪子说道："雪姐，你眼角上的那个东西用不着担心。"

雪子只是鼻子里"嗯"了一声。

妙子极力回避与她目光接触，低着头说道："妇女杂志有这方面的文章。雪姐看过没有？要是还没看过，我拿给你看，好吗？"

"可能看过了。"

"噢，已经看过了啊……上面说，婚后就会好，或者打针也行。"

"嗯。"

"雪姐，你知道啊？"

“嗯。”

妙子觉得雪子似乎不太愿意谈论这件事，所以态度冷淡，敷衍回答。但是，这声“嗯”应该是肯定性的，只是让别人知道她暗地里阅读这样的杂志，觉得十分难为情，才会佯作不知的吧。

妙子本来是小心翼翼地试探雪子，这下便放下心来，劝道：“既然姐姐看过了，怎么不去打针呢？”雪子依然态度消极，只是“嗯嗯”地应付着。这一方面固然出于她的性格，除非有人拉她的手拽着去，她自己是不愿意去不熟悉的皮肤科大夫那里看病的，另一方面则是因为尽管别人暗地里为她忧虑不安，本人却不当回事，并没有成为心病。

在妙子劝说雪子之后的某一天，悦子也发现了雪子脸上的色斑，她好奇地盯着雪子的脸，大声问道：“二姨，你眼睛周围怎么啦？”当时不仅幸子，其他女佣也都在场，屋子里顿时鸦雀无声，可是雪子分外冷静，嘴里含含糊糊地敷衍几句，神态自若。

幸子她们最担心的是在雪子色斑变得明显时和她一起上街或者逛百货商店。在她们眼里，现在未婚的雪子如同一件珍贵的待售商品，即使不是去相亲，只要打扮得光鲜漂亮地出门，说不定会被什么人碰见，所以月经前后的一两周最好待在家里，就算要出去，也得尽量化妆把色斑掩饰起来，让人看不出来。可是本人对此满不在乎。幸子和妙子觉得雪子这张脸本来适合浓妆，但在色斑明显的时候，如果抹粉太多，光线斜照时反而会在雪白肌肤上清晰浮现出铅灰色的沉淀，所以这期间莫如薄施白粉，浓抹颊红。但是，雪子平时就不喜欢抹胭脂(之所以被人怀疑患有肺病，也与她不搽胭脂、脸色苍白有关。而妙子恰恰相反，即使不抹粉，也必搽胭脂)，所以外出的时候照样粉光若腻。这种时候，最尴尬的就是遇见熟人。有一次，她和妙子一起坐电车，那一天色斑尤其明显，妙子拿出胭脂悄悄递给她，说：“抹一抹吧。”

但雪子对一旁妙子的示意似乎毫无感觉。

十三

“那你是怎么说的？”

“实话实说呗。我告诉她这个色斑又不是经常出现，根本用不着担心，杂志上都这么写，我在其他杂志也看到过同样的文章。不过，话虽这么说，我想反正要去拍X光片，还是顺便去阪大附属医院的皮肤科看看，确认一下是不是真如杂志上所说的那样可以自然痊愈。既然人家提出来了，我觉得这些还是必须做的。我也告诉井谷我会劝说本人去检查的。”

由于雪子大部分时间住在幸子家里，本家的大姐夫妇当然不知道这个情况。贞之助认为既然已经知道，如果不闻不问，那就是自己的失职。可是毕竟这是最近才发生的问题，以前相亲从来没有出现过此类情况，而且贞之助以前也经历过幸子唇周色斑不治自愈的过程，所以没有把雪子的色斑看得十分严重。幸子则认为雪子的周期性色斑在出现的前几天就可以预测出来，相亲的时间只要避开这个时间段就可以，可是由于井谷一催再催，自己又有点大意，心想那一天即使没有完全消失，留下一点斑痕，也不至于让人看出来。

今天早上，等丈夫上班以后，幸子悄声询问雪子对昨天见面的感想，雪子表示听从姐夫和姐姐的安排。看来，事情进展的势头不错。但如果冒冒失失地提出体检的事，弄不好会前功尽弃，所以晚上幸子等悦子睡觉以后，也没让贞之助陪同，独自和雪子商量照 X 光片和看皮肤科的事。没料到雪子答应得很痛快，说“二姐一起去的话，同意接受医生诊断”。可还没等着去，雪子的色斑一天天淡下去，几乎就要消失。幸子心想等下个周期色斑明显的时候再去，可能效果更好。这样一来，井谷的计谋得逞，现在轮到贞之助心急火燎地第二天就赶到上本町的本家，汇报相亲的情况，同时催促本家抓紧时间完成男方的身世调查，还征得大姐同意让雪子去阪大附属医院检查。第三天，贞之助故意对女佣说要带雪子去三越百货店，就出门了。

不出预料，无论内科还是皮肤科，医生诊断的结果都是毫无问题。X 光片立等可取，底片很快就洗出来，胸部没有一点阴影。几天以后，医院寄来检查结果，血沉十三，其他各项都是阴性反应。在皮肤科看完病后，医生把幸子叫到一旁，开口就说应该让那位小姐尽早结婚。幸子问打针是不是也可以治好，医生说注射疗法固然可以，但她那个程度就不好说，尽快结婚才是治疗这种病的最好方法。既然医生都这么说，看来杂志上那篇文章还是可信的。

贞之助对幸子说：“这样的话，你把这个给井谷送去，可以吗？”

“我去送也行，可是她不是觉得和你交流更直接吗？既然人家专门跑去找你，还是你亲自送去吧。并不是我被她撇在一边，心里不高兴。她那种火烧屁股似的焦急劲儿，我跟她无法打交道。”

“这样啊，那好办。我也公式化处理就是了。”

第二天，贞之助在事务所给井谷打电话，把大致情况告诉她，然后把 X 光片和诊断书用挂号信寄了过去。第二天下午四点左右，贞之助接到井谷的电话，说大约一个小时后过来拜访。五点一到，井谷来到事务所，见面就说：“昨天那么快就给我回复，非常感谢。我立刻把挂号信转给了濑越先生。他说你们准备这么详细的材料，尤其还特地去照X光片，心里十分过意不去，对此当然是一百个放心，并且对自己的冒昧不周、说话欠缺考虑深表歉意，恳请原谅。”井谷客套一番后继续说道，“这话实在不好意思开口，就是濑越先生想和小姐单独见一次面，能够比较从容宁静地交谈，也就一个小时左右吧。不知道府上是否同意？”接着，井谷又补充道：“虽然濑越先生年龄已经不小，但是一直未婚，有些地方显得比较单纯。上一次见面，他有点紧张，自己都不记得说了些什么，而且小姐也是性格内向——当然，性格内向没什么不好——那是第一次见面，比较客气，没有多说话。因此想坦率深入地交谈一次……如果府上同意，饭店、餐馆容易引人注意，我想如不嫌简陋的话，可到阪急冈本的寒舍一叙，不知意下如何？对方希望在下个星期天前后……”

贞之助问幸子：“噢，你看雪子能答应吗？”

“与其说看雪子，不如说看本家是怎么想的。会不会说事情还没有最后定下来，不要这么深入交往呢？”

“对方的真实意图也可能是想再观察一下脸上的色斑吧？”

“没错，肯定是这个目的。”

“既然这样，还是见面为好。现在见面，那块色斑已经淡得根本看不出来，告诉对方平时就是这样，见面对我们没有坏处。”

“倒也是，要是拒绝对方，人家还以为我们不愿意让他们看呢。”

夫妇俩这样商定后的第二天，幸子心想用家里的电话可能以后会引起麻烦，就到附近的公用电话亭打给本家大姐。果然，大姐质问为什么非要这样一见再见？幸子塞了五次电话费说明情况，好不容易才说通大姐，可是她还是坚持说“也许你说的有道理，但事情没有最后定下来，这样单独见面是否合适，我也不能做主，等今晚你姐夫回来以后再商量一下，明天给你回复”。第二天，不等大姐来电话，幸子又给她打公用电话，对方回答说“你姐夫同意了，但有时间、地点、监督人等附加条件”。幸子把这事跟雪子一说，雪子立即心领神会，当即表示同意。

到了约定的那一天，幸子捧着一束鲜花作为礼物，陪同雪子来到井谷家里。井谷端出红茶招待，四个人闲聊了一会儿，井谷把濑越和雪子带到二楼，下楼和幸子继续聊天。本来约定交流一个小时，可时间超出三四十分钟后,两人才从楼上下来。回去的时候,濑越晚走一步,姐妹俩先告辞离开。考虑到今天是星期天，悦子在家里，幸子就带着雪子直接去神户，在东方饭店大厅的咖啡间一边喝茶一边询问见面的情况。

“今天的确谈了不少。”

雪子心情轻松地向姐姐讲述见面的情景。首先是濑越询问四姐妹之间的关系，问雪子和妙子为什么不住本家，而多半住在二姐家，还有以前小报上刊登的有关妙子的报道以及她后来的情况等，问题相当深入。雪子能说的都说了，但那些容易让人误解大姐夫的话一句也没说。濑越说不能光他提问，雪子想了解什么也请提问。雪子没有说话，濑越就主动做自我介绍。他说自己的婚姻大事之所以拖到今天，是因为一直追求具有古典韵味的女性，不喜欢现代气息浓厚的女子，如果能和雪子这样的姑娘结缘，实在三生有幸，还说了两三次“高攀不上”。后来他说“自己过去与女人没有瓜葛，唯有一件事想告诉您”。接着，他出人意外地讲道：“那是在巴黎的时候，我和百货商店的一个法国售货员有过一段交往。”详细情况他没有说，结果好像是被对方骗了，因为这件事，他患上思乡病，开始追求纯粹的日式风情，可以说是一种反作用吧。濑越说：“只有老朋友房次郎知道这件事，此外对谁也没有说过，今天您是第二位。但是，我和那个女子的交往是清白纯洁的，请您一定相信我。”

雪子说的大概就是这些情况，但幸子对濑越如此坦诚相告的心思，已经了然于心。

第二天，井谷迫不及待地给贞之助打了电话，说：“昨天制造两人见面的机会，濑越已经毫无意见，果然如您所言，小姐脸上的色斑根本不是问题，现在他只是静待府上回音，不知自己能否入得小姐慧眼。”井谷转告濑越的意思后，又催问本家的调查是否结束。在井谷看来，从最初介绍这门亲事到现在已经一个多月，上一次去芦屋拜访的时候，前几天在东方饭店相亲的时候，她得到的回答都是“再等一周”，现在感觉等得有点不耐烦了。然而，实际上幸子第一次和本家大姐商量此事也就是在十天半个月之前，而且大姐非常重视调查的结果，不可能很快就给回复。换句话说，幸子受不住井谷急如星火的催促，就随口说出“再等一周”敷衍了事，贞之助也只好随声附和。问题就出在这里，其实本家去濑越的原籍村公所索取的户籍副本两三天前才寄来，至于兴信所那边到濑越家乡调查的报告，也需要相当长的时间才能拿到。即使到最后的决定阶段，为了慎重起见，还得派人再去家乡调查。贞之助夫妇如今更是进退两难，别无他法，只得“再等四五天”“再等四五天”地一拖再拖。其间，井谷跑了一趟芦屋的家里，又跑去大阪的事务所，一再催促，说事不宜迟，还说什么好事多磨，要是双方没意见，她看今年就举行婚礼。后来她实在等得焦急，竟然直接给从未见过面的本家大姐打电话。大姐大吃一惊，后来立刻打电话告诉幸子。想象比自己性子更慢、问个问题半天才磨磨蹭蹭回答的大姐当时不知所措的样子，幸子忍不住直想笑。井谷对大姐还是搬出“好事多磨”这句话，不厌其烦地又劝说了一番。

十四

不知不觉到了十二月。一天，女佣对幸子说本家太太来电话，幸子接过电话。大姐说："那件亲事，尽管拖了一段时间，终于基本查清了，我今天就去你那里。"临放下电话的时候，大姐补充说，"不是什么好消息，你别高兴。"即使大姐没明说，幸子从电话里一听见她的声音，就感觉这次又要告吹。幸子放下电话，回到客厅独自叹息，重重地坐在安乐椅上。

以前有过几次这种情况，每一次都是在关键时刻被大姐一口拒绝，幸子都已经习以为常了，所以并不觉得十分沮丧。但这一次不知何故，尽管这并非一门不成便会极其遗憾的亲事，但心底还是相当失落。因为她以前都是和本家意见一致，采取不赞成的态度，而这一次感觉基本能够谈妥，也因为井谷在中间积极牵线搭桥，她感觉自己的立场与以前大不一样。以前贞之助等人基本是置身事外，别人叫干什么就干什么，这次却积极主动，从中卖力斡旋。雪子的态度也与以前不同，不仅同意参加那次匆忙安排的相亲见面，还两次答应单独谈话，甚至对胸透和皮肤病的诊断检查都没有怨言，痛快地应承下来。这种态度可以说是前所未有，也许是急于结婚的心情悄然引起了心境的变化，或者是眼角的色斑所造成的心理阴影，虽然表面上一如既往，其实对她的心情多少产生了影响吧。总之以上种种因素集中在一起，使得幸子希望这次无论如何一定成功，而且努力促成这门亲事。

幸子没与大姐见面得知详情之前，觉得话虽那么说，但总有办法可以挽回，不至于一点希望都没有。但是，听了大姐的讲述以后，她知道回天无力，只能如此了。与幸子不同，大姐孩子多，有的上中学、有的上小学，她是趁着孩子们去上学的空隙，利用下午一两个小时的时间赶过来的。而且她知道这一天雪子恰好出去学茶道。两人在会客厅里谈了大约一个半小时，见悦子放学回家，便说“怎么婉拒，你和贞之助好好商量一下，就交给你们了”，然后告辞离去。

据大姐说，濑越的母亲十几年前死了丈夫，此后一直待在老家的旧房子里，说是有病，从不出门。濑越作为儿子，极少回家看望母亲，照顾母亲生活起居的是她的亲妹妹，也是个遗孀。他母亲的病，对外说是中风，但问过进出他家的商人，觉得不像是中风的症状，实际上是一种精神疾病。她即便见了儿子，也已经认不出来。兴信所的报告对此事也隐约有所透露，大姐感觉还有不明之处，于是再次派人调查，终于了解到真实情况。

据大姐说：“亲朋好友给雪子介绍对象都是一片好意，但旁人看来似乎每次都是本家大姐从中阻挠，我心里也很不好受，我们绝对没有这个意图。如今时代变了，不再一味计较门第财产。其实这次介绍的对象，我们也觉得非常合适，正因为打算积极促成这门姻缘，才派人去乡下调查。没想到事出意外,因为男方有精神疾病的遗传血缘，只好放弃，这也是没办法的事。雪子妹妹的婚事，总出现这样那样让人束手无策的障碍，让我们陷入进退维谷的境地，真是奇怪。看来雪子妹妹的姻缘还是浅薄，我就说不能断言‘羊年出生’这句话全是迷信。”

大姐前脚刚走，雪子后脚就到了家，怀里抱着茶道用的袱纱[1]，径直走进西式房间里。这时，悦子恰好到舒尔茨的院子里玩耍，幸子便说道“下午大姐过来了，刚走”，等了一会儿，终于听到雪子应了声“嗯”，却没有下文。幸子只好接着说：“大姐说那件事，成不了。”

“是嘛？”

“他母亲说是中风，其实好像是有精神疾病。”

“是嘛……”

“要这样的话，那没什么可说的。”

“嗯。”

这时，听见悦子在远处喊“露米，你过来”，两个小女孩在草地上朝这边跑过来。幸子压低声音说道：“就这样，详细情况以后再说，你心里有个数。”

“二姨，你回来啦。”悦子跑上阳台，站在西式房间的玻璃门外，跟在后面的罗瑟玛丽与她并肩站着，四只脚穿着奶黄色毛袜子，可爱地并排而立。

“小悦，今天在屋里玩，外面有风。”雪子站起来，从里面拉开玻璃门，“进来吧。小露米也进来。”她的声音和平时没什么两样。

雪子这边算是就此了结，但贞之助并不是轻易就能接受的。他傍晚回来后，听妻子说本家大姐来过家里，表示不同意这门婚事，一脸不愉快地埋怨说“这次又是她拆台”。井谷这次特地选择他作为交涉对象，因此他对婚事的进展也逐渐上心，如果本家还是搬出什么门当户对、仪式规矩那套落后于时代的话，他打算亲自去见见大姐两口子，苦口婆心地劝说他们改变主意。理由也很充分，濑越是初婚，看上去比实际年龄年轻，与雪子在一起没有什么不自然的感觉，至于其他条

①用来擦拭茶器或鉴赏茶器时垫在下面的绢布。

件，也许将来有人比濑越优越，但这两点弥足珍贵。贞之助听完幸子叙述详情后，仍然一时想不通，不甘心就这样算了。可是，他思来想去，断定本家绝不可能同意，倘若姐夫反问自己：你能保证雪子与具有这种遗传血缘的人结婚，将来生出来的孩子绝对没问题吗？你能负责吗？贞之助当然无法承诺。如此说来，他想起一件事：去年春天，也是一个四十多岁的未婚男人，家里相当富裕，当时双方都很积极，已经定好下聘礼订婚的日子。可是，突然有人告诉女方，这个男人有一个与他纠缠不清的女人，娶媳妇完全是为了遮人耳目。女方一听，急忙取消婚约。现在看来，在雪子的相亲对象中，说来说去往往会碰上这种心理阴暗的怪异男人。因此，本家大姐夫更是小心谨慎，不敢有半点疏忽大意。但说到底，还是因为女方本身提出的条件过于苛刻，企图挑选一个比自己条件优越太多的男人，结果反而容易被对方所迷惑。试想一下，年过四十却还没结婚的有钱人大概哪一个都有怪癖。

就说濑越吧，也许正是因为遗传上的问题，婚事才拖到了今天。但他显然没有存心欺瞒，在他看来你们既然已经到乡下调查过，那应该知道母亲的情况，你们是在了解情况以后和自己谈婚论嫁的，所以他才说“愧不敢当”“高攀不上”这些自谦的话，实则是怀着感激之情。贞之助也听说，濑越工作的MB公司的同事之间已经流传他要娶一个大家闺秀的消息，濑越对此未予否认，还有传闻说这个一向做事认真的人最近工作时常心不在焉。贞之助听到这些议论，觉得濑越着实可怜，他们让一个口碑很好的男人平白无故地丢人现眼，实在过意不去。究其根本，要是自己这一方早调查早拒绝，事情也不会像现在这样了。先是幸子磨磨蹭蹭，到本家那边，更是拖拖拉拉，最糟糕的是，为了拖延时日，就对人家说调查几乎全部结束，好像这事办得八九不离十了，故意让对方觉得大有希望。当然，这并非自己信口开河，而是出于极力想办妥这件事的心情。然而从结果来看，这无异于将男方充满恶意地要弄了一番。在这一点上，贞之助认为固然幸子和本家有责任，但首先必须呵责自己的轻率。

贞之助和本家的姐夫一样，都是入赘女婿的身份，以前尽量不深入参与小姨子的婚事，但这次身不由己地卷入旋涡当中，偏偏又躲不过事情告吹，自己办事不够精明周到，让参与其中的人心有不快。他又考虑到此事甚至会给小姨子今后的命运带来更大的不幸，虽然嘴里不说，但内心总觉得对不起雪子。不只这回，一般男方拒绝女方倒无所谓，但如果是女方拒绝男方，不论措辞多么客气委婉，都好像是在羞辱男方。如此算来，莳冈家恐怕早已经被相当多的人怀恨在心。这全赖本家大姐和幸子不通世事，做事慢慢吞吞，一边死死拖住人家，到最后时刻却一把推开，这种做法尤其招人怨恨。贞之助担心的是，要是这种事累积起来，不仅会加深别人对莳冈家的仇恨，更会招来众人的恶言诋毁，使得雪子无法得到幸福。不管怎么说，眼前这档事，幸子显然不愿出面，只能自己去和井谷说。从尽量弥补过错这层意义来说，也只好自认倒霉，想方设法求得井谷的谅解。可该怎么开口呢？事到如今，已经顾不上濑越会怎么想了，问题是以后还要和井谷打交道，不想伤害她的感情。如此说来，井谷对这桩婚事的确非常热心，费时尽力，光是芦屋的家和大阪的事务所，她就跑了好几趟。她经营的那家美容院固然雇用了很多伙计，生意似乎十分兴隆，但仍然抽出时间为此事到处奔走，的确像人家称道的那样，是个热心肠的人，而这并非单凭一时的好意和意气就能办到。举个小例子，光是出租车以及其他的交通费，她就花了不少。那晚他们在东方饭店见面，名义上是井谷招待，但贞之助提出实际费用由濑越与自己分担，临走时把这个意思告诉了井谷。井谷回答说“不必了，这次由我招待”，怎么也不肯收钱。贞之助心想这门婚事办成之前还有很多事必须通过井谷从中斡旋，将来找个机会一起答谢就好，所以当时也就没有坚持，可如今必须对她有所表示。

“是这样，送钱嘛，恐怕她不会收，那就只好送礼品，可送什么呢？”幸子说道，“现在一时想不出来……这样行不行？你先空着手去和她谈谈。送礼的事，待我和大姐商量一下，买一件适合她的东西，由我亲自送去。”

“嘿，你尽挑好事干。”贞之助嘴上表示异议，但还是这么决定了，“那就这样吧。”

十五

十二月以后，井谷突然不再催促，也许大致觉察出事情的发展不太妙，这样反而对女方有利。贞之助顾虑到人多嘴杂，因此不想去美容院，而是到井谷的家里。他事先和井谷联系，说想去家中拜访，提前确认她在家的时间。当天傍晚，贞之助比平时晚下班，直接去了冈本。

贞之助被请进房间，室内已经点上灯，台灯上罩着深绿色的灯罩，泛出幽微的光圈，室内空间的上半部分显得有些阴暗。井谷坐在安乐椅上，昏暗中看不清表情，但对于不像会计师、倒具有文学青年那种善良纯朴气质的贞之助来说，这种环境反而适合开口。

“今天特来府上拜访，实在因为这话难以启齿……其实，后来本家去他的家乡调查，其他都很好，就是他母亲患病这件事……”

“哦……”井谷略微歪着脑袋，表示不解。

“是这样的，原来听说他母亲患的是中风，可是派人去调查得知患的好像是精神疾病。”

“啊，是吗？”井谷的声音顿时慌乱起来，语调稍显异样，边点头边连连说道，“是吗？是吗？”

贞之助原先对井谷是否知道这件事怀有疑问，但从她前阵子那么迫不及待促成此事的态度以及现在惊慌失措的神态来看，不得不认为她事先就知道此事。

“请您千万不要误会，我绝对没有责怪您的意思。按常理说，也许本应找些不得罪人的理由予以婉拒，我也这样考虑过。可是您如此尽心尽力，热情相助，如果不给出一个让您信服的理由，我们也觉得过意不去……”

“嗯嗯，我非常理解您的心情。哪能误会呢，反倒是我没有充分调查了解就轻率地介绍给您，感到十分抱歉。”

“哪里哪里，您这么说，我实在不敢当。只是世人总以为我们莳冈家拘泥于门第，即使有十分般配的良缘，最后也一概拒绝，这让我们心里难受。其实绝不是这样，这次完全是万不得已。世人怎么说姑且不论，至少无论如何想得到您的谅解，请您千万不要生气，今后还请继续多多关照。当然，这事我只对您一个人交底，濑越先生那边，还请您以合适的方式婉拒才好。”

“您如此诚恳说明，真让我过意不去。其实我原先不知道你们的想法，但患有精神疾病这事我却是头一次听到，以前完全不知道。府上已经认真调查，既然原因在此，那您说的也十分在理。虽说对方有点可怜，但是我会妥当解释，请您放心……”

贞之助听了井谷圆滑得体的回答后，放下心来，事情一说完，就匆匆告辞离开。井谷一边送到门口，一边反复强调自己并没有不痛快，反而感到抱歉。她还说为了补偿这次的过失，一定要再给小姐物色一个好对象，请再等等，根本不用担心，这样的小姐，绝对能找到如意郎君，请把这个意思转告给太太。从井谷平时的性格来看，这些话不像是有口无心的客套话，看样子这回拒婚并没有伤害她的感情。

过了几天，幸子去大阪的三越百货店购买送礼的和服布料，亲自送到冈本的井谷家，但碰巧井谷出门，只好把东西请她家人转交，就回来了。第二天，幸子就收到井谷寄来的感谢信，辞意恳切，信上说自己不但没帮上忙，反而因为做事考虑不周，导致府上白费功夫，现在还如此破费挂念，甚感惶恐。信的末尾还附笔表示一定要弥补这次过失。

过了大约十天，再有几天就要过年。一天傍晚，和上次一样，一辆出租车匆匆忙忙停在芦屋的家门口，井谷在玄关说道“就在门口寒暄几句，不进去了”。不巧幸子那天感冒卧床，但贞之助已经回家，把在门口就打算告辞的井谷硬是请进客厅。聊了几句后，贞之助问起濑越先生的近况，说他的确很优秀，表示遗憾。“这件事确实令人惋惜，也许他以为我们早已知道他母亲的病情。”贞之助这么一说，井谷说起当初濑越的态度相当消极，她都觉得奇怪，濑越本人一副很不上心的样子，后来才慢慢热心起来。也许最初因为顾虑到母亲的疾病才那么被动。贞之助说：“如果是这样的话，还是因为我们的调查耽误了一些时间，给他造成误解，是我们做事不周。”接着，他又把上次那套话重复了一遍，诸如不要受此影响，以后还请多加关照之类。井谷一听，立刻压低声音试探道：“如果不在乎孩子多的话，现成的就有一桩。”贞之助觉得井谷今天就是带着这个目的上门来的，仔细一问，她说这个人是大和下市某银行的支行行长，有五个孩子，不过长子现在在大阪的某所学校上学，第二个是女儿，到了适婚的年龄，很快就会嫁出去，这样家里只剩下三个孩子。至于生活方面，他是当地一流的富豪，根本不用发愁。贞之助一听有五个孩子，又在下市，根本就没有考虑的余地，露出不感兴趣的表情。井谷一见便说“这样的人家你们一定不愿意吧”，连忙闭口不语。可是，她明明知道女方肯定不会同意条件这么差的对象，为什么还偏要故意提出来呢？也许还是因为心里不痛快，暗中讽刺“你们只配和这样的人结对”。

送走井谷以后，贞之助来到二楼的房间，幸子正躺着用浴巾盖在脸上吸蒸汽。

她吸完以后，一边拿起浴巾擦眼睛、鼻子，一边说："井谷又来提亲吧？"

"噢……你听谁说的？"

"刚才悦子来告诉我的。"

"嘿，这丫头……"刚才贞之助和井谷说话的时候，悦子溜进来，坐在一旁的椅子上竖起耳朵听，贞之助对她说"到那边去！这种事小孩子不要听"，把她撵开了。她一定是在餐厅那里偷听的。"毕竟是女孩子，对这种事好奇。"

"有五个孩子吧？"

"这也对你说了？"

"呵呵，大儿子在大阪上学，大女儿到了出嫁的年龄……"

"啊？"

"大和下市人，好像是什么银行的支行行长……"

"哎哟，了不得，以后对这姑娘可不能疏忽大意。"

"可不是吗？以后要对她留心一点。今天幸好雪子不在家，不然还不知道会闹出什么乱子来。"

每年从年末到正月初三，雪子和妙子都回本家过年。雪子比妙子先走一步，昨天就回去了。要是她在家里，今天还不知道会闹成什么样，夫妇俩总算松了一口气。

幸子每年冬天都会犯支气管炎，医生警告说弄不好会转成肺炎，因此历年这季节都要躺近一个月，一点小感冒也都要格外小心。好在今年只是咽喉发炎，体温正逐渐恢复正常。已是二十五日，年关将近，幸子打算在房间里再待一两天，于是坐在床上翻看新年杂志。这时，妙子进来说："我现在要回本家去，姐姐再见。"

"怎么啦？小妹，离正月还有一个星期呢。"幸子有点惊讶，"去年不是除夕才回去的吗？”

“是吗？我记不得了……”

为筹备明年伊始举办的第三次个人人偶作品展，妙子这一阵子一直忙于制作布娃娃，一个月之前就基本每天住在夙川的公寓里，同时又不肯放弃练习舞蹈，每周都要去一次大阪的山村舞训练场，因此幸子觉得有阵子没和这个妹妹见面好好聊天了。她知道本家想把两个妹妹叫回大阪，而自己绝没有非把她们留在身边的意图。可是，妙子比雪子更不愿意去本家大姐那儿，今年却提早回去，这让幸子觉得有点奇怪。倒不是不怀好意地怀疑她和奥畑有什么约会，只是这个早熟的小妹一年年长大成人，如今正逐渐离开最亲近、最信赖的二姐身边，这甚至让幸子感到一种淡淡的惆怅。

妙子没有解释，坦率地说：“我好不容易才做完工作，回大阪后打算每天都去学舞蹈。”

“现在学的是什么？”

“快过年了，所以在教我们《万岁》舞。二姐，你会伴奏吧？”

“嗯，大概还记得。”幸子说完，便开始哼起三味线歌谣，“祝您青春常驻啊，万寿无疆，盛世繁荣！叮咚锵……美好新年哟……”

妙子和着节奏站了起来，做了一个舞蹈的动作，又立刻说道：“二姐，等一等！”接着跑到自己的房间，麻利地把身上的西服换成和服，拿着舞扇返回。“……叮咚隆、隆、咚呛、咚呛……美人、美人、京都城里的美人……请尝大鲷鱼、小鲷鱼、大鰤鱼、鲍鱼、蝾螺、蛤蜊、蛤蛤……卖鱼的美人哟。往前走啊，再看路边的货架上，织金锦缎、红纱绫、红绉绸、咚咚绉绸、咚绉绸……”

歌词里的“美人、美人”以及和着叮咚锵的三味线伴奏歌唱的“咚咚绉绸、咚绉绸”都很有意思，幸子小时候和姐妹们总是哼唱这些，但只有这个地呗还没有忘记。今天这么一唱，二十年前在船场那个家里的记忆又鲜明地浮现在脑海里，已故双亲的慈祥面容恍若就在眼前。当时妙子已经学过这个舞蹈，每到正月，在母亲和姐姐的三味线伴奏下，她表演《万岁》舞。“正月初三寅时啊，叮咚、看那惠比须神……”她那可爱的右手食指笔直地指向天空，一副天真烂漫的姿态仿佛就在昨天似的历历在目。现在手持舞扇在自己面前跳舞的这个女子，难道就是二十年前的那个小妹妹吗？（这个妹妹以及她上面的那个妹妹，两个人至今还是“大姑娘”，不知九泉之下的父母会作何感想呢？）想到这里，幸子不由得热泪盈眶。

“小妹，你正月什么时候回来？”幸子说着，任由泪珠从脸上滚落。

“初四回来。”

“那你好好练练，正月回来跳这个舞，我也好好练习一下三味线。”

自从幸子在芦屋成家以后，不像以前在大阪时那样，正月里有很多客人来拜年，加上两个妹妹都不在家，所以这几年的正月总觉得冷冷清清，稀里糊涂地打发日子。虽然夫妻之间偶尔这样安静相处几天也不错，但悦子非常寂寞，盼望着二姨和小姨尽快回来。元旦午后，幸子拿出三味线，用指尖弹拨《万岁》，接连练了三天，最后连悦子也记住了，唱到“红纱绫、红绉绸”的时候，她也跟着一起唱道：“咚咚绉绸、咚绉绸……”

十六

妙子这次租借神户鲤川岸边的画廊举办为期三天的个展，由于幸子在阪神地区颇有人脉，暗中为她打点，第一天就预售出大部分作品，大获成功。第三天傍晚，幸子带着雪子、悦子过来帮忙收拾会场。清理完毕，走到外面的时候，幸子说道：“小悦，今晚让你小姨请客。她现在可是大款了。”

“没错没错！”雪子在一旁帮腔，“去哪里好呢？小悦，想吃西餐还是中餐？”

妙子知道自己推也推不掉，笑嘻嘻地说道：“可是我钱还没有拿到手呢……”

“没关系，小妹，钱我先给你垫上。”

幸子知道现场销售所得的款项中，刨去各项杂费支出，妙子身上还有不少现金，所以就想让她请次客。妙子不像井谷所说的那样斤斤计较，她和幸子不同，是个机灵的现代派姑娘，这种场合只要大家一起哄，她就会轻而易举地掏腰包。

“那就去东雅楼吧，那儿最便宜。”

“小妹，你也太抠门了，咬咬牙请我们去东方饭店吃西式烤肉啊。”

东雅楼在南京町，是一家广东菜馆，门口还零售熟牛肉、猪肉。四人走进店里，一个站在柜台前正在结账的年轻西洋女子向她们打招呼："晚上好。"

"啊，卡塔丽娜小姐，真巧遇见你。来，介绍一下。"妙子说道，"她就是我上次说的那个俄国人……噢，这是我二姐，这是我三姐。"

"啊，我叫卡塔丽娜·基里连科。今天我去参观了展览会，妙子小姐的人偶展品销售一空，恭喜您了。"

卡塔丽娜离开以后，悦子问道："小姨，那个洋人是谁？"

"她是小姨的学生哦。"幸子说道，"我在电车里经常看见她。"

"长得蛮可爱的吧。"

"那个洋人爱吃中餐？"

"她在上海长大，可会吃中餐了。她说吃中餐一般要去洋人不去的、有点脏兮兮的地方，那才叫好吃。神户的中餐馆，就数这家地道。"

雪子说道："她是俄国人吗？怎么不太像。"

"嗯。她在上海英国人办的学校读书，在英国人开的医院里当过护士，还跟一个英国人结过婚，有一个孩子。"

"噢，那她多大了？"

"这就不知道了。和我不相上下吧。"

据妙子说，卡塔丽娜一家是白俄罗斯人，住在夙川松涛公寓附近一栋小型文化住宅里，楼上楼下总共只有四间房，住着老母亲、哥哥和她三个人。妙子和卡塔丽娜以前只是在路上遇见的点头之交，有一天她突然来到妙子的工作间，表示自己也想学习人偶制作，尤其是日式人偶的制作方法，希望妙子收她为徒。妙子答应下来，卡塔丽娜当场就叫妙子"老师"，妙子大吃一惊，让她改称"妙子小姐"。这是一个月之前的事，此后妙子和她的交往一下子频繁起来，关系也变得亲密，最近去公寓或者离开公寓的时候，时常顺便去她家转一下。

“前些日子她对我说：‘我在电车上经常见到您的两个姐姐，很面熟了。她们都很漂亮，我很喜欢。’最近她一直央求我把她介绍给你们。”妙子说道。

“她靠什么生活啊？”

“听说她哥哥在做什么毛织品生意，不过，看上去家境不是很宽裕。只是卡塔丽娜离婚时从那个英国人丈夫那里拿到一笔钱。她说现在就靠这个生活，不用哥哥养活自己。她的装束打扮还蛮漂亮。”

餐桌上菜肴丰盛，有悦子爱吃的炸虾卷、鸽子蛋汤，幸子喜欢的烤鸭（把蘸了酱的鸭皮和大葱一起裹在薄饼里吃），这些菜品都盛在锡制餐具里。大家围在一起，一边品尝，一边谈论卡塔丽娜家里的事。卡塔丽娜的孩子从照片上看是个四五岁的女孩，由她父亲抚养，现在已经回到英国。卡塔丽娜想制作日式人偶，不知是单纯出于兴趣爱好，还是想为将来的生活掌握一技之长，但作为一个外国人，她的确心灵手巧，对日本服装的花纹及色调搭配等很快就心领神会。她之所以在上海长大，是因为俄国十月革命时，一家离散，祖母带着她逃去了上海。但是她哥哥由母亲带着逃到日本，在日本上过中学，多少认得一些汉字。由于这个原因，女儿崇拜英国，哥哥和母亲崇拜日本。去到她家里，楼下的一个房间里挂着天皇和皇后的照片，而另一个房间里挂着尼古拉二世和皇后的照片。哥哥基里连科的日语当然很好，卡塔丽娜来日本后也很快掌握了日语，说得相当流利。只有那个老母亲说的日语最难懂、最可笑，让妙子头痛。

“那个老太太的日语啊，上一次她本来是说‘麻烦您了’，可发音又快又古怪，我听成‘您是哪里人’，便回答说‘我是大阪人’。”

妙子善于抓住别人的特点，模仿得惟妙惟肖，逗得大家哈哈大笑。“那个基里连科老太太——”看着妙子她模仿老人家的动作、说话、神情，幸子她们想象着这位没见过的洋人老太太，不禁捧腹大笑。

“那老太太很了不起，她是帝俄时代的俄罗斯法学学士。她说‘别看我日语说得不好，我会讲法语和德语’。”

“过去大概是富豪吧。她多大了？”

“嗯，六十多岁吧。可一点也不显老，身体好着呢。”

过了两三天，妙子回家，又带来那位老太太的趣闻，让姐姐们听着开心。那天，妙子去神户的元町购物，然后在尤海姆点心店喝茶时，看见老太太带着卡塔丽娜进来。她说要去新开地的聚乐馆屋顶滑冰场去滑冰，一再说“你要是有空就一起去”。妙子说自己不会滑冰，她说“我们教你啊，一教就会”。妙子对这类体育运动很有自信，就和她们一起去了。大约练习一个小时，妙子就基本掌握了滑冰的技巧。“你滑得真好，我不相信你真的是第一次滑冰。”老太太极力夸奖妙子。然而，令妙子大吃一惊的是，那位老太太一上冰场，动作流畅，英姿飒爽，气势压倒壮年。到底是年轻时练就的本领，风采不减当年，腰身坚挺，动作沉稳，还时常表演一些高难技巧，令所有在场的日本人目瞪口呆。

后来，有一天妙子深夜才回家，说“今晚卡塔丽娜邀我去她家里吃饭了”。她说俄国人的饭量大得实在惊人，先是冷盘，然后是几盘热菜，肉类和蔬菜的分量都很大，端上来的面包品种繁多，形状各异，堆得高高的。妙子吃过冷盘就觉得差不多饱了，一再说“我已经吃饱了”“吃不下了”，可是对方一劝再劝：“你怎么不吃了？”“这个怎么样？来点儿啊。”她们一边劝妙子多吃，一边自己吃得津津有味，还不停地灌啤酒、日本酒、伏特加。哥哥基里连科能吃能喝倒也正常，可连卡塔丽娜也是如此，那位老太太更是大快朵颐，雄厚实力绝不亚于儿女。到了九点，妙子打算告辞，但主人不让她走，拿出扑克牌，玩了一个小时。十点过后，又端出夜宵。妙子一看，实在没胃口，可是他们照吃照喝不误。那喝酒的架势，与其说是把酒倒在威士忌酒杯里一饮而尽，不如说直接倒进了喉咙里。日本酒自不待言，连伏特加这样的烈酒也是这么灌，他们说不这么喝不够味，这胃实在让人惊叹。要说菜品，没什么好吃的，只有一道汤做得还可以，有点特色，上面浮着用面粉捏的丸子，像中国菜里的馄饨，又像意大利菜中的“拉维奥利[①]”。妙子说：“他们说想邀请姐夫、姐姐们去吃饭，要我一定把你们带去。你们去一次怎么样？”

那个时候，卡塔丽娜正请妙子当她的模特，热衷于人偶创作。妙子扮成一个梳着结绵髻[②]，身穿宽袖和服，手持毽球板站立的小姑娘。妙子不在夙川的时候，卡塔丽娜有时候擅自跑到芦屋的家里来请教。这样一来二去，就逐渐和家里人亲密起来，与贞之助也熟悉了。贞之助还说她那样的姿质可以去好莱坞发展。可这个卡塔丽娜缺少美国人的粗犷直率，而是具备一种能与日本妇女巧妙周旋的端庄文雅。纪元节[③]那天下午，基里连科兄妹要徒步去看高座瀑布，路过幸子家门口，就顺便进来。哥哥穿着灯笼裤，跟在妹妹后面，也不进屋，只转到院子里，坐在阳台的椅子上。他和贞之助是初次见面，互相寒暄，然后喝了两三杯鸡尾酒，聊了大约半个小时后离去。贞之助半开玩笑地说道：“这么一来，也想见见那位日语蹩脚的老太太了。”

“是啊。”幸子表示赞成，“老是看妙子模仿她的样子，虽然没见过，却好像见过面似的。”说罢，她自己也觉得好笑。

① 一种意大利水饺。在两张面片中夹入肉菜馅等，捏紧后用水煮，然后拌以西红柿酱，撒上奶酪粉后食用。

② 日本未婚女子梳的一种发髻。

③ 日本建国纪念日的旧称，时间为每年的 2 月 11 日。

十七

说归说，幸子起先并没真想去做客，但妙子的热心劝说让人越发好奇，对方又屡次邀请，盛情难却，终于决定应邀前往。那时虽已是初春，却还在汲水节[①]期间，春寒料峭。对方邀请了全家人，但考虑到回来一定很晚，就把悦子留在家里，而雪子要陪伴悦子，也没有去，结果只有贞之助夫妇和妙子三个人前往。在阪急电车的夙川站下车后，穿过铁桥，朝山手方向笔直走五六丁，来到别墅住宅区的尽头，眼前便是田地。前方是一座山丘，上面长着一片松林。山脚下有几栋不大的文化住宅并排相对，其中有一栋最小，但新刷了白墙，看上去像童话书里的插图，那就是基里连科的家。卡塔丽娜立刻出门迎接，请他们进到楼下两个并排房间的靠里一间。屋子正中央摆着一个铁制火炉，导致空间十分狭窄，主客四人围炉而坐，感觉身子都伸展不开。四人分别坐在长椅两端、唯一一把安乐椅以及硬木椅上，如果转动身子，一不小心就会碰到火炉的烟囱，或是手肘将桌子上的东西碰落下来。楼上大概是他们一家的卧室，楼下除了这两间屋子外，里面应该还有

① 日本奈良东大寺二月堂举行的修二会的活动之一。从 3 月 12 日夜至翌日拂晓，从堂前的若狭井中汲水供奉于佛前的仪式。

一间厨房。从这里可以看见另一间屋子好像是餐厅，大小和这间差不多。贞之助担心那么小的房间里无法坐下六个人，更令他感觉奇怪的是，家里只有卡塔丽娜一个人，哥哥基里连科和那位老太太都没有露面。西方人的晚饭时间比日本人晚，没有问清楚吃饭时间就过来了，可能来得太早吧，但窗外已经黢黑一片，家里却没有动静，餐厅里没有一丝准备的迹象。

“你们看看，这是我第一次创作的……”卡塔丽娜从三角搁板的下层格子里拿出第一次创作的舞姬人偶。

“嗬，真是你做的啊？”

“是的。但很多地方做得不好，都是妙子小姐帮我修改的。”

“姐夫，你看腰带的纹饰。”妙子说道，“这不是我教的，是卡塔丽娜自己设计、绘画出来的。”

人偶身上垂下的腰带上，大概也有哥哥基里连科的创意，用油性颜料在黑底上画出日本将棋棋子“马”和“车”的图案。

“你们再看看这个……”卡塔丽娜又拿出上海生活时期的相册，介绍道，“这是我的前夫，这是我的女儿。”

“这个小女孩长得很像你，真漂亮。”

“您觉得像吗？”

“是啊。真的很像。你不想见见女儿吗？”

“现在她在英国，见不到，没办法。”

“英国的什么地方？你知道吗？你要是去英国，能见到这孩子吗？”

“这我不知道，但是我想见她。也许我会去见她的。”卡塔丽娜并没有伤感的情绪，说话的语气很平静。

贞之助和幸子早就饿了，两人偷偷看了一下手表，对视一眼，趁着谈话停下来的空隙，贞之助问道：“没看见你哥哥，他今晚不在家吗？”

“我哥哥每天都很晚才回来。”

“你妈妈呢？”

“妈妈去神户买东西。”

“啊，是嘛？”

老太太可能去了神户采购食材，可是挂钟敲响七点时，还不见人影，贞之助感到纳闷。妙子觉得是自己拉来了姐夫、姐姐，身上负有责任，心情也逐渐急躁起来，顾不上礼貌，频频朝餐厅那边张望。卡塔丽娜似乎有所觉察，因为火炉小，煤炭很快就烧完了，她一块接一块地续添煤炭。不说话更觉得肚子饿，总得找个话题聊天，可又没有什么可聊的。四个人都默不作声的时候，只听见炉火噼啪作响的声音。这时，一条德国短毛犬种系的杂交犬用鼻子拱开房门进来，选择火炉最暖和的地方，钻到人们的脚中间，趴在地上，把脑袋伸到前腿上。

“波力丝！”卡塔丽娜唤了它一声。但它只是翻起眼皮瞧了她一眼，依然趴在火炉前一动不动。

“波力丝。”贞之助也无聊地叫着，抚摩它弯弯的背脊。

这样又过了半个小时。

“卡塔丽娜小姐……”贞之助突然说道，“是不是我们弄错了？”

“什么啊？”

“哦，小妹，会不会是我们听错了？如果听错了，那可给主人家添了大麻烦……总之，今晚还是就此告辞为好。”

“我不可能听错……”妙子说道，“卡塔丽娜小姐……”

“什么啊？”

“这个……二姐你来说吧……我都不知道说什么好。”

“幸子，这时候法语派上用场了吧。”

“小妹，卡塔丽娜小姐懂法语吗？”

“不懂，但她英语很好。”

“卡塔丽娜小姐，I……I'm afraid……”贞之助结结巴巴地用英语说道，“you are not expecting us tonight……”

“为什么？”卡塔丽娜瞪圆眼睛，用流利的英语责备道，“今天晚上我们家招待你们，一直等候你们的光临。”

挂钟敲响八点，卡塔丽娜站起来，走进厨房，只听见里面嘎吱作响，接着各种各样的食物端进餐厅，然后请三个人进去。贞之助看着餐桌上摆放的许多凉菜，也不知道是什么时候做的，有熏大马哈鱼、腌鳀鱼、油焖沙丁鱼、火腿、奶酪、咸饼干、肉馅饼以及好几种面包，简直就像变魔术一样，桌子几乎都摆不下了。贞之助一看，心中一块石头落地。卡塔丽娜一个人忙里忙外，泡了好几次红茶端出来。三个人饥肠辘辘，一边注意保持文雅，一边大口大口地往嘴里送食物。菜肴品种丰富，分量又大，加上主人热情布菜，他们很快就饱了，还时不时偷偷把吃剩的扔给钻到桌子下面的波力丝。

这时，门口咣当一声，波力丝一下子飞窜出去。

“好像是老太太回来了……”妙子对二人低声说道。

老太太走在前头，提着五六包零零碎碎的东西，穿过门口直接走进厨房。接着，哥哥基里连科领着一个五十来岁的男子走进餐厅。

“晚上好。我们已经吃上了。”

“请吧请吧……”基里连科一边打招呼一边搓着手。他在洋人中算小个子，体格瘦小，长着一张羽左卫门[1]般的细长脸，两颊被春夜的寒风吹得通红。他和妹妹说了两三句俄语，日本人只听出“妈妈奇卡、妈妈奇卡”的发音，猜想大概是俄语中对母亲的爱称。

“我刚才在神户和妈妈会合，就一起回来了。还有这个人……”基

① 十五代市村羽左卫门（1874－1945），著名歌舞伎演员，细长脸，高鼻梁，扮相俊美。

里连科拍了拍那个男子的肩膀，“妙子小姐认识吧。我朋友渥伦斯基。”

“啊，我认识，这是我姐夫和姐姐……”

“您姓渥伦斯基？《安娜·卡列尼娜》里出现过啊。”贞之助说道。

“噢，是的。您很熟悉啊。您看托尔斯泰的著作吗？”

“托尔斯泰、陀思妥耶夫斯基的作品，日本人都看的。”基里连科对渥伦斯基说道。

幸子问道：“小妹，你怎么认识渥伦斯基先生的？”

“他住在一处名叫‘夙川屋’的公寓里，非常喜欢孩子。不论谁家的孩子，他都疼爱，是当地有名的‘喜欢孩子的俄国人’。大家都不叫他‘渥伦斯基’，而叫他‘喜欢孩子的俄国人’。”

“他太太呢？”

“他没有太太。这里面好像还有令人伤心的事情。”

渥伦斯基果然一副喜欢孩子的样子，那双眼睛带着几分温柔又略显怯弱，凄楚的眼神中含着微笑，眼角有几道鱼尾纹，默默听着别人议论自己。他的体格比基里连科魁梧，肌肉结实，皮肤被太阳晒成茶褐色，头发花白浓密，眼珠乌黑，感觉有点像日本人，看起来像是海员出身。

“今晚悦子小姐没来吗？”

“啊，那孩子要做作业……”

“太遗憾了，因为我对渥伦斯基说，今晚会有位非常可爱的小姐光临，所以才带他来的。”

“噢，那太不凑巧了……”

这时，老太太进来打招呼：“今天晚上，我非常高兴。妙子小姐的另一个姐姐，还有小小姐，怎么没来呢？”

贞之助和幸子一听她蹩脚的发音，就对着妙子憋不住想笑，所以尽量不看她。可是看到妙子望向别处，拼命装作一本正经的样子，又觉得很可笑。不过，这个洋人说是老太太，其实并不像一般西方中老年妇女那样丰满肥胖。从背后看，她的体型相当标准，穿着高跟鞋，双腿纤细美丽，走路时踩得地板咯噔作响，如鹿一样轻快——甚至这近乎粗鲁的走路气势令人想起妙子所说的她在滑冰场上的飒爽英姿。她笑的时候，露出缺落的门牙，从脖子到肩膀的肌肉已经松弛，脸上细纹密布，但肤色白皙，所以远远看过去，应该看不见皱纹和赘肉，稍一走眼，仿佛看上去还要年轻二十岁。

老太太把桌子上的东西收拾整理一遍，摆上自己买回来的生牡蛎、咸鲑鱼子、酸黄瓜、用猪肉鸡肉的内脏等做成的香肠，还有几种面包。接着，酒也端上来了，伏特加、啤酒、倒在啤酒杯里烫热的日本酒，轮番相劝，开怀畅饮。在俄国人中，老太太和卡塔丽娜喜欢喝日本酒。正如担心的那样，餐桌果然坐不下这么多人，卡塔丽娜站在没有生火的火炉前面，靠在炉架上。老太太一边忙着张罗，一边从别人身后伸过手来拿吃的喝的东西。因为刀叉不齐且数量不够，卡塔丽娜时常用手抓着吃，偶尔被客人看见，她羞得满脸通红，因此贞之助他们努力装作没有看见的样子。

幸子在贞之助耳边悄声说："你别吃那牡蛎……"

说是生牡蛎，其实并非精选的深海牡蛎，看那颜色就知道是从附近的市场买回来的。可是，在座的俄国人不管不顾，照吃不误，这一点只能说他们比日本人粗野得多。

"啊，吃得太饱了。"几个日本人一边说，一边还瞒过主人把吃不下的东西偷偷地扔给桌子下面的波力丝。贞之助混喝了几种酒，似乎有些醉意。他指着挂在沙皇照片旁边的一幅壮丽的建筑照，高声问道："那张照片上是什么啊？"

基里连科说道："那是皇村。沙皇的宫殿，在彼得格勒（他们绝不说'列宁格勒'）附近。"

“啊，原来是著名的皇村……”

“我们家离皇村非常近。沙皇乘坐马车从宫殿里出来。我天天都能看见他。沙皇说话的声音，我也能听见。”

基里连科叫了一声“妈妈奇卡”，请她用俄语说，然后他用日语解释道：“并不是真能听见沙皇说话的声音，而是马车通过离我们很近的地方，感觉仿佛能听见。因为我们家就在那座宫殿的旁边，我当时还小，印象很模糊。”

“卡塔丽娜小姐呢？”

“我那时还没上小学，什么都记不得。”

“那间屋子里挂着日本两位陛下的照片，这是出于什么心情呢？”

“哦，那是应该的。我们白俄人在这里生活，是托了天皇陛下的福……”老太太的表情顿时严肃起来。

“白俄人都是这么想的。和共产主义斗争到底的就是日本……”基里连科继续说道，“你们觉得中国会怎样？那个国家早晚会变成共产主义吧？”

“这个嘛，我们不懂政治，可无论如何，日本和中国交恶并不好。”

“那您对蒋介石怎么看？”刚才一直边用手把玩着空酒杯边听大家议论的渥伦斯基开口问道，“去年十二月西安发生的事情，您有什么想法？张学良抓了蒋介石，却又留了他一命。这是怎么回事？”

“这个……我感觉不像报上说的那么简单吧。”

其实贞之助对政治问题、尤其对国际形势相当感兴趣，报刊上刊载的那些事件他基本都熟悉，但是不论什么时候，他都坚守旁观者的立场，绝不越雷池一步。万一不小心说漏了嘴，就会招致横祸，所以他对此一直保持高度警惕，尤其在这几个不知底细的外国人面前，更不能表达自己的意见。但是，对于这些被驱逐出祖国到处漂泊的人来说，政治问题与自己的命运生死攸关，每天都要密切关注。他们继续议论着政治问题，渥伦斯基似乎在这方面消息最灵通，热烈地发表自己的见解，其他人后来只是听他侃侃而谈。因为贞之助等几个日本人在场，他们尽量使用日语，但渥伦斯基讲到稍微深入一点的问题时就用俄语，再由基里连科翻译成日语。老太太也是一名出色的辩论家，她不是光听不说，而是参与其中，话锋雄健，一旦兴奋起来，说出的日语更是支离破碎，不论日本人还是俄国人，谁都听不明白。

基里连科提醒她："妈妈奇卡，请你用俄语说！"

后来不知道怎么回事——贞之助他们当然也不会知道——议论竟转变为老太太和卡塔丽娜母女之间的争吵。好像是老太太抨击英国政府的政策及其国民性，卡塔丽娜对此奋起反击。她认为，自己虽然生在俄罗斯，但被驱逐出了祖国，到上海后是受到英国人的恩惠才长大成人的。自己还在英国人创办的学校读书，学习知识，未被收取一分学费，毕业以后在医院当护士挣钱，这一切都是英国人给予自己的。这样的英国有什么不好呢？老太太认为女儿还年轻，还不懂事情的真相。母女俩越吵越激烈，争得面红耳赤，幸亏哥哥和渥伦斯基从中调和，两人虽然余怒未消，但终于平息下来，才没有闹到不欢而散。

事后基里连科说道："妈妈奇卡和卡塔丽娜总是在英国问题上争吵不休，真叫我头疼。"

接着，贞之助他们被请到另一间屋子里，聊天、打扑克消磨时间，然后再次回到餐厅。这个时候，即使是山珍海味，几个日本人也吃不下了，结果都进了波力丝的肚子。但是，唯有喝酒上不肯服输，贞之助始终和基里连科、渥伦斯基推杯换盏，较量厮杀。

十一点过后，他们终于告辞回家。走在黑暗的田间小路上，幸子提醒贞之助："注意点！你都走不稳了……"

"啊，这冷风一吹，真痛快！"

"说真的，刚开始我心里还忐忑不安。家里就卡塔丽娜一个人，半天也不见她拿吃的喝的出来，肚子饿得咕咕叫……”

“就在这个时候才把各种东西拿出来，我们一个个都饥不择食。不过，俄国人怎么这么能吃能喝啊？喝酒我和他们还有得一拼，吃东西真是自愧不如。”

“我们都去了，老太太好像很高兴。那么小的房子，招待这么多人，俄国人真好客。”

“他们还是觉得孤单，所以才愿意和日本人交朋友。”

“姐夫，渥伦斯基这个人啊……”落后两三步的妙子在黑暗中说道，“他经历过伤心的事情。年轻时他有过一个恋人，革命爆发后两人失去了联系。过了几年，听说那人在澳洲，于是他跑到澳洲寻找，终于找到对方的地址，和她见了面。可没过多久，他的恋人就得病去世了，因此他发誓终生不婚。”

“原来是这样啊。你这么一说，感觉他确实像是那种人。”

“他在澳洲受过苦，当过矿工，后来做生意发了财，据说现在有五十万日元的资产。卡塔丽娜的哥哥做买卖，好像有一部分是他出资的。”

走进别墅区，道路两旁是矮矮的树篱，幸子说道：“哎，哪里来的丁香花的香味……”

“噢，离樱花开花还有一个月呢。我都等急了。”

“我，都等窝急了。”贞之助学着老太太蹩脚的日语发音说道。

十八

原籍　兵库县姬路市竖町二十番地

现住地　神户市滩区青谷四丁目五五九番地

野村巳之吉

明治[①]二十六年九月生

学历　大正五年东京帝大农科毕业

现职　兵库县农林课水产技师

家庭及亲属关系　大正十一年娶田中家之次女德子为妻，生一男一女。长女三岁死去。妻德子于昭和[②]十年患流感去世。翌年长子十三岁死去。双亲早故。有一妹，嫁于太田家，现住东京。

三月下旬，幸子收到女中的同学阵场夫人寄来的一张长约十一厘米、宽约八厘米的男子照片，上面的信息就附在照片的衬纸上，据说

① 日本明治天皇在位期间使用的年号，时间为 1868 年到 1912 年。

② 日本昭和天皇在位期间使用的年号，时间为 1926 年到 1989 年。

是本人亲自用钢笔写的。幸子收到照片后才想起来，去年十一月底，雪子与濑越的亲事陷入了停顿状态。有一天，她在大阪樱桥十字路口偶然遇见阵场夫人，两人就站在那里聊了二三十分钟。其间说到雪子，阵场夫人说："哦，这么说你妹妹还没有结婚啊，"幸子说："有合适的话，请你多关照，"说完两人就分手了。

当时幸子感觉与濑越还有希望成功，所以对阵场夫人说的话也半是应酬而已，看来对方把这事放在心里了。她后来写信来询问雪子近况如何，并且说那天一时疏忽忘记说了，她丈夫的恩人、关西电车公司社长滨田丈吉的表弟前些年丧偶，现在正寻找合适的对象续弦。滨田非常诚恳地委托她，还把野村的照片交给她，所以一下子想到雪子。虽然丈夫与野村不熟，但有滨田担保，应该没有问题。信上说，过几天把照片另函寄来，如有意，请对写在衬纸背面的基本事项进行详细的调查。调查后若认为合适，烦劳相告，自己随时乐意介绍。信上还说，此事本应面谈，但为避免强加于人之嫌，所以暂且先写信询问。接到这封信的第二天，她就寄来了照片。

幸子收到照片后，立即回信表示感谢。但鉴于去年在井谷的催促下吃尽苦头的教训，这次绝对不能轻易应允。幸子在回信中坦率表示"承蒙亲切关怀，感佩至心，不胜感谢。然此事须待一两个月方可回复，尚请见谅。只因不久前刚刚拒绝一门亲事，考虑到舍妹的心理状态，暂缓一段时间再提为宜。且此次尽量审慎从事，充分调查后倘有求时，再请您做冰人。您也知道，舍妹婚期延误多时，若频繁安排相亲而又屡屡无果，身为姐姐，总觉得舍妹本人会感到苦楚"。幸子和贞之助商议，决心这次要不慌不忙，亲自慢慢调查，如果条件不错，再向本家报告，征得同意后再告诉雪子。

不过，商量归商量，其实幸子并不看好这门亲事，当然未做调查什么都不好说，但履历上对财产状况只字未提。仅从男方的履历而言，无疑与濑越相差甚远。首先年龄比贞之助还大两岁，其次不是初婚，虽然他与前妻之间的两个孩子都已死去，这一点没有后顾之忧，但在幸子看来，雪子大概不会愿意。再说长相，从照片上看，显得老气横秋，暮气沉沉。虽说照片与真人会有差距，但相亲照这副模样，恐怕真人只会更老，绝不会更年轻。虽然并不是要求对方非得是个英俊小生不可，年龄比贞之助大些也没关系，可两人站在一起喝交杯酒的时候，如果新郎老态龙钟，那雪子该多么可悲啊。自己为促成此事费尽心血，但也在诸多亲朋好友面前丢尽脸面，抬不起头来。所以新郎多少得年轻俊朗，如果不行，至少也要脸色红润，给人一种朝气蓬勃、年富力强的感觉。幸子思来想去，对照片上的这个人实在提不起兴趣，也没着急去调查，就这样搁置了一个星期左右。

幸子忽然想起寄来的邮件上写着“内有照片”四个字，当时雪子瞄了一眼，是否对此有所觉察呢？倘若如此，如果不告诉她，反而让她误以为自己有什么事瞒着她，生出其他妄测。上次的亲事失败后，雪子表面上看不出任何变化，但幸子认为在她内心肯定留下了一些精神创伤，所以不宜急于提出新的对象。但如果她知道有人寄来照片，二姐为什么反应如此冷淡，不告诉自己，如果自己的良苦用心被雪子误解为耍花招，就太冤枉了。既然如此，索性把照片给她看看，观察最关键的本人有什么反应，这也不失为一个办法。

一天，幸子打算去神户购物，正在二楼化妆室换衣服的时候，雪子走了进来。

幸子装作忽然想起来的样子说道：“雪子，又有人寄来一张照片。”也不等雪子回答，“就是这个……”说着打开衣柜的小抽屉，把照片递给雪子。“背面还写着字，你也看看……”

雪子默不作声地接过照片看了一眼，又翻看背后的文字，问道：“谁寄来的？”

“你知道阵场夫人吧？我女中的同学，那时候姓今井……”

“嗯。”

“前不久在路上遇见她，聊到你的事情，就托她物色一下。她记在心里，就寄照片来了。”

“……”

“用不着立刻回复。其实我本来想这次先调查清楚后再告诉你，可又担心你以为我对你隐瞒什么了，所以先给你看看。”

雪子摆弄着照片，放在另一个搁板上，然后走到走廊的栏杆旁，默默地看着庭院。

幸子对着她的后背说道：“现在你什么也别想，要是看不上，就当作根本不知道这回事。因为对方特地寄来，所以我本想调查一下……”

“二姐……”雪子若有所思，平静地转过身子，嘴角勉强挤出一丝微笑，“要是来提亲，尽管告诉我好了。这个那个都来提亲，总比一个不来强得多吧，我觉得这样才有满足感……”

“是嘛。”

“唯独相亲，我希望等到详细调查之后再做决定。其他倒不必想得那么复杂。”

“是吧？你这么一说，我也觉得没白辛苦。”

幸子穿戴完毕，说了声“我走了，晚饭前回来”便独自出门了。雪子把姐姐脱下来的衣服挂在衣架上，又整理好腰带和带扣，继续倚靠在栏杆上观看院子。

芦屋这一带原先大部分是山林和旱地，大正末期开始逐渐被开发为市区。这个院子虽然不算大，但依然保留着昔日的模样。院子里种着两三棵高大的松树，透过西北面邻居的树丛可以望见六甲一带的山脉丘陵。雪子偶尔到上本町的本家住四五天再回这里，像变成另一个人似的，感觉神清气爽。此时她从站立的地方看下去，南面是草坪和花坛，往前是假山，开着小白花的麻叶绣线菊穿过假山的石头间，如垂盆般吊挂在干涸的池塘上。右面的沙汀上，正盛开着樱花和紫丁香。幸子喜欢樱花，自家庭院哪怕只种了一棵樱花树，也要在家里赏樱。所以，两三年前在院子种下樱花树，一到开花时节，就在树下铺上毛毡，摆放折椅，和家人一起赏花。可是不知何故，这棵樱花树长势不良，每年开的花稀稀落落，但紫丁香繁花如雪，竞相绽放，芳香四溢。紫丁香树的西面是尚未萌芽的楝树和梧桐，楝树的南面是一种法语称为“Syringa（欧丁香）”的灌木。雪子姐妹的法语老师冢本太太是法国人，她说法国有很多欧丁香，可是到日本后就再没见过，这个院子里竟然有这种花，实属罕见，勾起她的思乡情绪。因此，雪子姐妹也开始关注这种花，查阅《法和辞典》，知道原来日本称之为“萨摩山梅花”，是一种山梅花属植物。待到麻叶绣线菊、紫丁香花谢后，这种花才与旁屋篱笆底下的重瓣棣棠同时绽放，现在还处在嫩叶萌生的阶段。萨摩山梅花的前面有一道铁丝网，这是与舒尔茨家后院的分界线。沿着铁丝网种着一排梧桐，明媚的阳光散在梧桐下的草坪上，悦子和罗瑟玛丽正蹲着玩过家家。从二楼看下去，摆在草坪上的床铺、衣柜、桌椅、洋娃娃等小玩具看得清清楚楚，两个女孩清亮的说话声也听得真真切切，但她们并没有发现雪子正看着自己，聚精会神地玩耍着。

“这是爸爸。”罗瑟玛丽左手拿着一个男娃娃，“这是妈妈。”右手拿着一个女娃娃，然后把两个娃娃的脸碰在一起，嘴里发出“吧唧”的一声。雪子起初不知道是什么意思，仔细一看，原来是让两个布娃娃接吻，嘴里发出的是模仿接吻的声音。罗瑟玛丽一边说“小宝宝来了”，一边从布娃娃妈妈的裙子里掏出一个小布娃娃，接着不停地重复道“小宝宝来了，小宝宝来了”。大概“来了”就是“生下来”的意思吧。据说西方人对小孩子说婴儿是鹳鸟叼来放在树枝上的，可是罗瑟玛丽好像已经知道是从妈妈肚子里生出来的了。雪子忍着不由浮上嘴角的微笑，一直悄悄地注视着女孩们的游戏。

十九

当年，幸子和贞之助新婚旅行的时候，在箱根的旅馆里聊起饮食的好恶。贞之助问她“你最喜欢吃什么鱼”，她回答说“鲷鱼”，遭到贞之助的嘲笑，因为他觉得鲷鱼太过平凡。可是按照幸子的说法，无论从形状还是从味道上说，鲷鱼才是最具日本风味的鱼，不喜欢鲷鱼的日本人称不上日本人。她之所以秉持这个观点，是因为在内心深处认为自己出生的上方地区才是日本鲷鱼味道最美的产地，显示出一种自豪感。同样，要是问她最喜欢什么花，她会毫不犹豫地回答“樱花”。

从《古今和歌集》那个年代开始，吟咏樱花的和歌多达几千首，许多古人如饥似渴地盼望花开，惆然惋惜地咏叹花落，许许多多和歌翻来覆去地咏唱着同样的主题。幸子在少女时代读过这些和歌，当时觉得平庸陈腐，不能打动人心，但随着年龄的增长，才深切体会到古人待花、惜花的心情绝不只是语言上的风雅情趣。于是每年一到春天，她就叫上丈夫、女儿和两个妹妹去京都赏花，这几年从未间断过，似乎变成了一种惯例。贞之助和悦子因为工作或者上学，有时不去，但幸子、雪子、妙子三姐妹则每年必去。幸子不仅叹惋樱花的凋零，同时也伤感于两个妹妹青春的流逝。她嘴上不说，心里总觉得也许这是最后一次与雪子一起赏花。雪子和妙子似乎也和姐姐感同身受，虽然对樱花不像姐姐那么满腔热情，但心里也暗中享受赏花的乐趣。其实旁人一眼就能看出来，她们从汲水节一结束，就早早地期待樱花盛开的日子，不动声色地盘算着届时穿什么样的和服外褂，系什么样的腰带，穿什么样的衬衣。

樱花季节来临时，京都便有信来，报告赏花的最佳时期。但为了方便贞之助和悦子，必须选在星期六或星期天，要看那天是否恰逢花开，还会像古人那样“平庸陈腐”地担心是否刮风下雨。芦屋的家附近也有樱花，乘坐阪急电车时，车窗外的樱花也是应接不暇，所以赏樱未必非去京都不可。可是对于幸子来说，好比不是明石产的鲷鱼就没有鲷鱼味道一样，不看京都的樱花就等于没有赏樱。去年春天，由于贞之助的反对，提出偶尔换个地方赏樱，于是就来到锦带桥。回来以后，幸子像丢了魂似的没着没落，抱怨这样子今年春天就算白过了，又拉着贞之助一起去京都，终于赶上御室的重瓣樱盛开。按照惯例，幸子他们星期六下午出发，在南禅寺的瓢亭提前吃过晚饭，观赏了每年必看的“都踊[①]”，然后去祇园观赏夜樱。当晚住在麸屋町的旅馆，第二天从嵯峨前往岚山，在中之岛的路边茶棚吃自带的盒饭，下午回到市内，去平安神宫的神苑看花。赏花活动到此基本结束，有时根据情况让悦子和两个妹妹先回家，幸子和贞之助再住一宿。她们之所以把平安神宫的活动放在最后，就是因为神苑的樱花在洛中最美丽、盛开时最娇妍。眼下圆山公园的垂枝樱已经年老色衰，可以说唯有神苑的樱花才真正代表着京洛的春天。她们每年都来京都赏花，第二天下午从嵯峨返回，那时正值黄昏时分，春日的夕阳最是让人依依不舍，拖着尽情游玩半天而疲惫不已的双脚，流连于神苑的樱花树下。在池

①每年4月到5月在祇园花见小路歌舞场举行的舞姬舞蹈会，是京都著名的传统活动之一。

畔、桥下、路角、回廊檐下的每一株樱花树前，她们几乎都要驻足观赏、赞叹，表达无限的爱慕之情。回到芦屋家里以后，直到第二年的春天，整整一年间只要一闭上眼睛，眼前就浮现出樱花的娇艳、树枝的形态，宛若一幅美丽的画卷。

今年幸子他们选在四月中旬的星期六、星期天两天去京都。悦子身穿长袖友禅绉绸和服，这套漂亮的和服一年都穿不了几次。悦子去年赏花时穿的衣裳今年穿就有点小了，何况她平时穿不惯和服，显得更加拘束。今天还特地给她化了淡妆，容貌焕然一新。走路的时候还要小心翼翼，生怕漆皮木屐掉落下来，坐在瓢亭的狭小茶座里，平日穿西服的习惯不知不觉地流露出来，合不拢双膝，前襟分开，露出膝盖来。大人们取笑她："嘿，小悦，你可是弁天小僧①。"悦子还不怎么会用筷子，和小孩子拿筷子的样子差不多，加上和服的长袖裹着手腕，与穿西服时不一样，吃东西显得不顺手，她想夹起八寸食案里的慈姑，没夹住，慈姑掉在外廊上，又滚到院子里，在青苔上咕噜咕噜滚动，惹得悦子和大人们哈哈大笑。这是今年赏花时第一桩趣事。

第二天早晨，一行人先去广泽池畔，在一株花枝低垂的樱花树下，幸子、悦子、雪子、妙子依次并排而立，贞之助以遍照寺山为背景，用莱卡相机给她们拍了张照。关于这棵樱花树还有段往事：有一年春天，他们来到这个池畔的时候，一个手持相机的陌生男子恳请让他给她们拍照，拍了两三张以后，他真挚感谢一番，并说如果拍得好的话，一定把照片寄上，并抄下住址。过了十来天，果然践约寄来一张效果不错的照片。照片以荡漾的涟漪为背景，拍的是樱花树下幸子和悦子驻足凝视池水的背影。照片上母女陶醉于观看池水的出神姿态，乃至樱花飘落在悦子友禅和服长袖花纹上的风情都在不加修饰地咏叹着即

① 歌舞伎剧《青砥稿花红彩画》中的白浪五好汉之一，常男扮女装进行诈骗、勒索等。

将逝去的春天。此后，每次来京都赏花，她们都必到广泽池畔，站在这棵樱花树下，凝睇池水，还不忘拍照。幸子还记得池畔墙根下种着美丽的山茶树，每年都开着深红的花儿，所以也一定要到那墙根下站立片刻。

他们登上大泽池的堤坝放眼四望，从大觉寺、清凉寺、天龙寺的门前经过，今年又来到渡月桥的桥旁。京洛赏花时节，总是人山人海，其中交织着身穿单一深色民族服装的朝鲜妇女成群结队地来来往往，平添一道异国风情。今年一走过渡月桥，就看见她们三三两两地蹲在河边的樱花树下吃午餐，其中还有妇女酒后欢闹的。幸子他们去年在大悲阁、前年在桥边的三轩家吃的便当，今年选择在法轮寺的山上，那里供奉着以十三诣①而闻名的虚空藏菩萨。吃过饭后他们返回渡月桥，走在天龙寺北面的竹林小径上，一边说“小悦，这是麻雀窝②哦”，一边朝野宫方向走去。午后起了风，天气一下转凉，来到厌离庵的庵室时，门口的樱花纷纷飘落在幸子姐妹们的衣袖上。接着，他们再次走过清凉寺，从释迦堂前面的车站乘坐爱宕电车返回岚山，第三次来到渡月桥的桥头，稍事休息后，坐出租车前往平安神宫。

一进神官大门，便看见正面的太极殿，从西面的回廊迈进神苑第一步的地方，就种有几株蜚声海外的垂枝樱。每次穿过回廊门之前，她们就惦念着今年花事如何，自己是否来晚了，怀着几分不安和满心期待，今年也是如此。当她们跨进神苑的瞬间，只见漫天的红云布满傍晚的天空。大家仰望着，不约而同地发出“啊”的赞叹声。这个瞬间才是这两天赏花活动的顶点，这个瞬间的欣喜才是从去年春天开始就一直翘首企盼的高潮。她们心满意足，今年又赶上花潮如海的盛开

---

① 每年的 4 月 13 日，京都一带满 13 岁的男孩女孩为了祈求福德，会前往参拜法轮寺的虚空藏菩萨。

② 典出日本民间故事《断舌雀报恩记》，故事中麻雀住在竹林里。

时节，心情舒缓欢畅，同时期望明年这时候再来观赏此花。唯有幸子暗自神伤，明年自己再来赏花时，说不定雪子已经出嫁。花到来年重绽放，佳丽青春去不返，想到这里，幸子不免有些落寞。然而，为了雪子的未来，她也盼望着今年是最后一次与雪子一起赏花。说实在话，去年和前年的春天，她站在樱花树下，也沉浸在同样的思绪里，每次都希望这是最后一次与雪子共赏樱花，可是今年又和雪子一起徜徉花中，实在不可思议。想到这里，幸子总觉得雪子命运可怜，不忍再正面看她一眼。

樱花树的尽头，便是刚刚萌出柔嫩细芽的枫树、橡树，还有修剪成圆形的马醉木。贞之助让她们走在前头，自己拿着相机跟在后面，在她们走到白虎池菖蒲丛生的池畔时，在途径卧龙桥倩影倒映苍龙池水中的桥面石上的时候，并排站在从栖凤池西面的小松山向着道路伸展出来的树枝下观赏似锦繁花的时候，总是尽心尽责地拍下一张张靓照。她们这一行人，所到之处总有许多陌生人请求拍照，懂礼貌的人会事先态度诚恳地征求同意，不懂礼貌的人就擅自偷拍。她们对去年在什么地方做过什么记得一清二楚，连那些不值一提的小事都会见景想起，例如曾在栖凤池东面的茶屋喝过茶，在楼阁桥的栏杆边上将麸子扔给绯鲤，等等。

“啊！妈妈，你看，新娘子！”悦子突然喊起来。

原来是刚刚举行过神前式的一对新人正从斋馆出来，不少看热闹的人列队两侧看着新娘子上汽车。从这里只能看见在车窗玻璃上映出戴着洁白头纱、身穿礼服的新娘的背影。实际上，在这里遇见新婚夫妇并非头一次。幸子每次遇见总是感触良深，心头隐痛，但雪子和妙子若无其事，有时还挤在人群中一起等待新娘子从斋馆里出来，然后兴致勃勃地对幸子说新娘子长什么模样、穿什么衣服。

这天晚上，贞之助和幸子留在京都再住一宿。第二天，夫妇俩去拜访一座名为不动院的尼姑庵，这是父亲鼎盛时代在高尾山的寺院内所修建的。他们会和院主老尼回忆父亲生前的许多往事，度过半日悠闲。此地是观赏红叶的好去处，但现在叶子才刚刚嫩绿，只有院前引水管旁边的木瓜海棠上有一朵蓓蕾含苞待放。他们一边欣赏尼姑庵独有的雅静环境一边品尝甘洌甜美的山泉，连饮数杯，然后趁着天色尚明，走二十丁路下到山麓。归途经过御室的仁和寺门前，知道重瓣樱尚未开花，但希望哪怕在树枝下歇息一会儿，吃一点山椒芽酱烤豆腐也好，于是又进了仁和寺。贞之助根据过往的经历，知道这样磨磨蹭蹭到天黑，幸子便又想在京都再住一晚，所以最后在嵯峨、八濑大原、清水等几个地方均未停留，在当天五点稍过的时候急急忙忙跑到七条车站。

过了两三天，一天早晨，贞之助上班以后，幸子到他的书房收拾，看见书桌上摊着一张未完作废的信笺，空白处有两行潦草的铅笔字。

四月某日于嵯峨

佳人艳装聚螓首，
京城嵯峨花盛开。

幸子从女中开始就喜欢创作诗歌，最近受到丈夫的影响，经常在笔记本里随手记下忽然冒出来的诗句，自己欣赏一番。现在看见丈夫的作品，猛然诗兴大发，把前些天在平安神宫吟咏半截的诗歌思索片刻后补充完成。

平安神宫见落花咏怀

不忍匆匆春归去，
暗将落花藏袖中。

她用铅笔将这首诗写在丈夫那首下面，按照原样摊放在书桌上。贞之助傍晚回来以后，不知是否注意到，总之没有说话，幸子也把这件事忘在脑后。可是第二天早晨，她去整理书房的时候，书桌上依然摊放着那张信笺，但贞之助在她的诗下面新写了一首，是否可以理解为他对自己作品的修改呢？

正是绽放赏花时，
却藏花瓣暗惜春。

二十

“悦子她爸，差不多就行了，这么玩命干，会累坏的。”

“知道了，可是干起来就停不下。”

今天是星期天，贞之助本来邀请幸子一起去前些日子赏樱刚去的京都观赏新绿，但幸子从早晨开始觉得身体不舒服，四肢乏力，所以只好作罢，下午贞之助便在院子里埋头除草。

当初买这栋房子的时候，院子里的草坪并没有长草，以前的房主说这草坪养不活草。可是贞之助不听那一套，偏要种草。也多亏他精心照料，如今终于像个草坪的样子了，只是比别家长得慢，草色也绿得晚。贞之助出于自己带头种草的责任感，比别人付出更多的努力，他发现草发育不好的原因是初春发芽时遭到麻雀啄食，于是每年一到春天就开始严防麻雀，一见它们飞来，就扔石子驱赶，并唠叨着要求全家总动员打好“麻雀战”，所以小姨子们取笑道“又到姐夫扔石子的时候了”。今天风和日丽，贞之助戴着遮阳帽，穿着裙裤，拔掉草坪上芜杂的荠菜、车前草，又用割草机喀嚓喀嚓地修整。

“悦子她爸，马蜂！马蜂！一只大马蜂！”

“在哪里？”

“飞那边去了。”

和往年一样，阳台上已经支起遮阳苇棚。幸子坐在苇棚里的白桦圆木皮椅上，一只马蜂从她的肩膀掠过，在中国瓷墩上的芍药花盆周围盘旋两三周，嗡嗡地叫着朝红白相间的平户杜鹃花飞去。丈夫正专心致志地修整草坪，逐渐进入和邻居分界线的铁丝网沿边的寒山竹、橡树的繁密树丛里，透过丛生的平户杜鹃，只能看见大遮阳帽的宽边。

“倒没有马蜂，就是蚊子很厉害，隔着手套咬进去。”

“叫你别干了。”

“没事。你说身体不舒服，怎么回事？”

“躺着反而累，这样子感觉好一点。”

“你说累，怎么个累法啊？”

“头昏沉沉的……恶心……四肢无力……像是要生一场大病。”

“瞎说什么呢！神经过敏！”贞之助突然轻松地大叫一声，“啊！不干了……”他从竹丛中站起来，弄得竹丛沙沙作响。他扔掉挖车前草根的小铲刀，脱下手套，用留有蚊子咬过痕迹的手背擦着额头上的汗水，身子后仰，使劲伸了伸腰，然后走到花坛旁边，拧开自来水水龙头洗手。

“有风油精吗？”贞之助一边挠着手腕上的红肿一边走上阳台。

“阿春，拿风油精来！”就在幸子对着里屋高声叫喊的时候，贞之助又回到院子里，开始摘平户杜鹃中枯萎的花朵。这些花儿在四五天前尽情绽放，但现在多半已经枯萎，破败不堪，尤其是白花，如枯黄的纸屑一般。贞之助把这些枯花一朵朵摘下来扔掉，接着仔细摘掉如长须般的雄蕊。

“风油精拿来了。”

“嗯。”贞之助又继续清理一会儿，“这里得打扫干净。”把这些活儿都干完以后，他才走上阳台，伸手接过风油精时，突然看着幸子的眼睛大叫：“哎呀！”

“怎么啦？”

“你过来，到亮处来一下。”天色开始暗淡，苇棚里更显得阴暗。贞之助把幸子拉到阳台边，让她站在傍晚的余晖中。“咦，你的眼睛发黄。”

“发黄？”

“嗯，眼白发黄了。”

“那……会不会是黄疸？”

“可能吧。你吃了什么油腻的东西？”

“昨天不是吃了牛排吗？”

“是啊，是啊。”

“哦哦，知道了……这两天恶心想吐，肯定是黄疸。”

幸子刚才听到丈夫那声“哎呀”的时候，莫名其妙地愣了一下，要是黄疸的话，她觉得并没有什么可担心的，一下子放下心来。令人可笑的是，她竟然流露出高兴的眼色。

“我看看。”贞之助把额头贴在她的额头上，“倒没怎么发烧。不过还是躺着吧，免得严重起来。总之，请栉田大夫来看一下。”贞之助让幸子上二楼的房间休息，然后立即给栉田打电话。

这位栉田先生是在芦屋川车站附近开诊所的医生，诊断准确，医术精湛，在这一带很有名气，大家都找他看病，他每天都在外面出诊，晚上十一点之前还回不了家吃饭，要抓到他颇不容易。所以，如果到了非请他来一趟的时候，贞之助就亲自给一个名叫内桥的老护士打电话，请她协助安排。即使如此，若不是重病，栉田一般不会按照患者希望的时间来，甚至还会失约。因此在电话里说明病情的时候，总要说得比实际重。这天也是过了十点还等不到人来，贞之助说：“栉田大夫大概又要失约吧。”将近十一点，终于听见汽车停在门口的声音。

“这是黄疸，没错……”栉田大夫说道。

“昨天吃了一大块牛排。”

“这就是病因。好吃的东西吃太多了……每天喝蚬子酱汤就好了。”

栉田大夫说话直爽，也是因为他太忙，看病非常简单，三下五除二就看完，一阵风似的走了。

第二天开始，幸子就在房间里时而躺着时而起来走动，虽然不太难受，但也不见迅速好转。一个原因是天气闷热，梅雨之前，不下雨也不放晴，阴沉沉的，让人心情郁闷。另一个原因则是这种恼人的天气持续了好些天，即使身体没事，也无处去玩。幸子两三天没有洗澡，换下满是汗味的睡衣，让阿春把酒精滴在热毛巾上给自己擦背。

这时悦子进来，说道：“妈妈，壁龛里插的是什么花？”

“罂粟花。”

“我害怕这个花。”

“为什么？”

“我一看见这花，好像会被它吸进去似的。”

“真的啊……”

小孩子往往会一语中的。这几天幸子待在房间里，感觉脑袋像是被什么东西重重压着似的，非常苦闷沉郁，原因似乎就在眼前，可是自己竟然未能发现，而被悦子一句话切中了要害。如此说来，壁龛里的罂粟花的确是罪魁祸首。这花长在田野里很美，但孤零零的一支插在花瓶里，摆在壁龛中，令人感觉毛骨悚然，“会被它吸进去似的”这种说法可谓十分贴切。

“没错。我也有同样的感觉，可大人反倒说不到点子上。”雪子钦佩地说着，连忙把罂粟花拿走，换上一盆燕子花与山丹花搭配的插花，但幸子连这个也觉得压抑胸闷，索性撤掉所有的花，让丈夫挂上一幅清清爽爽的和歌挂轴。虽然季节尚早，但还是挑了一幅香川景树[①]题为《山峰骤雨》的诗：

晚来骤雨爱宕峰，
应是浊流清泷河。

也许是房间的装饰多少有些效果，第二天，幸子就感觉心情好多了。下午三点多，玄关的门铃响起，接着传来似乎是客人的脚步声。阿春上来说道："丹生太太来访，还带来两位太太，一位姓下妻，另一位姓相良。"

幸子和丹生夫人久未见面，自己不在家的时候，她曾两次来访，如果就她一个人，可以请她上楼到房间里来。但幸子与下妻夫人不是特别熟悉，尤其对相良夫人还是初闻其名，所以不便请她们上来。这时让雪子代为接待其实最为合适，但她不喜欢和不认识的人打交道。如果以生病为由将她们拒之门外，那实在对不起多次特地来访而落空的丹生夫人，加上自己也闲得无聊，于是让阿春下去打个招呼，说因为自己身体不太舒服，时常卧床，所以衣着不整，难以见客，请各位先在楼下的会客室稍候片刻。然后，幸子坐在梳妆台前急急忙忙地化妆，在脏兮兮的脸上扑上一层白粉，换了件干净的和服单衣，才下楼来，足足让客人等了半个小时。

"给您介绍一下，这位是相良夫人……"丹生夫人指着那位一看就知道是留洋归来、身穿典型的美式西服的夫人说道，"她是我的女中同学，先生在邮船公司供职。夫妇俩之前一直住在洛杉矶。"

"初次见面……"幸子嘴里寒暄着，心里一下子后悔和她们见面。

---

① 香川景树（1768－1843），江户时代后期的歌人、歌学者。

一方面因为自己病容憔悴，不适合会见生客，另一方面自己也万没料到所见的生客竟如此洋气。

“您生病了？哪儿不舒服呢？”

“黄疸病。您看，眼睛发黄吧？”

“真的。黄得很厉害。”

“感觉很难受吗？”下妻夫人问道。

“是的。不过今天好多了。”

“真是对不起。这个时候还来打扰，丹生太太，是你不够随机应变啊，刚才在门口告辞就好了。”

“哎哟，你真坏，怎么还怪上我了。是这样，莳冈太太，其实是相良太太昨天突然来找我，她对关西不熟悉，我就给她当导游。我问她想看什么，她说想认识阪神地区有代表性的夫人。”

“哎哟，有代表性的……哪种意义的代表性呢？”

“您这么一说，我也不好回答，就是各种意义上的代表性吧。我想来想去，最后选中您了。”

“真是胡来……”

“不过，您确实有资格被选中，虽然您现在有点不舒服，但还是忍耐着接待一下我们。哦，对了……”丹生夫人把进屋时放在钢琴椅子上的包袱打开，拿出两盒又大又红的西红柿，“这是相良太太送的。”

“哎哟，这么漂亮的西红柿，是哪儿种出来的啊？”

“这是相良太太自家种的，街上根本没得卖。”

“这样啊。不好意思，相良太太府上在哪里？”

“北镰仓。我是去年回来的，在家里才住一两个哦月呢……”

这个“哦月呢”的语调与上流社会妇女所发出的还不一样，幸子学不来，心想要是让善于模仿的妙子听见，一定很有意思。想到这里，她禁不住独自笑起来。

“您去哪儿旅行了？”

“住院有一段时间了……”

“哎哟，患的什么病？”

“严重神经衰弱。”

“相良太太得的是富贵病。”下妻夫人插话道，“不过，圣路加医院可以长期住院，这一点很好。”

“那儿离海近，比较凉快，现在住进去应该很不错。不过，离中央市场也很近，吹来的风里时常带有鱼腥味。还有本愿寺的钟声很刺耳。”

“本愿寺改建成那样的建筑后，还继续敲钟吗？”

“是的，还敲呢。”

“就像鸣汽笛一样。”

“还有教堂也撞钟。”

“唉，”下妻夫人突然叹了口气，说道，“我去圣路加医院当护士吧。你说怎么样？”

“也许可以吧。”丹生夫人轻巧地敷衍过去。

幸子听说过下妻夫人的家里有些不愉快的事情，感觉刚才的话里大有文章。

“听说将饭团夹在腋下可以治黄疸病。”

“哎哟……”相良夫人一边用打火机点烟一边惊讶地看着丹生夫人的脸，“你还知道不少古里古怪的事情嘛。”

“据说将饭团夹在两边腋下，饭团会变黄。”

“想想那饭团得多脏啊……”

“莳冈太太，您用这偏方了吗？”

“没有。我这是第一次听说，不过知道多喝蚬子酱汤有好处。”

“反正这病不费钱。”相良夫人说。

幸子大致觉察出这三人带来礼物意在今晚让她请客，可一想到现在离晚饭时间还有两个小时，与原先的估计相反，觉得自己没有心情陪她们那么长时间。她最头疼的就是和相良夫人这种气质作派、言谈举止都是典型的东京风格的太太打交道。在阪神的太太圈子里，幸子算是能讲上一口流利东京话的，可是和这样的夫人见面，就不好意思开口了。与其说是不好意思，不如说是她感觉讲东京话显得低俗浅薄，所以故意不说，反倒用起本地话。说起来，丹生夫人平时和幸子总是说大阪话，今天大概是因为陪同客人才特地讲东京话，结果好像变了个人似的，没有那种融洽交心的感觉。丹生夫人虽然是大阪人，但是在东京读的女中，与东京人交往多，所以东京话说得好也很正常，可幸子和她交往这么长时间，至今不知道她的东京话如此漂亮标准。今天丹生夫人完全失去了平时的文静端庄，那眼波流盼、朱唇翘曲、吸烟时用食指与中指夹烟的姿势都与以往不同。也许说东京话首先要通过表情和动作来表达吧，否则就不地道，但这样一来，整个人的品味一下子变得俗不可耐。

平时即使身体有点不舒服，幸子也会强忍着与人应酬，不会形于辞色，但今天听着三人说话，就烦躁不堪，心里一厌恶，脸上就流露出来。

“丹生太太，不好意思……我们告辞吧。”下妻夫人察觉出来，边说边站起来。幸子并没有勉强挽留她们。

二十一

幸子的黄疸病虽不严重，却久拖不愈，入梅以后才开始见好。一天，本家大姐打电话来慰问，说起一件让幸子十分意外的事情：因为姐夫升任东京丸之内支行行长，近期将离开上本町的住宅，举家迁往东京。

“嗯，什么时候搬家？”

“你姐夫说他下个月就要去，先让他去找房子，我们随后走。孩子们要上学，八月底之前必须过去。”姐姐说着说着，声音开始带了哭腔。

“这件事你早知道了吧？”

“什么啊，真的很突然。连你姐夫都说事前什么也没听说。”

“下个月就走，太仓促了。大阪的房子怎么办？”

“怎么办才好啊，我一点都没想过。做梦都没想到要去东京。”

大姐历来喜欢煲电话，刚要放下电话的时候又继续说下去，说起来没完没了，出生以后一次也没有离开过大阪，在自己三十七岁这一年却不得不离开这块土地，她用了整整半个小时来倾诉心中的辛酸苦楚。

据姐姐说，亲戚和丈夫的同事们都众口一词地祝贺荣升，没有一个人能够理解自己的心情。她偶尔吐露一点心声，大家都说她到现在还这么因循守旧，付之一笑，没当回事。她自己也想，的确正如他们所说的那样，这又不是被派往遥远的异国，也不是去交通闭塞的偏远农村，而是到东京的正中心丸之内工作，有幸搬迁到天子脚下，有什么可悲伤的呢？她虽然也这样自我安慰，可一旦想到要告别大阪这块住惯了的乡土，就情不自禁地伤感掉泪，结果连孩子们都笑话她。幸子听大姐这么说，一方面也觉得她好笑，但另一方面也不是不能理解她的心情。姐姐这个人，很早就代替母亲照顾父亲和妹妹们，父亲去世后，等到妹妹们长大成人的时候，她已经结婚生子，与丈夫一起努力挽救日趋衰微的家运，在四姐妹中最受苦受累。从某种意义上说，由于她受到旧时代的教育，至今还依然原封不动地保留着过去那种千金小姐的习性。如今在大阪中流阶层的夫人中，要说到三十七岁还没去过东京，简直让人难以置信，然而大姐就是一次也没去过。虽然大阪女子不像东京女子那样喜欢外出旅行，幸子和两个妹妹也极少去京都以东的地方，但借修学旅行等机会，三人都去过一两次东京。固然大姐很早就承担了家务，没有时间外出旅行，但最主要的还是她认为任何地方都比不上大阪，看戏有雁治郎，上餐馆有播半或者鹤屋，这就让她心满意足了。即使有外出的机会，她也都让给妹妹们，自己宁愿留在大阪看家。

大姐现在居住的上本町住宅是典型的大阪式古色古香的建筑，穿过高高的围墙门，迎面是一栋有棂子格窗的房子，通过中庭从玄关一直穿到后院，庭院中种着低矮的树丛。即使在白天，照射进来的光线也很暗淡，只有擦得锃亮的铁杉柱子在昏暗的室内泛着幽光。幸子她们不知道这座宅子是什么时候修建的，也许是一两代之前的祖先盖的，当时作为外宅或者退隐居所使用，好像也租给分家或别家的亲属。但是到了父亲晚年，由于当时流行住宅与店铺分开，原先住在船场商店里屋的她们也搬来了这座住宅。她们住在这里的时间并不长，但小时候曾来过几次，当时是亲戚寓居此处，加上父亲又是在这里咽气的，所以对这座宅子具有特殊的记忆。幸子觉得，大姐对大阪的乡土眷恋之情，其中大部分是对这个家的依依不舍。尽管幸子觉得大姐古板得近似可笑，但在电话里听到这个突如其来的消息时，心头也咯噔一下，立即想到以后恐怕去不了那个家了。幸子平时和雪子、妙子经常私下议论那栋宅子脏兮兮的，又没有阳光，真不明白大姐一家怎么还住得下，要是她们住三天估计脑袋就大了。不过，真到这栋老宅子就要消失的时候，幸子感觉即将失去故乡的根基，一种难以言喻的落寞袭上心头。说起来，本家姐夫放弃世代经营的家业而去银行工作，就意味着他有可能被派到地方的支行任职，大姐说不定随时都会离开这个家。然而，大姐及其他妹妹们都粗心得没有想到这种可能性。八九年前，姐夫曾被调任福冈支行，但是他向上司提出由于家庭情况，无法离开大阪，即使不加薪，也愿意保留原职，上司同意了他的申请。后来，上司似乎考虑到辰雄入赘女婿的特殊身份，唯独没有调他去其他支行，虽然没有得到明确的说法，但他认定自己这辈子就注定留在大阪了。因此，此次辰雄的调动，对于她们来说如同晴天霹雳。不过，究其原因，一是银行高层人事变动，方针也随之改变；另外就是辰雄本人有心为了升职而离开大阪。他的同事一个个都得到提拔，唯独他依然是吴下阿蒙，觉得太窝囊了，而且随着孩子的增加，生活费也水涨船高，加上由于经济形式的变化，不能像以前依靠岳父的遗产过日子了。

幸子本想尽快去看望因背井离乡而心情郁闷的姐姐，同时自己也对老家怀着依恋惜别之情，可是因故耽误了两三天。大姐又来电话，说自己此去不知何时能重返大阪，暂且把这栋房子低价租给“音老头”一家居住，委托他看管。她还说眼看八月就到了，必须赶紧收拾东西。这一阵子每天都待在库房里。父亲去世以后，家具什物都堆在库房里，现在不知道如何下手整理，对着堆积如山、凌乱不堪的东西茫然发愣，束手无策。这些旧东西对她没有用处，或许其中还有幸子想要的物件，所以希望幸子去一趟。那个“音老头”名叫今井音吉，原先在父亲的滨寺别墅当家仆，现在儿子在南海高岛屋百货店工作，也已经成家，他自己老来享清福。因为后来一直与本家有来往，所以就委托他看管老宅。

接到大姐第二通电话的翌日下午，幸子就去了上本町。一进大门，只见中庭前面的库房门敞开着。“姐！”她从敞开的两扇门冲里面喊了一声，走进去。在这个闷热潮湿的梅雨天里，大姐蹲在二楼霉味弥漫的屋子里，扎着头巾，正拼命收拾东西。她的前后左右堆着五六个旧箱子，上面分别写着“春庆漆核桃脚食盘二十副”“汤碗二十副”等字样，旁边有个盖子已经打开的长方形木箱，里面摆满了小盒子，姐姐正细心地解开这些盒子上的绦带，里面是志野烧茶点盘、九谷烧酒壶之类的东西，一一察看以后放回了原处，又把要带走的、要留下的和要处理的东西分门别类。

“姐，这个不要吗？”

幸子问她，她都是心不在焉地“嗯嗯”应付着，手上却忙个不停。幸子看见大姐拿出来的一个盒子里装着端砚，想起父亲当时购买这方端砚时的情景。父亲对书画古董一向缺少眼力，认为价格贵的就是真货，时常被人忽悠买来毫无价值的东西。这方砚台是一个常有来往的古董商拿来的，开价几百日元，父亲甚至不讨价还价就买了下来。幸子当时在场，看到这一幕，心想砚台还有这么贵的，父亲既不是书法家也不是画家，买这东西做什么用。但还有比这更荒唐的事情，在购买那方砚台的同时，还买了两块刻图章的鸡血石。父亲打算送给后来成为好友的一个能写汉诗的医学博士，作为他花甲之年的生日礼物，于是请人在印章上镌刻祝词，可篆刻者很快将鸡血石退回来，说这石头有杂质，刻不了。花高价买的东西扔掉可惜，于是长年塞到了什么地方，后来还见过几次。

“姐，还有两块叫鸡血石的石头吧？”

“嗯……”

“在哪里呢？”

“……”

“姐，问你呢……”

“……”

大姐正把写有“高台寺泥金画文卷”的盒子放在膝盖上，用手指使劲插入盖子的缝隙里，一心一意想把盖紧的盖子打开，根本没听过幸子说的话。

幸子对大姐这副模样已经见怪不怪，她全神贯注地干着一件事，心无旁骛，旁若无人，不了解她的人看她这样聚精会神地干活，都十分佩服，夸赞她精明能干。其实大姐一点也不精明，遇到突发事情，先是茫然若失，呆若木鸡，等她缓过神来，就像神鬼附身似的玩命干起来。在旁人看来，她的确是一位干活不遗余力、任劳任怨的精干妻子，但实际上她只是处在极度兴奋的状态，昏头昏脑地一通瞎忙乎罢了。

幸子傍晚回到家对两个妹妹说道：“大姐这个人真是可笑，昨天在电话里哭唧唧地说她热泪盈眶地向别人诉说自己的心情，可没人理她，无论如何要我去一趟，向我倾吐心里话。可我今天去了，她却钻在库房里忙着整理东西，我叫了几声‘姐’，根本就没搭理我。”

雪子说：“大姐就是这么个人。”

“可是，你瞧着吧，等她过了这个劲儿，肯定又会哭着喊着叫你去。”

过了一天，雪子就接到大姐的电话，让她过去。雪子说这次我去看看究竟什么样子。一个星期过后，雪子回来，说道：“行李大体已经收拾好。不过嘛，鬼神还附在身上。”说罢，自己也笑了起来。

据雪子说，大姐叫她回去，是因为她要和姐夫一起去名古屋向公公婆婆辞行，所以让雪子去看家。雪子到达上本町的第二天是星期六，下午他们夫妇俩动身前往名古屋，星期天夜里很晚才回来。从回到家里到今天，这五六天的时间里，大姐干什么呢？她每天坐在桌前练字。为什么要练字呢？她说这次在名古屋向辰雄的父母亲以及很多亲戚辞行，大家都热情地设宴款待，所以必须给他们写信表示感谢。这是大姐的一件大事。尤其是辰雄的嫂子写得一手好字，自己不能比她逊色，一想到这里就更加心情振奋。每次给嫂子写信时，总是在桌子的左右摆上字典、尺牍范文，一丝不苟地查找模仿草书的运笔要领，遣词造句也谨慎斟酌，还要打数次草稿，一封信写上一天。这次要写五六封感谢信，光打草稿就很不容易，所以整天发愤练习，还把草稿给雪子看，问这样写是否可以，有没有什么地方没写到，征求雪子的意见。今天雪子离开时，她好不容易终于写好一封信。

“大姐去银行高层的家里辞行，两三天前就自言自语地背诵要说的话。”

“可是你听听她说的话，什么去东京这件事实在太突然了，前些日子一直伤心落泪。可是现在想开了，去哪儿都行。既然这么决定了，那就快一点去东京。一定要让亲戚们都大吃一惊。”

“确实如此，她总把这些看作生活的意义。”

三个妹妹你一言我一语地对大姐冷嘲热讽。

二十二

辰雄七月一日要去丸之内支行上班，所以六月底先行去东京，暂时住在麻布的亲戚家里，同时托人寻找合适的住宅。不久来信说在大森找到一处住宅，大体决定租下来。全家人过了八月的地藏盆节[①]后，于二十九日星期天乘坐夜班车赴京。辰雄于前一天的星期六回到大阪接他们。出发的当天夜晚，不少亲友到车站送行。

进入八月以后，大姐鹤子每天都要到一两家亲戚或者丈夫的银行同事家里辞行，该去的地方都转过以后，最后来到芦屋的幸子家住了两三天。这与客套形式的辞行不同，前一阵子她为准备搬家忙得四脚朝天，“神鬼附身”一样日夜拼命干活，现在想趁这机会休息一下，同时姐妹四人久违地团聚一处，可以亲密无间地开怀畅谈，叙说对关西的依恋不舍，悠闲自得地度过这段惜别时光。于是，她把大阪的宅子交给音老头的老伴看管，毫无牵挂，一身轻松，让保姆背着三岁的小女儿一起来到幸子家。四姐妹聚集一堂，舒心交谈，尽情享受愉快的时间，已经多年没有这样了。回想起来，鹤子来芦屋幸子家的次数屈

---

① 京都大阪一带在 8 月 24 日祭祀地藏菩萨，由孩子给地藏菩萨献上鲜花、糕点。

指可数，都是从忙碌的家务中抽空过来，也就待上一两个小时。幸子去上本町时，因为大姐孩子多，脱不开身，也没法静下心来好好聊天。可以说，姐妹俩自结婚以后就没有这样倾心交谈的机会。所以两个人早就盼望这一天来临，暗自思量着到时候说这个问那个，畅谈未出嫁以来几十年积攒的各种话题。然而，到了那一天，大姐来芦屋住下后，她想把前一阵子——莫如说这十几年作为妻子、母亲的辛劳统统化解一下，便让幸子叫来一个按摩师，大白天就躺在二楼的卧室里，自在随心地享受舒服的按摩。幸子考虑到大姐对神户不是很熟悉，打算请她晚上去东方饭店或者南京町的中餐馆吃饭，可是大姐说不去那地方，只想在家里无拘无束地逍遥自在，用不着请她吃什么山珍海味，有碗茶泡饭就足够了。一方面也因为天气炎热，三天里两人也没有好好聊天，稀里糊涂地就过去了。

鹤子回去又过了几天，在还有两三天即将出发的时候，亡父的一个妹妹，幸子姐妹称呼“富永姑母”的老太太突然上门来。幸子从未见过这位姑母，她冒着酷暑特地从大阪过来，肯定有事，不过幸子大体也能猜到。果不其然，她正是为雪子和妙子而来。本家在大阪的时候，这两个妹妹在本家和分家两边来回居住没有问题，但以后就不能这样子了，因为她们是本家的人，所以这次就应该和本家一起去东京。姑母还说，雪子没什么可准备的，明天就回上本町，和他们一家子一起走。妙子有工作，需要收拾整理，晚一点也没办法，但一两个月以后一定要去。并不是不让她做这份工作，去东京以后可以继续她的人偶创作，谁也不会阻拦她，在东京从事这个应该更方便。姐夫也认为既然妙子的创作已经获得社会的认可，只要她工作态度认真，就同意她在东京设立自己的工作室。姑母说，前些日子鹤子住在这里的时候，本来应该商量这件事的，但她说那一次是去休息的，不愿意说这件烦心事，所以什么也没说，后来她对姑母说“姑母辛苦您跑一趟吧，把这件事告诉她们”，所以今天姑母是受鹤子之托来的。

姑母今天说的这一番话，幸子在听说本家要去东京的那一天起就知道总会被提出来的，两个当事人虽然嘴上不说，心里却相当愁闷。按说前阵子鹤子一个人为准备搬家忙不过来的时候，雪子和妙子用不着别人吩咐，应该主动回去帮忙，可是她们极力回避，能不去就不去。后来雪子被大姐叫去，总算待了一个星期，妙子则推说自己忙于创作，一直待在工作室，连芦屋都不去，就是前些天大姐来的时候，她回去待了一个晚上。至于大阪，妙子就没有回去过。她们这样就是想先声夺人，表达自己希望留在关西的想法。但姑母继续对幸子说道：“这话就对你一个人说，雪子和小妹为什么不愿意回本家呢？听说是和辰雄姐夫的关系不好。其实辰雄不是雪子她们所想象的那种人，他对两位小姐并没有任何恶意。只是他生于名古屋的旧式家庭，思想非常古板。像这次搬迁，如果两位小姐不随本家去东京，而是留在大阪，就不成体统了，说得难听一点，这关系到姐夫的脸面。如果两位小姐一意孤行，鹤子夹在中间只会左右为难。所以这个时候，需要幸子你出面劝说她们。她们听你的话，你能否帮忙好好劝说呢？请你千万不要误会，绝不是把她们不回去的责任推到你身上。她们都是懂事的大人了，也都到了谈婚论嫁的年龄，如果不管别人怎么劝说，她们就是执意不肯回本家，自然不能像对待小孩子那样硬把她们拽回去。但不管怎么说，你说话最管用，所以我才来和你商量，无论如何请你答应。”接着，姑母还用过去的船场话说道，“今天雪子和小妹都不在家吗？”

“妙子最近一直忙于创作，很少回来……”幸子被这古董般的方言勾起兴趣，不禁也用方言说道，“雪子在家，要把她叫来吗？”

雪子刚才听到从门口传来姑母的声音，就躲起来了。幸子心想她大概躲到二楼的房间里，不敢吱声，上楼透过帘子一看，雪子果然在那间六叠的房间里，坐在悦子的床上，低头思考。

"姑母还是来了。"

"……"

"雪子，你打算怎么办？"

虽然日历上已是立秋，可这两三天的秋老虎依旧厉害，酷热难耐，和盛夏的暑伏没什么两样。室内通风不好，雪子却罕见地穿着乔其纱连衣裙。她知道自己苗条纤细的身体不适合西服，所以热天也整整齐齐地系着腰带。整个夏天里，也只在那热得实在无法忍受的十天左右才穿这件衣服。而且，只是白天到傍晚这段时间在姐妹面前穿，甚至都不愿意让贞之助看到。有时贞之助碰巧看见，就会知道今天是何等的酷热。藏青色的乔其纱下隐约显现的肩胛骨瘦得令人心疼，瘦削的肩膀、手臂那苍白的皮肤让人感到一丝寒意，顿时觉得汗水消退。本人当然不知道，但在旁人眼里，这身衣服无异于一副清凉剂。

"她说希望你明天就回去，和他们一起出发去东京。"

雪子默不作声，垂着脑袋，像裸体日本人偶一般，双臂从两边耷拉下来，光着脚丫踩在床下悦子的玩具橡皮足球上，当脚底踩得发热时，就转动皮球换一个地方踩。"小妹呢？"

"小妹因为工作关系，不是马上就去，以后肯定是要去的。据说这是姐夫的意见。"

"……"

"姑母话说得委婉，但归根到底还是认为是我把你留住不放，所以来说服我。这样虽然委屈了你，不过也请你考虑一下我的处境……"

幸子虽然觉得雪子很可怜，但是动辄听到有人说她把雪子当作悦子的家庭教师，导致她对这些指责的逆反心态日益强烈。本家的大姐就靠自己的一双手把那么多孩子拉扯大，分家的妹妹却连一个女儿都照管不了，还要找人帮忙，如果别人都这么认为，乃至雪子也这么想，觉得自己多少对这个家有恩的话，那就伤害了她作为母亲的自尊心。

现在雪子的确对自己帮助很大，但即便她不在，不见得自己就对悦子的教育无能为力，何况雪子早晚要出嫁，所以不能总是依赖她。雪子不在的话，悦子虽然会感到寂寞，但她不是不懂事的孩子，一时的寂寞忍忍就会过去，绝不会像雪子担心的那样又哭又闹。自己只是想安慰婚事不顺的妹妹，并没有故意留住她与姐夫对抗的意图，现在既然本家来要人，那就说服本人听从命令才是上策。而且，等到雪子离开以后，也让雪子及其他人看看，没有雪子，她自己也能把孩子带好。

“你还是看在富永姑母的面子上，回去吧！”

雪子默默听着，但从她萎靡泄气的神态来看，知道她理解姐姐幸子明确坚决的意志，只能服从，别无他策，因此也就死了心。

“即使去了东京，也不是再也不回来了……那个……上一次阵场夫人提亲的事还搁在那里，没有给人家回复。要是相亲的话，你无论如何得回来。即使不相亲，也一定会有其他合适的机会。”

“嗯。”

“要是这么定了，你明天就回去，可以吧？”

“嗯。”

“那就这么定了，你高兴一点下去见见姑母。”

趁雪子化妆、把乔其纱连衣裙换成和服单衣的时候，幸子先下楼，走进会客厅。

“雪子马上就下来。她是个通情达理的人，已经答应了，所以姑母一会儿对她就不要提这件事了”。

“是吗？那我这一趟没有白跑。”姑母顿时心情愉快。

幸子说贞之助快回来了，好好吃顿晚饭再回去。姑母说不用了，还是早点回去答复鹤子，好让她放心。这次可惜没能见到小妹，那就请幸子好好劝导她。等到傍晚稍阴凉一些，姑母就回去了。

第二天下午，雪子对幸子和悦子简单地道别，说了句“出去一阵子就回来”，便走了。她住在芦屋的时候，外出的好衣服都是三姐妹根据需要互相通融着穿，所以她自己的东西也就几件单衣和内衣，然后将一本没看完的小说用绉绸包袱皮包起来。这些行李让阿春拿着，送到阪急电车车站，行装比出门旅行两三天的还要简单。昨天富永姑母来的时候，悦子正好在舒尔茨家里玩，晚上幸子才把这件事告诉她，对她说雪子二姨暂时去帮忙一段时间，很快就回来，所以悦子并没有紧追着雪子不放。

启程那一天，辰雄夫妇、以十四岁那个为首的六个孩子、加上雪子这九口之家，另外带了一个女佣和一个照料孩子的保姆，总共十一人乘坐下午八点半大阪始发的列车。本来幸子应该去送行，但想到如果去了，又会惹得大姐哭哭啼啼，闹得不像样子，所以特地回避，只让贞之助一个人去了。候车室里还安排人接待，将近百人前去送行，其中还混杂着受到上一辈人关照的艺人、新町和北新地的女老板、老艺伎等，虽然没有昔日的威风气势，但果然具有曾经煊赫一时的世家后代离开乡土的气派。妙子东躲西藏，到最后也没去本家大姐那里，他们启程这一天，她在即将发车前才匆忙赶到车站，只是在一大堆乱哄哄的人群中向姐夫和姐姐简单地道别。当她从站台走向检票口回去的时候，听见身后有人打招呼：“非常对不起，您是莳冈家的小姐吗？”妙子回头一看，原来是一个新町的老艺伎，名叫阿荣，是位舞蹈高手。

“是的。我是妙子。”

“您是妙子小姐啊，排行第几呢？”

“最小的妹妹。”

“哎哟，小妹啊，都长这么大了。女中毕业了吧？”

“嗯……”妙子笑了笑，支吾过去。她经常被人误以为是女中刚毕业、不到二十岁的小姑娘，每当这个时候，她总是含含糊糊地敷衍过去，十分老练。其实在父亲的鼎盛时代，这个老艺伎——其实那时就差不多是半老徐娘了——经常到船场的家里来问候，家里人都亲切地叫她“阿荣姐”。不过这是十六七年前的事了，当时妙子刚刚十来岁，稍微计算一下，大致就能知道她现在并没有那么年轻，妙子觉得好笑，心里却明白这是因为当天穿戴着偏少女风格的帽子和衣服。

“小妹多大了？”

“已经不年轻了……”

“您还记得我吗？”

“噢，记得啊。您是阿荣姐吧……您也一点都没变样。”

“哪能不变呢，都已经是老太婆了……小妹怎么不去东京呢？”

“暂时在芦屋的二姐那里住一段时间。”

“是吗？本家的姐夫、大姐都走了，您一定觉得很寂寞吧。”

妙子走出检票口，和阿荣分开了。刚走两三步，又被一个男人叫住：“这不是妙子小姐吗？好久不见了。我是关原。这次莳冈同学荣升……”

关原是辰雄的大学同学，在位于高丽桥大街的一家三菱系统的公司工作，辰雄成为莳冈家的入赘女婿时，他还是单身，经常到莳冈家来玩，所以和鹤子的妹妹们也都很熟悉。他结婚以后被派往伦敦分店工作，在英国待了五六年，两三个月前才调回大阪的总公司。妙子听说他最近已经回国，但也有八九年没见到他了。

“我刚才就发现小妹了……”关原立即恢复了过去“小妹”的称呼，不再叫她“妙子小姐”，继续说道，“好久不见了，最后一次见面是多少年前啊？”

“祝贺你这次又顺利回国。”

“哈哈，谢谢你。其实刚才在站台上看到你，我心想肯定是小妹，可又觉得这么年轻……”

“哦，呵呵……”妙子和刚才对阿荣一样，敷衍地笑了笑。

“这么说，刚才和莳冈同学一起上车的是雪子小姐啰。”

“嗯。”

“我都没来得及和她打招呼。你们两个实在太年轻了。我这么说也许不太礼貌，在国外时总想起船场那时的事情。这次回来，心想别说雪子，可能小妹也都成为贤妻良母了。可听莳冈同学说，二位还待字闺中，不敢相信自己都离开日本五六年了，简直像做了场长梦一样……我这么说可能不合适，可就是觉得不可思议。今天晚上见到你们，不论雪子还是小妹，都这么年轻，又一次让我惊讶，甚至都怀疑自己的眼睛呢。”

“呵呵呵……”

“不，真的，不是恭维，真是这样。两位这么年轻，怪不得现在还不结婚……”关原像是赞叹一般，从妙子的帽子一直到鞋尖上下仔细打量一番，“说起来，好像没见着幸子小姐……”

“二姐没来。她说姐妹分别时哭哭啼啼的不好看……”

“哦，是这么回事啊。刚才我向大姐道别的时候，她还泪水汪汪的，不过说明她还是很重感情的。”

“去东京还哭鼻子，会被人家笑话的。”

“不，不会的。我好久没看见日本女子的这一面，感觉很亲切。小妹会留在关西吗？”

“啊，我暂时……这边有点事……”

“嗯，对了，听说小妹现在是艺术家，真了不起。”

“说什么呢？你这一套是从英国学来的吧。”

妙子想起关原喜欢喝威士忌，看得出来他那天晚上多少喝了点酒。当他邀请妙子“怎么样？到附近喝杯茶……”时，妙子机灵地推辞，赶往阪急站台。

二十三

敬启

分别以后，终日忙碌，无暇写信，未能问候，恳请原谅。

出发那天晚上，列车一启动，大姐一直强忍的泪水便夺眶而出，躲在卧铺的床帘后面哭泣。随后不久，侄子秀雄高烧腹痛，夜间去了好几趟厕所，折腾得大姐和我几乎一夜未眠。更糟糕的是，原本决定租下的大森的住宅，房东因故解了约。这是出发去东京的前一天临时接到的通知，实在心急火燎。没有办法，只好借住麻布的种田哥哥家里。现在还住在这里，一下子来十一个人，你想想给人家添了多大麻烦！一到东京，就请医生来给秀雄看诊，说是肠炎，昨天已开始好转。后来到处托人紧急寻找住宅，终于在涩谷道玄坂找到一处，是一栋供出租用的新建住宅，楼上三间，楼下四间，庭院、树木都没有，房租五十五日元。我还没有见过，但可想而知应该不会宽敞，这么一大家子恐怕难以住下，但考虑到不能这样一直麻烦种田哥哥，将来还可以另觅别处，暂且先住进去，便决定这个星期天搬家。那个地方叫涩谷区大和田町，据说下个月可以装电话。姐夫去丸大楼上班、侄子辉雄上中学都很方便，还听说那里的环境有利于健康。

暂时先写这些。

向贞之助姐夫、小悦、小妹问好。

雪子

九月八日

幸子姐：

今天早晨感觉秋风寒人，东京已经入秋。你们那里如何？望多保重身体。

幸子收到这封信的那一天，关西地方一夜之间秋意转凉，早晨就感觉空气凉爽。悦子上学以后，幸子和贞之助隔着餐桌相对而坐，正看着报上写的“我方舰载飞机空袭汕头、潮州”的报道，这时她闻到从厨房飘来的咖啡香味，忽然心头有所触动，抬起头对贞之助说：“入秋了……你不觉得今天早晨的咖啡香味特别浓郁吗？”

“嗯……”贞之助随口回应一声，依然专心致志地看报。这时，阿春端着托盘进来，里面放着咖啡，还有一封信。

他们到东京已经十几天了，正惦念的时候收到雪子的来信，幸子急忙拆开，这封信看着像是在百忙之中抽空写的，字迹潦草，她立即想象到大姐和雪子每天忙得不可开交的样子。幸子知道信中所说的“种田哥哥”是姐夫的亲哥哥，是商工省的官员，但只在十几年前大姐的婚礼上与他见过一面，现在连长相都记不得了，恐怕大姐和他也不常见面。姐夫从上个月就一直住在他家里，所以这次全家人也只好挤进去。姐夫和他是亲兄弟还好说，大姐和雪子初到陌生之地，还要叨扰名古屋一方的亲戚，而且辈分还高于自己，该多么憋屈窝囊啊！何况一进人家的屋子，就要请医生来给孩子看病。

贞之助好容易放下报纸，端起咖啡杯，问道："是雪子的来信吗？"

"我正觉得奇怪，怎么一直没来信呢？原来是事情很糟糕。"

"究竟怎么回事？"

"哦，你看吧……"幸子把三张纸的信函递给丈夫。

又过了五六天，终于收到辰雄晚来的铅印通知，对前些日子的送行表示感谢以及调任新职的致意，并告知了新住址。不过，此后雪子再无来信。星期六晚上去东京帮忙搬家并传达问候的庄吉，也就是音老头的儿子，在星期一早晨回到大阪，受大姐之托到芦屋报告他们在东京的情况。据他说，昨天星期天雪子已经顺利搬家，东京的房屋建筑质量远比大阪的粗劣，尤其是隔扇、拉门等用的都是便宜建材，品质很差。从房屋面积来说，楼下四间屋，一间二叠的、两间四叠半的，还有一间六叠的。楼上三间屋，分别为八叠、四叠半、三叠。因为是"江户间[①]"，八叠相当于京阪的六叠，六叠则相当于京阪的四叠半，所以房间狭小简陋。要说有什么优点，就是新盖的房子，感觉明快，坐北朝南，阳光充足，比上本町那栋昏暗的宅子干净卫生。虽然自家没有庭院，但左邻右舍多有豪宅和庭园，环境优雅清静。走到道玄坂，就是繁华的商业街，有几家电影院。孩子们对这里的一切都觉得很新鲜，似乎很高兴能搬到东京来。秀雄的身体也已经痊愈，应该这周就去附近的小学报到。

"雪子怎么样？"

"她身体很好。秀雄小少爷闹肚子的时候，雪子小姐照顾得无微不至，比护士还周到。太太非常佩服。"

"以前悦子生病的时候，她也是精心照顾，我想她一定帮了大姐很大的忙。"

---

① 江户及关东一带使用的房屋的标准尺，将柱间距定为 6 尺，约为 1.82 米。

“只有一件事比较遗憾，因为那栋房子比较小，雪子小姐没有个人的房间。现在楼上那间四叠半的屋子，既是小少爷的学习室，也是雪子小姐的卧室。老爷说得尽快换栋大房子，给雪子小姐安排一间个人专用的房间，不然太过意不去……”这个庄吉十分健谈，接着他稍微压低声音补充道，“雪子小姐回到本家，老爷非常高兴，这次无论如何不能让她再走了，所以对雪子小姐格外小心，一味讨好不让她生气。我都看得清清楚楚。”

听了这些话，幸子对东京的情况大致能够想象出来，可是，雪子还是没有来信。雪子虽然没到大姐那种地步，但也把写信看得极为郑重，所以平时很少动笔，加上没有自己的房间，无法心平气和地好好写信。幸子想到这些情况，便对悦子说道：“小悦，你给雪子二姨写封信吧。”然后让悦子在妙子的人偶明信片上写了几句简单的话寄出去，可还是没有回信。

二十日过后，一天晚上赏月时，贞之助说“我们今晚共同写封信寄给雪子吧”，大家一致赞成。晚饭后，贞之助、幸子、悦子、妙子聚在楼下日式房间的走廊旁边，廊上摆放着赏月的供品，阿春磨墨，摊开卷纸。首先是贞之助写下一首短歌，接着是幸子和悦子写下类似俳句的诗歌，妙子不擅长诗歌，就画了一幅月悬松间的水墨写生。

待到丛云飘浮去，庭院松枝捉明月。　　贞之助
今宵赏明月，照影少一人。　　幸子
今夜月色明，二姨东京看。　　悦子

接着是妙子的水墨画。幸子的俳句原先是“少一人”，悦子的原先是“二姨东京看，明亮月夜啊”，都由贞之助加以修改。最后让阿春也来写一首，阿春提笔，不料下笔流畅，只是字迹小而稚拙：

中秋观明月，云中初露脸。　　　　　春

接着，幸子从赏月的供品中抽出一根芒草，剪下花穗，夹在卷纸里。

二十四

寄出这封大家共同署名的信后不久，幸子便收到了雪子的回信。雪子说她反复阅读来信，由衷地感到高兴，中秋之夜独自从二楼的窗户眺望明月，去年在芦屋家中赏月的情景浮现脑海，恍若昨日，字里行间透露着伤感。但后来她又有很长时间没有来信。

雪子走了以后，阿春就在悦子的床铺下面铺被睡觉，但不过半个月，悦子就讨厌阿春，换成了阿花。也还是半个月，悦子又讨厌阿花，这次换成平时打杂的阿秋。悦子不像别的孩子一躺下就能睡着，入睡之前总要兴奋地说上二三十分钟话。这在前面已经写过，可这些女佣谁也不能陪她聊二三十分钟，悦子还想说话时，她们却早已睡着了。这似乎让悦子心烦，越烦便越睡不着，三更半夜吧嗒吧嗒跑过走廊，哗啦一声使劲拉开父母卧室的拉门。

"妈妈，我怎么也睡不着！"她怒气冲冲地哭起来，"阿春太可恶了！自己打着呼噜睡着了。讨厌！太讨厌了！我要杀了她！"

"悦子，你这么兴奋反而睡不着。你不要强迫自己睡，你反过来想，睡不着就睡不着吧，睡不着也不要紧，这样试试看。"

"可是，现在要是睡不着，明天早晨就起不来，太难受了……上学又要迟到的……”

“你嚷嚷什么？这么大嗓门，小点声！”幸子斥了她一句，陪她躺在一个被窝里，哄她睡觉。可悦子还是怎么也无法入睡，“睡不着、睡不着”地又哭又叫，惹得幸子发了火，把她狠狠训斥一顿。即使这么闹腾，女佣依然毫无动静，睡得沉沉的。

说起来，幸子这一阵子心情烦躁，知道该打针了，但还是没及时打。今年也到了“缺 B”的季节，好像家里所有的人都患上几分脚气，幸子怀疑悦子是否也是因为这个。这么一想，幸子就用手按了按悦子的心脏部位，又把了把脉，感觉有点心悸。第二天，不顾悦子喊痛，硬是抓住悦子的胳膊打了一针硫胺素。之后隔一日打一针，打了四五针以后，心悸消失，脚步变得轻快，身体的疲乏有所改善，但失眠症越发严重。幸子觉得还不至于请医生来看病，便在电话里与栉田医生商量，让悦子睡前吃片阿达林[①]试试看。但一片不太见效，加大剂量早上又会睡过头。早晨幸子见她睡得很香，不忍叫醒，等她睡醒睁开眼睛一看枕边的钟，哇的一声哭起来，边哭边叫唤“今天又迟到了，这么晚去学校太不好意思了，这样去不了学校了”。既然这样，早晨就叫醒她，免得迟到，她又说“昨晚根本都没睡”，气恼地用被子捂住脑袋继续睡，可是醒过来时又哭喊着“又迟到了”，对女佣的喜怒爱憎变化无常，厌恶的时候甚至嘴里经常蹦出“宰了你”“杀了你”这样极端的字眼。另外，她虽然正处在长身体的年龄，却一直食欲不振，最近这种倾向更加明显，每顿饭小碗只吃一两碗，菜也就吃咸海带、冻豆腐这类老年人的食品，要不就是茶泡饭勉强咽下去。吃饭的时候，总是将她喜欢的那只名叫铃的母猫放在自己脚下，喂它各种各样的东西，稍微油腻点的大都给“铃”吃。可别看如此，她还有严重的洁癖，

---

① 一种镇静剂。

吃饭时一会儿说猫碰到自己了，一会儿说苍蝇停在食物上了，一会儿又说女佣的衣袖碰到食物了，筷子要用热水消毒两三次，伺候的人知道她这个习惯，就事先将一壶热茶放在餐桌上，做好准备。她非常怕苍蝇，苍蝇叮过的食物自不用说，只要苍蝇飞得近一些，她就说这东西好像已经被苍蝇叮过，坚决不吃，有时候还一再问周围的人，这东西没有被苍蝇叮过吧。她用筷子夹东西的时候，如果食物不小心掉下来，哪怕掉在刚洗的桌布上，也嫌脏不吃。有一次幸子带悦子去水道路散步，看见路边有一只生蛆的死耗子，从旁边走过去一二百米远的地方了，悦子还胆颤心惊似的挨靠过来小声问道："妈妈，我刚才踩着那只死耗子没有？我的衣服上没有蛆吧？"

幸子十分惊诧，不由得看着她的眼睛。因为刚才正是为了躲开那只死耗子，她们特意从离开五六米远的地方走过去。怎么也不会误想到自己踩上那只死耗子了。

悦子不过是小学二年级的小姑娘，会得神经衰弱症吗？幸子以前对她的情况并没有放在心上，只是口头上数落几句，可是自从死耗子这件事发生后，才意识到事态的严重性。第二天，幸子就把栉田大夫请来，大夫认为小孩子得神经衰弱症并非个例，悦子可能也是这个病，虽然问题不大，但还是介绍一位专科医生看一下为好。他说："我只管治脚气，西宫的辻博士是这方面专业的医生，医术很好，我打电话让他今天就来出诊。"

傍晚，辻医生过来家里。检查完病情后，又问了悦子一些问题，最后诊断为神经衰弱。他对幸子说了几点注意事项：首先必须治愈脚气病，可以通过服药增强食欲，纠正偏食；学校那边，根据她的情绪可以允许迟到早退，但不要休学异地疗养，因为集中精神到学习上，脑子就没有时间胡思乱想；另外不要刺激她，导致本人精神兴奋，即使她说一些不懂事的话，也不要劈头盖脑地训斥，应该谆谆善诱地耐心开导。

悦子的病未必能断定是雪子离开以后所产生的后果，幸子也不愿意这么想，但每逢自己难以应对、束手无策，急得想哭的时候，就一再想到要是雪子在这里，她一定会细心开导，把悦子哄得开心。这与别的事情不一样，情况就摆在这里，要是把这边的情况告诉大姐，大概会同意雪子回来一段时间。即使自己不直接提出要雪子回来，只要在给雪子的信中提到悦子的病情，她甚至都不等姐夫的同意就会直接飞回来。可是，幸子不愿意别人说自己没有能耐，雪子才离开两个月就一筹莫展，只好求人帮忙，尽管幸子不是那么逞强好面子的人，但还是有所顾虑，打算看看情况再说，觉得自己能够应对下去。就这样一天拖一天。

至于贞之助的想法，他应该是不赞成雪子回来。他经常提醒幸子：悦子在吃饭的时候要用热水给筷子消好几次毒，不吃掉在桌布上的东西，这些本来都是幸子和雪子的做法，要教育孩子，大人得先纠正自己的行为，给孩子做示范。他说了好多遍，这样做不好，会使孩子变得纤弱又神经质，要纠正孩子的不良习惯，首先大人要带头实践，改变自己的不良作风，哪怕食品被苍蝇爬过，也要硬着头皮吃下去给孩子看看，以实际行动告诉孩子即使这样也很少生病。大人自己整天嚷嚷着消毒，却不重视生活规律，这是错误的。正确有规律的生活习惯才是第一位的。但是，幸子对贞之助的主张不以为然，她认为身体健康、抵抗力强的丈夫不理解她们这些体弱易病的人的心情。贞之助认为，由于筷子上的细菌而感染生病的概率不过千分之一，因为害怕而那样过度消毒，反而会导致抵抗力越来越低。到头来，一方主张女子的优雅做派比有规律的生活更重要，另一方则认为这个想法陈旧保守，在家里无论是吃饭还是玩耍都要讲求规律，不可懒散，自我放任；一方认为贞之助是不讲卫生的野蛮人，另一方认为幸子等人的消毒方式极不合理，把筷子放进热水、热茶里根本杀不死细菌，当食物端到面前时，不知道已经在什么地方接触过什么样的脏东西，完全曲解了欧美的卫生思想，不是还见过俄罗斯人生吃牡蛎吗？

贞之助总体上是一种放任主义的生活态度，尤其在女儿的教育上，原则上采取一切听任孩子母亲的方针。可是考虑到“中国事变[①]”之后的形势，妇女可能有朝一日会在“后方”执行任务，所以他担心如果不培养孩子刚健的性格，将来很可能一事无成。有一次，贞之助偶然看见悦子和阿花玩过家家，悦子拿旧针头扎进稻草做的洋娃娃的胳膊里。贞之助觉得这种不健康的游戏非常令人憎恶，正是所谓的卫生教育的流毒，一直考虑以后必须予以纠正。然而关键是悦子本人最相信雪子的话，而幸子又是无条件支持雪子，自己如果冒昧干预，很可能引发家庭风波，所以只能按兵不动，等待时机。从这点来说，雪子离开这个家，贞之助倒觉得是件好事。原先贞之助内心也很同情雪子的处境，虽然女儿的教育很重要，但考虑到如果过早干预，会给雪子造成精神上的打击，既不能让她的性格变得乖僻，又不能让她感觉有人对她“横加干涉”而离开悦子，这实在很难做到。而这次雪子的离开使问题迎刃而解。只要雪子不在家里，妻子就容易对付。他对幸子说道：“我也觉得雪子很可怜，这一点上我和你的心情一样。如果她本人表示愿意回来，我不会阻拦，但不赞成为了悦子把她叫回来。没错，她照顾悦子很有经验，回来肯定大有帮助。但在我看来，悦子的神经衰弱正是因为你和雪子的教育方法。所以，我们现在克服暂时的困难，趁这个机会逐渐消除雪子对悦子的影响，然后慢慢让她适应新的教育方法。这段时间还是别让雪子回来为好。”贞之助就这样说服了幸子。

十一月，贞之助因工作关系要去东京出差两三天，第一次拜访了

① 即 1937 年的卢沟桥事变。

住在涩谷的本家。他看到孩子们已经完全适应了新的生活，东京话也说得流利，在家说大阪话，在学校则说东京话。辰雄夫妇、雪子心情都很愉快，虽然住所狭小，但还是热情地留他住在家里。虽然贞之助已经在筑地预定了旅馆，但碍于情面，还是在涩谷住了一宿。第二天早晨，辰雄和年龄大些的孩子出门以后，趁着雪子上楼收拾房间的空隙，贞之助对鹤子说道："雪子看起来情绪也很稳定。一切都很顺利嘛。"

"哪里啊，表面上看好像没什么事，其实呢……"鹤子说，"刚搬过来的时候，雪子心情不错，帮着干家务事，也照顾小孩子。当然现在还是这样，只不过时常一个人躲在二楼四叠半的房间里，也不下来。我上去一看，发现她坐在孩子的书桌前面，有时候双手托腮沉思，有时候抽抽搭搭地哭泣。起初大概十天里发生一次，最近逐渐频繁起来。在这样的日子里，即使下楼也是半天不说话，还动不动就在人前憋不住掉泪。辰雄和我对她都特别小心谨慎，没觉得有什么地方惹她不高兴，归根到底只能说是她怀念关西的生活，就是所谓的思乡病吧。为了让她分心，心情宽松一些，我劝她继续学习茶道和书法，可是她现在毫无兴趣。"鹤子还说："经过富永姑母劝说，雪子二话不说就回来，我们都很高兴，可是万没想到这对她来说如此痛苦。要是待在这里让她委屈啜泣，我们虽有办法可想，可就是她为什么这么讨厌我们呢？"鹤子说到这里，自己也禁不住哭起来。"虽然觉得有点可恨，可是看她整天苦思闷想的样子，不由得可怜又同情。我们也想过，既然如此，索性随她心意吧。虽然辰雄不同意她长期居住在芦屋，可是现在这么个小房子，那就让她先去芦屋，等我们搬到更大的房子，到时再让她回来，或者临时回去住上十天一周，算是宽慰一下心情，让精神振作起来。但毕竟需要一个合适的理由，不然情理上说不过去。总之，雪子现在这种状况，我看在眼里，感到心疼，实在于心不忍，比她本人更难受。"

听了鹤子这一席话，贞之助只好说道："这太难为姐夫、姐姐了。不过这事幸子也有责任，实在对不起。"当然，他只字不提悦子生病的事。贞之助回到大阪以后，和幸子谈起东京的事情，幸子询问雪子的情况，贞之助只能如实相告，把鹤子说的话毫无隐瞒地告诉她。

贞之助说："我也没想到雪子这么讨厌东京。"

"有这可能。"

"是嘛。她说想见悦子……"

"原因多种多样，说来说去还是雪子在东京水土不服……"

幸子想起雪子从小就有很强的忍耐力，不论遇到多么难过的事情，都不说出来，只是一个人呜咽涕零。她仿佛看见妹妹正靠在桌子旁饮泣吞声的样子。

二十五

为了治疗悦子的神经衰弱，除了时常服用镇静剂之外，幸子还采用了食疗法。她发现即便用比较油腻的食物做成中餐，悦子也很爱吃，可以让她多补充一点营养。入冬以后，悦子的脚气已经治好，学校的老师也表示不必担心功课，首要是恢复健康。由于多管并下的措施十分奏效，她的病没有预想的那么严重，很快就好了。但自从听贞之助说过东京的情况后，幸子无论如何都想见雪子一面，不然心里不安。

现在想起来，在富永姑母来劝说的时候，自己对雪子的态度过于冷酷无情，不应该使用命令的口吻把她从家里撵出去。既然能给妙子两三个月的缓冲期，也应该要有为雪子争取一段缓冲时间的人情味，然而自己没有给雪子创造任何与旧地惜别的机会。尤其在那一天，幸子意气用事的情绪出奇地强烈，心想即使雪子不在，自己也能带好孩子，以至于流露出那样不近人情的冷漠态度。但是，雪子对此没有半句怨言，顺从接受，现在想起来觉得她真是可怜。而当幸子看到雪子心情愉快，就像外出短期旅游似的轻装离开时，还顺嘴说了一句“马上找个理由把你叫回来”的宽心话。现在终于明白，雪子对这句话信以为真。正是由于幸子的这句话，她觉得心里有底，才跟着他们一起去东京，暂时遂了本家的心愿，可是后来不见幸子有任何叫她回去的动静，且跟去东京的只有她一个，没人过问妙子的去向，至今还留在关西……就她一个人上当受骗，产生这样的想法在所难免……

幸子心想，如果大姐是这样的想法，本家应该不会为难，丈夫会怎么说呢？是说暂时先不要来呢？还是说四个月已过，悦子也稳定下来了，叫回来住十天半个月不碍事呢？思来想去，她打算开春以后和丈夫商量此事。正巧一月十日左右，久无音信的阵场夫人寄来一封信，信上询问："去年奉上照片的那件事考虑得如何？当时您回话说无法立即答复，希望暂缓些时日，因此一直等待至今。令妹是否无意呢？倘若无缘，烦请寄回照片。倘若尚有几分心意，现在开始也未晚。对方的情况不知是否已调查完毕，大致情况即如本人在照片背面所写之履历，其他别无相告。但有一点遗漏：本人没有任何财产，全靠薪水生活。这一点烦请予以理解。我想令妹对此大概无意，但对方对府上情况已充分调查，似乎在什么地方见过令妹芳容，表示多久都可以等待。他还通过滨田先生诚恳提出，无论如何希望玉成此事。因此，不管怎么说，先见一面，这样我在滨田先生面前也有面子……"这封信对幸子来说无异于及时雨，她立即给大姐写信，附上这个野村巳之吉的照片和这封阵场夫人的来信，并说明阵场夫人迫切希望双方见一次面，但鉴于雪子上次相亲失败，如果不先调查清楚，大概她也不愿意见面。所以，如果可以，由我们火速进行调查，但此事还是首先征求姐夫、大姐的意见。

过了五六天，大姐罕见地寄来一封长信：

幸子妹妹敬启

拜个晚年，新年好！你们全家团聚喜迎新年，可喜可贺。我们初来此地，没能感受到当地过年的气氛，就匆匆忙忙地过了初七。早就听说东京这个地方冬天尤其难过，果然没有一天不刮那著名的干风。进九以后，生来第一次经历如此寒冷的天气。今天早晨，毛巾冻成一根冰棍，发出嘎吱嘎吱的声音。在大阪没有过这样的体验，据说东京的旧市区稍微好过一些，我们这一带地势高，靠近郊区，所以格外冷。结果家里一个接一个地感冒，连女佣们都病倒了，只有我和雪子稍微轻一点，只是鼻子堵塞而已。但这里比大阪尘土少、空气洁净是事实，和服下摆不易脏就是证明。在这里，一件衣服穿十天还不显脏，你姐夫的衬衫在大阪穿三天就脏，在这里穿四天都没问题。

关于雪子的亲事，一直都是你们费心操劳，十分感谢。我一拿到那张照片和信函，就立即给你姐夫看了，并和他商量，似乎他最近的想法有了变化，不像以前那样吹毛求疵，大致的态度是听凭你们的安排。但他说一个农学士四十多岁还是水产技师，恐怕以后不可能加薪了，也没有出头的希望，而且家无资产，看来将来的日子不会宽裕。但如果雪子本人愿意，他也不会反对。至于相亲，如果本人有这个意愿，可以挑选一个合适的时间。按理说应该先调查后见面，这才是正常的顺序，但既然对方迫切希望，是否可以把调查往后推一推，先见面呢？大概贞之助妹夫已经对你说过，我现在对雪子感到棘手，打算找个机会让她去你那儿一趟。昨天我对雪子稍稍透露一点消息，真叫势利，她一听说可以去关西，连相亲都痛快答应了。今天早上一下子精神饱满，笑容满面，这都什么人啊！简直让我闹不明白。

你们把大致的日期定下来，我这边随时都可以让她动身。我对她说相亲过后住四五天就回来，其实让她多住些日子也没关系，我会说服你姐夫同意的。

来东京以后还没有给你写过信，所以一写就写长了。天气寒冷，仿佛冷水浇背，持笔的手也冻僵了。芦屋大概暖和，但还是多加保重，不要感冒。

代我向贞之助问好。

鹤子

正月十八日

幸子对东京不熟悉，对她说涩谷、道玄坂附近什么的，并不会涌出什么切身感受，所以她只能凭借在山手电车上看见的东京近郊的城镇街道——在山谷、丘陵、在杂木林纵横交错的地形里断断续续的民居住宅的远景以及背后寂寥萧索的晴空，随心所欲地想象与大阪一带截然不同的环境。但看到“冷水浇背，持笔的手也冻僵了”这样的字句时，她想起一切都喜欢守旧的本家住在大阪时，冬天也几乎不用火炉。上本町的家里，客厅通了电热，安装有电暖炉，但实际上只在偶然来了客人且是极冷的天气里才会使用。平时都是使用火盆，正月幸子前去拜年时，与姐姐相对而坐，真正体验到“冷水浇背”的感觉，经常是患了感冒回来。按照大姐的说法，大阪一般人的家庭普及暖炉始于大正末期，连一向奢侈的父亲还是在他去世的前一年才在起居室里安装煤气暖炉。虽然安装好了，但只是摆摆阔气，实际上没怎么用过。“我们从小不论多么冷的天气，都只靠火盆取暖。”幸子和贞之助结婚数年后搬到芦屋，这才开始使用暖炉。不过，一旦用过暖炉，没有它就再也无法过冬。现在回想起来，小时候竟然就靠一个火盆过冬，简直不可思议。大姐搬到东京之前，好像一直不改旧习，只有内心坚强的雪子才能扛得住，要是自己，大概会得肺炎什么的吧。

关于相亲见面的日期，由于阵场夫人与野村之间还夹着一个滨田，联系起来颇费时间，但对方希望在春分之前，于是一月二十九日幸子写信给鹤子，让雪子过来。幸子又想起上次打电话时出现的问题，就让丈夫火速在旁屋的书房里安装一部台式电话。三十日下午，幸子收到大姐寄来的明信片（当时大姐尚未收到幸子的去信），说两个小孩子同时患上流感，四岁的女儿梅子可能会转为肺炎，弄得人仰马翻。本想雇护士来照顾，可是家实在太小，无处可住。另外，从秀雄生病时就看出雪子照顾病人比专业护士还周到，所以没有请护士。鉴于这种情况，请告诉阵场夫人暂延见面时间。不久又收到大姐的来信，说梅子还是转成了肺炎。幸子判断这种情况雪子恐怕十天半个月都未必走得开，只好把实情告诉阵场夫人，请求延期。既然对方说过多久都可以等，自然不必担心。但幸子觉得雪子总被当作护士使唤，这样的倒霉事尽摊在她身上，格外可怜。

在延缓见面的这段时间，先前委托调查的兴信所送来了调查报告，其中写道：野村的职位是三等高等官[①]，年薪约三千六百日元，另有若干奖金，平均月收入约为三百五十日元。父亲曾在老家姬路经营旅馆，但现在老家没有房产。亲戚当中有一胞妹嫁与东京的药剂师太田。姬路有两个叔父，一个经营古董兼做茶道宗匠，另一个在注册登记处担任司法文书。此外，有一个叫滨田丈吉的表兄担任关西电车公司社长。这是他唯一值得炫耀的亲戚，也是他的监护人。（这位就是阵场夫人所谓的“恩人”。据说阵场夫人的丈夫原先是滨田家的看门人，滨田供其上学，所以有恩于他。）

报告的内容大致如此，同时还调查出野村的前妻于昭和十年因病去世，确如本人所述死于流感，两个孩子的死因也不是遗传疾病。另外就是本人的人品、性格，贞之助通过两三条途径了解情况，打听出这个人没有什么显著的缺点，但有一个怪癖。据在兵库县厅工作的同

① 日本旧宪法下的一种官吏制度，分为九等。

事说，野村有个毛病，就是经常会极其突然地自言自语，说出来的话毫无意义、不得要领，而且好像总是在他认为身边没人的时候说，以为没人听见，其实常常被人听见。现在，他的这个怪癖在同事间无人不知，亡妻和孩子也都知道，据说还笑话他是“爱瞎叨叨的爸爸”。

举个例子，他的一个同事在单位的厕所里蹲坑，这时有人进来，走进他隔壁的坑位。一会儿，听见旁边那个人问了两遍“你是野村吗？”这个同事本想回答“不是，我是○○”的时候，隔壁那个人第三次问“你是野村吗”，那声音无疑就是野村本人。同事知道野村又在自言自语了，而且他一定以为旁边的坑位没有人，弄得这个同事只好屏息凝神，大气都不敢出，怪可怜的。但野村蹲坑时间很长，同事实在等不下去，只好先出去，幸亏没有让野村看见是谁。野村知道旁边那个人出去，大概心里也觉得“糟了”，但因为不知道是谁，此后也只是若无其事地正常工作。野村就是这个样子，自言自语的都是无碍大体的废话，尽管如此，冷不防一听还是让人忍俊不禁。他的自言自语像是不经意中脱口而出，其实并非完全无意识，显然只要旁边有人，他就不开口，只有在他认为不用担心被人听见的时候才会自己对自己说话，有时声音大到让人惊讶，而这时恰好有人无意中听见，会大为惊骇，以为他发疯了。

他这个怪癖没有给人造成多大的麻烦或者不愉快，也不会因此引起什么争议，不过即便如此，谁也不会挑选这样一个人作为自己的丈夫。比怪癖更令人难受的是那副尊容，说是四十六岁，可从照片上看，完全是五十多岁的爷爷辈，尽显老态。幸子认为这是最大的缺陷，基本可以说雪子绝对看不上，第一次见面就注定出局。所以，这是一次单调乏味的应景相亲，但为了制造把雪子叫回来的临时理由，这个“亲”还是要“相”的。这就是幸子夫妇的真实想法。反正是没有结果的表面文章，夫妇俩商定，不把野村令人讨厌的怪癖告诉雪子。

二十六

今天乘海鸥号启程　　雪子

悦子放学回家，让妈妈和阿春一起帮忙在西式房间组装用来摆放人偶的坛架时，邮局送来这封盼望已久的电报。

关西地区的习惯，女儿节[①]一般比其他地方晚一个月，本来应该是下个月，但四五天前接到雪子来信说近日动身，那天恰好妙子特地给悦子制作了一个人偶，是第六代尾上菊五郎在《道成寺》中扮演的角色，幸子随口说道：“小悦，把这个布娃娃和女儿节的人偶摆在一起吧。人偶不也想迎接雪子二姨回来吗？”

“为什么啊？妈妈。女儿节不是下个月吗？”

“桃花还没开呢。”妙子说，“不是说不按季节摆放人偶，女孩子会不好找对象吗？”

“是啊，小时候经常听妈妈这么说，一过完节，就急急忙忙把人偶收起来。可是，提前摆出来也没关系，过完节就不要继续摆着了。”

---

① 在日本亦称为“人偶节”“桃花节”等，是为女孩们祈求健康成长的传统节日，一般会摆放人偶来庆祝。

“噢，是吗，这个我不知道。”

“那你就好好记住，不然就不像一个知识渊博的小妹了。”

这套人偶还是悦子第一次过女儿节时，在京都的丸平定做的，搬到芦屋以后，女儿节的坛架每年都设在全家人团聚的楼下会客室，虽说是西式房间，但大家一致认为这里最合适。幸子为了让时隔半年回来的雪子高兴，决定提早一个月过女儿节，将人偶从阳历的三月三日一直摆到阴历的三月三日，雪子大概会在家里住整整一个月。幸子的这个提议得到大家的赞同，今天是阳历三月三日，便开始摆设女儿节的人偶。

“小悦，你瞧，还真让妈妈说中了。”

“真的啊，真是今天来啊。”

“你二姨和人偶在女儿节里一起来了。”

“真是好兆头。”阿春说道。

“这次要嫁人吧。”

“小悦，在二姨面前不许这么说。”

“嗯，嗯。这点事我懂。”

“还有阿春也要注意，不能出现上一次那样的事情。”

“是，我明白。”

“虽然这事没什么可隐瞒的，但还是不要在她面前说……”

“是……”

“我能给小姨打电话吗？”悦子兴奋地说道。

“我给您打吧。”阿春说道。

“小悦，你自己去打。”

“嗯。”悦子飞快地跑到电话机旁，接通了松涛公寓，“嗯，是啊，就是今天……小姨早点回来哦……不是‘燕子’，是‘海鸥’……阿春去大阪接你……”

幸子一边将璎珞金冠戴在内里人偶[①]的皇后头上，一边听着悦子的高嗓门，然后对着她大声喊道："小悦，告诉小姨，她要是有空，让她去大阪接二姨！"

"……噢，妈妈说了，要是小姨有空，就让你去接二姨……嗯，嗯，九点左右到大阪。小姨去吗？那阿春姐就不用去了吧？"

妙子应该明白幸子让她去大阪站接雪子的用意。去年富永姑母来芦屋要求雪子回本家去的时候，说好两三个月以后妙子也要去东京，可是本家到东京以后一直无法安顿下来，也就没顾上这茬事。于是妙子比以前更加自由自在、无拘无束，所以她有种让雪子吃亏而自己占了便宜的歉意，从情理上说也必须去接雪子。

"也给爸爸打电话吗？"悦子问道。

"爸爸很快就回来，不用打了。"

傍晚，贞之助回到家里，知道雪子今晚回来。一别半年，他也很想念雪子，有一阵子不想让她回来，现在想起来甚至觉得内疚，于是让女佣准备热水，以便雪子回家以后马上就能洗澡，还说雪子大概在列车上已经吃过晚饭，但睡觉前还是要给她准备一点吃的东西，拿出两三瓶她喜欢的白葡萄酒，亲自擦拭瓶子上的灰尘，察看生产年份，准备得细致周到。另外，大家都劝悦子先去睡觉，明天就能见到二姨，到时再好好聊天，但是她坚持不睡，一直到九点半才被阿春带上二楼。一会儿，大门的门铃响起，传来狗奔向门口的声响。

"啊！二姨回来了！"悦子又下楼来。"二姨回来啦！"

"你回来啦。"

"我回来了。"

雪子站在土间，约翰尼兴高采烈，要扑到她身上。"去！"雪子

---

① 模仿天皇、皇后形象的一对人偶，女儿节时摆放在坛架的最上层。

喝住它。妙子提着衣箱随后进屋，最近她满面红光，精神饱满。相比之下，也许是舟车劳顿，雪子显得一脸疲惫。

“给我的礼物放在哪里呢？”悦子迫不及待地打开皮包寻找，马上拿出一叠千代纸[①]和一盒手绢。

“听说小悦最近收集手绢。”

“嗯，谢谢。”

“还有一个东西，在下面呢。你找找看……”

“找到了，找到了，是这个吧。”悦子拿出一个银座阿波屋专用纸包装的盒子，从里面取出一双红瓷漆草履。

“哎呀，真好看！草履、木屐这些还是东京的好。”幸子拿在手里边欣赏边说道，“好好收起来，下个月赏花的时候穿。”

“嗯，这么多东西，谢谢二姨。”

“什么啊，小悦你着急等待的原来就是礼物啊！”

“好了，把这些东西拿上去吧。”

“今天晚上我要和二姨一起睡。”

“知道了，知道了。”幸子说道，“二姨现在要洗澡。你先和阿春上去睡。”

“二姨，你快点来啊……”

雪子洗完澡已将近十二点，然后三姐妹加上贞之助，久别后坐在客厅里，一边听着壁炉里柴火噼里啪啦的声音，一边围着小桌吃奶酪、喝白葡萄酒。

“这里真暖和……刚才在芦屋站下车的时候，觉得和东京就是不一样。”

“关西的汲水节已经开始了。”

---

① 一种日本和纸，小孩子常用来制作手工艺品。

“差这么多吗？”

“是啊，差得很多。首先，东京的风吹到脸上，就没有这里的柔和。那边著名的干风，真了不得……两三天前，我去高岛屋买东西，回家时走到外濠线大街，一阵风吹过来，把我手里的东西刮跑了。我赶紧追上去，那东西咕噜咕噜往前滚，怎么也追不上。和服下摆又被风掀翻起来，一只手还得按着。东京的干风，真让人受不了。”

贞之助说：“可是，去年我在涩谷住了一晚，心想孩子们学本地话学得真快。当时是十一月，他们去东京才两三个月，本家的孩子们就能讲一口流利的东京话。年龄越小讲得越地道。”

“到大姐那个年龄就不行了。”幸子说道。

“的确不行。首先大姐根本就不想学。上次一起坐公交车，她就讲大阪话，其他乘客都看着她，弄得我特别不好意思。可大姐在这一点上满不在乎，照说不误。结果竟然有人说‘大阪话也蛮不错嘛’。”雪子学着东京话的腔调说“大阪话也蛮不错嘛”还挺像。

贞之助说道：“上了岁数的女人脸皮都厚。我认识一个新北地的老艺伎，四十多岁。她说在东京坐电车，故意用大阪话大声叫‘我要下车’，电车准为她停下来。”

“辉雄侄子说不愿意和妈妈一起走路，就因为妈妈说大阪话。”

“孩子大概都这样吧。”

“大姐去东京会不会是一种旅游的心态啊？”妙子说道。

“嗯，东京与大阪不一样，无论做什么，没人说三道四，这一点倒是轻松自在。而且东京这个地方，尊重女孩子的个性，不在乎什么时尚流行，穿戴什么，自己认为合适就行，这些都比大阪好。”

可能喝了葡萄酒的缘故，雪子显得活泼兴奋，话也比平时多。看这样子，她虽然嘴上不说，其实心里满怀着时隔半年能回到关西这块土地的喜悦，在芦屋的会客厅里，与幸子、妙子等一起深夜畅谈，掩饰不住满心的欢愉。

“差不多可以休息了吧。”贞之助嘴上这么说，可看到大家谈兴正浓，站起来又往壁炉里添了几根木柴。

“我还想过一阵子让你带我去趟东京，可是涩谷的房子太小，什么时候换啊？”幸子说道。

“这个嘛……好像没有想找新房子的样子。”

“这么说，不打算换房了？”

“可能吧。去年还说房子这么小，要换、要换，可是今年就不怎么说了。好像姐夫、姐姐的想法变了。”

接着，雪子说出一件令人意外的事情。这是她个人的观察所得，大姐夫妇并没有亲口对她这么说。他们决心离开难以割舍的大阪前往东京，最大的动机就是姐夫想升官发财。究其原因，就是仅仅依靠父亲的遗产已经难以继续维持一家八口的生活。说得夸张一点，就是开始感到生活困难。刚到东京的时候，他们还抱怨住房太小，住一段时间后逐渐习惯了，心情也发生变化，觉得并非无法忍受。而且，最主要的还是五十五日元的房租具有极大的诱惑力。虽然姐夫、姐姐不像自我辩解，却经常念叨房子虽小，可房租便宜。说来说去，最后看中的还是这个便宜的房租，于是改变原先的主意，打算久居下去。在大阪的时候，顾虑门第声誉、世家规矩，到了东京，没人知道什么“莳冈”，所以与其死抱着无谓的虚荣面子，还不如认清现实积累点财富。其实，他们转向追求现实利益的想法本无可非议，而实际上姐夫现在当上了支行行长，薪水增加了，口袋宽裕了，但是用大阪时期的眼光来衡量，却更加吝啬了。姐姐对姐夫的用意心领神会，勤俭节约，无以复加，每天厨房里买的东西都在明显发生变化。当然，六个孩子的饭食，买菜时动脑筋和不动脑筋大不一样。说得俗气一点，饭桌上的日常饭菜比起在大阪时变化不小，比如炖菜、咖喱饭、萨摩酱汤，一般只有一种，食材不多，但想方设法做得大家都能吃饱。所以啊，说是吃牛肉，可极少吃牛肉火锅，也就是汤上漂着一两片薄薄的牛肉片。不过，有时候让孩子们先吃饭，然后大人们吃别的饭菜，我陪着姐夫、姐姐从从容容地享受晚饭。虽然东京的鲷鱼不好吃，但也只在这时候才能吃上鲷鱼的生鱼片。实际上，安排大人另吃，与其说为了姐夫，不如说看到我总是照顾孩子们很辛苦，特地给我安排的。

“看大姐他们的样子，我觉得大概就这样了……你们瞧着吧，搬不了家。”

“啃，是嘛，到东京以后，大姐他们的人生观改变了吧？”

“雪子的观察或许是对的。”贞之助说道，“趁着搬到东京的机会，抛弃过去的虚荣心，践行勤俭节约、增加储蓄的方针，姐夫的这种想法也不无道理，说给谁听都是理所当然的。那个家是小了点，但想忍的话也不是不可能。”

“可既然这样，那就明说啊，现在还说什么没有雪子单独的房间不合适，见了我说这些话，真是可笑。”

“人嘛，不是一下子说变就变的，多多少少总得装下门面……”

妙子提出自己最为关心的问题：“那么小的地方，我还非去不可吗？”

“这个嘛……小妹去的话，连个睡觉的地方都没有……”

“这么说，暂时可以不去了。”

“至少目前大概忘了小妹的事吧。”

“好了，睡觉吧！”壁炉架上的座钟敲响两点半，贞之助像是吃了一惊似的站起来，“雪子今天也累了吧……”

“相亲的事还得商量一下，算了，明天再说。”

雪子对幸子的这句话充耳不闻，先上了楼。走进卧室一看，悦子枕边的桌子上摆着刚才拿到的各种礼物，连阿波屋的草履盒也放在上面，人却已经睡熟了。雪子看着台灯映照下的悦子宁静的睡容，回家的喜悦又一次涌上心头。阿春躺在悦子的床铺与自己的草垫子之间，酣睡如泥。“阿春姐，阿春姐”，雪子推了她两三次，她醒过来便下楼去了，雪子这才入睡。

二十七

阵场夫人来信说，相亲的时间、地点容后奉告，八日是吉日，希望在那天见面。幸子把雪子从东京叫回来本来打算这样安排，但五日夜里发生一起意外，又不得不延期。五日那天早晨，幸子和两三个早已约好的朋友一起去有马温泉探望病后在那里疗养的一位太太，要是坐电车应该什么事都没有，她们却乘坐公交车，翻越六甲山前往有马，虽然回程坐的是神有电车，但当晚躺进被窝以后，幸子突然见红，疼痛不已。贞之助赶紧叫来栉田医生，诊断疑似意外流产。于是他又马上请来专科医生，果然如栉田医生所诊断的那样，第二天早晨幸子就流产了。

幸子夜里开始疼痛的时候，贞之助就叠起被窝，一直守坐在她枕边。第二天，他只在做流产后处理工作时离开了片刻，妻子的疼痛减缓以后，他依然待在房间里，一天没去上班。他双肘支在圆筒状的火盆上，两只手掌叠放在火筷子头上，微微低下头，什么事也不做，就这么坐着，感觉到妻子时不时抬起泪汪汪的双眼看着自己，他也轻轻回望一眼，露出安慰的表情说道："哎，算了……事已至此，想开点。"

"你能原谅我吗？"

“原谅什么？”

“都怪我不小心……”

“我怎么会怪你呢。我反而觉得将来很有希望啊。”

贞之助这么一说，妻子眼中的泪珠溢出眼眶，顺着脸颊流淌下来。“可就是觉得遗憾……”

“别说了……一定还会有的……”

夫妻俩一天进行好几次这样的对话，贞之助凝视着妻子那没有血色的苍白脸颊，掩饰不住沮丧的神情。

事情是这样的：幸子有两个月没来例假，因此预感到自己也许怀上了。悦子出生将近十年，医生曾说过如果不动手术，很可能怀不上第二胎。她本人觉得不至于这样吧，没往心里去，其实真不该这样麻痹大意。她知道丈夫还想要个孩子，自己虽然不能像大姐那样儿女满堂，但就悦子一个女孩子也感觉寂寞，要是这次真怀上了，那正是夙愿得遂。为了慎重起见，她打算三个月的时候去医院检查。昨天，同伴们提出翻越六甲山，幸子也曾想还是要保重身体，可拉不下脸面，自我否定的念头占据上风，觉得没必要让大家扫兴。因此，要说麻痹大意也有一定的外因，不能完全责怪她一个人。但一听栉田医生说“可惜了”，幸子立即懊悔不已：自己为什么在这个时候还约人去有马？为什么随随便便就坐上公交车呢？她情不自禁地哭泣起来。丈夫安抚道：“我本来已经死心，以为你不会再生育了，这次证明你完全可以怀孕，真是出乎意料。所以我不但没有悲观，反而对未来充满希望，感到高兴。”贞之助虽然嘴上这么说，但从他的表情可以看出其实内心非常失望。他这样温柔体贴地安慰自己，幸子更觉得过意不去，不管怎么说都是自己的过错，这一点不可否认，而且还是如此重大的过错。

第二天，丈夫的精神状态恢复如常，和平时一样，高高兴兴地按时出门上班。幸子独自躺在楼上的卧室里，虽然知道后悔也没用，却又无法控制自己不去想。本来是一件大喜事，现在只好在雪子、悦子以及女佣面前装作若无其事的样子，可一个人的时候，还是不由自主地泪水盈眶。要是自己不出那样的差错，差不多十一月宝宝就要出世，明年这个时候，可以逗宝宝笑了……这次怀的一定是男孩，别说丈夫，悦子也会心花怒放……如果自己完全没有感觉倒也罢了，明明有了预感，为什么还要乘坐公交车去呢？虽然那时一下子找不到合适的借口，但其实随便说一个理由，表示自己随后一人前往也不是不可以。明明这样的理由比比皆是，为什么当时就没那么做呢？千不该万不该，最后悔的就是自己太大意。如果真如丈夫所说的那样，以后还可以怀孕倒还好,万一怀不上呢？恐怕多年以后还会念叨“啊,那孩子要是活着，该这么大了”，一辈子也无法忘怀。这件事将成为一生难以治愈的锥心悔恨。幸子再一次强烈自责，痛心忏悔自己对丈夫和流产的胎儿犯下无法弥补的罪过，又感觉泪水模糊了眼睛。

阵场夫人那边已经一再要求延期，其实应该叫个人去说明一下，可是贞之助不认识她，而且一直都是阵场夫人出面张罗，她丈夫阵场仙太郎一次也没有露面。于是，贞之助代替幸子写了一封信，对再次提出延期深表歉意，但由于妻子感冒发烧，所以八日那天无法如约赴会。同时强调请求延期完全是妻子感冒所致，没有其他任何原因，万勿误会。还说感冒似乎不太严重，请等待一周，谅无大碍。贞之助写好后，以快信寄出。对方收到信后，不知是如何理解的，阵场夫人于七日下午突然来访，说是来看望病人，顺便了解太太的想法，希望能见一下太太。幸子让她上来，心想让她亲眼看见自己的确卧病在床，反倒能消除她心中的疑虑，也能谅解延期见面的请求。脾性相投的老同学见面，幸子油然生出一种亲切感，就想把所谓生病的实情告诉她，便说道：“本来是一件喜事，信上只能那么写，我觉得没必要瞒着你。”然后将五日半夜发生的事情简单扼要地告诉她，并倾诉自己心中的苦恼悲伤，“这事只对你一个人说，你妥善告诉对方，不过实际情况确实如此，请对方切勿见怪。而且医生说我恢复得不错，再有一周就可以出去走动，根据这个情况可以考虑重新见面的日期。”阵场夫人听了以后，说：“太可惜了，您先生该有多么沮丧啊。”话刚出口，见幸子的眼圈又开始湿润，连忙改变话题，“一周能好的话，十五日怎么样？今天早上收到快信后，来这里之前先和男方商量过，这个月十八日到二十四日是彼岸[①]，最好避开这段时间，那么八日以后，除了十五日，没有其他合适的日子。如果十五日，还不行，只能拖到下个月。不过，从现在算刚好一周，就定在十五日好吗？其实滨田先生也托我和你商量，希望这样安排。”幸子觉得不宜再推三阻四，既然医生都那么说了，即使没有完全康复，出门应该问题不大，也就没有和丈夫商量，自作主张地大致答应下来，把阵场夫人送走。

虽然幸子的恢复总体还算顺利，但十四日还有少量出血，只能时而躺下，时而起来。贞之助一开始就担心：“你这么轻易答应人家，行吗？”这么重要的场合，不能有丝毫闪失，幸好阵场夫妇知道事情的真相，也可以考虑向阵场夫人解释清楚，提议幸子不去、由贞之助陪同雪子前往。但这样做不合适，如果幸子不去，就没有介绍双方成员的中间人。雪子也很担忧，说道：“用不着为了我的事硬撑着出去，再延期一次就好，万一因此吹了，那就说明缘分只到这里，没什么的。再说了，这个时候发生这种事，也许本来就没有缘分。”雪子这么一说，幸子对妹妹的同情一下子高涨起来——这些天光顾着悲伤而淡忘了这个妹妹。说起雪子的相亲，总是遇到这样那样的麻烦，大多没有顺利进行过。要说事先预料到这次相亲会遇到麻烦，虽然可笑，可正担心不要出事的时候，先是本家侄儿生病，耽误一下，接着又撞上自己流

① 日本人于春分或秋分到祖先墓前参拜，祈求冥福。

产这样不吉利的事情，幸子不禁产生一种恐惧，仿佛自己这家人都被卷进妹妹厄运的旋涡里。可看雪子本人满不在乎的样子，幸子更觉得可怜，自己心里也不好受。

十四日早晨，贞之助出门上班前，叮嘱幸子最好别去，但幸子说自己无论如何想去，僵持不下，没有结果。下午三点，阵场夫人打来电话询问："这几天你身体怎么样？"幸子回答："嗯，差不多好了。"紧接着对方把话钉死："那就明天下午五点，在东方饭店大厅集合。这是野村先生决定的，希望你们同意。东方饭店只是会面的地点，简单地喝杯茶，然后去别的餐厅吃晚饭。至于去哪家，还没决定。说是相亲，其实不必拘泥于形式，只是几个人聚个餐罢了。他说明天在东方饭店集合后再商量去哪家也行。野村先生那边就他一个人，我们夫妇代替滨田陪同。你们是三个人，这样一共六个人。"幸子听阵场夫人的安排时，更坚定了自己一定要去的决心。阵场夫人最后叮问道："这样可以吧？"幸子推心置腹地请求道："知道了。身体像是几乎痊愈了，但明天是第一次外出，而且偶尔还有点出血。我虽不好启齿，但还请你多费心，尽量少走路，去的餐厅即使再近，也一定要坐出租车。这些细微之处，如能周到安排，那就没问题。"

幸子和阵场夫人通电话的时候，雪子为明天的相亲去井谷的美容院做头发。回来后听幸子这么一说，其他的都答应下来，只在会面地点是东方饭店这一点上面露难色。上一次和濑越见面就是在东方饭店，这一次又是那里，先不说兆头吉不吉利什么的，要是那些男女服务员还记得她，用一种"嘿，又是那位小姐来相亲了"的眼神看她，自己心里会很不愉快。幸子刚才听阵场夫人说明的时候，不是没想过雪子可能不同意，现在既然明确提了出来，如果不改变地点，她肯定不高兴。于是幸子在丈夫的书房里给阵场夫人打电话，把这个情况原原本本地告诉她，让她考虑更改东方饭店这个会面地点。两个小时过后，对方来电话说：“和野村先生一再商量，他说如果东方饭店不行的话，一时也想不出其他合适的地方，或者直接去餐厅会面也可以。但是去哪家餐厅，如果我们擅自决定，又担心你们有不同意见。如果你们有什么更好的方案，请告诉我们。恕我冒昧，其实东方饭店不过是会面的场所，要是雪子小姐能屈尊俯就，那是再好不过了，可以吗？说实在的，大可不必过于在意……”恰好此时贞之助回来，幸子便和丈夫商量，结果还是认为应该理解尊重雪子的心情，于是再次打电话告诉阵场夫人，对自己这方固执己见表示歉意，但希望对方做出让步。阵场夫人回答说明天早晨重新商量一下。十五日早晨阵场夫人打电话来问“托儿饭店怎么样”，这才终于把地点定下来。

二十八

到了相亲这天，已经过完了汲水仪式，天气有点冷，虽然没有风，天却阴沉沉的，像要下雪。贞之助早晨起床后，问幸子："出血停了吗？"这是他最关心的事情。下午也提前回家，又询问是否还出血，说"如果觉得身体不适，现在还可以告诉对方不去，我一个人能应付"。幸子每次都回答说"逐渐好转，出血越来越少"，然而实际情况却是从昨天下午开始，因为多次走去接打电话，身体活动多了些，出血量有所增加。而且由于好久没有洗澡，只是简单地洗洗脸和脖子，坐在梳妆台前面，镜中的自己脸色苍白，一看就知道是贫血，显得无精打采。记得以前井谷曾提醒自己，陪妹妹去相亲时要打扮得朴素一些，不要喧宾夺主，也许现在这个模样憔悴得正合适。

在饭店大厅等候的阵场夫人见幸子和丈夫一左一右陪着雪子走进来，连忙走上前去。"幸子姐，把我介绍给您先生啊……"接着回头向站在自己身后两三步处、态度拘谨的丈夫仙太郎招呼道，"你过来一下……"

仙太郎急忙趋前向贞之助说道："初次见面，我是阵场。内人一直承蒙关照……"

“您客气了，倒是我们一直受到你们的关照。这次夫人又热心奔走，我们感激不尽。尤其是今日之事我们又提出诸多要求，实在对不起……”

“幸子姐……”阵场夫人低声对幸子说道，“野村先生就在那边，现在给你们介绍。不过，我们和他只在社长家见过一两次，没有什么交情，感觉有点别扭。我们对他的情况也一无所知，你们想了解什么，就直接问他本人。”

阵场夫人悄声说完以后，站在一旁默默倾听的阵场恭恭敬敬地弯腰伸出一只手，说道：“请到这边来。”

还没等介绍，幸子就看见那个照片上见过的男人独自坐在大厅的椅子上。他急忙把手中的烟头按在烟灰缸里，心急火燎地接连使劲按了两三次才掐灭烟头，然后站起来。他的体格出乎意料地魁梧，看上去健壮非凡。然而，果然如幸子暗自担心的那样，他比照片上显老，一张脸老气横秋。还有，从照片上看不出来，这个人虽然没有秃顶，但白发多且稀薄，还卷曲着，显得脏兮兮的。他脸上的皱纹非常多，怎么看都有五十四五岁的样子，而实际年龄只比贞之助大两岁，可看上去像大上十几岁。雪子的长相则比实际年龄年轻七八岁，看上去也就二十四五岁的样子。这样的两个人在一起，简直就像是一对父女。把雪子带来和这样一个人见面，幸子觉得万分对不起妹妹。

双方互相介绍以后，围桌而坐，但谈兴不浓，时时冷场。这大概因为野村给人一种不好接触的感觉，介绍人阵场夫妇对他又格外客气，显得紧张拘谨。阵场本人可能觉得野村是恩人滨田的表弟，态度自然客气，但令人感觉未免过于卑躬屈膝。按说贞之助夫妇应对这种场面应该得心应手、游刃有余，但今天幸子兴致不高，贞之助受妻子影响，也多少显得沉闷忧郁。

“野村先生在县厅主要负责什么工作？”

话题从这里切入，双方慢慢交谈起来。野村说他主要的工作是视察、指导兵库县香鱼的增产等，还谈起兵库县哪里的香鱼味道最好，以及龙野、泷野的香鱼生产等。

在谈话过程中，阵场夫人把幸子叫到一旁，站着说了几句话，然后她回到野村身边悄声耳语，接着走到电话间打电话，回来后又把幸子叫去说话，这样来回地跑来跑去。等她回到座位上，这次轮到幸子把贞之助叫到一旁。

“什么事？”

“是这样，关于吃饭的地方，你知道山手的中餐馆‘北京楼’吗？”

“不知道啊。”

“野村先生经常去那里，他说想在那里吃。我说中餐也可以，可是今天我不适合坐椅子，有没有日式榻榻米的房间。她说那是中国人经营的餐馆，只有一两间榻榻米房间。刚才她打电话预订了日式房间。你看这样可以吗？”

“你觉得行就行，我去哪儿都可以。你别这么跑来跑去的，安安静静坐在那儿。”

“可那是她叫我去的啊……”接着，幸子走进卫生间，大约二十分钟后才出来，脸色更加苍白。这时，阵场夫人又叫幸子：“你来一下……”“我来吧……”贞之助终于无法忍受，起身走到一旁对阵场夫人说道，“她身体还没有完全恢复，所以……有什么事情就和我说。”

“噢，是这样。来了两辆出租车，野村先生、雪子小姐和我坐一辆，您二位和我丈夫坐一辆。您看这样可以吗？”

“哦……这是野村先生的意思吗？”

“不，不是的。只是我刚才想这样行不行……”

“这……”贞之助心头不由得涌起一阵不快，但极力控制着不形于辞色。今天幸子是忍受着身体的不适，冒着一定的风险来参加相亲的，这个情况昨天就告诉了对方，刚才还多次委婉提示，可是阵场夫妇居然充耳不闻，连只言片语的问候或一句表示同情的话都没有，这让贞之助最为不满。也许是他们在今天这个吉利的日子里故意不提此事，但至少私底下对幸子也应该表示一下安慰，这说明阵场夫妇太不近人情了。不过，贞之助又考虑到或许是自己未能设身处地为对方着想。在阵场夫妇看来，这次相亲对方多次要求延期，好不容易才见上面，做出一点牺牲也是理所应当。他们会不会这么想呢？何况这场相亲不为别人，正是为了对方的妹妹。阵场夫妇只是出于一片热心促成此事，那么，姐姐为妹妹的亲事忍耐一些身体的不适，又算得了什么。如果因为这个就要别人感恩戴德，那就大错特错了。也许是自己的偏见，但贞之助觉得阵场夫妇和井谷一样，都认为雪子因为婚期延误而一筹莫展时，正是自己做红娘为她排忧解难，要说感谢也是对方感谢自己。可是，据幸子说，阵场在滨田担任社长的关西电车公司当课长，为了表示自己对社长的忠诚，不惜过度迎合野村的意图，以至于根本不考虑其他事情。贞之助觉得这个解释也许最合理。至于阵场夫人安排野村和雪子同乘一辆车是她个人想对滨田表忠心呢，还是野村的授意，这一点虽然不得而知，但在今天这种场合显然不合情理，贞之助觉得自己受到了羞辱。

“可以吗？要是雪子小姐不反对的话……”

“这个嘛，以雪子的性格，她是不会说不愿意的。但如果事情进展顺利，以后这样的机会有的是……”

“是的，是的。”阵场夫人终于察觉到贞之助的脸色，鼻子像虾一样弓起来，苦笑着。

“而且，要是让他们同坐一辆车，雪子更会害羞得一句话都不肯说，结果反而不好……”

“啊，是的……我也是忽然想到，就随口说了出来，那就以后再说吧……”

然而，让贞之助气恼的不光这件事。北京楼位于省线元町站靠山一侧的高地上，贞之助事先叮问阵场夫人“汽车能否停在餐厅前”，阵场夫人满口答应说“没问题，尽管放心吧”。可是到那儿一看，汽车的确可以停在餐厅前，但因为面对从元町通往神户站的高架铁道线北面的道路，还要走几级相当陡的台阶才能到门口，然后又得爬楼梯才能上二楼。幸子在贞之助的搀扶下，在后面慢慢地走，到了二楼时，野村站在走廊上眺望大海，对幸子的样子视若无睹，还满不在乎地用愉快的语调大声说道：“怎么样？莳冈先生，这里的风景不错吧？”

“真不错，也就是您能知道这么好的地方。”站在他身边的阵场随声附和道。

“从这里俯瞰神户这座港口城市，能感受到长崎那样的异国情调。”

“对、对，真有长崎那样的感觉。”

“我倒是常去南京町的中餐馆，不知道神户也有这样的餐厅。”

“这里离县厅近，我们经常来。饭菜也很可口。”

“啊，这样啊……说到异国情调，这座餐馆的风格与中国港口城市的建筑很相像，独具一格。中国人经营的中餐馆一般都比较单调庸俗，可是这里的栏杆，还有栏杆之间的雕刻，室内的装饰，都富有特色，情趣盎然。”

“好像有一艘军舰进港来了……”

“是哪国的军舰啊？”幸子勉强打起精神，无奈地应酬道。

一会儿，去楼下柜台交涉的阵场夫人一脸为难地匆匆走上来。“幸子姐，万分对不起，说是所有的日式房间都满了，请我们在中式房间将就用餐。我方才打电话的时候，他们还说没问题，预留了日式包间。可是，这里的服务员都是中国人，我叮嘱了好几遍，他们还是没听懂我的话……”

贞之助刚才上楼的时候，看见对面走廊的那间中式房间已经准备就绪，就觉得奇怪。要说是服务员没听懂，那似乎不能责怪阵场夫人，但如果接电话的是这么一个不靠谱的服务员，为何不采取其他更为稳妥的办法呢？归根结底就是她对幸子缺乏体谅之心。而且不论是她丈夫阵场，还是野村，对于餐馆的违约行为连一句解释的话都没有，只是自得其乐地一味赞美周围的景色。

“那就委屈你在这里将就一下，好吗？”阵场夫人不由分说地用双手紧紧握住幸子的手，像小孩子撒娇似的扭捏作态。

“好，好，这房间挺好的嘛。多亏你给找了这么个好地方……”幸子担心丈夫心里别扭，回头对他说道，“你改天把悦子、小妹也带到这里来，好吗？”

贞之助满脸愠色地回答：“嗯，这里能看见港口的轮船，小孩子也许会很高兴。”

大家围着圆桌入座，野村坐在幸子对面。日本酒、绍兴酒、凉菜上来以后，晚餐便开始了。阵场谈起近日报纸上大肆报道的关于德奥合并的消息，将话题扯到奥地利总理许士尼格辞职、希特勒进入维也纳等国际事件上，女方这边只是时而搭个话，野村和阵场两人一说一唱，谈兴甚浓。幸子尽量装着若无其事的样子，但她在托儿饭店以及到这里入座之前分别察看了一下，发现出血量比今晚从家里出发之前明显增多，这肯定是身体活动太多的缘故，而且正如所担心的那样，坐在高椅背的硬邦邦的椅子上，身体非常不舒服。她强忍着不适，又担心万一失态，这些情绪郁结于心，无法排遣。贞之助越想越生气，可是他深知妻子在拼命应酬，免得冷场，要是自己还这样冷若冰霜，只能给她增加负担，最终他也必须尽量努力，哪怕是借着酒劲也不能让谈话出现空当。

“对了，幸子姐能喝。”阵场夫人给男士斟酒，顺便把酒壶转向幸子。

“我今天可不能喝。雪子，你喝点怎么样？”

“那雪子小姐请……”

“那我就喝这个吧……”雪子端起加了冰糖的绍兴酒，尝了一口。

雪子看到姐姐和姐夫情绪不高，野村又从对面一个劲儿盯着自己，更是难为情，只管低着脑袋，瘦削的肩膀像纸人偶一样越发蜷缩起来。野村已有醉意，逐渐啰唆起来，似乎是因为看到眼前的雪子而兴奋不已。看来有滨田丈吉这么个亲戚,他相当骄傲,动不动就提滨田的大名，阵场也一口一声“社长”，不厌其烦地谈论滨田的事情，显然是向女方暗示滨田如何喜欢野村这个表弟。然而，更让贞之助吃惊的是，野村不知何时早已把雪子以及雪子的姐妹，乃至已故的父亲、本家大姐夫妇、妙子的小报事件等，凡是有关莳冈家族的情况都调查得一清二楚。贞之助说有什么不清楚的地方尽管提出来，野村毫不客气地刨根问底，连细枝末节都不放过。在双方一问一答的过程中，贞之助发现他向很多人了解过雪子的方方面面。可能背后有滨田这个靠山，调查的人手多，了解得也很彻底。从野村的口气能察觉出来，井谷的美容院、栉田医生的诊所、法语老师冢本太太、以前教钢琴的老师等他都派人调查过，甚至知道雪子在阪大附属医院拍过 X 光片，这只能是从井谷那边听来的。(说起来，井谷曾对幸子说过，有人来了解雪子小姐的情况，我在无碍大体的情况下尽量做了回答。还有，这次雪子从东京回来，眉间的色斑完全消失，幸子今天十分放心。虽然不认为井谷会把这个也告诉别人，但当时心里还是有点紧张。）贞之助把应酬男方的责任完全揽到自己身上以后，终于发现野村这个人极其神经质，有自言自语的怪癖也就不足为奇了。从他刚才的表现来看，他对女方的真实想法一无所知，似乎一心以为这桩婚事必成无疑，所以对细微之处都刨根问底。与在托儿饭店见面时难以亲近的印象不同，他像是换了个人似的，十分活跃，越发兴致盎然。

贞之助他们现在的心情就是想尽快结束晚餐，赶紧回家。可离开餐馆时又发生一件让人为难的事。原本安排是阵场夫妇和贞之助他们一起乘车，送贞之助到芦屋后，他们夫妇转乘阪急电车回大阪。可是出租车只来了一辆，阵场夫妇说野村家住青谷，大致一个方向，稍微绕一下，让他一起坐车。贞之助知道沿新国道直接回家与绕道青谷，不仅距离相差很远，而且青谷一带路况不好，坡路多，颠簸厉害，不禁对阵场夫妇的过分冷漠感到愤慨。每当车子急速拐弯的时候，他总是提心吊胆地想象妻子这时候的感受，三个男人坐在前排，他无法回头关心一下坐在后排的妻子。快到青谷的时候，野村突然说："我想请大家喝杯咖啡，能光临寒舍吗？"态度显得十分热情诚恳，贞之助一再推辞，但野村再三盛情邀请，说："虽然寒舍简陋，但风景甚好，胜过北京楼。坐在房间里，港口尽收眼底，这是我家最值得夸耀的地方。请诸位上来看看我日常的生活再走。"野村一再邀请，阵场夫妇则在一旁帮腔："既然野村先生这么热情，那是一定要给面子的。听说他家里只有一个老太太和一个小女佣，不要有什么顾虑。机会难得，看一眼住宅也有助于你们参考。"贞之助心想这样也算是一种缘分，但还是要先征求雪子的想法，自己不要随心所欲地一口拒绝。不管这桩婚事是否成功，说不定将来还有求他帮忙的时候，同时也不能不给阵场夫妇面子。这些人虽然不懂得体谅别人，但态度还是很亲切的——这是他内心深处的怯懦之处，所以当幸子说"那就稍微看一眼吧"的时候，他也就顺水推舟了。

然而，从这儿到野村家还要走四五十米的上坡路，又窄又陡，十分难走。野村兴高采烈，像小孩子一样欢快奔走，一到家里，就急急忙忙地打开那间朝海的客厅的防雨窗，说"请你们看看我的书房"，领着大家参观所有房间，甚至厨房也不例外。这是一栋用于出租的平房建筑，只有六间房屋，简陋寒酸。野村还把大家拉到放有佛龛的六叠起居室，里面摆放着前妻和两个孩子的遗照。阵场一走进客厅，就迫不及待地奉承道："果然景色优美，您说得没错，比在北京楼上看见的海景还漂亮。"然而，这间所谓的客厅建在高高的山崖边，站在外廊上令人心惊胆战，仿佛就要掉落山崖。贞之助心想即使是自己住在这里也会整天提心吊胆，无法安生。

一行人匆匆忙忙地喝过咖啡，又坐上在外面等候的汽车。汽车一上路，阵场就说道："今天晚上野村先生心情非常愉快。"

"真是这样。我从来没见过他像今天这样喜欢说话。大概因为身边有一位年轻漂亮的姑娘吧。"阵场夫人随声附和道，"噢，幸子姐，野村先生的心情已经不言自明，现在就等着你们拿主意了。没有财产的确是个缺点，但是有滨田先生照应，不论发生什么事情，生活绝不会出现困难。关于这一点，是不是请滨田先生给一个明确的保证？"

"不用了，谢谢。这次辛苦您了，我们商量一下，再征求本家的意见。"贞之助语气生硬地回答道。临下车的时候，感觉这样有点对不起阵场夫妇，便一再表示歉意："今天晚上真的麻烦你们了……"

二十九

隔了一天，十七日早晨，阵场夫人到芦屋来找幸子，听说幸子由于前天的劳累又卧病在床，这下子才觉得过意不去，在幸子枕边谈了大约半小时后离去。她说：“今天是受野村先生的重托专程过来的，你们看他家，大致可以想象他的生活状况。现在他单身居住，所以还住过那样的房子，一旦结了婚，肯定要搬到更加像样的房子里。特别是倘若雪子小姐愿意嫁过去，他将献上全心全意的爱情。他说虽然自己不富裕，但有能力不让雪子小姐感到委屈。”阵场夫人还说她拜访过滨田先生。“滨田先生说：‘既然野村那么执着，那就请你尽力玉成此事。野村本人没有财产，嫁给他的人内心不安，这一点自己会想办法，就交给我吧。当然现在就让我立即做出什么具体的保证，固然有困难，但只要我活着，就绝不会让他们为生活而奔波。’滨田先生亲口对我这么说的，何况他这个地位的人，说话应该算数。野村先生这个人，别看他长得令人生畏，其实心地柔软，感情脆弱细腻。听说他非常疼爱前妻，照顾病人尽心尽责，旁人看了都感动得落泪。前天去他家里，不是还看见屋里摆着妻子的照片吗？要是找缺点的话，那就没完了。可是作为女人，最幸福的莫过于得到丈夫的疼爱。所以请你们务必认真考虑，尽快给我们一个回复。”

幸子早已为拒绝这桩婚事安排好一个伏笔，说道：“雪子本人听从我们的意见，这个没有问题。但关键在于本家，我们只是代为出面，所以关于野村的调查等都由本家进行……”幸子把全部责任推给本家，不让男方对雪子产生不好的印象。阵场夫人走后，幸子还是觉得身子不舒服，就按照医生的嘱咐保持静养，没有马上询问雪子的想法。

相亲后的第五天早晨，房间里恰好只有幸子和雪子两个人，于是幸子趁机试探雪子的心意：“雪子……你觉得那个人怎么样？”

雪子“嗯”了一声，便没有下文。

幸子便将大前天阵场夫人来访时说的那一番话告诉雪子，说道：“……她虽然这么说，可是雪子你这么年轻，而他那么老态，这一点你怎么想？”她边说边观察雪子的表情。

没想到雪子嘟囔出这样一句话：“可要是他的话，以后就是我说了算，可以自由自在地过日子。”

在“可以自由自在地过日子”这句话里，雪子的想法一目了然，她是想以后随时都可以回芦屋玩。一般而言，女人出嫁以后不太容易想上哪儿就去哪儿，但嫁给那个老头的话，这点任性似乎不在话下，至少这一点可以宽慰自己吧。如果抱着这样的想法结婚，男方恐怕难以接受，但看那个老头的样子，也许会说“没问题，你就来吧”。然而，真的嫁过去以后，出来就不那么容易了。雪子这个人，别看她现在嘴上这么说，一旦陷入那个老头的爱情里，也许会立即把这边忘到九霄云外，更不用说再怀上个孩子了。但转念一想，男方对苦于婚期延误的妹妹如此真心诚意，从某种意义上说也是很难得的，把对方说得一无是处，似乎有点过分。

“是啊，这倒是可以考虑。你要真这么想，说不定也可以……”话说到这个份上，幸子打算问清楚雪子的真实想法。

“可是嘛，要是那么没完没了地奉承我，我可受不了……”只见雪子笑嘻嘻地岔开话题，不再说下去。

第二天，幸子半卧在床上给东京那边写了一封短信，只说已经见过面，但大姐没有回信。整个春分期间，幸子时卧时起。一天早晨，天色明媚，幸子禁不住春光的诱惑，把坐垫铺在房间的走廊上晒太阳，忽然看见雪子从楼下的阳台走到草坪上去，本想叫她，但立即意识到雪子是送悦子上学回来后想在院子里小憩，享受午前宁静的时光，于是隔着玻璃窗默默看她。只见雪子轻盈地绕着花坛转了一圈，拨弄着水池边上的紫丁香、麻叶绣线菊的枝叶，然后抱起奔跑过来的铃，蹲在枝叶修剪成圆形的栀子树下。从二楼看下去，只能看见她用脸颊与猫亲昵时俯下去的脖颈，看不见她的表情。但是，幸子完全可以想象出雪子现在的心情。她大概预感到很快就会被叫回东京去，情不自禁地对这庭院里的春光生出依依不舍的情感，也许正在祈愿自己能在这里待到紫丁香、麻叶绣线菊绽开花蕾的时候。虽然东京的大姐还没有具体指定让她回去的时间，但她心神不安，生怕今天或者明天就会来通知，所以真心希望能在这里多待一段时间，哪怕一天也好，这种心情旁人一看便知。幸子知道这个性格腼腆的妹妹其实很喜欢出门，自己要是能走动的话，也想每天陪着她看看电影，喝喝茶。然而，雪子等不及幸子身体复原，只要天气晴朗，便约妙子一起去神户，也不买什么东西，只在元町一带优哉游哉地闲逛。而且，总是她主动给住在松涛公寓的妙子打电话，商定见面的地点，然后匆匆忙忙地出门。她似乎把逛街当作一大乐趣，将婚事完全抛在脑后。

妙子这样被雪子拉着去神户散步，便时时来到芦屋，在幸子的枕边拐弯抹角地诉苦，说最近工作特别忙，尤其下午是最重要的时候，但不得不频繁地陪着她逛街，让人受不了。

“昨天发生一件很好笑的事……”有一次，妙子跟幸子说起这样一件事。“昨天傍晚，我和雪姐一起在元町散步，正在铃兰店内买西式点心的时候，雪姐突然惊叫起来：‘小妹，怎么办？来了！’我便问：‘来了？谁来了？’她还是慌慌张张地说‘来了，来了’，弄得我莫名其妙。这时，一个陌生的老绅士从里头的咖啡间出来，很随意地走到雪姐跟前，彬彬有礼地说道：‘如果方便的话，想请您喝杯茶，坐上十五分钟，可以吗？’雪姐一听更是慌了神，手脚无措，满脸通红，只是支支吾吾地一个劲儿说：‘这个……这个……’‘可以吗？’那个男人站在她面前问了两三遍，最后失望地说‘噢，实在对不起了’，恭恭敬敬地鞠躬离去。这时雪姐说道‘小妹，快点！快点’，让我赶快包好点心，三步并作两步走出店外。我问她那个人是谁，她说‘就是最近见过的那个人’。我这才知道原来就是相亲的那个野村。”

妙子说：“我从来没见过雪姐慌成那个样子，其实堂堂正正地回绝不就得了吗？干吗支支吾吾地‘这个……这个……’”

“雪子遇到这种情况根本不知道怎么应对，这么大岁数了，还跟十七八岁的姑娘一个样……”

既然说到这个话题，幸子顺便问妙子：“你听见雪子说什么了？她对那个人有什么看法？她究竟怎么想的？”妙子回答说：“我问过她的想法，她说婚事听大姐和二姐的，你们叫她去哪儿她就去哪儿。可就是这个人不行，自己不是任性才这样说的。她让我无论如何要转告二姐，拒绝这门亲事。”那天妙子是第一次看见野村，本人比传闻老得多，让她吃惊，感觉雪姐如此讨厌这么个老头完全是理所当然的。然而，其实雪姐对他的长相气质倒没说什么，关键在于相亲那天晚上被拉到他家里的时候，看见佛龛上摆放着前妻和孩子的遗照，让雪子极度不快。雪子说：“我知道他是续弦，对这一点并不在意，可是给我看前妻和孩子的遗照，你说心情能好得了吗？现在他独自生活，在家里为故去的亲人祈祷冥福，这种心情并非不能理解，但叫我去他家里参观的时候，没必要把这些东西摆出来让人看吧。他不仅没有马上把照片收起来，反而特地把我们带到佛龛前面，他这是什么意思？光从这件事来看，他这个人根本就不懂得女人细腻的心思。”既然雪姐这么说了，可想而知她有多讨厌那个男人。

过了两三天，幸子终于可以出门走动了。一天，吃过午饭，她穿戴打扮完毕，对雪子说道：“我去阵场那里回绝掉这桩事。”

“嗯。”

“前几天妙子告诉我了。”

“嗯。”

幸子按照早已想好的那套说辞，以本家不同意为由，予以婉拒。回家以后，只告诉雪子事情办妥了，没有细说过程。雪子也不过问。阵场在下一个节季结算期前寄来北京楼的账单，说是“恕以冒昧，费用均摊”。幸子汇去钱款，此事算是彻底了结。

幸子又给大姐写信报告这个情况，依然不见回复。她觉得雪子回来将近一个月，如果待的时间太长，以后反而叫不来，那就更麻烦，于是慢慢劝说“即便之后还要回来，眼下还是先回去一趟”。四月三日是女儿节，按照惯例，悦子要邀请同学来家里举办茶会。每年都是雪子亲自为她们制作馅饼和三明治，所以雪子说等过了女儿节就去东京。然而，女儿节过后，听说再有三四天就是观赏祇园夜樱的最佳日子。

悦子再三再四地说：“二姨，等看了樱花再回去。你绝对不能提前走，好吗？”

不过，这次最热心挽留雪子的是贞之助。他说既然待到今天，不赏樱就回东京，雪子心里一定觉得遗憾，而且每年的赏樱活动缺少一位重要人物，未免太不合适。贞之助嘴上这么说，其实真正的用意是想把雪子留下来陪幸子。幸子自从流产以后，变得容易感伤，夫妇俩偶尔谈起那个孩子，她总是泪水汪汪。贞之助为此苦恼不已，便想让两个妹妹陪着幸子赏花，好好宽慰一下她。

京都赏樱的日子定在九日的星期六或十日的星期天，雪子磨磨蹭蹭地既不说回东京也不说不回去。等到星期六早晨，她和幸子、妙子一样在化妆室里梳妆打扮，脸上化完妆后，她打开从东京带来的衣箱，从箱底拿出一个纸包，解开带子，里面是早早为赏樱备好的和服。

趁着雪子出去的片刻，妙子绕到幸子身后一边给她系太鼓结一边笑道：“什么呀！雪姐都把那件赏花衣服带来了。”

“别看雪子不声不响的，她可有主意了，想干什么就非干不可。”幸子说道，“你看着吧，她要是有丈夫，准会把丈夫管得服服帖帖。”

在京都赏花的时候，贞之助发现幸子即使在嘈杂的人群中只要看见抱着婴儿的人，就会泪眼婆娑。因此，这次赏花，夫妇俩没有单独留下来，星期天晚上就和大家一起回了芦屋。两三天以后，到了四月中旬，雪子便启程回东京去了。

中卷

一

幸子自去年患黄疸病以后，便养成了经常照镜子观察眼白颜色的习惯。时过一年，今年院子里的平户杜鹃也已经过了盛开季节，开始枯萎。一天，她闲来无事，来到每年都要支起芦苇棚遮阳的阳台，坐在白桦圆木皮椅上，悠然欣赏初夏临近黄昏时的庭院景色。她忽然想起去年丈夫发现她眼白发黄正是这个时候，于是站起来走到院子里，像丈夫去年那样把枯萎的平户杜鹃花一朵一朵地摘掉。因为她知道丈夫不喜欢花朵枯萎凋谢的样子，于是事先把庭院收拾干净美丽，让再过一个小时就要回来的丈夫赏心悦目。然而刚收拾半个小时，就听见身后传来木屐声，阿春一副装模作样的表情，手里拿着一张名片，踩着院子的踏脚石走过来说："这位先生求见太太。"

幸子一看，是奥畑的名片。记得大概是前年春天，这个小伙子曾来过一次。平时不许他进出家门，在女佣们面前也绝对不提他的名字，可是从阿春的表情来看，显然她已经知道报纸上的报道，定然觉察出这个小伙子与妙子的关系，有所猜疑。

"我马上就去。请他在客厅里稍候。"

幸子走进盥洗室，把沾着黏糊糊的花汁的手洗干净，然后走上二楼，略微化妆一下，便来到客厅。

“让你久等了……”

奥畑穿着色调明亮的纯白钢花呢上衣和灰色法兰绒裤子，一看就知道是英国货。他一见幸子进来，就稍作夸张地急速从椅子上站起身，随即做出立正的姿势。他似乎比妙子大三四岁，今年应该三十一二岁了，上次见面时还残留着些许少年模样，这一两年似乎壮实不少，正逐渐长成成年男子的体格。但是，那讨好的谄笑、察言观色的神态、稍稍翘起下巴带着鼻音倾诉般说话的样子，依然保留着一脸“船场少爷”的娇憨劲儿。

“好久不见！一直想应该前来拜访，但未经同意不敢贸然登门。有两三次来到门口，最终还是没有打扰……”

“噢，那实在不好意思，怎么不进来坐坐呢？”

“我面子薄……”奥畑一下子放下心来，鼻腔哼哼地干笑几声。

幸子不知道奥畑的想法，只觉得他与上次来访时多少有些不一样。她最近经常听丈夫说，这个奥畑家的阿启已经不再是过去那个纯真的青年了。由于交友关系，贞之助有很多机会涉足花柳界，经常从那儿听到奥畑的消息，说他不仅一直在宗右卫门町[1]一带鬼混，好像还有一个相好。贞之助说：“阿启变成这个样子，小妹是否知道呢？如果小妹现在还是坚持等雪子嫁人以后要和阿启结婚，而且阿启也坚守承诺，那你还是提醒小妹注意一点，要是阿启的所作所为是因为他和小妹的婚事未被同意而等得焦急烦躁，导致他自暴自弃，那还情有可原。可他打着‘真诚恋爱’的幌子未免虚伪，首先在目前这个非常时期[2]，可以说是一种轻率放肆的行为。我们一直暗中同情他，但如果他不改邪归正，将来我们不会费心让他们结合。”贞之助为妙子这样操心苦恼，

---

① 大阪市南区的花街柳巷。

② 1938 年日本开始实行《国家总动员法》，正式进入战时体制。

幸子就不动声色地去询问妙子。然而，她的回答是："阿启他家从父辈开始就和花柳界打得火热。阿启的哥哥、伯父等人都喜欢上妓院，所以不光是阿启一个人这样。再说了，正如贞之助姐夫所想，阿启就是因为婚姻不顺才走上那条路。他这么年轻，我觉得做那些事也是不得已的。至于有相好的艺伎，倒是第一次听说，恐怕只是些流言蜚语罢了，要是证据确凿，那另当别论，可是我不相信。当然，在非常时期，难免被人批评为轻率放肆，也会招致误解，我会劝告他以后不要再上妓院。我说什么他都听，叫他不要去，他肯定以后不会去。"妙子并没有觉得奥畑有什么不好，似乎在说这么点事她早就知道，没什么大惊小怪的。她这种坦然冷静的态度反倒令幸子自愧不如。虽然贞之助嘴上说"既然小妹这么信任阿启，那我们没必要多管闲事"，其实还是放心不下，一有机会就向花柳界的女人极力打听阿启的情况。不知道是否妙子的劝告产生了效果，有段时间基本上没听过阿启的消息。就在贞之助暗中高兴的时候，半个月前的一个夜晚，十点左右贞之助从梅田新道送客人去大阪车站，在车灯的照射下，贞之助看见醉酒的奥畑步履蹒跚地搀搂着女招待模样的人走在前面，立即意识到他最近是在偷偷摸摸地追求享乐。贞之助当天晚上把这件事告诉幸子，并说"不要告诉小妹"，所以幸子一直藏在心里。

今天幸子见到这个小伙子，可能是一种心理作用吧，总觉得对方的表情和言谈举止都十分虚伪，对丈夫所说的"最近对那个人没有好感"产生了共鸣。

"你问雪子吗？哦，是啊……大家都很关心，不断有提亲的……"

幸子心想奥畑不停地打听雪子的婚事，大概想间接催促尽快安排他和妙子的婚事吧，他肯定是为了这个目的而来。恐怕一会儿就要直接提出来，到时自己该怎么回答呢？上次她始终采取只听不说的态度，并没有给对方任何许诺。现在丈夫对他的看法已经改变，那更要小心谨慎地表示虽然没有拆散他们的意图，但不再理解支持他们的恋爱，所以自己说的话不能让对方产生误解。幸子在心中盘算的时候，奥畑突然端正坐姿，一边用大拇指扑扑地将过滤嘴香烟的烟灰掸在烟灰缸里，一边说道："今天我来打扰，其实是为小妹的事情来求姐姐……"他依然称幸子为"姐姐"。

"噢，什么事呢？"

"我想姐姐已经知道，最近小妹去玉置德子的学校学习西式缝纫。这也没什么，可问题是她对制作人偶的热情逐渐冷淡下来，最近几乎没干什么活儿。我不知道她是什么想法，就问她。她说已经不喜欢人偶了，现在要专心学习西式缝纫，将来打算专门做这一行。现在人偶方面还接受订单，因为有弟子，所以不能马上停下来。不过，她之后会将这一块慢慢交给弟子，专心做西式裁缝。她还说已经得到姐姐们的同意，送她去法国学习一年半载，拿个修业证书回来……"

"噢，小妹对你说这些了？"幸子听说过妙子在制作人偶之余去学习西式缝纫，但刚才奥畑说的还是第一次听到。

"是这样……我当然无权干涉小妹的事情，可是她依靠自己的力量好不容易干出一番事业，作为一门独具特色的艺术也得到社会的认可，现在说放弃就放弃，这样好吗？如果她只是单纯地放弃，那也可以理解，但是改行做西式裁缝就令人大为不解，她给出的一个理由是：人偶做得再好，也只是一时流行，大家很快感到腻烦，之后就会无人问津，而西服具有实用性，需求永远不会衰微。可是，一个大家闺秀为什么必须干这种事来挣钱呢？马上就要结婚的人，还有必要这样寻求自立的道路吗？虽然我没有多大的本事，但也不至于让小妹在金钱上拮据吧。我不希望她像一个职业女性一样。当然，小妹心灵手巧，想找点事做的心情可以理解，但不应该以挣钱为目的，而是出于兴趣爱好，比如某种富有艺术性的工作，这样格调又高，名声又好。其实人偶制作是身份高贵的大家闺秀和太太们的爱好，说起来谁都觉得品位不俗，所以我希望她不要去做什么西服。我和她说这些不仅仅是我个人的意见，本家以及二姐也一定这样想，不信你去问问……”

奥畑平时说话慢慢悠悠，以此故意凸显出高门阔少的矜持文雅，让人心生不快。但他今天似乎很兴奋，说话也比平时急促。

“哦，谢谢你的好意提醒。这件事请允许我向小妹了解一下……”

“好，希望您仔细问问。我提出这样的要求也许有点过分，如果她真有这个想法，能否请您作为姐姐予以阻止呢？还有出国这件事，我没有说不能去法国，如果出国是为了学习更加有意义的东西，去一趟也没关系。这么说虽然冒昧，费用方面我可以全部承担，也可以和她一起去。不过,如果出国只是为了学习西式缝纫,我怎么也无法赞成，姐姐您应该也不会同意吧？因此，请您无论如何都要劝阻她，说明要想出国的话，结婚以后再去也不晚，这样对我来说也好……”

实际上，如果不当面问清楚妙子，幸子真不知道她葫芦里卖的什么药。但抛开此事，这个年轻人言语中竟公然以妙子未来的丈夫自居，让人既反感又觉得可笑。奥畑的如意算盘是：自己提出这件事，以此博得幸子的同情，开诚布公和自己商量，如果顺利，幸子可能还会把贞之助介绍给自己。所以他特地选择这个时间上门拜访，说完所谓的“拜托姐姐”一事后，还赖着迟迟不肯离去，想方设法试探幸子的心意。但幸子打定主意，尽量避开实质问题，只是不断感谢他对妹妹的提醒，客套地周旋应付。不一会儿，门口传来皮鞋声，大概是贞之助回来了。幸子慌忙奔出去，一边打开大门，一边说道：“喂，阿启来了。”

“他来干什么？”贞之助站在土间里，幸子对他简短地耳语了几句。他说道：“这样的话，我没必要见他。”

“我也觉得没有必要见面。”

“你随便敷衍一下，让他走吧。”

之后奥畑又磨蹭了半个小时，看到贞之助肯定不会出来的样子，才毕恭毕敬地告辞离去。

“招待简慢，不好意思……”

幸子把他送走，故意没有说丈夫不见他的原因。

二

如果奥畑说的是真话，妙子的心思确实让人捉摸不透，她最近一直说工作很忙，早上大致和贞之助、悦子前后脚出门，晚上最迟回来，差不多三天就有一次在外面吃过晚饭才回家。当天晚上幸子没有机会和妙子说话，第二天早晨，丈夫和悦子出门后，幸子叫住正要出去的妙子："小妹，我有事问你……"接着，把她带到了客厅。

妙子对奥畑所说的事情根本没有否认，比如打算从制作人偶转向做西式裁缝，为此想去法国短期进修等。幸子进一步了解后，发现妙子这样做有相当充分的理由，是经过深思熟虑的决定。

妙子之所以厌烦人偶制作，是因为她认为自己已经长大成人，不能还像少女那样从事这种幼稚的工作，应该做些更具社会意义的事情，从自己的天资、爱好、掌握的技术等优势条件来看，西式缝纫最为适合。因为她对这件事早就感兴趣，可以熟练使用缝纫机，还能参考《时装园地》《时尚》等外国杂志，不仅设计、剪裁自己的衣服，也缝制幸子、悦子的衣服。

虽说是学习，其实妙子并非从头开始，而是具有一定基础，所以上手肯定很快，完全有信心将来独当一面。奥畑评价说制作人偶是艺术、西式缝纫则是品位低俗，妙子对此只是付之一笑，说道："自己不贪图艺术家的虚名，别人说做西服低俗，说就说呗，低俗也不要紧。阿启你说这种话根本就是对时势缺少认识，现在已经不是做些骗骗小孩的人偶就可以沾沾自喜的时代了。眼下即便是女性，如果不从事与现实生活密切相关的工作，也会因此感到羞耻。"看妙子侃侃而谈的样子，幸子觉得言之有理，无懈可击。

经过仔细观察，幸子发觉妙子之所以如此果断坚定，是因为对奥畑这个人已经爱尽情绝。就是说，她与奥畑原先曾是被报纸大肆渲染的恋人关系，出于对姐夫、姐姐们以及社会的一种倔强心理，不能将他一抛了之，所以尽管妙子嘴上还在逞强，心底却已经对他绝望，打算等待时机与他解除婚约，恐怕这才是她的真心吧？这样说来，她学习西式缝纫实际上是在为自立准备后路。奥畑对妙子内心深处的想法全然不知，所以根本无法理解大家闺秀为什么想挣钱、想成为职业女性。幸子这么一推论，也就真正领会了妙子想去法国的真正意图，虽然也有学习西式缝纫的因素，最主要的还是利用出国的机会达到与奥畑分手的目的。因此，要是奥畑跟着她一起去，事情就会很难办，妙子大概会找个借口独自离开。

但是，随着谈话的深入，幸子发现自己的推论似乎只有一半靠谱，希望妙子与奥畑分手不是因为别人的劝说，而是妙子对奥畑彻底失望后做出的选择，相信妙子具有这样的判断能力。因此，幸子尽量不说伤感情的话，只是绕圈子似的一点点询问，然而妙子表面上若无其事地说这些话，不清楚是出于真心还是逞强给别人看，综合分析只能得出这样的判断：至少妙子现在并没有对奥畑彻底失望，还打算在不久的将来和他结婚。用她的话来说，她比任何人都清楚阿启这个人是典型的船场少爷，一无是处、俗不可耐，用不着贞之助姐夫和二姐提醒，她明白得很。八九年前，她爱上阿启时还是一个未经世面、思想单纯的小姑娘，没有看出阿启是这么个趣味庸俗的人。然而，恋爱这种事并不能仅仅以对方是否前途有望或趣味庸俗来决定继续还是放弃，至少她不能以这样功利性的理由嫌弃感情深厚的初恋对象。爱上阿启这样一个低级趣味的人是命中注定，没什么可后悔的，要说担心的事，就是她和阿启结婚以后的生活问题。

现在阿启是奥畑商店的高层管理人员，如果结婚，据说还能从大哥那里分得一些动产和不动产。他本人对社会的想法过于天真，一点也不担心未来，倒是妙子觉得阿启最后会弄到倾家荡产。现在他在经济上就捉襟见肘，每个月上妓院的账单和西服店、杂货店的支出，数额都相当大，听说经常央求母亲给钱。他母亲健在时还能这样，一旦不在了，他兄长绝不会允许他这样大肆挥霍。不论奥畑家有多少财产，如今已经是兄长当家，阿启排行第三，所以不能期待分到很多财产，而且这个大哥不太赞成阿启与妙子结婚。退一步说，即使阿启能分到为数可观的财产，就他的性格而言，要么买股票投机，要么被人轻易骗走，最后说不定会沦落到见弃于人、衣食无着的悲惨境地。这是妙子最大的担忧，真到那个时候，为了不被世人戳脊梁骨骂她“活该”，在生活上就必须完全自立，阿启是根本靠不住的，如果她有一技之长，反过来还能养活阿启。妙子拥有正当的职业，从一开始就不依赖阿启的收入生活，这就是她学习西式缝纫的动机之一。

幸子通过与妙子谈话，还知道她已经下定决心不回东京的本家了。以前雪子也说过，现在本家的大姐夫妇照顾她一个人都力不从心，所以目前暂时没有把妙子也叫过去的打算。时至今日，即使本家叫妙子过去，恐怕妙子也不答应。她听说大姐夫搬到东京以后更加悭吝，觉得自己手头多少有点储蓄，还有制作人偶的收入，可以减少大姐每个月寄给自己的生活费。本家的六个孩子逐渐长大，还要照顾雪姐，这笔费用也不小，妙子想设法减轻一些他们的负担，等过段时间能够完全做到自给自足，便可以不要大姐的生活资助。但是，希望大姐夫和大姐无论如何要同意以下两件事：一件是允许自己明年去法国学习，另一件是父亲存放在他们那里的自己的嫁妆钱，希望能拿出一部分或者全部作为出国费用。她不知道这笔钱究竟有多少，但充当巴黎一年半载的生活费和往返船费大概没有问题，所以希望他们返还这笔钱。即使因为出国花光了，导致嫁妆钱分文不剩，也绝无半点怨言。妙子说，希望二姐在适当的时候向本家转达上述想法和计划，取得他们的理解。如果有必要，她可以亲自去东京商量。奥畑说出国费用由他出，妙子对此根本不屑一顾，说："阿启经常表示他来出这笔钱，但这个人现在有没有这个实力，我比他本人更清楚，也许他又打算去哀求母亲拿钱。婚前我不会接受他的恩惠，婚后更不会对他的财产伸一根手指，也不会让他碰我的钱财。无论何时我都会靠自己的收入独立独行。还有，我要严肃地告诉阿启，要他答应在我出国期间，老老实实等着我，以后不许到二姐家里说三道四，所以你就别管我们了。"

贞之助说："既然小妹考虑得这么周全，我们就不要多嘴多舌了，但不知道她能在多大程度上认真贯彻这个决心，所以还要再观察一段时间，如果真的付诸实施，届时再向本家积极转达，尽力促成她完成心愿。"这个问题便暂时被搁置一旁。

妙子依然每天忙忙碌碌，奥畑说她最近对制作人偶的热情冷淡下来，可是本人予以否定。她说其实也不想继续下去，但各方面的订单很多，她想多存些钱，生活费又不少，出于各种各样的原因，这段时间比前些日子更加繁忙。这个工作自己早晚要放弃，因此更是加倍努力、忘我工作，想创作出更多优秀的作品。同时，不仅每天要抽出一两个小时去位于本山村野寄的玉置德子女士的西式裁缝学院学习，还一直坚持练习山村舞。

妙子对传统舞蹈的学习似乎不仅仅出于兴趣爱好，还怀抱着远大的目标——想将来获得承袭师傅艺名的证书，成为这个领域的一名师傅。她每周去一两次第二代山村作的舞蹈练习场。山村作是第四代市川鹭十郎、人称“鹭作师傅”的孙女。当时大阪有两三家号称“山村”的舞蹈世家，属这家传授的舞蹈最具纯粹的古典风格。这个练习场位于岛之内叠屋町的一条狭窄胡同里，在一家艺伎屋的二楼。因为处在这样的环境里，来学习的大多是内行，而外行的弟子，尤其大家闺秀屈指可数。妙子总是提着装有舞扇、和服的小提包去，在练习场的角落里把西装换成和服，等着自己出场，或是和那些艺伎坐在一起观看其他人练习，又或是和认识的艺伎、舞姬聊天。从年龄上来说，妙子和她们在一起没什么奇怪，可师傅以及其他人都以为她是个二十岁左右、性格稳重、处事得体的小姐。对此，妙子也觉得好笑。来这里学习的学员无论是内行还是外行，都感叹上方舞蹈最近有被东京舞蹈压倒的趋势，照此下去，乡土艺术会逐渐衰微。很多人都对山村舞怀有特殊的憧憬，特别是其中热心的支持者们成立的一个名叫“乡土会”的团体，每月会在神杉律师的遗孀家里举办一次学习会。妙子也参加了，热衷到时常跳起舞来。

等到妙子表演的那天，贞之助和幸子往往会带着悦子前去观看，自然而然与大家熟悉起来。因为这层关系，今年四月末，乡土会的干事询问妙子能否借用芦屋的住所作为六月的练习会场。其实从去年七月开始，考虑到时局问题，乡土会就暂停了活动。最近有人说这种研究性质的聚会，只要大家谨慎一点，继续举办应该没有问题。还有人说每次都在神杉家举办，能不能换个地方呢？幸子也喜欢这门艺术，表示自己家虽不像神杉家那样设备齐整，但只要大家不介意这一点，愿意提供房间。神杉家里备有演出的舞台，将其从大阪搬到芦屋十分麻烦，于是把莳冈家楼下两间西式房间里的家具搬走，再在餐厅后面围立一块金色屏风作为舞台，将客厅作为观众席，大家坐在地毯上观看。后台设在二楼那间八叠的日式房间。

演出日期定在六月第一个星期天（六月五日）下午一点到五点左右。这一天妙子表演的舞蹈是《雪》。日程安排就这样定下来，进入五月以后，妙子每周去两三次练习场，抓紧训练以提高技艺。尤其在二十日以后的一周里，山村作师傅每天都到芦屋指导。她今年五十八岁，本是蒲柳体质，加上长期患肾病，极少出门授艺。正值初夏最热的时候，她从大阪南面乘坐阪急电车过来，这番好意实属难得。原因之一是，妙子这个大家闺秀竟然与那些内行的艺伎一起刻苦学习，她被这种热心真诚所感动；另一个原因则是，她似乎已经认识到要拯救山村舞走下坡路的颓败局面，以前那样的消极方法无济于事。这样一来，连原先因为练习场问题而放弃的悦子也说想学习，“小姐要是想学习，让我一个月来十天都愿意”，在山村作师傅的循循善诱下，悦子也趁此机会拜她为师了。

山村作师傅来芦屋的时间不定，一般是回去的时候约定明天几点来，可是从不准时，有时候能迟到一两个小时，遇到天气不好，那就干脆不来。妙子起初从百忙中抽空早早回家等候，后来逐渐对师傅的迟到习以为常，等师傅来家里后，让家里人打电话通知她，在悦子学习的这段时间里，她从夙川赶回去。

说实在话，师傅有病在身，每次过来都不容易。来了以后，她先在客厅里一边喝茶一边和幸子闲聊二三十分钟，然后在桌椅搬到一边的餐厅慢慢开始指导练舞，一边哼三味线的曲子伴奏，一边演示造型。有时她气喘吁吁，看上去很痛苦，有时又说昨夜肾病发作，脸庞浮肿发青，但她总是强打精神，说“我的身体靠舞蹈来支撑”，不把疾病当回事。另外，也不知道是出于谦虚还是真心，她说自己笨嘴拙舌，但实际上能说会道，尤其善于模仿，闲聊几句就能把幸子等人逗得前仰后合。这也许是她祖父第四代市川鹭十郎遗传的才华吧。山村作师傅虽然个子矮小，却有一张大长脸，一看就知道继承明治时代歌舞伎演员的血统，令人想象这样的人要是生在过去，刮掉眉毛，用铁浆染黑牙齿，身穿拖地长裳，一定十分适合。她模仿别人的时候，那张大脸千变万化，表现得惟妙惟肖，仿佛戴着面具。

悦子放学后一回家，就穿上那身除每年赏花外极少穿的和服，脚上套着不合脚的大布袜，手持绘有漩涡纹饰、梅兰竹菊花中四君子的山村舞扇，跟着师傅学习舞蹈《十日戎》，歌词开头唱道：

三月御室花盛开，
幕间三味太鼓喧，
相逢互看脸对脸。

正是昼长时节，悦子舞毕，轮到妙子舞《雪》时，院子里还很明亮，晚开的平户杜鹃灼灼绽放，与翠绿的草坪交相辉映。

邻居舒尔茨家的罗瑟玛丽和弗里兹近来几乎每天都等着悦子放学回家，一起在客厅里玩耍，但眼下这么好的玩伴和场所都被别人夺走了，便好奇地从阳台上向这边观望，看见悦子她们手舞足蹈，最后连哥哥彼得也前来观看。

一天，弗里兹来到练习场，学着幸子等人唤山村作师傅："老师。"

"唉——"山村作师傅滑稽地拉长声音回答。

罗瑟玛丽觉得有趣，也叫了声："老师——"

"唉——"

"老师——"

"唉——"

山村作师傅一本正经地和这三个蓝眼睛的孩子一来一往对答着。

三

“小姨，照相的人问能不能进来？”

为了给今天的舞会助兴，开场节目便让悦子跳《十日戎》。她还没有卸妆，走上二楼那间用作后台的八叠房间。

“请吧。”

妙子已经穿好《雪》的舞衣，右手抓着壁龛立柱以防跌倒，保持站立姿势让阿春给自己穿上布袜。她梳着松散的岛田髻，脑袋一动不动，只是那双凝视半空的眼珠朝悦子轻轻瞟了一下。尽管悦子知道这个平时总穿西服的年轻小姨为了今天这场演出，十天前就开始梳日式发髻，试穿和服，但现在看到她焕然一新，还是惊讶得目瞪口呆。妙子穿的衣服其实是本家大姐鹤子结婚时所穿“三枚袭”最里面的那件。妙子认为今天虽然是排练演出，但参加的人毕竟不多，即使人多，当今这样的时局也应该慎重行事，不宜做新舞衣。和幸子商量以后，她想起大姐这套衣服还放在上本町的库房里，便将其借来。这套衣服还是在父亲事业的鼎盛时期染制的，请三位画家分别绘上了日本三景：外面那件是黑底上绘了严岛风景，中间那件是红底上绘了松岛风景，最里面则是白底上绘了天桥立风景。十六七年前的大正末年，姐姐只在结婚时穿过一次，所以还和新衣服一样平整挺括。妙子穿着已故画家金森观阳描绘的天桥立风景的衣裳，系了一条黑缎腰带，可能是化妆的缘故，看不出平时少女的风姿，倒像一位高挑丰腴的成熟少妇。这一身纯日式的打扮，使她的容貌与幸子越发相似，丰满的脸蛋圆润鼓起，平添几分穿西服时没有的风韵。

“照相的！”悦子冲着一个二十七八岁的青年喊道，“请您进来吧！”青年站在楼梯中段，正朝二楼走廊观望妙子。

“小悦，不许说‘照相的’，没礼貌，要叫‘板仓先生’。”妙子说这话的时候，板仓一边说“打扰了”，一边登上楼梯。“小妹，就这样，别动……”说完，板仓跪在门坎旁边，将莱卡相机对准妙子，接连从前后左右等不同角度拍了五六张照片。

楼下会场里，悦子舞毕后，又接连上演了《黑发》《桶取》《大佛》，第五出是一位袭名“作幸”的姑娘表演舞蹈《江户土产》，然后进入休息时间，大家开始喝茶、吃什锦寿司饭。今天除了舞者的家属，没有邀请别人，所以充当观众席的客厅里至多不过二三十人。罗瑟玛丽和弗里兹坐在最前排，时而盘腿、时而跪坐，不停变换坐姿，但还是老老实实地坐在坐垫上，从第一出悦子的舞蹈开始一直认真观看。他们的母亲希尔达·舒尔茨夫人则在外面的阳台上观看。她听孩子们说今天有这样的舞蹈表演，就说一定要来看。悦子开始表演之前，弗里兹去通知她，她便到院子里来了。家里人请她进屋，她说“不用了，我在这里就好”，于是让人搬来一张藤椅，从阳台上观看表演。

山村作师傅穿着绣有家徽的白领和服，从舞台的金色屏风后转出来，说道：“弗里兹小朋友，你今天真老实啊。”

坐在观众席里的神杉夫人说道：“真的啊，你是哪个国家的小朋友？”

“他是这家的悦子小姐的朋友，是个德国人。和我可好了，总是‘老师、老师’这样叫我。”

“是嘛，瞧他看得津津有味的。”

“还坐得规规矩矩的……”不知是谁也说了一句。

“嗯，这个德国小姑娘，你叫什么名字来着？”山村作师傅想不起罗瑟玛丽的名字，“你和弗里兹小弟弟这么坐着，腿不疼吗？要是疼，就把腿伸出来。”

但是不知何故，今天罗瑟玛丽和弗里兹都像变了个人，满脸严肃地坐在那里，一声不吭。

“舒尔茨太太，您能吃这个吗？”贞之助看到舒尔茨夫人的大腿上放着寿司饭，正笨拙地使用筷子，便问道，“您大概吃不了这个东西吧？要是不喜欢，就别吃了。”贞之助对正在观众席分发茶水的阿花说道：“喂，有没有舒尔茨太太能吃的东西？不是有蛋糕什么的吗？你把那个寿司饭拿回来，给她送点别的去。”

“没事的，我能吃……”舒尔茨夫人不愿意把寿司饭交给阿花。

“真的吗？太太，您能吃吗？”

“嗯，我吃，我喜欢这个。”

“是嘛，您喜欢啊……喂，阿花，拿把汤匙给太太。”

看来舒尔茨夫人真的喜欢，用阿花给她的汤匙把一盘寿司饭吃得精光。

休息过后，轮到妙子表演《雪》，贞之助从刚才就开始心神不定，楼上楼下跑个不停，一会儿在楼下应酬观众，一会儿上楼去看看后台。

“喂，时间快到了。”

“你瞧，一切都准备好了。”

八叠大的化妆间里，幸子、悦子和摄影师板仓围着坐在椅子上的妙子，一起吃寿司饭。为了不弄脏衣裳，妙子在膝盖上铺了条餐巾，把饭团一点点送进嘴里，本来就很厚的嘴唇现在变得更厚了，呈一个

O形。她让阿春端着茶碗站在一旁，吃一口喝一口。

“你也吃点。”幸子对贞之助说。

“我刚才在下面吃了。小妹你吃这么多行吗？虽然听说过‘上阵不能饿肚子’这句话，可吃得太饱，跳舞不难受吗？”

“她午饭就没怎么吃，饿得晕头晕脑去跳舞还不跌倒啊！”

“据说文乐的大夫①演毕前不吃东西，舞蹈虽与义大夫②不一样，还是少吃些。”

“姐夫，其实我吃的不多，只是为了不碰到口红，一点点把饭团送进嘴里，看起来像是吃了很多。”

“我刚才看小妹吃寿司饭，很佩服她。”板仓说。

“为什么？”

“要说为什么啊，她像金鱼吞食一样，嘴张得圆圆的，看那个难受劲儿，其实吃得还不少。”

“什么啊，你专盯人家的嘴看。”

“你别说，小姨，还真是那样。”悦子大声笑起来。

“这种吃法，还是她们教给我的。”

“谁啊？”

“就是师傅那里的艺伎。她们抹口红，总是留心不让唾液沾在嘴唇上。吃东西的时候，用筷子夹着送进嘴里，不能碰到嘴唇，从当上舞姬开始就练习吃高野豆腐。因为这种豆腐水分最多，以此训练，口红逐渐不被蹭落了。”

“嗯，你连这个都知道！”

“板仓今天是来参观的吧？”贞之助问道。

“哪里啊，参观少不了，但主要是来拍照的。”

---

① 在文乐中以抑扬顿挫的节奏讲述故事的人，同时分别念唱登场人物的全部台词。

② 竹本义大夫创始的文乐表演形式。

“今天拍的照片用来制作明信片吗？”

“不是。小妹梳着日式发髻跳舞可十分罕见，拍照是为了留念。”

“今天板仓先生义务服务。”妙子说。

板仓是一家小照相馆的老板，在阪神国道的田中停车场稍北处挂了块“板仓摄影所”的招牌，标榜拍摄艺术照片。他原先是奥畑商店的小伙计，初中也没毕业，后来跑到美国，在洛杉矶学了五六年摄影技术后回国。据说他本想进入好莱坞当一名摄影师，但未能抓住机会。回国后不久，在如今这个地方创办照相馆的时候，奥畑商店的老板——阿启的哥哥提供了部分资金，还让自己的老客户关照他，多方面予以照顾。因此，阿启也时常光顾，当时妙子为宣传作品正在物色一名合适的摄影师，经阿启介绍就托他制作。从那以后，妙子作品的照片，不论是用于商品目录，还是用于明信片，都是板仓一手包揽。板仓一直从妙子那里接受工作订单，还承揽了广告业务。他知道妙子与阿启的关系，所以也像对阿启那样对待妙子，旁人看来二人如同主仆一般。同时，他还与贞之助等人相熟起来，自然也是因为他和妙子的关系。这个人从美国学到一套无孔不入、见风使舵的本领，如今似乎成为这个家的常客，甚至对女佣们也都殷勤讨好，还开玩笑地请求幸子太太把阿春许配给他。

贞之助说道：“既然是义务服务，能给我们也拍一张吗？”

“好啊，我给你们拍一张。小妹在中间，大家站成一排。”

“怎么站？”

“小妹坐在椅子上，先生和太太站在她后面。对、对，就这样，然后悦子小姐站在小妹的右边。”

“阿春也过来照吧。”幸子说。

“那阿春站在小妹的左边。”

“要是东京的二姨在这里，那该多好。”悦子冷不防地说道。

“是啊。”幸子说，“之后告诉你二姨，她肯定觉得非常遗憾。”

“妈妈，你为什么不把二姨叫来？不是上个月就知道今天要表演舞蹈吗？”

“不是没想过，可是她四月份才回去的啊……”

板仓看着取景框，发现幸子的眼睛忽然微微湿润起来，猛地抬起头。贞之助也察觉到了，但是他不明白妻子的表情为什么突然变化无常。自从三月那次流产以后，她只要想起胎儿，就会泪水汪汪，这已经成为她的心病，贞之助时常为此担惊受怕，但是今天似乎并不是这个原因，让人捉摸不透。是看见坐在椅子上的妙子今天身上穿的衣服，想起了本家大姐曾穿着这件衣裳举行婚礼的往日景象而感慨万千吗？不然的话，就是想到妙子什么时候才能盛装艳服地出嫁？抑或是想到妙子之前还有雪子的婚事，不由得悲从中来吗？要不然就是所有情绪一齐涌上心头也未可知。想看妙子今天这番风姿的，除了雪子应该还有一个人，连贞之助都为那个人感到悲哀。他忽然产生一种感觉：说不定就是阿启让板仓来的。

“里勇姐，”妙子照完相后，向站在对面屋角穿衣镜前的一个看上去二十三四岁的艺伎打招呼，她正在为《雪》之后的《茶音头》做准备，“不好意思，求你一件事。”

“什么事？”

“请你到那边屋子来一下可以吗？”

今天演出的人当中有四五个是内行，包括以舞蹈教学为职业且已经袭名的女师傅和两名艺伎，里勇是宗右卫门町出身的艺伎，备受山村作师傅的青睐，是山村流派的主要舞者。

“我从来没有穿过下摆拖地的衣裳跳过舞，担心跳不好，你来给我指导一下怎么弄下摆吧。”妙子站起来走到里勇身边，对她耳语几句。

“我也弄不好。”

“教教我，教教我，过来一下……”妙子把她拉到走廊边上。

楼下伴奏的人们已经到位，传来胡琴与三味线相互调弦的声音。

妙子拉上隔扇，和里勇一起进入自己的起居室，在里面待了大约二十分钟。

“小妹，老爷让您快点去。”前来迎接她的板仓说道。

“嗯，弄好了。”妙子拉开隔扇，对板仓说道，“板仓先生，你来帮我提着下摆。”

妙子让板仓提着下摆，走下楼梯。

贞之助、幸子、悦子跟在妙子后面鱼贯而下。演出开始以后，贞之助悄悄走进观众席，拍了拍正聚精会神观看妙子表演的德国少年的肩膀，问道：“弗里兹小朋友，你知道她是谁吗？”

弗里兹依然满脸严肃，回头看一眼贞之助，点了点头，又立即转头面对舞台。

四

事情发生在七月五日的早晨，恰好是舞会后的一个月。

今年五月以来，降雨量比往年增加，入梅后雨一直下个不停。进入七月，从三日那天开始下雨，四日接连下了一整天，五日清晨又突然暴雨滂沱，没有停止的迹象。但是，谁也没有料到一两个小时之后，阪神地区发生了创纪录的惨重水灾。芦屋这边，先是悦子七点左右上学，由于带着充足的雨具，所以并不在意下雨，照常由阿春陪伴，冒着倾盆大雨出门而去。悦子的学校位于芦屋川西岸附近，越过阪神国道往南走三四百米，在阪神电车线的南面。平时，阿春大多将悦子安全送过国道后就回去，但今天下这么大的雨，便送到了学校，回到家里差不多八点半了。回去的路上看到雨势大得实在吓人，自警团[1]的小伙子们奔走防洪，她就绕到芦屋川的堤坝上察看水情后才回了家。她告诉幸子“业平桥一带水势凶猛，十分危险，大水很快就要漫过桥面”，但大家还是没有料到竟会暴雨成灾。阿春回家以后，过了一二十分钟，妙子套着绿色雨衣，穿着长筒靴要出门。幸子说“小妹，下这

① 本地居民自发成立的组织，致力防灾、防盗等。

么大的雨，别出去了”，但妙子今天不是去夙川，上午得去本山村野寄的西式裁缝学院，她开玩笑似的说了句“这么点雨算什么，发大水才有意思呢”，就出了门。幸子最后也没拦着。只有贞之助打算等雨势稍微小些再出去，就在书房里磨磨蹭蹭地查资料。不一会儿，外面传来刺耳的警报声。

正是大雨最狂暴的时候，贞之助往外一看，庭院的东南角处于这栋住宅的低洼处，平时稍一下雨就会积水，现下那里的梅树下已经形成两坪[①]见方的小池塘，但其他地方未见异常，而且这里离芦屋川西岸有七八百米远，感觉不到河水即将泛滥的危险。他首先想到悦子的学校，那里离芦屋川更近，要是决堤，会在什么地方呢？学校不要紧吧？为了避免引起幸子不必要的担心，他故意装出沉着冷静的样子，从旁屋来到正房。不过五六步的距离，他就被淋得浑身湿透。幸子问刚才的警报是怎么回事，他回答说“不知道，大概没什么事吧”，不过还是打算出去观察一下周边的情况。

贞之助把雨衣套在灰白碎花纹的和服单衣外面，正要向门口走去，只见阿春脸色煞白，下半身全是泥水，叫着“不得了了”，从后门惊慌失措地跑进来。她说刚才看到河里涨水，一下子想到悦子学校那边，又正好听见警报响，就不顾一切跑了出去。洪水已经漫到芦屋东面的十字路口，从山手往大海方向，由北往南滔滔不绝地奔腾流去。她试着在水中向东走，起先水深只到小腿，走了两三步便没到膝盖，差一点被水冲走。这时，听见有人在屋顶上对她吼道：“嘿！这么大的水，你要上哪儿去？一个女人家，怎么这样瞎胡闹！”那声音听上去气势汹汹，阿春想看看是谁，抬头一看原来是相识的附近常记菜店的小老板，正穿着自警团的制服。阿春对他说：“我以为是谁呢，这不是

① 日本面积单位，1 坪约为 3.3 平方米。

常记菜店的小老板吗？”对方也认出了阿春，说道：“阿春姐，你去哪儿啊？这么大的水，你疯了嘛！前面连男人都过不去，河边的房子都被冲垮了，还死了人，可不得了！”阿春追问下去，才知道芦屋川和高座川的上游好像发生了山崩，房屋、泥沙、岩石、树木等都被冲到阪急线的北面桥边，堆积如山，堵塞了河道，导致河水泛滥，淹没两岸。如今堤坝下面的道路上浊流滚滚，漩涡翻腾，有的地方水深达到三米，现在很多人在自家的二楼求救。阿春最担心悦子的学校，便问他那边的情况怎么样。他说：“还不清楚，总体看国道往上的地方受灾严重，河流下游可能好一些。灾情最厉害的是东岸，西岸稍微好一些，但不知道那所小学怎么样了。”阿春说：“听了你这些话，我还是不放心，打算绕道去学校看看。”对方回答说：“不行！无论绕哪条路，都必须蹚水过去，而且越往东走水越深。光水深还好说，主要是水流急，站不稳，容易被冲走，还有上游被冲下来的大木头、石头，要是撞上这些东西就完了，弄不好还会被冲到海里。自警团团员抓着绳子拼死兴许过得去，你一个女人家这副样子绝对不行。”阿春听了以后，不得已只好先回了家。

贞之助立刻给学校打电话，但电话已经打不通了。他对幸子说：“既然这样，那我去看看。”他记不得幸子是怎么回答的，只记得将要出门时，幸子泪水汪汪地直盯着他，一下子把他紧紧抱住。他已经把和服换成品质最差的西服，在外面套上雨衣，穿上长筒靴，头戴防水帽，出门而去。走了大约五十米远，贞之助回头一看，阿春跟在后面。她刚才回家的时候，身上的连衣裙全是泥水，淋得跟落汤鸡一样，现在换上浴衣，系上束衣袖带，把后襟撩起掖在腰带里，露出里面的红衬裙。贞之助冲她吼道：“你干吗！不要跟来，快回去！”“我陪您走到那里。”她说着紧追上来，“老爷，不能走那边，这边好走。”说完，她不往东走，而是一直往南走。贞之助跟着她上了国道，然后尽量从南面绕道，没蹚多深的水就成功走到阪神电车轨道北面一二百米的地方，可从这里到小学,必须向东横穿过去。幸好这一带水比较浅,和长筒靴差不多深，越过阪神电车轨道，来到旧国道的前面，没想到这里的水更浅。这时终于可以看见前方的小学校舍，学生们从二楼的窗户探出头来。“啊，学校没事,太好了！”身后有人极其兴奋地自言自语。贞之助回头一看，原来阿春一直跟着他。起先贞之助跟在阿春身后，后来不知不觉走到了前面。由于水势湍急，他必须一步一步踩实才能往前走，而且水灌进长筒靴里，步伐更加沉重，注意力都集中在走路上。阿春比他个头矮，红衬裙几乎全浸在泥水里，手上的洋伞撑不起来，只好当作拐杖。为了不被大水冲走，她抓着电线杆、扶着别人家的围墙，一步一步顽强地跟在后面。阿春喜欢自言自语是出了名的，看电影时总是一个人念叨“啊，真好看”“那个人怎么样了”，时而感动，时而惊疑得又说话又拍手，弄得大家都不愿意和她一起去电影院。今天在这湍急的水流中，她又不由得犯了老毛病，贞之助也觉得好笑。

丈夫出门以后，幸子一直坐立不安。趁着雨势稍微减弱，她来到门前一看，恰好碰见芦屋川站前出租车站的司机从门口经过，向她打招呼，她便问起小学那边的情况。司机说他没去那边，但小学大概最安全，通往学校的路上有几处积水，但那所学校地势最高，听说没有被水淹到，应该不要紧。幸子听罢，稍稍放下心来。司机又说芦屋川虽然水势严峻，但住吉川的洪水泛滥得更可怕。所有电车，阪急线、省线以及国道线全部停运，具体情况不太清楚，听从西面步行过来的人说，从这里到本山站一带水势不大，沿着电车轨道走，基本不用蹚水。但再往西走，便是浊流滚滚的汪洋大海，大浪翻腾，从山脉那边推波叠浪地狂奔过来，把各种东西都冲到了下游，人们或趴在榻榻米上，或抓抱树枝呼喊救命，但都被冲刷下来，简直束手无策。听了司机这番话，幸子开始担心妙子的安全。她今天去的本山村野寄的西式裁缝学院，位于国道的甲南女中前的汽车站稍微偏北的地方，距离住吉川不过两三百米。按照司机的说法，那个地方肯定泡在浊流汪洋之中。妙子去学校的时候，要走到国道的津知站，在那里乘坐公交车。司机说："这么说来，刚才你家小妹向国道走下去的时候，我碰见她了，她穿着绿色的雨衣吧？那个时间出门，应该到目的地不久后就发了大水，野寄那边比小学要危险多了。"幸子顿时不知所措，慌慌张张地跑回屋里，扯着嗓门大喊："阿春！"

当她听到女佣说"阿春姐跟着老爷出去，还没回来"后，顿时像小孩子一样歪着嘴哭起来。

阿秋和阿花惊愕地默默盯着幸子哭，弄得幸子有点不好意思。她赶紧从客厅逃到阳台上，抽抽搭搭地往院子的草坪走去。这时，舒尔茨夫人从铁丝网那边探过头来，脸色苍白地朝她说道："太太！太太，您先生怎么样了？悦子小姐的学校怎么样了？"

"我丈夫刚才去接悦子了。悦子的学校大概没问题。您先生呢？"

"他去神户接彼得和露米了，真让人提心吊胆啊！"

舒尔茨家的三个孩子中，弗里兹还小，没有上学，彼得和罗瑟玛丽在神户山手的一所德国人俱乐部附设的德国小学上学。父亲舒尔茨也在神户上班，以前总能看到父子三人一起出门，但自从卢沟桥事变以后，生意变得萧条，舒尔茨时而出门时而在家，最近每天早晨只有两个孩子出门上学。今天舒尔茨也没有上班，但担心孩子的安全，说想办法去神户看看，刚才出门走了。当时不知道洪水泛滥的情况，也不知道电车停运。舒尔茨夫人非常担心，希望路上不要出什么差错，心里一直惴惴不安。她的日语没有孩子们好，说话还很费劲，幸子用蹩脚的英语勉强和她沟通，尽力安慰她，让她放心。

"您先生一定会平安回来的。这场洪水只是淹了芦屋、住吉一带，神户应该没有受灾。彼得少爷和露米小姐肯定没事的。我绝对相信，您也放心吧。”幸子反复劝她振作精神，然后说了声“再见”便回到客厅。一会儿工夫，只见贞之助和阿春带着悦子从一直敞开的大门走了进来。

悦子的学校没有受灾，只是周边被水淹了。由于水位不断上涨，学校决定停课，让学生全部集中到二楼的教室里，担心孩子安全的家长络绎不绝地前来，学校就把学生交给家长带回去。所以，悦子不仅没有觉得害怕，反而担心家里是否受灾。就在这时，父亲和阿春赶来接她，悦子算比较早被家长接走的孩子，之后陆续有其他家长来接孩子。贞之助向校长和老师表示慰问和感谢后，领着悦子大致沿原路返回到家里。跟着去的阿春起到了非常重要的作用。她在学校的走廊上看见悦子平安无事，大叫一声“小姐”，顾不上满是泥水的衣服紧紧抱住悦子，周围的人见状都大吃一惊。回来的时候，她走在最前头，用自己的身子挡住水势，护着贞之助前行。水位比来时又涨了一两寸，水势变得更加湍急，尽管路不长，但贞之助背着悦子，步履艰辛，每迈出一步都觉得脚底不稳，随时会被洪水冲走。全靠阿春在前面用身体抵挡激流，贞之助得以跟在她身后缓缓前行，否则真是危险万分，寸步难行。在前面开路的阿春也不容易，水深的地方甚至淹没到她的腰部。水流由北往南，所以他们顺着东西走向的道路往西走，但横穿两三处十字路口时最紧张。有一处系有一条绳索，可以抓着走过去，有一处靠警戒中的自警团团员帮忙也能安全穿过，但有一处没有任何可以借助的东西，两个人只好把身体紧紧贴在一起，利用阿春手里那把当作拐杖的洋伞使劲撑着，才勉强费力通过。

可是，幸子现在没有心情为悦子的平安归来高兴，也顾不上感谢丈夫和阿春，她听着丈夫讲述这些情况的时候，急不可待地说道：“悦子她爸……小妹她……”说着，她又一次哭了起来。

五

贞之助平时往返一趟学校一般只需要半个小时，那天却花了一个多小时。在这期间，幸子听到住吉川泛滥的消息，国道的田中站以西全淹成了浊浪翻腾的大河，野寄、横屋、青木等地似乎受灾最为惨重，国道以南的甲南市场、高尔夫球场等与大海连成一片，大量人畜伤亡、房屋倒塌冲走，总之传到幸子她们耳里的全是令人伤心的消息。

但是，贞之助在东京亲身经历过关东大地震，知道这种时候的传闻往往都是夸大其词，他以此为例，劝慰因担忧妙子的安全而几乎处于半绝望状态的幸子。他对幸子说："听说沿铁道可以走到本山站，总之我能走到哪里就到哪里，反正出去亲眼看一看。如果真如传闻所说，那去了也无能为力。不过，感觉大概没那么严重。关东大地震也是这样，其实发生天灾时人的死亡率意外地小。在旁人看来无法得救的，差不多都能获救，你现在就这么又哭又叫的，未免太早了。先冷静下来，在家里老实等着我回来。如果我回来晚了，也不必担心，我不会鲁莽行事的。要是我感觉实在走不过去，就立即折返回家。"说完，贞之助让幸子做了几个路上充饥的饭团，把一些白兰地酒和两三种药品放进口袋里，穿长筒靴走水路受罪，便换上矮帮鞋和灯笼裤，再次出门而去。

如果沿着铁道走，到野寄约有七八里路。贞之助平时喜欢散步，对这一带的地形很熟悉，经常路过西式裁缝学院的校舍前。沿省线出了本山站，往西走大约一千多米，南面隔条马路就是甲南女中，女中稍微往西，沿铁道往南径直走大约百米的位置，就是西式裁缝学院。贞之助抱着一线希望，如果顺着铁轨可以走到女中附近，或许有可能到达西式裁缝学院，即使走不过去，也可以了解这所学院的受灾情况。贞之助出门的时候，阿春又莽莽撞撞地追上来。“不行！这次你绝对不能跟来。家里只剩下幸子和悦子，我不放心，你回去好好照顾她们。”贞之助严厉地叮嘱几句后，便把阿春赶了回去。

贞之助出门后，往北走大约五十米便上了铁轨。再往前走几百米，沿途都没有洪水，只是树林两边的田地被水淹了有两三尺深。走出树林来到田边，只有铁轨的北面有水，南面和平时没什么两样，但往本山站走去，南面也逐渐有了水。铁轨还是安全的，贞之助走在上面并没有感觉到危险，走起来也不费力。路上时不时遇见甲南高中的学生三五成群地迎面走来，贞之助便向他们打听情况，大家都说“这一带没有受害，但本山站往前受灾非常严重，再往前走一点，就能看见一片汪洋”。贞之助说“想去甲南女中的西边”，学生们说“那一带恐怕受灾最严重，他们离开学校的时候，水势还在上涨，现在西面也许已经淹到铁轨上面了”。贞之助走到本山站，果然水势凶猛。他打算歇口气，从铁轨走进车站里。车站前面的道路已经全被淹没，水不停地灌进车站里，入口处堆着沙袋和草席，车站工作人员和学生轮流用笤帚把从缝隙渗进来的水扫出去。贞之助如果想在车站里歇脚，也得拿起笤帚帮忙扫水，所以他抽完一支烟后，又独自冒着瓢泼大雨走上铁轨。

山洪浑浊泛黄，如同扬子江的江水，黄泥水中混杂着一块块豆沙馅般黑黑的东西。贞之助不知不觉走在了这样的水里，心头一惊，意识到平时散步时经常走的那条田中的小河也泛滥了，而自己即将走上小河的铁桥。过了铁桥，不多远处的铁轨上又没有水，但两边的水涨得厉害。贞之助停下脚步眺望前方，刚才甲南高中的学生所说的“一片汪洋”果然呈现在眼前。虽然“雄浑”“豪壮”这样的形容词用在这里似乎不合适，但事实上第一感觉与其说是可怕，不如说更接近上述字眼，与其说是吃惊，不如说是茫然。这一带本来是从六甲山山麓向大阪湾缓缓倾斜的朝南坡面，有田园、松树林和小河，其间点缀着古朴的农家和红屋顶的洋楼。按照贞之助的一贯主张，这一带在阪神之间地势较高、气候干燥、风景优美，是个适宜散步的好地方，但如今风貌大变，令人联想到洪水泛滥时的长江、黄河。而且与普通的洪水不同，这是从六甲山深处奔腾而出的山洪，雪白的浪头陡然矗立，惊涛骇浪飞溅四起，后浪追逐着前浪压过来，整幅景象犹如沸腾翻滚的开水。的确，这浊浪咆哮之地已不再是河，而是海——翻滚着的暗黑浑浊的泥海。贞之助站上的铁轨如同伸向泥海中的码头，有的地方与水面齐平，仿佛马上就要沉没水底；有的地方地基上的泥土已被冲刷干净，只剩下枕木和轨道如梯子般露出水面。贞之助忽然看见有两只小螃蟹在脚边摇摇摆摆地爬动。大概由于小河泛滥，它们逃到了铁轨上。如果这时只剩他一个人，他大概会就此折返，但在这儿依然遇到了甲南高中的学生。他们今天早晨上学后，过了一两个小时就发生了洪水，学校停了课，他们便逃到冈本车站，发现阪急电车停运，又跑到省线的本山站，省线也停运了，只好在车站里休息。刚才在车站里帮忙扫水的就是他们，但水位越涨越高，他们开始不安起来，于是分成回神户、回大阪两组，决定沿铁轨往回走。他们都是年轻力壮的青少年，并没有感到多大的危险，不知是谁掉进水里，大家还很好玩地大喊起来。贞之助紧跟在他们后面，跃过一根根枕木，好不容易走过浮上水面的弯翘起来的一段铁轨，铁轨下的激流令人头晕目眩。由于哗哗的水声和雨声的干扰，直到这时他们才听到“喂、喂”的呼喊声，抬头一看，五十米开外停着一辆抛锚的列车。同校的学生从车窗里探出脑袋，呼唤着这边的同学：“你们要去哪里？前面非常危险！住吉川一带水很大，根本过不去。你们到列车上来吧！”贞之助没有办法，只好和学生们一起钻进列车里。

这是下行快车的三等车厢，除了甲南高中的学生，还有其他避难的人，其中有几家朝鲜人聚在一起，大概是房屋被冲走，拼命逃出来的。有一个面带病色的老太婆，带着女佣，嘴里嘟嘟囔囔地开始念佛。有一个背着绸缎兜售的行商模样的男人，身穿麻布衬衣和半短裤，颤抖着将沾满泥土的装有绸缎的大包袱放在身边，把湿单衣和毛线腹带挂到椅背上晾干。大概由于伙伴增加了，学生们更加热火朝天地聊起来。有的从口袋里拿出奶糖分给大伙儿；有的脱下长筒靴，倒出里面的沙土、泥水，然后脱掉袜子，盯着自己被水泡得又白又胀的脚丫子看；有的拧干湿漉漉的衣服和衬衣，光着膀子擦身子；还有的因为衣服被淋湿，宁愿站着也不坐在椅子上。他们轮流观察着窗外，使劲叫嚷道：“瞧，屋顶漂过来了！”“榻榻米也漂过来了！”“那是木材！”“那是自行车！”“哎呀，汽车也漂过来了！”其中有一个喊道：“喂，还有狗！”

“去救它吧。”

“什么呀！肯定死了。”

“没有，没有，还活着呢。你瞧，在那边的铁轨上……”

一条中型㹴系杂种犬蜷缩着满是泥土的身子，蹲在车轮后面哆哆嗦嗦。两三个学生一边说着“把它救上来”，一边下车把狗拖了上来。那条狗进入车厢内，使劲甩动脑袋，抖落身上的水珠，然后乖乖伏在救它上来的学生面前，用那双惊魂未定、充满恐惧的眼睛直勾勾地凝视着少年。有人把奶糖放到它鼻子前面，它只是闻了闻，并不想吃。

贞之助的西服被雨水淋湿，感到身上发冷，便将雨衣和上衣脱下来，挂到椅背上，然后喝了两杯白兰地，点上一支烟。他看一眼手表，已经一点了，但不觉得饿，不想打开饭盒。他从座位向山手方向望去，看见正北面的本山第二小学的校舍被水淹没，一楼南面那些并列的窗户如同巨大的闸门一样，浊流不断奔泻而出。如果在这里能看见那所小学，那么列车停靠的位置离东北面的甲南女中不超过五十米，所以从这里到西式裁缝学院，放在平日不过几分钟的时间。很快，车内的学生也逐渐失去了刚才的活跃劲儿，不约而同地严肃起来。因为情况变得愈发不容乐观，即使在年轻气盛的他们眼里，也难以否认这一现实。贞之助探头一看，刚才自己与学生们一起走过来的道路——本山站与列车之间的那条铁轨已经被水完全淹没，这节列车成为一座孤岛。谁也不知道这座孤岛何时被淹，说不定铁轨底下的地基即将崩塌。虽然这一带铁轨的堤坝高达六七尺，但水位还在逐渐往上涨。山那边的浊流奔腾而来，势不可挡，犹如巨浪撞击礁石，水花飞溅，啪啪摔进车内。大家急忙关紧车窗。窗外，浊流与浊流剧烈冲撞，隆起形成漩涡，翻腾着泛起白沫。这时，一个邮递员从前面的车厢逃过来，还有十五六个避难者也蜂拥而入，紧接着列车长进来了，说道："请大家到后面的车厢去！水已经漫到前面的铁轨上了。"所有人都慌手慌脚地拿着行李，抱着晾干的衣物，提着长筒靴，涌向后面的车厢。

"列车长，我可以用一下这个卧铺吗？"有人问道。

这里本来是三等卧铺车厢。

"可以，这种非常时候……"

有的学生虽然躺在卧铺上，还是心神不定，又爬起来眺望窗外。隆隆的洪水声越发凶猛，即使在车内，也觉得震耳欲聋。刚才的那个老太太现在更加虔诚地念经，不时夹杂着朝鲜小孩的啼哭声。

"啊，水漫到铁轨上来了！"

不知是谁叫了一声，所有人都站起来，涌到北面的窗户旁。洪水还没有漫到下行线的铁轨上，但已经在堤坝边上涌动，眼看着要漫到旁边上行线的铁轨上。

“列车长，这里不要紧吧？”一个三十岁上下的太太问道，看起来像是住在阪神一带。

“这个……如果可以逃到更安全的地方，还是逃走为好……”

贞之助呆若木鸡地看着一辆两轮拖车在漩涡中旋转着漂走。他离家时曾说自己绝不会干冒险的事，一旦发现危险就立即返回，可是现在却身不由己地陷入到这种局面。他还不至于想到死，毕竟不是女人或小孩，关键时刻总会有办法，他在心底这样自信地想。他忽然想起妙子所在的那座西式裁缝学院的校舍大部分都是平房，一下子极度不安起来，又回想起妻子刚才那胆战心惊的样子，当时觉得她过于夸张，有点不合常理，现在想来，大概这就是至亲骨肉之间的预感吧。一个月以前，也就是上个月五日，妙子跳《雪》时那优美的舞姿还清晰地浮现在脑海里，让他感到格外亲切。那一天，全家人围着妙子拍了照，妻子还无缘无故地泪眼汪汪，这一幕幕回忆浮上贞之助的心头。也许妙子现在正在那座校舍的屋顶大声呼救，自己与她近在咫尺，难道就没有一点办法吗？难道只能一直待在这里吗？既然已经到了这里，即使冒点险也要把她安全带回去，否则对不起妻子……那天妻子充满感激的面容和刚才绝望的哭相交替在眼前闪现。

贞之助心里想着这些事，眼睛却专注地看着窗外，忽然看见令人激动的一幕：铁轨南面的水位逐渐下降，有些地方露出了泥沙。而铁轨北面的水位继续上涨，波浪已经越过上行线的铁轨，向这边的铁轨涌来。

“这边水退了！”一个学生叫了起来。

“啊，真的啊！喂，这样我们就可以走了。”

“走到甲南女中去！”

学生们率先跳下列车，大部分人提着箱子、背着包袱跟随其后。贞之助也是其中一员，但是就在他拼命跑下堤坝的时候，一股巨浪从北面朝列车袭来，发出惊人的声音，洪水如瀑布一样劈头盖脸地倾泻而下，一根木头突然打横冲过来。他好不容易从浊流中逃出来，走到没有水的地方，突然两脚陷入泥沙，直没到膝盖。他使足劲儿把脚拔出来，一只鞋却啪嗒掉下来。贞之助费力拔腿走了五六步，又遇上一股两米来宽的激流。前面的人在激流中东倒西歪地勉强冲了过去。现在的猛烈水势与他背悦子回家时根本无法相比。贞之助有两三次感觉到自己要被洪水冲走，终于咬紧牙关冲出激流，却又陷入没腰深的泥沙，慌忙抱着电线杆爬了出来。甲南女中的后门就在眼前十来米远的地方，除了跑过去别无他法，但这其中又有一道浊流，尽管近在眼前，却难以过去。就在这时，后门突然打开，有人从里面伸出一根耙子，贞之助抓住它，好不容易才被拖进门里。

六

那一天，雨势真正减弱大概是在下午一点过后，但洪水丝毫没有减退的迹象。三点左右，雨终于停了，天空随即露出蓝色，水势逐渐退去。

太阳出来以后，幸子就到阳台的芦苇棚朝下观望，雨后的草坪更加郁郁葱葱，两只白蝴蝶翩翩飞舞，紫丁香和楝树中间的那块杂草的积水处，有鸽子飞来觅食。这里看上去一派安详宁静，丝毫没有受过山洪袭击的痕迹。只有停电、停煤气、停水才让人意识到这一带是灾区，不过家里除了自来水，还有井水，所以喝的用的都没问题。她预料丈夫他们回来肯定是浑身泥水，事先已吩咐烧好洗澡水。阿春同悦子一起到附近察看受灾情况，家中静悄悄的。只是时不时听到左邻右舍的男仆女佣到厨房后门讨水，因为马达不能发动，只听见吊桶扔进水井里的扑通声，还有阿秋、阿花和他们聊起受灾情况的说话声。

四点左右，看管上本町老家的音老头的儿子庄吉特地从大阪过来看望，前来慰问的人里面数他最早。庄吉在南海的高岛屋百货工作，因为大阪没有受灾，他做梦也没想到阪神之间遭此重灾，中午看到报纸的号外，才知道住吉川和芦屋川沿岸灾情惨重，于是下午向店里请假，什么也不顾地赶来，直到这时才到达。这一路上，有的地方坐阪神电车，有的地方换乘国道电车或者阪国公交，有的地方还央求货车、载客的出租车顺便搭乘一段，遇上交通瘫痪的地方只能步行或涉水。他背着装有食物的背囊，将沾满泥土的裤子挽到膝盖上，提着鞋子，光着脚一路颠簸，当看到业平桥附近的惨状时，他想到芦屋的家不知会变成什么样子，不由得心痛起来。可当走到这条马路上时，发现一切平静得简直令人难以置信，自己都傻了眼。他首先向幸子表达了慰问，正好这时悦子回来了，庄吉平时就话多嘴碎，表情丰富，他故意瓮声瓮气地对悦子说道："哎呀，小姐，您好啊！"接着意识到什么似的说，"有什么事让我做的，请尽管吩咐。"他问起贞之助和妙子，幸子便将从今天早晨就开始担心的事情对他细细叙述一遍，尤其是后来又听到不少坏消息，所以现在比早晨更加焦虑不安。例如从住吉川上游的白鹤美术馆到野村大宅之间的几十丈深谷都被泥沙、巨石填平；架设在住吉川国道上的桥梁被上千斤的大石块和磨光了树皮的粗壮大树层层叠叠地堆积着，阻断了交通；桥南的两三百米处、比路面还低的甲南公寓前漂浮着许多尸体，这些尸体浑身泥沙，面目全非；神户市内受灾也很严重，大水灌进了阪神电车的地下轨道里，不少乘客被淹死——这些风闻固然带有臆测夸张的成分，但最让幸子揪心的还是甲南公寓前的尸体。因为妙子去的西式裁缝学院与甲南公寓中间正好隔着国道，就在那座公寓对面往北五十米的地方。如果甲南公寓的前面漂着这么多尸体，说明位于它正北面的野寄一带一定也是如此。根据与悦子一起回来的阿春的报告，幸子这个不吉利的推测得到了进一步证实。阿春和幸子一样焦急，一见到人就打听野寄一带的情况，但大家都说住吉川的东岸受灾最严重，其他地方的水位都开始明显下降，只有野寄一带还没有退水的迹象，有的地方还深达一丈多。

幸子相信以丈夫的性格不会鲁莽行动，出门时还说不会冒险，所以对他并不特别担心。但过了这么长时间，她不仅对妙子，对丈夫也开始惦念起来了。如果野寄灾情惨重，根本过不去，那丈夫早应该中途返回，可是至今还没有回来，这是怎么回事呢？他会不会一心只顾往前走，不知不觉进入危险地区，而被洪水围困了呢？丈夫这个人虽然谨慎小心，但也是一旦下定决心，不达目的誓不罢休的性格，会不会发现此路不通时，改换其他路前行探索，而现在困在一处等待水势减退呢？即使他到达目的地，成功地救出妙子，两人徒步涉水回来，肯定需要时间，到晚上六七点也很正常。幸子想象着最好的和最坏的情况，但还是动不动就往坏处想。庄吉说“应该不会发生这样的事，您要是这么担心，那我去看看”，幸子觉得未必能碰巧遇上，但能让自己稍微宽心一点，便回答“那就辛苦你了”，然后将准备完毕的庄吉送到后门口。此时已将近下午五点。

这座住宅的前门和后门不在一条街上，幸子送走庄吉后，想顺便活动一下身体，便从后门转到前门，走了一圈。今天因为停电，门铃不响，前门一直敞开。她走进前门，从玄关径直向院子走去。

“太太，”舒尔茨夫人从铁丝网那边探过头来，“悦子小姐的学校没事，您就放心吧。”

“谢谢。悦子平安无事，可妹妹那边让我非常担心。我丈夫接她去了……”幸子用舒尔茨夫人听得懂的说法把刚才对庄吉说的话复述了一遍。

“噢，是嘛……”舒尔茨夫人皱眉咋舌，“您的担心我理解。我对您表示同情。”

“谢谢。您先生呢？”

“我丈夫还没有回来，我也非常担心。”

“啊，他真的去神户了吗？”

“我也这么想。可是，神户也淹了。滩、六甲、大石川，到处都是水、水、水……我的丈夫，还有彼得、罗瑟玛丽，他们都怎么样了？他们在哪里呢？我非常非常担心……”

这位太太的丈夫舒尔茨体格魁梧，看上去是个身强力壮的德国大汉，而且头脑聪明。幸子觉得他即使遇上一点洪水，也没什么大碍，而且彼得和罗瑟玛丽的学校位于神户地势很高的地方，估计不会受灾，只是因为大水堵塞交通，他们无法回来。不过，站在夫人的角度来说，当然会设想各种各样的情况，无论幸子怎么劝她，她也听不进去，一味地说：“不，我听说了，神户的水很大，死了很多很多人。”幸子看她满脸泪痕，虽感同身受，最后也不知道说什么好，只能重复着“一定不要紧的，期盼您全家都平安无事”这样老一套的安慰话。

就在幸子不知如何安慰舒尔茨夫人的时候，前门似乎有人进来，约翰尼跑了出去。幸子心头猛然一动——莫非是丈夫他们？她瞥见一个身穿藏青色西服、头戴巴拿马帽的人影从矮树丛那头向玄关走去。

阿春从阳台走到院子，幸子迎上去问道：“是谁？”

“是奥畑先生。”

“噢……”幸子略显惊慌，她没想到奥畑今天会来探望，按理说他应当来，但如何接待他却让人伤脑筋。自从他上次来访以后，幸子就打定主意，要是他再来，要尽量冷淡对待，在门口敷衍几句就把他打发走。不仅幸子这么想，丈夫也这么吩咐过她，但是今天这种情况，也许他会说想在这里等小妹的消息。如果拒绝他这个要求，未免不近人情。说心里话，她今天倒是想让奥畑留在这里等待，让他看到妙子平安无事地回家，和大家一道高兴。

“他问小妹是否在家，我回答说还没有回来。他就说想和太太说几句话。”

他应该知道，在这个家里，他与妙子的关系除幸子外，对其他人绝对保密，但今天，这个平时装模作样、稳重沉着的奥畑也因为过于焦急，竟然失去平时的谨慎小心，向传话的女佣打听妙子的消息。不过，幸子觉得唯独今天可以原谅他，甚至对他的失态生出一丝好感。

“请他进来吧。”

幸子趁此机会对还在铁丝网那边探头的舒尔茨夫人说道：“对不起，家里来客人了。”然后，她上二楼补了个妆，从早上开始就哭过好几回，眼圈都哭红肿了。

因为冰箱没电，幸子便吩咐把冷藏在水井里的麦茶提上来待客，让客人稍候片刻。过了一会儿，当幸子走进客厅时，奥畑又像上次那样站了起来，做出一副立正的姿势。他身上那条藏青色的哔叽裤十分笔挺合身，裤线笔直，几乎没有溅上一点泥土，与刚才浑身泥垢的庄吉相比，简直天差地别。他说：“刚刚听说阪神电车从大阪到青木这一段已经通车，便乘坐这趟车来了芦屋，然后步行二里多路就到了。一路上还有几处水没退，但已无大碍，我脱了鞋，挽起裤腿，涉水走过来的。本该早点来探望，但是我一直不知道出了号外，这才刚听说。不过，今天是妙子去西式裁缝学院的日子，心想要是她还没出门就好了……”

说实在话，幸子请奥畑进屋，是本想在这种时候，奥畑应该最能理解自己，想对他倾诉自己如何期盼丈夫和妹妹能平安归来，以此稍稍缓解自己焦灼忧虑、坐立不安的心情。然而，一旦隔桌相对而坐，她又立即反省，现下还是不宜把自己的心情对他和盘托出。尽管奥畑的确是真心想知道妙子的消息，但他那担心的表情以及询问的方式都给人一种惺惺作态的感觉，似乎想利用这个机会打进自己的家庭内部，这让幸子从一开始就心怀戒意。她对奥畑提的问题不冷不热地回答道：“妙子到达学校后不久发生水灾，那所学院附近受灾最严重，我十分挂念妙子的安危，就让丈夫去看看情况。他在上午十一点左右出门，一个小时之前从上本町前来探望的庄吉也出去寻找了，但是至今谁也没有回来，所以我更加忐忑不安。”幸子说完，奥畑果然扭扭捏捏地提出能不能在这里等一会儿。幸子痛快地回答“那就请吧”，然后走上二楼。

因为客人说要在这里等一会儿，幸子就让女佣给他送去两三种新杂志，并端上红茶，然后一直待在楼上，不再下去。幸子想起悦子对来客一直怀有好奇心，还时不时从走廊向客厅窥视，便走到楼梯口喊：“小悦，你来一下！”把悦子叫上了二楼。幸子说道：“小悦，你这可是坏毛病。为什么来客人的时候，你朝客厅偷看？”

“我没偷看。”

“撒谎！我亲眼看到的。这样对客人很没有礼貌。”

悦子红着脸，翻起眼珠，垂下脑袋，又想下楼去。

“不许下去！就在楼上待着！”

“为什么？”

“待在楼上做作业。你们学校明天要上课吧。”

幸子硬是把悦子关进六叠的房间里，给了她课本和练习本，又在桌子下面点了一支蚊香后，走到八叠房间的走廊上，观望着丈夫他们回来会经过的那条街道。

突然，舒尔茨家那边传来一声“喂”，那声音很粗犷，幸子循声看去，只见舒尔茨举起手一边呼喊着妻子“希尔达、希尔达”，一边从大门向后门走去，彼得和罗瑟玛丽跟在他身后。正在后院的夫人也尖声叫喊着“噢”，一下子紧紧抱住舒尔茨不断地亲吻。时近傍晚，院子还很明亮，能从梧桐树和楝树的枝叶缝隙中看见西方电影里常见的拥抱镜头。夫妇俩分开以后，这回轮到彼得和罗瑟玛丽一个个扑到母亲的怀里。靠着栏杆蹲在那里的幸子悄悄从走廊躲到隔扇后，但舒尔茨夫人似乎没有发现幸子，把罗瑟玛丽放下来以后，她心花怒放地从篱笆那边探过头来。“太太！”她朝这边的院子东张西望，疯狂地叫起来，“太太，我丈夫回来了！彼得和罗瑟玛丽也回来了！”

“哎呀，这太好了！”

幸子不由自主地从隔扇后面跑出来，站在栏杆旁边。在隔壁房间里做作业的悦子也扔下铅笔，跑到窗边。

“彼得哥哥！露米妹妹！”

“太好了！”

“太好了！”

三个孩子楼上楼下相互不停地挥手，舒尔茨夫妇也把手高举过头挥动着。

“太太！”幸子从楼上叫喊道，“您先生去神户了吗？”

“我丈夫在去神户的路上遇到彼得和露米，就一起回来了。”

“是吗？在路上遇见的啊，太好了。彼得小弟弟，”见舒尔茨夫人的日语磕磕巴巴，幸子转问彼得，“你和爸爸在哪里遇见的？”

“在国道的德井附近。”

“噢，你是从神户走到德井的吗？”

“不是。从三宫到滩有省际电车。”

“啊，电车通到滩了吗？”

“是的。我带着露米从滩走到德井，就遇见爸爸了。”

“这么巧就遇到了。从德井是怎么回来的？”

“走国道，不过也走了别的地方。省线的铁轨、还有更靠近山手的地方，甚至还有没路的地方……”

“真是辛苦了。洪水没退的地方还很多吗？”

“不是很多，只有很少的地方，这一块那一块的……”

细问之下，彼得说的话还是有一些地方不可信，例如从哪里怎么过来的、什么地方的水还没有退、沿途的情况怎么样等，这些问题还是不甚明了。不过，他能带着罗瑟玛丽这样的小女孩安全回来，而且三个人的衣服上也没有沾上多少泥水，说明他们一路上并没遇到多大危险。如此一来，幸子对丈夫和妹妹至今未归更觉得奇怪。连两个小孩子用这些时间都能从神户回到家里，丈夫和妹妹早就应该回来了，可他们依然未回，那肯定是遇上什么麻烦了，而这个麻烦，无疑在于妙子、丈夫，说不定还有那个庄吉，为了救出或者寻找妙子定是费了很大功夫……

“太太，您的先生、妹妹怎么样了？还没回来吗？”

“还没有。舒尔茨先生和你们的孩子都回来了，可是他们怎么还不回来？我担心得简直受不了了。”幸子说着，情不自禁地哭了起来。

被梧桐树叶挡住半边脸的舒尔茨夫人照例频繁咋舌。

“太太，”阿春上楼来，双手扶着隔扇的横木，“奥畑先生说他也要去野寄看看，让我转告太太一声。”

七

幸子下楼时，奥畑已经站在玄关的土间，拄着一根楞木手杖，手杖上镶嵌着闪闪发光的黄金装饰。

“我听了你们刚才的对话，那两个洋人小孩都回来了，为什么小妹还没回来呢？”

“是啊，我也这么想。”

“不管怎么说，时间太晚了，我在这附近看看情况。说不定还会回来打扰。”

“谢谢。天色已黑，要不就在这里再等一会儿。”

“可是坐在那儿也是心神不定，与其干等着，不如出去看看。”

“噢，是吗……”这个时候，只要有人真心牵挂她的妹妹，不管是谁，幸子都心怀感激，她终于按捺不住，在这个小伙子面前落下眼泪。

“那我就出去看看。姐姐也不用这么担心。”

“谢谢。那你多留神……”幸子也下到土间，问道，“你带手电筒了吗？”

“带了。”

奥畑慌慌张张地从放在地板上的巴拿马帽底下取出两件东西，把其中一件迅速放进口袋里，另一件就是手电筒。放进口袋里的肯定是莱卡或者康太克斯照相机。在这种时候还带着这个东西，他自己都觉得不好意思吧。

奥畑走后，幸子靠在门柱上凝视着暮色，独自伫立了片刻。她依然没有看到任何丈夫他们回来的迹象，于是回到客厅，点燃蜡烛，坐在椅子上平复急躁焦虑的心情。阿春进来，一边观察幸子的神色，一边畏畏缩缩地说晚餐已经准备好了。幸子这才意识到早已过了晚饭的时间，但是她毫无食欲，便说“我不想吃，你让悦子先吃吧”。阿春上二楼询问悦子，但马上又回到楼下说“小姐说她也一会儿再吃”。悦子平时总觉得一个人待在二楼很寂寞，但今天已经做完功课，罕见地乖乖待在房间里，让人感觉有点奇怪。大概她知道这种时候如果还和母亲纠缠，肯定会挨骂，所以最好离得远一点。过了二三十分钟，幸子又烦躁不安起来，想起什么似的走上二楼，也不和悦子打招呼，悄悄走进妙子的房间，点上蜡烛，然后走到挂在南面格子窗上的镜框下面，出神地一一凝视着镜框里的四张照片。

这是上个月五日举办乡土会时，板仓拍摄的妙子跳《雪》的照片。那天妙子跳舞时，板仓不离前后地拍个不停。傍晚，妙子脱下舞衣之前，他又让妙子站在金屏风前摆出各种姿势，拍了好几张。镶在镜框里的四张照片，是妙子从冲洗出来的很多照片中亲自挑选加以放大的，显然也都是板仓后来特地指定姿势拍摄的。板仓拍摄这些照片时，对光线效果煞费苦心，弄出好大动静。不过令人佩服的是，他全神贯注地观看舞蹈，记住其中的唱词和动作，在要求妙子摆出某种姿势时说“小妹，不是有‘罗衾寒’的唱词吗”，或者说“您摆一个‘枕边听闻雪糁声’的舞姿”，甚至还给出示范动作。因此，这几张匠心独运的照片可以说是板仓的杰作。

今天幸子看着这些照片，那天妙子不经意间的一举一动、每一个眼神、每一句话都异常清晰地浮现在她眼前。那虽是妙子第一次在公众面前表演《雪》，却相当出色。不仅幸子这么认为，山村作师傅也表扬了妙子。一方面要归功于师傅每天远道而来的精心教导，另一方面也得益于妙子从小学习舞蹈的经历以及她在这方面的聪颖天资。这么说虽然有点偏心自己的妹妹，但幸子就是这么认为的。幸子这个人，不论什么事，只要感动于心，就会掉眼泪。那一天便是这样，她看着妙子的舞姿，感慨小妹如此长进，情不自禁地落下泪来。如今对着这些照片，那时的感动又涌上心头。这四张照片中，她最喜欢的是唱完“心随夜半钟声远”后过门的那个舞姿——撑开的雨伞放在身后，纤腰微弯，双膝跪地，上身略向左边倾斜，两袖合拢，微微歪头，凝神静听着消失于远方雪空里的钟声。幸子曾多次在妙子练习的时候看见妙子的舞姿，和着师傅哼唱的调子和三味线的伴奏，这是她最喜欢的一段。但在那天，大概由于衣裳和发型的衬托，她觉得胜过平时好几倍。幸子不知道自己为什么会喜欢这个舞姿，也许因为其中显现出平时追求时尚的妙子所隐藏不露的那种温柔雅致的风韵。她认为在四姐妹中，唯有妙子独具个性，热情进取，是个想干什么就干什么的现代派少女，甚至有时招人憎恨。但看到这照片上的舞姿，便发现原来妙子也同样具有日本传统女子那样端庄贤淑的风貌，显示出与先前不同的可爱甜美。另外，第一次梳日式发型，再化上传统的日式妆容，整个脸蛋仿佛变成另外一个人，天生的活跃劲儿全然消失，展现出与年龄相符的成熟之美，令人产生一种好感。现在回想起来，一个月之前妹妹拍下如此近乎完美的照片，似乎并非偶然，本身就带有几分不吉的兆头。这么说来，那一天，全家围着妙子拍的那张照片说不定会成为可怕的纪念照。幸子记得当时她看到妙子穿着大姐的婚服，产生了一种莫名其妙的感伤，难受得想哭，她想看见这个妹妹盛装出嫁的愿望如今成为梦幻泡影。这张照片中的模样难道成了最后的盛装吗？她极力打消这种想法，目不转睛地盯着照片，那样子令人害怕。于是，她把目光转移到壁龛旁边的多宝格橱架上，上面摆放着妙子最近制作的《羽毛丫鬟》的人偶。两三年前，第六代尾上菊五郎在大阪的歌舞伎座演出舞蹈《羽毛丫鬟》和《浪荡和尚》的时候，妙子去看过好几次，认真仔细地观察了菊五郎的舞姿，虽然这个人偶的容貌不似菊五郎，但其身段形态极其巧妙地捕捉到演员的特征，表现得惟妙惟肖。这个妹妹就是这样，无论做什么都心灵手巧。也许因为是最晚出生的女孩子，生活中得到的幸福最少，所以妙子比姐姐们更懂事，反而她和雪子被当作妹妹看待……她总是过多地怜悯雪子的不幸，对妙子这个妹妹多少有点怠慢，这一点很不好，今后要对妙子和雪子一视同仁。当然，这一次应该不至于出现祸事，只要妹妹能平安回来，就打算说服丈夫让妙子去法国学习，并且让妙子和奥畑结婚……

外面天色已暗，没有街灯的夜晚更加黑暗寂静，远处传来几声寂寞蛙鸣。一缕亮光透过院子的树叶照射过来，幸子走到走廊一看，原来是舒尔茨家餐厅的烛光。舒尔茨在高声说话，还夹杂着彼得、罗瑟玛丽的声音。现在他们一家团圆，围聚桌旁，大概父亲和儿子、女儿正争相向母亲讲述今天的冒险经历吧。幸子从闪烁的烛光中推测出邻居幸福的晚餐景象，心里又萌生出不安的情绪。就在这时，她听见约翰尼从草坪上跑过去的脚步声。紧接着，玄关传来庄吉气势十足的喊声："回来了！"

隔壁房间里的悦子也尖声喊起来："妈妈！"幸子也说道："啊，回来了！"两个人迫不及待地跑下楼梯。

玄关很暗，看不清楚。庄吉喊过"回来了"之后，幸子听见丈夫的声音："到家了。"

"小妹呢？"

"小妹也回来了。"贞之助立即回答。

没有听到妙子的声音，幸子不放心，问道："小妹，你怎么啦？怎么啦？"

幸子使劲往黑乎乎的土间那边看。这时，阿春从后面举过蜡烛。摇曳的烛光把周围逐渐照亮，幸子一看，妙子身上穿着与今天早晨出门时完全不一样的、从没见过的一件绵绸和服单衣，一双大眼睛直勾勾地瞪着幸子。

"二姐……"妙子激动万分地颤声叫着幸子，仿佛紧张的神经一下子松弛下来，她"哈、哈"地喘着气，幸子以为她会放声大哭，她却趴倒在地板上。

"小妹，你怎么啦？是不是受伤了？"

"没有受伤。"还是贞之助替妙子回答，"大难不死，是板仓把她救出来的。"

"板仓？"幸子看了看三个人的身后，没有看见板仓的身影。

"好了，提桶水来……"

贞之助浑身泥水，鞋子不知道去了哪里，光脚穿着木屐。木屐、脚丫、小腿上全都是泥。

八

关于妙子遇到不测的经过，当天夜里，妙子和贞之助对幸子做了详尽叙述。大致情况如下：

那天早晨，阿春送悦子上学回家后不久，八点四十五分左右，妙子出门。她和平时一样，在国道的津知站上了公交车。当时虽然下着大雨，但公交车还在运行。她在甲南女中前下车，没走多远就进了西式裁缝学院的大门，那时大约九点。这所学校说是学院，其实像私塾一样自由闲散，加上那一天天气恶劣，又纷纷传言要发大水，很多人没有来，来校的学生也心神不定，于是学校决定停课一天。大家都回去了，但玉置院长邀请了妙子去喝咖啡。两人在另外一栋楼的院长家里聊了一会儿天。玉置院长比妙子大七八岁，丈夫是工学学士，在住友伸铜厂当工程师，有一个上小学的儿子，她一边担任神户某百货店的女式西服部顾问，一边开办这所西式裁缝学院。他们在学院的校舍旁盖了一栋西班牙风格的别致的平房住宅，庭院与校舍相通。院长对妙子的喜爱超越了普通的师生关系，经常请妙子去家里做客。当时两人在客厅里，院长介绍了法国的情况，供妙子参考。她曾在巴黎留学几年，劝妙子一定要去法国看一看，自己愿意为妙子引荐。院长一边说，一边点燃酒精灯煮咖啡。这时外面大雨如注，妙子说："这可怎么办？回不去了……"院长说："没事的，等雨小了我也要出去。再待一会儿。"不一会儿，只听见一声"我回来了"，十岁的儿子弘上气不接下气地走了进来。"哎，学校怎么啦？""今天只上了一个小时，就停课了。说要是发大水，路上危险，让我们提早回。""是吗？要发大水吗？""你什么都不知道啊？我回来的时候，大水不停地从后面追上来。我拼了命跑才没有被追上。"就在他们说话时，忽然哗啦一声，泥流冲进院子里，转眼就要漫上地板。院长和妙子慌忙关上那边的门。接着，走廊那边又传来海潮般的喧嚣声，泥水从刚才弘进来的那扇门冲进室内。

尽管门被关上，可立即又被洪水冲开，三个人只好一起用身子从里面顶住门，只听见洪流扑通、扑通地撞击着房门。他们合力把桌子、椅子等紧紧顶在门后，又把安乐椅紧靠在后面，弘盘腿坐在上面，拼命坚持。不一会儿，弘突然"哈哈"大笑一声，原来房门被水冲开，安乐椅连同坐在上面的弘一起浮起来了。院长说"不得了了，不能让唱片泡了水"，急急忙忙从橱柜里拿出唱片，想放在高处，却无处可放，只好放在浸了水的钢琴上面。忙乱之中，水位已经到达腹部，三合一的桌子、玻璃球咖啡壶、糖罐、康乃馨……各种东西漂得满屋子都是。院长问道："哎呀，妙子，那个人偶不要紧吗？"院长不放心放在壁炉上的那个妙子制作的法国人偶。"不要紧吧，不至于发那么大的水。"其实此时三个人对洪水还不当回事，依然有说有笑。弘伸直身子想抓住漂走的书包，不小心被漂过来的收音机撞了一下脑门，喊了一声"哎呀，痛"，院长、妙子，还有按着脑袋的弘都笑成一团。这样疯疯癫癫地过了半小时，他们突然不约而同地沉默下来，表情变得严肃。据妙子回忆，洪水一瞬间涨到了胸部，她抓着窗帘靠在墙壁上，大概是窗帘碰落了那幅院长珍藏的岸田刘生的《微笑的丽子》，画框从头顶上掉下来，在水中沉浮着漂向角落，院长和妙子只能无奈地看着。“弘，你行吗？”这时院长的声音都变了。弘只是“嗯”了一声，他站不住，只好爬到钢琴上面。妙子忽然想起小时候看过的一部西方侦探电影中的场景：一个侦探掉进地下室，地下室像箱子一样四面密闭，水不停地流进来，一点点浸没侦探的身子。现在，他们三个人处在不同的位置，弘在东面的钢琴上，妙子在西面的窗帘边，玉置院长站在桌子上，那张桌子刚才用来挡在门后，但被水冲到了屋子中间。妙子感到自己快要站不住了，一手抓着窗帘，用脚探寻有什么可以踩的东西，正好碰到三合一桌子中的一张，便将桌子横倒，站在上面。她后来才知道，四周当时全是浑浊的泥水，大部分是泥沙，反而起到了固定的作用。洪水退去后，桌椅等家具都埋在泥沙里难以移动。整个房间内灌满泥沙，堵住了门口，很多东西因此免遭流失或倒塌。他们不是没有考虑逃到屋外，也许可以破窗而出。窗户是上下对拉式的，刚才雨水扫进来，院长便关上窗，只留了上半截一两寸空隙。妙子往窗外一看，外面的水位与室内差不多，而且室内的水逐渐变得像泥沼般黏稠沉淀，隔着一层窗玻璃的外面却是激流奔腾。离窗子四五尺远的地方是防西晒的藤萝架，此外就是草坪，没有大树也没有建筑物。如果跳出窗外，必须得游到藤萝架，再爬上去才行，但显而易见在此之前肯定会被大水冲走。弘站在钢琴上，伸手抚摩天花板。如果能打破天花板爬上屋顶，无疑是最好的办法，但一个小孩子加上两个女人的力气，无论如何也办不到。弘突然说道：“妈妈，阿兼怎么样了？”院长说：“这个……刚才她还在女佣房间里，现在不知道怎么样了。”弘又说：“可是一点声音都没有啊。”院长没有回答。三个人都没有说话，在各自的位置上默默地注视着水面。水面还在继续慢慢上涨，离天花板只有三四尺。妙子把横倒的桌子立起来，站在上面。由于桌子埋在泥沙里变得沉甸甸的，立起来时，她的脚被绊住了。她紧紧抓住窗帘上的金属杆，才勉强把脑袋露出水面。站在屋子中央桌子上的院长大致也是同样的状态，一盏用来间接照明的硬铝罩型吊灯恰好垂下三根粗铁链，随时可以抓住以此保持身体平衡。弘说道:“妈妈,我会死吗？”院长没有回答，弘又问一遍：“我会死吧。会死吗？”“什么死不死的？你……”院长大概想说什么，但只是嗫嚅着没有说下去，恐怕也不知道说什么好。妙子看着只有脑袋露出水面的院长，心想人临死前的表情原来是这样的，显然此时此刻自己也是如此，而且人在获救无望、面对死亡的时候反而意外平静，没有丝毫恐惧……

妙子觉得这种状态保持了很久，以为过去三四个小时，实际上却不到一个小时。她紧紧抓住窗户上方，正如刚才所说，那里还敞开着一两寸，外面的洪水涌了进来，于是她一手抓着窗帘，一手使劲把窗户关上去。就在这时——不，应该还稍早一点——屋顶上传来咯吱咯吱的脚步声，一个人影从屋顶轻巧地跳到藤萝架上。妙子正觉得惊讶，只见那个人向藤萝架的最东面，也就是最靠近她所在的窗户一侧走过来，然后抓住藤萝架的柱子慢慢进入水里。他全身都淹没在水里，在激流中站立不稳，便一边紧抓着藤萝架，一边扭动着身体向窗户靠近，与妙子目光相遇。他瞥了一眼窗户里的妙子，然后开始采取行动。起先妙子不明白他想做什么，但很快就知道他试图一只手抓着藤萝架穿过激流，另一只手抓住窗户。妙子看着这个身穿皮夹克、戴着飞行员皮帽、眨着眼睛的男人，一下子认出原来是摄影师板仓。

听说板仓在美国的时候经常穿这件皮夹克，但妙子从未见过，他的脸又被那顶帽子遮住，妙子做梦也想不到板仓会在此时此地出现，滂沱大雨和滚滚激流在周围升腾起蒙蒙烟雾，加上自己神情恍惚，所以一时没有认出板仓。当妙子认清后，当即大叫一声：“板仓老板！”与其说是呼唤板仓，不如说是告诉屋子里的院长和弘有人来救命了，给他们鼓气。接着，她拼尽全力去推被泥水粘住的窗户——刚刚还打算拉上去，现在只能往下推才能打开一个可以容纳一人爬出去的缝隙。等她终于费劲地打开窗户时，板仓向她伸出手来，她便从窗户探出身子，用右手抓住板仓的手。她的身体受到激流巨大的冲击，虽然左手还紧握住窗户的金属框，但感觉快要抓不住了。这时，她听到板仓说的第一句话："松开那只手！抓住我的手！"此时此刻，妙子只能听天由命了。就在这个瞬间，板仓的手臂和妙子的手臂如同铁链一样互相伸直，仿佛要被激流冲向下游，紧接着板仓一把将妙子的身体拽到自己身边。后来板仓说，他当时豁出去了，使尽全身的力量拽妙子过来，自己都没想到竟然有这么大的力气。板仓接着说："像我这样抓住这儿！"妙子就像板仓那样伸手抓住藤萝架，但是感觉这样比在屋子里还要危险得多，随时都有可能被激流冲走。"我不行……要被冲走的……""坚持住！绝对不能松手！紧紧抓住！"板仓边说边与激流搏斗，攀上藤萝架，分开枝蔓，在架顶上打开一个洞，双手从洞上面伸下来，把妙子拽了上去。

总算得救了——妙子一下子明白过来。虽然洪水可能会漫到藤萝架上，但是可以从这里逃到屋顶。无论发生什么事，板仓肯定会想到办法。她先前一直在小小的屋子里挣扎，根本无法想象外面的变化，这时站在藤萝架上，才清清楚楚地看到仅仅一两个小时里所发生的巨变。此刻她看到的景象，大概和贞之助走过田中的小河铁桥、站在省线铁轨上所看到的一片汪洋一样。只是贞之助是从东岸看海，而妙子几乎是站在海中央，四周全是惊涛骇浪。她刚才还觉得已经得救了，但看着周围汹涌的波涛，心想得救只是暂时的，最后还是难逃一劫。自己和板仓怎么才能从洪水的包围中逃脱出去呢？她想到院长和弘还在屋子里，于是急忙催促板仓："老师和她儿子还在屋子里，你想办法救他们出来。"就在这时，只听见咣的一声，藤萝架剧烈晃动，原来是被激流冲过来的一根圆木撞在了上面。"有办法了。"板仓说完又下到水里，抱住圆木，架在藤萝架与窗户之间，搭起一座“桥”。圆木的一头伸进窗户里，另一头被妙子用藤蔓捆在藤萝架的柱子上。板仓从桥上走过去，爬进窗户里，可是好久不见动静。后来才知道，他在窗边把窗帘扯下来，撕成长条，系成了带子。他把带子扔给离窗户较近的院长，院长再扔给站在远处墙边钢琴上的弘。板仓用长条带子把他们拽到窗边，然后顺着圆木先把弘拉到藤萝架旁，抱到架顶上，再用同样的方法救出了院长。

板仓奋不顾身的救人行动好像用了很长时间，但又好像很短，究竟花了多少时间，后来也说不清楚。当时板仓戴着一块手表，是他在美国购买的引以为豪的自动防水表，可不知道什么时候失灵了。总之，三个人总算被救出来了，他们在藤萝架上时站时坐，这时依然大雨倾注，水位继续上涨。藤萝架上也并不安全，于是他们又使用圆木搭桥，逃到屋顶上。当时又有两三根圆木漂到藤萝架旁，他们将其堆在一起，形如木筏，起到了很大的作用。大家转移到屋顶以后，妙子才有心情询问板仓，在如此危急万分的时刻，他怎么会从天而降。据板仓所说，那天他从早晨开始就预感今天恐怕会发大水。如果追根溯源，是板仓曾听一个老人在春天时预言，按照往年记录，阪神之间每隔六七十年都要暴发山洪，今年碰巧就是。这些话他深记脑海，因此从连日暴雨开始就忧心忡忡。今天早晨，果然左邻右舍的气氛紧张起来，听说住吉川就要决堤，还看见自警团紧急巡逻，于是他也坐立不安起来，打算出去看看情况，就来到住吉川一带。他在河的两岸一路察看水势，知道要出大事，当他沿着水路返回野寄时，遇上了洪水。

即使事先预料到要发大水，但板仓一开始就穿上皮夹克出门，尤其跑到野寄一带转悠，这就有点奇怪。他应该知道这天妙子要去玉置的西式裁缝学院，那么问题就来了：难道离开家的时候他就已经做好万一妙子有难，第一个赶去救援的准备了吗？现在暂且不论这个问题。

总之，妙子在藤萝架上听到的说法是，当板仓为躲避洪水东奔西走时，偶然想起今天小妹要去学院上课，于是决定排除万难，前往援救，便这样不顾一切地从浊流中跑了过去。他到达学院前一路上舍生忘死、勇往直前的奋斗过程，后来妙子了解得十分详细，这里无须赘述。他和贞之助一样走上铁轨，向甲南女中方向跑去，只是他比贞之助早一两个小时，所以才能涉过洪水。据他所说，曾三次被激流冲走，但都死里逃生，除了他没人敢跳进激流里。这些话似乎未必是编造的，当他千辛万苦到达校舍的时候，正值洪峰来临。他在校舍的屋顶茫然失措，突然看见有人站在玉置院长家女佣房间的屋顶上不停挥手，那个人就是女佣阿兼。当阿兼知道板仓发现她时，她指着客厅窗户的方向，伸出三根手指，在半空中用片假名比划出“妙子”的名字。板仓这才明白屋里还有三个人，其中一个是妙子，于是他立即跃入激流，半漂半溺半游着终于抵达藤萝架。不难知道，这最后的奋身一跃的确冒了极大的危险，是他置生死于度外的拼命一搏。

九

板仓展开上述救援行动时，正是贞之助在列车里避难的时候。贞之助好不容易逃进甲南女中，被当作灾民安排在一个房间里临时休息。到下午三点，雨停了，洪水开始逐渐减退，于是他往近在咫尺的西式裁缝学院走去。那天自然不像平时一样好走，虽然洪水已退，但地上泥沙堆积，有的地方甚至高过屋檐，完全是冰封雪盖的北国城市景象。更糟糕的是，要是不小心踩上去，就如同吃人的泥沼一样，整个身子都会被吞没。贞之助刚才就陷入了这样的泥沼里，只剩下一只鞋，他索性把另一只鞋也扔掉，只穿着袜子行走。平时走一两分钟就能到的路，结果走了二三十分钟。

走到学校一看，四周早已面目全非。校门几乎全被掩埋，只剩下门柱的顶部露出地面，平房校舍也只露出石板瓦的屋顶。贞之助想象着妙子她们爬到屋顶上避难的样子，可是学生们最后怎么样了？是全部安全撤离了，还是都被激流冲走了？或者埋在沙子底下了吗？屋顶上一个人影也没有。他失望地穿过校舍南面、以前有花坛和草坪的校园，往玉置院长家的方向走去。这一带相当危险，每走一步，泥沙都会没过大腿。藤萝架只有缠绕着藤蔓的顶棚部分露出地面，旁边堆叠着两三根被激流冲过来的木头，他意外地发现妙子、板仓、玉置院长、弘，还有女佣阿兼几个人都在红瓦屋顶上。

板仓把自己援救三人的事迹对贞之助叙述一遍后说道："洪水已经退到这个样子，本来想把小妹送到芦屋，但是因为一来小妹极度疲惫，二来如果我走了，把玉置老师和弘留在这里也不放心，所以决定先暂时休息，看看情况再谈。"事后想起来可能觉得可笑，实际上有过相同经历的人都知道，此刻的玉置院长、妙子、弘都患上非常严重的恐惧症，当时他们看着开始放晴的天空，看着正在逐渐退去的洪水，还无法完全相信自己已经安全，身体还是抑制不住地颤抖。板仓也曾对妙子说："先生和太太肯定非常挂念，还是早点回家为好，我送你回去吧。"板仓这么一说，妙子也想早点回家，泥沙堆积到屋檐这么高，从屋顶上一步就能跨下去，可是妙子觉得这泥沙本身也是一个危险的陷阱，不敢迈出一步。玉置院长也提心吊胆地说："要是妙子和板仓先生走了，我们该怎么办啊？我丈夫可能会赶回来，可天就快黑了，难道我们今夜只能在屋顶上度过吗？"同时，弘和阿兼也多次恳求板仓在这里再待一会儿。刚好这时贞之助来了，他爬到屋顶后喘了口气，筋疲力尽的身子一下子就躺了下来，连站起来的力气都没有，他就这样仰望起放晴的蓝天。贞之助的手表也坏了，可能大约过了一个多小时，到了四点半左右，住在御影町的玉置院长家的亲戚因为牵挂玉置院长和弘的安全，派男仆过来察看情况。于是，贞之助和板仓照顾着妙子一起回家。妙子体力尚未恢复，有点神志恍惚，一直由贞之助和板仓搀扶或背着行走。住吉川的河道已经干涸，东面出现一条新的河流，从国道的甲南女中前到田中一带急速奔流，要渡过去十分吃力。他们走到河中间的时候，恰巧碰上从东面涉水过来的庄吉，一行四人走到田中时，板仓说："我家就在附近，要不要进去休息一会儿？说实话，我家变成什么样子了，我也放心不下。"虽然贞之助急于回家，但看到妙子这种状态，想让她休息一会儿，于是在板仓家里歇息了大约一个小时。单身的板仓与妹妹住在一起，楼上是他的摄影室兼工作室，楼下是起居室。到他家里一看，室内浸水一尺左右，受灾也相当严重。贞之助等人被请到楼上的摄影室，板仓拿来从泥沙中拔出来的汽水给他们。妙子脱下被泥沙和雨水浸湿的巴厘纱衣服，擦干身体，板仓及时拿出他妹妹的绵绸和服单衣借给她穿。贞之助一直光着脚，离开时板仓也借出一双萨摩木屐。贞之助对板仓说现在有了庄吉，不要紧了，但板仓说“我送你们到那边”，坚持送出田中一带才回去。

幸子以为奥畑走岔路，没遇见妙子，说不定一会儿还会回来，可是当晚奥畑没有再来。第二天早晨，奥畑派板仓前来探望。据板仓说，昨晚他送妙子回家后不久，阿启就去了他家。阿启说昨晚到芦屋的莳冈家里等小妹回来，因为时间太晚，打算出去接她，于是沿着国道走，不知不觉走到这附近来了。本想去野寄看看，可是天这么黑，前面的道路已经成了河流，这样扑哧扑哧地涉水过去非常困难，心想到板仓那里打听一下，也许能知道大体情况，于是就去了。板仓对奥畑说“您就放心吧”，随后告知了从早晨至今的情况。阿启听完后说：“这样的话，我就直接回大阪。本来应该再去一趟芦屋才对，但刚才听你这么一说，我就放心了，不去芦屋了。明天早晨你去芦屋替我转告一声，代表我去看望一下小妹，看看她情况如何，虽然没有受伤，有没有感冒？”

今天早晨，妙子已经完全恢复过来，和幸子一起在客厅再次向板仓表示感谢，谈论昨天那一两个小时的惊险经历。妙子逃到屋顶后，只穿着一件夏天的单衣，差不多被大雨淋了两个小时，却没有感冒，自己都觉得不可思议。板仓说：“在那种情况下，精神高度紧张，反而没什么事。”说了一会儿话，他就回去了。可是，妙子毕竟在与洪水的搏斗中消耗了过多体力，第三天还感觉全身关节疼痛，尤其是右边的腋下痛得厉害，怀疑是否胸膜受伤，心头不安，好在没过几天就痊愈了。两三天后的傍晚又下了一场骤雨，哗啦啦的雨声让她胆战心惊。有生以来第一次这么害怕下雨，看来当时的恐惧依然残留在她心中。几天以后，半夜里下起雨来，她一宿没有合眼，一直担心会不会又要发大水。

十

住在阪神的人们第二天从报上才得知灾情的惨状，再次感到震惊。后来的四五天里，每天都有络绎不绝的人来芦屋的幸子家慰问，弄得幸子应接不暇。不久，电话、电灯、煤气、自来水都逐步恢复，事态也平息下来。然而，受到卢沟桥事变的影响，人手和货车不足，堆积如山的泥沙不能及时清理运走，酷热的天气里，大街上来来往往的人们都蒙着一层白茫茫的尘土，仿佛再现当年关东大地震后的东京街头景象。阪急线的芦屋川等站台都被泥沙淹没，只好动工在泥沙山上设置临时站台，在桥上架设高桥，让电车重新运行。从这座阪急线上的桥到国道业平桥之间，河床抬高，几乎与两岸的道路持平，感觉稍一下雨，就有泛滥的危险，一天都不能耽误下去。许许多多的民工接连挖了好几天，却如蚂蚁搬山，毫无进展，可惜堤坝上的松树也都被沙尘严重污染了。偏偏水灾过后都是大晴天，尘土飞扬，遮天蔽日，著名的芦屋高级住宅区的优雅风貌如今荡然无存。

正是在这样一个尘土迷蒙的夏日，时隔两个半月，雪子从东京回到了芦屋。

发大水那天，东京的晚报报道了这个情况，但详情不甚明了，涩谷的鹤子一家十分挂念芦屋。报上说，住吉川和芦屋川沿岸的灾情最严重。雪子看到甲南小学的学生被淹死的报道后，特别想知道悦子的安危。第二天，贞之助从大阪的事务所打电话过来，鹤子和雪子轮番把想知道的情况问了一遍，雪子说放心不下，明天就想过去看看，似乎在征求贞之助的意见。贞之助说“想来没问题，但情况就是这样，没有必要为了慰问专程来一趟，而且大阪往西的铁路尚未恢复通车”，然后就挂断了电话。晚上回到家里，贞之助把与东京那边通话的情况告诉幸子，说“雪子想回来，我劝她不必特地回来，可是听她那口气，既然有慰问这个借口，无论怎样还是要来的样子”。果然几天后，幸子收到雪子的来信，说想看看九死一生的妙子，看看感情深厚的芦屋故里被破坏成什么样子，不亲自看一眼，心头不安，说不定近日内就会动身前往。

由于事先打过招呼，雪子动身那天就没打电报，径自乘坐燕子号离开东京，在大阪换乘阪神电车到芦屋站下车，刚巧赶上汽车，不到六点就到达芦屋。

“您回来了。”

雪子把行李箱交给出来迎接的阿春，然后走进客厅，家里显得十分安静。

“二姐在家吗？”

阿春一边把电风扇转向雪子，一边说道：“噢，太太去舒尔茨先生家了。”

“小悦呢？”

“小姐和小妹也一同去了，今天舒尔茨先生请她们过去喝茶。差不多该回来了，我去叫她们吧。”

“不用了，你就别管了。”

“小姐说您大概今天回来，一直等您呢。我还是去叫一声吧。”

“好了，好了，阿春姐，你别管了。”

从舒尔茨家的后院传来孩子们玩耍的声音，雪子没让阿春去叫她们，独自走到阳台上，坐在遮阳芦苇棚下的白桦椅子上。

刚才过来的时候，雪子只是从汽车里稍稍看了几眼外面，业平桥附近的灾情惨状出乎意料，让她吃惊，可是这儿还是老样子，一草一木都保存完好。正是傍晚海上风平浪静的时候，风一下就停了。天气依然暑热，但树木愈发润泽，草坪的翠绿仿佛沁入眼帘。今年春天她去东京的时候，紫丁香和麻叶绣线菊开得正欢，萨摩山梅花和重瓣棣棠尚未开花，但现在雾岛杜鹃花和平户杜鹃花已经凋谢，只剩下迟开的栀子花残留着一两缕淡香。与舒尔茨家交界的楝树和梧桐树绿叶葳蕤，两层洋楼半掩其中。

两家交界处的铁丝网那边，孩子们大概在玩电车游戏，虽然看不见人影，但能听见彼得模仿售票员的声音：“下一站是御影站，下一站是御影站……各位乘客，本次电车从御影直达芦屋，中途不停车，前往住吉、鱼崎、青木、深江的乘客请在这里换车。”他和阪神电车售票员的语调一模一样，根本不像西方小孩在模仿说话。

“露米妹妹，那我们去京都吧。”这是悦子的声音。

“好啊，去东京吧。”这是罗瑟玛丽的声音。

“不是东京，是京都。”

罗瑟玛丽似乎不知道京都这个地名，不论悦子怎么教，她还是一口一个“东京”，弄得悦子很恼火：“不对！露米，是京都。”

“去东京吧。”

“不对。要是去东京，要停一百多站呢。”

“是啊，要后日才到呢。”

“露米妹妹，你说什么啊?!”

“是啊，后日到啊。”

罗瑟玛丽说“后日”这个词时，舌头转不过来，用的也不是日本人平时惯用的读法，悦子一时反应不过来：“你说什么啊？露米妹妹，没有这样的日语。”

“悦子妹妹，这树用日语怎么说？”

这时，彼得一边爬上梧桐树，摇得树叶哗哗响，一边问悦子。这棵梧桐树的树枝伸展到铁丝网那边的舒尔茨家，孩子们经常踩着铁丝网抓住树枝，爬上树干。

“那是梧桐。”

“是梧桐桐吗？”

“不是梧桐桐，是梧桐。”

“梧桐桐……”

“梧桐！”

“梧桐桐……”

不知道彼得是故意使坏还是真的不会说，还是一口一个“梧桐桐”，就是不说“梧桐”，这又让悦子气恼起来：“不是桐桐，只说桐一遍。”

“桐一遍”听起来很像“義理一遍”[①]，雪子忍俊不禁，扑哧笑起来。

① 日语中“桐”和“義理”都读作“giri”。这里的“桐一遍”与“義理一遍”（走过场）读法相同。

十一

没过多久，舒尔茨家的孩子和悦子都开始放暑假，每天相约着一起玩耍，早晚凉快的时候，会在院子的梧桐树、楝树下玩电车游戏或爬树。白天在室内，只有两个女孩子时就玩过家家，如果彼得和弗里兹参加，就玩打仗。四个人一起把客厅里的沙发、安乐椅等笨重的家具到处挪动，组合重叠成要塞、碉堡，用气枪模仿发动进攻。彼得扮演军官，发号施令，其他三个人一齐射击。这个时候，几个德国小孩，包括尚未上学的弗里兹那样的幼童，一定会把敌人叫作“法兰克莱西、法兰克莱西”。起先幸子等人都不知道什么意思，后来贞之助告诉她们这是德语中的“法兰西”，从这点可以看出德国人的家庭教育方法。然而，莳冈家西式房间里的家具摆设被这种游戏弄得面目全非，让人相当苦恼。要是有客人突然来访，只好先让他在玄关外等候，女佣们一齐出动把这些要塞、碉堡清理干净。有一次，舒尔茨夫人偶然从阳台往房间里瞧了一眼，看到这个惨状，不禁目瞪口呆，询问彼得、弗里兹是否经常过来玩，才把房间弄成这样，幸子只好照实回答。夫人苦笑着离去，不知道她是否责备过孩子，但孩子们翻天覆地的闹腾法依然如故。

幸子三姐妹把西式房间让给孩子们当作游戏厅，白天大抵都待在餐厅西面的六叠日式房间里。这间屋子隔着走廊与浴室相对，平时用来放置换洗衣服。南面对着院子，但由于屋檐低，弄得就像昏暗的“行灯屋[①]”，加上太阳照不进来，西墙低处又开着“扫出窗[②]”，所以白天也有冷风飕飕地灌进来，是全家最凉快的房间。三姐妹争相挤在扫出窗前，卧坐在榻榻米上度过下午最炎热的两三个小时。还有一个是老毛病，每年一到土用[③]，她们就因为“缺B”而食欲大减，逐渐消瘦，尤其本就纤细的雪子更显瘦削。她从六月开始脚气发作，一直未能治愈，所以她回芦屋的目的之一就是转地治疗，没想到病情反而加重，一直让姐姐或妹妹给她注射维生素。幸子和妙子多少也有同样的问题，三人互相打针便逐渐成为每日必做的事情。幸子早就换上了露背的连衣裙，到七月二十五六日，连一向讨厌西式服装的雪子也不得不在自己如纸捻编织的人偶般的身体上套上乔其纱衣服。三人中本该最活跃的妙子，似乎还没有从那次水灾的惊悸中完全恢复过来，今年夏天显得精神不振。西式裁缝学院从被淹以后一直没有开学，虽然夙川的松涛公寓幸免于难，可以继续从事制作人偶的工作，但她这阵子没有心情，所以极少去那边。

板仓后来经常过来拜访，因为水灾，没有客人去他那里拍照，生意十分冷淡，所以他想拍摄灾区状况，打算出一本纪念册。只要天气好，他就穿一条短裤，提着莱卡到处转，经常顶着一张晒得红通通的脸，满头大汗地突然跑过来，先到后门喊道：“阿春姐，给点水喝！”

阿春会在杯子里放几块冰，再倒上水递给他。他一口气喝光，然后仔细掸掉衣服、裤子上的白灰，走进厨房，再进入幸子她们休息的

① 指妓院里用来软禁不出冶游费的嫖客的暗室。
② 日式房间的构造部分，在紧接地板的地方开设一扇小窗子，以便将室内的垃圾清扫出去。
③ 指入伏前的18天，这段时间最为酷热。

日式房间，聊一会儿天后离去。谈话内容一般都是今天去布引，或去六甲山、越木岩、有马温泉、箕面等地观察灾情，有时还带来冲洗好的照片给大家看，讲述他独特新奇的观察和感想。

有时他大声叫唤着："太太，不去洗海水浴吗？"有时他又会走进来说："都起来，都起来，这么懒懒地躺着，对身体不好。"

幸子等人对他的话爱搭不理的，他就说"到芦屋海岸也没什么吧，游游泳，脚气就会好的"，恨不得伸手把大家拽起来。他甚至还吩咐"阿春姐，把太太和她们的游泳衣找出来，再去叫辆车，一起去海边浴场"，把三姐妹连同悦子一起拉去游泳。偶尔，幸子自己懒得带悦子去游泳的时候，往往就让板仓带她去。这样一来二去，板仓和家里人混得越来越熟，言行举止不像以前那么客气礼貌，变得粗鲁起来，甚至还私自打开壁橱，做出一些令人看不下去的事情。不过，要是有什么事托付他，他二话不说就会卖力办妥，而且说话幽默风趣，平易近人，这些都是他的优点。

有一天，三姐妹照样躺在六叠的日式房间里，像往常一般享受着从扫出窗里吹进来的凉风。这时，一只大马蜂从院子飞进来，先是在幸子的头顶上方嗡嗡盘旋。

"二姐，马蜂！"

妙子这么一说，幸子慌忙爬起来，那只马蜂从雪子的头顶飞到妙子的头上，又回到幸子头上，在三个人的头顶飞来飞去。袒胸露背的三姐妹在房间里东躲西躲，不停奔走。马蜂像戏弄她们似的，她们逃到哪里追到哪里，三姐妹"哇哇哇"地乱叫着跑到走廊上，马蜂也追了出来。

"哇，来了！来了！"

她们叫唤着从走廊逃到餐厅，再逃到客厅。正在和罗瑟玛丽玩过家家游戏的悦子吃了一惊："妈妈，怎么啦？"话音未落，马蜂又嗡嗡飞来，一头撞在玻璃窗上。

“啊，来了！来了！”

这回连罗瑟玛丽和悦子也凑热闹地叫唤起来，五个人仿佛和马蜂捉迷藏一样，乱叫一气，在室内奔来跑去。也许是马蜂受到刺激而兴奋得乱窜，也许是马蜂的特性使然，它看起来像是往院子飞去，却又返回来追赶她们。五个人又从餐厅穿过走廊，跑回刚才的日式房间。在全家折腾得不可开交的时候，板仓冷不防从后门进来，从厨房与走廊交界处的布帘里探出脑袋。“怎么啦？这么闹腾……”看来他今天又打算把大家叫到海边去，泳衣外套着一件浴衣，戴着泳帽，脖子上围着一条毛巾。“阿春姐，这是怎么回事啊？”

“被马蜂吓成这样的。”

“呵呵，瞧这热闹劲儿……”

正说着，五个人像练习跑步似的，双手握拳挤成一团，从他面前跑过。

“今天……可够折腾的。”

“马蜂，马蜂！板仓先生，快抓住它……”

幸子尖叫着不停地跑。所有人都张嘴露齿，眼睛闪亮，看似在笑，实则异常紧张，紧绷着脸。板仓摘下泳帽，对着马蜂吧嗒吧嗒扇动，把它从客厅赶到了院子里。

“啊，真吓人！还挺缠人的。”

“别说傻话，马蜂才惊慌失措呢。”板仓说。

“是嘛，这可不是闹着玩的，刚才真的怕得要命。”雪子还在喘气，苍白的脸上勉强挤出一丝笑容。透过乔其纱的单衣，可以看见她因患有脚气病而容易激动的心脏正在扑通扑通跳动。

十二

进入八月不久，妙子收到同门姐妹寄来的明信片，告诉她山村作师傅肾病恶化，已经住进附近的医院。

按照惯例，山村舞在每年七八月都会停课，因为今年六月举办乡土会时，师傅的健康状况就不是很好，所以决定停课到九月。其实妙子并非不关心师傅的身体，之所以平时一直没有问候，是因为师傅家在天下茶屋，从阪急的芦屋过去必须由北往南穿过整个大阪，从难波再乘坐南海电车。如果是平时的训练，只要到岛内的练习场就可以，因此妙子一次也没去过师傅的家。现在突然接到这封信，说是肾病已转为尿毒症，看来病情相当严重。

“病情究竟怎么样了？明天小妹要不要去探望一下？我也找个时间过去。”

幸子担心师傅此次发病是由于今年五六月每天远道而来指导妙子和悦子，影响了健康。当时幸子就发现山村作师傅面部浮肿，脸色发青，指导练习时气喘吁吁，尽管她自己说“我的身体靠舞蹈来支撑”，可肾病最忌讳的就是运动。幸子本想是否应该婉拒她上门授课，可是又怕伤害积极热情的女儿和妹妹，更重要的是师傅本人十分投入，所以最终还是没好意思提出来。现在想起来，后悔当时没有劝她不要来。不过，自己过几天要去探望她，在收到明信片的第二天先让妹妹去一趟吧。

妙子本来说趁早晨凉快的时候出发，可是由于商量买什么东西去探望病人以及其他杂事，到了下午太阳最毒的时候才出门。五点左右，她呼呼喘着粗气回来，一边抱怨大阪的天下茶屋那一带是多么酷热难耐，一边走进那间六叠的房间，像剥皮一样把那件被汗水粘在身上的衣服从头顶上脱下来，赤裸裸的只剩下一条短裤，然后钻进盥洗室。过了一会儿，她走出来的时候，额头上缠着湿毛巾，腰间围着大浴巾，她取出一件薄纱浴衣披在身上，也不系带，说了一声“对不起”，从两位姐姐的面前走过，坐到电风扇旁边，敞开衣领，让风对着胸脯吹，这才开始讲述山村作师傅的病情。

虽然师傅说自己身体不好，上个月并未见有什么严重的症状。她平时不太喜欢给弟子颁发承袭艺名的证书，但七月三十日那天，她同意一位小姐袭名，证书颁发仪式在她家里举行。尽管天气炎热，师傅还是整整齐齐地穿着带有家徽的和服，向上一代的遗像拜祭，在遗像前严格按照她祖母流传下来的规矩交杯为盟。但是第二天的三十一日，师傅去这位小姐家表示祝贺时，脸色就不好了。据说是八月一日病倒卧床的。原来南海电车沿线与阪神之间不一样，树木稀少，住宅密密麻麻。妙子到医院时出了一身汗，师傅的病房又是西晒，暑热难当。师傅静静地躺着，显得有点凄凉，只有一个弟子在旁陪护。水肿并不厉害，面部浮肿也没有想象的那么严重，但是妙子在枕边毕恭毕敬地问候时，她似乎有些神志不清。据陪护的人说，虽然偶尔也有清醒的时候，但大部分时间都处于昏睡状态，还时常说胡话，不过都是和舞蹈有关的事情。妙子待了大约三十分钟便告辞离开。那个弟子送到走廊，告诉她“医生说这一次恐怕挨不过去”。其实，妙子看师傅的状态也大致明白回天无力了。妙子在炎天烈日下再次大汗淋漓喘着粗气回来，偶尔一天这样往返一次就累得不行，她深深体会到山村作师傅撑着那样的身体每天往返是何等辛苦。

幸子听了以后，第二天便让妙子陪着去探视师傅。过了五六天，她们接到师傅病逝的通知。幸子和妙子因为去吊唁，才有机会第一次前往师傅的住宅。那是一栋狭长的房子，看到师傅生前居住的地方如此寒酸，她们不禁大吃一惊，简直不敢相信这就是大阪正统山村流的唯一传人、曾因居住在南地的九郎右卫门町而被称为“九山村”的第二代继承人山村作师傅的住宅。她的生活只能说是穷困潦倒，原因在于师傅忠于艺术的良知，坚决反对破坏代代相传的传统舞蹈模式，不肯随波逐流。一言以蔽之，她是一个不擅长处世的人。听说第一代鹭作师傅曾在南地演舞场工作，是芦边舞[①]的编舞。正因为如此，此人去世后南地想请第二代的山村作师傅继续担任南地的师傅，但遭到她的严词拒绝。当时正值藤间和若柳等华丽舞蹈的鼎盛时期，如果成为花柳界专属的师傅，自然要受到花柳界管理层的各种干预，就不得不将舞蹈的手势动作改为符合世间流行的样式。听说山村作师傅绝对不同意这种做法，那狷介耿直的性格使得她在世间难以立足，因此跟随她的弟子也很少。她没有父母，从小由祖母一手抚养成人，还是艺伎时虽有一个为她赎身的男人，但她没有丈夫也没有孩子，无法享受天伦之乐。因此去世以后，未见亲属前来吊唁。葬礼那天也是残暑酷热的日子，只有几个人在阿部野草草为她举行葬礼，然后几乎也就是这些人将遗体送到旁边的火葬场，在等待火化的时候，大家共同缅怀师傅的生平——师傅不喜欢乘坐交通工具，尤其不愿意坐汽车和船。她笃信宗教，每个月的二十六日必定要去阪急沿线的清荒神社参拜。她

① 大阪的花街舞蹈之一。每年 4 月由艺伎在难波新地的演舞场表演。

还说要去巡礼一百二十八座神社，每个月都要去住吉、生玉、高津这三座神社及其附属的小神社。每年立春的前一天，都要到上町各家寺院参拜地藏菩萨，供上与自己岁数一致的糕饼。她对舞蹈教习十分热心，重要的地方总是认真耐心地教导，例如《汐汲》中的“谁为君簪黄杨梳，潮水涌来汲装桶”这个地方，她会不厌其烦地让学生体会“一轮明月两个影”这样桶里有月影的意境。还有《铁轮》中的“事到如今应懊悔，切记前愆不重蹈”，在表演锤子敲钉这一段时，教导学生一定要注意弯腰定睛注视。山村作师傅对什么事情都墨守成规，但是最近看到上方舞蹈落伍于时代，的确着急不安，还产生了有机会去东京演出的想法。她没料到自己会死，还说花甲之年要在南地演舞场举办盛大的演出……

妙子是山村作师傅门下的新弟子，近几年才来往亲密起来，所以她和幸子只是谦恭地听着别人的议论。妙子感觉师傅对自己格外青睐，本想有朝一日也会袭名，但如今这个想法完全落空了。

十三

一天，悦子到舒尔茨家去玩。傍晚回来时对幸子说：“妈妈，舒尔茨伯伯要回德国去了……”

幸子觉得小孩子说话有点靠不住，第二天早晨隔着两家交界的铁丝网，与舒尔茨夫人打照面时问起这件事，说是昨晚听悦子这么说，是真的吗？夫人回答说：“是真的。自从日本开始发动事实上的战争以来，我丈夫就完全没了生意。今年神户的商店几乎处于歇业状态。本以为战争很快就会结束，一直等到今天也不知道什么时候才能打完仗。我丈夫思来想去，决定回德国去。”她还说自己的丈夫原先在马尼拉做生意，两三年前来到神户，好不容易在东洋打下了良好的基础，但多年的努力都化为泡影，这次回国实在令人遗憾。“而且我和孩子们都觉得能有您这样的好邻居，感到无比幸福，要和你们分别，心里很难受，尤其是孩子们。”他们计划让舒尔茨和长子彼得在这个月先动身，经由美国回德国；夫人和罗瑟玛丽、弗里兹下个月去马尼拉，暂时住在她妹妹家里，然后去欧洲。之所以这样安排，是因为她妹妹一家人也准备回德国。不过，她妹妹现在在德国卧床养病，她要去对方在马尼拉的家里收拾整理行李，除了自己的孩子外，还要带着妹妹的三个孩子一道回国。夫人和罗瑟玛丽距离出发日期还剩二十天左右，而舒尔茨和彼得已经预订船票，乘坐八月下旬从横滨起航的加拿大皇后号轮船。一切来得太快了。

莳冈家这边，悦子从七月底开始又有点神经衰弱和脚气，虽然没有去年那么严重，但老说吃不下饭，睡不好觉。于是，幸子心想趁着病情尚未加重，带她去东京找专家看看，而且她还没去过东京，经常听她说某某同学参拜过二重桥，心里非常羡慕，这次可以带着她到处参观，她一定非常高兴。另外，幸子一直没去过涩谷的本家，趁此机会正好去一趟。幸子本打算八月初和雪子、悦子一起动身，可是碰上山村作师傅生病，就一直拖延下来，这个月能否成行也没有把握。不过，幸子想到舒尔茨父子近日要去横滨乘船，也可以顺便去送行。不凑巧的是，轮船起航那天碰上地藏盆祭，按照每年的惯例，幸子要代表本家的大姐去上本町的寺院"施饿鬼[①]"，必须得去。无奈之下，只好在十七日举办茶会给彼得送行，把彼得、罗瑟玛丽、弗里兹等人都请来。隔了一天，十九日那天舒尔茨家为孩子们举行话别茶会，邀请彼得、罗瑟玛丽的德国小伙伴们参加，悦子作为唯一的日本朋友也受到邀请。第二天下午，彼得一个人到莳冈家辞行，和全家人一一握手，说："明天早上和爸爸一起从三宫去横滨。绕道美国，估计九月上旬到达德国。我们住在德国汉堡，希望你们一定要来玩。"他还说"路过美国的时候想给悦子妹妹买个礼物，请告诉我想要的东西"。悦子和母亲商量以后，就请他买一双鞋。彼得说："那把悦子妹妹的鞋借给我一双。"他把鞋拿回家后，又立即拿着铅笔、纸和卷尺返回来。"妈妈说把悦子妹妹的鞋借回来，还不如按照她的脚的尺寸画下来呢，所以我来量一下脚的大小。"他把纸摊开，放到地板上，让悦子站在上面，

① 佛教对无人祭祀的亡灵施舍食物的法会。

按照母亲说的方法把形状和尺寸画了下来。

二十二日早晨，雪子带着悦子到三宫站送别舒尔茨父子。那天晚上，大家围在一起吃晚饭时，谈起他们父子说："今天早晨彼得依依不舍，问：'悦子妹妹什么时候去东京，要是去的话，能不能到船上来，二十四日开船，如果想见我们的话，还可以见一面。'一直到列车开动之前，他反复地说，看样子怪可怜的。"话说到这个份上，幸子便说："既然这样，小悦就去横滨给彼得送行吧。妈妈得过了二十四日才能去，所以小悦和二姨坐明晚的火车先去，后天早上在横滨下车后直接去码头，怎么样？妈妈二十六日左右去，带你参观东京，你就在涩谷等妈妈……嗯，就这么办吧。"事情就这样一下子决定下来。

"怎么样？雪子，明天晚上能出发吗？"

"还要买东西呢……"

"明天一整天不够吗？"

"嗯……夜车要是太晚，小悦会想睡觉吧……后天一大早走也赶得上吧。"

幸子看出即使在这种情况下，雪子也想能在这儿多待一天就多待一天，不禁怜悯起来："这样的话，那就后天走。"

妙子略带嘲弄地说："这回走得可真快，不是刚来吗？"

"本想多待几天，这不是小悦要去送彼得吗？没办法……"

雪子七月过来的时候，盘算着在这里待两个月左右，现在后天就要离开，感觉如意算盘落空，情绪有点不高。这次和悦子一起去东京，幸子随后也过去，虽然不像独自去东京那样寂寞，但幸子母女在东京不会待太久，学校一开学，悦子就要回去，最终还是她一个人留在东京。这么一想，雪子觉得自己愿意住在芦屋，一来是想和二姐一家人共同生活，但更多的是对关西这块土地的热爱。她不喜欢东京，其一是与大姐夫合不来，其二是她深知在关东水土不服。

幸子明白雪子的心事，所以第二天什么话也不说，摆出一副“雪子、悦子随你们便”的态度。雪子从早上开始就在家里磨磨蹭蹭，悦子却频频流露出想尽快动身的样子。到了下午，雪子匆匆忙忙地收拾打扮一下，让妙子给她打了一针后，不言不语地带着阿春悠然出门。傍晚六点多她提着大包小包回来，都是在神户的大丸和元町一带的商店购买的东西。

“我买了这个。”

雪子从腰带间取出两张第二天早晨的富士号特快车票。早晨七点从大阪发车，下午不到三点抵达横滨，刚过三点就能到码头，这样至少有两三个小时的富余时间。接着她麻利地把一些事情定下以后，急急忙忙地收拾行李，又派人把这边的安排告知了舒尔茨夫人。

雪子看悦子兴奋得不愿意去睡觉，就说“明天一大早的火车，快去睡觉”，强迫她上楼去，然后慢慢地把东西装进自己的行李箱里。这一切都做完以后，看见贞之助还在书房里查什么资料，便抓住姐姐和妹妹在客厅里聊到十二点多。

“雪姐，睡吧。”妙子边说边不成体统地打了个大哈欠。

三姐妹中，唯有这个小妹最不讲礼数，这一点与雪子形成鲜明的对比。尤其在炎热的夏天更不像话。今晚也是这样，她洗完澡后只穿了一件浴衣，腰带也不系，有时还敞开胸脯，一边扇扇子一边聊天。

“想睡的话，小妹先去睡吧。”

“怎么？雪姐不想睡吗？”

“今天我可能活动量太大，浑身疲乏，不想睡。”

“再打一针怎么样？”

“明天早晨吧，出发之前比较好。”

“雪子，这一次你运气不太好……”幸子看着雪子脸上那已经消退多时又隐隐约约出现的色斑说道，“我想你年内再过来一次，因为明年是你的厄运年[1]。”

上一次舒尔茨父子是从三宫站出发的，雪子和悦子想早晨晚一点出门，决定从大阪上车。即使如此，还是要乘坐六点的省际电车，所以幸子打算只送到门口，但舒尔茨夫人要带着孩子们送到芦屋站，第二天早晨，只好幸子、妙子，还有阿春全家出动。

等电车的时候，舒尔茨夫人说道：“我昨晚给船上发电报了，通知他们火车到达的时间。”

“彼得哥哥一定会到甲板上接我们吧？”

“嗯，我想一定会的。悦子小姐太诚恳了。谢谢你。”夫人转身用德语对罗瑟玛丽、弗里兹说，“你们也向悦子小姐表示感谢。”

幸子她们只听懂“感谢”这个词。

“妈妈你也早点来啊。”

“啊，二十六日或者二十七日一定去。”

“一定啊……”

“一定！”

“悦子姐姐早点回来啊！”罗瑟玛丽追着已经开动的电车边跑边用德语喊“再见”。

“再见！”悦子挥着手，也用不知何时学会的德语回应着。

① 日本阴阳道将女子的 19 岁和 33 岁视为厄运年。这里指雪子来年 33 岁。

十四

幸子决定二十七日早晨乘坐海鸥号去东京。前一天晚上收拾行李的时候，发现要带去涩谷的礼品以及其他东西装满了大小三个皮包，自己一个人怎么也拿不了，于是想趁此机会带阿春去东京见见世面。妙子在家，可以照顾贞之助的日常生活，没有什么不放心的，带阿春去对自己有许多方便之处。幸子心里打起小算盘：学校开学的时候，让阿春陪悦子先回来，自己可以继续在东京住一段时间。好久没去东京了，趁这个机会，从容地看几出戏再回来。

“啊，阿春姐也来了啊。”

悦子和雪子、本家大姐的长子辉雄三个人到东京站接车的时候，没想到母亲的身后还跟着阿春，不由得欢呼起来。坐进出租车里，她一路上一会儿说“那是丸大楼”，一会儿说“那边是皇宫”，摆出老前辈的样子，不停地指指点点。不过几天时间，幸子觉得悦子的脸色明显红润起来，脸颊也稍微丰满了些。

“小悦，今天富士山看得很清楚啊。是吧？阿春。”

“噢，真的，从上到下一丝云彩都没有。”

“前一阵子有点阴云，看不见山顶。”

“啊，是这样啊。这么说，阿春姐的运气可好了。”阿春只有和悦子说话的时候，才自称“阿春姐”。

出租车来到皇宫护城河边的时候，辉雄摘下帽子。

悦子见此，说道：“阿春姐，你看，那就是二重桥。”

雪子说：“上一次我们在这里下车，行了最高礼。”

“噢噢，是这样的，妈妈。”

“什么时候的事啊？”

“就是上一次——二十四日那天，舒尔茨伯伯、彼得哥哥，还有二姨、我，在那里排成一排，行了最高礼。”

“哦，你们和舒尔茨先生一起来二重桥的？”

“是二姨带我们来的。”

“你们还有这种时间啊？”

“时间的确很紧，老是看表，心里不踏实……”

那天，雪子和悦子急急忙忙地赶到码头，舒尔茨父子已经站在甲板上焦急地等待。雪子问开船时间，他们说是晚上七点。雪子觉得还有三个多小时，可以请他们去新格兰酒店喝茶，可是喝茶还有点早，于是建议“那就索性去一趟东京，电车往返差不多一个小时，还有三个小时可以自由支配，坐出租车转一圈，可以参观丸之内一带”。她知道舒尔茨父子都没有来过东京。舒尔茨起先有点犹豫，问了两三遍时间是否来得及，得到肯定答复后，才同意去东京。四个人立即在樱木町上车，到有乐町下车，先去帝国饭店喝茶，四点半离开饭店，坐上出租车，安排一个小时市内观光。他们先去二重桥，下车行了最高礼，然后是陆军省、帝国议会大厦、首相官邸、海军省、司法省、日比谷公园、帝国剧场、丸大楼，或车上观看，或下车游览，以最快的速度走马观花地看了一圈，五点半到了东京站。雪子和悦子打算陪他们到横滨，一直送行到起航，但舒尔茨再三辞谢，同时考虑到悦子那天一大早就起来，晚上回去太晚会身心疲惫，所以雪子按照对方所说，就在东京站与他们分手。

“彼得高兴吗？”

“他好像很吃惊，东京这么漂亮。是吧？小悦。”雪子说道。

“嗯。他说有那么高的大楼，睁着大眼睛到处看。”

“你爸爸对欧洲很熟悉，可是彼得除了马尼拉、神户和大阪，其他地方还没去过呢。”

“他好像觉得东京真的很了不起。”悦子说。

“小悦也这么认为吧。”

“我是日本人，没来之前就知道了。”

“什么啊，熟悉东京的就我一个人，给他们讲解，费了好大劲儿呢。”

“二姨，你用日语讲解吗？”辉雄问道。

“这个啊，我对彼得讲日语，他再翻译给他爸爸听。可是，帝国议会大厦啊首相官邸啊这些地方，彼得听不懂，我只好讲英语。”

“二姨连帝国议会大厦、首相官邸这样的英语都知道啊！”辉雄操着纯正的东京腔说道。

“我讲日语，其中掺杂一些英语。帝国议会大厦的英语我会说，首相官邸，我就用日语解释说这是近卫首相办公的地方。”

“我还说德语了。”悦子说道。

“你说了‘再见’吗？”

“嗯。在东京站分手的时候，说了好几遍。”

“舒尔茨先生也用英语感谢了好几遍……”

幸子想象着平时少言寡语、做事畏首畏尾的雪子身穿友禅纹饰的纱罗单衣，牵着身穿西服的悦子，带领外国的绅士和男孩到处参观，出现在帝国饭店的大厅、丸之内的官厅大街、高楼林立的商业街区的景象，这是一个多么不可思议的组合啊。还有陪着孩子游览的舒尔茨先生，忍受着语言不通的困难，担心开船时间而不停地看表，又一声不吭地被拉着到处转的样子是多么傻乎乎，也真够难为他的了。

出租车经过明治神宫外苑时，悦子问道：“妈妈，你去过那个美术馆吗？”

“去过啊。你别以为妈妈是个乡巴佬。”

幸子嘴上这么说，其实她对东京并不熟悉。十七八岁还是姑娘的时候，有一两次父亲带着她到东京来，下榻在筑地采女町的旅馆，虽然看了不少地方，但那是在大正十二年关东大地震之前。重建后的东京，她还是去箱根新婚旅行回去时在帝国饭店住过两三天而已。这么一想，自悦子出生后的九年里，她一次也没来过东京。她刚才还嘲笑悦子和彼得，其实刚才从新桥站出来去东京站的路上，看到高架桥两侧巍峨耸立的高楼大厦，重睹许久不见的首都的雄伟景观，她也多少有些兴奋。大阪最近也在御堂筋等地大兴土木，从中之岛到船场，一座座现代化的建筑拔地而起。从朝日大厦十楼的阿拉斯加餐厅俯瞰下去，的确蔚为壮观，但到底比不上东京。幸子上一次见到的是重建不久的东京，对其之后的发展一无所知。现在从高架桥上看出去，与她脑子里的东京印象截然不同。她从车窗眺望宽阔壮观的通衢大道、大街与大街的缝隙间闪现的议会大厦的尖屋顶，更加深切感受到九年岁月的悠长——在这期间，不仅首都旧貌换新颜，自己以及周边的事情也发生了各种各样的变化。

不过说实在话，她并不怎么喜欢东京。提起祥云袅绕的千代田城[①]就让人诚惶诚恐，要说东京的魅力何在，也就是以千代田城的松树林为中心的丸之内一带，高楼大厦作为前景，怀抱着依然保留江户时代建筑特色的城堡，看上去雄伟壮丽，外城门和护城河的碧翠让人

---

① 江户城的别称。

心旷神怡，不过如此而已。这些东西是京都、大阪所没有的，让人百看不厌，除此之外可以说没有其他引人入胜的地方。从银座到日本桥一带虽说漂亮，却总让人觉得空气干燥，绝非宜居之地。幸子她们尤其厌恶的是东京近郊的街道萧瑟荒凉，现在车子沿着青山大道向涩谷行驶，正是夏天的夕暮时分，却感到飕飕寒意，仿佛来到遥远的陌生之地。她不记得以前是否经过这条路，总之眼前的街道与京都、大阪、神户的街道迥然相异，似乎来到的不是东京，而是更北一点的地方，例如北海道或满洲那些新开垦的地方。说是近郊，其实这一带也是东京的一部分，从涩谷站到道玄坂的两边，店铺鳞次栉比，形成一片繁华的商区。但幸子觉得这里缺少城市独特的情调，不知何故，街上的行人一个个都面无表情，脸色苍白，冷冰冰的。幸子想起自己居住的芦屋一带，天空晴朗、土地湿润、空气柔和。如果这里是京都，即使是偶尔第一次来到的陌生之地，也会产生似曾相识的亲切感，愿意和路人攀谈聊天。而每次来东京，都觉得这是一处与自己毫无关系、拒人于千里之外的冷漠之地。幸子简直无法相信自己的亲姐姐，一个地道的大阪人，现在竟然居住在这个都市的某个区域……她仿佛身在梦中，走在完全陌生的街道上，终于走到母亲、姐姐居住的家——噢，原来她们就住在这里啊……现在她就是这种心情，想到姐姐居然能在这样的地方生活，在没有亲自走到姐姐的家之前，她完全不敢相信这是事实。

出租车快开到道玄坂的尽头时，左拐驶进一片幽静的住宅区。一个十岁左右的孩子打头，两三个小孩子吧嗒吧嗒跑过来围着车子。

“姨妈，姨妈！”

“姨妈，姨妈！”

“妈妈在等着你呢！”

“我家就在那儿。”

“危险，危险……往边上去！”雪子从缓缓行驶的车里喊道。

“他们都是大姐的孩子吗？那个最大的是哲雄吗？”

“是秀雄。”辉雄回答道，“秀雄、芳雄、正雄。”

“都长大了。要是不说大阪话，都不知道是哪里的孩子。”

“他们东京话说得可好了。为了欢迎姨妈的到来，才说大阪话的。”辉雄说道。

十五

幸子经常从雪子那里听说住在涩谷的大姐一家的生活状态，但亲眼一看，所有的房间都被孩子们糟蹋得乱七八糟，让人几乎没有落脚之地，完全出乎想象。房子是新建的，还算明亮，但柱子细小，地板底下的横木劣质不堪，一看就知道是粗制滥造的出租房。孩子们从楼梯跑下来的时候，整个房子甚至都会晃动。隔扇和拉门到处都是窟窿，正因为是些崭新、雪白的便宜货，因此更觉得破旧不堪，目不忍睹。幸子不喜欢上本町的住宅，格局陈旧，房间阴暗，但即便是传统格局，也比住在这样的房子里来得安宁平静。而且那里虽然比较阴暗，但有一个小小的中庭，坐在里面的客厅，透过中庭的矮小树丛，可以看见库房的门前，那种优雅的景致浮现在眼前，令人无比怀念。涩谷的这栋房子只在前后墙边有一小块放置花盆的空地，根本没有院子。大姐说孩子住在楼下吵闹，特地为幸子腾出楼上平时接待客人的那间八叠大的房间，于是先把行李搬了上去。幸子进屋一看，壁龛上挂着从大阪带过来的栖凤的香鱼画挂轴。父亲生前喜欢收集栖凤的作品，大姐在收拾东西的时候，大部分都转让处理掉了，只留下一两幅，这是其中一幅，幸子还看过其他作品。摆放在这幅挂轴前面的朱漆八脚桌、挂在格窗上的赖春水的书法、靠墙立着的泥金画木架、放在木架上的座钟，看着这一件接一件，幸子眼前仿佛浮现出它们放置在上本町家里时的幻影。大姐特地把这些东西拿到东京来，静静地端详，大概就是为了怀念昔日荣华富贵的岁月吧，当然也是为了装饰一下过于鄙陋的客厅。然而，无论从哪个角度来看，这些摆件都并没有提升这间日式房间的品位，反而适得其反，显示出房间的低俗档次。这些东西都是父亲的遗泽，摆在东京近郊的这么个地方，简直怪诞滑稽，仿佛是在象征着大姐的境遇。

“大姐，这屋子竟也装下了你那么多东西。”

“是啊。当初行李运来的时候，我还担心能装得下吗，不知道往哪儿搁，弄来弄去，结果还都装进去了。房子这个东西，看上去觉得小，还真能装。”

那天傍晚，大姐领幸子上楼后，大家就在屋子里聊起来。不一会儿，孩子们上楼来，搂着鹤子和幸子的脖子。“热不热啊！你们都下去，别把姨妈的衣服弄皱了！”鹤子一边不停叱责孩子，一边继续聊天。

“喂，正雄，你下去告诉阿久姐，让她快点给姨妈拿冷饮上来。嘿，正雄，妈妈说的话你听到没有？”大姐把四岁的梅子抱在大腿上，“芳雄，你下去拿一下扇子。秀雄，你是哥哥，做哥哥的要先下去。妈妈和姨妈好久不见了，说说话，你们这么缠着，我们怎么说话啊……”

“秀雄几岁了？”

“我九岁了。”

“九岁就这么高啊。刚才在门口看见，我还以为是哲雄呢。”

“别看个子高，还这么缠着妈妈，一点也没有当哥哥的样子。哲雄该准备上中学了，忙着读书呢，倒没这么调皮捣蛋了……”

“女佣就阿久一个吗？”

“嗯。原先还有一个美代，她说想回大阪。我想梅子能走路了，不用专人照顾，就让她走了……”

本以为大姐会因操持家务面容憔悴，今天一见，比幸子想象中身心健朗，加上清爽的发型和整洁的打扮，不论处境如何也不忘自己的爱好，不由得心生佩服。她要照管六个孩子——最大的十五岁，依序排列是十二岁、九岁、七岁、六岁、四岁，还要照顾丈夫，只雇了一个女佣，幸子心想她肯定顾不上旁人的议论，而变成邋里邋遢、衣冠不整、比实际年龄老上十来岁的那种人，然而今年三十八岁的大姐看上去却比实际年龄还要年轻五六岁。莳冈家的四姐妹中，大姐和雪子像母亲，幸子和妙子像父亲。母亲是京都人，所以大姐和雪子的外貌都带有京都女子的韵味，不同之处在于大姐总体上的轮廓比较粗犷。从幸子往下的妹妹一个比一个矮。大姐比幸子高，和身量不高的丈夫走在一起，更显高大。而且，大姐体态丰腴，虽说是京都女子，却不像雪子那样娇瘦，惹人生怜。

大姐结婚的时候，幸子才二十一岁，参加婚礼时觉得大姐貌美如花，娇丽可爱，至今不忘。她五官端正，眉清目秀，脸蛋圆润，婚礼那天梳着过去平安朝时的发型，站起来长发拖地，便盘成油光铮亮的岛田髻，仪表堂堂，艳丽威严。幸子心想，要是穿上“十二单衣”，那该是何等气派！当时幸子就听到乡间以及公司的人说姐夫要给一位出类拔萃的千金小姐当入赘女婿，还和妹妹们私下议论说这样的传闻完全是理所当然的。时光荏苒，十六年过去了，大姐生了六个孩子，家境逐渐不如往昔，操心的事多了起来，当年的奕奕神采已不复存在。然而，正因为她身材挺拔、体格丰硕，才能保持现在这种年轻的状态。幸子想到这里，瞧见大姐正用手掌拍打抱在怀里的梅子，胸口处露出依然富有弹性的凝脂般的雪白肌肤。

幸子去东京之前，贞之助就说：“带着孩子住在涩谷会让大姐为难，住一两个晚上，就去筑地的滨屋怎么样？你愿意的话，我可以给滨屋的女老板打个电话或者写封信，请她关照。”幸子觉得如果和丈夫一起去倒可以考虑，但不愿意和悦子两个人住旅馆，而且和大姐天南海北地聊天还是在家里方便。这次之所以把阿春带来，就是为了自己住在大姐家里时，让她去帮厨。

可是，幸子才住了两天，就认识到还是应该听从丈夫的建议。她平时就觉得孩子吵闹，但没到现在这个程度，正是放暑假的时候，孩子们都在家里，从早晨开始就吵吵嚷嚷。大姐说过还有两三天开学，到时白天会安静下来，可是芳雄等三个孩子都还没有上学，闹腾得大姐一刻不得闲，但大姐还是抽空上楼和幸子说说话，三个孩子也紧跟上来缠着不放。孩子们不听话，大姐就抓着他们打屁股惩罚一下，这下就更热闹了，孩子们号啕大哭的戏码每天差不多都要发生一两次，吵得人头痛。在大阪的时候，幸子就知道大姐动不动打孩子，也知道不这样做管不住这么多孩子，可是这样一来，哪有从容聊天的时间。

这两三天，雪子带着悦子去参观靖国神社、泉岳寺等地，可是天气炎热，不能总往外跑，悦子很快就兴趣索然了。幸子原本觉得悦子是独生女，没有兄弟姐妹，想趁这个机会让她和表妹亲近亲近，这也是幸子不想住旅馆的原因之一。可是，梅子只要妈妈一个人，都不和雪子玩，悦子也无法接近梅子。结果弄得悦子悄悄对幸子说：“快开学了，不早点回去的话，露米就去马尼拉了……”悦子从小受到的家庭教育与大姨家的不一样，看见大姨打孩子，她总是用畏惧的眼神偷偷瞟着大姨。幸子不愿意看到四姐妹中性格最温柔的大姐给悦子造成不好的印象，又担心这样会对悦子的神经衰弱产生不良影响，于是想让阿春带着悦子先回去。不巧的是，栉田大夫介绍的那位东京大学附属医院的杉浦博士正外出旅行，九月上旬才能回京。如果不等他回来就让悦子回大阪，那就白带她到东京来了。

幸子考虑如果滞留时间拖长，也许搬去旅馆比较合适，虽然自己没去过滨屋这家旅馆，但那里的女老板原来是大阪播半的女招待，与父亲很熟悉，她未出嫁时也见过面，所以不算陌生旅馆。据丈夫说，那个地方原先是召妓的场所，后来改建成旅馆，所以客房很少，住客大多是了然此情的大阪人，服务员多讲大阪话，下榻在那里会有一种家的感觉，不让人觉得这是在东京。既然如此，要不就搬过去……幸子想归想，看到大姐真心诚意地款待自己，这个话终究不好说出来。姐夫也说在家里吃晚饭都是匆匆忙忙的，要请她去东京道玄坂著名的二叶西餐厅吃西餐，还特地带上悦子和他的孩子们去附近一家名叫北京亭的中餐馆举办了一次小型家宴。姐夫本来就喜欢请客吃饭，虽说最近变得俭朴，但如此破费款待，是因为依旧好请客，还是因为讨好小姨子的习性没有变，幸子不得而知，但对姐夫而言，外界说他与小姨子们关系紧张一事一直是他的心病，或许想以这样的方式来表示自己的态度吧。姐夫还说："幸子妹妹只知道播半、鹤屋这样的高档餐厅，其实道玄坂还有很多专门接待花柳界人士的小餐馆，这些摆着木头椅子的地方做出的菜比东京一流酒家做出来的日料还要好吃，所以经常有人带着太太和小姐光顾。幸子妹妹，你也跟着我体验一下东京的氛围吧。"于是姐夫把大姐留在家里，带着幸子和雪子到附近的餐厅享受佳肴。

幸子想起姐夫刚入赘的时候，她曾经和妹妹们串通故意欺负他，弄得大姐伤心哭鼻子。她看到姐夫怯懦忠厚的一面，比姐姐更用心周到地接待自己，决定不能再像姑娘那会儿为难他，这次便住在大姐家里。幸子打算等杉浦博士给悦子看完病以后尽快回关西，这样整个八月她都住在了涩谷的家里。

十六

第二天，九月一日。

当天晚上，六个孩子和悦子先吃完饭，姐夫、姐姐、幸子、雪子在家里吃晚饭。这一天正好是关东大地震纪念日，餐桌上的话题从地震聊到前些日子的山洪暴发，谈起妙子的遇险经历、青年摄影师板仓的援救等。幸子说“我很幸运没有遇上这么可怕的事情，都是听小妹说的”，然后详细讲述了当天发生的情况。似乎一语成谶，当天夜里，大正多少年来从未有过的猛烈台风袭击了关东一带，幸子有生以来第一次经历了极度恐惧的两三个小时。

幸子在少有台风的关西长大，不知道还有如此骇人的台风，所以格外惊恐。其实四五年前，大概是昭和九年的秋天，台风袭击了关西地区，当时大阪的天王寺塔倒塌，京都东山的树木被吹个精光，她经受了大约二三十分钟的惊恐。不过，那次芦屋一带没有遭受什么损失。她从报上看到天王寺塔倒塌的报道时，还感到意外，纳闷会有那么大的风吗？当然，大阪那次的台风与这次在东京所经历的，简直是小巫见大巫。其实，因为幸子还残留着当时的记忆，觉得那个程度的风都能吹倒五重塔，今天这样的大风，这个家恐怕保不住了，更加胆战心惊起来。风势猛烈，自己住的又是简陋不堪的房子，这些都让幸子觉得呼啸的狂风比实际要大上五倍乃至十倍。

刚刮起台风的时候，孩子们还没有睡觉，当时大概八九点钟。从十点左右开始，风力变得非常强劲。幸子和雪子、悦子在二楼的日式房间已经躺下了，因为房子摇晃得厉害，悦子使劲抱着幸子，又说“二姨你到这边来”，把雪子拉到身边，自己夹在母亲和雪子中间，双手分别紧紧抱着幸子和雪子的脖子。每当悦子惊慌地叫喊“我怕”，幸子和雪子都安慰她“别怕，风马上就停了，放心吧”。起先只是悦子紧紧抱着她们，后来她们逐渐死死搂住对方，三个人的脸贴在一起，紧紧抱作一团。楼上除了这间日式房间，隔壁是三叠的房间，走廊对面是四叠半的房间。辉雄和哲雄睡在对面的卧室里，他们爬起来往这边的房间瞧了瞧，辉雄说道：“姨妈，下去吗？下面好像稍微安全些吧。我们下去吧。下面听上去也乱哄哄的。”由于停电，四周一片漆黑，看不见辉雄的脸，他的声音听起来异常紧张。为了不让悦子害怕，幸子忍着没有出声，但一直感觉这栋房子有倒塌的危险，每当狂风吹得房梁摇晃时，她都觉得这下房子真要倒了，吓出一身冷汗，所以听辉雄这么一说，便不假思索地说“雪子、小悦，下去”。她走在前头，三个人跟着辉雄走下楼梯。走到一半时，一阵狂风袭来，仿佛要把整个房子掀翻。她觉得平时就咯吱咯吱直响、又弯又薄的楼梯如船帆一样鼓胀起两侧，夹在墙壁之间，随时都要哗啦啦倒塌下去。狂风裹着沙尘从柱子与墙壁之间的裂缝中灌进来。她感觉自己的身体受到墙壁的夹击，跌跌撞撞地跑下楼梯，差一点把辉雄推倒。

在楼上的时候，树叶、树枝、马口铁、招牌等各种东西在空中翻滚飞舞的声音盖过了呼呼的风声，一到楼下，满耳都是孩子们惊恐的叫喊声：“可怕！我害怕！”秀雄等四个孩子聚集到大姐夫妇的六叠日式房间里，紧紧围在父母周围。幸子等人一走进去，芳雄和正雄叫着

“姨妈”，立即抱住她的双肩，悦子只好抱着雪子。大姐抱着梅子，双手覆在梅子身上，秀雄则抓住母亲的衣袖。秀雄害怕的样子很奇特，风一停下，他就使劲揪着母亲的衣袖竖起耳朵听，当他听见远处传来呼呼的风声时，却慌忙放开衣袖，用极其低沉嘶哑的声音说道“我害怕”，然后两手堵住耳孔，紧闭眼睛，俯身把脸贴到榻榻米上。就这样，四个大人和七个小孩蹲在一起，简直就是恐惧无助的群像。姐夫辰雄另当别论，鹤子、幸子、雪子三人虽然没有说出来，但都已经做好了房塌人亡的思想准备。刚才幸子从楼梯跑下来的时候，觉得这场台风要是刮的时间再长一点、风力再大一点，这栋房子真的会倒塌。之所以这样想，一半是由于恐惧所产生的感觉，另一半是她在这间六叠房间里真实看到的景象：每当狂风呼啸而过时，房屋的柱子与墙壁之间就会出现一两寸裂缝。房间里只有一个手电筒照明，在昏暗的光线里，那道裂缝看上去足有五寸乃至一尺之宽。说实话，有一两寸宽绝非言过其实。裂缝不是一直张开着，风一停，裂缝就闭合，风一吹则张开，而且张得越来越大。幸子想起丹后的峰山地震时，大阪的住所也摇晃得很厉害，但地震时间很短，没有台风这么长，这是她第一次看见柱子与墙壁开裂又闭合的现象。

在大家吓得浑身发抖的时候，只有辰雄极力表现出泰然自若的样子，可当他看见墙壁这个状态时，也不安起来，说：“只有我们家这么摇晃吧？临近的几家房子都很牢固，应该没事……”辉雄接着说：“小泉先生的家一定没问题，那栋房子特别结实，又是平房。爸爸，要不去小泉先生那里避一避？待在这里，要是房子倒了，多不值得啊！”辰雄犹豫不决地说道：“我觉得还不至于倒塌吧，不过去避一避也许安全些……可是，人家都睡觉了，这样打扰他们好吗？”鹤子说：“现在还说这种话……这么大的风，小泉先生也该起来了。”于是大家异口同声地说“那去避一下”。小泉先生的家在这栋房子的背后，隔着一道墙，出厨房门几步路就是他家的后门。这家的主人是退休官员，老两口和一个儿子一起过。儿子念的正好是辉雄转学的学校，由于这层关系，辰雄、辉雄曾去他家拜访过两三次。

阿春和阿久刚才一直在女佣房间里悄悄商量着什么，这时走了出来，阿春说道："这样的话，我和阿久一起先去小泉先生家看看情况。如果方便，我会征求他们的意见。"阿春嘴上说"小泉先生"，其实并不知道小泉先生家在何处，但是她很有自信，只要阿久带她去，她便打算自己去求人家。也不等家里人说话，阿春就自作主张地对阿久说道："那就这样办。好吧，阿久姐，风一停，我们就去。"鹤子和幸子提醒道："你们可要注意，别伤着了，不要被风刮跑。"阿春对她们的担心似乎充耳不闻，和阿久一起从后门出去，不一会儿就回来了，说："人家说没有问题，可以过去。我们赶快过去避一避。真像辉雄少爷说的那样，这么大的风，那边的房子纹丝不动，简直叫人难以相信。"阿春又把后背对着悦子，说道，"小姐，我来背你。路上可不好走了。刚才我有两次被风刮得往后退，只能爬着过去。各种各样的东西飞到空中，头上要包个被子什么的，免得被砸伤。"辰雄说道："那你们去吧，我留在这儿看家。"他坐着不动，于是辉雄、哲雄、幸子、雪子、悦子、阿春先去避难。鹤子见丈夫不动，不放心他一个人留在家里，正拿不定主意的时候，阿春一个人返回来，说了声"走吧，少爷"，便麻利地背起正雄走出去，接着又返回来，正要背起芳雄往外走，这下幸子终于也坐不住了，自己抱着梅子，让阿久背着芳雄，出门去邻居家里。阿春这次真的奋不顾身，事事冲在前头，第二次返回来的时候，不知道哪家的阳台倒塌下来，差点把她压在下面。她看到阿久背着芳雄，便说"秀雄少爷，来，我背你"，鹤子说"这孩子大了，不用背"，她也不听，背起害怕的秀雄就往外走。

在这样的台风中，连阿久都逃到邻居家躲避。大约半个小时以后，也不知道辰雄怎么想的，只见他从后门走进来，有点难为情地说“我也来打扰您了”。台风越刮越猛烈，门外依然是凄厉的风声，而小泉家的房子、柱子、墙壁一动不动，根本不用担心房子有倒塌的危险。建筑质量的优劣，给人的安全感竟有如此天壤之别，令人不可思议。于是，莳冈一家人一直待到第二天清晨四点左右，大风平息下来，才回到自己可恶又脆弱的家里，却依然心有余悸。

十七

台风一过，第二天早上，碧空万里，秋色宜人。然而，昨夜的记忆如梦魇一样镶在幸子的脑海里，挥之不去。最重要的还是看到悦子那副惊恐畏惧、更加神经过敏的样子，幸子觉得再也不能迟疑不决了，上午便立即给在大阪事务所的丈夫打了电话，让他联系筑地的滨屋订房，并说最好今天就搬过去。傍晚，滨屋给涩谷的家里来电话说“刚才接到您先生打来的电话，现在房间已经安排就绪”。幸子接到电话后，对大姐说：“大姐，晚饭我们就到那边吃。阿春留在你这里再待三四天吧。大姐有时间也过去坐坐。”说完便匆匆忙忙地告辞，去了筑地。

雪子和阿春把幸子母女送到旅馆，大家决定去银座散步吃西餐，女老板建议“尾张町有家名叫罗美尔的西餐厅，不妨去看看”。几人便去到那里，阿春也和大家一起吃了饭。饭后又逛了逛夜市，在服部钟表店旁边分了手，幸子和悦子走回滨屋旅馆时已经九点多了。把丈夫留在家里，单独陪着女儿在外面住旅馆，幸子还是第一次。夜深以后，昨夜的恐惧再次袭上心头，又是吃阿达林，又是喝作为常备药的白兰地，都不管用，幸子还是睡不着。到天亮听见外面电车的声音，她一宿未合上眼。悦子好像也是，嚷嚷着“睡不着、睡不着”，显得烦躁不安，纠缠着幸子说："妈妈，我要明天回去，不用杉浦博士看了。这样下去，神经衰弱会越来越严重的。早点回去，我想见露米妹妹……"可早上一看，悦子打着呼噜，睡得正香。七点左右，幸子觉得反正怎么也睡不着，为了不吵醒悦子，便轻轻起床，让服务员送报纸过来，然后走到可以看见筑地川的走廊，坐在了藤椅上。

幸子最近一直关心全世界瞩目的亚洲、欧洲的两件大事——一件是日军进攻汉口，另一件是捷克的苏台德问题，每天早晨都及时通过看报了解进展。来到东京以后，看的报纸与《大阪朝日新闻》《大阪每日新闻》不尽相同，可能不太习惯东京报纸的版面安排，她看不进去内容，总觉得缺了一种亲切感，很快便对报纸感到腻烦，只是呆呆地望着河岸两边人来人往的景象。幸子还未出嫁的时候，曾随父亲住过的那家采女町的旅馆，就在河对岸那个看得见屋顶的歌舞伎座前面走进去的胡同里，所以她对这一带并非完全陌生，多少感到亲切，不像道玄坂给人的感觉。不过，那时这一带还没有东京剧场、演舞场这些建筑，河边的景色也与今天大不相同。而且，父亲每次带她来东京，总是在三月的假期，从未在九月来过。现在东京的大街上冷风飕飕，秋意凛冽，阪神一带还没有这么冷。东京毕竟属于寒冷地带，所以秋天也来得早吧，或者这只是台风过后的暂时现象，天气还会热起来吗？又或许是旅地之风比故乡之风更砭人肌肤吗？总之，还要等上四五天，杉浦博士才能给悦子看病，如何消磨这段时间呢？幸子本想九月将有菊五郎的戏剧演出，可以趁此机会带悦子去看戏。悦子喜欢舞蹈，一定会喜欢看歌舞伎中的歌舞。等到悦子成年的时候，说不定歌舞伎已经衰亡了，所以趁机让女儿见识一下菊五郎的演出也不错……幸子想到自己小时候，父亲每次带她去看戏，总是看雁治郎的戏，因此也想让悦子接触歌舞伎，可她翻遍报纸，发现九月份没有一流的歌舞伎演出。这样一来，每天晚上除了去银座散步，也没有其他特别想去的地方，她一下子就感觉思乡情切，并不是因为悦子这么说，而是她自己恨不得今天就要动身回去，把看病放在下一次。自己偶尔来东京一个星期，就对关西如此思念，归心似箭，而雪子住在道玄坂的家里，哭哭啼啼想回芦屋的心情可想而知，她这次算是十分理解了。

十点左右，阿春打来电话："这边的太太说想过去看看，我陪着去。老爷来信了，我把信带过去。您还需要什么吗？"幸子回答："我这里不需要别的东西。你告诉大姐，如果她打算在这里吃饭，就早点过来。"挂断电话后，幸子考虑把悦子交给阿春照顾，自己和大姐好好吃饭聊天，选哪家餐馆好呢？她想起大姐喜欢吃鳗鱼。以前父亲经常带她去蒟蒻岛那家名叫大黑屋的餐馆吃鳗鱼，便打听这家餐馆是否还在。"嗯……这个嘛……小满津倒听说过……"女老板翻开电话簿查找，"果然有大黑屋。"于是幸子让女老板预订单间，等大姐到了之后，吩咐小悦跟着阿春姐去三越百货店，自己就和大姐一起去了大黑屋。

大姐告诉幸子，她是趁雪子好不容易哄着梅子上楼的时候，匆匆忙忙化妆溜出来的，大概雪子现在正拿哭闹的梅子没办法，不管了，既然出来了，就痛痛快快地玩一玩。

"这儿还真像大阪，东京也有这样的地方啊。"大姐眺望着外面环绕的河流。

"真的像大阪……以前父亲带我来东京的时候，总到这儿来。"

"叫蒟蒻岛，这里是岛吗？"

"哎哟，这可不知道。记得以前没有这种临河的单间餐室，不过地点应该是这儿。"幸子把目光投向拉门外。以前和父亲来的时候，河岸只有一侧是街道，如今沿河两岸都是成排的住宅，大黑屋夹在道路中间，好像是从对面的主餐厅把菜肴送到临河的单间餐室里来。现在这种单间餐室的景致的确更有大阪风情。因为单间餐室修建在河流直角拐弯处的石崖上，又有两条河流在直角的角落呈十字形交汇，所以坐在拉门内看出去，令人想起从四座桥一带的牡蛎船上所看到的景观。这里呈十字形交汇的河流上虽然没有四座桥，但也有三座。可惜的是，这一带的平民区看似具有江户时代的悠久历史，古老的街道也与地震之前的大阪长堀川相似，有一种沉稳宁静的氛围，但住宅、桥梁、柏油路都是崭新的，而且行人寥寥，总让人觉得这是一片新开垦的地方。

“请问要上汽水吗？”服务员问道。

“啊，这……”幸子看着姐姐的脸，“大姐，要吗？”

“汽水也行，中午嘛。”

“喝点啤酒没事吧？”

“要是你帮我喝一半的话……”

幸子知道大姐在四姐妹中酒量最大，她喜欢喝酒，有时候还特别想喝，最喜欢日本酒，也常喝啤酒。

“大姐这阵子没喝痛快吧？”

“也不是，每天晚上陪你姐夫喝一点，时不时还有客人来。”

“客人？谁啊？”

“麻布的大哥一来，准要喝酒。在那个又乱又脏的家里，孩子们还吵吵嚷嚷，他居然说喝得痛快。”

“那大姐你可受累了。”

“还行吧，孩子们也一起吃，我只是敬个酒，不费事。至于做菜，用不着我一一吩咐，阿久做得挺好的。”

“真的，那孩子挺能干的。”

“起先也和我一样，不喜欢东京，哭哭啼啼的，闹着要回大阪，最近却不说了。出嫁之前，就留在身边吧。”

“她和阿春哪个大？”

“阿春多大了？”

“二十了。”

“那应该同岁。那个阿春，你不要放她走，一定要把她留在身边。”

“她十五岁来我家，今年是第六个年头了。我对她说可以去别家，她就是不去。不过啊，不能光看表面，其实并没有你说的那么好。”

“嗯，我也听雪子说过，可是你看她昨晚的表现，那么大的风，阿久慌乱得不知所措，比阿春差远了。你姐夫都感到吃惊，说这姑娘了不起……”

“那倒是，这种时候她的确亲切厚道，人又机灵。上次发大水时也是这样……”

大姐要的中份烤鳗鱼和幸子要的鳗鱼烤串没端上来之前，幸子一直把数落阿春作为啤酒的下酒菜。

别人称赞自己的女佣，当主人的都会得意扬扬，绝不会心里不舒服，更不至于故意在人前挑剔女佣的毛病，所以每当幸子听到别人夸赞阿春，总是默默地听着，不置可否，再说像阿春这样好口碑的女佣也是少见。这个人善于打交道，做事机灵细致，而且慷慨大方，不管是自己的还是主人的东西，都喜欢送人，所以到家里来的那些小商贩、小工匠之类，都一口一声“阿春姐”“阿春姐”地叫着，非常有人缘。连悦子学校的班主任、幸子的那些太太朋友也都特地托人传话表扬阿春“真是一个好女佣”，弄得幸子目瞪口呆。最能体谅幸子这种心情的是阿春的继母，她时常从尼崎的家里来芦屋问安，当初还恳求过幸子：“不管别人怎么说，您能把这样一个不懂事、净给人添麻烦的孩子收留在府上当女佣，这份恩情我感激不尽。为了那孩子，我都不知道哭过多少回，所以非常明白太太的难处。要是将她辞退，恐怕没有其他人家会收留这个孩子，万请太太开恩，不计愚钝，收作女佣。至于工资，不给也行。您怎么训斥她都可以，一点都不能惯着她，就是不断地训斥她才好。”

和服洗衣店“张惣”的老板把十五岁的阿春带来的时候，幸子觉得这孩子眉清目秀，长相可爱，打算试用一下，可是一个月下来，逐渐知道雇了一个让人受累的姑娘，明白她母亲所说的“净给人添麻烦”并非客套话，其中最让全家人受不了的是邋遢。第一次上门的时候，已经能看出她的手脚又黑又脏，但很快就知道这并非她以前的生活环境所造成的，而是本人非常讨厌洗澡、洗衣服的懒惰性格使然。幸子想改变她这个坏习惯，不知道说过多少遍，但只要一刻不盯着，她便又故态复萌。其他佣人干完每天的活儿以后都要洗澡，只有她一到晚上就躺在女佣房间里打盹儿，也不换睡衣就睡了过去。她连自己的内衣内裤都懒得洗，穿了几天脏兮兮的衣服也照穿不误。为了让她养成清洁的习惯，必须有人在一旁督促，每次都逼着她脱衣服进浴室，还时常检查她的行李，把塞在里面的脏衬衫、腰带等拽出来，当面让她洗。这样的监督比教育自己的亲生女儿还费劲。幸子倒没什么，直接受害者是其他女佣，一个劲儿地叫苦不迭。有的说“自从阿春姐来了以后，女佣房间的壁橱就堆满了脏东西，让人看不下去。自己不洗，我们想替她洗，把那些脏东西拿出来一看，里面居然还有太太的短裤，叫我们大吃一惊。她懒得洗衣服，结果穿太太的衣服”；有的说“走到她身旁，会闻到一股臭味。因为她喜欢买零食吃，随手抓东西塞进嘴，大概消化不良，所以有口臭，令人掩鼻，尤其是晚上睡在一起，真受不了”；有的说“她身上的虱子都爬到我身上来了”。大家频频抱怨，幸子好几次对她说明原委，让她回尼崎去。可是她的父母轮番前来赔礼道歉，说尽好话，硬是把她留在了这里。她尼崎的家里还有两个弟弟妹妹，她是父亲前妻的遗孤，天分不高，在学校的学习成绩远远不如两个弟弟妹妹，父亲顾虑继室，继母又顾忌父亲，如果阿春留在家里，就会风波不断。所以她父母再三再四地央求幸子“无论如何请收留下来，以后把她嫁出去就算了”。尤其是她继母发牢骚说道：“左邻右舍都夸这孩子，连她的两个弟弟妹妹也站在她这边，弄来弄去好像就我这个后妈虐待她似的。其实这孩子有很多不良习惯，即使我说了，她父亲也不信，还背地里庇护她，实在让我意外。只有太太您能理解我的心情。”幸子听对方这么一说，大致理解这位继母的为难之处，反而对此表示同情。

“她那副邋遢的样子,你看她穿的衣服就知道了。别的女佣笑话说，阿春姐穿衣服，前面都暴露无遗，可她至今也不改。生性如此，怎么申斥也不管用。”

“不过，她长得还挺漂亮的嘛。”

“她就光顾着这张脸了。背地里涂脂抹粉，还偷偷用我的雪花膏和口红……”

“这姑娘可真有意思……”

“你家的阿久，用不着吩咐，自己就琢磨着花样翻新菜式。不像阿春，在我家六年，要不是我这样那样手把手教她，一道也做不出来。到吃饭的时间，我饿着肚子回家，问她做饭没有，她总是回答没有。”

“是嘛？听她说话，还挺机灵的。”

“人倒是不蠢，就是喜欢和别人交往，不愿意干琐碎的家务事。打扫房间是每天必须做的，可如果我们不盯着，她就偷懒。早晨不叫就不起来，晚上睡觉照样不换睡衣。”

两人这样闲聊着，幸子又想起各种事情，半逗趣似的继续说下去：阿春这个人嘴馋得很，最擅长偷吃东西。从厨房端一盘糖煮栗子走到餐厅,这么短的路总要少一两粒。她在厨房里的时候,嘴里总有东西吃，冷不防被人一叫，经常吓得慌慌张张背过身去，含糊回答。晚上让她按摩，不到十五分钟，先是靠在幸子身上打瞌睡，接着双脚逐渐伸直，居然没羞没臊地躺下来，最后放开手脚躺在幸子的被子上，舒舒服服地睡过去。经常不是忘了关煤气就去睡觉，就是忘了关电熨斗把衣裤烧焦，甚至还有几次差一点造成火灾。这种时候真想一咬牙让她回老家去，还是熬不过她父母的恳求。派她出去办点事，就和人闲聊磨蹭，特别费时间。

“这个样子，嫁出去会是什么样？”幸子说。

“你说的对，要是嫁人生了孩子，大概就不会这个样子了吧。算了，不说这些，留着吧，不是也有可爱的地方吗？”

“你瞧，待在身边六年，就跟自己的女儿差不多。虽然也有耍滑的地方，但不是那种后妈管教之下的乖僻性格，为人还算质朴坦率，也有爱心，尽管这孩子令人头痛，但对她又恨不起来，还是因为她的品行好。”

十八

离开大黑屋回到滨屋旅馆，大姐一直聊到傍晚才回去。她觉得阿春在台风里背过自己的孩子，对她十分赞赏，因此建议让她和阿久一起去日光参观，以作慰劳。

大姐说："其实阿久想回大阪的时候，为了留住她，曾承诺让她去日光游玩，可是因为没有合适的旅伴，就拖了下来。现在恰好有这个机会，让阿春陪着她去。我没去过日光，听说搭乘从浅草出发的东武线电车，下车后有直达日光的公交车。游览东照宫、华严瀑布、中禅寺湖，当天可以返回。你姐夫也说应该让她们去，费用由我们出。"

幸子觉得这样阿春可算占了便宜，但她要是不去，阿久也去不成，那样对阿久有点过意不去，何况她本人似乎对此事已有耳闻，正偷着乐呢，如果不同意她去，未免太不近人情，于是此事就任凭大姐做主。第三天早晨，大姐来电话说："昨晚跟她们谈了去日光的事，两个人兴奋得一夜没睡，今天一大早就出发了。万一当天回不来，也给她们准备了费用，但估计今晚七八点能回来。还有，一会儿雪子要去你那儿。"幸子心想雪子来了以后，三个人一起去参观美术院院展和二科会的展览，边想边放下了电话。这时，旅馆服务员从隔扇间塞进一封信，悦子取过来，满脸狐疑地翻过来看了看背面，也不说话，放到妈妈倚靠的桌子上。长方形的西式信封上写着“滨屋旅馆转交莳冈幸子女士亲启”，显然不是丈夫的笔迹。幸子觉得奇怪，除了丈夫，应该没有人会给下榻这家旅馆的自己写信，再一看背面，寄信人是“大阪市天王寺区茶臼山町二十三号奥畑启三郎”。

幸子避开悦子的视线，急急忙忙地拆开信封，取出三张四折的西式信纸。纸质较硬，正反两面写得密密麻麻。展开信纸的时候，还能听到清脆的沙沙声，像在有声电影里听到的一样。

信的内容完全出乎意料，全文如下：

莳冈姐姐敬启

请原谅我冒昧给您写这封信。尽管知道您看过这封信后一定非常吃惊，但还是觉得不能错过这次写信的机会。

我最近一直想给您写一封信，可又担心会让小妹截留，所以没有动笔。今天去了夙川，见到许久未见的小妹，听她说姐姐去了东京，现在和悦子小姐下榻在筑地的滨屋。我的朋友去东京时就住在滨屋，我知道地址，所以这封信能准确无误地送到您手里，因此失礼地匆匆写上这封信。

我想尽可能把事情写得简明扼要，所以首先谈谈我的怀疑。不过现在这只是我个人的怀疑。我觉得最近小妹和板仓似乎有什么关系。当然只是精神上的含义，至于更深一层的关系，因为事关小妹的名誉，我不想去考虑，但至少他们已经萌生出恋爱的苗头了吧。

我是从那次水灾以后才有所察觉的。后来想起来，感觉当时板仓赶去援救小妹，这一行为本身就很奇怪。他为什么舍弃自己的家和妹妹，甚至冒着生命危险去援救呢？我不认为这仅仅是出于友情。首先，他知道当时小妹在西式裁缝学院里，还知道小妹和玉置院长关系密切，这就让我无法理解。是不是正好说明他经常去学校，在那里和小妹见面或者取得联系呢？对此，我进行了调查，掌握了证据。在这里暂不提及，如有必要，我会告诉您。姐姐不妨从别的方面调查，也许会有很多意外的发现。

我产生怀疑以后，曾质问过他们二人，但他们都矢口否认。然而奇怪的是，自从我提出这件事以后，小妹就回避和我见面，也极少去夙川，我给府上打电话，都是阿春姐接的，大多回答说她不在家，也不知道是真是假。板仓那边总是老一套的回答，说水灾以后只见过小妹一两次，今后会注意，不会让我产生怀疑。虽然他这么说，我还是利用各种途径进行了调查。

我发现自从那次水灾以后，他几乎每天都到芦屋的府上去，还单独和小妹两个人一起去海边游泳。我通过某种方法能够掌握他的全部情况，所以隐瞒是隐瞒不住的。也许板仓让你们觉得他与小妹的接触是得到了我的授意，充当中间联系人的角色，但是我对他从来没有这方面的指示。如果说他需要与小妹见面，那也仅仅是商量照相的安排事宜，而最近我已经命令他禁止从事与小妹相关的工作，所以他与小妹没有任何关系了。尽管如此，他依然频繁出入府上，而且小妹根本不到夙川去。姐姐姐夫在家的时候，两个人在他们眼皮底下自然不会发生问题，但像这次姐夫白天不在家，姐姐、悦子小姐，连阿春也一起去了东京，这种情况下家里会发生什么事呢？我实在忧心忡忡。想必您不知道，姐姐不在家的这段时间里，他好像每天都到府上去。小妹为人正派，我想不会有什么闪失，但是板仓这个人毫无信誉可言。他在美国时不务正业，吃喝堕落。如您所知，他擅长的就是巧妙地利用各种门路打进别人的家庭。至于到处借钱、引诱诓骗女人，更是人所共知。我在他做学徒时就认识他，对他的一切都了如指掌。

关于我和小妹的婚事，还有很多地方有求于您，但这些以后再说。当前首要之事是如何让板仓远离小妹。即使小妹打算和我解除婚约（她说没有这个意思），一旦传出她和那个人奇怪的闲话，只会导致她身败名裂。我想小妹是莳冈家的千金，根本不会认真考虑板仓那种人。我当然也有责任，不该把板仓介绍给小妹，所以我觉得有义务向作为监护人的姐姐表明自己的疑虑，烦请姐姐注意。

姐姐有自己的考虑和对策，但如果需要我，您一声召唤，我随时听命。

最后，请姐姐无论如何对我写信一事保守秘密。万一让小妹知道，只会招致更坏的结果，绝无好转的可能。

为使姐姐能在滨屋旅馆期间收到这封信，写得十分仓促，潦草之处也许无法辨认，务请包涵。内容上也是随想随写，不讲顺序，或许还有不当之词，万请原谅。

奥畑启三郎

九月三日夜敬上

幸子双肘支在桌子上，双手像是拢抱着信纸似的反复看其中的一些段落。为了回避悦子探寻的目光，她看完后把信纸装进信封里，对折一下，放进腰带里，到走廊的藤椅上坐了下来。

事出突然，她要先平复一下剧烈的心跳，让自己镇静下来，才能冷静地思考。这封信的内容在多大程度上是可信的呢？诚然，也许是自己的心眼太好了，才会对板仓那个青年有点麻痹大意。他没什么事成天跑到家里来玩，自己一点也没有怀疑，任凭他随心所欲，不能不说是疏忽大意。不过，全家人都不认为那个人会怀有这样的目的，没有人知道他的身世底细，只知道他过去是奥畑商店的徒弟。坦率地说，他们一开始就认为板仓和他们不是一个阶层的人，板仓也说会娶阿春为妻，他们根本想不到他对小妹会有非分之想。难道他说娶阿春为妻只是一种手段吗？即使他有那样的痴心妄想，小妹也不可能会答应。至少奥畑在来信中也说小妹根本就不会考虑板仓。虽然小妹有过失误，还不至于抛弃自尊，自暴自弃到这种程度。不论家道怎么中落，小妹毕竟还是莳冈家的小姐啊。幸子想到这里，不由得泪水盈眶。虽然奥畑这个人不争气，但和小妹谈恋爱也是被允许的，如果是和那个人……断无可能！从小妹对板仓的态度、说话的口气来看，显然是把他视为下等阶层的人，板仓对此不也是心甘情愿地接受吗？

那么，这封信的内容没有什么根据吗？奥畑说进行过调查，掌握了证据，可是一个具体的证据都没有拿出来，难道这只是奥畑的凭空怀疑吗？或者是故意小题大做，以此避免发生奥畑担心的事情呢？不知道对方使用什么方法调查事实，但像小妹和板仓两人单独去海边游泳的这种“事实”根本就不存在。虽然自己放松警惕，还不至于这么疏于防范。和板仓两个人去游泳的是悦子，小妹去时总是和自己、雪子、悦子一起，她和板仓单独相处的时间并不多。自己也没有监视他们两人的意思，只是因为板仓说话幽默，他一来，大家喜欢围着他聊天，从来没有发现小妹或板仓有什么形迹可疑的地方。大概是奥畑根据左邻右舍的一些风言风语胡乱猜测吧？

幸子尽量让自己这么想，试图打消这个念头，但不可否认的是，刚才看信的时候，的确有种感觉冲撞心头。坦率地说，幸子打心眼里认定板仓这样的人属于与自己毫无关系的阶层，但自己就完全没有想过信中所写的那件事吗？倒也未必。她似乎隐隐约约地感觉到，至少板仓对妙子那样忘我地献身，以及后来频繁出入家里，这些行为的背后也许隐藏着什么。她也设身处地地为妙子想过，一个年轻女子对这个把自己从死亡边缘拯救出来的恩人会怀有多大的感激之情。只是因为自己抱着顽固的“身份差别”的偏见,尽管有所察觉,却不当一回事，认为不值得提出来，也就没有深入查实——或许说回避深入追查更确切些。所以，奥畑的这封信把自己视而不见或者说害怕看见的东西一下子毫不客气地摆在了眼前，弄得她狼狈周章。

幸子本来就归心似箭，收到这封信后更加焦急，在东京一天也待不下去了。回到家里，当务之急就是查明真相。然而，使用什么方法比较稳妥呢？盘问两个当事人的时候，如何才能不让他们激动？是否先和丈夫商量一下？不，不，这件事不能告诉丈夫和雪子，必须绝对保密，自己要一个人负责到底，查明真相。如果不幸事实真是如此，也要稳妥处理，不能给当事人造成任何伤害，让他们断绝关系，并且让别人一无所知,这才是上策……这些问题在幸子的脑海里翻来覆去，然而在她回家前的这段时间里，如何不让板仓去芦屋家里才是燃眉之急。因为信上说“姐姐不在家的这段时间里,他好像每天都到府上去”这句话让幸子心惊肉跳。如果两人之间潜藏着恋爱的苗头，现在正是萌芽生长的绝好时机。“姐夫白天不在家，姐姐、悦子小姐，连阿春也一起去了东京,这种情况下家里会发生什么事呢？我实在忧心忡忡”这一说法也让幸子心慌意乱。自己干了一件多么愚蠢的事情啊！把妙子一个人留在家里，带着雪子、悦子甚至阿春一起到东京来，这不就是自己想出来的主意吗？仿佛特地为他们提供了恋爱的温床。有了这样的好机会，即便没有苗头也会萌芽。万一发生什么差错，受谴责的不是他们，而是自己。所以，无论如何，片刻不可耽误，幸子在回家前的这段时间里感到难言的焦躁。

带悦子回去还需要一两天时间，这期间如何防止意外出现呢？最便捷有效的方法就是立即给丈夫打电话，让他禁止妙子与板仓接触。

但是这个方法不好，还是尽量不要让他知道这件事。还有一个办法，就是万不得已的话，把这件事告诉雪子，让她今天晚上坐夜车去大阪，不动声色地监视他们。虽然比起让丈夫知道，这个办法更简单些，但能不用还是尽量不用，雪子会体谅自己这个姐姐，但是她刚回到涩谷，没有理由再急急忙忙地去关西。思来想去，还是先让阿春回去才最自然、最妥当。自己当然不会对阿春说这件事，只要阿春在妙子身边，虽然不能阻止板仓来访，至少可以牵制一下两个人。

可是幸子又觉得阿春嘴不严，对这个最后的办法也犹豫不定。要是让阿春介入，他们二人不发生暧昧的事情那还好说，但如果被阿春察觉出什么，那张能说会道的嘴巴还不知道怎么添油加醋到处传播呢。即使不是这样，阿春对这种事本来就喜欢猜测琢磨，自然会想到为什么让她先回去。再说了，幸子还担心阿春很可能会被妙子他们收买。阿春待人亲热，办事机灵，可是禁不起诱惑，很快就会被能说会道的板仓甜言蜜语地拉拢过去。这么一想，幸子觉得这件事无论如何不能委托别人来办，只能自己早点回去，等今明两天悦子看完病后，无论多晚也要坐夜车赶回去。

过了一会儿，幸子看见雪子打着阳伞从歌舞伎座方面过桥，正沿着河岸向这边走来。她慢慢站起来，走进屋里，来到隔壁的房间，坐在梳妆台前，取出化妆刷在脸颊上轻轻抹了几下。忽然，她像想起什么似的，拿起放在一旁的化妆包，轻轻地——轻到不让悦子听见——拧开金属扣子，从中取出一瓶袖珍白兰地，倒满瓶盖的大约三分之一，喝了下去。

十九

幸子对看展一事已经兴趣索然，可又感觉去看看，也许能稍微排遣一下郁闷的心情。下午，三个人一起去了上野公园，看完两个展览，累得筋疲力尽，但悦子又要去动物园，她们只好拖着疲惫的双腿匆匆转了一圈，回到旅馆已是六点多。原本说在外面找个地方吃饭，可是幸子想早一点回旅馆休息，便把雪子带回去，洗过澡后在房间里吃晚饭。这时传来一声“我回来了”，只见阿春走了进来。她通红的脸蛋上汗涔涔的，明石绉绸的衣服皱皱巴巴。她刚才从日光回来的时候，和阿久一起在雷门换乘地铁，想到要向太太表示谢意，就先在尾张町下车，直接到旅馆来了。阿春说着，又拿出三块日光羊羹和明信片说：“送给悦子小姐。”

“你还特地买了纪念品给我们，还不如拿到涩谷那边送人。”

“是的，是的。那边的也买了，已经让阿久姐拿过去了。”

“那真是……还买这么多……”

“阿春姐，看到华严瀑布了吗？”悦子翻看着明信片问道。

“看到啦。从东照宫到华严瀑布，再到中禅寺湖，承蒙你们的好意，都看了。”

于是，大家谈了一阵日光的景物，阿春说还看见富士山了，又引出话题。

“是嘛？还看见富士山了？”

“是的。”

“在哪里看见的？”

“在东武电车里。”

“东武电车上能看到富士山吗？”

“真的吗？阿春姐，不会是形状像富士山的别的什么山吧？”

“不会的，真是富士山。车上的乘客都说看到富士山了，不会错。”

“是嘛……那在什么地方能看到呢？”

幸子今天早晨就开始牵挂悦子看病的事，便让阿春从房间里给杉浦博士打电话，对方在电话里说“恰好刚旅行回来，如果明天六日早上能到家里来，可以就诊”。原本听说博士预计五日回来，幸子还以为看病大概会推迟两三天，不料对方如期返回。于是，幸子又让阿春联系旅馆的前台，请他们代订三张明晚的火车卧铺票，尽量选在同一节车厢的连号卧铺。雪子惊讶地问道：“二姐明天就回去吗？”幸子说道：“要是明天上午看病，下午买东西，虽然有点仓促，坐夜车回去也不是不可以。我倒没什么急事，就是悦子的学校已经开学了，不能老让她这么请假，还是早点回去好。这样的话，雪子、阿春，你们明天中午到这儿来。我们从杉浦博士那里回来以后，下午就出去买东西。本来应该去涩谷告辞的，可实在抽不出时间，雪子你就代我向姐夫、姐姐问好致意吧。”饭后，雪子和阿春回了涩谷。

第二天是相当紧张忙碌的一天。早晨去杉浦博士位于本乡西片町的住所就诊，然后去本乡药房照处方买药，再从赤门前坐出租车回滨屋旅馆，雪子和阿春已在旅馆等候。雪子首先询问看病的情况如何，幸子说：“杉浦博士的诊断基本与辻博士一样。他说患有这样神经性疾病的孩子大多有天赋、学习优秀，如果指导得法，在某个方面很有可能超越常人，所以用不着太担心。重要的是发现这个孩子在哪个方面才华出众，然后指导她聚精会神地往那个方面努力发展。博士说这个病通过食疗就可以治愈,但是他开的处方与辻博士的大不一样。”下午，四个人去了池端的道明绳子店、日本桥的三越百货店、山本海苔屋、尾张町的襟圆绸缎庄、平野屋绸缎庄、西银座的阿波屋等。残暑未消，天气炎热，虽然有风，但阳光热辣，她们不得不在三越百货店的七楼、德式面包店、科隆面包店等地休整歇息，喝点冷饮。阿春扛着大包小包，从各种包装袋中露出脑袋，今天依然满头大汗地跟在大家后面。其他三个人也各自提着一两件东西。她们又转到尾张町，最后在服部钟表店的地下商店买了几样东西。这时已到晚饭时间，前些日子已经在罗美尔餐厅吃过一次，她们便来到数寄屋桥旁边的新格兰餐厅，一是因为在这里吃饭比回旅馆吃省时间，二是因为今晚与雪子分别，又得一时半会儿见不着面，大家围在一起，吃着她喜欢的西餐，喝着啤酒，算是辞行告别。晚饭过后，一行人又急急忙忙回到旅馆，收拾行李，再赶到东京站，与前来送行的大姐在候车室里站着聊了五分钟，登上八点三十分发车的快车卧铺车厢。大姐和雪子一直送到站台，在悦子从车上下来与雪子告别的时候，大姐走到站在踏板上的幸子身边，低声问道：“雪子的亲事，后来再没信儿了吗？”

“后来没有人提，不过，我想很快会有的。”

“年内不解决的话，明年可是她的厄运年啊！”

“我也是这么想，正到处托人呢……”

“二姨再见！”悦子走上踏板，举起手中玫瑰色的乔其纱手绢，“二姨，下一次什么时候来啊？”

“噢，不知道什么时候能去……”

“快点来啊！”

“好的。”

“二姨，一定……答应我，一定……”

卧铺票是上铺一张，下铺两张，连着号，幸子让悦子和阿春面对面睡下铺，自己睡上铺。上去以后，她和衣而卧，知道反正睡不着，不过是伸直身子而已，也不打算勉强入睡。可是，当她模模糊糊闭上眼睛的时候，刚才大姐和雪子含泪凝视送行时的表情总是浮现在眼前。回想起来，从上个月的二十七日到今天，在东京待了十一天，没有哪一次旅行像这次这样匆匆忙忙，心神不定。起初住在大姐家里，被孩子们吵得心头烦躁；接着受到台风的威胁，狼狈不堪地到滨屋旅馆避难；还没等喘息一下，奥畑的信又像炸弹一样袭来。要说心情比较愉快的时候，就是和大姐一起去大黑屋那天。不过，杉浦博士给悦子看了诊，总算完成了来东京的首要任务，却是一场戏都没看。昨天和今天都在尘土迷蒙的东京街头东奔西跑，实在是令人眼花缭乱、忙碌不堪的两天。在如此短的时间跑这么多地方，要不是旅行，平时根本做不到。这么一想，幸子就觉得浑身筋疲力尽，身体难以承受，仿佛从高处被扔下来，自己与其说是躺着，不如说是被狠狠地打倒在床上。可是，她依然睡不着，刚才喝了点白兰地，似乎有点迷迷糊糊，现在连爬起来拿白兰地的力气都没有了。在她无法入睡的脑袋里，不停地盘旋着回家后自己必须做出决断的那件棘手事。昨天留待解决的问题纠结成各种各样的疑虑，此消彼现：那封信里写的是事实吗？如果真是如此，又该如何处理？悦子是否有所察觉，又是否把奥畑来信这件事告诉了雪子……

二十

悦子回家以后只休息了一天，第二天就开始上学。幸子在这两三天里，感觉一天比一天疲惫，每天又是按摩又是午睡。无聊的时候，就一个人坐在阳台的椅子上，观赏院子的景色消磨度日。

这个院子反映出女主人爱春花胜于秋色的情趣。除了假山后面几株稀疏的芙蓉花，与舒尔茨家交界处的一丛低垂的白胡枝子花外，没有其他特别惹眼的色彩。夏季尽情舒展繁茂枝叶的楝树和梧桐树在热浪中懒洋洋地伸展着树枝，草坪一片深绿，如同铺展开来的毛毡。这些景色与幸子去东京之前没什么变化，略微减弱的日照，轻轻吹拂的凉爽的微风，不知从何处飘来的一缕桂花香，都让人感觉金秋果然在悄悄来临。看来过几天有必要把阳台上遮阳的芦苇棚拆掉了。幸子边想边眺望着院子，两三天来对这熟悉的院子感到格外亲切。实际上只是偶尔外出旅行，离家不过十来天，也许是不习惯旅行的缘故，感觉仿佛有一个月没在家里，回到离开许久的家里时那种喜悦从心底涌上来。她想起雪子回来的时候，经常独自在院子的各个角落久久伫立，面带亲切或眷恋的神情。如此看来，不仅仅是雪子，自己也是地道的关西人，如此热爱着这片风土。这个普普通通的庭院并没有与众不同的雅致风情，可是只要伫立其间，呼吸饱含着青松芳香的空气，眺望六甲山的蜿蜒峰峦，仰望清澄蔚蓝的天空，就会感觉居住起来没有比在阪神地区更令人舒畅温馨的地方了。那喧嚣吵闹、漫天灰尘的白蒙蒙的东京是一座多么令人讨厌的城市啊！东京和这里相比，连碰到身上的空气都不一样——雪子这句口头禅似的话果然不差。自己不用搬到那样的地方，而是居住在这里，比大姐和雪子不知要幸福多少倍。幸子沉浸在这样的感慨里，享受着无比的快乐。

有一次，她抓住阿春表达心中的想法："阿春，你连日光都去游览了，真幸运。我一点也不觉得东京有什么好，还是自己家最舒服。"

妙子打算重新开始被搁置了整个夏天的人偶制作，幸子去东京那些日子，她闭门不出，幸子回来后的第二天，她就去了夙川。她说西式裁缝学院不知道什么时候重新开学，山村作师傅也已经过世，眼前除了制作人偶无事可做，同时想利用这个时期学习早就想学的法语。幸子说"那就把家本太太请到家里来。雪子停止学习以后，我也停了下来，小妹学的话，我也跟着一起"。妙子笑着回答道："我是初学，和你学不到一块，而且法国人的学费太贵了。"妙子不在家的时候，板仓来过一次，说"太太回来了，所以过来问候一声"，在阳台上和幸子聊了二三十分钟，接着转到厨房，听阿春谈游览日光的见闻，然后就走了。

其实幸子这些天一方面在消除旅途的疲劳，一方面在寻找合适的机会与妙子谈话，可是奇怪得很，在东京时所产生的那些怀疑逐渐变得淡薄。那天早晨在滨屋旅馆阅读来信时的惊骇、第二天依然揪心的忧虑、当天晚上在列车卧铺上如梦魇般整夜折磨自己的种种问题……那时的一切都让她觉得事情迫在眉睫，不能耽误片刻，必须立即处理，可是回到家里以后，当迎来明媚早晨的那一瞬间，紧张的心情逐渐松弛下来，她心想没必要这么手忙脚乱。如果事关妙子的品行，不管是谁、说了些什么，幸子根本就不予理睬，一定会斥为毫无根据的诽谤中伤。妙子曾有过失误，有时的行为也让她和雪子有点提心吊胆，说得难听一点，她对妙子也不是一味盲信。正因为如此，她看信时才会那样惊慌失措，可是回家以后，看到妙子的神态一如往日，整天依旧喜气洋洋，她便感觉小妹并没有做过什么亏心事，这个想法占据上风以后，她反而觉得自己当时的慌乱很可笑。现在想一想，自己在东京时恐怕也染上了悦子那样的神经衰弱症吧。实际上，如果自己长期待在东京那样浮躁喧闹的环境里，神经肯定也会出毛病。当时那种焦躁惊慌是一种病态，现在的判断才是正确的吧。

回家大约一周后的一天，幸子找机会把这件事告诉了妙子。此时，她的心情已经相当轻松了。

那天，妙子从夙川回来得比较早，走上二楼自己的房间，拿出从工作室带回来的一件最近刚刚完成的精心之作，摆在桌子上入神地欣赏着。这件作品题为《虫声》，是一个身穿黑底白色碎花纹衣裳、脚穿木屐的中年女性，正蹲在院子的石灯笼下聚精会神地倾听虫鸣。

幸子一边走进来一边说道："啊，做得真好看。"

"这个不错吧？"

"真不错，这是最近的杰作吧。人物没选少女，而是选择中年女性，这个构思很好，让人感觉有种岑寂感。"幸子又点评了两三处，然后话题一转，"小妹，我前些日子在东京的时候，收到一封很奇怪的信。"

"谁寄去的？"妙子依然端详着人偶，随口问道。

"阿启。"

妙子这才回头看着姐姐说："哦……"

"就是这封信。"幸子从怀里取出那个西式信封，"小妹，你知道他写的是什么吗？"

"大概知道，不就是板仓的事吗？"

“是啊。那你看看……”

妙子这个人遇事不慌，这种时候也是面不改色，沉着冷静，旁人看不出她内心的想法。幸子只见她平静地把三张信纸摊在桌子上，不动声色地仔细盯着，看完一页，翻过来放在一边。

“无聊。就是这种信啊？他前些日子就威胁我，说要向二姐告状。”

“可这对我来说简直是晴天霹雳，吓得我不知如何是好。”

“这种事，你别理他就行。”

“他说不要把写信的事告诉你，可是我觉得这件事与其和别人商量，还不如直接问你。我问你，真有那样的事吗？”

“阿启自己拈花惹草，居然还怀疑别人！”

“那你对板仓是怎么想的？”

“那个人，我根本看不上他，但我所说的看不上不是阿启说的那个意思。我感谢板仓，他毕竟是我的救命恩人，我不能对不起他。”

“我知道了。我觉得你一定也是这样想的。”

据妙子说，奥畑怀疑她与板仓的关系，信上说的是“自从那次水灾以后”，其实似乎在此之前就已经开始。他对妙子没有说什么，妙子后来才知道他时不时讽刺挖苦板仓。起先板仓以为自己可以自由出入芦屋的家，而奥畑没有得到这个许可，心里懊恼嫉恨，才像小孩子一样把气撒在自己身上，因此板仓并未放在心上。但是水灾以后，奥畑对板仓说的话越来越难听，还把对板仓的猜疑告诉了妙子。奥畑对妙子说“这话我只对你一个人说，板仓不知道，别告诉那家伙”。其实，奥畑这个人自尊心很强，妙子心想他不至于把对板仓的猜疑告诉板仓本人，所以就没有直接和板仓谈论此事，而板仓也没把受奥畑欺负的事告诉妙子。因为这件事，妙子曾和奥畑吵过一次，所以赌气不接他的电话，也不和他见面，但后来觉得奥畑对板仓的担心还挺像回事，看他可怜，最近，也就是信上所说的本月三日，和他见了一次面。两人似乎是在妙子往返夙川工作室途中的某个地点会合的。奥畑信上说“今天去了夙川，见到许久未见的小妹”，但没有细说在何处会合、如何见面等具体情况。幸子问妙子，妙子说就是在那一带的松树林里散步聊天，然后就分手回家了。当时奥畑说他有各种证据，举出信中所说的那些证据质问妙子，要求她和板仓断绝来往。妙子说板仓是自己的救命恩人，没有断绝来往的道理，拒绝了奥畑的要求，但同意以后尽量不见面、不让板仓经常到家里来、撤销工作上的一切关系（委托拍摄商品宣传照）等。然而为了履行这个承诺，她必须向板仓说明理由。妙子按照自己的想法向板仓解释，两人一谈起来，妙子才知道原来板仓已经被奥畑堵上了嘴，不许和她接触，也被迫承诺这些条件。总之，妙子做出承诺以后，也就是从这个月的三日开始再没有和板仓见过面，板仓也不到家里来了，只是听说二姐从东京回来，觉得如果突然一下子断绝来往，会让人奇怪，所以前几天就上门问候，但也是选择妙子不在家的日子。

如此说来，妙子这边没有任何问题，板仓对妙子又是怎么想的呢？奥畑没有理由怀疑妙子，但不是没有理由怀疑板仓。奥畑认为，妙子根本无须感恩板仓的援救。因为他的英雄行为从一开始就具有目的性。如果不是为了获得巨大的利益，那个狡猾的男人绝不会干冒险的事。水灾那天早晨，板仓就装束停当，在附近转来转去，这表明他的行动是有预谋的。对这个没有自知之明、痴心妄想的家伙，有什么地方值得感谢呢？首先，他试图横刀夺爱，抢走旧主子的恋人，这难道不是忘恩负义吗？然而，板仓对奥畑的这个说法坚决否认，说：“阿启完全误会了我。正因为小妹是阿启的恋人，我才去救她。正因为我不忘旧东家的恩情，才舍命尽忠。没想到却被阿启这样曲解，实在有口难辩。小妹是否愿意嫁给我这种人，我心里明白。这点常识我还是有的。”那么，妙子对这两个人的说法是如何判断的呢？坦率地说，她对板仓的真实心情也隐约有所察觉，板仓是聪明人，当然不会形于辞色，但他冒那么大的危险援救妙子，恐怕不只是出于回报旧东家的恩情和尽忠之心吧。他本人是否意识到这一点另当别论，与其说是对阿启尽忠，不如说是对妙子尽忠。即使如此，那也没有任何问题，只要他不逾越底线，妙子佯装不知就是了。对于这个用起来十分顺手、忠诚勤恳、办事认真的男人，尽量使用就好。既然他本人对能为妙子效劳感到荣幸，就让他这么认为也罢。妙子怀着这样的想法与板仓交往，但阿启这个人心胸狭窄，妒火中烧。妙子不愿意受到无中生有的误解，就承诺阿启以后尽量不和板仓来往，但不会断绝关系。她对幸子说道："所以，阿启已经不再怀疑，大概现在正后悔给二姐写这封信吧。至于板仓那样的人，他对我爱怎么想就怎么想吧。可笑的倒是阿启。"

"要是有小妹这样的心胸，那就什么事都没有，阿启大概不行。"

妙子近来在幸子面前也无所顾忌，她从腰带间拿出一个白色的玳瑁烟盒，从中取出一支时下高档的进口金嘴香烟，用打火机点燃，从那张得圆圆的富有特色的厚嘴唇里吐出一个个烟圈。她思考片刻，侧过脸对着幸子说道："出国的事……二姐，不知道你是否为我想过？"

"嗯。这件事我正在考虑……"

"你在东京的时候，谈过这件事吗？"

"和大姐谈了很多事情，这件事已经到了嘴边，可是一想牵涉到费用问题，要说得圆滑巧妙才能办妥，所以没有提出来。要说的话，让你姐夫去说吧。"

"姐夫对这件事怎么说？"

"他说只要小妹意志坚决，态度认真，他可以去转达这个意思。可是他担心欧洲要爆发战争。"

"会爆发战争吗？"

"这不好说。他说不如继续观察一下形势再决定去不去……"

“话是这么说，可玉置院长决定近期动身。她说如果我去，就带我一起……”

其实幸子觉得让妙子出国不失为一个好办法，这样既可以不和板仓见面，也可以暂时让奥畑远离妙子。但从报纸上看，欧洲的形势危急险恶，把妹妹一个人送到那样的地方的确令人不安，本家应该也不会同意，所以对这件事举棋不定，但如果和玉置女士同行，尚有重新考虑的余地。据妙子说，玉置女士不打算在法国待很长时间，她上次去巴黎还是很早以前，说有机会想再次出去研究最新的流行趋势，而就在这时，校舍遭受水灾，必须改建，所以她决定趁这段时间出去看一看，大概待半年就回来。她说：“妙子小姐最好在那儿学习一两年，如果让她一个人留在那里不放心，就和我一起回来。待半年也有半年的收获，我再活动一下，给她弄个职称也没问题。现在的计划是明年正月动身，七八月回来。时间不长，这期间大概不会爆发战争吧。万一真的打仗，那就听天由命吧。到时两个人在一起，心里也踏实。另外，我在德国、英国都有朋友，关键时刻也不愁没有地方避难。”妙子觉得这是难得的好机会，哪怕冒点风险，也想让她带自己出去。

妙子说道：“因为有板仓这件事，阿启这次也会同意我出国吧。”

“我也同意。至于你姐夫怎么想，我和他商量看看。”

“你一定要让他同意，并且去说服本家。”

“明年正月去的话，用不着这么急吧。”

“越快越好，他什么时候去东京啊？”

“年内大概还要去一两次……小妹，你先学法语吧。”

二十一

舒尔茨太太决定这个月的十五日带着罗瑟玛丽和弗里兹乘坐柯立芝总统号起航去马尼拉。由于悦子在东京的时间意外拖长，罗瑟玛丽每天都来缠着看家的妙子和女佣们询问“悦姐还没回来吗”“怎么不早点回来啊”。悦子回来以后，罗瑟玛丽一天到晚盼望悦子早点放学，在剩下的几天里，两人每天在一起尽情玩耍。悦子把书包往客厅里一放，就跑到两家交界处的铁丝网旁边，用夹杂着一点德语的日语喊道：“露米妹妹，你来！”

罗瑟玛丽走出来，跃过铁丝网，来到这边的院子，两个人光脚在草坪上跳绳，有时候弗里兹、幸子和妙子也参加进来。

“一、二、三、四……”悦子能用德语从一数到三十，还会说“快”“露米妹妹请”“还不行”等几个简单的单词。

一天，罗瑟玛丽在两家交界处树丛茂密的地方用日语说道：“悦姐，再见！”

“再见！”悦子用德语说，接着又换成日语，“到汉堡以后，一定给我来信。”

“悦姐也给我来信。”

“嗯，我会写信的，一定，一定！向彼得哥哥问好！”

“悦姐……”

“露米妹妹、弗里兹弟弟……”

本以为他们会继续互相呼唤对方的名字，这时突然听见罗瑟玛丽和弗里兹合唱起《德国至上》。幸子走到阳台上，看见姐弟俩爬上梧桐树高高的树干，站在树枝上挥动着手绢。悦子站在树下也挥动手绢，他们在模仿轮船起航时分手的场景。

“哎哟！”幸子快步跑到梧桐树下喊道，“露米小妹妹！弗里兹小弟弟！”她同样怀着站在码头上送行的心情挥动手绢。

“悦姐的妈妈，再见！”

“再见！再见！露米小妹妹，一定再来日本啊！”

“悦姐的妈妈、悦姐，你们要来汉堡啊！”

“好的，我们去！悦子长大后一定去！露米小妹妹身体健康啊！”

幸子知道这不过是孩子们的送行游戏，却不由得眼角发热。

舒尔茨夫人对孩子的教育十分严格，讲究规矩，即便罗瑟玛丽来悦子家玩，到一定的时间，她肯定要站在铁丝网那边喊“露米”，但在这十天里，大概体谅到孩子们最后依依惜别的心情，她不像平时那样叫罗瑟玛丽回家，这样两个孩子天黑以后也继续在家里玩。她们把裸体的人偶摆在客厅里，给它们穿上各种各样的衣服，最后还把铃抓来，把人偶的衣服穿到它身上。有时候两个人轮流弹钢琴，罗瑟玛丽经常说“悦姐，请再来一个”，意思是请悦子再弹一曲。

因为舒尔茨走得比较仓促，现在整理行李、处理家具等家中所有杂务都由夫人一人承担，每天忙得席不暇暖。这一切幸子从自己家的阳台上都能看得见，这并不是说这家德国人搬来做邻居以后，幸子就故意去窥视他们，只不过早晚从楼上的走廊俯视院子，自然而然地就能看到隔壁人家的后门，夫人以及“阿妈[①]”干活的样子、厨房里的动静都看得清清楚楚。他们家的厨房什么时候都是干干净净，各种厨具摆放得整整齐齐，令人吃惊。灶台和操作台在正中间，周围放着铝制烧水壶、炒锅等，按从大到小的顺序摆放在固定的位置，而且每一件都擦得如武器般锃光瓦亮。每天洗衣服、打扫房间、烧洗澡水、做饭等都非常准时，幸子家里的人只要看邻居干什么活儿，甚至不用看钟就知道现在几点。以前雇用的阿妈曾因和幸子家之间的小事闹过一点不愉快。那两个阿妈在幸子看来，的确是任劳任怨、勤奋干活的老实人，但她们一直觉得夫人对她们过于严苛，心怀不满，抱怨说：“我们家的太太亲自带头干活，一分钟也不浪费，一件接一件，安排得井井有条。我们也是这样，刚做完一件事，紧接着又要做另一件事。我们拿的薪金确实比在日本家庭要多，也学会很多有用的家务事，但是一天到晚连喘口气的时间都没有。我们的太太作为家庭主妇的确很了不起，我们对她十分敬佩，可是被她这样使唤，实在受不了。”

阿妈每天早晨都要打扫舒尔茨住宅墙外面的卫生。一天，幸子家的女佣阿秋打扫完自家墙外后，顺手也扫了舒尔茨家的。阿秋认为，舒尔茨家的阿妈每次都帮忙打扫这边，自己偶尔也要打扫一下作为回报，但舒尔茨夫人知道以后，严厉斥责阿妈：“自己应该承担的工作为什么要让别人家的女佣来干？都懒得没有规矩了！”阿妈也不示弱，回应道：“这件事不是我偷懒耍滑，阿秋来扫完全是一片好意，而且只有今天早晨而已。如果这样不好，以后叫阿秋不要扫就是了。”大概是语言不通的缘故，夫人还是不能原谅她们。“既然这样，那我们辞职不干了。”“好，那就走人吧！”事情竟闹到这个地步。

幸子听阿秋报告以后，想过去调解，不料那时阿妈们的态度反而

① 居住在亚洲的西方人雇用的本地女佣。

强硬起来："不必了，谢谢您，这事跟你们无关，请您什么都不要说。其实不只是今天这件事，我们一天到晚拼命干活，可是太太根本看不上眼，动不动就说我们'脑子笨、脑子笨'。是啊，我们哪里赶得上太太那聪明的脑瓜子啊。等她雇了别人，就会知道我们是多么忠厚能干，在她家里管用着呢。如果太太意识到这一点，承认自己错了，那还好说，不然的话，这是个好机会，我们正好离开这里。"然而，夫人最终没有挽留她们，那两个阿妈就辞职走了。不久，舒尔茨夫人雇了现在这两个阿妈。其实，之前那两个阿妈愤愤不平也是有道理的，无论是头脑的机灵程度还是干活的效率，她们都出类拔萃，后来夫人也对幸子说不该辞掉那两个人。从这一件事就可以知道夫人操持家庭日常事务的本事，但她并不是一味死板规矩的人，也有博爱柔情的一面。那次发大水的时候，她听说有两三个浑身泥水的受灾者逃到附近的警察亭避难，就立即让女佣送去衬衫、内衣等，还热情地动员阿妈们捐献衣服；她担心丈夫以及孩子们的安危，甚至还挂念悦子的安全，面色发青，泪流满面；傍晚丈夫平安归来的时候，她发疯一样欢呼着跑出去迎接。幸子还清晰地记得当时透过楝树树叶看见夫人忘乎所以般兴奋喜悦，紧紧抱着丈夫的景象，如此热烈的情怀令人感动。一般都说德国的妇女很了不起，但未必个个都如舒尔茨夫人一样，像她这样的出色教养难以得见。与她为邻是自己的幸福，但总觉得交往得还不够深入。西方家庭不太喜欢与日本邻居交往，但是这家人处世周到，搬来时就给左邻右舍送去了金字塔奶油蛋糕作为见面礼。对于这样的邻居，幸子认为自己也应该坦诚相待，除了孩子之间的交往，也可以请教一些烹调、点心制作的方法，进行密切的交流，现在想起来觉得有点遗憾。

由于舒尔茨夫人的性格使然，除了幸子一家，还有不少左邻右舍对他们的离去依依不舍。在进进出出的商人中，有的因为非常廉价地买到了她家的缝纫机、电冰箱等东西而高兴。舒尔茨夫人把不要的家具之类尽量低价卖给熟人，没人要的全部卖给家具店，只剩下一个旅行背筐装餐具。

夫人笑着说："这个家现在一无所有。我们坐船之前就用这筐里的刀叉吃饭。"

大家听说夫人回德国后要在新家里装修一间日式房间，里面摆上日本的特产，作为在日本生活的纪念，于是赠送给她各种各样的书画古董。幸子送给她一幅祖父母那辈流传下来的绣有"御所车①"图案的小方绸巾。罗瑟玛丽送给悦子自己平时喜欢的人偶和玩偶婴儿车作为回礼，悦子把上次舞蹈时拍摄的一张彩色照片以及当时所穿的绘有花笠图案的粉红色绉绸舞衣送给罗瑟玛丽。

乘船的前一天晚上，罗瑟玛丽得到母亲的特别许可，睡在了悦子的房间里。两个人闹翻了天，悦子把自己的床铺让给罗瑟玛丽睡，自己借来雪子的草垫子，可是她们根本就不想睡。贞之助被她们的叫喊声和在走廊上吧嗒吧嗒的奔跑声吵得无法入睡。"吵死了！"他边说边用被子蒙住脑袋。但是，两个姑娘越闹越厉害，贞之助终于猛地抬起头，拉亮了枕边的电灯。

"喂，都半夜两点了！"

"啊，这么晚了！"幸子吃惊地说道。

"不能让她们太兴奋了。舒尔茨太太会不高兴的。"

"不就今天一个晚上嘛，随她们便吧。太太今天晚上也是睁一眼闭一眼的。"

这时，悦子喊了一声"妖怪"，朝卧室跑去。"爸爸！"她在隔扇外大声说道，"爸爸！妖怪的德语怎么说？"

---

① 平安时代（794 年－1192 年）供贵族乘坐的牛车。

“你要是知道，就告诉她吧。”幸子说道。

“Gespenster，妖怪的德语是 Gespenster。”贞之助大声回答道。他自己都觉得不可思议，竟然记得这个几年前学过的德语单词。

“Gespenster。”悦子模仿了一遍，说道，“露米妹妹，我是 Gespenster。”

“啊！我也变成了 Gespenster！”

接着又是一阵喧闹。

“妖怪！”

“Gespenster！”

两人你一句我一句地在二楼上奔跑，最后由罗瑟玛丽打头，两个人闯进贞之助夫妇的卧室，用床单包着脑袋，装扮成妖怪的样子，一边嘎嘎地笑，一边喊：“妖怪！ Gespenster！”绕床两三圈后她们又跑到走廊上。到了凌晨三点左右，她们才进入卧室，果然兴奋过度，不想睡觉。罗瑟玛丽忽然想家，吵着闹着要回去找妈妈，贞之助两口子只好轮流起来哄她，终于到天亮的时候才让她入睡。

轮船起航这一天，悦子捧着花束和妈妈、妙子一起去码头送行。起航时间是晚上七点多，前来送行的孩子比较少，罗瑟玛丽的朋友中，德国的小朋友只有一个，名叫茵格。悦子在舒尔茨家的茶会上经常见到她，背地里叫她“隐元豆[①]”。日本的朋友就来了悦子一个。舒尔茨夫人一家白天就已经上船，悦子等人提早吃完晚饭后便出发，从阪神的三宫坐出租车直奔码头。从海关前面经过的时候，能看见装饰着彩灯的柯立芝总统号巍峨矗立在码头边，像一座不夜城。她们一下子就找到舒尔茨夫人的船舱。客舱的墙壁、天花板、窗帘、床铺的颜色一律都是奶白绿，床铺上堆着各色花束，鲜艳夺目。夫人叫来罗瑟玛丽，让她陪悦子在船内参观。于是，罗瑟玛丽领着悦子到处参观，但悦子

---

① 日语中，“隐元豆”与“茵格”发音相似，意为菜豆、扁豆。

觉得离开船时间只剩下十四五分钟，心里着急，只记得这艘船很豪华漂亮，自己上上下下好几次阶梯。等她回到客舱，只见母亲和舒尔茨夫人在挥泪告别。不一会儿，钟声响起，她们只好下船。

轮船驶离码头，妙子身上只穿了一件白衬衫，在秋夜的海风中缩着肩膀说道：“啊，真美！就像移动的百货大楼。”

彩灯下，舒尔茨夫人一家久久地站在甲板上，身影渐行渐远。“悦姐——”人影越来越小，分辨不出是谁的时候，黑暗的海面上依然不断传来罗瑟玛丽尖细的呼喊声。

二十二

亲爱的莳冈夫人：

这个月是日本台风频发的季节，我惦念各位的情况。在过去的几个月里，你们遭受了很多灾难，我希望你们不再受灾。那些堆积成山的岩石、泥沙，已经从国道和芦屋附近清除了吧？交通是否已经恢复，人们又开始愉快地生活了？另外，我们原先的房子大概也已经出租，你们又有了新的邻居吧。我经常怀念那个可爱的庭院，还有孩子们骑着自行车游玩的那个幽静的街道。他们度过了愉快的时光，在贵府看到许许多多有趣的事情。我再次感谢你们对孩子们所付出的亲切关怀。他们经常谈论起你们一家人，有时还表现出对您以及悦子小姐的眷恋之情。我收到彼得在轮船上给我写的信，他说令妹和悦子小姐带着他们游览东京，过得十分愉快。我对你们的好意深表感谢。前天我接到电报，他们已经平安抵达汉堡，现在暂时住在我妹妹家里。妹妹有三个孩子，彼得将成为她的第四个孩子吧。

我们在当地是一个大家族，有八个孩子，而我是关在笼子里的唯一一只母鸡[①]。孩子们时常吵架，但总体上还是能愉快地在一起玩耍。罗瑟玛丽年龄最大，也开始懂事了。我们几乎每天下午都骑着自行车去步行街，在那里吃冰激凌。

祝各位身体健康。请代我向您的先生、令妹，还有可爱的悦子小姐问好。等整个欧洲的局势重新平稳下来以后，期待你们来德国再次相见。现在欧洲各地都处在剑拔弩张的状态，但是任何国家的人民都不喜欢战争，所以大概不会打仗吧。我深信希特勒会处理好捷克问题的。

祝您身体健康。请不要忘记我对您的敬爱。

希尔达·舒尔茨

一九三八年九月三十日于马尼拉

同时寄上一幅菲律宾刺绣送给您，希望您能喜欢。

幸子在十月十日左右收到了舒尔茨夫人的这封英文信，两三天后收到信中附言所说的那幅刺绣，是一块极其精美的手工桌布。幸子本想这几天就回信，可是信写好以后请谁来翻译呢？丈夫嫌麻烦，说“还是饶了我吧”。幸子一时找不到合适的人，于是懒散地拖了下来。一天傍晚，幸子在芦屋川的堤坝上散步，偶然遇见舒尔茨夫人介绍过的德国人赫宁格的日本太太，一下子想起回信的事情，便和她商量，她满口答应，说：“这好办。我自己翻译不好，但是女儿会德语和英语，让她翻译好了。”可是，要给远隔重洋的外国人写信，幸子一时不知如何下笔，又搁下一段时间，最后终于自己写了一封，也让悦子写了一封信，一起送到赫宁格太太那儿。

① 比喻年轻母亲不得不关在家里照顾孩子。

不久，有人从纽约给悦子寄来一个小包裹，打开一看，原来是彼得经由美国回国时给悦子买的一双皮鞋。这是彼得原先对悦子的许诺，尽管他临行前反复测量过悦子脚的尺寸，可皮鞋还是太小，悦子穿不进去。那是一双高档的漆皮鞋，出门做客时穿很有气质，所以悦子不死心，试穿了好几遍，虽然脚丫能勉强塞进去，但挤得无法走路。

“真可惜，其实鞋大一点倒不要紧……”

“彼得哥哥哪里搞错了吧，说不定这鞋是完全按照测量的尺寸买的，没有留一点宽裕。”

“说不定小悦的脚变大了，给小孩子买鞋要买大一些，当时提醒他一下就好了。要是他妈妈和他在一起，就会注意这个问题。”

“太可惜了……”

幸子看悦子还打算把脚伸进去，笑着说道：“行了，你还要试几遍啊。”然而，对人家这件好心好意的礼品，悦子不知道怎么回复，最终连封感谢信也没有写。

妙子说想在出国前把所有人偶的订单都做出来，所以这阵子一天也没有休息，每天都去夙川的工作室，同时还抽空学法语。法语老师是玉置院长介绍的西洋画画家别所猪之助先生的夫人，在巴黎生活过六年，妙子每周去三次，学费特别便宜，只要十日元。因此，妙子白天几乎都不在家里。

悦子放学以后，经常独自站在已经空荡荡的舒尔茨家旧宅的铁丝网前，无限怀念地眺望着如今杂草丛生、秋虫鸣叫的庭院。因为有这些要好的邻居小朋友，她和同学之间逐渐疏远起来，所以现在才会感到寂寞，虽然也想结交新朋友，可一下子没找到脾性相投的。她常说也许不久后又会搬来新的一家人，家里也有像露米妹妹那样可爱的小女孩。然而，这栋房子是专为外国人居住而设计建造的，日本人一般不会搬进来。由于全世界出现大动荡的征兆，西方人大多和舒尔茨先生一样离开东亚回国了，这栋房子一时半会儿租不出去。

幸子也无所事事，觉得无聊，开始练字或教阿春弹古琴消磨时间。她在给雪子的信中写道："不仅悦子感觉寂寞，我似乎也觉得这个秋天格外岑寂伤感。以前我一直喜欢春天，今年才开始感觉秋日的悲凉中另有一番情趣，大概是年龄的缘故吧……"

今年春天雪子相亲，之后是六月的舞蹈会，接着是大洪灾、妙子遇险、山村作师傅去世、舒尔茨先生一家回国、去东京时遭遇关东强台风、奥畑的来信造成的阴霾……算起来，这一年发生了相当多的事情。现在突然平静下来，便感觉闲得无聊。另外，幸子觉得自己的生活不论内外，都与两个妹妹密切相关。幸运的是，她家庭美满，夫妻和谐，尽管对悦子需要操点心，但毕竟是独生女，一家三口的生活本应风平浪静，波澜不惊，而正因有了这两个妹妹，家中才不断产生各种变化。并不是说她们给家里带来了麻烦，恰恰相反，正是有她们在，家里的色彩才更加丰富，气氛更加活跃，幸子对此感到高兴，因为比起其他姐妹，幸子更多地继承了父亲那种豪爽的性格，不习惯家庭的冷清岑寂，总希望家里热热闹闹、欢声笑语。两个妹妹想多住在自己家里，幸子心里是非常欢迎的，但绝不在大姐夫妇面前主动表态。她知道两个妹妹与其住在有那么多孩子的本家，不如住在人少房大的自家更自在。虽然贞之助对本家那边有所顾忌，但是他理解妻子这种性格，很爽快地接受两个小姨子住在家里。因为这些情况，幸子与两个妹妹之间的关系难以用一般的姐妹关系来衡量。花在雪子、妙子身上的心思比贞之助、悦子还要多，幸子自己也经常感到惊讶。坦率地说，于她而言，两个妹妹和悦子一样都是自己可爱的姑娘，同时也是挚友。除了形式上的应酬，她与其他太太之间的交往很少，如今她孤单一人，才发现原来自己没有一个真正的朋友，她自己都觉得奇怪。不过想起来是因为有了这两个妹妹在身边，才觉得没有必要和太太们交往。现在正如悦子失去罗瑟玛丽一样，幸子顿时感觉寂寥落寞。

贞之助早就看出妻子无精打采的状态，一边翻阅报上刊登的十月底的戏剧演出表，一边说道："喂，第六代[①]下个月来大阪啊。要不第五天去看他的演出？这次演出的剧目是《镜狮子》。小妹要去吗？"

妙子说下个月上旬非常忙，自己改天再去，于是那一天夫妇俩带着悦子去看戏。幸子九月去东京时没看成歌舞伎，这次算是弥补，而且也实现了让悦子观看菊五郎演出的承诺。但是那天晚上，在《镜狮子》演出后的幕间休息时，幸子站在走廊上，忽然泪珠滚落，悦子没有察觉，但被贞之助看见了。他知道妻子多愁善感，容易动感情，却还是觉得奇怪，把她拉到角落里悄声问道："你怎么啦？"

这么一问，幸子更是泪水簌簌。"你忘了吗？那次小产是三月的今天，不然的话，今天正好是十个月……"她说着，用手指轻轻拂去挂在睫毛上的泪珠。

---

① 指第六代歌舞伎演员尾上菊五郎。《镜狮子》是他的代表作之一。

二十三

妙子说玉置院长正月动身去法国，眼看十一月上旬就要过去，她心里非常焦急，曾婉转地问幸子，姐夫什么时候去东京。本来贞之助大概每两个月都要去一趟东京，不巧最近没有出差的机会，一直到看过《镜狮子》后的几天，才决定去东京待两三天。

贞之助出差总是很仓促，幸子也是在前一天的下午因为其他事情接到事务所打来的电话，才得知此事。如何让贞之助向本家转达妙子一事，还需要认真仔细地研究，于是幸子给夙川的工作室打电话，让妙子立即回来。妙子之所以想去法国留学，成为一名正式的西服裁缝师，还有一个深层的原因，就是她将来和奥畑结婚以后，说不定还要负起供养奥畑的重担。如果按照这个想法，从前后顺序来说，首先就要让本家承认这项前提条件，也就是同意她和奥畑结婚。倘若是这样，事情就变得复杂了，一来时间上来不及，再者贞之助大概也不愿意担负如此重大的使命。因此，妙子认为当前只要能出国就行，不要把事情越弄越乱，所以这次不提结婚才是上策。那该如何说呢？幸子建议妙子可以这么说：因为报纸曾报道过自己过去的恋爱问题，并非妄自菲薄，而是深感可能无法嫁到名门大户，所以立志成为一名职业女性。

当然，如果真有合适的良缘，自己也是愿意出嫁的。而且怀有一技之长的话，也能相对提高自身的条件。出国留学要是能获得相应的资格职称，也会改变那些认为自己是不良少女的人的偏见，算是恢复名誉的一种手段。因此，请大姐夫、大姐无论如何同意自己出国留学。如果能提供费用，即使以后结婚，也不再伸手要嫁妆。

妙子同意幸子的这个方案，说："只要二姐觉得这个方法好，就听你的。"

当天晚上，幸子把这件事托付给丈夫的时候，又增加了一两点自己的理由。幸子认为应该尽量让妙子远离板仓和奥畑，她出于与妙子不同的理由，也热情期待妙子能出国留学。但是她没有把板仓的事告诉任何人，只加上了奥畑这边的原因，给丈夫做思想工作。她说最近奥畑来过家里一两次，就结婚一事希望获得理解，但从幸子与他面谈的感觉来看，这个人表面上装作态度认真，却已经失去了过去的纯洁真诚。而且，据贞之助暗中调查，他经常出入花街柳巷和咖啡酒馆[①]，从各方面看都不是一个有前途的年轻人。幸子认为这些情况都可以告诉本家，然后说妙子转向学习西式缝纫一事非常好，请本家不如索性让妙子如愿出国留学。妙子已经二十八岁，不像过去那样不明事理，正因为有过一次失误，暂时去到远离那个人的地方，也比较安全。按照幸子的想法，本家把属于妙子的那份钱给她就行，应该不至于心疼。但是，本家做什么事都因循守旧，恐怕不会痛快答应妙子出国。这样的话，不妨让贞之助用带有威胁性的口气说，如果发生第二次私奔，到时事情可就闹大了。

贞之助接受任务以后，特地在东京多待了一天，于三日下午两点左右前往涩谷，因为他觉得大姐比姐夫通情达理，容易说话。大姐听

① 指流行于大正时代至昭和初期的有女招待的西式酒馆。

完以后说道："您说的意思我都明白了，但现在什么也不好说，等我征求过辰雄的意见以后，再给幸子写信吧。要是小妹等得着急，那我就尽快写。妹妹们的事情，每次都让您操心，实在过意不去。"贞之助明白这件事肯定不会得到回答，只能带着这几句话回去。大姐办事历来拖拖拉拉，姐夫决定一件事也是不紧不慢，所以心里预料此事不会很快得到答复。等了十多天，东京那边依然没有音信，转眼就到了十一月下旬。幸子对贞之助说"你催促一下吧"，贞之助推诿道"我开了个头，下面的事情就不管了"，幸子说"那小妹的事怎么办？要是去，十一月就得动身"，但依然没有下文。于是幸子对妙子说："既然如此，小妹你亲自去东京走一趟，这样解决得更快。"妙子表示同意，决定这两三天内就动身去东京，但到十一月三十日这一天，终于收到大姐的来信。

幸子妹妹：

东京一别，久未问候，谅一切均好。听贞之助妹夫说小悦的神经衰弱已经痊愈，我就放心了。今年又即将过去，这是我来东京的第二个正月，一想到可怕的冬天又要来临，不由得不寒而栗。麻布的大嫂说，要居住三年才能适应东京的寒冷，她搬到东京以后，连续三年感冒。这样看来，你居住在芦屋这个地方真是幸福。

关于小妹的事情，贞之助妹夫在百忙之中特地为此事前来说明情况，十分感谢，妹妹们的事情总是让你们操心，实在不好意思。本来应该早点回信，一是每天被孩子们拖累，忙得脱不开身，无法静心写信；再就是姐夫持有与你们不同的意见，所以我难以下笔，不得不拖了下来，尚请原谅。

关于姐夫反对的理由，一言以蔽之，就是小妹根本没必要为那次登报的事情一直自卑自责。八九年前的事情，早就一笔勾销了。如果还因为这个担心自己找不到好男人，要成为职业女性，那说明小妹太过偏执。自家人这么说也许觉得可笑，但无论是容貌、教养，还是才华，小妹都绝对能成为一个出色的新娘，所以千万不能对自己抱有固执的偏见。因此，现在说让我们把代为保管的钱拿出来，这让我们很不好办，我们这里并没有以小妹的名义存放的钱。虽然有一部分为将来小妹举办婚礼时而预备下的钱，但这并不是不问任何理由、说要就可以给的存款。你姐夫绝对不同意小妹将来成为什么职业女性，希望她把嫁个好人家、成为贤妻良母作为自己的理想。如果有什么兴趣爱好，制作人偶也就罢了，不要去搞什么西式缝纫之类的东西。

还有阿启的事情，现在说是否赞成还为时尚早，就当作没有那回事吧。小妹已经长大成人，我们不能像以前一样管那么多，你们在一旁时常加以监督，平时若有一些来往，不妨睁一眼闭一眼。比起那个，希望你们更要警惕她想成为职业女性的想法。

贞之助妹夫为此事特地奔走，现在给出这个结果，实在对不起他。请你和小妹好好谈一谈。她之所以心生迷惑，是因为婚期延误。这样的话，雪子妹妹的亲事就必须抓紧解决。我衷心希望雪子妹妹能尽快找到满意的归宿，但今年恐怕又要无缘而终了。

书不尽言，就此搁笔。向贞之助妹夫、小悦、小妹问好。

鹤子

十一月二十八日

当天晚上，幸子在和妙子谈话之前，先让贞之助看了信：“你对这封信有什么想法？”

“钱的事，好像小妹的想法与本家的说法有点不一样啊。”

“问题就在这里。”

“你听到的究竟是什么？”

“这么一来，到底谁说的才是真的，我也糊涂了。以前的确听说过姐夫保管着父亲放在他那里的钱，这件事现在还是不要告诉小妹为好吧……”

“不，这么重要的事情，还是要尽快告诉她，免得产生误会。”

“还有阿启的事，你怎么对大姐说的？有没有明确告诉她阿启最近的表现不比过去了……”

“嗯。该说的我都说了，只是看到她似乎不愿提奥畑的事，也就没有深谈，她只说当前尽量少交往为好。但我们不能说不赞成他们结婚，如果她问起，我本打算这样回答，但她回避谈这个问题……”

“虽然信上说把和阿启的关系‘当作没有那回事’，可是我觉得姐姐那边还是希望小妹和阿启结婚，是这样吗？”

“大概是吧，我也这么感觉。”

“这样的话，还是应该先谈结婚问题吧？”

“怎么说呢……这样他们又会说既然结婚了，就更没必要出国。”

“也是哦。”

“总之，这种麻烦事还是让小妹直接和他们谈。我就不参与了。”

幸子知道比起雪子，妙子对本家更没有好感，犹豫着要不要把大姐夫妇的意见直截了当地告诉她，可是既然丈夫认为不要对妙子隐瞒，于是第二天就把大姐的来信给妙子看。果然不出所料，妙子大为光火，说自己已经不是小孩子，关于人生的安排，用不着他们发号施令，自己最了解自己。职业女性有什么不好？他们至今还死守着门第观念、陈规陋习，认为家族里出个女西服裁缝师就是多么丢人现眼，其实那是招人嘲笑的落伍偏见！既然如此，她就亲自上门堂堂正正地表明自己的观点，批驳他们的荒谬思想。说到钱的问题，妙子更是愤慨，认为大姐不该任凭姐夫信口开河。她以前曾抨击姐夫，但没有谴责过大姐，这回把责难的矛头转向大姐："没错，这笔钱可能不是以我的名义存的，但富永姑母也对我说过，姐夫那里存着一笔将来应该给我的钱。姐姐不也这样说过吗？怎么现在突然含糊其词了呢？简直岂有此理！本家孩子多，生活花销大，所以姐夫变了心，怎么连姐姐也这样不问是非地任由姐夫摆布呢？那好，你既然无情，我也无义，我一定要把这笔钱要回来！"

妙子哭哭啼啼，幸子极力相劝："哎，算了，可能是你贞之助姐夫说话不得体，你不要想太多。你说的话我都能理解，但你也要设身处地地为我们想一想。你亲自去东京谈，当然可以，但是说话态度要温和一点。要是对本家摆出吵架的架势，我们会很为难，人家还以为是我们唆使你去吵架的呢。"幸子好话说尽，一个劲儿地劝说妙子。妙子也是一时气愤，嘴上痛快一下，以此泄愤，似乎并不敢真的付诸实施，两三天过后，怒气逐渐平息下来，恢复了平时的沉着稳重。此后，她绝口不提此事，幸子虽然松了一口气，却还是有点不放心。

十二月中旬的一天下午，妙子突然提早回到家里。

"我不去学法语了。"

"是嘛……"幸子含含糊糊地说道。

"也不出国了。"

"嗯……虽然你好不容易下定决心，但既然本家那么说，还是不去的好。"

"本家说什么，我才不在乎，其实是因为玉置院长不去了。"

"那是怎么回事？"

"西式裁缝学院正月要开学，这样就没时间出国了。"

因为野寄的西式裁缝学院必须翻修校舍，玉置院长打算利用这段时间出国。可是后来调查受灾情况，知道校舍几乎完全被毁，没法翻修，必须重建，目前人工和建材都十分匮乏，经济和时间上也都面临困难。正在努力想方设法的时候，校方发现阪急的六甲有一幢不用花很多钱装修就可以作为校舍的廉价待售洋楼，于是决定购买下来。房子到手以后，学院自然想尽快重新开学。另外，院长的丈夫担心欧洲大乱，劝她别去法国。据她丈夫说，他是听最近从欧洲回来的一个武官这么分析的，对方认为从去年九月的慕尼黑会议以后，德国与英法之间表面上维持着平稳的关系，但双方绝对没有达成真正的和解。因为英国尚未完成战争准备，故而在慕尼黑会议上做出暂时性的妥协，目的是麻痹德国，而德国很清楚英国的意图，将计就计罢了，所以不久的将来必定爆发战争。

由于上述种种原因，玉置院长就打消了出国的念头。既然院长不去，妙子也只好作罢，但想成为西服裁缝师这件事，不管本家怎么说，她也绝不会放弃。如果西式裁缝学院正月开学，她打算继续上学。最近通过这件事，她更加深刻感受到自立的必要，这样才能尽快彻底拒绝本家的生活津贴。即使从这一点来说，她也必须努力掌握这门技能。

“你自己觉得没什么，可要是还继续学做西服，我们对本家那边不好交代。”

“二姐装作不知道就是了。”

“这样行吗？”

“你就说看起来还在继续制作人偶，好像不再做西服了。”

“要是被知道就不好办了……”

幸子感觉妙子急于自立，而且不惜采取强硬的手段也要把存放在本家那里的钱索要回来，这两件事的背后似乎潜藏着某种危险的想法，最后会弄得自己夹在当中左右为难。所以，那天无论妙子说什么，幸子就用“不好办”一句话予以搪塞。

二十四

妙子想获得职业女性的技能和职称的真正目的是什么呢？如果如她本人所说，现在还愿意和奥畑结婚，这二者岂不是自相矛盾吗？她说，要是和奥畑那样没出息的男人结婚，就有必要为以后万一需要自己养活丈夫做准备。可是，如果奥畑那种不愁吃喝的小老板真有吃不上饭的时候，那真的是“万一”的情况。就凭这个毫无说服力的理由而一味坚持学做西服、出国留学，未免过于牵强。按理说，她本应该盼望早日和与自己相爱的人结婚，组建新家庭。妙子这个人早熟，谨慎老成，在结婚这个问题上要考虑将来的各种情况，这都可以理解，但总觉得还有令人想不通的地方。她以前就曾经怀疑过，其实妙子已经厌弃奥畑，打算体面地和他解除婚约。出国留学是第一步，成为职业女性是她与奥畑断绝交往后的谋生手段——这个想法在幸子的脑海里再次顽固地浮现出来。

小妹和板仓的事情，疑虑并未完全消除。从那以后，板仓再也没有到家里来过，也没有发现他和小妹有电话、书信的往来，可是妙子大都在外面，所以不好说他俩会在什么地方用什么方式联系。幸子觉得板仓后来完全销声匿迹，这件事本身反而让人感觉不正常，令人怀疑他们在暗地里接触。其实，幸子只是无端猜疑，毫无根据，但这种心理愈演愈烈，甚至有时觉得事情一定就是这样。在幸子看来，妙子的外貌、人品、表情、体态、谈吐，于今年春天开始逐渐发生变化。这是幸子产生怀疑的原因之一。原先四姐妹中唯有妙子说话干脆，举止果断，往好里说，这是现代年轻人的性格。然而，这种状态最近有些异常，开始显露不成体统的粗俗言行。她会满不在乎地在女佣面前袒胸露怀，浴衣只系着细带子，敞开衣襟吹电风扇；洗完澡从浴室出来，经常就像大杂院里的女老板一样衣衫不整。坐没坐相，半坐半卧，更不像话的是盘腿而坐的时候，上身竟然敞开着。她还无视长幼顺序，吃东西抢在姐姐们前面，进出门走在前头，坐座位占据上席，所以每次来客或者外出的时候，幸子总是提心吊胆。今年四月去南禅寺的瓢亭时也像这样第一个走进客厅，坐在雪子的上席；食案端出来以后，也是第一个动筷子。后来幸子悄悄对雪子说“以后再也不愿意和小妹一起在外面吃饭了”。夏天去北野剧场时，在餐室里雪子泡茶端到大家面前，妙子视而不见，也不帮忙，一声不吭地端茶就喝。像这样不懂礼貌有失分寸的行为，以前虽有一些，但最近愈演愈烈。前几天晚上，幸子经过厨房前面的走廊时，无意间看见隔扇半开着，从烧洗澡水的灶口通往浴室的小门也开着五六寸，透过缝隙可以看见泡在热水里的妙子肩膀以上的部分。

幸子吩咐阿春：“阿春，把浴室的门关上！”

阿春正要去关门，妙子在澡盆里大喊道：“不行不行！别关！”

阿春说：“要开着吗？”

“是的。我要听收音机，特地打开的。”

她这么一说，幸子才意识到原来客厅里的收音机正在播放新日本交响乐团演奏的曲目。妙子把客厅到浴室之间的所有门窗都打开一点，一边泡澡一边听音乐。

还有今年八月的某一天，小槌屋绸缎店的小老板将定做的衣服送过来，幸子正在餐厅准备下午茶，便叫妙子去客厅接待一下，她在餐厅能听见两个人的说话。

小槌屋说道：“小姐发胖了啊，要是穿上和服单衣，屁股还不被撑破啊。”

“撑破倒不至于，就是屁股后面跟着一大堆人呢。”妙子说。

“可不是吗……”小老板嘎嘎笑起来。

幸子听了觉得恶心，也早就注意到妙子的谈吐逐渐变得低俗，却没想到竟然说出这种话来。小槌屋平时对顾客家的太太、小姐并不会这么说话，可以想象一定是妙子有什么地方让这个男人如此肆无忌惮。大概妙子在外面总跟别人讲这些不三不四的话。她又是制作人偶，又是学舞蹈，又是学做西服，比其他姐姐更多地接触社会的各个阶层，自然也与底层的人打交道，所以小妹最了解人情世故，她对此还有点骄傲自满，动不动就把幸子、雪子看作不谙世事的小姐，自己过去觉得这是一种讨人喜欢的可爱行为，一笑了之，可如今发展到这种地步，就不能放任不管了。幸子不像本家大姐那样僵化古板，也不为旧思想所禁锢，但姐妹中竟然出现一个说话如此粗鲁的人，的确让人很不愉快。幸子觉得妙子的这个变化，似乎暗示着她受到某个特定人物潜移默化的影响。当意识到这一点时，幸子立即想到板仓那种开玩笑的方式、观察事情的方法以及粗鄙的言谈举止，这一切仿佛和妙子一脉相通。

不过从另一个角度考虑，妙子在四姐妹中之所以这样特立独行，也有一定的原因，不能完全责怪她一个人。因为只有她这个小妹妹没有充分享受父亲鼎盛时期的恩惠。母亲在妙子上小学时去世，她对母亲外貌的记忆也都是模糊不清。父亲这个人讲求排场，过着奢侈豪华的生活，也让女儿们享受优渥的日子，但唯独妙子没有得到父亲多少恩泽。雪子与妙子仅差几岁，却经常回忆父亲的各种往事，谈论那个时候父亲为自己做了什么，这个时候父亲又为自己做了什么，而妙子当时太小，即使父亲为她做了很多事，她本人似乎也没有切身感受。如果当时她继续学习舞蹈就好了，但在母亲死后一两年就停了下来。她记住的只有父亲总说她“妙子这丫头最脏了，一张脸黑黝黝的”。这也不怪她，父亲晚年的时候，妙子还在上初中，不施粉黛，穿的衣服也分不出男女，有点脏兮兮的。当时她最大的意愿就是快点毕业，快点长大，像姐姐们那样打扮得漂漂亮亮地上街去，到时自己也会有好看的衣服。然而妙子未能如愿以偿，父亲就去世了，莳冈家族的繁华时代也随之告终。不久后，就发生了妙子与奥畑的那起“小报事件”。

按照雪子的说法，因为妙子受到父母关爱最少、父母死后与大姐夫的关系不和、享受不到家庭的温暖，加上敏感的少女心思，小报一事才发展成那样，不能归罪于谁，只能归罪于环境。要说妙子在学校的学习成绩，丝毫也不比姐姐们逊色，而且数学成绩比谁都优秀。然而，那起事件的确在妙子的人生刻下了一种烙印，使她的性格变得更加偏执。即使在今天，本家姐夫对她与雪子也没能做到一视同仁，大姐夫早就把妙子视为本家族的异端。雪子虽然和大姐夫的关系也不好，但大姐夫对雪子尚有亲人之爱，对妙子则完全视为累赘，这种歧视逐渐在每个月的零花钱乃至衣服等物品上明显表露出来。姐夫为雪子准备的嫁妆装满了衣箱，随时都可以出嫁，却没有为妙子准备什么值钱的东西。现在妙子拥有的比较像样的东西大多是自己挣钱买的，或者是二姐给她买的。本家大姐说“因为妙子有其他收入，如果给予她和雪子同样的待遇，反而不公平”，妙子也说“我不缺钱，给雪姐好了”。实际上，现在妙子给本家造成的负担不及雪子的一半。尽管妙子每个月的收入不菲，但既要存款，又要追求购买流行的西服、饰品等，却还能过得相当豪华奢侈，幸子也很佩服她的精明安排。然而，幸子看着妙子脖子上的项链、手指上的戒指，也暗地里怀疑是不是从奥畑贵金属店的陈列柜里拿出来的。四姐妹中大概只有妙子能体会金钱的可贵吧。对于这一点，在父亲鼎盛时期长大的幸子意识最淡薄，而妙子所经历的家道惨况让她刻骨铭心。

幸子心想这个特立独行的妹妹早晚又会惹出什么事来，自己要是被卷进去会十分难堪，所以最好把她交给本家。当然她本人不会愿意，本家大概也不愿意接收。这次大姐来信，本应该说“听了这些事，我们放心不下妙子待在你们身边，还是叫到自己身边来，以便督促”这一类的话，可是连半句都没有。大姐夫顾忌面子，不希望妹妹们住在分家，那是过去的事情，如今他改变想法显然是牵扯到钱的问题。在今天的大姐夫看来，妙子在经济上已经半独立，每个月给点零花钱就可以。幸子早就看出大姐夫的这个用心，觉得妙子可怜，尽管放在自己身边麻烦，但不能撒手不管，便觉得有必要将平时积攒心中的疑问当面向妙子问个明白。

过了新年正月初七，妙子故意不告诉幸子，又开始去西式裁缝学院上学，但幸子从她的样子看了出来。一天早晨，妙子正要出门的时候，幸子问道：“玉置院长的学校开学了？”

“嗯。”妙子一边回答，一边走到门口穿鞋。

“小妹，你来一下，我有话跟你说。”幸子把她叫到客厅，二人围坐在壁炉旁边，“一件是学习缝纫的事，还有一些别的问题，想跟你好好谈一次。所以今天我说话不会客气，也希望你毫无隐瞒地把真实情况告诉我。”

“……”

壁炉的火焰映照着妙子圆润光泽的脸颊，她屏息凝神地看着熊熊燃烧的木柴。

“那么，我先问阿启的事情。小妹，你现在真的还打算和他结婚吗？”

起初不管幸子怎么问，妙子就是不吱声，一副沉思默想的样子。幸子推心置腹地说出这段时间的各种蹊跷现象，质问她怎么回事。妙子听着，泪珠涌了出来，突然拿出手绢摁在脸上哽咽起来，没好气地说道："阿启欺骗了我！二姐，你记得对我说过阿启有一个相好的艺伎吗？"

"嗯嗯，那是贞之助姐夫在南地的茶屋听说的。"

"的确有那么回事……"

接着，妙子一点一点地回答幸子的问题，和盘托出事情的经纬：

今年五月，幸子把这件事告诉妙子的时候，虽然妙子嘴上说不过只是流言蜚语，根本没那回事，但心里开始关注这个问题。奥畑很早以前就开始泡茶屋，他说是"因为家人不同意我们结婚，心里苦闷，去那儿只是为了解闷，请你谅解。但是我找那些女人只是喝喝酒，绝不会做失贞的事情，你一定要相信我"。妙子对他这种程度的放荡行为也就谅解了，因为当时也说过阿启的家族，他的哥哥、伯父等都是花柳界里的浪子。说起来，妙子的父亲也是声色之人，她小时候就亲眼见过，知道一些，所以对阿启的这点放浪行径也没有办法，只要他守住贞操，就不再说三道四。但是无意中一件又一件事情接踵而来，才知道阿启说的那些话全是骗人的。所谓一件又一件事情，就是发现阿启除了宗右卫门町的艺伎之外，还有一个相好的舞女，甚至生了孩子。奥畑知道妙子得知这桩丑事以后，便花言巧语地向妙子赔礼道歉，说"和舞女是很早以前的事情，现在已经断绝关系。至于那个孩子，不知道究竟是谁的孩子，非要让我顶着，不过已经断绝了父子关系。单单宗右卫门町这边的事，的确对不起你，我发誓今后断绝关系"。他当时显得非常轻浮，一副撒谎欺骗、满不在乎的无耻嘴脸，妙子对他完全失去了信任。他还拿出舞女母子那边的"分手费支付证书"给妙子看，这一点大概不假，但艺伎那边却没有拿出任何证据证明他们的关系。此外是否还有别的女人，也无从知道。然而，奥畑依然声称自己“想和小妹结婚的心意丝毫未变”，还说什么“我献给小妹的爱情与对待那些女人的心意根本不可相提并论”。妙子察觉到自己不过是他一时慰藉的玩具，从这时便开始厌恶奥畑。因为不愿意受到姐姐们以及世人诸如“这下知道了吧？相信那种男人的话，结果还不是上当受骗”之类的冷嘲热讽，所以没有轻易下决心与他解除婚约，只是打算暂时与他分开一段时间，让自己慢慢地冷静思考。正如幸子所推测的那样，妙子想到的方法就是出国，成为裁缝则是为将来可能过上的单身生活做准备。

因为这些，妙子承受着不为人知的烦恼。就在这个时候，发生了那件大水灾中的事。此前她一直把板仓看作忠诚的仆人，但自从被他从水灾中救出来以后，妙子对他的看法发生了急剧的转变。她说：“也许二姐和雪姐觉得我这个人容易见异思迁，这是因为你们没有亲身经历过在万分危难之际被人救出来，缺少对救命恩人的感激之情。而那天阿启污蔑板仓的行为却是别有用心。退一步说，即便是这样，可人家冒着那么大的危险，将自己的生死置之度外来救人，而阿启那时候又做了些什么呢？他不是没有做出任何显示亲密爱情的举动来吗？”妙子从那时开始就对奥畑彻底心灰意冷。

幸子也知道那天奥畑是等到阪神电车好不容易恢复通车以后才到芦屋来的，然后说惦念妙子的情况，出去看看，走到国道田中，即便那里只有一点水，奥畑也没有蹚过去，只在周边转悠一下，就到了板仓家里，听说妙子平安无事，直接回了大阪。听说那天傍晚，奥畑出现在板仓家的时候，头戴巴拿马帽，身穿整洁的藏青色西服，手里拿着桴木手杖，还提着康太克斯照相机。这种时候，这副模样，让人恨不得把他的照相机一手扔出去。连田中那么浅的积水都不走过去，不就是害怕弄脏自己笔挺干净的裤子吗？比起为了援救妙子而浑身泥水也在所不惜的贞之助、板仓，乃至庄吉，不正是天壤之别吗？妙子知道奥畑爱干净，并没有要求他也弄得浑身泥水，但他的所作所为表明他连最起码的情义都没有。如果奥畑对妙子的获救真心感到喜悦，理所当然会回芦屋看望下妙子再走。他离开芦屋时说“还会回来打扰”，幸子自然以为他会再来，一直等着他。然而当他知道妙子平安无事后，以为已经尽到了人情。只有在这种时候，才能认识一个人真正的价值。如果奥畑只是奢侈浪费、拈花惹草、没有出息，妙子觉得这是因缘注定，将就忍受也行，但是连为未婚妻弄脏一点裤子都舍不得，妙子对他的这种虚伪情意失望透顶。

二十五

妙子说到这些，始终泪流两颊，还时不时抽抽搭搭擤鼻涕，但总体上还是沉着冷静，思路清晰，叙述详细。但是当幸子问到她和板仓的关系时，妙子就变得沉默寡言。幸子费尽口舌，妙子才勉强吐露一个“是”或者“不是”，幸子只好根据自己的想象填补回答上的空白，把整个事情串起来。以下整理出来的情况，有些地方就是幸子个人的补充和解释。

在妙子看来，板仓和奥畑在很多方面形成鲜明的对照，但是她对板仓的感情日渐加深。尽管妙子嘲笑本家门第观念根深蒂固，但她本人也并非全无这种思想，觉得与板仓这样出身低微的人谈恋爱，有损自己的颜面，因此也试图抑制过这种念头，但反而进一步增强了她反抗旧思想的决心。她在任何情况下都能保持冷静沉着，即使在爱上板仓以后，也没有为爱变得盲目。尤其在吃过奥畑的苦头后吸取教训，这次要目光长远地精心盘算，权衡利弊，经过周全的思考后，最终判断唯有与板仓结婚才是自己的幸福之路。

虽然幸子对妙子与板仓的关系做过各种推测，但没想到她已经决心要和板仓结婚，所以当听到妙子的表白时不免大吃一惊。妙子非常清楚板仓是学徒出身，没有受过教育，父亲又是冈山乡下的佃农，本人还沾染上美国移民的那种粗野，她是经过深思熟虑后才下定了这个决心。

妙子说：“他是那样的人，可是与奥畑的少爷派头相比，至少人品上要高出好几倍。不管怎么说，他有一副健壮结实的身板，关键时刻赴汤蹈火，在所不辞。而且有一技之长，能养活自己和妹妹，这是最大的优点。他与那个拿着母亲、大哥的钱到处挥霍的人不同，身无分文就敢独闯美国，在底层社会里摸爬滚打，没有得到任何人的资助，全靠自己的苦学苦干掌握了一门技术，并且是在需要相当头脑的艺术摄影领域。他在这方面具有独当一面的本领，虽然没有接受过正规的教育，但具备正常的理智和感觉，至少从我的观察来看，他比那个徒有关西大学毕业证书的奥畑更有学术头脑。”

从妙子的这些话可以看出，她现在根本不在乎什么门第遗产，或是真材实料的学历，从奥畑的例子就可以知道这些东西是多么没有价值，所以她宁可采取实用主义的态度，要求成为自己丈夫的男人身强力壮、有一技之长、真心疼爱自己且具有不惜为妻子献身的精神。只要符合这三项条件，其他可以不计。板仓不仅符合，更可取的是他的三个哥哥都在乡下老家，没有供养父母弟妹的责任——现在和他住在一起的妹妹只是叫来做家务和帮忙经营生意的，一旦结婚，就送她回去。总之板仓是地地道道的单身汉，婚后可以无所顾忌、一心一意地疼爱自己，这一点对妙子来说，要比成为门第显赫、资产万贯的阔太太更加舒适幸福。

敏感的板仓早就领会到妙子对他的感情变化，曾用言语举动明确表达过自己的意思，但妙子对此并未很快表态。直到去年九月上旬，幸子去东京期间，妙子留守家里，两人的关系被奥畑察觉，只好有所收敛。在商量对策时妙子才第一次向他表明了自己的决定。从结果来说，奥畑的干预反而促使两人更亲密了。板仓听到妙子对自己的表白不仅是恋爱，而是求婚时，简直不敢相信自己的耳朵，显示出张皇失措的样子。也许他是故意装出煞有介事的态度，要不然就是连他都没有想到，他回答道："我做梦都没有想到，由于太过突然，不知道该怎么回答，让我考虑两三天吧。"可是他又立即补充道，"对我来说这实在求之不得，没什么好与不好之说。只是请小妹再深思熟虑，以免将来后悔，好吗？要是结婚，我自然不能再去奥畑家，也许小妹会被本家、分家抛弃吧。我们两个人或许还会受到社会的各种误解和迫害。我自然有反抗斗争的勇气，可是小妹能忍受得了吗？一定也会有风言风语，说我花言巧语诱骗莳冈家的小姐，攀上与自己身份悬殊的姻缘。别人怎么说，我不在乎，但如果阿启也这么认为，我会非常难过。"说到这里，他换了个语气继续说道，"不过，反正阿启的误会不可能消除，就随他怎么想吧。说实话，奥畑家的确是我的东家，但真正关照我的只有上一辈的大老爷和现在的老爷（启三郎的哥哥）以及尊夫人（启三郎的母亲），阿启不过是旧东家的少爷，我没有直接受过他的恩惠。从另一个角度来说，我和小妹结婚，阿启固然痛恨恼怒，说不定尊夫人和老爷反而会认为我们做了一件好事呢。因为尊夫人和老爷大概至今还不赞成阿启和小妹结婚。虽然阿启不说，但我看得出来。"尽管板仓这样一再表示他的顾虑，但最终还是拖泥带水地答应了妙子的要求。

两人约定私订终身之事当前对所有人都绝对保密，首先要解决的是解除妙子与奥畑的婚约，但此事不可操之过急，要让奥畑逐渐明白结婚无望，最好让他自己死了这条心，那么最好的办法就是让妙子出国。两人可以在两三年以后结婚，届时各个方面可能会在经济上施压，从现在起就必须着手准备与之抗衡的手段，其一就是妙子努力掌握西式缝纫技术。两人商议各种措施，打算付诸实际，可是不久后商定的计划一下子泡了汤。因为本家的反对和玉置院长计划的变更，出国一事完全落空。

妙子认为，奥畑之所以对自己紧追不舍，一是和板仓赌气，只要自己身在日本，他绝不会善罢甘休，等自己到巴黎后，写封信让他对自己断了念想，再躲上一段时间，这样奥畑就会死心。妙子若不出国，大概奥畑会进一步曲解为板仓在阻挠，就会对她更加死缠烂打。如果远在异国，和板仓一年半载不见面倒可以忍受，但现在两人近在咫尺，如果是在被奥畑纠缠不休的情况下不能与板仓见面，这日子就无法忍受。

最近两人逐渐达成共识：既然出国不成，他们之间的关系也瞒不过奥畑和世人的眼睛，索性做好和各方面发生摩擦的思想准备，尽快结婚。可是眼下无论是妙子还是板仓，在经济上都还没有做好充分的准备，虽然他们两人可以挺身顶住社会的任何制裁，但如果殃及雪子，让她的婚姻更加渺茫，实在于心不忍，所以无论如何必须等到雪子结婚以后再考虑自己的事情。

由于这些情况，他们只能拖而未决。这就是妙子与板仓的真实情况。

“这么说……小妹，你和板仓只是口头约定，除此之外没有别的吧？”

“嗯……”

“确实是这样吗？”

“嗯……真没有别的事。”

“那好，既然如此，履约这件事，你能不能重新考虑？”

“……”

“小妹，听我说，如果我同意你这么干，我还有什么脸面去见本家和世人……”

幸子觉得自己眼前仿佛突然裂开一个陷阱。妙子这时反而镇定自若，幸子却兴奋得都尖叫起来了。

二十六

上次交谈后的两三天，每天早上等丈夫和悦子出门后，幸子就把妙子叫来谈话，试探她究竟下了多大的决心，但妙子意志坚决，毫不动摇。幸子甚至说到这个地步："你和奥畑分手，本家的想法另当别论，我们是赞成的，所以视情况可以让你姐夫介入，让他斩钉截铁地告诉奥畑，叫他以后不要再来纠缠。你学做西服这件事，现在我们还不能公开表态支持，但睁一眼闭一眼装作没看见，将来你想成为一个职业女性，我们也不会反对。至于存放在本家的那一部分钱，现在虽然不能马上拿出来，但以后如果有什么理由需要使用，我们也会在适当的时候说服他们交给你。只有和板仓结婚这件事，请你打消这个想法。"

听妙子的口气，似乎在说：本来我们打算马上就结婚，只是为了雪姐，才这样等着。请你理解，这是我们最大限度的让步。但愿雪姐早日解决婚姻大事。

幸子又说道："什么身份、门第、阶层都可以不论，但我信不过板仓这个人。他原先是学徒，后来自己开了一家照相馆，与阿启那样的少爷出身不一样，正因为这样，这么说可能不好，我总觉得他老于世故，滑头滑脑。至于头脑聪明的程度，你虽然那么说，但从我们聊天接触的情况来看，这个人说话言过其实，自吹自擂，让人感觉他头脑简单，品性低俗，缺乏教养。他的那点摄影技术，只要有一定的职业才能和技巧就可以学会。虽然现在你看不到他的缺点，但真的应该慎重考虑。据我看，两个生活水准不在一个档次的人结婚，婚姻是不可能持久的。老实说，像你这样善于辨别判断的人怎么会找那样没水平的人做丈夫，这一点我百思不得其解。你和那种人在一起，明摆着很快连饭都吃不上，肯定会后悔的。那个人咋咋呼呼，说话粗鲁，有时候虽觉得有意思，可和他待上一两个小时就会无法忍受。”

妙子对此的说法是：“青少年时代当学徒，后来移民美国，混迹社会，多少沾染些油滑气，这是生活环境所迫，没有办法。其实他这个人特别单纯正直，内心深处并不是阴险狡猾的人。他的确喜欢自吹自擂，也因此遭人厌恶，但是从另一个角度看，不是恰好证明了他还有天真孩子气的一面吗？至于缺乏教养、水平不高，也许都是事实，但这些我都知道，我也认了，不用你操心。情趣不够高尚、不懂什么道理我也可以接受，心直口快的粗人也无妨，比我层次低的男人反而更容易掌控，用不着我劳神费心。二姐你虽然这么说，可板仓却将娶到我视为莫大的荣誉。不仅他本人，他家里的那个妹妹，还有乡下的父母、哥哥们都高兴得流泪，说能娶到这样大户人家的小姐，是全家的骄傲。我去过他在田中的家，板仓抓着他的妹妹说‘你的身份，哪配在这里问候小妹啊？要是放在过去，你得在外屋匍匐跪拜呢’，兄妹俩都对我极其尊敬。”妙子说到最后，竟然露出得意扬扬的神情。

幸子一听，眼前立即浮现出板仓自我吹嘘“我娶了莳冈家的小妹”那种趾高气扬的神气样，想到他嘴上说对所有人都绝对保密，转身就回到老家自我炫耀，心里更加不痛快。

不过，妙子说“因为上次的小报事件连累了雪姐，这次在雪姐成婚之前，我绝不敢造次”，所以事情还不至于面临不可收拾的紧迫局面，幸子略微放下心来。如果强行把两人拆散，可能反而会激发妙子的反抗。反正雪子最快也得半年才有头绪，这期间再耐心开导妙子，逐渐使她回心转意。幸子主意已定，当前只能大致顺从妙子的意愿，尽量不和她违拗对抗。可是这样一来，又觉得雪子的处境十分为难。设身处地站在雪子这边想，如果知道妙子是因为自己而不结婚，势必要对妙子感恩，雪子绝对不愿意这样。虽然雪子错过婚期另有他因，但如果想到是那次小报事件殃及自己，雪子对妙子就毫无感恩的必要。反过来，雪子可能还会说“我对结婚本来就不着急，即使受到连累也没有一丝半点的怨恨，我自己的命运不会被那起无足轻重的事件左右。小妹不必考虑我，先结婚好了”。当然，妙子绝对没有要雪子对她感恩的意思，但雪子迟迟不结婚确实让她等得有点不耐烦。就拿那起事件来说，如果当时雪子已经订婚或者即将订婚，妙子再怎么年轻幼稚，也不至于采取那样激烈的手段。总的来说，姐妹之间和睦相处，绝不会因此生气吵架，但冷静地想一想，雪子和妙子之间的确潜藏着相当严峻的利害冲突。

自去年九月接到奥畑的来信后，幸子大为惊骇，至今未对别人透露过妙子与板仓的关系，但感觉这样独自憋在心里，压力太大。如今想起来，她一直都对妙子的所作所为予以理解和支持，她不仅支持妙子制作人偶，为其租下夙川的公寓，还默许妙子和奥畑交往。每当发生什么事情，她总是介入其间，在本家面前袒护妙子，而对她所做的这一切，妙子却恩将仇报，所以幸子不由得心生怨恨。不过从另一方面说，正因为她在中间把握方向，事态才没有进一步恶化，不然还不知道在社会上捅出什么篓子。幸子虽然心里这么认为，但世人和本家大姐并不知道。其实她最害怕的还是每次给雪子说亲，兴信所来这边调查情况时顺便把妙子最近的事情查个一清二楚，又将在社会上掀起轩然大波。说实在话，幸子对妙子如何施展手腕在奥畑和板仓之间巧妙周旋这一点也一无所知。或许有些行为在别人看来显得不端，所以不难想象因此招致世人误解。莳冈家这一边，雪子纯洁无瑕，这是无人不知的，不论怎么调查，也没有令人难堪的短处。但妙子这个独具个性的妹妹容易惹人关注，所以来调查的人对雪子本人不感兴趣，反而热心调查看似问题较多的妙子。这样一来，家里人对妙子的所作所为一无所知，极力袒护，反而妙子的事情在世间流传开来。如此说来，尽管幸子到处托人给雪子说亲，自去年春天以来却再没有人上门提亲，说不定又是妙子的坏名声妨碍了雪子的亲事。如果真是这样，为了雪子的将来，她也不能放任妙子不管了。对于妙子的风言风语，如果只是背地里悄悄议论倒也罢了，万一传到本家的耳朵里，她势必要受到责难，到时可就无法承受了。届时贞之助和雪子都会说，既然发生了那么大的事情，为什么不找他们商量对策呢？另外，要想让妙子回心转意，仅凭一已之力难有把握，只有贞之助、雪子和她三个人轮流劝说开导，也许才能见成效。

阴历的正月二十日过后，一天傍晚，贞之助正在旁屋的书房里翻看新到的杂志，幸子走进来坐到椅子上，一副欲言又止的样子，贞之助觉得奇怪，抬头看着她。接着，幸子把妙子的事情告诉了贞之助。

“哦……这到底是什么时候的事情？”

“说是去年我去东京那段时间里双方约定的。那时，我、小悦、阿春都不在家，好像板仓每天都过来……”

“这么说，我也有责任吗？”

“我不是这个意思……你就一点都没有察觉吗？”

“我一点也没有察觉。不过，听你这么一说，好像发大水之前两人就已经相当亲昵了。”

“可是那个人对谁都这样，不光是对小妹一个人。”

“是这样……”

“发大水的时候怎么样？”

“那时候他对小妹的确无微不至，我都觉得没有这么体贴周到的男人，确实令人动容。小妹大概打心眼里高兴吧。”

“可是，像小妹这样的聪明人，怎么就看不出那个人的低俗之处呢？简直让人不可思议。我指出这一点，小妹还跟我生气，替他辩护，说他这也好那也好，傻不傻啊。不管怎么说，小妹毕竟是闺门小姐，心地善良，一下子被他的花言巧语诓骗了……”

“不，我认为小妹是经过充分考虑的。说白一点，虽然人有点低俗，但只要身体健壮、吃苦耐劳、为人可靠，这就够了。她这是实用主义。”

“她自己也说她要的是实用主义。”

“这不也是一种想法吗？”

“你说什么呢？你觉得小妹可以和那个男人结婚吗？”

“我没这么说，只是与其和奥畑结婚，那还不如和板仓。”

“我和你的看法相反。”

夫妇俩谈到这里，意见出现了分歧。幸子不喜欢奥畑，起初是受了贞之助意见的影响，但现在对他确实没有好感。可是与板仓一比较，她又有几分同情奥畑。奥畑也许就是一个没有出息的纨绔子弟，一看就知道轻浮放纵，令人嫌恶，但他和妙子青梅竹马，又都是船场旧大户人家的后代，出身相同，好坏属于同一阶层。如果让妙子与奥畑结婚，即使婚后发生各种各样不幸的事情，至少在面子上过得去。如果让妙子和板仓自由结婚，显然会招致社会的嘲笑。所以，如果割裂地考虑与奥畑的婚事，虽然绝对不是理想的婚姻，但现在冒出板仓这个问题，为了阻止他们结合，也只好选择前者——这是幸子的意见。

贞之助在这一点上比较开明，他说“除了门第这一点，奥畑没有哪一点能比得上板仓。至于结婚的条件，正如小妹所说的那样，具备情意、健康、自立这三点最重要。如果板仓经过考验，那就没必要拘泥于什么门第，什么教育”。其实贞之助对板仓并不是十分满意，只是与奥畑相比，宁愿选择板仓。他知道本家不可能赞成这门婚事，因此不愿主动从中斡旋。按照他的说法：“无论从性格还是从过去的经历来看，小妹这个人不适合传统的婚姻方式，她注定要自由恋爱，自由结婚。比起传统婚姻，这样对小妹更有利。她本人深知这一点才那么说的，我们还是不要贸然干涉为好。如果换作雪子，我们不可能把她扔在社会的大风大浪里，必须对她负责到底，循规蹈矩地为她寻找良缘。这样自然就要考虑血缘、财产等问题。但小妹和雪子不一样，她一个人也能闯出一条路来。”贞之助话虽这么说，但始终采取消极的态度，他对幸子说：“因为你问我，我只能这么回答。这些话只对你一个人说。绝对不要把我的想法告诉本家，也不要告诉小妹。在这个问题上，我是一个彻底的局外人。”

“为什么？”幸子责问道。

“我总觉得小妹这个人性格复杂，有一些地方我看不透……”贞之助支支吾吾地说道。

“是这样的。就说我吧，一直站在她这一边，甚至不惜自己被人误解也要帮助她，结果她反过来欺瞒耍弄我……”

“话虽这么说，她的性格独具一格，也挺有意思的……”

“既然这样，那早告诉我啊，想到她甜言蜜语地骗人，我就真的生气了……真的生气……”

幸子哭鼻子的时候，总是一副淘气孩子的表情。贞之助看着妻子涨红着脸委屈流泪的样子，猜想她小时候和姐妹们吵架，估计就是这样的表情，不由得生出几分怀念。

二十七

自从回到大阪，幸子经常想起在东京寂寞生活的雪子。妙子是那种不管是否会给别人添麻烦，也不顾别人想法，想怎么干就这么干的人，而雪子与妙子截然相反，缺乏主动性，从来都是被动接受。去年九月在东京站与本家大姐分手的时候，大姐诚恳地托她给雪子找对象。今年是雪子的厄运年，本想去年办妥此事，可是落空了。接着又想赶在今年立春前，可是现在离立春也只剩一个星期了。如果正如幸子所猜测的那样，妙子的坏名声妨碍了雪子的亲事，那么自己也有一半的责任。幸子想到这些，更觉得对不起雪子。她认为雪子最能理解她最近对妙子的不满，早就想把雪子叫来倾诉心里话，可是听了妙子和板仓之间的恋爱事件后，又顾虑会对雪子产生心理影响，就把叫雪子来这件事压了下来。幸子甚至想到万一雪子从别的什么途径听到妙子与板仓的事情，也会觉得尴尬。本想让贞之助出谋划策，结果听他那么一说，可商量的人只剩一个雪子，因此打算找个借口把雪子叫来。恰好下个月下旬，在大阪三越百货店的八楼大厅要举办追思山村作师傅的舞会。

追思山村作师傅

山村流舞会

时间：昭和十四年二月二十一日（下午一点开始）

地点：高丽桥三越百货店八楼大厅

节目：袖香炉（供佛）、菜叶、黑发、擂钵、八岛、江户土产、铁轮、雪、芋头、都鸟、八景、茶音头、缘月、桶取（非演出顺序）。表演者及节目单当天奉送。

会费：免费（当天无招待券者谢绝入场）

申请日期：二月十九日，限会员及其家属。申请者请寄来往返明信片，以回复之明信片作为入场券。

主办者：山村作门下乡土会

赞助者："大阪"同人会

二月初，幸子就把乡土会印刷的这张通知单装在信封里，寄给了本家的大姐和雪子。寄给大姐的信写得简单："别后日久，想让雪子妹妹再来一次，一直等待这样的机会，但去年无人提亲，今年也已过立春。别无他事，只是好久没有见到雪子妹妹，大概她也想念我们了。如果方便的话，可否让她来这里暂住一段时间呢？恰好最近要举办山村舞会，随函附上通知，小妹也会参加演出，她恳切希望雪子姐姐前来观看。"写给雪子的信则稍微详细："这次的舞会名义上是追思已故的师傅，但考虑到时局，以后举办这样的活动会更加困难，所以想请你趁机来看一看。因为通知得比较晚，小妹从上一次表演以后就疏于练习，本想推辞，但想到今后恐怕不会再有这样舞蹈的机会，也想借此缅怀师傅，便答应参加演出。所以，如果错过这次，以后大概就没有机会看到小妹的舞姿了。鉴于上述原因，小妹这次没时间准备新的节目，只好又匆匆忙忙地练习去年表演的《雪》。只是这次不能穿去年的舞衣，就穿我去年在小槌屋印染的碎花纹衣服，这一件适合做舞衣。现在指导小妹练舞的是师傅的高足，名叫作以年，在大阪新町拥有自己的练习场。小妹每天都去新町练习，回到家里就让我给她伴奏，再练习一遍。同时她还要在工作室制作人偶，依旧忙忙碌碌。我每天都要给她伴奏，也忙得很。我用三味线伴奏《雪》没有把握，便改为弹琴。虽然不能怪罪小妹让人这样奔忙，不过她最近有些事让我不能不操心。这些在信上不好说，等你来了，我仔细说给你听。悦子也说去年舞会的时候你就没在，这次无论如何要让你来看。”信寄出去以后，鹤子、雪子都没有回信。大家都说“莫非又和上次一样突然进门吗”。纪元节那天傍晚，妙子说今天要穿着舞衣、提着衣摆彩排，正在西式房间练习。“啊，二姨！”这时，悦子最先听到门铃声，赶忙跑出去。

“您来了。大家都在这里。”阿春跟在悦子后面，打开客厅的门。

雪子走进来一看，长沙发只剩下一张，桌子和扶手椅都被搬走，地毯也卷起来放在一边，妙子站在屋子的正中间，梳着松散的岛田髻，扎着茶褐色的发带，身穿幸子在信中提过的那件衣裳——泛红葡萄紫底上印有带雪的梅花、山茶花的碎花纹和服，手持小伞。幸子坐在角落里的坐垫上，面前横放着一把本间琴，琴上绘有光琳菊图案的泥金画。

“我以为早就开始了呢……”雪子看了一眼身穿大岛绸双重和服单衣、襟下露出棉毛细筒裤、坐在沙发上观看的贞之助，用目光致意后说道：“大老远就听见琴声了。”

“你也不回信，我正想着该怎么办呢。”

幸子戴着指套，双手放在琴弦上，抬头看着大约半年未见的雪子。只见这个性格内向却喜欢热闹的妹妹脸色有点苍白，大概是旅途疲劳的缘故吧，但一看见屋子里的光景，她的眼睛立即绽放笑意。

“二姨是坐燕子号来的吗？”悦子问道。

雪子没有回答，而是问妙子：“你戴的是假发吗？”

“嗯，今天好不容易才赶做出来的。”

“很适合小妹。”

“这个假发，我也想时不时梳髻戴上，和小妹一起用。”

“雪姐喜欢的话，也借给你啊。”

“结婚的时候戴。”

“真可笑，戴我头上合适吗？”

幸子本想和雪子开玩笑，雪子却乐呵呵地回答。她的头发浓密丰厚，表面上看不出来，其实脑袋特别小。

“雪子，你来得正是时候。”贞之助说道，“今天小妹的假发刚做好，她说要穿着舞衣、戴着假发表演一次。二十一日是星期二，我能不能去看还不好说，所以今天算是观看小妹的正式表演。”

悦子说：“我二十一日也去不了，真遗憾。”

“真的吗？那怎么不放在星期天举办？”

“可能出于对时局的考虑，不想惹人注意吧。”

“这样的话，二姐，”妙子打开伞，右手举直伞柄说，“刚才那个地方，再弹一遍。”

贞之助说道：“小妹，别从中间开始，你还是从头来一遍吧。”

悦子也附和着：“是啊，小姨，跳一遍给二姨看看。”

妙子说道：“跳两遍，小姨可要累倒的。”

“就当是练习，从头再来一遍。”幸子也说，“我坐在地板上，冷得可受不了。”

“太太，我给您生个怀炉吧。”阿春说道，“放在腰部，大概就不冷了。”

“那麻烦你去帮我弄一个吧。”

“我也趁机歇口气。”

妙子把伞放在地上，提着下摆，慢悠悠地走到沙发旁，与贞之助并排而坐，说“不好意思，给我一支烟”，要来一支德国烟点燃。

“我也去洗把脸。”雪子走进盥洗室。

“这种时候，雪子总是笑眯眯的。”幸子说道，“今天雪子妹妹也来了，小妹要跳好几遍，你晚上可要请客啊。”

“让我犒劳吗？”

“是啊，这么点义务总要尽吧。今晚要你请客，所以家里什么也没有准备。”

“我吃什么都可以。”

“小妹,想吃什么？是去‘与兵’吃日餐？还是去东方饭店吃烤肉？”

“我都可以。你问问雪姐吧。”

“她在东京待这么久，大概想吃新鲜的鲷鱼吧。”

“这样的话，照顾雪子，带一瓶白葡萄酒去与兵吧。”贞之助说道。

“好了，既然有人犒劳，小妹，你可要努力跳哟！”

妙子看到阿春拿着怀炉进来，把沾着口红的烟头放在烟灰缸边上，提起衣襟。

二十八

贞之助因为这个月要给某家公司结算财务，工作特别忙，说二十一日恐怕去不了，但是当天早上从事务所给幸子打电话说只想看小妹跳《雪》，希望在这个舞蹈开始之前打电话通知他。下午两点半左右，幸子打电话和他说“现在过来刚好”。他正要出门，突然有客人来访，和客人谈了半个小时。这时，阿春来电话说“再不赶快过来，就看不上了”，于是他急急忙忙送走客人，从堺筋今桥的事务所到会场不过咫尺，所以他连帽子也没戴就跑进电梯，穿过电车道，向对面的三越百货店跑去。来到八楼大厅一看，妙子正在舞台上表演。幸子原先说今天参会的主要是乡土会、大阪同人会的会员，以及该会发行的机关刊物的读者，不招待外宾，所以观众大概不会很多。可是，近来这样的舞会十分罕见，似乎很多人通过各种门路弄到招待券前来观看，座位几乎坐满，还有一群人站在后面观看。贞之助没有时间寻找座位，只好站在人群中，越过别人的肩膀观看。他突然发现，离自己不多远的地方有一个人站在观众的最后面，将莱卡相机的镜头对准舞台，脸贴在取景框上。无疑，此人正是板仓。贞之助不由得心头一惊，赶紧走到远处的角落，以免被板仓看见，还时不时地偷窥对方。板仓把大衣衣领竖起来遮住脸，一直贴在照相机上，接连不断地拍着妙子，极少抬头。大概是为了避人耳目，板仓故意穿着大衣，可这件大衣是在洛杉矶时购买的那种电影演员喜欢的华丽款式，反而格外显眼。

妙子去年表演过一次《雪》，不会出差错，只是一年来疏于练习，在决定参加这次演出的一个月之前才重新开始练习，而且以前的乡土会都在神杉住宅的日式房间或者芦屋家的西式房间里举办，这回是第一次在设有观众席的正规舞台上表演，所以不可避免地产生一种宽度过小、空间过大的感觉。妙子本人似乎也担心这个问题，想借助伴奏让舞蹈更加出彩，特地请幸子的和琴师傅菊冈检校的女儿为自己弹三味线伴奏，然而，妙子没有表现出紧张或胆怯。在贞之助看来，妙子依然保持着平时的沉着镇静，翩翩起舞的从容气势根本不像只练习一个月、第一次在这样盛大舞台上演出的人。其他观众的观感另当别论，贞之助从妙子的舞姿中感受到一种旁若无人、置所有的毁誉褒贬于度外的气魄，甚至觉得这姑娘有点狂妄自大。转念一想，其实她已经是二十九岁的大姑娘了，要是艺伎的话，应该算是老艺伎，具有这样的气魄也就不足为怪。这么一想，去年舞会的时候，妙子看上去要比平时年轻十多岁，而今天暴露出一个徐娘初老的真实面目。这样看来，日本德川时代的服装大概会使女人显现老态吗？还是仅仅妙子如此，一是由于古典服装与她平时活泼明朗的西式服装形成鲜明的对照，抑或是由于她在舞蹈时显示出的舞台气魄呢？

贞之助看见舞台上妙子的舞蹈一结束，板仓便把照相机夹在腋下急匆匆向走廊走去，就在板仓的身影消失在门外的一瞬间，一名男子从观众席中站起来飞奔出去，像是去追赶刚才那个身穿大衣的人，男子用整个身体撞开刚才那扇门，冲了出去。这一瞬间的行动，让贞之助目瞪口呆，立即意识到这个人就是奥畑，于是他也立刻走到门外。

“你为什么要拍小妹的照片？不是说好不拍吗？”

顾虑到周围还有别人，奥畑克制住动不动就大吼的习惯，责问板仓。板仓一脸气鼓鼓的样子，却低垂着脑袋，老老实实地听从斥责。

“把照相机给我！”

奥畑像警察搜查行人那样在板仓身上摸索着，解开他的大衣扣子，将手伸进上衣口袋里，迅速把莱卡相机拿了出来，然后把相机塞进自己的口袋，可不知道怎么回事，又拿了出来，手指哆哆嗦嗦地拉出镜头，接着吧嗒一下狠狠摔到水泥地上，头也不回地径自离去了。一切都发生在瞬间，等周围的人反应过来的时候，奥畑早已不见了身影。板仓把地上的相机拾起来，垂头丧气地走开了。刚才面对奥畑，板仓始终直立不动，垂着脑袋，在旧东家的少爷面前一副完全抬不起头的样子，眼看着平时看得比生命还要宝贵的莱卡相机被摔在地上，也没有动用引以为豪的健壮体格和臂力，只是一动不动地忍耐着。

贞之助走到后台和大家打了个招呼，慰问辛苦的妙子，什么也没说就直接回了事务所。当天晚上，等悦子和两个小姨子进入卧室以后，贞之助把白天看到的事情经过告诉了妻子。贞之助根据自己的观察，认为板仓可能是主动，也可能是事先受到妙子的委托，为了拍摄《雪》的剧照，算好时间悄悄进入大厅。完成任务以后，他正准备匆匆离去，却被一直潜伏在观众席窥伺动静的奥畑抓住。至于奥畑什么时候进入会场，这个不得而知，大概就是来监视板仓是否来了会场，所以东张西望地寻找，果然发现了。在妙子表演舞蹈的时候，贞之助从远处观察板仓，与此同时奥畑也从某个角落里睁大眼睛监视板仓，等板仓退场时，及时地扑上去攫住他。贞之助说从当时发生的情况来判断，事情的前后过程应该就是这样。对于就在一旁目睹走廊上这一幕短剧的贞之助，两人是没有发现？还是已经发现却因为不好意思而佯作不知？这一点就无从知晓了。幸子说：“我也担心今天奥畑会不会来看节目，要是在会场时他过来打招呼，就会很麻烦。我问小妹，小妹说今天的演出活动没有告诉奥畑，大概他不知道吧。而且除了星期天，他每天下午都要去店里工作两三个小时，不是随时都能离开。可是，今天的活动在报纸的演艺栏上刊登过两三行报道，说不定他看到了这个消息。他既然看到，当然就会想到小妹参加演出，不知怎么弄到入场券，就进来了。可是，我在观看的时候，一直注意着观众席，《雪》舞开演之前的确没有发现奥畑。特别是雪子，很少到后台来，大部分时间都在观众席，如果奥畑来了，她应该会看到，可是她什么都没说。这说明要不他和你差不多同一时间进来，要不他别有用心，故意藏起来，不让我们发现。另外，板仓来会场，小妹是否知道也无从得知，反正我和雪子都不知道，对发生的那幕短剧更是一无所知。”幸子继续说道，“幸亏后台好像没人知道这件事，不然的话，那就太丢脸了。”

“板仓忍辱相让，才没有酿成大事。如果两个男人为了小妹不顾场合在那里大打出手，成何体统！趁着这件事还没有传到社会上去，赶紧想办法解决为好。”

“既然这么说，你也得操点心啊！”

“我是在操心，但不宜掺和进去。雪子知道板仓这件事吗？”

“我这次叫雪子过来，就是打算和她商量这件事，不过还没有和她讲……”

幸子的想法是在这次舞会结束后和雪子商量这件事。夫妻俩谈话之后过了两三天，一天早晨，妙子说“想给这次的舞姿拍照留念，把那件衣服再借我用一次”，把包在包装纸里的服装放到衣箱里，又拿上装有假发的箱子和上次的那把小伞，一起装进汽车里，开车走了。

“小妹拿着这些东西一定是到板仓那里去拍照。”幸子以这句话作为话头，把从去年九月在东京收到奥畑的警告信到最近舞会时在走廊上发生的事情简明扼要地告诉雪子。

雪子听完以后，第一句却是：“这么说，那架莱卡摔坏了吗？”

“这我不知道，据你姐夫说，那么狠狠一摔，至少镜头会损坏吧。”

“要是胶卷曝光了，得要重拍吧？”

“可能是吧。”幸子见雪子对刚才自己所说的话如此平静，便继续说道，“这次我真被小妹出卖了，一想就气不打一处来。说来话长，不光是我，就连你，也是一次又一次吃尽她的苦头。”

“我倒没什么。”

“不是没什么，那次的小报事件给我们造成多大的麻烦？我这么说也许你不高兴，你的亲事就因为她的事添了多少周折？可我们还是一个劲儿地站在她那边袒护她。结果呢？她却和我们连一句商量也没有，就和板仓那种人私订终身……”

“你告诉贞之助姐夫了吗？”

“嗯。装在我一个人的肚子里可受不了……”

“姐夫怎么说的？”

“他说这件事他有自己的看法，但是这次想做局外人。”

“为什么啊？”

“他说他不了解小妹的性格，换句话就是小妹不可信，所以不愿意参与进来。不过，这是我们两人之间的话，不能传出去。你姐夫说像小妹这样的人，用不着别人替她操心，尽管放手，她愿意和板仓结婚，就让他们结婚好了。她想怎么干就怎么干，自己能管好自己，她的性格适合这样。你姐夫的想法和我的完全不一样，和他商量不出什么结果来。”

“那我和小妹谈一次怎么样？”

“无论如何请你和她好好谈。为了让她回心转意，现在只有我们两个人轮番劝说，除此之外没有别的办法。小妹本来就说要等你结婚以后再办她自己的事……”

“要是小妹有合适的对象，先结婚也没关系。”

“板仓太低俗了。”

“其实小妹自身也有一点低俗之处。”

“也许吧。”

“如果板仓做我的妹夫，我也受不了。”

幸子早就料到雪子一定和自己意见一致，她这样谨慎稳重的人如此明确表了态，说明她比自己更反对这件事。在宁选奥畑，不选板仓这一点上，她们看法相同，所以雪子说“那我就苦口婆心去劝说小妹和阿启结婚”。

二十九

这次雪子回来，芦屋的家又恢复了许久不曾有的热闹气氛。雪子寡言少语，屋子里总是静悄悄的，乃至不知道她究竟在不在家。按理说，多了这么一个人，家里也不会变得热闹起来，然而在貌似宁静的性格下，雪子其实也有开朗的另一面。再说三姐妹同在一个屋檐下，这本身就让家中春风和煦，所以三人中缺了哪一个都显得不够和谐。还有，长时间无人居住的舒尔茨旧宅终于搬来新的住户，每天晚上都可以看见从厨房的玻璃窗透出来的灯光。据说主人是瑞士人，在名古屋的一家公司当顾问，经常不在家。家里有一个年轻的太太，做派像西方人，脸长得像菲律宾人或中国人，雇有一个阿妈。因为没有孩子，所以不像舒尔茨家那么热闹，平时多半静悄悄的，鸦雀无声。但不管怎么说，隔着一道篱笆、原先如凶宅般荒凉可怕的洋楼终于有了人气，这一点与以前大不一样。悦子一直盼望新邻居也有一个像罗瑟玛丽那样的女孩子，这回有点失望，但是悦子现在已经和几个同学交上朋友，毕竟都是女孩子，又是茶会又是庆生会，互相邀请，逐渐形成她们自己的交际圈子。妙子依然忙忙碌碌，在外面的时间比在家里的多，三天里就一天在家里吃晚饭。贞之助觉得大概妙子对家里幸子和雪子婆婆妈妈的劝说感到心烦，所以有点回避的意思。贞之助还暗地里担心这次会不会造成妙子和两个姐姐之间感情上的隔阂，尤其是与雪子疏远。一天傍晚，他回到家里，没见到幸子，便拉开浴室前那间六叠房间的隔扇寻找，只见雪子坐在走廊上，竖起一边的膝盖，妙子正给她剪脚指甲。

“幸子呢？”

“二姐去桑山先生家里了，大概很快就会回来。”

就在妙子回答的时候，雪子悄悄地把脚缩进衣襟里，坐正了身子。贞之助瞥了一眼身穿裙子的妙子跪着把散乱在地板上的亮闪闪的碎脚指甲一个个捡起来放在手掌上，便关上隔扇，但姐妹俩和谐美好的一幕深深印在脑海里，让他再一次认识到尽管有时候姐妹间偶尔有意见分歧，但绝不会因此关系失和。

进入三月后不久，一天夜里贞之助已经入睡，忽然感觉妻子的泪水流淌到他的脸颊上。他睁开眼睛，黑暗中听见妻子轻微的呜咽声。

“你怎么啦？”

“今天晚上正好是一周年……”幸子边说着，边抽泣得更加厉害了。

“把这事忘了吧。我说过多少遍了，真拿你没办法……”

贞之助把妻子簌簌掉落在嘴唇上的泪水吮咽下去，明明睡觉前还心情舒畅的妻子，半夜里却突然想起这件事而哭哭啼啼，这让贞之助大吃一惊。经她这么一说，去年经阵场夫妇介绍，雪子与那个名叫野村的人相亲的确是在这个月，也许今天距那次流产整整一年了。自己已经不把这件事放在心上，而妻子依然把悲痛深藏心底，这虽然可以谅解，但总这样突然发作，令人莫名其妙。去年去岚山赏樱的时候，秋天去大阪歌舞伎座观看《镜狮子》的时候，他在渡月桥上、在剧场的走廊上看见妻子突然掉泪，接着又跟没事人一样高兴起来，这次也是一样，第二天早晨幸子像是忘记了昨夜的哭哭啼啼，一副开心的表情。

基里连科的妹妹卡塔丽娜也在这个月乘坐豪华客轮沙恩霍斯特号去了德国。贞之助等人前年应邀去他们在夙川的家里做客，按理应该回请一次，可一直拖了下来。贞之助除了时常在电车里碰见对方，平时两家也没有来往，倒是从妙子嘴里能经常听到那个“老太太”、基里连科兄妹、渥伦斯基等人的消息。后来卡塔丽娜对制作人偶没有以前那么热心了，但并没有完全放弃，每当妙子快要忘记她的时候，她会突然间拿着新作品跑到工作室来，请妙子批评指导，两三年里她的制作水平大有长进。不知道从什么时候开始，她认识了一个名叫鲁道夫的德国相好，两个人交往火热，制作人偶的热情就减退下来。鲁道夫是一个在某德国企业的神户分店工作的年轻职员，妙子在元町的街上经卡塔丽娜的介绍见过一面，后来经常看见他们一起散步。那个小伙子看上去一副德国人面孔，称不上美男子，但感觉朴素刚健，高个子，魁梧健壮。这次卡塔丽娜下决心去德国，就是因为和鲁道夫认识后喜欢上了德国，而且鲁道夫介绍她去投靠他在柏林的姐姐。不过，卡塔丽娜的最终目的地是伦敦，到她与前夫生的小女儿所居住的英国去。之所以去柏林，是因为牵扯到旅费等问题，先到欧洲的某个地方待一阵子，以此为跳板前往英国。

“嗯，这样的话，‘卤豆腐’也一起坐船去吗？”

卤豆腐是妙子开玩笑给鲁道夫起的外号，现在连幸子她们对这个素未谋面的人也一口一个“卤豆腐”地叫着。

“卤豆腐留在日本。卡塔丽娜拿着他写给他姐姐的介绍信，一个人去。”

“她到英国把女儿要回来，然后返回柏林，等着卤豆腐回国吧？”

“这个……大概不是吧。”

“那不就和卤豆腐吹了啊？”

“可不是吗？”

“真够干脆的。”

“或许真是这样。”在谈到这个话题的晚饭餐桌上，贞之助也插话道，“他们的恋爱本来就是一场游戏。”

妙子用像是为他们辩护的口气说道：“他们这些人只身住在日本，不互相交个朋友也不合适吧。”

“船什么时候开啊？”

“后天中午起航。”

“你后天有时间吗？”幸子对贞之助说道，“还是去送一送吧。吃人家一顿饭，也不回请，多不好。”

“真的是白吃白喝了……”

“还是得去。悦子要上课，其他人都打算去。”

“二姨也去吗？”悦子问道。

“是啊，二姨也去看沙恩霍斯特号。”雪子耸起肩膀笑着说。

卡塔丽娜启程那一天，贞之助在中午一点左右离开事务所，直接来到神户，匆匆忙忙赶到码头，所以和卡塔丽娜没说上几句话。前来送行的有老太太、哥哥基里连科、渥伦斯基、幸子三姐妹，还有一个人，妙子悄悄对姐姐们说“他就是鲁道夫”，此外还有两三个不认识的日本人和外国人。客轮出航后，贞之助和基里连科等人一边聊天一边沿着栈桥走出来，在海岸大道上分别的时候，已经见不到鲁道夫以及其他人的身影了。

贞之助看着像鹿一样行走轻快、尤其从后面看更显得年轻的老太太，说道：“那个老太太，不知道多大年龄了，一点也不显老。”

“那个老太太还有机会再见到卡塔丽娜吗？”幸子说道，“别看她身体硬朗似的，毕竟年纪不饶人啊。”

雪子说道：“可她一滴眼泪都没掉。”

"是啊。倒是我们都哭了，真不好意思。"

"独自一人前往即将爆发战争的欧洲，这样的女儿了不起，把女儿送出去的老太太也了不起。他们经历过革命时代的艰辛岁月，也许对这些看得很淡。"

"这个卡塔丽娜生在俄国，长在上海，流浪日本，这回又要从德国前去英国。"

"老太太讨厌英国，大概心里又不痛快吧。"

"老太太对我说'我和卡塔丽娜老是吵架，她走了，我……不伤心，我……高兴'。"好久没有听到妙子学老太太的腔调说话，这么一听，和刚才老太太说话还挺像的，大家在街上笑成一团。

三十

贞之助说道："卡塔丽娜比上次见面时感觉更有女人味了，我刚才看她这么漂亮，都感到惊讶。"

贞之助一行从海岸大道走到生田前，钻进今天早晨预约的与兵的门帘，按幸子、贞之助、雪子、妙子的顺序依次坐下，还在继续刚才的话题。

"也不见得，那是妆化得好，而且今天格外打扮了一番。"

"和卤豆腐交上朋友以后，她化妆的方法都变了，整张脸感觉和以前都不一样。"妙子接过话茬，"她自己挺有自信的，对我说：'妙子小姐，你瞧，我去了欧洲，一定会找到一个有钱的男人结婚。'"

"那她这次没带多少钱去吧？"

"她在上海当过护士，曾和我说没钱的时候，就去当护士。这次大概也就带了一点零花钱吧。"

"看来今天就和卤豆腐分手了。"

"差不多吧。"

"他写了一封介绍信，让卡塔丽娜住在他姐姐那里，也算是尽到最后的心意。这个卤豆腐还算有情有义。他对着站在甲板上的卡塔丽娜挥了两三次手，就转身离开，比我们走得都早。”

“要是两个都是日本人的话，就不会这样了。”

“日本人要学这个样子，就会变成‘醋豆腐[①]’。”

幸子等人似乎没听明白贞之助这个俏皮话：“你说什么啊？这好像是出自法国小说吧？”

贞之助说道：“不是费伦茨·莫尔纳吗？”

与兵的店面很小，椅子并排呈直角，可以坐十来人。除去贞之助四个人，还有看似附近股票街的老板带着两三个店员，以及花隈艺伎模样的大姐带着三个人，这样就已经挤得满满当当，只留下客人身后与墙壁之间的一条勉强容下一个人的狭窄过道。即使这样，时不时还有人拉开拉门，往店里张望，请求甚至恳求店员给找个座位。尽管客人络绎不绝，但这家店的店长与不少寿司店的店长一个样，都以态度简慢著称。即便是老主顾，如果事先没有预约，他也是一副“进得来进不来，一看不就知道吗”的样子，板着脸没好气地一口回绝。正因为每天顾客盈门，除非撞上好运气，否则生客根本进不来。熟客即使已经电话预约，如果迟到十几二十分钟，也会被拒之门外，或者被告知“到附近散步一个小时后再来”。据说，这家店的创始人明治时代曾在著名的东京两国的与兵卫学艺，所以把自家的店命名为与兵。但是，这家店的寿司和过去两国的与兵卫寿司风味不同。虽然店长在东京学过，但他出生在神户，捏寿司的手法具有显著的上方特点。例如，他不像东京人那样使用黄醋，而是使用白醋。酱油也是使用东京人绝对不用的“溜酱油”，并且建议顾客在虾、乌贼、鲍鱼的寿司上撒盐食用。寿司的种类，只要是从近在眼前的濑户内海里捕上来的鱼，都可以作为寿司的食材。他认为什么鱼都可以做寿司，说这是过去与兵卫店长

① 比喻一知半解、不懂装懂的人。

的主张，在这一点上继承了东京与兵卫的传统理念。这家店的寿司品种有海鳗、河豚、赤鱼鲷、鰤鱼、牡蛎、海胆、比目鱼的鳍肉、赤贝肠、鲸鱼等，还有香菇、松茸、竹笋以及柿子等，但他很少使用金枪鱼，而斑鰶、干贝、马珂贝、煎鸡蛋等在店里根本见不到影子。食材中有不少会经过烧煮，但虾和鲍鱼必定要活的，就在顾客面前现做。根据寿司种类的不同，有时不用芥末，而用紫苏叶、花椒芽或山椒煮的小鱼虾等夹在米饭中间。

妙子和店长早就熟悉，说不定她还是与兵的发现者之一。她经常在外面吃饭，非常熟悉神户元町到三宫一带的美味小饭馆，这家店没搬到这里之前，在交易所对面的小胡同里，店面比现在的还小，那时就被妙子发现，介绍给幸子和贞之助。据她说，这里的店长感觉像《新青年》杂志中的侦探小说插图中那个身材矮小、脑袋大如木槌的畸形儿。贞之助等人很早以前就经常听她介绍店长拒绝客人时那种粗鲁的说话方式和手持菜刀时的兴奋表情，他的眼神和手上的动作经过妙子一番比划，说得绘声绘色，生动有趣。等他们到店里一看，果然如妙子模仿的那样滑稽可笑。店长先让顾客并排坐成一列，问大家想先吃什么，但基本上听而不闻，按照自己设想的顺序开始捏寿司。如果第一道是鲷鱼，就把鲷鱼拿出来，按人头切片，分配给所有顾客。然后是虾，接着是比目鱼，这样一道一道地用不同食材制作寿司。当他做好一道寿司，而顾客还没有吃完前一道时，他会显得很不高兴。如果顾客面前还有两三个寿司没吃，他会催促“还有剩着的没吃呢”。食材每天不尽相同，但最拿手的还是鲷鱼和虾，无论什么时候都不能缺这两样，他做的第一道总是鲷鱼。如果顾客冒冒失失地问有没有金枪鱼，绝对不会受到他的欢迎。店长对于不喜欢的顾客，甚至会做芥末的寿司，辣得顾客惊叫着跳起来，眼泪簌簌而下，他却笑嘻嘻地看着。

幸子特别喜欢吃鲷鱼，自从妙子介绍了这家寿司店以后，立即迷上了这里的味道，自然成了常客。其实雪子对这里寿司的痴迷并不亚于幸子，稍微夸张一点说，把她从东京吸引到关西来有各种引力，这家店的寿司可以算其中之一吧。她总是身在东京，心向关西，当她的思绪在关西的天空飞翔的时候，第一个想到的是芦屋的家，但在脑海的某个角落里，还会时常浮现出这家店铺的场景、店长的相貌举止、在他刀下活蹦乱跳的明石鲷鱼和对虾。雪子大体上偏好西餐，对寿司谈不上特别喜欢，但在东京待了两三个月，吃的都是红肉生鱼片，就会想起明石鲷鱼的滋味。刀切口处如绿贝般泛着亮光的鲜美白肉在眼前浮动，仿佛奇妙地与阪急电车沿线的明亮景色，与芦屋的姐妹、侄女的面容融为一体。贞之助夫妇看出吃这家店的寿司是雪子在关西的乐趣之一，所以在她待在关西的时候，总要在这里请她吃一两次饭。每当这个时候，贞之助就坐在幸子和雪子之间，时不时静静地给妻子和两个小姨子斟酒。

“好吃，真好吃！”妙子一直赞叹不已，雪子顾忌到其他顾客，弯腰对着面前的酒盅，对贞之助说道：“二姐夫，这么好吃的东西，要不请那些人来吃一次，怎么样？”

“是啊。”幸子附和道，“把基里连科、老太太都请来。”

“我不是没想过，但是一下子来那么多人，这家店可以吗？还有，他们吃不吃这些东西啊……”

“说什么啊。”妙子说，“吃寿司的西方人多着呢，是吧，店长？”

“是啊。”店长张开被水泡胀的五根手指摁住在案板上使劲蹦跳的大虾，“洋人经常到我的店里来。”

“舒尔茨太太不是吃什锦寿司饭吗？”

“可是那次的什锦寿司饭里没有生鱼片。”

“生鱼片他们也常吃。当然也有不吃的东西，金枪鱼就不怎么吃。”

“为什么啊？”股票店老板插嘴问道。

“不知道什么原因，总之金枪鱼、鲣鱼这些都不吃。”

“姐姐，那个路兹先生，”年轻的艺伎操着一口神户方言低声对老艺伎说道，“他就专吃白肉，一点红肉都不吃。”

“嗯嗯。”老艺伎双手围拢在嘴边，正用牙签剔牙，她朝年轻的艺伎点了点头，“西方人大概害怕红肉的生鱼片，不太吃。”

“是这样啊。”股票店老板说。

“西方人看着白米饭上放着鲜红的生鱼肉，的确有点害怕。”贞之助接着说。

“小妹，”幸子看着坐在丈夫和雪子对面的妙子，“要是请基里连科家的老太太吃寿司，她会说什么啊？”

“不行不行，她不会到这里来。”妙子本想模仿老太太的腔调说话，但还是忍了下来。

“今天各位是上船吗？”店长一边说，一边切开虾肉放到饭团上，再切成五六分[①]宽，然后把一份放在妙子和雪子面前，另一份放在贞之助和幸子面前。一个人吃一整个去头的大对虾做成的寿司，就吃不下其他的了，于是贞之助和幸子两个人合吃一个。

“嗯，是来送行的，顺便看一看沙恩霍斯特号。”

贞之助把盐瓶倒过来，将其中掺有味精的粉末撒在还在动弹的对虾肉上，沿着刀缝夹起一段放进嘴里。

“虽说都是豪华客轮，但是德国船与美国船的感觉不一样。”幸子说道。

“是啊。”妙子说，“和上次看到的柯立芝总统号大不一样。那艘船是明亮的白色，而德国船涂的颜色很灰暗，像军舰似的。”

店长见雪子只是看着面前的寿司，没有动筷子，禁不住老脾气又

① 日本长度单位，1 分约为 3 毫米。

冒出来："姑娘，请快点吃啊。"

"雪姐，你怎么啦？"

"这虾还在动呢……"

雪子到这家店来，最不习惯的就是吃寿司的速度要和大家保持一致。这种切成段后虾肉依然颤动的"活虾寿司"是这家店的招牌菜，雪子对其喜欢的程度不亚于鲷鱼，但看着动弹的虾肉毕竟有点害怕，要等它不动以后才吃。

"这道寿司吃的就是动弹的虾肉啊。"

"快吃吧。吃下去就不是妖怪啦。"

"对虾变成妖怪，也没什么可害怕的。"股票店老板打趣道。

"对虾不可怕，牛蛙就很可怕，是吧，雪子？"

"嘿，还有这回事？"

"嗯。你不知道，上一次我住在涩谷的时候，大姐夫请我和雪子在道玄坂吃烤鸡肉串。鸡肉倒没什么，最后是现杀牛蛙烤蛙肉串。牛蛙那一声呱的惨叫，吓得我们两个人脸色都变青了。雪子那晚整整一夜耳朵里尽是牛蛙的叫声。"

"哎呀，快别说了。"雪子说着，又一次仔细端详虾肉，确定不再跳动，才拿起筷子。

三十一

四月中旬的一个星期六和星期天，贞之助和三姐妹以及悦子，一行五人照例去京都赏花。在回来的电车里，悦子突然发起高烧。一周前悦子就说身体不舒服，感到疲乏，在京都赏花时也没什么精神。当晚回家后一量体温，将近四十度，急忙请栉田大夫过来。大夫一看，说怀疑是猩红热，明天再来仔细诊断，就回去了。第二天，悦子除了嘴唇四周，满脸通红。大夫说可以断定是猩红热，因为这个病的特点就是除了嘴巴四周外，整个面部红得像猿猴那样，他建议送到有隔离病房的医院住院治疗。悦子最讨厌住院，虽说猩红热是传染病，但极少传染给大人，一般也不会出现一家人接连患病的情况，只要隔离出一间不让家人随便进出的房间，也可以在家治疗。家里正好有一间旁屋，就是贞之助的书房，虽然他说自己的房间被侵占，很不方便，但幸子强迫他同意暂时把书房移到正房，将旁屋用作悦子的病房。四五年前，幸子患重流感的时候，曾用过那间屋子。那间旁屋与正房分开，形成独立的屋子，从正房穿木屐就可以过去，由两间六叠和三叠的日式房间构成，带有煤气和电热设施，而且在幸子生病时也安上了自来水，这样一来，简单的做饭烧水都没有问题。书房里的桌子、小型文卷箱和部分书架被搬到正房二楼的夫妇卧室里，其他碍手碍脚的东西则被放进库房或者壁柜，腾出房子给悦子做病房，让悦子和护士搬进去。虽然基本上切断了旁屋与正房的来往，但不可能做到彻底隔离，因为病人和护士的饭菜得经由正房送过去，所以必须有一个联系人。这件事让那些平时洗碗扫地干杂活的女佣来做会有风险，最后觉得还是阿春最合适，她本人也说不怕传染，比谁都勇敢，很愉快地主动承担了这个任务。干了两三天后，她虽然不怕被传染，但进出病房根本不消毒，用与病人接触过的手随便抓东西，这样一来，无异于到处传播病菌。首先抱怨的就是雪子，于是把阿春撤下来，换上雪子。雪子对这种工作比较熟悉，细心周到，也不怕传染，护理得无微不至。从病房里使用的所有瓢盆碗筷的煮洗消毒到衣服的洗涤，全是雪子亲自动手，不让女佣接触。在悦子发高烧的一个星期里，雪子经常夜间和护士轮流每两个小时换一次冰袋，几乎没有睡觉。

悦子的病情顺利好转，一周后逐渐退了烧，但是这个病要等身上的红疙瘩收干，疮痂脱落，全身脱掉一层皮后才算痊愈，这需要四五十天的时间。雪子本来打算去京都赏花后不久就回东京，看来当前一时半会儿走不了，便把这个情况告诉东京的大姐，请对方把自己换季的衣服寄来。雪子全身心地投入到护理中，尽管承担这样辛苦的工作，但也觉得住在芦屋比回东京心情更舒畅。雪子不让其他人到旁屋去，还说“二姐体质弱，容易被传染”，连幸子也不让接近病房。这样一来，尽管是自己的女儿生病，幸子却一点也不辛苦，一天到晚无事可做，雪子就说“小悦不用你操心，你去歌舞伎座看戏吧”。雪子说这话是因为这个月菊五郎又来大阪演出《道成寺》，幸子喜欢菊五郎表演的旦角，尤其爱看《道成寺》中的舞蹈。她本来打算这个月无论如何不能错过这个机会，却偏偏遇上悦子生病，觉得这次又肯定看不成了。雪子的话正好说到她的心坎上，不过女儿还在生病，作为母亲却去看戏，未免有不把女儿放在心上之嫌，于是，她只好通过播放松永和风的《道成寺》唱片，想象舞台上菊五郎的演出，勉强过过瘾。她对妙子说“我就不去了，小妹你去看吧”。就这样，妙子似乎独自悄悄去看了《道成寺》。

悦子的病情日渐好转，待在病房里觉得无聊，便开始每天听唱片。可是，搬到舒尔茨旧宅的瑞士人开始提意见了，说“能否稍微注意点”。看来这个瑞士人不好相处，一个月以前他就抱怨“你家的狗叫声让我们睡不好觉，请设法解决”。他不是直接提意见，而是通过房东佐藤。佐藤家和幸子家中间只隔着一户人家。佐藤家的女佣拿着一张瑞士人用英语写着两三行字的纸条过来。上一次狗叫的时候，字条是这么写的：

亲爱的佐藤先生：

实在对不起。我想就邻居那条狗的事麻烦您一下。由于那条狗整夜吠叫，我每天晚上无法入睡。请您转达邻居，提醒他们注意。

这次的纸条则写着：

亲爱的佐藤先生：

实在对不起。我想就邻居家留声机的事麻烦您一下。最近邻居每天早晚都播放唱片，十分吵闹。请您转告他们，设法解决，不胜感谢。

佐藤家的女佣每次把纸条送来的时候，总是十分过意不去的样子，笑着说“博休先生提出这个意见，请你们过目”。“狗叫事件”是约翰尼只叫了一两个晚上，后来此事不了了之，但这次不能置之不理。因为悦子现在的病房原本是贞之助的书房，与邻居之间不是以铁丝网分界，而是用板墙圈围，外界看不见，但距离对方住宅很近。原先舒尔茨一家人住在这里的时候，贞之助也经常被彼得、罗瑟玛丽他们吵得头痛，所以这次悦子的留声机惹怒那个不好说话的博休先生也在情理之中。这里顺便谈一谈这位博休先生的情况：前面提到此人似乎在名古屋的某家企业上班，但是从纸条上抱怨的文字来看，他应该经常回家。然而，此人尊容如何，莳冈家里人谁也没有见过。舒尔茨住在这里的时候，他本人以及夫人、孩子们经常出现在阳台或者后院，而博休先生搬进来以后，虽然他的夫人有时候也会出来一下，但他本人从未出现。有时候他似乎也会把椅子搬出来，悄悄坐在阳台上，但因为他家的阳台铁栅栏里侧围着一圈木板，差不多和坐在椅子上的人的脑袋一样高，所以看不见他的模样。换言之，博休先生非常害怕别人看见他的长相，显然是个怪人。据佐藤家的女佣说，这个人体弱多病，十分神经质，每晚都为失眠症而痛苦不堪。不知道是不是这个缘故，有一次警察到莳冈家里，叮嘱道“那个外国人虽然自称是瑞士人，但是否属实尚不明确，感觉行动可疑，你们多注意一点，如果有什么可疑的行为，请立即报警”。这个男人的国籍不明，一年到头在外旅行，妻子又像是中国人和外国人的混血儿，自然引人怀疑。据警察说，那个女人其实不是他的妻子，好像是临时的姘居者，而且也不清楚国籍。在日本人看来，她的外貌最接近中国人，但是她本人否认自己生于中国，说是出生于南洋，却没有具体说南洋的哪个地方。有一次她请幸子去家里，幸子走进她的房间一看，清一色的中式紫檀家具，所以认定她就是中国人，也许只是本人极力隐瞒。但有一点很明显，她兼具东方女人的魅力和西方女人的匀称，属于妖艳型女子。很早以前美国有个电影演员叫黄柳霜，是法国人与中国人的混血儿，给人的感觉和她相似，具有一种让欧洲人神魂颠倒的异国情调。她的丈夫外出旅行时，她一个人在家里感觉寂寞无聊，便通过阿妈传话说“请太太过来玩”，或者在路上遇见时也会邀请幸子去她家，希望和幸子交朋友。但是，幸子听到警察的叮嘱以后，害怕受到牵连，所以会尽量避免接近她。

阿春愤愤不平地说：“我家小姐生病的时候听听留声机有什么不可以啊？那个洋人也太不懂邻里之间该怎么相处了。”贞之助制止道：“算了算了，那个博休先生本来脾气就很古怪，拿他没办法。再说了，从早上就开始播放留声机，当下这个时局也不合适。”悦子没有办法，就改为每天打扑克。可是，雪子首先对打扑克提出异议，说猩红热处于恢复阶段，疮痂脱落时期最容易传染，所以一起打扑克的人都有被感染的危险。不过，陪着悦子一起打扑克的总是护士“水户姐”和阿春。因为这个护士长得有点像大船电影制片厂的女演员水户光子，悦子就叫她“水户姐”，她也曾患过猩红热，身体有免疫力。阿春说“就是传染给我，我也不怕”，病人吃剩的鲷鱼生鱼片等，别的女佣都不敢碰，只有阿春逮住机会狼吞虎咽。起先雪子一再严厉制止，不许阿春与病人接触，可是后来悦子觉得孤单，经常叫她过去，水户姐也说“用不着这么提心吊胆，没那么容易传染”，于是雪子的警告也就不起作用了，这一阵她们整天就泡在病房里。如果只是打扑克倒也罢了，水户姐和阿春两个人还抓住悦子的手脚，剥去上面的疮痂玩，一边说“小姐，你看，这样子能剥好多呢”，一边揪着疮痂的边缘撕下来，结果把身上各处的疮痂都剥了下来。阿春把这些疮痂捡起来，集中放在手掌上，回到正房的厨房里，还一边炫耀说“你们瞧，从小姐身上剥下这些皮来呢”，一边给其他女佣看，弄得女佣们恶心巴拉的，但是最后大家也都习惯了，不再害怕。

就在悦子病情迅速好转的五月上旬，妙子突然说现在要去东京一趟。她说：“我无论如何想和本家的大姐夫面谈一次，不解决那笔钱的问题，心里不踏实。我虽然不出国了，也不急着结婚，但有自己的一些计划。所以如果能给我，那就尽早拿到手；如果大姐夫怎么也不肯给，就要另想办法。当然，这件事我不会给二姐和雪姐造成麻烦，打算稳妥地单独进行协商，你们不要为我担心。这件事本来不一定非要这个月办，只因雪姐住在这里，我住在那边就比较方便，所以想趁此机会去东京。那边房子又小，孩子又多，吵吵闹闹的，我不想久住，事情一办完就回来。要说想看什么，也就是歌舞伎，可最近刚刚看了《道成寺》，所以这个月看不看都无所谓。”幸子问她：“你说协商，和谁协商呢？你的计划又是什么呢？”近来两个姐姐经常和妙子唱对台戏，妙子不会轻易对她们说真心话，所以没有爽快地回答幸子的问题，只透露说打算先和鹤子谈，如果谈不出名堂，就不惜直接和大姐夫谈判，但不愿意明确告诉幸子她的计划。不过，幸子从妙子吞吞吐吐的回答中似乎听出点门道，好像是她得到玉置院长的赞助，正考虑开一间小规模的女式西装店，因此需要一笔资金。幸子心想，如果是这样，妙子的希望恐怕要落空。因为大姐夫坚持主张，只有妙子与他认可的对象结婚，他才会出这笔钱，这一主张至今也不会改变，更何况他强烈反对妙子成为一名职业女性，所以绝对不会同意妙子的计划。然而，双方的协商是否毫无希望呢？其实这里还有一线可能，就是妙子寻找机会和大姐夫直接谈判。为什么呢？因为大姐夫这个人天生谨小慎微，年轻时经常受到幸子等几个小姨子的欺负，别看他在背地里嘴硬，一旦面对面真刀真枪，态度就会软下来，只要这边稍微强硬一点，就可以让他屈服，所以妙子软硬兼施地吓唬他一下，会产生什么样的结果都不好说。妙子一定是看准了这一点，怀着一线希望才去东京的。大姐夫肯定对妙子东躲西藏，不让她抓到，但妙子也不是吃素的，也许已经下定决心无论待多久也要抓到他。

幸子心想妙子突然提出去东京，就是因为她估计此时幸子和雪子都不可能和她一起去，所以才特地选择这个时期。这么一想，幸子又开始担心起来：妙子嘴上说稳妥协商，可是感觉她已经做好视情况不惜与本家断绝关系、和大姐夫较量到底的思想准备。这样的话，如果幸子和雪子跟着她去，那就麻烦了。不过，幸子觉得妙子大概还不至于做出过激的事情，可是如果双方都在气头上，冲动之下难保不会出现有失分寸的言论。倘若出现这种情况，大姐夫会不会对自己产生误解呢？以为自己让妙子一个人去东京就是让他下不了台。也许大姐夫会认为，妙子专为此事到东京来，而自己故意不来，就是想事不关己，进而觉得自己居心不良，对他陷入困境而袖手旁观。即使大姐夫如此曲解，自己尚能容忍，但如果大姐也认为自己为什么不阻止妙子去东京，故意让她到那里无理取闹，从而对自己心怀怨恨的话，那自己就有口难辩了。当然还有一个办法，就是把悦子完全交给雪子，自己违背妙子的计划也去东京。可是这样一来，自己必定要卷进这场金钱的纠纷，更难办的是自己究竟站在哪一边，幸子感到进退两难。按照雪子的说法，小妹开西装店的想法背后固然有板仓的参与，往坏里猜测的话，这不过是从本家那里要钱的借口，一旦钱拿到手以后，计划不知道又会怎么改变。别看小妹表面精明的样子，其实她也有厚道老实的一面，说不定对板仓言听计从，被人家利用了。所以，只要小妹不和板仓彻底断绝关系，就不要给她钱。雪子的话也是一种看法，但幸子认为，妙子如此倾注热情在策划的事业上，如果横加干涉，导致其全盘落空，也于心不忍。幸子虽然不满妙子不听规劝，执意坚持与板仓结婚的态度，但想到年纪轻轻的姑娘不依靠别人、拥有独自闯荡自力更生的雄心大志，幸子也不愿意一味站在大姐夫一边欺凌弱者。不管这笔钱怎么花，反正可以拿出来作为她独立创业的资金，而且妙子具有正确运用这笔资金的能力，所以如果大姐夫那里确实存有这笔钱，希望他拿出来给妙子。但是，如果自己和妙子一起去东京，不管是否情愿，都会夹在本家和妙子当中，弄不好在大姐的劝说下就不得不违心地替本家说话。幸子虽然不愿意这样，但坦率地说，幸子更没有明确站在妙子一边对大姐夫妇施压的正义感。

三十二

雪子本来就不赞成妙子一个人去东京，说："不管怎么说，二姐不陪着去就不行。小悦的病没有问题，有我在这里，你就放心去吧。不用急着回来，宽心多住几天。"妙子一听幸子要陪着去，露出有点不乐意的表情，但幸子告诉她："我只是顾忌到本家的感受，才陪你一起去，绝对没有妨碍你的意思，你可以自由行动，想和谁谈就和谁谈。大姐和大姐夫大概会让我也参加，但不是我的本意，我会尽量避开。实在推脱不掉、不得不在座的话，我一定站在第三者的公正立场上，绝对不做不利于小妹的言行。"于是，幸子给大姐写了一封信，大体告诉对方妙子这次去东京的目的，并说："我也跟着去，但小妹似乎不愿意我介入，我本人也不想参与此事，所以请你们直接和小妹协商。"

幸子这次照样下榻在筑地的滨屋，妙子为了避免让人误解她和幸子密谋策划，采取一直住在涩谷的家里直至问题解决的战术。于是，两人乘坐海鸥号从大阪出发，当天傍晚到达东京后，幸子带着妙子先去滨屋，然后给大姐打电话，说"本来打算现在送妙子过去，可是我今天非常累，去不了。小妹又不认识路，不好意思，能不能让辉雄或者别的什么人来接一下"。大姐说："我可以去接。现在还不到晚饭时间，我们三个人找个地方吃饭，去银座吧。”妙子说既然去银座，就去早就听说过的新格兰或罗美尔，于是定下来去罗美尔，大姐反过来问道：“罗美尔我也没去过，在数寄屋桥下车后怎么走？”

幸子和妙子洗过澡，一起来到罗美尔，大姐已经到了，预定好餐位，说“今天我请客”。因为幸子手头宽裕，以往总是她结账。今天晚上大姐格外热情，对妙子说了很多宽慰的话：“其实我并没有忘记小妹，就是因为房子太小，现在雪子妹妹一个人也是将就着住，本来想过一阵子把你也接来，一直腾不出手来。”这算是为自己辩解了一番吧。姐妹三人每人喝了一大杯德国啤酒，离开罗美尔后沿着初夏的银座大街，溜达着往新桥方向走去，幸子在新桥车站前与她们分开了。

在妙子与他们协商的这两三天里，幸子不想去本家，但一个人总得打发这段时间，于是想到几个嫁到东京的女中同学，打算去看看她们。第二天早上，正当她在房间里看报的时候，接到妙子的电话：“现在过去可以吗？”幸子问：“是不是有事要商量？”妙子说：“没事，就是闲着无聊。”幸子接着问道：“谈得怎么样？”“今天早上我把想法说给大姐听了，她说这一周大姐夫特别忙，要等到下周才能谈。这几天没事做，想去你那儿玩。”幸子告诉妙子今天和住在青山的朋友约好下午见面，五六点以后才能回来，然后挂断了电话。

青山的那个老同学执意挽留幸子吃晚饭，幸子到七点多才回到旅馆。一走进旅馆，恰好妙子也同时进来。今天她一直等着辉雄放学回来，然后让他带着去明治神宫，五点多的时候两人曾来过旅馆，见幸子还没回来，等了一会儿，感觉肚子饿了，女老板问要不要在这里吃饭，妙子想起昨晚德国啤酒的味道，便带着辉雄去罗美尔吃了一顿，刚才在尾张町与他分开后就过来了。看她的样子，似乎打算让幸子留她住在旅馆。再仔细一问，知道大姐夫妇对妙子还是热情款待，大姐夫今天早晨出门上班的时候还说“小妹难得来一趟，就多待一些日子，房子小，委屈你了，不过刚好雪子妹妹不在，总算能勉强凑合着住。不巧我这个星期特别忙，五六天后比较空闲，到时候带你出去玩。我中午还有一个小时的休息时间，要是今天中午你来丸之内的话，我请你吃午饭”，又说“我今天去丸大厦的售票处取歌舞伎的票，这两三天请你和鹤子、幸子妹妹一起去看戏”。他那种高兴的样子令人感觉不快，对妙子说话也从来没有这么亲切过。在姐夫和孩子们出门以后，妙子立即抓紧时间和大姐谈了差不多一个小时，把自己的想法相当详细地告诉大姐。大姐没有表现出丝毫厌烦的表情，耐心地听完后说：“这件事……不知道你大姐夫什么意见，要和他商量一下。因为你大姐夫所在的银行要和其他银行合并，现在非常忙，有时候夜里很晚才回来，所以只好请你再等一等。大概下周可以和你谈，这几天你轻轻松松地到处去逛一逛。小妹你也好久没来东京了，让辉雄陪着你到处逛逛，幸子妹妹一个人也很无聊吧，你可以去筑地陪陪她。”妙子对幸子说：“不知道会是什么结果，反正现在只能听大姐的。”昨天火车途经沼锦附近时，妙子看到富士山大部分云遮雾绕，还开玩笑地说征兆不好，看来她心里对这次来东京能否达到目的没有把握。不仅如此，她现在还十分警惕自己不能被本家夫妇笼络过去。不过，毕竟受到大姐两口子的奉承，虽然嘴上说“他们要是甜言蜜语地欺骗我，我可不答应”，其实心里还是很高兴的。

幸子昨夜独自睡在滨屋旅馆二楼的房间里，身居旅地，感觉孤独冷清，未能合眼，心想还要忍受五六个这样孤寂的夜晚。没想到今晚就可以和妙子在这间十叠的房间里一起睡觉，姐妹俩有几年没有这样并枕共眠了。回想起来，从船场时期直至成年，姐妹们多少年来一直睡在一个房间里，这个习惯持续到幸子和贞之助结婚的前一天晚上。更久远的事情已经记不得了，自从幸子上女中开始，只有大姐睡在别的房间，其他三姐妹都睡在二楼的那个六叠房间，所以极少单独和妙子两个人睡觉，总是中间夹着雪子。因为房间小，有时候三个人盖两床被子。雪子的睡相很好，大夏天也总是把薄棉被盖到胸口，睡姿端正。今晚幸子和妙子一起睡觉，就想起当时的情景，备感亲切，眼前浮现出身体瘦削的雪子夹在自己和妙子之间端端正正睡觉的形象。

第二天早晨，幸子和妙子如小时候那样，醒来以后依然躺在被窝里开心地闲聊一会儿。

“小妹，今天干什么啊？”

“干什么呢……”

“有没有想去看的地方？”

“大家都说东京好，但我还真没有想看的地方。”

“我还是觉得大阪、京都好。昨天晚上去罗美尔吃得怎么样？”

“和上次吃的不一样，吃了小牛排。”

“辉雄很高兴吧？”

“我们正吃的时候，发现对面角落里坐着辉雄的同学，跟着父母一起来的。”

“嗯。”

“辉雄被同学看见，满脸通红，嘴里说‘完了，完了’，问他怎么回事，他说‘和小姨在一起，谁也不相信你是我的小姨’。”

“那是。”

“首先餐厅的服务员就一副怪怪的表情，问我们是一起的吗。我要啤酒的时候，他惊讶地‘啊’了一声，用奇怪的眼神打量着我，好像把我当作小孩子了。”

“你要是穿上那件西服，看上去连辉雄的姐姐都不像，别人准以为你是不良少女呢。”

快到中午的时候，涩谷来电话说已经买到明天歌舞伎的戏票。可是今天一天无事可做，于是姐妹俩下午去银座喝茶，然后在尾张町坐出租车从靖国神社到永田町、三宅坂兜了一圈，来到日比谷电影院。当车子横穿过日比谷十字路口的时候，妙子看着窗外的行人说道："东京很流行箭翎碎花纹嘛。刚才从德式面包店到日本剧场这一段路，就有七个人穿这种花纹的衣服。"

"你还数过了啊？"

"哦，你瞧，那边有一个，那边还有一个。"

不一会儿，妙子好像又想起什么似的说道："中学生双手插在口袋里走路很危险。不记得是什么地方，关西有所中学的校服就没有裤袋，我觉得这样好。"

幸子知道这个妹妹从小就爱说大人话，感觉现在她已经到真正说大人话的年龄了，便附和道："是这样的。"

三十三

第二天，在歌舞伎座上演的最后一出戏《口吃的又平》即将开幕之前，舞台上的扩音器不停地传来广播寻人的通知——本所绿町的某某先生、青山南町的某某先生，一会儿又通知“西宫的某某先生”“下关的某某先生”，最后还有“菲律宾的某某先生”。幸子感叹不仅日本国内的观众，连南洋的外国观众也来歌舞伎座。这时，妙子突然说:“别说话！”然后她用手制止住大姐和幸子，竖起耳朵。

果然，扩音器传来“芦屋的莳冈太太”，接着，第三次广播时改为“兵库县芦屋的莳冈太太”。

“什么事啊？小妹你去看看。”

妙子走出去，不一会儿回来，拿起座位上的手提包、花边披肩，说了句“二姐，出来一下”，把幸子叫到了走廊上。

“什么事？”

“滨屋的女佣在外面。”

事情是这样的：剧场的人告诉妙子有人来找莳冈太太，妙子到正门入口处一看，滨屋的女佣站在台阶上。女佣也操着一口大阪话，说“刚才芦屋的家里来电话，我们就给歌舞伎座打了好几次电话，都是占线，怎么也打不通，老板就让我跑一趟”。妙子问家里来电话说的什么事，女佣说：“电话是老板接的，我不能问。不过，好像是说病人的病情十分严重，但不是悦子小姐。听说最近小姐得了猩红热在家里卧床，但这次不是小姐，而是住在医院耳鼻喉科的那位病人。对方说小妹知道这件事，一再叮嘱一定要说清楚，别把病人说错了。老板告诉对方现在幸子太太和妙子小姐都在歌舞伎座看戏，会立即转告给她们，还问有没有别的事，对方说至少让妙子小姐今天晚上立即回大阪，如果有时间的话，给家里打个电话。”

“这么说，是板仓吗？”

在来东京的车里，幸子听妙子说了一句“板仓的耳朵动了手术”。据她说，四五天前板仓患上中耳炎，有耳漏现象，到神户中山手的一家名叫“矶贝”的耳鼻喉科医院就诊，但前天引发了乳突炎，必须动手术，昨天住进这家医院做了手术。手术很顺利，本人精神状态很好，说自己不要紧，让妙子去东京。妙子心想去东京的准备已经做好，而且那个人壮得像头牛，死不了，便放心地来到东京。这么说，看来板仓的病情有了急剧的恶化。滨屋的女佣说电话是二小姐打来的，大概是板仓的妹妹或者别的什么人从医院给家里打电话，雪子不敢耽误，立即给这边打来电话。乳突炎做个手术，应该没问题，但如果不及时做，往往会感染大脑，也有可能危及生命。既然他特地要雪子通知这边，看来病情不容乐观。

“小妹，你打算怎么办？”

“现在立即回滨屋，动身回去。”妙子依然面不改色，说话平静沉着。

“那我怎么办？”

“二姐你回去继续看戏，不能把大姐一个人撂在那里。”

“对大姐该怎么说？”

“随便敷衍一下。”

“你这次把板仓的事告诉大姐了吗？”

“没有。”妙子在门口披上米色披肩，“不过，你告诉她也没关系。”说完她便走下了台阶。

幸子回到座位上的时候，《口吃的又平》已经开场。大姐专注地盯着舞台，一句话也没说，对此幸子求之不得。等到散场，她们在人群中被挤到大门外的时候，大姐才问道：“小妹呢？”

“刚才有个朋友来找她，她们一起走了。”

幸子姑且这样敷衍回答，把大姐送到银座大街，在尾张町分开后回到旅馆。女老板说：“小妹早一步已经走了。”接着还说，“接到那个电话后，我先预购了一张今晚的火车卧铺票。小妹从歌舞伎座回来以后，说坐这趟火车走，急急忙忙就出门了。临走前还给芦屋的家里打了个电话，没对我们说详细情况，只说电话里说不清楚，好像是做手术时细菌感染，病人非常痛苦。她还说坐这趟火车直达三宫，明天早晨从三宫站直接去医院。另外，涩谷那边还有一个小皮包，请您回大阪时顺便带回去。”听女老板的口气，似乎对小妹和板仓的关系略有察觉。幸子的心里七上八下，坐立不安，打了一个紧急电话想找雪子。可是电话里听不清雪子说什么，并非长途电话的缘故，而是雪子本身的声音太小，她虽然扯着嗓门使劲叫喊，但完全可以说是喊也白搭。因为她平时说话的声音又细又小，在电话里实在听不清楚，平时和雪子通电话的人没有一个不恼火，她也知道自己打电话遭人嫌弃，一般不接电话，而让别人代接，但今天事关板仓，不能告诉阿春，也不便让贞之助代接，只好亲自出来。幸子刚和雪子说上几句话，对方的声音就变得跟蚊子嗡嗡一样细微，感觉说话的时间还没有喊“喂、喂”的时间长，不过后来终于逐渐听出点头绪来：今天下午四点左右，一个自称是板仓妹妹的人打来电话，说板仓住院做耳朵的手术，起先很顺利，但从昨夜开始，病情剧变。雪子问剧变是否就是细菌侵入脑内，对方说："好像不是。感染的不是脑部，而是脚。""脚怎么啦？""不知道是怎么回事，反正非常痛苦。稍微碰一下，就疼得跳起来，总是不停地喊'疼、疼'，扭动着身子不断呻吟。他本人只是喊疼，并没有说把小妹叫回来。我觉得那种疼痛非同寻常，大概已经不是耳鼻喉的问题，应该请其他科的医生来诊疗。可是不能自作主张，实在想不出办法才打了电话。"幸子问雪子："后来的情况怎么样？"雪子说："刚才小妹来电话说今晚就动身。我把这个消息告诉板仓的妹妹时，她说病情越来越坏，板仓像发了疯一样扭动着身子。她给老家也发了电报，父母大概明早就到。"幸子对雪子说："妙子已经动身，我自己留在这里也没什么意思，打算明天也回去。"临打电话时，幸子询问悦子的情况如何，雪子说："小悦精神好极了，不老老实实在病房里待着，净想着往外跑，拿她没办法。全身的疮痂都已经脱落，只剩脚底还有一点。"

幸子想到自己急急忙忙地离开这里，不知道如何向大姐解释，思来想去也想不出搪塞的借口，便打定主意即使大姐觉得蹊跷，也管不了那么多，第二天早晨给她打电话说："妙子有急事已经回关西了，我今天也回去，要是方便的话，我们找个地方见一面。"鹤子说："我去你那里。"过了一会儿，鹤子拿着妙子的小皮包来到滨屋。大姐在四个姐妹中最沉稳，妹妹们都说她"神经迟钝"。正因为如此，她问都不问妙子究竟因为什么急事走的，相反，小妹这次来东京的目的是为了谈判棘手的问题，没等到答复就急匆匆回去了，从她的样子也能看得出来，她暗自松了一口气。她虽然说很快就回去，但还是在旅馆和幸子吃了一顿午饭。

吃饭的时候，鹤子突然问道："小妹最近还和阿启来往吗？"

"嗯，好像偶尔吧。"

"除了阿启，还有别人吗？"

“你听谁说的？”

“前一阵子，有人想娶雪子，来调查我们的情况。这桩亲事没有成功，所以我没有告诉雪子。”

鹤子说妙子的事是这桩亲事的介绍人出于好意告诉她的，介绍人不知道详情，只是听说最近小妹和一个比阿启的身份低下的青年交往密切，问她是否听说过这样的风言风语，还说虽然只是传闻，不过还是要适当注意一下。这么说来，雪子本人无可挑剔，莫不是小妹的这个传闻毁了这桩亲事？鹤子说道：“我信任你和小妹，所以根本不想知道这个传闻在多大程度上是真的，那个青年又是什么样的人。说实话，大姐夫和我都认为，事到如今小妹和阿启结婚最理想。只要雪子的婚事定下来，就打算和对方谈一谈。所以关于钱的问题，就像我在信上所说的那样，不准备答应小妹的要求。只是担心她这次势在必得的劲头，弄不好会和你姐夫吵翻，所以打算推说好好考虑一下再回复。最好先把她心平气和地打发回去，这几天正冥思苦想要怎么说服她先回去呢。”幸子听鹤子这么一说，明白她的确松了一口气。

“你说得对，她要是能和阿启结合确实是最好的。我和雪子也都这么认为，总这么劝说小妹。”

幸子像是在为自己辩解，但鹤子没有理会，吃饭时只管说自己想说的话，最后说了句“吃好了，谢谢”，便放下筷子，拿起手包，又说“我现在就回去，今天晚上可能不能去送你了”。她连休息也不休息，就出门走了。

三十四

第二天早上，幸子回到家里，雪子把事情的经过告诉了她。大致如下：

前天傍晚，女佣告诉雪子说一个自称板仓妹妹的人打来电话，因为雪子当时不知道板仓住院，也没见过板仓的妹妹，所以以为是女佣传错话，对方找的应该是妙子。但女佣说没错，对方说想和雪子小姐通话。雪子接过电话，对方说知道小妹去了东京，非常抱歉，事情是这样的，便把她哥哥住院后发生的事情说了一遍。原来是板仓在妙子动身去东京的前一天住院做了耳朵的手术，当天妙子去探视的时候，他的精神还很好，但到了夜里，说是脚痒，起初给他挠痒，第二天早上开始，痒变成了痛，而且逐渐加剧。这种状态持续了三天，疼痛不止，未见好转。尽管如此，医院的院长说手术疤痕已经愈合，根本不理睬病人的病情，每天只是上午来换一次纱布后，就急急忙忙离去，放着这样一个痛苦不堪的患者不管。护士们都说这是院长的手术失误，患者真可怜。板仓的妹妹说："自从哥哥病情恶化以后，就把家里的门锁上了，一直在医院照料哥哥。不过，希望有一个可以商量的人，万一有什么事情，我的责任重大，除了把妙子紧急叫回来之外别无他法，所以给芦屋打去电话。”这通电话好像是在医院外面的什么地方打的。她还说：“我这样自作主张给你们打电话，说不定哥哥以后会责怪我。”说着，她在电话里都哭了起来。不难想象雪子接电话时只是一味让对方说，自己“嗯、嗯”地应对。听妙子说这个二十二岁的乡下妹妹还没有适应城市生活。由于非常担心哥哥的病情，她下定决心鼓起勇气打来了电话，这一点从她急促的呼吸和语调中不难看出。雪子立即向她保证马上和东京方面联系，于是一放下电话，就立即给滨屋的大姐家打电话。

昨天，妙子从三宫站直接前往医院，傍晚回家后只待了大约一个小时，又出门去了。据她说，平时意志那么坚强，从来不叫苦喊累的铁汉子竟然懦弱地连喊“痛、痛”，令人不寒而栗。今天早晨当妙子走进病房的时候，妹妹走到病床旁边对板仓说“小妹回来了”，板仓痛苦地看了一眼妙子，只是喊痛。他需要拼尽全身的力气才能忍受疼痛，没有精力分散注意力。病人就是这样，白天黑夜都经受着疼痛的煎熬，咬牙呻吟，无法入眠，也吃不下东西。但是从表面上看，板仓的身体既没有红肿也没有化脓，不知道是哪里疼。疼痛的部位从左腿的膝盖附近一直到脚尖，翻个身、碰一下，都会疼得大叫起来。雪子问到底什么原因，耳朵的手术与脚的疼痛有什么关系，妙子也说不清楚。关键是院长不仅不解释原因，自从患者疼痛以后，就采取逃避的态度，尽量不和患者接触。从护士透露的只言片语来推测，大概是手术时感染了恶性细菌，病毒转移到了脚部。

今天早上，从乡下过来的板仓的父母和嫂子等人在病房外面开始商量，矶贝院长见状才觉得不能置之不理，下午请来一个某外科医院的院长，两个人关在屋子里商量了一会儿，那个外科医院的院长就走了。接着又来了另外一个外科医生，看过病人以后，和矶贝院长嘀嘀咕咕一阵后也走了。问护士怎么回事，护士说矶贝院长本人已经束手无策，请来了神户最有名的外科大夫，那位大夫说必须大腿以下截肢，可是为时已晚。院长一听慌了神，又请来第二位外科大夫，可是这位大夫也是一筹莫展地走了。

今天早晨妙子亲眼目睹了患者的病情，又听他的妹妹讲述事情的经过，认为现在片刻也不能犹豫，顾不上院长的什么面子，应该立即请来有信誉的医生进行诊断，妥善治疗。可是从乡下来的几位老人磨磨蹭蹭，凑在一起愁眉苦脸，却拿不定主意，只是徒然浪费时间。妙子知道这样会招致无法挽救的结果，可是今天和他们是第一次见面，不能越俎代庖，即使说了一些建议，对方也只是说“这样啊”，根本不见行动，实在令人心急火燎。

以上是昨天傍晚的情况，今天六点左右，妙子回家休息了两个小时，又出去了。问她情况怎么样了，她说昨天晚上院长又拉来一位姓铃木的外科大夫，这个医生说可以动手术，但出现什么结果无法保证。可是，亲属们还是举棋不定，难下决断。尤其是板仓的母亲说，既然没救了，就别这么残忍，给他留个全尸吧。板仓的妹妹说只要有一丝希望，就要用尽一切手段抢救。显然，妹妹的意见是正确的，可是老人们无法接受。妙子觉得手术动也好不动也好，反正为时已晚，无力回天，也就不抱任何希望了。还有那位一直照顾板仓的护士似乎对院长很反感，动不动就说院长的坏话，也不知道有几分可信。护士说院长是个大酒鬼，因为上了年纪，现在患上酒精中毒，手指颤抖，所以经常手术失误，致使患者遭罪的事发生了不止一两起。

后来妙子把这次发病的经过告诉栉田医生，他说：动耳朵手术时，感染细菌并侵入四肢，即使一流的专科大夫万分谨慎地动这个手术，往往也会造成这种结果。医生不是神，不可能万无一失。但是，如果怀疑是术后患者感染了细菌，就必须刻不容缓地请来外科大夫进行处理，一旦耽误时机，患者就会有危险。这是分秒必争的大事。所以，矶贝院长的手术失误可以原谅，但放着疼痛难忍的患者三天不管，只能说是玩忽职守，缺少医德。要不是患者的家属是一无所知的乡下人，绝对不会放过院长，这次医疗事故没有闹大，只能说是矶贝院长的运气。板仓不知道这个矶贝竟然如此没有医德，到那个医院去看病，只能说是他本人的不幸。”不过，栉田大夫的这番话已经是后话了。

雪子把事情的经过一五一十地告诉幸子以后，幸子接着问是在哪个房间跟板仓的妹妹通话的，阿春等女佣是否听到了通话的内容以及贞之助是否知道等。雪子说第一次来电话的时候，自己和阿春在旁屋，电话就挂到旁屋，当时悦子、水户姐和阿春都听见了。水户姐和阿春的表情显得不自然，但没有说话，只是悦子没完没了地问板仓怎么啦、为什么二姨要回来。既然阿春已经听见了，大概就会传到其他女佣的耳朵里，当时那种情况也没有办法，只是觉得被水户姐听见不太好，于是第二次改在正房通电话，并且把通话的内容以及自己所采取的措施一一向贞之助姐夫做了汇报，得到了他的同意。其实贞之助心里也很挂念，今天早晨上班之前还向妙子详细询问事情的经过，让妙子尽量劝说他们一定要动手术。

幸子说：“我也去看望一下病人。”

“这……打电话和二姐夫商量一下吧。”

“反正我先睡一会儿再说……”

幸子坐夜车回来，没睡好觉，便上二楼的日式房间躺了下来，但心里不踏实，怎么也睡不着，索性起来下楼洗了把脸，吩咐厨房早点做午饭，然后给贞之助打电话。“板仓生病，小妹听说后连夜赶回来，这是万不得已的事情。如果我也出面去看望他，似乎让人感觉正式认可两个人的关系，我觉得这样不好，但是发大水的时候，他救了小妹，知道他病成这个样子不去探望，万一有个三长两短，以后我也会受到良心的谴责。再说板仓好像已经没有希望了，别看他体魄那么健壮，总觉得面相上有点薄命。”贞之助说：“我也有这样的感觉，你去看一眼也未尝不可。可是，奥畑会不会也去看他呢？如果他去的话，你还是不去为好。”两人商量的结果是，只要不碰上奥畑，可以去看望一下，但待的时间不要太长，稍微探视一下就回家，不要让小妹一直待在那里，最好回来的时候把她也带回来。幸子和丈夫商量以后，又打电话给妙子，问会不会碰上阿启。妙子回答说：“现在除了板仓的亲属外，没有其他人来过，也没有通知任何人。即使病情恶化，也没必要告诉奥畑吧。如果奥畑一来，很可能导致病人情绪不稳，所以我反对通知奥畑。其实，我本来想请二姐过来一下，因为是否转到外科，意见还不统一。我和他的妹妹都积极主张转到外科，但是他的父母还在犹豫不决，所以想请二姐过来帮忙说句话，还是有用的。”

“那我吃过午饭马上就去。”放下电话后，幸子和雪子吃早午饭的时候，商量不能让护士把妙子的事情传出去，她现在除了陪着悦子玩也没别的事，不如今天就打发水户姐回去。雪子说水户姐本人也要求回去，于是幸子让雪子告诉对方，等她回来一起吃顿晚饭后再走。吃过午饭，幸子叫了辆车，在十二点直奔医院。

到那儿一看，医院位于中山手电车线通往山手方向的高约五十米的狭小坡路的中间地段，说是医院，其实就是十分简陋的两层建筑，楼上只有两三间日式病房。板仓的病房是一间六叠的屋子，窗外与邻居的晒台非常近，挂着几件晾晒的衣服，病房里令人感觉沉闷。正值穿和服单衣的初夏时节，四五个人在屋子里，有的坐在榻榻米上，有的坐在椅子上，房间里通风不好，有一股闷热的汗臭味。病人躺在右侧墙边的铁床上，面朝墙壁，微微弓着后背。幸子一进病房，就听见病人急促低沉的呻吟声，接连不断地喊着“痛、痛、痛”，一秒也没有停歇。在妙子的介绍下，幸子和板仓的父母、嫂子以及妹妹相互问候，其间病人依然在痛苦地呻吟。妙子介绍完后，走到病床旁边，双膝跪在枕边，小声说道：“米哥，二姐看你来了。”

“痛痛痛……”

病人依然背朝里，盯住墙壁上的某个点不停地呻吟。幸子站在妙子身后，战战兢兢地探头一看，板仓朝上的右边侧脸并不显得憔悴，脸色也没有想象的那么坏。毛毯被掀到腰部以下，板仓只穿着一件纱布睡衣，从敞开的衣襟和挽上去的袖子可以看见胸脯和两只粗壮的胳膊没有异常的变化，只是绷带在耳朵的地方结成十字形，一条从头顶裹到下巴，另一条从额头裹到后脑勺。

“米哥，”妙子又叫一次，“二姐看你来了。”

这是幸子第一次听妙子叫板仓为米哥。妙子在家里谈到板仓时，一般叫姓氏。幸子、雪子、悦子私下谈论时，也是“板仓、板仓”地直呼其名。他的本名叫“板仓勇作”，妙子叫他米哥是因为他在奥畑商店当学徒时叫“米吉”。

“板仓老板，”幸子说道，“你这次可真是遭罪了，像你这样的人都喊痛不止……”话刚开了个头，她便掏出手绢捏住鼻子。

“哥哥，是芦屋的太太……”妹妹也在床边说。

“噢，不要这么称呼我。”幸子制止道，“不是说左脚痛吗？”

“是的。因为右耳动了手术，只能右脸朝上躺着，所以疼痛的那只脚就压在下面。”

“这得多难受啊。”

“所以痛得更厉害了。”

因为忍受疼痛，板仓粗糙的额头上沁满油汗。一只苍蝇飞来，在病人的头上飞来飞去，妙子一边说话一边用手赶走苍蝇。突然病人停止喊痛，说道：“尿！”

“妈，哥要尿尿。”妹妹说道。靠在墙边的老太太起身，走过来说了声“对不起”，弯腰从病床下拿出报纸包着的尿壶，放进病人的毛毯里。

“又要受罪了。”板仓的母亲刚说完，只听见病人发出的梦呓般的呻吟一下子变成疯狂的叫喊：“痛！痛！痛！”

“痛也没办法，忍一忍吧。”

“痛！痛！不能碰！一碰就……”

“忍一忍吧。这样尿不出来……”

幸子觉得奇怪，摁到什么地方会让板仓发出这般哀号，她又仔细观察病人的姿态。病人花了两三分钟把左脚挪动了约有一尺，微微仰起身体，摆好姿势后暂时停止了呻吟，随后调整气息，等到呼吸均匀后开始小便。这时，他迟钝地张开嘴，一双眼睛里流露出未曾见过的怯懦，转动着眼珠盯看大家的面孔。

“他是想吃东西吗？”幸子问他的母亲。

“一点也吃不了。”

“光喝柠檬水，就靠这个排尿。”

幸子看着病人露在毛毯外的那只疼痛的脚，表面上并无异样，只是血管有点鼓胀发青，也许只是幸子的心理作用。病人排尿后，身体需要恢复原样，又得经历一番和刚才一样的痛苦叫唤，在“痛！痛”的喊声里，夹杂着“哎呦，死了算了！让我死了吧”“快杀了我！杀了我吧”这样的话。

板仓的父亲话不多，一双眼睛惊恐不安，看上去像个没有主见的老好人，而母亲似乎比父亲有主心骨。可能因为睡眠不足，也可能因为哭泣，或者是患眼疾的缘故，她的眼睑肿胀下垂，总给人一种闭着眼睛的感觉。虽然表情显得迟钝呆滞，但幸子从一进来就看出照顾病人的正是这位母亲。病人似乎对母亲也是百依百顺，只要她说话，不管说什么，病人也是默默地听着。据妙子说，之所以将病人转到外科这一决定迟迟未下，实际上就是因为老太婆一个人不点头。幸子来了以后，看见父母站在一方，妙子和妹妹站在另一方，双方经常在屋角或者外面的走廊上嘀嘀咕咕地商量，板仓的嫂子似乎在中间进行调解，一会儿被这方叫过去，一会儿又被另一方叫过去。老两口的说话声非常小，幸子听不清楚，只看到母亲总是一边说话一边不停地叹息，父亲也有所动容地侧耳倾听。这时，妙子和妹妹抓住嫂子苦口婆心地劝说，如果不动手术而让病人死去，那就是亲人们的过失，恳求嫂子无论如何要说服母亲。嫂子听她们这么一说，觉得有理，就走到婆婆那里劝说一番，但母亲固执己见，死咬着“既然救不活，就给我留个全尸”的主张。嫂子劝她不要顾忌这一点，婆婆立即反守为攻：“做这么残忍的事情，能保证一定可以治好吗？”嫂子一听，只好退回来，对妹妹说道：“她不听我的话，给老人讲这些道理，根本讲不通。”这样一来，妹妹又走到母亲面前，带着哭腔激烈控诉母亲的顽固：“妈妈只是觉得哥哥很可怜，动手术很残忍，只考虑眼前的痛苦，根本没有真正尽到一个母亲的责任。能不能救活是另外的问题，现在就是要想尽一切办法救人，不能给以后留下遗憾，这难道不是我们的责任吗？”就这样，双方反复互相争执不下。

“二姐。”最后妙子把幸子拉到走廊的一头说道，“乡下人怎么这样慢慢吞吞，真急死人了！”

“不过，当妈的也许就是这样，你替她想一想，她那么说也不是没有道理。”

“反正为时已晚，我也死了这条心。不过，他妹妹托我请二姐劝劝她母亲。别看她母亲在家里说一不二，但在身份高的人面前，总是唯唯诺诺，听得进意见的。”

“我身份高吗？”

说实话，幸子认为如果因为别人多嘴，而出现最糟糕的结果，以后指不定这个老太婆怎么在背地里仇恨自己呢，而且看样子十之八九不会成功，所以她根本不想参与进去。

幸子说道："你等着瞧吧，尽管她嘴上那么说，最后还是明白要听从大家的意见，牢骚抱怨的话让她说个够就是了……"

幸子觉得自己来这里看望一下，在情理上已经说得过去了，现在想着要怎么带妙子回去，可是找不到合适的机会，正发愁的时候，一个护士上来，刚要走进病房，看见妙子在走廊上，便说道："噢，院长想和家属见一面，请哪位过来一下。"

妙子走进病房传达护士的话，只见嫂子和妹妹蹲在床头，老夫妇俩站在床尾。即使这个时候，两个人还在为你去还是我去磨叽半天，最后还是两个人一起去了。大约十五分钟后回来，父亲一脸无奈地坐着垂头叹息，母亲一边哭泣一边在父亲的耳边低声说着什么。不知院长和他们说了些什么，后来问起当时说话的情景，才知道原来院长觉得患者这样子死在医院不好办，似乎想巧妙地说服他们同意动手术。院长是这么说的："我对令郎的耳疾尽心尽力，做了最好的治疗，进行了彻底的消毒，在医疗上没有任何过失。现在看来，令郎脚上的病与耳疾毫无关系。你们也看到，令郎的耳朵已经痊愈，所以没有必要继续住在本院。本院还有其他患者住院，不能发生意外事故。昨天晚上，我请铃木大夫治疗令郎的病，他表示同意，但由于患者家属未能下定决心，结果白白浪费了宝贵的时间，现在已经错过了最佳时期，如果你们还是这样磨磨蹭蹭，犹豫不定，万一发生重大事故，本院概不负责。"总之，院长矢口否认自己的医疗事故，把贻误病情的责任完全归咎于家属的迟疑不决，为自己筑起一道壁垒。两位老人对院长的话只是唯唯诺诺，最后还说"那就拜托您了"，退了出来。然而回到病房以后，母亲又开始埋怨牢骚，怪罪父亲被院长的花言巧语所蒙蔽。尽管母亲抱怨哀叹，最后也不得不做出让步，同意将病人转到外科。

铃木医院位于上筒井六丁目，在以前的阪急电车终点站附近，好不容易折腾着把病人抬出矶贝医院的时候，天快黑了。当时矶贝院长的态度极其恶劣，一决定转院以后，就觉得终于甩掉一个可怕的包袱，再也没有露面，连声招呼也不打，把抬病人等所有事情都推给铃木医院派来的医生和护士。在这几个小时里，病人是否知道亲属们聚在一起商量截肢问题，这一点不得而知，他只是不停地喊痛，仿佛变成一个只会呻吟的怪物。他的父母、嫂子、妹妹似乎早就把自己的儿子、小叔子、哥哥视为一种怪异的存在，根本不征求他的意见，也不告诉他转院的原委，他们最担心的是把这个怪物从病房抬进救护车时，他会发出怎样凄厉的叫喊。因为病房外面的走廊与普通住宅楼的走廊一样，只有三尺宽，楼梯也很窄，没有平台，而且还是旋梯，放在担架上抬下去的时候，对于连小便时都那么疼痛叫唤的病人来说，显然会让他感到巨大的痛苦。这些亲属们非但不怜悯病人的痛苦，还在担心自己无法忍受病人尖厉的叫喊。幸子实在看不下去，问护士能不能想个办法，铃木医生回答说："不用担心，给他打一针后再抬下去。"这么一说，大家都松了一口气。病人注射后，情绪稍微安定下来，医生、护士以及病人母亲帮着一起抬下楼去。

三十五

幸子趁着板仓的父亲、嫂子和妹妹收拾病房、支付住院费的时候，把妙子叫到一边说："我打算回去了，你和我一起回吗？你姐夫让我尽量带你回去。"妙子回答说要等手术结束后再走。幸子没有办法，只好租了一辆出租车，把他们四个人送到铃木医院，然后自己再坐车回芦屋。当汽车停在医院门口，幸子叫住正要下车的妙子，说道："也许这个时候你希望自己能陪着他，但据我看来，病人也好，亲属也好，似乎都避讳我们，好像并不需要你在这儿。所以你还是找个合适的机会脱身出来，当然要根据情况当即判断，而我们最担心的就是千万不要让世人误以为你和病人有婚约关系，无论在什么情况下都不能忘记这一点——任何行为都必须牢记莳冈家族的名誉，尤其不能对雪子妹妹造成影响。"幸子的话说得有点重，其实她是想尽量婉转含蓄地告诉妙子：如果你和板仓结婚，我也没办法，但如果板仓死了，就不能让世人知道你和他订有婚约。妙子大致领会了姐姐的言外之意。

在这段时间里，幸子最头疼的问题就是自己的亲妹妹想成为一个没有门第、出身寒微、还当过学徒的青年人的妻子。然而，一想到这个问题意外地以一种自然而然的方式得到解决，而结果对自己这一方有利，老实说，她便按捺不住产生一种“这下好了”的心情。想到自己的内心深处潜藏着这种希望别人死去的念头，幸子感觉很不舒服，觉得自己卑鄙可耻，但的确也是事实。想必怀有这种念头的大概不止自己一个人吧，雪子自不待言，贞之助可能也深有同感，如果阿启听到这个情况，恐怕第一个手舞足蹈的就是他吧。

“你怎么回来得这么晚啊？”已经从事务所回到家的贞之助在客厅里等着妻子回来，一见她进屋就说道，“你说中午出去，回来也太晚了，我正想给医院打电话呢。”

“因为我想带小妹回来，一直等着，就晚了。”

“小妹也一起回来了吗？”

“她不回来，说要等到做完手术，我想这也在情理之中。”

“决定要做手术吗？”

“嗯，我去了以后，看见他们在那儿对于是否动手术拖拖拉拉地商量半天，好不容易才定下来，刚才把他们都送到铃木医院了。”

“这么说，能有救吧？”

“这个……我看恐怕不行。”

“这就怪了，他的脚究竟怎么回事？”

“就是不知道啊。”

“这是什么病？问大夫了吗？病名是什么？”

“问过矶贝医生，他一听就鬼鬼祟祟地回避了。铃木大夫好像顾忌到他，也不明确告诉我们，说可能是败血症或坏血病吧……”

幸子听说水户姐早已收拾好行李等候，便出去见她，酬谢她四十多天的辛苦看护，打发她走了，然后回到餐厅和丈夫、雪子一起吃晚饭。正在吃饭的时候，医院打来电话，幸子接完电话，又立刻出门了。贞之助和雪子在餐厅听幸子接电话，好像是妙子打来的，通话时间相当长，内容像是说：手术已经结束，眼下暂时比较平稳，但可能要输血，所以除了年老的父母之外，其他人都验了血型，病人和他妹妹是 A 型，妙子是 O 型；目前妹妹可以输血，但还需要一两个献血者，妙子是 O 型，符合供血的条件，但是家属没有要求她供血；现在有件难办的事，由于妹妹的建议，已经把板仓生病的事情通知了他过去的同事，奥畑商店的两三个店员应该很快就会来到医院；妙子不想见到他们，而且如果阿启听到消息，可能也会一起过来，为了不碰面，妙子打算先回家一趟；这些店员都是板仓学徒时代的老朋友，妹妹为了寻找合适的血源，才通知了他们；妙子已经非常疲惫，希望幸子雇辆车去医院接她；希望家里预先做好准备，她一回家就能洗上澡、吃上饭。

“这么说，究竟……”贞之助等幸子回到餐桌后，再次压低声音说道，“板仓的亲属知道小妹和阿启的关系吗？”

“亲属们肯定不知道吧。要是知道的话，绝对不会同意儿子娶小妹的。”

“这么说，肯定不知道。”雪子也说道，“板仓不会把小妹与阿启的事告诉父母的。”

“可能只有板仓的妹妹知道。”

“这些奥畑商店的店员是不是经常去板仓位于田中的家里？”

“这就不知道了，以前从来没听说过板仓还有老朋友……”

“要是有这些人，小妹和板仓的事情也许已经在外面传得纷纷扬扬了。”

“是啊。阿启说他通过某种方法能够掌握板仓的全部情况，指的就是这些人吧。”

幸子坐上出租车直接去接妙子，可是一个多小时后才回来。一问情况，原来是出租车半路抛锚，妙子在医院里等了好长时间。其间，店员们都来了，没想到阿启也来了，结果两人偏偏撞上了。妙子后来说那个时间阿启应该不在店里，大概是店员打电话通知他的。妙子本来一直极力回避阿启，阿启在今天这个特殊的场合也不敢轻举妄动。只是在妙子要回去的时候，阿启走到她身边，低声说道“小妹可以多待一会儿嘛”，听上去有点挖苦嘲讽的味道。在店员们主动要求检查血型的时候，阿启说“也看看我的”，一起验了血型。不知道他打的是什么主意，妙子知道他有不够稳重的一面，心想只是在那种氛围中脱口而出而已。妙子因为看到嫂子妹妹都查了血型，如果她不检查，情面上过不去，但是板仓的父母亲属都一再说她不必检查。

妙子洗完澡穿着睡衣坐在餐桌旁，幸子三人围在她身边，继续谈论这件事。幸子问道：“从腿的什么位置截肢的？”

“这个地方……”妙子从桌子下面伸出脚来，用手掌在大腿部位做着切割的动作，然后又慌忙挥手，像是要赶走这句晦气话。

“小妹看到手术过程了吗？”

“看了一点。”

“动手术的时候你在场？”

“我在手术室旁边的房间里等着。里面有一扇玻璃窗，可以看见动手术的样子。”

“虽说看得见，你也真敢看。”

“本来不想看，感觉害怕，可越怕越想看，就瞧了一眼。板仓的心脏大起大伏，胸那里一下子隆起来，又一下子塌下去。全身麻醉大概就是那个样子吧。要是二姐，连这个也不敢看吧。”

“别说了！”

“这么点事我还满不在乎，但终于看到了可怕的一幕。”

“别说了！你怎么还在说！”

“就像是牛的五花肉那个部位……”

“小妹，别说了！”雪子叱喝道。

“不过，知道是什么病了。”妙子转而对贞之助说，“就是坏疽。铃木大夫在矶贝医院的时候没告诉我们，回到自己的医院后说的。”

“嗯，坏疽会这么痛啊……是不是因为动了耳朵手术？”

“这个就不知道了。”

他们后来才知道，这个铃木医院的院长在同行中的名声也很不好。两个当地的一流外科医生都表示救不活，拒绝给病人做手术，而这个铃木大夫在不能保证一定救得活的条件下接受这个手术，稍微一想就会觉得有点蹊跷，也许从中就能看出这个院长口碑不好的原因。当天夜里，妙子没有意识到这一点，可是当她看到这么宽大的一幢建筑，好像没有其他住院的患者，安静得很，就觉得这里冷落萧条。这家医院像是过去洋人的住宅改装的，看上去有种明治时代老式洋楼的感觉，走廊上的脚步声在高高的天花板下回荡，空荡荡的样子简直如同凶宅。妙子走进医院的那一刻就觉得浑身发凉，阴森逼人。手术过后，病人被推进病房里，从麻醉中苏醒过来，看见妙子站在枕边，悲痛地说了一句“啊，我成瘸子了”，但这是在矶贝医院不停呻吟的病人说出的第一句正常的话。不仅如此，从这句话中完全可以知道，在他如怪物般痛苦呻吟的时候，其实也清醒意识到自己的状态以及大家在他身旁商量的经过。不管怎么说，看到他不再喊痛，比手术前轻松得多，妙子便松了一口气，随即想到他虽然失去一条腿，却保住了性命，想象他以后架着丁字拐行走的样子。然而，病人仅仅在这两三个小时里得到暂时的安静。奥畑商店的店员们以及阿启也正是在这个时候赶过来的。妙子看到病人的状态开始平稳，觉得是时候可以离开。加上板仓的妹妹知道妙子和阿启以及哥哥之间复杂的关系，也想办法让妙子早点离开。妙子对送到门口的妹妹叮嘱道，如果病情有变，随时告诉她。她在出租车上还对司机说：“说不定今晚还要麻烦你一次。”

妙子嘴上不停喊累，却还是说了许多话，然后才去休息。果然，凌晨四点，她被医院来的电话叫了起来。幸子在拂晓的睡梦中迷迷糊糊地听见汽车在门前发动的声音，脑海里闪过小妹又要出门的念头，继而昏昏沉沉地睡了过去。也不知道过了多久，幸子听见隔扇被拉开一道缝的声音。

“太太，”阿春的声音传来，“刚才小妹来电话说，板仓老板去世了，特地通知一声。”

“现在几点了？”

“六点半左右……”

幸子还想再睡一会儿，可怎么也睡不着，贞之助也听到了这个消息。睡在旁屋的雪子和悦子直到八点左右起床，才从阿春那里听到这件事。

妙子中午回来，把事情经过告诉了大家。板仓的病情再度恶化，妹妹和店员们轮流给他输血，但不见效果，病毒从脚部扩散到胸部和大脑，病人在极度痛苦中死去。妙子从未见过有人临终时竟要承受如此彻骨的痛苦。直到最后一刻板仓的脑子还很清醒，看着围在枕边的人们，他向父母、嫂嫂、妹妹、朋友们一一告别，也感谢阿启、妙子对他生前的关照，祝愿他们未来幸福，对于莳冈的家人，他也一一点名，老爷、太太、雪子小姐、悦子小姐，甚至连阿春姐也一一问好。彻夜守在身边的奥畑商店的店员们因为要上班，便离开了医院，但阿启陪同板仓的家属将遗体送到田中的家里，妙子也陪同前往后才告辞回家。阿启还留在那里，家属们都叫他“少爷，少爷”，大概想请求给他们一些关照。今夜和明天要守灵，后天在田中的家里举行辞灵仪式。妙子讲述着种种情况，由于连日来的护理和睡眠不足，她的脸上流露出疲惫憔悴的神色，但表情、动作依然沉着稳重，没有流下一滴眼泪。

第二天守灵，妙子傍晚出去，大约一个小时就回来了。本想多待一会儿，可是阿启从前天晚上就一直在那里，感觉他只要有机会就想和妙子说话，妙子心里时时警惕着回避。

贞之助说“辞灵仪式我们不去不好”，但他考虑最多的还是两个小姨子将来的神佛恩惠，担心在灵堂上会遇见各种各样的人，尤其是自从发生小报事件以后，在那种场合与奥畑的家人见面实在非常尴尬，所以最后决定由幸子一个人在规定时间外前去吊唁。妙子也参加了辞灵仪式，但没有去火葬场。她回家以后说没想到有那么多人参加，有些人的到场令她惊讶，板仓什么时候交了这么多朋友，她不禁感到意外。那一天，阿启又表现出不够稳重的一面，竟然和店员们一起并排站在棺木旁边。板仓的家属说要把骨灰带回老家，埋葬在寺院里，但他们关闭板仓在田中的照相馆回乡的时候，没有来莳冈家告辞，大概是不愿意深入交往吧。五七时，妙子独自悄悄去了一趟故人的乡下，肃穆地上坟祭拜，也没去亲属家里就回来了。不过，幸子隐约知道这件事。

水户姐走了以后，雪子和悦子两个人在旁屋睡觉时觉得冷清，晚上就把阿春叫过去一起睡，但也只叫了两个晚上，在板仓辞灵仪式的前一天搬回了正房的卧室。后来旁屋用福尔马林消毒后，贞之助回到了自己的书房。

在事情接踵而来的这段时间，五月下旬的一天，家里收到一封经由西伯利亚寄来的信函，那是从马尼拉回到汉堡的舒尔茨夫人写给幸子的英文信。

亲爱的莳冈夫人：

对于您情恳意切的来信没有及时回复，深表歉意。其实无论在马尼拉期间，还是在乘坐轮船回国期间，我都没有空闲时间。由于妹妹生病，现在还在德国，我要为她收拾整理许多行李，还要带着她的三个孩子一起走，也就是说，我要照顾五个孩子。从热亚那到不来梅港期间，几乎没有休息的时间。我的丈夫到不来梅港接我们，一家人平安回国，我非常高兴。我丈夫看上去很健康，彼得也一样，他和我的亲戚朋友在汉堡的停车场迎接我们。我现在还没有和年迈的父亲以及其他姐妹们见面。我们首先需要找个房子住下，但此事十分麻烦，看了好几家，好不容易才找到比较合适的住宅，现在正在购买家具、厨具等，大概两周就能万事俱备。我们托运的大宗行李还没有到，大约十天以内可以收到吧。彼得和弗里兹暂时寄居在朋友家里。彼得在学校做了很多事，他让我向你们问好。我的一个日本朋友五月要回日本，他们要托这个朋友给悦子小姐带去一些小小的礼物。请将这些视为我们对你们的友谊表示感谢的一点心意吧。你们什么时候来德国呢？我想自豪地带着你们参观汉堡，因为这是一座美好的城市。

罗瑟玛丽给悦子小姐写了信。悦子小姐啊，你也来封信吧。不必担心英语的语法错误，我也有很多写错的地方。佐藤先生的那栋住宅搬进新住户了吗？我经常回想起那个可爱的地方。请向佐藤先生转达我的问候。请向您全家问好。悦子小姐收到彼得从纽约寄去的皮鞋了吗？我想您没有为此支付关税吧。

希尔达·舒尔茨

敬上

一九三九年五月二日于汉堡

以上是舒尔茨夫人来信的内容，信中还附有一页纸，写着“这是罗瑟玛丽的信，由我将德语译成英语”，内容如下：

亲爱的悦姐：

我很久没有给你写信了。现在我正在给你写信。我认识之前住在冯·蒲思丹夫人家里的日本人，他在横滨正金银行工作。他的太太和三个孩子现在也住在横滨。他们姓今井。从马尼拉到德国的旅途非常有趣。我们只在苏伊士运河遇到过一次沙漠风暴。我的表兄弟都在热亚那下船了，他们的妈妈带着他们坐火车去德国。我们一直坐船到了不来梅港。

在我们住的公寓窗外，有一只黑色的鸟筑了巢。它先是下了蛋，现在必须孵出来。有一天，我看见鸟爸爸衔着一只苍蝇飞来，它想把这只苍蝇给鸟妈妈，可是鸟妈妈飞走了。鸟爸爸非常聪明，把死苍蝇放在了巢里。鸟妈妈立即飞回来，把那只苍蝇吃下去，又继续坐在鸟蛋上。

我们很快就会有新家。住址是奥弗贝克街十四号一楼左侧。

亲爱的悦姐，请你再给我来信。

向大家问好。

罗瑟玛丽

一九三九年五月二日于汉堡

昨天我们见到彼得，他也说向大家问好。

下卷

一

雪子从二月的纪元节那一天来到关西，从二月到五月，几乎住了四个月，她似乎也没有回东京的意思，事实上像是扎根在了芦屋。

进入六月不久，芦屋方面罕见地收到来自东京的大姐的来信，通知雪子有一门亲事。之所以说“罕见”，一是给雪子提亲这事，自前年三月阵场夫人介绍的那个野村之后至今已有两年三个月的空档，二则是这几年雪子的亲事都是幸子张罗完再通知东京方面，这似乎已成为惯例。本家夫妇在大姐夫吃过一次苦头以后，就不再积极操心此事，而这次却是大姐夫首先提议，让大姐通知幸子，从这个层面上说也算罕见。

幸子看着姐姐的来信，感觉有点不太靠谱，没什么令人心动的内容。情况是这样的：大姐夫的大姐嫁到了大垣的大地主菅野家里，这个菅野和名古屋的大财主泽崎是世交。泽崎家上一辈是多额纳税议员，听说门第显赫，远近闻名。这次由菅野家的大姐牵线，男方希望与雪子见一面。说起来，嫁到菅野家的这位姐姐，在辰雄的哥哥姐姐中与幸子姐妹最为熟悉。幸子在二十岁的时候，曾和辰雄、鹤子、雪子、妙子一起去长良川看鸬鹚捕鱼，归途中顺便到菅野家住了一个晚上。两三年后，这些人受菅野大姐邀请去采蘑菇。菅野大姐开车从大垣町出发，在乡间公路上行驶了二三十分钟，来到一个十分萧条荒凉的村落，绕过看似县道的道路拐进浓绿茂密的树篱小径，小径尽头就是菅原家气派的大院宅门。周围只有五六家破旧的农户，但是菅野家这座宏伟的大宅历史悠久，据说可以追溯到关原之战[①]，持佛堂[②]隔着庭院与正房并列，清泉潺潺，泉里的石头长满青苔，与后院的菜园相连。秋天去的时候，栗子树上结满果实，女佣们爬上树枝打落栗子。菜肴以自己种的蔬菜为主，味道十分鲜美，酱汤里的小芋头炖莲藕尤其好吃。幸子依然记得这些情景，但大姐夫的这位大姐如今已是寡居。大概是女主人闲居无事，听闻幸子的妹妹雪子至今未婚，就说想给她物色一个如意郎君，这次相亲似乎就是这位好事的夫人提出来的。

这个泽崎家的家主是什么人，他是在什么情况下提出想和雪子见面的，这些在鹤子的信中都说得很简单，只说是菅野大姐想让雪子和泽崎先生见一面，无论如何让雪子来一趟大垣。

信中还说到泽崎拥有数千万元的家产，与今天的莳冈家简直天差地别，地位悬殊，不般配得令人不可思议。但是因为对方的太太亡故，这次是续弦，加上已经派人到阪神调查过莳冈家的门第以及雪子的性格、容貌等情况，所以才提出希望见面。

鹤子在信中说：这件事未必不行，既然菅野大姐好心做媒，不去就会辜负她的一番好意，你姐夫的面子也过不去。菅野大姐的意思是，现在只要让雪子过去就行，至于对方的详细情况，以后再告知。虽然不清楚其中的原委，总之别有什么不满，先去再说。而且雪子在你那里也住了很长时间，我想让她回东京来，途中顺便拐到大垣，你觉得怎么样？菅野大姐没说让谁陪着雪子，你姐夫说他很忙，虽然我可以

① 1600 年德川家康在关原大破石田三成，从而确定其霸主地位。

② 用来供奉佛像和祖先牌位的堂宇。

从这里过去，不过还是请你陪着比较合适。反正不拘泥形式，只是见见面，就当是一次轻松的旅行吧。

大姐说得简单，而幸子首先想到的是雪子愿意去吗？她先把这封信悄悄给贞之助看，贞之助觉得这件事过于唐突，大姐不至于做出这么缺乏常识的事情。名古屋的泽崎在大阪一带的确颇有名声，并非不知底细的家族，但是提出想见雪子的那个人究竟是什么样的人，自己这边毫不调查，单凭对方的一句话，就唯命是从地把雪子送过去，这不仅会被人批评过于轻率，而且正因为对方是与自己门不当户不对的大富豪，不更显示出女方的无知草率吗？由于雪子对以前的多次相亲都不满意，予以拒绝，说以后先要充分调查了解对方的情况后再见面，本家大姐应该知道雪子的意思啊。

贞之助认为这件事有点可疑，第二天下班回家以后，向两三个了解情况的人打听，关于泽崎家家主的情况能打听到的都打听出来了。此人毕业于早稻田大学商科，今年四十四五岁，两三年前妻子去世。亡妻出身于某个堂上华族[1]，生有三个孩子。担任贵族院议员的是现在这个家主的父亲。本人的资产状况不错，至少是名古屋一带屈指可数的富豪。至于本人的性格、品行等细节，没有人予以明确回答。贞之助说，一个与华族结婚的千万富翁，虽说是续弦，竟然愿意娶已经没落的莳冈家族的姑娘为妻，这一点令人难以理解。如果真是这样，他很可能具有某种缺陷，致其无法与门当户对的女子结缘。可是，菅野大姐不至于存心要把雪子嫁给这样的人。所以，现在能够想到的就是看重外貌吧——他希望女方是一个纯日本式的、具有过去千金闺秀气韵的姑娘，正不惜花钱雇人寻觅的时候，偶然听到有雪子这么个人，出于一时好奇，便提出想见一面。或许他听说雪子在芦屋家里照顾外

① 根据明治时代的宪法，华族处于皇族之下、士族之上，享有贵族待遇。

甥女，外甥女对雪子比对母亲还亲，因此心想这样的人一定喜欢自己与前妻的孩子，只要能与孩子相处和睦，其他的都可以不予计较。这样的话，看来还是想认真和雪子打交道的。除此之外别无他因，而这两个原因中，大概前者是主因。对方听说莳冈家的姑娘容貌如何如何，就产生了一种轻微的好奇心，想看看是什么模样，再说见见面也没什么吃亏的，半带着一种“姑且一看”的心情。本家却没有看透这一点，就让雪子同意对方的要求，究其原因，是辰雄对菅野大姐不敢说半个“不”字。辰雄是种田家的幼子，作为养子来到莳冈家，至今在老家的兄长面前依然抬不起头。在兄弟姐妹中，嫁到菅野家的姐姐年龄最大，辰雄视她几乎等同于母亲或者姨妈，她说出来的每句话无异于命令。大姐在信上说：估计雪子未必同意，希望你说服她委屈一下，同意见面，亲事能否谈成是另一回事，如果她不去，你姐夫不好做人。鹤子还在附言中说道：虽然这门亲事过于离奇，感觉没有希望，但是缘分这个东西还真不好说。总而言之，接受菅野家的好意，对雪子来说应该不是坏事。

鹤子来信后，紧接着又收到菅野家的来信，内容如下：

> 给辰雄那边去信，回信说是雪子小姐在您这边，我想与其绕来绕去，不如直接和您商量。您大概已经从鹤子弟妹那里了解了大致情况，其实对这件事不必考虑得那么严重，只当是我们大家好久没有见面，幸子妹妹、雪子妹妹、妙子妹妹带着尚未见过的悦子小姐一起来我这儿玩。乡下和十几年前时相比没有什么变化，不过即将到捕捉萤火虫的季节了。这一带虽然不是捉萤火虫的胜地，但再过一个星期，附近田野的那条无名小河旁，萤火虫在黑暗中翩然飞舞，景色相当美丽。与采蘑菇、赏红叶不同，对你们来说一定会是罕见的美景。萤火虫的季节十分短暂，从现在开始

到下周左右正是观赏的最佳时期，过了这个时间就不行了。而且还会受天气的影响，连续大晴天不行，下雨天也不行，雨后的第二天最好。所以把日期安排在下个星期六和星期天两天，你们在星期六傍晚之前过来可以吗？趁你们在这里的时候，我来抽时间安排雪子妹妹与泽崎先生的会面。现在具体安排还没有确定，大概是泽崎先生到寒舍来，在我家里会面吧。时间也就半个小时或者一个小时，虽然这么设想，也有可能泽崎先生那一天不便前来，那也无妨，请你们来的主要目的就是为了捕萤。

菅野遗孀写这封信，肯定是因为东京那边让她直接劝说这边。幸子觉得，尽管大姐说“这门亲事过于离奇，感觉没有希望”，其实他们两口子的真实想法还是促成这门意料之外的美好姻缘。其实幸子本人最近对雪子的亲事也变得极度怯懦起来，没有胆量断然拒绝。四五年前，也有一个与这家相似、身份高贵的人提出想与雪子相亲，幸子觉得机会难得，赶忙调查，发现对方的家庭成员发生过婚外恋，惊愕得目瞪口呆，所以贞之助怀疑这次会不会也像那次一样。菅野遗孀的好意当然无可非议，但这样的做法未免欺人太甚。贞之助语气愤慨地说：“做事不分前后顺序，冷不防说我要见你，你来吧，这不是很不礼貌吗？”但是，幸子认为不管怎么说，这是两年三个月来第一次相亲。两三年前，提亲的人踏破门槛，后来一下子门可罗雀，一方面是因为过于循规蹈矩，提出不切实际的高要求，对于所有婚事都一概拒绝；另一方面则是妙子在社会上的风评不好，累及雪子。想到这些，幸子觉得自己有一半责任，十分自咎。就在这个时候，菅野遗孀提出了这门婚事。幸子本来悲观地认为已经失去世人的同情，雪子的姻缘从此了断，所以即使这次相亲希望不大，但如果一口回绝，又害怕引起世人的反感。要是答应这次相亲，即使最后没有成功，说不定也能引来第二门亲事。要是拒绝见面，也许在今后的一段时间里不会再有人来提亲，何况今年又是雪子的厄运年。幸子虽然觉得大姐夫妇的真实意图有点可笑，但也没有必要把这门亲事视为一场美梦，显得过于自卑。丈夫说还是警惕为好，幸子却想说：真的需要这样吗？尽管不知道泽崎家拥有多少财产，但他是再婚，还有三个孩子，难道雪子就比他差吗？就不般配到令人不可思议吗？我们莳冈家也曾是门第鼎盛的世家啊。贞之助被幸子这么一说，无言以对，觉得要是这样瞧不起女方，不仅对不起九泉之下的岳父，对雪子也过意不去。

夫妇俩商量一个晚上，得出的结论是一切听凭雪子的意见。第二天，幸子把两封来信的内容扼要地告诉了雪子，并婉转地探询她的想法，不料雪子没有表现出厌恶的样子，还和以前一样不明确回答去还是不去,但幸子从她“嗯”“啊”这些含糊的回答中已经体察到她的心意。其实这个心气很高的妹妹心里也焦躁不安，可能心境发生了变化，不再像过去那样对相亲怀有抵触情绪。幸子把这件事告诉雪子的时候，极力做到不伤害她的自尊心，不让她感觉到门不当户不对，更不能让她想到对方只是姑且一看的态度。以前,雪子听说对方有孩子的时候，总要问孩子的学习成绩如何、多大年龄等诸多问题，但这次什么也没问，反倒说“反正要回一趟东京，如果大家送我到大垣，一起捕萤也不错”。贞之助听了以后，笑着说“雪子还是想嫁给有钱人啊”。

于是，幸子给菅野遗孀写了一封回信：

> 承蒙好意，应邀前往，万事请多关照。本人也乐意与那位先生见面。我、雪子、妙子、悦子四人前往，不过悦子久病初愈，现仍在家休息，没有上学，所以根据我们的情况，希望将时间改为星期五、星期六。另外，相亲之事请勿让悦子知晓，只说捉萤火虫。以上要求，敬请谅解。

之所以提前一天，是因为雪子说想从大垣直接回东京，幸子打算送她到蒲郡。这样的话，星期五住在菅野家，星期六从大垣去常磐馆，星期天下午在蒲郡与雪子分手，当天回到芦屋，悦子星期一去学校上课。

二

夏天坐火车，幸子本想穿西服，但考虑到相亲，只好忍着炎热穿上博多筒带和服。看到妙子穿着和悦子差不多的童装样式的简装洋服，幸子不禁心生羡慕。雪子鉴于时势，不愿自己的穿着打扮引起火车上其他乘客的关注，打算把衣服装在皮包里带去。可是由于事前的联系不够周到，说不定到时对方会在那边等着她们，所以还是打扮一下为好，在穿着上颇费了一番心思。贞之助和大家一起坐省际电车，送她们到大阪。他坐在雪子对面，仔细端详雪子的容貌，接着附在幸子耳边感叹道："真年轻啊。"

可不是吗？大概谁也看不出雪子已经三十三岁，还处在厄运年。瓜子脸，眉眼略含忧郁，一番浓妆艳抹之后，更添几分姿色。身穿质地介于锦缎和乔其纱之间的和服，袖宽二尺，素净的紫色底上印染着大网眼纹，随处配以胡枝子、瞿麦以及白色波浪的花纹。雪子身上的这件衣服在她所有衣服中最能凸现本人气质，对方确定见面以后，她特地往东京打电话，让他们通过客车快件送过来。

"真年轻啊。"幸子也鹦鹉学舌似的说道，"像雪子这般年龄，大概没有人穿得了这么鲜艳的衣服。"

雪子感觉到二姐夫妇正拿自己的“年轻”当作话题，便垂下脑袋。如果说有什么美中不足，就是这阵子眼角的那块色斑始终没有消失。去年八月，雪子带着悦子去横滨港口送别彼得的前一天晚上，幸子发现雪子的眼角又出现淡淡的色斑，从那以后，色斑时淡时浓，一直没有完全消失。色斑很淡的时候，不知道的人看不出来，但注意到的人就会发觉她的眼角留有非常微弱的痕迹。以前是月事前后比较浓，大体上呈周期性，最近则毫无规律，什么时候变深或变浅，无法预测，甚至让人觉得已经与月事无关。贞之助也惦念着此事，说要是打针见效，就让她打上一针。幸子也总说要找位专家来诊断一下。可是，那一年在阪大附属医院诊疗的时候，医生说要连续打针才有效，一结婚自然就会痊愈，不打针也可以。其实也不是什么大缺陷，看习惯就不觉得碍眼了。只有家里人为此担心，外人并不在意，主要是雪子本人从未将它放在心上，任其自然发展。可是今天一化浓妆，色斑在白粉下反而明显起来，斜看过去，犹如体温计的水银柱那般清晰。贞之助今天早上在化妆室里看她梳妆打扮时就有点担心，现在坐在火车上一看，发现果然比平时明显，自家人再怎么往好里看，也躲不过别人的眼睛。幸子嘴上不说，但心里大抵明白丈夫在想什么。他们俩本来就对这次相亲没抱多大热情，现在更觉得没有希望，只是尽量不在脸上流露出这种黯淡的心情，互相心知肚明罢了。

悦子似乎早就察觉出这次去大垣并非只是捉萤火虫那么简单，在大阪转车时就问道：“妈妈为什么不穿西服啊？”

“本来想穿西服的，可是觉得不穿和服不太礼貌。”

她“嗯”了一声，可还是一脸不解：“妈妈，为什么不礼貌啊？”

“要说原因嘛……乡下的老年人很在乎这个的。”

“今天是不是还有别的事啊？”

“什么事？今天不就是去捉萤火虫吗？”

“可要是捉萤火虫，妈妈，二姨怎么也打扮得这么漂亮？”

“小悦，捉萤火虫啊……”妙子出来解围，“就像图画上经常描绘的那样，小姐领着很多丫鬟，穿着袖子长长的和服，像这样……”她比划着手势给悦子看，“手里拿着团扇，在池塘边或桥上追赶萤火虫。捉萤火虫就得穿着友禅和服，优雅地迈着步子，不然就没有那种气氛。”

“这么说，小姨你怎么不穿和服啊？”

“小姨没有这个季节穿着出门做客的和服。今天哪，小悦就是小姐，小姨就是时髦丫鬟。”

两三天前，妙子刚去冈山为板仓祭过三七，但那件不幸的事似乎并没有在她心间留下深刻的创伤，她的精神依然很好，时常说些笑话逗得悦子和两个姐姐发笑，还像变戏法似的从罐子里一会儿拿出甜点心一会儿拿出年糕片偷偷地放进嘴里，或者分给大家吃。

“二姨，你看，可以看见三上山了……”

悦子很少到京都以东的地方，这是第二次。她一路上贪婪地欣赏近江一带的景色，同时想起去年九月和雪子去东京的时候，雪子指给她看的濑田大桥、三上山、安土佐和山城遗址等景观。

火车开出能登川车站后没多久，只听见咣当一声，不知在哪儿停了下来，乘客们把头探出窗外想看个究竟，发现火车停在田地中间的土坡上进退不得，那里的铁轨稍微有点弯曲。发生交通事故了吗？但看起来不像。有两个人从机车上下来，察看了一下车厢底部，大家询问他们怎么回事，也不知道是他们找不出原因，还是找到了不告诉大家，只是含含糊糊地回答道：“啊，这个……”本以为停个五分钟十分钟就会开车，没想到车怎么也不动。后面开来的列车只好停下，列车员从车上下来一同察看。还有人往能登川车站方向跑去……

“妈妈，怎么回事啊？”

“是啊，怎么回事……”

“不会轧到什么了吧？”

“看样子不像。”

“那就快点开啊。”

“真是辆糊涂火车，停在这种鬼地方……”

火车停下来的那个瞬间，幸子首先想到是不是轧了人，不由得心头一震，幸好没有发生这种不吉利的事故……可是，如果是偏僻乡间的支线或者私营铁路的列车，也许会经常临时停车，但在国营铁路主干线上的这辆列车不知何故就这样停了半个多小时，对于外出旅行经验不多的幸子来说，她总觉得有点奇怪。这次停车显然不是由于发生了事故，列车是逐渐减速缓行，最后自然而然地咣当一声停下来的。幸子不禁感觉有点滑稽，仿佛火车也在给今天的相亲添乱。说起来，每逢雪子说亲或者相亲的日子，大多会遇上什么不吉利或者怪异的事情，幸子这次也一直担心，希望一切顺利。今天幸运地坐上火车，火车按时发车，正感觉这次会顺顺当当地完成相亲任务而松口气的时候，最终还是发生了这样的事。想到这里，幸子的脸色不由自主地阴沉下来，连她自己都能感觉出来。

“别那么着急，趁着停车歇口气，我们开饭吧。”妙子故意开玩笑似的说道，“火车停下来，我们正好可以好好品尝这顿饭。”

“是啊是啊，趁现在吃吧。”幸子也打起精神，“这么热的天气，不早点吃就变味了。”

幸子说话的时候，妙子已经站起来从行李架上取下篮子和包袱。

“小妹，鸡蛋卷没坏吧？”

“我看鸡肉夹心三明治够呛，先吃这个吧。”

“小妹，你可真能吃，嘴就一直没闲着。”雪子说这话时的口气，仿佛没体会到姐姐和妹妹对自己亲事的良苦用心。

又等了十五六分钟，终于开来了一辆机车牵引，火车这才呼哧呼哧地开动了。

三

上一次姐妹几人应邀前去采蘑菇还是幸子结婚前一年的秋天。当时幸子和贞之助已经订婚，两三个月后就举办了婚礼，所以应该是大正十四年，到现在有十四年了。当时幸子二十三岁，雪子十九岁，妙子十五岁。那时菅野家家主还健在，他说话时口音特别重，根据当地人的发音，把“想”发成“痒”，“牌”发成“海”，十分逗趣。每当老人发出这些音时，三姐妹你瞧我我瞧你，拼命忍着不笑出来，直到老人把“这是祖先的牌位”说成“这是祖先的海味”时，三个人再也忍不住哈哈大笑起来，弄得大姐夫辰雄哭笑不得，这件事她们至今依然记得。关原战役的军记物语中曾出现过乡士[1]菅野家的姓名，辰雄对自己有这样一位亲戚颇感骄傲，一有机会就想把鹤子以及几个小姨子拉到这里来，还得意扬扬地带她们参观附近的古战场和不破关遗址。第一次来的时候正值盛夏，众人冒着酷暑坐在一辆破汽车里，在尘土飞扬的田间道路上东跑西颠，弄得筋疲力尽。第二次来的时候，又被带到同一个地方，毫无意思，令人腻烦。别人有何感受不得而知，以“大

① 江户时代居住在农村的武士，或获得武士待遇的农民。

阪人”而自豪的幸子从小就喜欢丰太阁和淀君[①]，对关原之战根本不感兴趣。

第二次来这里的时候，正巧碰上一栋新旁屋建成，家主举行宴会以祝贺新居落成。那位家主老人说，这栋旁屋是为了自己睡午觉、下围棋以及留客住宿而修建的，取名“烂柯亭”。旁屋有两间屋子，分别是八叠和六叠，中间有一道呈“く”字形的长廊通往正房。这栋旁屋采用了一些茶室建筑的风格，虽显雅致，但并不纤巧，依然保留着乡士宅邸那种粗犷的味道，让人赏心悦目。

这一次众人又被邀请到烂柯亭，走进去一看，这里大概累积了十几年岁月的光泽，比当时更显沉稳安静。

“哎呀，欢迎欢迎……”

四个人正在八叠的房间观赏院子里的新绿时，菅野遗孀带着儿媳妇和孙子们走进来。她的儿子在大垣的银行工作，儿媳妇和幸子还是第一次见面，儿媳妇抱着刚出生不久的婴儿，还有一个大约六岁的男孩害羞地紧跟在后面。儿媳妇名叫常子，长孙名叫惣助，长孙女名叫胜子。她把他们一一介绍给大家后，聊了一会儿阔别之情，其间又谈起雪子姐妹们年轻。菅野遗孀说，刚才听见汽车停在门前的声音，出来迎接，妙子第一个下车，她还以为是那位名叫悦子的小姐……她以为是自己的眼神不太好，可后来雪子、幸子先后下车，她又错认为是妙子、雪子，心里还嘀咕怎么不见幸子，最后下来一个年龄很小的小姐，她还觉得奇怪，直到这时都没有意识到完全认错了人，直到前来旁屋和四个人面对面谈话，才逐渐明白过来。儿媳妇常子也附和着说：“虽然是第一次见面，但经常听说大家的事情，连大致的年龄也知道。可是刚才大家从车上下来的时候，我也分不清谁是谁。恕我失礼，听说

① 丰臣秀吉及其侧室。

这位名叫雪子的小姐，也就比我大一两岁……”菅野遗孀接着说道：“常子三十岁了。”常子是几年前嫁过来的，生了两个孩子，显老也是自然，不过，她今天似乎打扮了一番，只是和雪子比起来，看上去却要大上十来岁。菅野遗孀又说：“要说年轻，妙子小姐才是真年轻，第一次来玩的时候也就比她（指着悦子）稍微大一点。第二次是大正十四年来的，那时候不过十五六岁吧。”像是不相信自己所见似的，菅野遗孀眨着眼睛，“今天再次见到妙子小姐，简直不敢相信已经过去了十几年，真不可思议。刚才我把妙子小姐错当成悦子小姐，那固然是我的失误，可现在这么仔细端详，妙子小姐与当年比起来，几乎没怎么变样，感觉最多也就长大一两岁，怎么看都是十七八岁的少女模样。”

到了下午茶时间，却端上来一大碗冷面。吃过以后，幸子被请到正房商量日程，与菅野遗孀相对而坐。说实话，幸子听对方讲话不到十分钟，就后悔今天根本不该应邀前来。在菅野遗孀的说明中，最让幸子感到疑惑的是她对男方的人品性格一无所知，甚至都没见过泽崎这个人。据她说，泽崎家和菅野家是世交，也是因为乡士的仁义之交，丈夫生前和泽崎家父子两代都有过深交，可自从丈夫过世，儿子这一代就没了来往。她对两家上一代交往的情况并不清楚，但记忆中现在的泽崎家主从未来过这里，所以与他素不相识，如果不是因为这次提亲的事，双方也从不通信。但由于是世交，两家之间还有不少共同来往的亲戚朋友。两三年前泽崎先生的妻子亡故，最近打算续弦，虽然提过两三次亲，却都没有成功。泽崎先生年过四十，有几个孩子，但还是希望物色到一位二十多岁的初婚女子作为继室。这些话传到菅野遗孀的耳朵里，她想起自己一直关心雪子的婚事，尽管年龄这一点不符合泽崎先生的条件，但抱着试试看的想法，就向他提了出来。按理说，应该有个中间人从中联系才好，且这个人办事必须稳妥可靠。在人选上思来想去，难以找到合适的人，徒然浪费时间，觉得还是应该抓紧操办，所以她直接给泽崎先生写了一封信，尽管这么做有点唐突，不合常规。她告诉对方，亲戚中有这样一位姑娘，是否愿意见上一面。信寄出后，对方一直没有回复，她便以为对方无意于这门亲事，又猜想对方大概按照自己提供的情况正在进行秘密调查。又过了两个月，终于收到了对方的来信。

莳野遗孀拿出一封信，说“这就是那封信”，递给幸子。信文很短，内容如下：

> 承蒙烂柯亭先生生前之厚谊，然未得趋拜尊夫人之荣，殊深致歉。前日奉读惠函，深情厚谊，感纫无以言喻。本应早日奉复，因俗务繁多，致使稽延，衷怀歉仄。既蒙好意介绍，自当晤面。若提前两三日通知，鄙人大抵于星期六日均可安排。又，具体事宜可电话商量。

一封短信，用文言文写在卷筒信纸上，行文格式皆沿袭陈规，一言以蔽之，就是“平庸”二字。幸子看完信，一时哑然。既然是大户世家，不论泽崎家也好，莳野家也好，在婚姻大事上理应比普通人家更尊重传统习惯，现在究竟算哪门子事呢？尤其是莳野遗孀，事先没有和莳冈家商量，自作主张地给一个从未谋面的男人写信，提出这样的要求，一把年纪竟然做出如此无知狂妄的行为。也许是年龄越大越这样，从面相上看，她就带着霸道之气，像个直性子的人，怪不得本家大姐夫对这个姐姐尤其敬畏。另外，那个泽崎先生答应这个要求也只能说是缺乏常识，但也可以理解为不想失礼于莳野家。

幸子极力掩藏不满的脸色，这个莳野遗孀却继续说道：“我性子急，不喜欢拘泥形式，所以……”她似乎不太会自我辩解，“所以啊，我想先让双方见见面、了解一下，其他事情可以放到以后。我虽然没有调查过对方的情况，但至今没听说过有关泽崎先生及其家庭的坏话，从这一点来看，我觉得这个人没什么缺点。如果你们有什么疑虑，见面时当面询问反而省事。”尽管她说过泽崎先生与前妻之间生有两三个孩子，可究竟是两个还是三个，是男孩还是女孩都没有问清楚。她为自己的安排能顺利进展而颇为得意，兴高采烈地说道：“所以，我得到您同意的答复后，立即给对方打电话商量具体事宜，于是商定明天十一点左右，泽崎先生过来拜访。这边由雪子小姐、您和我三个人出面。我也没有特地准备什么，打算让常子做几个菜，就在这里吃顿午饭。捉萤火虫的活动安排在今天晚上。明天早上由我儿子陪同妙子小姐和悦子小姐去参观关原之战等名胜古迹，带上盒饭出门，如果他们两点左右回来，这边的事情也差不多结束了。”她又说道，“婚姻要看缘分，所以不好说。我脑子里只想着今年是雪子小姐的厄运年，没想到她看着那么年轻，说二十四五岁，别人也会相信的。这样的话，年龄不是也符合对方的条件了吗？”

幸子听了这些话，恨不得找一个合适的借口推说这次只是来捕萤，相亲之事以后再议。说实话，这次她只凭菅野遗孀的一封信就把雪子带来，原因是她过于相信这个人，以为事情进展到这种程度，菅野遗孀应该做好了相当充分的准备。没想到菅野家也好，泽崎家也好，根本没把雪子放在眼里。这要是让雪子知道，雪子肯定非常生气，贞之助也会气愤难平。不难想象，这个所谓的千万富翁泽崎竟然不通过介绍人，而是自己写封信来就要求相亲，可见他心中是多么蔑视对方，甚至可以推想他对此事根本没抱着认真的态度。如果现在贞之助在场，可以提出见面之前先调查对方的情况，然后通过介绍人履行必要的形式，以这些谁看都在理的话推迟相亲的日子。然而，幸子一介女流面对气势高涨的遗孀，不便多说什么，加上还要顾虑东京的大姐夫的处境，尽管觉得对不起雪子，最终也只好说：“那就拜托你了。”除此之外别无他法。

“雪子，要是觉得热，就换件衣服吧。我把这身也脱了……”

幸子一回到旁屋，就给雪子使眼色，示意她今天不用相亲，自己也开始解腰带，却还是情不自禁地失望叹气，又不得不归咎于天热而掩饰过去。她不打算把刚才从菅野遗孀那里听到的让人不愉快的话告诉雪子和小妹，自己一想起来就闹心，今天还是尽量把这件事忘掉。明天吹明天的风，今天先高高兴兴地捉萤火虫……就幸子的性格而言，这种时候从来不拖泥带水，心情一下子就能转换过来，但是看到至今一无所知的雪子，心头还是堵得慌。为了排遣这种郁闷的心情，幸子从衣服箱里取出波拉呢和服单衣换上，把脱下来的衣裳挂在衣架上。

悦子觉得奇怪，问道：“不穿那件衣服去捉萤火虫吗？”

“身上出了点汗，所以换下来。”幸子边说边把衣架挂上横杆。

四

夜里睡不好，大概是因为换了个地方，更主要的原因还是过于劳累。今天早晨起得早，又冒着暑热在火车和汽车里摇晃半天，晚上还在黢黑的田埂上和孩子们一起起劲儿地跑来跑去，差不多走了七八里路……不过，捉萤火虫这样的游戏，事后回想起来依然觉得有趣。说起捉萤火虫，幸子只记得在文乐座观看《朝颜日记》[①]时，其中有深雪和驹泽在游舫里悄声私语的场面。一直以为捉萤火虫正如妙子所说的那样，身穿友禅宽袖和服，任田间的晚风吹动着下摆和衣袖，手持团扇到处追扑流萤，充满天真烂漫，然而实际情况大为不同。出门之前，菅野遗孀说："天黑时在田埂、草丛上走来走去，会弄脏衣服，换上这个吧。"随后她便给幸子、雪子、妙子、悦子每个人拿来一件花色艳丽的平纹细布单衣，不知道是为今晚的活动特地准备的，还是家里常备的浴衣。妙子笑着说："真正的捕萤并不是图画上那个样子啊。"捉萤火虫是在晚上，天色越黑越有意思，因此也就没有了在衣裳上争奇斗艳的趣味。

出门的时候，外面黑乎乎的，只能模模糊糊地辨认别人的脸型。走

① 日本木偶戏，描写了驹泽次郎左卫门和秋月弓之助的女儿深雪的恋爱悲剧。其中《宇治川》一场的情节为驹泽在捉萤火虫时与深雪相遇。

到据说有萤火虫出没的小河边时，天色一下暗了下来……说是小河，其实就是一道比田地里的沟渠稍宽一点的水流，两边长着茂密的芒草，覆盖在河面上，几乎看不见水流，开始还能看见大约百米之外的土桥……

据说萤火虫害怕人声和亮光，所以不能用手电筒从远处照射，也不能大声说话，可是走到河边的时候，仍不见萤火虫的影子。有人低声说道："今天不会不出来吧？""不，会出来很多，到这边来。"于是大家走进河边的草丛，此时正是周围的一丝残光迅速变成一片漆黑的微妙时刻，只见萤火虫从两岸的草丛中轻快地飞出来，划着与芒草一般低的光弧飞向中间的小河……放眼望去，无数的萤火虫从整条河的两岸飞舞起来，绵延不见尽头……刚才之所以没有看到萤火虫，是因为芒草长得又高又密，而且萤火虫并不飞出草丛，而是依恋地贴着水面在低处摇曳。

在夜幕完全降下的那一刹那，浓重的黑色从低洼的河面爬上来，但视觉还能朦朦胧胧地捕捉到附近芒草的摇摆，远远地，远远地，直到小河的尽头都能看见萤火虫拖曳着数不尽的光弧，在河的两岸交织飞舞，忽明忽灭。那幽灵般的萤火仿佛至今还在幸子的梦中拖曳着，闭上眼睛也会清晰地浮现在眼前。整个晚上，就这一刻令人印象最深。能够品味到这一刻的情趣，捕萤一事也就不虚此行。捕萤纵然没有赏樱那般诗情画意，但也可以说具有某种冥思性吧，还有童话世界般的情趣……比起图画，那个世界应该更适合音乐，要是能以古琴或钢琴谱曲来表现出那种心情该多好……

夜深人静，幸子闭着眼睛躺在床上，回想着无数的萤火虫整夜在小河畔无声无息地闪亮飞舞的景象，沉浸在一种难以言喻的浪漫心境里，仿佛自己的灵魂脱离了躯壳，与成群的萤火虫一起在水面上高高低低地摇曳而去……她们沿着河岸追赶萤火虫，感觉那条小河是一条笔直的、无边无际地伸向远方的长河。她们走过好些土桥，在小河两岸来回奔走……一边小心翼翼地互相提醒不要掉进河里，一边提心吊胆地提防着眼睛闪动着萤火虫般光亮的蛇。但是，菅野家同行的六岁男孩惣助对这一带的地形了然于心，在伸手不见五指的黑夜里依然到处奔跑。“惣助、惣助……”今晚的领路人、菅野家的家主、惣助的父亲耕助不时担心地叫喊。这时，萤火虫已经漫天飞舞，所以大家都满不在乎地大声说话，零零散散地追逐萤火虫，彼此之间不得不相互呼唤，以免失散在黑暗中。幸子忽然发现只剩自己和雪子两个人在一起，从对岸断断续续地传来悦子叫“二姨、二姨”以及妙子回答的声音。因为有点起风，声音时有时无。只要是孩子的游戏，三姐妹中就数妙子精神最活跃，身体最灵活，所以这种时候总是让她陪着悦子。

从河对岸顺风而来的声音传到幸子的耳朵里，“妈妈、妈妈……你在哪儿？”“我在这儿呢……”“二姨呢？”“二姨也在这儿。”“我捉到二十只萤火虫了……”“注意别掉进河里……”耕助拔起路边的杂草捆成笤帚状的一束，幸子起先不知道这是做什么用的，原来是让萤火虫停在上面，以便捕捉。耕助说，捉萤火虫的胜地在江州的守山附近以及岐阜市郊外等，那些地方盛产品种名贵的萤火虫，因为要献给权贵，所以禁止平民捕捉。大垣不是萤火虫胜地，再怎么捉也没人说。这次捉得最多的是耕助，其次是惣助，他们父子俩勇敢地下到水边，才捉到那么多。耕助手里的草束上萤光点点，如同“玉帚[1]”。耕助不说往回走，幸子等人也不知道要走到什么地方才能返家，便说“风大了，我们回去吧”。耕助答道：“我们正往回走啊，这和来时走的不是一条路。”可是，幸子觉得走了好久还没到家，心想今天晚上不知不觉竟走了这么远。突然，耕助说“到了”，只见果真已经走到菅野家的后门。于是，大家将手里的几只萤火虫放进各自的容器里，幸子和雪子则把萤火虫放到袖子里，用手捏着袖口……

① 古代用来打扫蚕室的笤帚，带有翠玉装饰。

当天晚上发生的种种事情，像萤火虫那样在幸子的脑海里杂乱无章地翻腾。也许是在做梦吧，幸子这么一想，睁开眼睛，看见头顶上亮着小电灯的楣窗上悬挂着白天曾见过的那块匾额，上面的“烂柯亭”三个字是奎堂伯[①]的书法，还盖有“御赐鸠杖[②]”的印章。幸子不知道奎堂是什么人，只是念“烂柯亭”三个字。这时，似乎有什么闪光的东西从隔壁房间里横着流过来，她抬起头定睛一看，原来是一只萤火虫，被蚊香熏得正在寻找逃生之路。刚才把捕捉的大部分萤火虫在院子里放生的时候，有很多只飞进了房间，睡觉前关闭防雨窗时已经把它们赶到院子里，这只萤火虫大概当时留在了什么地方。只见它轻飘飘地飞到五六尺高的地方，虚弱得没有力气继续飞舞，斜穿过房间，落在幸子先前挂在屋角衣架的那件衣服上。它在友禅花纹上爬着，悄悄爬进袖子里，从青灰色细布里隐隐约约地透出微光。幸子感觉蚊香的气味太浓会呛喉咙，便起来把放在狸形素陶容器里的蚊香掐灭，然后顺便抓住衣袖里的那只萤火虫。因为她害怕萤火虫在皮肤上爬动的感觉，她便用手纸把它轻轻地包了起来，从防雨窗的缝隙放飞到外面。刚才还大量停在树篱、水边的大部分萤火虫几乎都已飞到河边，没剩下几只，院子里恢复了漆黑的夜色。

幸子又躺下来，却还是无法入睡，只得翻来覆去，侧耳倾听三个人熟睡的呼吸声。在这间八叠的房间里，沿着壁龛，幸子与妙子并排，对面是雪子与悦子，四个人头对着头。幸子忽然听见轻微的鼾声，仔细一听，好像是雪子。幸子觉得这细微的鼾声竟然如此可爱，不由得心头感叹。这时，她以为已经睡着的妙子保持睡姿一动不动，轻轻说道：“二姐，你醒着？”

“嗯……我睡不着。”

---

① 指伯爵清浦奎吾（1850－1942），1924 年出任日本首相。

② 赐予年迈功臣的手杖，杖首为鸠形。清浦奎吾晚年曾获赐此杖。

“我也睡不着。”

“小妹，你一直醒着？”

“嗯……一换新地方就睡不着。”

“雪子睡得挺香的，还打呼噜。”

“雪姐打呼噜跟猫打呼噜一样。”

“真的，‘铃’就是这么打呼噜的。”

“心真宽，明天就要相亲……”

幸子想起在睡觉这点上，妙子比雪子更神经质。表面上看应该正相反，但其实妙子比大家浅眠，稍有动静就会醒过来，而别看雪子那个样子，却有无忧无虑的一面，累了的话，哪怕在火车里，坐在椅子上都能蒙头大睡。

“明天，那个人到这里来吗？”

“嗯。十一点左右来，一起吃午饭。”

“我要干些什么呢？”

“耕助带着你和悦子去关原。雪子、我、菅野大姐，我们三个人和他见面。”

“和雪姐说了吗？”

“刚才和她提了一下……”

今天，因为悦子在身边，幸子没有机会把明天的安排告诉雪子，刚才捉萤火虫的时候，刚好单独和雪子在一起，就悄悄对她说：“明天中午见面……”雪子只“嗯”了一声，其他什么也不问，在黑暗中默不作声地跟着幸子走，幸子也没有话茬，两个人都沉默下来。按妙子的话说，听雪子这轻松的呼噜声，看来她并没有把明天的见面挂在心上。

“雪姐都见过好几个人了，对相亲也满不在乎了。”

“也许吧。可是，和她在一起真没劲。”幸子说。

五

“妈妈和二姨经常去关原，就在这里等着。小姨小时候去过一次，说还想再去看一次，所以今天小姨和悦子做伴一起去吧。”悦子听妈妈这么一说，似乎心里明白今天她们肯定有别的事，不像以前那样撒娇非要雪子一起去不可，而是老老实实地答应了。她和耕助、惣助、妙子以及手提饭盒的老仆一行人坐上前来迎接的汽车出门去了。随后在烂柯亭六叠大的房间里，幸子帮雪子穿衣打扮。

常子从走廊过来通知道：“客人来了。”

常子领着她们来到正房最里面的十二叠大的客厅。这个房间装着书院式的窗户，黑亮的厚木板走廊外还有一间专门设计的院子，透过对面老枫树的嫩叶可以看见持佛堂的脊瓦，种在花盆里的石榴树开着红花，花盆的周围铺着那智黑石[①]直至水边，花盆前栽种着很多木贼。幸子注视着眼前的景色，心想在这种地方还有这样的庭院和客厅呢。这样想着，遥远的记忆逐渐苏醒过来。二十年前第一次来到这里的时候，不也是被领到这个房间吗？当时旁屋还没有盖，大姐夫妇和幸子

① 和歌山县那智川附近和三重县神川町出产的硅质板岩，质地致密坚硬，用于庭院铺石，也用作围棋子、砚台等。

等五个人并排躺在一个宽敞的房间里睡觉，好像就是这个客厅。幸子把别的事情都忘得一干二净，奇怪的是，唯独还记得花盆前的木贼。因为木贼在走廊前密集丛聚，绿色的细茎如雨柱一样茁壮簇生，蔚为奇观，当时给自己留下深刻的印象，至今难以忘怀。

幸子和雪子进去的时候，客人正在和菅野遗孀进行初次见面的寒暄。双方互相介绍以后，泽崎背靠正面的壁龛，幸子和雪子背靠侧面的隔扇、面对明亮的院子，菅野遗孀与泽崎相对坐在末座，四人围坐在一起。泽崎入座之前，跪在壁龛前面，仔细端详着挂轴上的书法。壁龛里摆放的金属花瓶里插着弯垂下来的一叶兰，像是未生流[①]的插花。幸子和雪子从背后看着他，此人说是四十四五岁，从外表上看也差不多，身材瘦小，一副病怏怏的样子。言谈举止、低头动作、身形姿态等都很一般，没有显露富人的做派。那一身茶色的西服尚算笔挺，但边边角角都已经稍有磨损，里面的富士绸衬衫大概洗过多遍，已经开始发黄，丝袜的条纹图案也快褪色了。他的这一身打扮与幸子、雪子相比，略显得粗糙简陋，说明他对今天的相亲是多么不在乎，也说明了他平时的日子过得十分俭朴。

也不知泽崎是否念得下来挂轴上的诗歌，只见他一边端正地坐好，一边说道："星岩[②]的诗写得就是好，听说府上还收藏着不少他的书法。"

"呵呵。"菅野遗孀谦恭地一笑。看来这样的奉承对这个老太婆立竿见影，她一下子变得和颜悦色起来："听说我丈夫的祖父曾师从星岩先生。"

于是话题转到了这方面。菅野遗孀对泽崎说，家里还藏有星岩夫人红兰题字的扇面、屏风，也收藏了多幅著名的山阳[③]女弟子江马细

---

① 由山村山硕创立的插花流派。

② 梁川星岩（1789－1858），江户后期的儒学家、汉诗诗人。

③ 赖山阳（1780－1832），江户后期的史学家、儒学家、汉诗诗人。

香[1]的手迹。细香家曾出任过大垣藩的侍医，和菅野家似乎有交往，菅野家至今还保留着细香父亲兰斋的尺牍等物件。两人关于这方面闲聊颇多，泽崎还谈到细香和山阳的恋爱、山阳游览美浓的逸闻以及《湘梦遗稿》等期间，菅野遗孀随声附和一两句，以显示自己在这方面也并非一无所知。

“我丈夫珍藏着细香那幅题赞的墨竹画，经常拿出来供客人赏玩，我在一旁耳濡目染，也就记住了……”

“噢，这样啊……毕竟尊夫兴趣广博。我也有幸和他下过几次围棋，他总叫我去烂柯亭，我说有机会一定打搅，拜见所藏墨宝……”

“本来今天也想请您到烂柯亭，不巧有人居住……”菅野遗孀招呼着一直被晾在一边闲着无事的幸子和雪子，“来了莳冈先生家的这几位，正好用上那边的房间……”

“其实这边的客厅也很好。”幸子终于加入谈话，“那边是旁屋，非常清静。我们住在那里，比住在任何旅馆都觉得舒适可心。”

“呵呵。”菅野遗孀又笑着说，“哪有您说得那么好，不过要是住着舒适，就多住几天。我丈夫晚年时喜欢清静，一直待在烂柯亭里。”

“这么说来，烂柯亭的‘烂柯’是什么意思呢？”

“这个与其让我回答，不如请泽崎先生解释一下……”菅野遗孀摆出一副要考一考泽崎的架势。

“这个……”泽崎一下子脸色大变，急忙装作一本正经的样子，露出难以言状的不快神色。

“晋朝有个名叫王质的樵夫，在山中看童子下棋。待他看完一局棋，斧头的木柄已经腐烂了。是这个故事吧？”

“这个……”泽崎的脸色更加阴沉下来，眉头紧锁。

---

① 江马细香（1789－1863），江户后期的女画家、汉诗诗人。美浓大垣藩侍医江马兰斋的次女。赖山阳曾向她求婚，遭兰斋反对，细香一生未嫁。死后，其诗集《湘梦遗稿》面世。

菅野遗孀没有追问下去，只是“呵呵”笑了一下，那笑声听起来似乎含着不怀好意的捉弄，气氛顿时冷了下来。

“没准备什么好吃的……”这时，常子坐到泽崎的食案前面，拿起青九谷瓷[1]的酒瓶。

虽说今天是常子下厨做的菜，但是从各种菜肴的搭配来看，似乎大部分还是从大垣一带的菜馆买来的。实际上在这样的大热天，比起多生食、且还是乡下菜馆烹制的千篇一律的饭菜，幸子宁可吃家里厨房做出来的新鲜蔬菜。她试着用筷子夹起一片生鲷鱼片，果然鱼肉在嘴里变得软塌塌、烂乎乎的。幸子对鲷鱼尤其敏感，赶忙喝了一杯酒，连同生鱼片一起咽下去，然后放下筷子。她看了一遍眼前的菜肴，能够引起食欲的只有盐烤小香鱼。从刚才菅野遗孀表示感谢的话语中得知这是泽崎冰镇后带来的礼物，由常子在厨房里烤过后端上桌，味道与餐馆的大不一样。

“雪子妹妹，你也尝一下香鱼。”幸子想到是由于自己冒冒失失的提问造成冷场，总想设法弥补一下，可是对泽崎难以接近，只好和雪子说话。

雪子一直没有开口的机会，低着脑袋。听姐姐这样一说，她只是“嗯”了一声，轻轻点了点头。

菅野遗孀说道：“雪子小姐喜欢吃香鱼吗？”

“嗯……”雪子又点了一下头。

幸子接着说道：“我也非常喜欢吃香鱼，但妹妹比我更喜欢……”

“噢，这太好了。今天是乡下菜，没有合你们口味的东西，我正为此发愁呢，多亏泽崎先生送来香鱼……”

“在这样的乡下，难得见到新鲜的香鱼。”常子插嘴道，“而且冰

① 九谷瓷也称作“九谷烧”，是一种釉上彩绘瓷器，因发祥于日本九谷而得名。九谷瓷最大的特征在于华丽的彩绘，其中青九谷瓷以绿色为主要色调，亦被称为“青九谷”。

镇了这么多，您辛苦了。这是哪里的香鱼呢？”

“是长良川的。”泽崎心情转好，“昨天晚上打电话拜托他们，刚才在岐阜站送上火车的。”

“那真是太麻烦您了。”

幸子接着菅野遗孀的话附和道：“我们也托福尝鲜了。”

于是大家顺着这个话题继续聊天，有一句没一句地聊岐阜县的名胜古迹、日本莱茵河、下吕温泉、养老瀑布以及昨晚捉萤火虫的事情等，但感觉没有刚开始时的热乎劲儿，互相忍耐着尴尬，为了避免再次冷场，只好没话找话，东拉西扯。幸子能喝酒，觉得这种场合要是献酬交错一番就好了，可是在十二叠的大房间里，四个人坐得比较开，而且就一个男客，难怪常子想得没那么周到。再说又是夏天的中午，即使劝酒也不能多喝，菅野遗孀和雪子面前的酒杯基本上没动，一直放在那里，酒都凉了。幸子刚才生吃鲷鱼片，把第一杯酒喝干了，酒杯是空的，但常子只给泽崎斟酒，似乎认为可以不给女客斟酒。泽崎那边呢，不知是情绪不高还是客气，又或是真的不会喝酒，给他斟三次酒，他也只是做做样子接受一次，实际上不过喝了两三杯。菅野遗孀多次请他坐得随意些，他却说“不用，我这样坐挺舒适的”，依然并齐双膝、端正地跪坐着。

“您常去阪神一带吗？”

“是的。神户不怎么去，但大阪一年要去一两次……”

这个所谓的千万富翁同意与雪子相亲究竟出于什么原因？幸子怎么也无法消除心中的疑虑。这个男人莫不是有什么缺陷？今天她从一开始就注意观察，可是到目前为止，还没有从他的言行举止中发现明显的异常之处。只是当别人问他问题、他无法回答时的态度让人觉得有点滑稽。不知道就坦诚说不知道嘛，何必那样满脸不悦，这不就暴露出他少爷出身的本性了吗？这么一想，他眉间稍下的鼻梁两侧透出青色的静脉，显然是脾气暴躁的面相。另外，也许是自己的心理作用，幸子觉得他看人的眼神显得柔弱阴郁，甚至还含带着惊惧不安，不得不令人感觉这个人藏着什么秘密。

其实，幸子早就察觉出这个人似乎对雪子没有多大的兴趣。她发现刚才泽崎和菅野遗孀闲聊的时候，目光频频在雪子的脸蛋上扫动，后来，那双阴郁冰冷的眼睛却几乎没有再看过雪子一眼。菅野遗孀和常子煞费苦心地找寻话题让泽崎和雪子交谈，而泽崎只是碍于情面和雪子说一两句话，转而就和其他人聊起来。这固然因为雪子无论什么时候总是“嗯、嗯”地回答，让人感觉有气无力，但泽崎显然没看上雪子的最主要原因，大概就是雪子左眼角下的色斑。那块浅浅的色斑，昨天就让幸子黯然不安，祈盼着今天能消退一点，不料反而比昨天更加明显。雪子本人照样满不在乎，今天早晨依然打算浓妆艳抹的时候，帮忙打扮的幸子一边说“雪子，你的妆化得太浓了吧”，一边轻轻擦掉厚厚的白粉，把胭脂抹在雪子的眼睛下方。无论采取何种方法，都无法把色斑完全掩藏起来。

从进入这个客厅开始，幸子就一直提心吊胆，不知道菅野遗孀和常子是否看了出来，不过她们没有流露任何异常的表情。然而不巧的是，雪子的座位正好是左半边脸对着泽崎，从初夏的院子反射过来的耀眼阳光迎面映照在她的脸上。雪子本人并不认为这块色斑是自己的缺陷，没有任何羞于示人的样子，动作举止极其自然，多少化解了尴尬的场面。虽然这是事实，但幸子觉得这块色斑比昨天早上在省际电车上看见的更加显眼，心想不能让她这样长久地待在这个客厅里。

泽崎一吃完饭，便说道：“实在对不起，因为要赶火车……”他匆匆忙忙地起身告辞。这时，幸子心里的一块石头才终于落了地。

六

菅野遗孀说:“好不容易来一趟，再住一晚怎么样？明天是星期天，咱们去看看刚才聊天时说到的那个养老瀑布吧。”幸子谢绝了她的挽留，说等悦子和妙子一回来，就立即收拾行装，如果能赶上三点九分发车的上行火车，那五点半左右就可以到达蒲郡。

尽管是星期六的下午，二等车厢却空荡荡的，她们找了四人相对的座位坐下。一坐下来,大家这两天的疲劳都暴露无遗,谁都不想说话。梅雨季节即将到来，天空阴沉沉的，车内潮湿闷热，幸子和雪子靠在椅背上开始打盹，妙子和悦子亲热地翻看着《朝日周刊》和《每日周刊》。不一会儿，妙子突然说道:“小悦，萤火虫跑了。”她取下挂在窗边的罐子，放到悦子腿上。这是昨天晚上菅野家的老仆临时给悦子做的萤火虫罐子。将空罐头盒的底部去掉，上下两头蒙上纱布，就是一个简易的萤火虫罐。悦子当作宝贝似的拿进车里，但是捆绑纱布的带子松开了，一两只萤火虫就从缝隙里爬了出来。

洋铁皮的罐头筒圆溜光滑，妙子见悦子系不好带子，便说着“好了好了，我给你系上”，把萤火虫罐拿了过来。虽然是白天，罐头筒里黑黑的，透过纱布可以看见萤火虫闪着蓝色的亮光。

“啊，小悦，你看看……”妙子把罐子递给悦子，“里面好像有很多不是萤火虫的东西……”

悦子也往罐子里瞧了瞧。“那是蜘蛛，小姨。”

“真的啊……”

果然，如米粒般大小的可爱的蜘蛛跟在萤火虫的后面，排着队爬了出来。

“哎呀，太可怕了……”妙子把罐子扔在座位上站起身，悦子也跟着站了起来。这时，幸子和雪子都醒了过来。

“怎么啦？小妹。”

“蜘蛛、蜘蛛……”

一个大家伙和小蜘蛛一起爬出来，四个人一下子都站了起来。

“小妹，把这个罐子扔到什么地方去吧。”

妙子拎起罐子扔到地上，可能是受到了惊吓，一只蝗虫飞出来，在地板上吧嗒吧嗒蹦跳几下，往过道的顶头飞去。

悦子神色幽怨地看着罐子。“啊，真可惜了萤火虫……”

坐在她们斜对面的一个身穿和服、看似五十岁上下的本地人一直笑眯眯地看着这一幕，说道：“我来把这些蜘蛛捉出来。”他捡起罐子，“请借我发夹什么的用一下”。幸子便把发夹递给他。他用发夹把罐子里的蜘蛛一个个夹出来扔在地上，仔细地用木屐踩死。发夹上带出一些青草，但好在萤火虫没有逃出来。

“小姐，萤火虫大多都死了。”他重新系好纱布，把罐子左右倾斜着察看，“拿到盥洗室洒点水。”

“小悦，顺便把手好好洗干净。萤火虫是有毒的……”

“妈妈，萤火虫很臭。”悦子闻着自己的手，“像是青草味。”

“小姐，死萤火虫别扔掉，留着可以做药。”

“做什么药？”妙子问道。

“晒干了收藏起来，和着饭粒外敷，可以治烫伤和跌伤。”

“真的管用吗？”

“我没试过，据说管用。”

火车好不容易过了尾张一宫站。她们没有坐慢车途经过这一带，这边都是些没听过的小站，每站必停，实在无聊腻烦。从岐阜到名古屋这个区间感觉十分漫长，不一会儿幸子和雪子又开始打盹。“到名古屋了，妈妈……看见城堡了……二姨……”在悦子的说话声以及乘客熙熙攘攘上车的声音中，两个人倒是稍微睁开了眼睛，但一出名古屋，又立刻酣然进入梦乡。火车开到大府一带时下起雨来，两人一点都不知道。妙子站起来，关好玻璃窗，车内各处的窗户一下子都关起来，让人觉得更加闷热，大多数乘客都在打瞌睡。这时，坐在她们前面四排、紧靠着过道另一侧的陆军士官开始唱起舒伯特的《小夜曲》。

我的歌声穿过黑夜
歌声多么忧伤
宁静的旋律
飘向远方……

他端端正正地坐着，身子一动不动。幸子、雪子醒来睁开眼睛的时候，起先不知道有人在唱歌，歌声在密封一般的车厢里回荡，让人还以为是留声机里的声音。从她们这里看过去，只能看见那人穿着军服的后背和一部分侧脸，显然是个二十多岁的小伙子，略含羞涩地唱着歌。她们在大垣站上车的时候，就看到了这个士官，但只看见后背，没看到长相。刚才萤火虫的那一阵闹腾，引起了乘客们的关注，士官肯定也注意到了她们。也许他只是为了排遣无聊、驱赶睡魔而唱歌，他对自己的声音怀有自信，而且感觉身后还有几个漂亮的女人在倾听，因此似乎有几分紧张。唱完以后，他看似更加羞涩地低下了头。可是过了一会儿，他又唱起舒伯特的《野玫瑰》。

少年看见野玫瑰
原野上的玫瑰
纯洁美丽盛开着
花色多红嫩
少年越看越喜欢
原野上的红玫瑰……

这些歌都是德国电影[①]《未完成的交响乐》中的插曲，幸子她们十分熟悉。起先她们只是嘴唇轻轻翕动着，随着他的旋律哼唱，渐渐地声音大了起来，开始和士官合唱。她们从后面看见士官的侧脸红到脖子，歌声也随之高亢颤抖起来，双方的座位隔着一段距离，反而能使大家更加尽情地一直歌唱。合唱一结束，车厢内又恢复了沉闷的寂静。士官没有继续唱下去，又含羞似的低下脑袋。火车到达冈崎站的时候，他轻轻站起来，像逃跑一样下了车。

妙子说道："那个军人没让我们看见他的正脸。"

幸子她们是第一次去蒲郡游玩，这次之所以去，是因为听贞之助说那里有常磐馆。他每个月都要去一两次名古屋，说无论如何想带她们去那儿，悦子一定会很高兴，甚至两三次都定好了日期，但每一次都未能成行，所以今天她们去蒲郡，就是贞之助的主意。他说："本来打算去名古屋时顺便找个时间陪你们去，可事情太多，没有时间，你们正好利用这个机会吧。虽然时间比较仓促，但可以从星期六傍晚待

① 此处疑有误，应为奥地利电影。

到星期天下午。”贞之助还给常磐馆打电话为她们打点相关事宜。去年幸子去东京，积累下一些单独旅行的经验，胆子也大过从前，这次就像小孩子一样兴高采烈地前往蒲郡。等到她们来到旅馆一看，幸子真的十分感谢丈夫为她们所做的日程安排，因为今天的相亲让她的心情非常不愉快，如果就这样在大垣站和雪子分手，那种难以言喻的厌恶心情一定会萦绕心头。她自己的不快倒还好说，但要是让被人如此轻蔑对待的雪子形单影只地回东京，实在于心不忍，丈夫的这一安排太好了。当然，她尽量不去想菅野家的那些事情，最主要的是看到雪子似乎和悦子、妙子一样度过了一个愉快的夜晚，心里多少有所安慰。更令人高兴的是，第二天早晨雨过天晴，迎来了一个阳光明媚的星期天。这家旅馆的各种设备、娱乐设施、海边景色等，正如贞之助所说，果然让悦子心花怒放。幸子看到雪子开朗喜悦的表情，似乎已经把昨天相亲时的烦恼抛到九霄云外，觉得这一趟蒲郡没有白来。她们在下午两点多前往蒲郡车站，分别坐上相隔十四五分钟的上下行火车，中间一切都按照预定计划顺利进行。

雪子乘坐的上行火车后开，她送走三人，在站台上稍候片刻，坐上了开往东京的慢车。她想到独自坐长途慢车一定很无聊，可又觉得托旅馆购买快车票或者在丰桥换乘快车很麻烦，于是决定坐这趟直达东京的慢车。她从皮包里拿出阿纳托尔·法朗士[①]的短篇小说集，翻阅起来。可是她觉得心情沉重，看了一会儿就把书扔在一旁，呆呆地望向窗外。她知道自己为什么心情沉重。两三天来的疲惫，加上刚才还和大家一起亲密相处与眼下独自一人所形成的反差，还有以后还要在东京住上几个月，一想到这些，她心里就堵得慌。尤其这次在芦屋住的时间很长，其间产生了一种用不着回东京的念头。一路上停靠的

① 阿纳托尔·法朗士（1844－1924），法国诗人、小说家、文艺评论家。

都是陌生的小车站，她一下子发觉现在自己仍然是孤零零的一个人，便感到格外岑寂冷清。刚才悦子开玩笑地说“二姨别去东京了，送我去芦屋吧”，她还没当回事，轻松地回答了一句“很快又会来的”，可现在真要认真考虑下一次什么时候回芦屋了。

二等车厢里的乘客比昨天还少，雪子一个人占据四人座，屈膝坐在椅子上，靠着椅背打算睡觉，却感觉左肩酸痛，脖子转不过去，所以不能像昨天那样安眠，迷迷糊糊打了一会儿盹就醒过来，反复如此，不过三四十分钟的时间。火车驶过弁天岛的时候，雪子就完全醒了过来。其实是察觉到隔着四五排座位坐在对面的一个男人似乎从刚才起就一直瞧着她的睡姿，她才惊醒过来的。那个男人看见雪子把脚从座位上放下来，穿上草履，端正坐姿，便把目光转向窗外，但像是有什么心事似的，一会儿又转过头来盯着雪子。

雪子一开始对这种没有礼貌的目光感到不快，后来觉得他这样目不转睛地盯着自己大概是有什么原因。就这样思索着的时候，她忽然感觉这个人似乎在哪里见过。他四十岁上下，身穿深灰色的白色竖条纹西服，里面是翻领衬衫，肤色微黑，梳着整齐的分头，给人一种土绅士的感觉。他的身材瘦小，双膝间夹着阳伞，双手叠放在伞柄上。刚才他还把下巴放在伞柄上，现在则是身体靠在椅背上，头顶的网状行李架上放着一顶雪白的巴拿马帽。

这个人是谁呢？怎么想不起来了？其实两个人都一样，当自己看向对方时，对方避开视线；当对方看自己时，自己也急忙躲开，双方都在用目光探索着彼此。这个人在丰桥站上车，可是丰桥一带没有自己认识的人啊。噢，对了，雪子忽然想起来，这个人不就是十几年前姐夫介绍的相亲对象三枝吗？当时听说三枝是丰桥市的富豪，没错，那个三枝就是眼前这个男人。当时雪子觉得三枝一副土绅士模样，没有半点知性气质，不喜欢这个人。尽管姐夫热心斡旋，但她还是任性地断然拒绝了。经过十几年的岁月，今天看那模样依然土得掉渣。他算不上丑男，但因为从一开始就看出来他显老，虽和当年相比没有老上很多，乡巴佬的土气却更加浓烈。正是由于这个特点，她才能从过去相亲的诸多“面孔”中朦胧想起这张脸。

那个男人似乎隐约感觉到对方已经发现自己在观察她，一下子难为情起来，脑袋扭向一旁，但还是趁着对方没看他的空隙，半信半疑地一再斜眼瞟过去。如果这个人就是三枝，当时除相亲见面之外，他还去过一两次上本町的家里，倾倒于雪子的容貌而真诚求婚，所以即使雪子已经把他忘在脑后，他也应该还记得雪子的模样。他现在感到诧异的大概不是雪子变老了，而是雪子竟然还和当年相亲时一样年轻，风姿依然，加上仍是一身大小姐装扮，简直不敢相信自己的眼睛吧。雪子希望那个男人盯着自己看不是因为前者，而是后者，但不管怎么说，这样被别人死盯着看毕竟不是愉快的事情。雪子想到这十几年里，自己相过多少次亲了，就连昨天都还在相亲，今天也是相完亲后回家的。要是这个人知道此事……她不由得不寒而栗。不巧今天与昨天不同，她穿的是暗色的友禅和服，面部的妆容也比较简单。她知道自己坐火车旅行时脸色格外憔悴，几次想站起来去盥洗室补妆，但这样就必须从那个男人面前经过，她是绝对不情愿的，甚至都不想从小提包里取出粉盒，觉得这样只会显示自己的懦弱。她看出对方不是去东京，因为他也坐在这辆慢车上，但不知道他在哪里下车，这让她心里颇为不安。不过，到达藤枝站时，他站了起来，从行李架上取下巴拿马帽，临走前还肆无忌惮地向雪子射来一道目光。

然而，在那个男人下车以后，当年相亲的种种事情接连不断地涌现在雪子疲惫的脑子里。那是在昭和二年吧？不，大概是三年……那时自己不过二十出头，是第一次相亲……可是，自己为什么不喜欢他呢？当时姐夫对这门亲事可是不遗余力，说什么三枝是丰桥市屈指可数的大富翁啊，是那个家族的继承人啊，就是雪子你也挑不出他的半点毛病啊，现在的莳冈家和他结亲那是高攀啊，事情进展到这个地步，如果你再不答应，我这个姐夫就没有脸面啊……总之是千方百计、煞费苦心地说服自己。可是，自己毫不妥协，态度坚决，就是“不愿意”，原因是这个男人长相呆笨。其实，这并非唯一的原因，不仅是外貌，还听说他中学时因病未能上学，学习成绩很差，这让自己更加厌恶。而且即便成了阔太太，那又怎么样？一辈子埋没在丰桥市那个小城市，未免太过孤单冷清。

二姐非常理解雪子的想法，说“把雪子妹妹嫁到乡下去，太可怜了”，甚至比雪子更坚决反对这门亲事。不过，二姐和雪子虽然嘴上不说，但当时确实有刁难大姐夫的心思。那时候父亲刚去世不久，一向唯唯诺诺的大姐夫一下子横行霸道起来，二姐和雪子对此非常反感。这个大姐夫就是利用手中的权力蛮不讲理地把这门亲事强加给雪子，他以为只要施加压力，女人们就会对他唯命是从，他也太小看小姨子们了。雪子自不待言，连二姐和妙子都义愤填膺，三姐妹结成同盟，故意和大姐夫作对。更让大姐夫怒不可遏的是，雪子不明确表示“不同意”，不论他怎么问，只是模棱两可地含糊回答，最后等到他进退维谷、下不来台的时候，才倔强地一口回绝。大姐夫责备她，她回嘴道：“年轻姑娘说话当然要含蓄，这样的事情不能在人前说得那么直白。本人是否有意，从言行举止差不多就可以看出来。”其实她也知道这门亲事是大姐夫所属银行的上司在牵线搭桥，她故意迟迟不明确表态，就是为了让大姐夫陷入里外不是人的境地。

总而言之，雪子和这个男人肯定没有缘分，他就倒霉在无意间闯进别人的家庭纠纷，成为大姐夫与小姨子们争吵的道具。从那以后，雪子再没有想起过这个男人，也没有听说过他的消息，也许他很快和别人结了婚，也许他现在有了两三个孩子，也许他已经继承三枝家的家主地位，成了富翁……她想到这些，又不禁想如果自己现在是这个土绅士的妻子呢……倒不是不服输，而是她绝不认为那样会幸福。如果年复一年地乘坐这样慢吞吞的慢车来回奔走在东海道线的偏僻小站就是他的生活，把自己的一生拴在这种人身上，还有什么幸福可言呢？幸亏自己没有嫁到那个地方去。

这天晚上，雪子十点多回到道玄坂的家里。她没有把在列车上邂逅那个男人的事情告诉大姐夫和大姐。

七

那一天，幸子在回程的火车上也是浮想联翩，出现在脑海里的不是前天晚上捉萤火虫的事，也不是昨天晚上到今天上午在蒲郡游玩的愉快回忆，而是刚才分手后雪子孤单冷清地站在站台上送行的模样，还有雪子那憔悴面容上比昨天还要明显的色斑，这些一直萦绕在她脑海里无法消散。那场极不痛快的相亲也不可抑制地浮现上来。她记不清自己陪同雪子相过几回亲了——这十年来，算上这种简单的会面，应该不下五六次，但没有哪一次像这次这样让她感到自卑。以前每次都是自己这边充满自信和骄傲，占据上风，对方只是一味恳求女方同意，而且从来都是自己这一方宣布“不同意”，让对方“落选”。可是这一次，从一开始自己就示了弱，最初收到菅野来信的时候，一口回绝就好了，但做出了让步；后来听到菅野遗孀的介绍时不是不能拒绝，却又做出了让步。这固然是为了遗孀和大姐夫的面子，但在相亲的时候，自己战战兢兢、畏畏缩缩的态度又是怎么回事呢？以往的相亲，幸子总认为雪子这个妹妹不论什么场合都拿得出手，她自己还带着炫耀的心情，可是昨天每当泽崎注视雪子的时候，她不是始终惴惴不安吗？这么一来，她不就成了考生、泽崎成了考官吗？只要这么一想，幸子就感觉她和雪子受到了前所未有的耻辱。更严重的是，妹妹的脸上出现无法忽视的瑕疵，尽管微不足道，但毕竟是瑕疵——这重重心事压在幸子心头，无法消除。虽然对这次相亲不抱任何希望，但以后怎么办？首先要解决的问题就是治疗色斑，但能治愈吗？雪子的亲事会不会因为这个色斑变得越来越难呢？说起来，昨天的色斑尤其明显，也是受到了光线、位置、角度等最糟糕的因素的影响？不管怎么说，有一点可以确定，就是再也不能怀着以前那样的优越感去对待今后的相亲了。也许下一次相亲，她还是会像昨天那样忐忑不安地看着对方注视妹妹的脸庞。

妙子看出幸子闷闷不乐并不只是因为身体疲劳，肯定还在考虑什么事情，便趁悦子去给萤火虫洒水的时候悄悄问道："昨天怎么样？"

幸子一副懒得说话的样子，一两分钟后才突然想起什么似的说道："昨天很快就结束了……"

"这次怎么样？"

"这个……去的时候，火车不是半路出故障了吗……"

幸子只说了这一句，又沉默下来，妙子也没有继续问下去。当天晚上回家以后，幸子把昨天的大致情况告诉贞之助，没有详说那些不愉快的细节，以免引起夫妻之间的龃龉。贞之助说既然肯定会被对方拒绝，不如这边采取主动，由我们提出拒绝，对方那样的人家，我们不能被他瞧不起。其实贞之助也就是说说而已，菅野家和本家不可能这么做，虽然发生种种不快，但幸子内心深处其实还潜藏着一丝"万一"的侥幸心理。然而，没等夫妇俩想出什么良方妙策，菅野遗孀的来信仿佛紧追着幸子的脚步似的就来了。

莳冈幸子夫人敬启

前日不辞远道，光临寒舍，偏陋乡间，无以招待，殊深失礼。

倘望不弃疏忽之咎，金秋前来采菇，翘首以盼。

今附上泽崎先生信函，还望夫人过目。屈尊枉驾，未尽人意，实乃本人绵力薄材，结果如斯，深以致歉，万请谅宥。又，前日子息曾托名古屋友朋询问本人，昨得回音。据云即使对方有恳切之心，尚不知尊意如何。有此情节，亦不足惜。唯累及夫人及诸位远道奔劳，歉疚难安。请代向雪子小姐致以存候之意。

菅野安

六月十三日

随函附来的泽崎的信是这样写的：

菅野安夫人敬启

梅雨季节，天时湿闷，谨祝贵府安泰。

前日承蒙照拂，盛情款待，深表谢意。

莳冈女士之事，后经协议，皆谓无缘，烦代为转告，幸请见谅。匆此致复。

受惠承情，再表谢忱。

敬请淑安

泽崎熙

六月十二日

从各种含义上说，这两封一板一眼的信函再次让幸子夫妇深感不快。首先，这是第一次被相亲对象明确宣布“不合格”，也是第一次被别人打上“失败者”的烙印。尽管思想上有所准备，泽崎和菅野遗孀写信的方式以及相亲的一些做法还是令夫妇俩极度郁闷，但现在说这些似乎已无济于事。

泽崎的信是用钢笔写在一张竖线格信笺上（前天幸子在遗孀家里看到的信函是用毛笔写在卷纸上），似乎只是在凑字数填满一张纸，首先这一点就令人不爽。然后信里说“后经协议”云云，可以推测出他肯定在十日那天回去时就已打定主意，只是碍于面子，把本应当场回绝的话故意推迟两天说出来。既然这封信不是直接写给女方，那又何必使用这种生硬别扭的语调，难道不能写一些稍微能让遗孀接受的拒绝理由吗？只有“无缘”二字，不说任何原因，先暂且不论这样把别人远道叫去的做法是何等不近人情，这对菅野家不也很失礼吗？而且，“皆谓无缘”的“皆谓”指的是什么？从前面那句“后经协议”来看，似乎是与家里人以及亲戚们商量后的结果，大家都认为没有缘分吧。这难道就是千万富翁的见解吗？无论如何，“皆谓”二字更显示出他的惺惺作态，令人作呕。菅野遗孀居然把这样的信件附在信里寄过来，究竟是什么意思？不管泽崎写的是什么，看不见就什么事都没有，根本没必要把不是写给女方的信特地寄到这儿来吧？遗孀对泽崎的信就没有感觉出什么东西来吗？就她这个年龄而言，完全应该想到把泽崎的信悄悄隐藏起来，编造一些不伤害女方感情的理由，告知这门亲事没有成功。她不仅没有这样做，还说什么“即使对方有恳切之心，尚不知尊意如何。有此情节，亦不足惜”之类言不由衷的话，事到如今能起到什么安慰作用呢？菅野遗孀这个人虽然是地方豪族的夫人，但是她头脑简单粗疏，不懂得都市人细腻敏感的心理。因此，根本就不应该委托这么一个人做媒。

贞之助夫妇得出这个结论后，自然而然地就把责任归咎到本家的大姐夫身上。在贞之助两口子看来，正因为大姐夫出面说话，他们出于信任才带着雪子去相亲。大姐夫应该充分了解自家大姐的作风，既然插手了这件事，难道不应该事先详细调查一下，弄清这件事有多大的可能性吗？大姐在来信说：如果不去，就辜负了菅野大姐的一番好意，你姐夫的面子也过不去；谈得成谈不成是次要的，反正要去见一面。既然这么说了，作为大姐夫，也应该设身处地地为雪子着想，事先向自家大姐了解一下是否对泽崎进行过调查，这么一点关心还是需要的吧？可是，他只做了简单的转告，然后撒手不管，这也太过分了吧？这件事最终只是给贞之助、幸子、雪子添堵，除此之外毫无收获，而这一切却只是为了顾全大姐夫的面子。贞之助觉得自己和幸子倒没什么，暗地里担心雪子会不会因此和大姐夫交恶，不过幸好这两封信不是寄到本家，而是寄给了幸子。幸子按照丈夫的意见，拖延半个月以后，找个借口给大姐写了一封信，在信纸旁边轻描淡写地写道："接到菅野大姐的来信，那件事似乎未成。"接着又附上一笔，"请大姐委婉告知雪子妹妹，如不方便，不说也罢。"

八

过了半个月，七月上旬贞之助去东京出差了两三天，回来后对幸子说：“因为心里惦念着雪子的近况，就抽空去涩谷的家里待了半天。没见到大姐夫，大姐和雪子精神都很好。雪子说给我做冰激凌，趁她去厨房的时候，我和大姐单独谈了一会儿话，根本没提上次相亲的事。我本来想是不是菅野遗孀后来给本家去了信，谈了对方没看中雪子的真实原因。可是大姐只字不提，不知道是没有来信，还是来了而隐瞒不说，她似乎在极力回避这件事。倒是多次说今年是母亲的二十三周年忌，下下个月大家都必须去大阪。雪子不像我们所担心的那样，她心情不错，大概是因为届时又可以来关西吧。”

贞之助继续说道：“母亲的忌辰是九月二十五日，大姐决定提前一天，二十四日星期天在善庆寺做法事。大姐说‘所以辰雄和我必须赶在星期六去大阪，可是六个孩子都带上会很麻烦，究竟带谁去？大儿子辉雄等几个要上学的孩子留下来，那就只能带着正雄和梅子去。可是，谁看家呢？如果雪子能留下来看家是再好不过，但不能不让她参加母亲的法事啊。这样一来只好委托阿久，好在也就两三天的时间。不过一行六人要住哪里？如果同住在一户人家，会给人家添很大的麻烦，还是分住两户吧，我大概得住在芦屋’。这两个多月以后的事呢，大姐现在就开始操心。”

幸子本想过几天给大姐写封信，询问今年二十三周年忌的打算。上次昭和十二年十二月父亲十三周年忌的时候，辰雄没到大阪来，只在道玄坂附近一座与善庆寺同属净土宗的寺院里举办了一场简单的法事。因为那年秋天本家刚刚搬到东京，正忙着各种事情，如果再拖家带口到大阪，将会十分疲惫，于是大姐夫给大阪的亲戚们发通知说：“此次亡父之法事在东京举行，如有上京亲友顺道前来参加，十分感谢。但不敢延请诸位于百忙之中专程赴京，请各位当天各自前往善庆寺献香为盼。”同时逐一送上一个春庆漆器的香炉盘。

幸子明白姐夫这样做自有其理由，但心里清楚其实不过是为了省钱而已，他害怕在大阪为亡父做法事要办得体面，花销太大。父亲生前喜欢捧艺人，所以三周年忌的时候，来了不少演员、艺伎，在心斋桥的播半大摆酒席，还请来春团治表演落语，场面可谓盛大热闹，令人回想起莳冈家族昔日的鼎盛时代。那次的花费让辰雄心疼，于是在昭和六年七周年忌的时候，请帖只发给至亲好友，但来的人还是很多，有的是没有忘记这个忌日，有的是互相听说后过来的，原先计划简单操办，不在餐馆摆酒席，只在寺院里吃盒饭，但最后还是到播半吃喝一通。有人很高兴，说：“死者生前喜欢讲究排场，所以花点钱为你父亲做法事是孝顺的表现。”当时辰雄真想说：做什么事情都要合乎身份，莳冈家今不如昔，这次法事更应从简，父亲在九泉之下也一定会体谅我手头拮据的苦衷。因此，父亲十三周年忌时故意避开了大阪。亲戚中有些老人指责辰雄的做法：“这是给你父亲做法事，从东京过来一趟有什么不可以呢？听说本家最近变得好生悭吝，可花钱不是为别的，而是给父亲做法事啊。”在各种各样的抱怨声中，鹤子夹在中间最难受。当时辰雄辩解道：“等十七周年忌的时候去大阪弥补一下。”正因有过这样的先例，幸子担心大姐夫究竟对这次母亲的法事有什么想法，会不会又是在东京草草了事？这样的话，亲戚们固然怨声冲天，就连她自己也无法接受。

大姐夫辰雄没见过母亲，自然不会有什么感情，但幸子对母亲的思念之情，与对父亲的不同，其中有一种特殊的情感。

父亲因脑溢血于大正十四年十二月去世，年仅五十四岁，可以说是英年早逝，而母亲死得更早，大正六年去世时才三十七岁。想到这里，幸子意识到今年自己正好和死去的母亲同岁，而本家的大姐则大上两岁。在她的记忆里，母亲比大姐和自己更加漂亮清秀。这与母亲去世时周围的状况以及病情等大有关系，幸子当时还是十五岁的少女，在她眼里母亲的音容身姿比实际状态更清新秀雅。随着病情的恶化，肺病患者大多会变得面容丑陋、身形枯瘦、脸色煞白，母亲得的也是这种病，但直至临终一直保持着一种妩媚之感。脸色白得近乎透明，却没有变得黝黑；身体很细瘦，手脚却始终保持着润泽。母亲是在生完妙子后不久患病的，起先去滨寺，后来去了须磨疗养，但因为在海边反而不利于养病，最后到箕面租一间小房子，搬到了那儿去。

母亲晚年时，幸子每个月只被允许去看望一两次，而且每次都得尽快离开，可即便回到家，海边那凄凉的浪涛声、松林的风声与母亲的面容融合在一起，深深镌刻在她的脑海里。所以，母亲在她心里已经被理想化，成为她思慕的对象。母亲搬到箕面以后，知道已来日无多，便允许幸子比以前多去看望几次。临终那天，母亲一大早就打来电话，幸子等人急急忙忙赶到以后，不多一会儿就离开了人世。

那一天，几天前就开始降落的秋雨仍下个不停，潇潇冷雨打在走廊的玻璃窗上，激起迷蒙烟雾。拉门外面有一个小院子，可以通到潺潺溪流边，沿途的胡枝子花开始凋谢，被雨水打得东倒西歪。大概因为溪流涨水，能听见村里的人们大呼小叫着“说不定会暴发山洪”，急流的激荡声比雨声更加震耳欲聋，河底的石头不时滚动着互相撞击，每当这时，整个地面都会颤动，房子也随之摇晃。幸子等人惊恐不安，要是溪水涨上来该怎么办？她们站在母亲的枕边，看着如薤露消逝般死去的母亲，她的遗容多么平静安详，没有丝毫杂念，幸子她们所有的恐惧都被忘在脑后，一种清新纯净的感情穿透心间。悲伤自然是悲伤，但这种悲伤伴随着音乐般的清爽，如同是对一个美好事物从地上缥缈逝去无比眷恋一般，它已经超越了个人情感。幸子她们都做好了母亲熬不过秋天的心理准备，但若她的遗容不是那么美好，当时的悲伤恐怕更让人不堪忍受，甚至会在内心深处长期留下阴暗的回忆。

父亲很早就是一个沉湎放荡、挥霍无度的人，听说二十九岁才和比自己小九岁的母亲结婚，这在当时算是相当晚婚了。听亲戚中的老人说，父亲婚后有阵子的确不再往茶屋跑，夫妻相处和谐。与父亲豪奢的性格不同，母亲出生于京都的商家，容貌气质、一言一行都符合“京美人”的规范，双方的性情在有的地方正好相反，却也相辅相成，十分般配，旁人见了，都说是一对令人羡慕的和睦夫妻。幸子她们当然没有这些遥远的记忆，只记得父亲是一个不务正业、终日在外游荡的人，而母亲是一个商家主妇，无怨无悔地侍候着这样的丈夫。母亲搬到外面疗养以后，父亲更加肆无忌惮，发展到挥金如土、一掷千金的地步。幸子现在想起来，父亲在京都游冶的地方多于大阪，经常带她去祇园的茶屋，所以她也认识几个与父亲相好的艺伎。她觉得父亲其实还是喜欢京美人。如此说来，两个妹妹中她更喜欢雪子，虽然有各种原因，但最主要的还是因为四姐妹中雪子长得最像母亲吧。

前面写过，四姐妹中幸子和妙子像父亲，鹤子和雪子像母亲，但鹤子个儿高，身形高大，虽貌似京都女子，却缺少母亲那样纤细袅娜的感觉。母亲是明治时代的女性，手脚细嫩可爱，手指的形状苗条娇柔，如同巧夺天工的工艺品。四姐妹中妙子最矮，可是母亲比妙子还要矮些，比妙子高出五六分的雪子和母亲相比，算是大个子了，可是就数雪子最惟妙惟肖地遗传到母亲的风姿气韵，甚至在雪子身上都能闻到一丝母亲周身轻微荡漾的幽香。

幸子只是从丈夫那里间接听到过这次法事的安排设想，可到了七八月，依然没有接到大姐或者雪子的任何消息。

九月中旬，本家终于寄来了正式通知。然而令幸子感到意外的是，通知上说把亡父的十七周年忌提前两年，与亡母的二十三周年忌一起举办。这个消息贞之助也是第一次得知，在东京的时候，大姐确实只告诉了他母亲二十三周年忌的事，并没有提到父亲的十七周年忌。暂且不论大姐，想必大姐夫当时肯定已经这样决定了。当然，把父母任何一方的周年忌提前，合办两人的法事不乏先例，这一点无可指责，但大姐夫上次因父亲做法事过于敷衍了事，受到大家的责难，说这一次要风光大办加以弥补。可此一时彼一时，时下不大操大办其实也能说得过去，既然如此，难道不应该和那些喜欢说三道四的亲戚事先沟通商量，求得他们的谅解吗？事到临头，突如其来地通知大家这么个决定，不是有欠稳妥吗？通知上写得很简单，只有“兹定于九月二十四日（星期天）上午十时在下寺町善庆寺为先父十七周年忌和先母二十三周年忌举办法事，敬请光临为盼”这样一句话。

收到通知后过了几天，大姐才打电话来解释事情的原委：“上一次贞之助妹夫来的时候，还没有这样的打算。不过，你姐夫很早以前就说眼下正在叫喊‘国民精神总动员①’，不要把钱浪费在做法事上，所以建议这次把父亲的周年忌提前合办。他嘴上这么说，可一直没有打算真正落实，通知上也只写了母亲的周年忌。但是欧洲战争爆发以后，

①1937 年卢沟桥事变爆发后，日本政府为推行其侵略政策，发起要求全民协力战争的运动，从此日本国民的生活笼罩在战争的阴影之下。

他改变了想法，说是日本可能也会发生大动荡，日华事变[1]打了三年多还没有结果，弄不好日本也会卷进世界动乱的旋涡里，因此我们更要紧缩节俭，他又突然提出将父母周年忌合办。因为不打算邀请很多人来参加，通知书也就没拿去印刷，改为全部手写。由于临时变更了计划，就请了银行里的年轻人帮忙突击写通知书，便没有时间事先和亲戚商量。不过，我想这次大概不会有人说三道四吧，我这次也主动赞成你大姐夫的做法。”

大姐在电话里极力辩解一番后，又说道：“我和雪子带着正雄、梅子乘坐二十二日的燕子号出发，晚上住在你家里。你姐夫和辉雄坐星期六的夜车出发，星期天早晨到，再坐当天的夜车回东京，这样不用麻烦任何人。我有两年没去大阪了，这边有阿久看家，我很放心，而且不知道下一次什么时候还能去，所以想住上四五天，不过最晚二十六日必须回来。”幸子问当天的午饭怎么安排，大姐回答说：“午饭借用寺院的客厅，由高津的八百丹送来。这件事我打电话吩咐庄吉去办，应该没问题，你也可以再叮嘱一下寺院和八百丹，免得出现什么纰漏。人数估计有三十四五位，准备四十人的饭菜，每个人再准备一两合日本酒。烫酒之类的活儿打算请善庆寺和尚的妻女帮忙[2]，但是酒席之间的招待必须由我们来做。”

大姐极少打电话来，一打来便说个没完没了，还要打来一遍又一遍[3]。她还说原本想让雪子和妙子也参加，但想到两个人是未出阁的姑娘，有诸多不便。幸子见她还打算和自己商量给亲戚们送什么样的礼物，赶紧打断道：“那就这样吧，后天见……”说完，幸子及时挂断了电话。

---

① 日本对其侵华战争的称呼。

② 日本和尚可娶妻生子。

③ 战时，日本打长途电话有时长限制，每次限定五分钟。

九

幸子想到大姐在电话里最后表露出来的意思：原本想让雪子和妙子也参加，可是这两个人到现在还没有婆家，让她们在大庭广众之下抛头露面，做姐姐的心里真不自在。不仅大姐，这恐怕也是堵在姐夫胸口的一桩心事，再往下推测，说不定也是他不想做法事的原因之一。就他们而言，至少希望雪子在今年的厄运年之前把终身大事定下来。雪子已经三十三岁，还被大家“姑娘、姑娘”地叫着，比她小的堂妹们差不多都结婚成家了，有的还说带孩子来参加法事，而雪子至今还没有找到合适的姻缘。昭和六年举办父亲七周年忌的时候，雪子二十五岁，人们惊讶于她的年轻而恭维说“一点也看不出年龄”，大姐夫妇听了觉得这话十分刺耳，如果这次雪子出来，肯定会听到更多闲言碎语。虽然雪子的年轻容貌比起那时并没有多大变化，她本人对亲戚中的妹妹们比自己先成家这一点也没有感到自卑。然而正因为这样，又会引起人们的同情，觉得这样完美无缺的“姑娘”怎么到现在还是独守空闺，简直岂有此理，死去的双亲在九泉之下该多么伤心悲叹啊！说来说去，最后完全变成本家的责任。这样一来，幸子心里更觉得自己应该担一半责，也体谅了大姐夫妇的良苦用心。说实在话，除了雪子，幸子还要操心另一件事，就是最近妙子的个人生活又发生了新的变化。听到大姐要来大阪的消息，幸子有点为难，不知如何是好。

板仓刚死那阵子，妙子神情沮丧，做什么事都无精打采，没有兴趣，可是没隔多久，也就一两个星期，精神又振作起来了。本来她打算冲破各方面的压迫，决心与板仓牵手到底，却突然意外终结，一时陷入茫然若失、不知所措的心境。但她不是那种想不开的性格，独自就振奋起来，也不知道什么时候又开始去西式裁缝学院上课。她内心怎么想另当别论，从表面上看已经恢复到平时活跃开朗的样子。幸子不由得十分佩服，对贞之助说："我原以为小妹这次受到打击后会爬不起来，但是她毫不示弱，这一点很了不起。她什么事都敢干，我根本学不来。"

大概七月中旬的一天，幸子带桑山夫人去神户的与兵吃午饭。店里的人对她说，刚才妙子来电话预订了晚上六点的两人席位。妙子当天早上就出门了，不知是从什么地方打去的电话，也想不出妙子要和谁一起吃饭。与兵的一个小伙计对幸子说："最近妙子小姐和一位男士来过两次。"幸子不由得心头一惊，想知道那位男士的外貌身形，可是碍于桑山夫人在场，不便打听，她就故意装出一副若无其事的样子，回应了一句"啊，是嘛"，敷衍过去。老实说，她很想知道那个男人是谁，但又怕知道。那天出了与兵，与桑山夫人分开后，她去新开地看了一场先前已看过一次的法国电影《望乡》。五点半散场后，她走出电影院，心想要是现在去与兵附近转悠，说不定正好能碰上妙子和那个男人，但是她立即打消这个念头，直接回了家。又过了一个月，八月中旬，菊五郎来神户演出，贞之助、幸子、悦子、阿春去松竹剧场观看（那阵子幸子约妙子一起去看电影或者看戏，妙子极少答应，总是推辞说"我也要去看，这次就算了"，经常单独活动）。四个人在多闻大街八丁目的电车道旁下了出租车，穿过新开地的十字路口向聚乐馆方向走去，贞之助和悦子走在前面过了马路，而幸子和阿春被红灯挡在了这边。就在这时，一辆从楠公前方向过来的汽车在她们的面前驶过，车上坐着奥畑和妙子。因为是盛夏时节的大白天，她们看得清清楚楚，绝不会错。不过，车里的两个人正在说话，似乎没有发现外面的她们。

幸子立即对阿春说道："阿春姐，这件事不许告诉老爷和悦子。"阿春见幸子脸色骤变，也非常严肃地答了声"是"，然后低着脑袋过了马路。

幸子为了平复心跳，看着走在前头的贞之助和悦子的背影，故意放慢了脚步。每当这个时候，幸子总是指尖发冷，不知不觉间就会握住阿春的手。如果不说话，她的心里更会憋得慌。

"阿春姐，小妹的事情你知道吗？她最近总不着家……"

"嗯。"阿春回答道。

"知道什么就说什么……刚才那个人给家里来过电话吗？"

"打没打过电话我不清楚，可是……"阿春吞吞吐吐，一会儿又小声补充道，"其实，我前些日子在西宫碰见过两三次。"

"是刚才那个人吗？"

"嗯……还有小妹……"

幸子没有继续问下去。第一场戏《野崎村》结束后的幕间休息，幸子跟着阿春去了卫生间，在走廊上追问后来的情况。据阿春说，上个月下旬，住在尼崎的父亲进了西宫的一家肛肠医院动痔疮手术，她请了两个星期的假在医院陪床，因为要给父亲做饭什么的，每天大概要在尼崎的家和西宫医院之间往返一次。医院在西宫的惠比须神社附近，所以她总是乘坐从国道的札场筋开往尼崎的公交车。其间遇过到奥畑三次。第一次是她正要上车，奥畑从车上下来，两人擦肩而过；第二次是在车站等车的时候，奥畑在她对面的车站等车，他乘坐的方向与阿春相反，阿春只见过他乘坐开往神户方向的公交车，没见过他上开往野田方向的车。阿春必须由南往北穿过国道，走到靠山一侧的车站等车，奥畑则是从靠山一侧后面的“慢波”出来，由北往南穿过国道，走到靠海那边的车站（阿春用的“慢波”这个单词是一种旧方言，现在在关西只有一部分人使用，意为“短隧道”，相当于现在的高架桥。据说源于荷兰语“慢普”，虽然也有人能正确念出来，但京阪地区的人一般都像阿春那样带着方言味。在阪神国道西宫市札场筋附近的北面，省际电车和铁路的堤坝都是东西走向，堤坝下有一条只能勉强容下一个人站立行走的隧道，穿过隧道就是车站）。

阿春第一次遇见奥畑的时候，不知道该不该向他打招呼，正犹豫不决的时候，对方微笑着摘下帽子，阿春也向他鞠了一躬。第二次，两边的汽车都迟迟不来，等了很久，对面的奥畑竟然满不在乎地穿过马路走过来说：“阿春姐，又遇见你了。你来这附近有什么事吗？”阿春将情况告诉他，两人站着说了会儿话。“是嘛，既然到这一带来了，有时间顺便来我家坐坐啊。穿过那个隧道，不远就是我的家。”他指着慢波的入口，“你知道一本松吧？我就住在一本松旁边，很好找，一定要来啊。”他好像还想说什么，这时开往野田的公交车来了，阿春说一声“对不起”，就上了车（阿春有个习惯，在叙述事情的时候总喜欢模仿对方说话的语音语调，绘声绘色地再现当时的情景）。所以，阿春遇见奥畑三次，都在傍晚五点左右，且奥畑都是一个人。

另外还有一次，阿春在车站遇见了妙子。差不多是同样的时间，阿春正在等车，忽然妙子走来，在身后拍了一下她的肩膀，叫了一声“阿春姐”。阿春一不留神，嘴里吐露出一句“呀，您去哪儿”知道自己不该问，她急忙闭上嘴，回头看着冷不防冒出来的妙子，心想对方大概就是从那个慢波钻过来的。妙子问她：“阿春姐，什么时候回去啊？你父亲的情况怎么样了？”接着，又笑眯眯地问道，“你遇见阿启了？”这个出其不意的问题让阿春张皇失措，妙子却说道“你快点回去吧”，然后走到对面，坐上了开往神户的车。至于妙子是直接回家还是要去神户的什么地方，就不得而知了……

在剧院走廊上的谈话就这些，但幸子觉得阿春似乎还有别的东西没说出来。第三天早上，悦子要出去练习钢琴，等妙子出门以后，幸子让阿照陪着悦子去，又把阿春叫到客厅继续询问情况。阿春先是说“其他事情我不知道”，却又说道：“我一直以为那位先生住在大阪，听他说家在西宫的一本松附近时感到非常意外。有一天我钻过那个慢波，走到一本松，他的家果然在那里。房子前面是低矮的树篱，红瓦白墙，有一栋文化住宅样式的两层小楼，门牌上只有‘奥畑’两个字。我一看门牌簇新，心想大概是最近才搬过来的。我去的时候是傍晚六点多，天色已经暗下来，只见二楼的窗户全部敞开，拉着白色花边的窗帘，里面灯火辉煌，传来留声机播放的音乐声。我站了一会儿，察看里面的情况，听见那个人和另一个人——好像是女人——说话的声音，因为音乐声很大，听不清楚内容（说到这里，阿春还补充道‘对了，播放的是达尼尔·达黎欧在电影《黎明归来》中演唱的插曲’）。我去他家就那一次。本来还想有时间再去一次多了解些情况，但两三天后父亲就出院了，我也回到芦屋，所以一直没有机会。我不知道该不该把这件事报告给您，拿不定主意，因为无论是那个人，还是小妹，在车站遇见他们的时候，他们都没有拜托我对您保密，所以我想或许您已经知道这件事，这样一来不说反而不好，可又觉得还是不要多嘴多舌，便没有向您汇报。大概那时小妹经常去他家里吧。如果需要，我可以向他家的左邻右舍打听情况，详细了解一番。”

幸子那天看见他们一起坐在车里，因为事出突然，她大吃一惊，平静下来后理了理思路，觉得妙子和板仓恋爱以后，虽然抛弃了奥畑，但并没有完全分手，现在板仓不在了，即便妙子和奥畑偶尔一起散步吃饭，也用不着那么大惊小怪。她记得大概在板仓去世十天后，报上刊登了奥畑母亲去世的讣告，她对妙子说“阿启的母亲过世了啊”，偷偷观察妙子的表情。妙子兴趣索然地“嗯”了一声，幸子又问道：“患病很久了吗？”“这……”“最近没见过他吗？”妙子又是爱搭不理地“嗯”了一声。从那以后，幸子就感觉妙子非常不愿意谈论奥畑，在她面前连阿启的“启”都不愿提起，可她从未听妙子说过已经和奥畑彻底分了手。而且幸子料想妙子早晚又会搭上第二个板仓之类的男人，暗地里忧心忡忡，与其挑上一个自己看不上眼的男人，倒不如让妙子和奥畑重归于好，反而更自然体面，从各个方面来说都令人满意。不过，单凭阿春一番话就断定他们已经言归于好还为时过早，但并非毫无可能。

妙子知道本家和幸子都赞成她与奥畑的恋爱，纵然这是事实，根本没有必要隐瞒，只是前一阵子和奥畑处在分手的边缘，现在要她亲口承认破镜重圆，未免难为情吧。幸子有一种感觉：是不是妙子认为让自己知道这件事比较好，因而故意让阿春透露信息呢？

几天后的一个早晨，刚好只有幸子和妙子两个人在餐厅里，幸子故意若无其事地问道：“小妹，我们去看菊五郎演出的那一天，你坐车经过新开地了吧？”

“嗯。”妙子点了点头。

“也去与兵了？”

“嗯。”

“阿启为什么搬到西宫去了？”

“被他哥哥撵出来，在大阪的家里待不下去了。”

“为什么呢？”

“他没有明确告诉我。”

“他母亲前不久去世了。”

“嗯，好像和这个有关。”

接着，妙子吞吞吐吐地说西宫的房租每月四十五日元，奥畑和他儿时的奶妈一起住在那里。

“小妹，你什么时候又开始和阿启交往的？”

“板仓七七那天碰见他……”

板仓去世以后，每逢做七，妙子必去。上个月七七那一天，她一早就去到冈山，祭奠完毕后，打算坐火车回来，来到车站，看见奥畑站在正门入口处。他说道：“我知道你来，在这儿等你。”妙子无奈，只好和他一起从冈山回到三宫，自板仓死后一时完全断绝的交往就这样又恢复起来。但是，妙子解释说这并不意味着她对奥畑的看法发生了改变，阿启说自从母亲去世以后才知道世态炎凉，还说被撵出家门后脑子清醒了过来等一大堆听起来一本正经的话，但她不相信这是他的真心话。现在只是看他被撵出来，一个人孤零零地没人理，她不能那么冷酷无情，所以才和他交往。她对阿启的心情不是恋爱，而是怜悯。

十

妙子不愿意谈论奥畑的话题，看得出她不喜欢别人刨根问底，所以幸子后来也不再提起此事。可是当幸子了解情况以后，又开始重新审视各种现象。这些日子，妙子夜里晚归的次数越来越多，不知道她在什么地方消磨这么长时间呢？明明住在家里，可又不像家庭中的一员，种种现象都足以说明问题。还有她最近回家后还时常不洗澡，从她滋润光滑的皮肤判断，肯定是在外面洗过澡后才回的家。她本来花钱大手大脚，认识板仓以后意识到存款的必要，变得节俭吝啬，烫个头也尽量去便宜的美容院，可是最近从化妆方式到服饰追求，都发生了明显的变化，变得奢侈阔绰起来。这两个月里，幸子发现她的手表、戒指、手提包、烟盒、打火机等一个接一个变得焕然一新。板仓生前爱不释手的那部莱卡相机——曾经在大阪三越百货店八楼被奥畑摔在地上，修理后又继续使用——那部不同寻常的相机，在板仓五七的时候由他的家属寄给妙子作为纪念，妙子也用过一段时间，但最近换成了崭新的镀铬莱卡相机。

幸子起先只是单纯地认为，恋人去世改变了妙子的人生观，让她抛弃了节俭的理念，变得挥霍铺张、沉迷享受起来。然而，实际情况并非这么简单。人偶制作一事她已经弃之不顾许久。说是把夙川的那间工作室也让给了她的弟子，西式裁缝学院那边似乎也很少去了。幸子把这一切都放在自己心里静静观察，可是妙子如此毫无顾忌地和奥畑交往，两个人旁若无人地逛街，保不定什么时候就会被贞之助撞上。贞之助非常讨厌奥畑，他要是发现两人又打成一片，一定大动肝火。幸子这么一想，找了个日子便把这件事如实地告诉了丈夫。

不出所料，幸子说完后贞之助一脸不悦。两三天后的一个早上，幸子到丈夫的书房去，贞之助对她说："你坐，关于阿启被撵出家门这件事，我找人调查了一下。上次听你说他被撵出家门，我就觉得蹊跷，所以通过门路查了查，其实是阿启和奥畑商店的店员串通偷盗店里的商品，而且不是第一次，以前就有过一两次。那时他母亲还在，帮他向他哥哥赔不是，请求原谅。但现在母亲不在了，阿启还是惯偷不改，哥哥气得大发雷霆，经别人劝说，才等到亡母的五七过后把阿启赶出了家门。"

贞之助又说道："我也不清楚小妹是否知道这件事，事实摆在这里，不管是本家还是你，难道不应该改变一下你们想把妙子和阿启撮合在一起的想法吗？特别是大姐夫，像他那样的人听了这件事，一定会改变想法。大姐夫、还有你们，以前对小妹和阿启的交往故意睁一眼闭一眼，甚至心里还暗自高兴，巴不得他们结婚呢。如果你们抛弃这个想法，就会明白对两个人的交往放任不管是不合适的。即使你和大姐、雪子认为阿启总比门第低微的男人强，大姐夫也一定不会同意。至少阿启要重返家门，这门亲事得到奥畑家的承认，明媒正娶堂堂正正地结婚，否则大姐夫应该不会赞同。对两个人的交往听之任之，这对双方都没有好处。以前奥畑家的母亲和哥哥还可以监督阿启，被赶出家门以后，阿启有了一栋虽然小但毕竟属于自己的房子，这样就更加自由自在、胡作非为，事情反倒更难办了。阿启被赶出家门的时候，大概多少拿到一点钱，本人自以为这结果不错，不考虑以后，有多少花多少，大肆挥霍。恐怕小妹也多少拿了人家一点钱吧？小妹说她对阿启的感情不是恋爱——我不愿意往坏里想，但是从另一角度看，这并不仅仅是单纯的怜悯，还可以做更卑劣的解释——要是听任这种状态继续下去，两个人稀里糊涂的，将来发展到同居怎么办？即使不到那一步，小妹这样每天泡在阿启西宫的家里，要是阿启的哥哥知道了，会怎么看待我们？人家不仅会认为小妹是一个品行败坏的女人，甚至连我们这些监护人也会被认为不正常吧？我对小妹的行动一直采取旁观的态度，所以这次也不想正面干预，但如果小妹还不停止现在的交往，我认为有必要告诉本家，取得他们的认可，至少要获得他们的默认。不然的话，我们这回对他们真的没法交代。”

贞之助这样滔滔不绝地说了一通，可实际是因为他最近开始打高尔夫，经常在茨木的俱乐部与奥畑的大哥见面，每到那时他便觉得很尴尬。

“这么说，你认为本家会默认吗？”

“我看不可能吧。”

“那怎么办？”

“也许还是让小妹停止交往吧。”

“真的停止交往就好了，要是她阳奉阴违呢……”

“如果小妹是我亲妹妹或者女儿，不听话就赶出家门……”

“这样的话，她不是更要跑到阿启那儿去了吗？”

幸子早已泪水盈眶。没错，如果抛弃妙子，不许她回家，这对世人、对奥畑家都有所交代，但这不是会亲手招致丈夫最厌恶的结果吗？丈夫说小妹已经二十九岁，有独立生活的能力，他和幸子总是以自己的想法去规范小妹的行为，这是错误的。把她放出去，看她究竟会怎么样，要是和阿启同居，那也没办法。如果连这个都要为她操心，那就没完没了了。可是在幸子看来，如果给小妹打上“被逐出家门”的烙印，想起来就觉得可怜。以前每当有什么事情，自己总是在本家面前袒护妙子这个妹妹，难道现在因为这么点事就要把她赶出去吗？丈夫把这个妹妹想得太坏了。即使这样，小妹毕竟是良家小姐，从本质上来说，是一个懦弱而善良的女子。幸子可怜她幼年丧母，自己代替母亲对她疼爱有加，在即将为亡母做法事的时候，绝对不能把她逐出家门。

“我也不是说非此不可。”贞之助看着妻子盈满泪水的双眼，有点慌神，辩解道，“我刚才说现在的小妹如果是我亲妹妹，这只是假设而已……”

“这件事交给我吧。大姐快要来了，我找机会和她悄悄谈一谈，让她心里有个数……”

然而，幸子是否真的会对大姐说，还要看当时的情况来判断，总之在二十四日的法事顺利做完之前，她不会说起这件事。

二十二日晚上，大姐一行人来到芦屋。当天夜里，幸子就把这件事悄悄告诉了雪子一个人，想听听她的意见。雪子说：“言归于好是好事啊。不要把阿启被赶出家门看得那么严重，即便拿了点东西，可这些东西是自家店里的，和偷别人家的不一样。阿启这个人，可能会干出这种事。所谓撵出家门，恐怕只是一时的惩罚，很快就会原谅他的。只要不是满大街地大摇大摆，收敛一点，暗地里交往，你们睁一眼闭一眼不就得了吗？”雪子还说道：“这件事最好不要告诉大姐，你告诉她，她准会对大姐夫说。”

幸子虽然觉得和大姐对着干不好，但这次法事让她不太满意，所以一则为了弥补法事的不足，二则也是给很久没有来大阪的大姐接风，她打算在善庆寺的法事结束之后，召集自家的几个姐妹小聚一次。做完法事的第三天，二十六日中午，幸子选定父母生前也经常光顾的播半的日式单间，连贞之助也不请，列席的只有姐妹四人，加上富永姑母及其女儿染子，并请来菊冈检校及其女儿德子演出助兴。由德子伴奏，妙子表演舞蹈《袖香炉》；检校用三味线、幸子执古琴合奏《残月》。半个月以前，幸子就开始在家里仓促地练习古琴，妙子则去大阪的作稻师傅那里练习舞蹈。

大姐二十二日到了芦屋，二十三日就带着梅子出去买东西、走亲访友，在外面吃过晚饭后才回来。

二十四日这一天，大姐、正雄、梅子、贞之助夫妇、悦子、雪子、妙子八人加上阿春陪同，八点半就出门了。女性都身穿印有家徽的和服，大姐是纯黑纺绸和服，幸子等三人都是紫色一越绉绸和服，色调上略有不同，阿春则是紫红色的茧绸和服。电车行驶到夙川站的时候，基里连科上了车，他穿着短裤，露出毛茸茸的小腿。他惊诧地看着车厢里缤纷的华服，走到贞之助跟前，抓着吊环，稍微弯下腰问道："去哪里啊？今天大家都在……"

"今天是我岳母的忌日，去寺院祭奠。"

"哦，您岳母什么时候去世的？"

"已经去世二十三年了。"妙子说。

"基里连科先生，卡塔丽娜小姐来信了吗？"幸子问道。

"噢，对了，我给忘了。她最近来信向你们问好。她现在在英国。"

"不是在柏林吗？"

"在柏林待的时间不长，很快就去了英国，而且见到了女儿。"

"那太好了。她在英国做什么呢？"

"在伦敦的一家保险公司上班，当总经理秘书。"

贞之助问道："那可以和女儿住在一起吗？"

"不，还没有。现在正打官司，想把女儿要回来。"

"是嘛，那真是……"

"您给她写信的时候，请代我们向她问好。"

"可是，战争打起来了，寄信要很长时间才能收到。"

“老太太担心她吧，”妙子说道，“伦敦也即将遭到空袭。”

“不用担心，我妹妹胆子可大了……”基里连科说话时甚至带着大阪腔。

法事之后的酒席，对于以前曾参加过播半那次宴会的人来说，未免觉得有点寒酸，但是打通善庆寺的三大间餐厅，容纳四十多人吃饭的地方也不见得多么寒碜。除了亲戚，还有以前经常到家里干活的木匠冢田、音老头的儿子庄吉等人，两三个船场时期的学徒也来参加了。酒席上的招待应酬本来应该由鹤子四姐妹包揽，但表姐妹、阿春、庄吉的妻子等都在席间热情地周旋，结果几乎用不着四姐妹亲自接待。幸子看着树篱边高大的胡枝子上红花和白花开始凋落，不由得想起母亲去世时箕面小家那个院子里的景象。酒席上的男客们大多在谈论欧洲战争，女客们照例赞美“雪子小姐”和妙子年轻，只是话说得相当得体，不让辰雄听起来觉得是讽刺。只有一个名叫户祭的老店员，喝得醉醺醺的，从最后一排的角落里扯着嘶哑的嗓门肆无忌惮地叫唤：“听说雪子小姐还是一个人……啊……这究竟是怎么回事？”

他这么一叫，弄得酒席有点冷场，但妙子格外冷静沉着地说道：“我们反正已经晚了，干脆慢慢寻找一个中意的人……”

“是嘛，那不是太不着急了吗？”

“瞧你那傻样儿，不是有句老话吗？‘现在还为时未晚’。”

席间传出女人们低低的笑声，雪子也微笑着，默不作声。辰雄对此充耳不闻。冢田脱下国防服的上衣，只剩下一件衬衫，向对面远处的户祭喊道：“户祭君、户祭君……听说你最近炒股发大财啦，是吧？”他长着一张黢黑的脸，说话时金牙闪闪发亮。

“没那回事。不过以后说不定要发一把。”

“有这么好的事？”

“告诉你吧，我这个月要去华北。我妹妹在天津当舞女，被军部看中，当上间谍了……”

“了不起啊！”

“现在她成了中国浪人[1]的太太，阔气着呢，经常给我寄钱，一寄就一千两千的……”

“嗬，我要是也有这样一个妹妹该多好。”

“……我妹妹叫我现在别傻里傻气地窝在国内，让我去天津，她说那里多的是挣大钱的机会。”

“把我带上怎么样？我这木匠活儿随时都可以不干。”

“只要能挣钱，我什么都干，哪怕是开妓院也没关系。”

“说得好，没点胆量什么也干不成。”

冢田说道：“阿春姐，把酒瓶拿过来。”他把阿春拉到跟前，又开始喝酒。

这个木匠过去在芦屋家干活的时候，赏赐他一瓶酒，他就总让阿春给他斟酒，一喝得醺醺然，就满嘴跑火车：“我说啊，阿春姐，你做我老婆吧。你要是愿意，我立马就把家里的那个黄脸婆给休了。不是开玩笑，说真的。”阿春和气地给他斟酒招待，又觉得可笑，笑得前仰后合。木匠见状，还继续说个没完。

今天阿春被劝酒多喝了几杯，她逮住机会说“我去拿热酒来”，连忙逃到厨房里。冢田在后面喊着“阿春、阿春”追上来。她理也不理，从厨房门口下到土间，跑到后院的杂草丛中躲了起来，然后从黑缎的腰带里取出粉扑盒，在微微醉颜上扑粉补妆，接着悄悄环顾四周，确定没有人，才打开她经常光顾的那家杂货铺的掌柜偷偷送给她的珐琅烟盒，取出一支光牌香烟，急匆匆地吸了一半后，把烟掐灭，放回烟盒里，回屋里去。

①明治以后到中国从事政治、经济活动的日本民间人士，不少人暗中效力于日本侵华势力。

十一

大姐说她二十六日必须动身回东京，于是中午在播半的聚会结束以后，她没有再回芦屋，在心斋桥一带转悠了大约一个小时，然后由幸子等人直接送到梅田车站。

幸子说道："大姐一时半会儿不会再来吧。"

大姐从三等车厢里探出头说道："还是你来东京吧。"她还解释说，和孩子们在一起，买了卧铺也睡不着，二等三等一个样。

其实大姐就是为了省钱。

"这个月菊五郎没有演出，下个月有。"

"菊五郎上个月在神户的松竹演出，我们去看了，但他没有演在东京、大阪的剧目，只演了《保名》，连《延寿大夫》都没演……"

"下个月菊五郎要在舞台上用真的鸬鹚来演《长良川鸬鹚捕鱼》。"

"这是新创剧目啊。但我最喜欢看的还是舞蹈。"

"说起来，小妹的舞蹈，富永姑母赞不绝口，她说没有比小妹跳得更好的人了。"

正雄用纯正的东京话问道："雪子姨妈不上车吗？"

"……"

雪子站在幸子身后，变成了送行的人，她微笑着，似乎在说些什么，但发车的铃声响起，谁也没有听清她说的话。幸子从一开始就看透她打的小算盘：随大姐一同西下，趁机留在这里。大姐没有叫雪子一起回去，她本人也什么都不说，就这样自然而然地定下来了。

幸子听从雪子的意见，没有把妙子的事情告诉大姐。妙子认为幸子后来绝口不提阿启的事情，似乎是默许了自己的行为，越发放肆起来，毫不顾忌地往西宫跑，白天也就算了，就连晚上也接连好些日子不回来吃饭。贞之助的脸色越发阴沉，幸子暗地里劳心费神，惴惴不安。妙子不回家吃饭的晚上，贞之助、幸子、雪子都尽量不提小妹，但大家心照不宣，晚饭桌上的气氛显得凝重沉闷，他们还担心这样会对悦子造成影响。悦子听妈妈和雪子二姨说，妙子小姨因为最近制作人偶特别忙，才不回来吃晚饭，可是她心里显然不相信，虽然谁也没有教她这样做，吃晚饭的时候她也自觉地不提妙子小姨。幸子私下里多次提醒妙子，做事留点心眼，至少不能让贞之助和悦子看见。妙子每次都是“嗯”一声，根本当作耳边风，有两三天会早一些回来吃晚饭，但马上又故态复萌。

一天晚上，贞之助终于忍无可忍，问道：“你把小妹的事情给大姐说了吗？”

“我想告诉她，可没找到合适的机会……”

“为什么？”丈夫用从未有过的严厉语气责问道。

“其实是我和雪子商量，她说最好不要告诉大姐……”

“雪子为什么这么说？”

“雪子同情阿启，她的想法是让我们睁一只眼闭一只眼。”

“同情也得分场合，你不知道这件事会对雪子的婚姻造成多么恶劣的影响吗？”

丈夫怒气冲冲，不再吭声，幸子不知道丈夫心里有什么打算。十月中旬，丈夫又去东京出差了两三天，回来以后，幸子问他：“你去涩谷了？”

“嗯。那件事我告诉大姐了。”

丈夫说大姐表示要好好考虑一下，没有当场表态。幸子也就没有多问。这个月的月底，幸子意外地收到大姐的来信，内容如下：

幸子妹妹：

上个月诸多家人叨扰，又承蒙时隔多年在播半盛情款待，深切感受故乡之温馨，非常高兴。

回来以后，每天忙忙碌碌，连感谢信都没有写，但今天不得不违心地写下这封不愉快的信。这些话我必须对你说，所以无奈执笔。

我想说的就是关于小妹的事情。我第一次从贞之助妹夫那里听到有关她的情况时，感到十分震惊。贞之助妹夫说要原原本本地把事情的来龙去脉告诉我，从板仓到最近阿启被逐出家门，我越听越觉得不可思议。以前我也曾隐约听到关于小妹的一些不好的传言，但总认为她还不至于那么不检点，何况有你在她身边，应该不会让她在男女关系上出问题。然而，我的想法错了。我为了让小妹不至于堕落，在诸多事情上为她操心，每次打算直接干预的时候，不正是你出面庇护她吗？我为亲人中出现这样一个妹妹感到羞耻。这是莳冈家族最不光彩的事情。据说这次连雪子也站在小妹一边，居然说没有必要把这件事告诉我。雪子也好，小妹也好，一个劲儿地糟蹋你们姐夫的脸面，根本不回本家这边，还闹出这种事情，你们究竟想干什么？我只能认为是你们三个人故意使坏，要刁难他。这一切的一切都怪我们监督不到位……

这次事态严重，我随性写来，心里的话不吐不快，冒犯之处，尚请原谅。

至于小妹的事该如何处理，坦率地说，我们一直认为与阿启结婚最为理想，但知道他的事情以后，现在不做这样的打算了。退一步说，如果将来阿启可以重返家门，也不是不能重新考虑，但是在当前被逐出家门的状态下，请你坚决制止小妹去他家里。就小妹而言，如果将来还想和阿启结婚，就更应该停止与阿启交往，否则，只能给奥畑家留下一个极坏的印象。你姐夫认为即便小妹嘴上说停止交往，也不可轻信，先让她暂时到东京来。你也知道，我家房子小，和你那边的生活水平有差距，让她过来确实委屈了她，但现在顾不得这些了。请你对她晓之以理，一定要让她搬过来。你姐夫说了，就是因为以前考虑到房子小照顾不了她而坏了事。房子小，大家挤一挤凑合着住。还有，也让雪子回来。

希望你这次不要再迁就小妹了。如果她无论如何就是不愿意来东京，那就不要让她继续住在你家里。这是你姐夫的意见，我也赞成。你姐夫说："希望幸子妹妹这次一定要站在我们这一边，果断对小妹采取措施。既然我们已经下了这个决心，就不要磨磨蹭蹭，拖泥带水。是搬到东京来，还是和莳冈家断绝关系，请在本月内决定，并告知我们。"当然，不言而喻，我们不希望断绝关系。请你和雪子一起劝说小妹，圆满解决这个问题。

等待你的回复。

鹤子

十月十五日

"雪子，大姐来信说了这些话，你先看看吧……"幸子眼圈红红的，把信递给雪子，"大姐从来没有写过措辞如此强硬的信，连你也被她埋怨了。"

“这封信是姐夫让她写的。”

“尽管是姐夫让她写的，但是她居然也写得出来。”

“信上说‘一个劲儿地糟蹋你们姐夫的脸面，根本不回本家这边’，这是过去的事情。自从他们搬到东京以后，姐夫根本就没有真心想把我们接过去住。”

“其实他真正想说的是‘雪子倒没什么，小妹要是来了，净给我们添麻烦’。”

“别的不说，那么小的房子能把我们都接过去吗？”

“照这封信上说，好像小妹品行败坏是我的责任。其实呢，我本意是如果小妹不听本家的话，我在一旁监督，至少不让小妹走得太偏。大姐虽然这么说，要是没有我在这里把控大局，说不定小妹走得更偏，真成为那种道德败坏的人。我这个人，既要为本家着想，又要为小妹着想，两边的面子都要顾及，真够费尽心血的。”

“大姐和姐夫以为把自己不喜欢的妹妹赶出家门就完事了，哪有这么简单的事呢？”

“可现在怎么办？我想小妹绝对不肯去东京的。”

“这件事不用问她。”

“那怎么办呢？”

“暂时搁下如何？”

“这次不行。你贞之助姐夫好像同意本家的意见。”

幸子说无论如何还是要和本人谈一次，让雪子也参加。于是，第二天早上，在二楼妙子的房间里，三姐妹闭门密谈。

幸子说：“我说小妹，你能不能先暂时回东京？”

妙子一听，孩子似的把头摇得像拨浪鼓：“不去，不去。我宁可死，也不和本家一起住。”

“那我怎么回复大姐？”

“你怎么写都行。”

“可是这次你贞之助姐夫站在本家那边，含糊不得。”

“这样的话，我暂时一个人出去租公寓住。”

“不会去阿启那儿吧？”

“我和他只是交往，住一起可不行。”

“为什么？”

这么一问，妙子不说话了，最后解释说是不愿意被别人误解。这个误解的意思是：我对阿启只是怜悯而已，没想到别人以为我在爱他。然而在幸子和雪子听来，她不过是嘴硬。不管怎么说，如果她出去独自过日子，虽然也是离家出走，面子上还说得过去。

“说话算话，小妹。你一定会去住公寓吗？”幸子悬着的心似乎终于放了下来，“这样的话，只好委屈你暂时住公寓吧。”

雪子说：“要是住公寓，我可以经常去看你。”

幸子也说道：“真的，小妹，我不说你也明白，其实事情并没有那么严重，你就说因为某种原因，暂时住在外面，对谁也不要说是离家出走。只要不让你贞之助姐夫和悦子看见，你想来的话，白天尽管来好了。我也会经常让阿春姐去看你。”

说着，幸子和雪子的眼睛里都噙满了泪，唯独妙子十分冷静，面无表情。她问道：“行李怎么办？”

“像衣橱这样显眼的大家具不搬走不合适，但是贵重的东西可以放在这里。你打算搬到哪里的公寓？”

“还没想好。”

“是松涛公寓吗？”

“我不想住夙川。我现在出门，今天就把住处定下来。”

两个姐姐离开后，妙子独自坐在窗前，望着晚秋蔚蓝明亮的晴空，泪珠不知不觉地顺着脸颊流淌下来。

十二

妙子搬去的那座公寓名叫甲麓庄，位于国道公交本山村车站的北面。据阿春说，公寓刚开业不久，是一幢新建筑，孤零零伫立在田野里，配套设施还不完善，看上去比较简陋。过了三天，幸子想叫她出来吃顿饭，和雪子一起到神户后给她打电话，她回答说不在家里。再问阿春，阿春说除非大清早，平时她一般都不在家。幸子还是期待妙子过几天能回来一趟，但一直不见她露面，连个电话也没有。

不知道贞之助是真的相信妻子和雪子已经和妙子“断绝关系”了呢，还是明知她们暗地里仍有联系，却无奈装聋作哑，总之表面上似乎对把妙子逐出家门一事基本上感到满意。幸子对悦子说“小姨在甲麓庄公寓租了一间工作室，所以住在那边”，悦子虽然心存疑问，但也只好这么认为。幸子和雪子以前很少见到妙子在家里，所以觉得现在和以前没什么变化，但如果说因此觉得家里好像突然出现了一个大窟窿，这种感觉以前就有，并不能说是因为这次事情才形成的。她们只是觉得家中出了一个见不得人的妹妹，心里很不好受。

为了散心，姐妹两人几乎每隔两天就去神户看电影，不管新电影还是老电影，什么都看，有时候一天要看上两部。一个月来，她们看过的电影就有《阿里巴巴进城》《早春》《美丽的青春》《布鲁格剧院》《少年之街》《苏伊士》等。她们逛街的时候还留心会不会碰见妙子，但始终没有遇见。因为好久没有妙子的消息，一天早晨幸子派阿春去看望她。阿春回来说："今天早晨我去的时候，小妹还在睡觉，精神很好。我对她说太太和雪子姐姐都挂念着她，让她有时间回去一趟。她笑着回答我说过几天回家看看，让你们放心。"到了十二月，盼望已久的法国电影《没有铁窗的监狱》上映，幸子和雪子去看了这部影片。但是，那天之后幸子染上了感冒，只好暂时停止外出。

妙子在悦子学校放假的前一天，即二十三日早上回到了家里。时隔两个月，她把正月里穿的衣服装满一皮包，聊了一个小时左右后说初七以后回来拜年，就走了。一直到正月十五的早晨，她才回家来，吃了小豆粥。这一次时间充裕些，她待到下午才走。

幸子从年底开始感冒，因为怕冷，一直关在家里。雪子虽然喜欢看电影，但一个人不敢去。别看她年龄不小，却特别怕见生人，即便出去买点东西，也要拉个人一道去。幸子让她学习书法和茶道，每次都要陪着她去师傅那里。可是总这样幸子也受不了，因此三次中会让她自己单独去一次。还有从去年开始必须做的一件事，就是给她打针，消除脸上的色斑，隔一天打一次。按照阪大附属医院皮肤科医生的意见，她要去栉田医生的诊所注射雌性激素和维生素 C。还有悦子每周学习两次钢琴，回家以后由雪子辅导练习。近来雪子的事情就是这些。

幸子独自在家的时候，经常与钢琴为伴，消磨时间。钢琴弹腻了，就到二楼那间八叠大的日式房间里练习书法，或是把阿春叫来，教她古琴。幸子教阿春学古琴是从前年秋天开始的，当时只教给她大阪七八岁小姑娘入门学习的"女儿节，取出箱里的小姐人偶来"之类的唱段以及筝曲《四季花》等，并且只在心血来潮的时候教教她，但现在她已经学到《黑发》和《万岁》了。阿春不喜欢读书，情愿当女佣，可是似乎爱好演艺。只要对她说今天教你弹琴，她就会很快做完当天的家务事。另外她还让妙子教她《雪》和《黑发》的舞姿动作，连舞蹈也能够大致领会。这次幸子教她《鹤鸣》，其中有一句歌词：“……是假意呢、咚锵、还是真心呢……”阿春怎么也掌握不好，在“假意呢”这个地方就开始弹琴，因此有两三天幸子一直让她练习这句唱词，结果连悦子都记住了，在一旁哼唱起来，说道：“阿春姐，这下我可报仇了。”因为悦子在练习钢琴的时候，有些曲调怎么也弹不好，阿春就在一旁抢先哼唱出来，往往让悦子很气恼。

这个月的月末，妙子又回家来了，说是早上，其实差不多快到中午时分才来，当时幸子正一个人在客厅里听收音机。妙子走进来，一边问“雪姐呢”，一边拉过一张椅子坐在火炉旁。

“今天去栉田大夫那里了。”

“是去打针吗？”

“嗯……”幸子刚才听的是时蔬的烹调方法，现在变成了谣曲节目，“小妹，把收音机关了吧。”

“噢，你瞧瞧……”妙子用下巴示意坐在姐姐脚边的那只猫“铃”。

铃也是刚才进来的，蹲坐在火炉旁边，舒服地闭着眼睛打盹。幸子听妙子这么一说，注意到随着谣曲里伴奏的鼓声嘭的一响，猫耳朵就耸动一下，但好像只有耳朵对声音产生了反应，身体并没有意识到什么。

“这耳朵怎么回事？”

“真奇怪……”

两个人饶有兴趣地看着猫耳朵随着鼓声耸动的样子。谣曲播放完毕，妙子站起来关掉收音机，回到座位上问道：“针打得怎么样？看上去有效果吗？”

“这个……治好那个东西得有点耐心。”

“要打多少次才能好？”

“没说打多少次能好，只说要耐心坚持。”

“这么说，结婚之前肯定好不了喽？”

“栉田大夫说也不是好不了……”

“我觉得光打针也不能像抹掉一样把它去得干干净净……”妙子话题一转，“跟你说啊，卡塔丽娜结婚了。”

“噢，给你来信了？”

“昨天我在元町，基里连科叫着‘妙子小姐、妙子小姐’追上来，说两三天前收到来信，知道卡塔丽娜结婚了。”

“和谁结婚？”

“就是她当秘书的那家保险公司的总经理。”

“终于让她抓住了。”

“寄给基里连科的信里还附有一张总经理住宅的照片，卡塔丽娜说‘我们就住在这里，我丈夫说愿意把妈妈和哥哥接过去，请你们快点来英国。旅费随时都可以寄去’。从照片来看，那房子真是栋豪宅，像城堡一样豪华。”

“她终于抓住一个大亨了。那人大概是走路摇摇晃晃的老大爷吧？”

“谁说的啊，人家才三十五岁，还是初婚呢。”

“真的呀？”

“卡塔丽娜说‘我去欧洲，一定会找到一个有钱的男人结婚，你瞧着吧’，她的心愿终于实现了。”

“她是什么时候离开日本的？还不到一年吧？”

“是啊，去年三月底离开的。”

“这么说，才刚十个月啊。”

“去英国也就半年吧。”

“半年就能找到那样的男人，真厉害。还是美女吃得开。”

“要说美女，卡塔丽娜那样的满街都是。难道英国那个地方不出美女吗？”

“基里连科和那个老太太去英国吗？”

“好像不去。那个老太太说自己这么贫穷，过去只会给女儿丢脸，待在日本，谁也不知道她们的过去。”

“噢，洋人也有这样的心理啊。”

“对了，对了，她和前夫生的那个女儿，双方经过协商，由她抚养。”

幸子感觉妙子没别的事，就是想来聊聊卡塔丽娜的消息，才顺便回了家。她说雪子很快就要回来，想留妙子一起吃过午饭再走，也许是要和奥畑约会，妙子待了半个小时，说了句“以后再来”就走了。

妙子走后，幸子又独自凝视着炉火，陷入了沉思。的确，卡塔丽娜结婚的消息值得妙子特地过来告诉她。她一直认为，年轻多金的总经理与新雇用的女秘书坠入爱河，只是电影里才出现的故事情节，在现实生活中极其罕见，但事实似乎并非如此。正如妙子所说，卡塔丽娜既不是貌若天仙的美女，也没有精明能干的本事，只不过善于抓住好运，这种事情在西方不是司空见惯吗？一个保险公司的总经理、三十五岁的未婚男人，独居在豪宅里，和一个半年前刚刚进入公司、无依无靠来路不明的外国女子结婚，不管这女子多么漂亮，按照日本人的常识，根本无法想象这些事……都说英国人保守，难道在结婚问题上却如此自由开放吗？卡塔丽娜说“一定会找到一个有钱的男人结婚”，幸子一直认为这不过是不谙世事的少女的梦想，根本不往心里去。然而，卡塔丽娜似乎非常认真对待自己的计划，相信凭借美貌一定能达到目的，带着这份自信离开了日本。

将一个亡命天涯的白俄姑娘与大阪世家的千金小姐做比较，也许本身就是一种错误，可是毕竟有卡塔丽娜那样的女子，而自家的姐妹怎么会如此没出息呢？即便是在姐妹中一向被视为敢说敢闯的另类妙子，关键时刻也多少会顾忌害怕世间舆论，至今未能和心爱的人结为连理，而比妙子年龄还小的卡塔丽娜却敢于抛弃母亲、哥哥和家庭，独自闯荡世界，开拓自己的命运。这并不是说幸子羡慕卡塔丽娜的做法，而是认为雪子的境况比卡塔丽娜好得多，上面有两个姐姐和两个姐夫，却至今未能为她寻觅到合适的夫婿，显得他们是多么无能啊。当然也绝不是让雪子这样温柔老实的女性去模仿卡塔丽娜，即使叫雪子学，她也学不会，这才是她的真正价值所在。只是负有监护责任的本家和他们夫妇面对这样一个白俄姑娘的时候，不会感到羞耻吗？你们跟在我后面干了些什么呢——难道不会被卡塔丽娜这样嘲笑吗？幸子想起去年在大阪车站与大姐告别的时候，大姐悄悄对她说“我现在的心情是只要有人要雪子，不管谁都可以。哪怕将来离婚，也想让她结一次婚”，不由得深深叹了口气。这时，大门的门铃响了，传来雪子走进客厅的动静，幸子将被炉火映红的脸转向熊熊燃烧的火焰，低下头轻轻拭去眼角的泪水。

十三

大约两三周以后，幸子去那家井谷美容院护理头发。幸子和雪子是这家美容院的常客，所以井谷也一直把雪子的事情挂在心头。这一天，井谷问幸子：“太太认识大阪的丹生夫人吗？”

“井谷老板怎么认识她的？”

“我最近刚刚见过她一面。”井谷说，“最近参加某位朋友的出征欢送会，经人介绍和丹生夫人见面，谈话时知道她是幸子太太的朋友，于是聊了一会儿府上的事情。丹生夫人说她和莳冈夫人有深交，只是最近久疏问候，记得先前曾偕二人拜访芦屋府上，不巧您患黄疸卧床。她说大概是三四年前的事情了。”

幸子想起确有此事，当时丹生夫人和下妻夫人，还有一个记不清是东京什么地方的、打扮前卫却显得矫揉造作的某位夫人——名字忘记了，好像刚从美国回来，说话怪里怪气——一起到家里来，自己撑着病体和她们见面，当时也许还流露出冷淡简慢的表情，草草把她们打发走了。这件事可能引起她们心里不快，此后丹生夫人再也没有来过芦屋。

幸子说道：“啊，是的是的，那时候对丹生夫人太失礼了。她是不是还记在心里呢？”

“那倒没有，其实她还一直惦念雪子小姐的事情，问起那位妹妹现在怎么样了呢。说要是还没有婚约，她倒有一个合适的人选，还说因为刚好谈到雪子小姐，就突然想起来一个人，觉得雪子小姐肯定会看上他的……”井谷终于把话题逐渐引到了这件事上，“我和丹生夫人第一次见面，不知道她所说的‘合适的人’是什么样的人，不过我觉得她和您交情颇深，应该信得过，所以我恳请她为雪子小姐的事情出力帮忙。听说那位先生是医学博士，太太去世，留下一个十三四岁的女儿，除此之外没有任何累赘。虽说学医，但现在不做医生，而是在道修町的一家制药企业担任高管。我听到的情况就是这些，觉得此人应该不错。所以我对她说‘要是有用得着我的地方，我很愿意尽力，请您和那位先生联系。莳冈夫人应该不会像以前那样提出诸多苛刻的条件，这件事还是要抓紧时间操办’。于是我们当场协商，丹生夫人说先询问一下对方的意思。我说当然可以,大体问一下就行。她又说‘对方大概不会有异议，即使有，我也会硬把他拉出来，所以没问题。只是莳冈夫人这一边，还是你出面。找一家餐馆简单地吃顿饭，地点选在大阪,时间定在这两三天吧。确定下来电话联系’。我回答说‘好的，这样安排很好。莳冈夫人一定会很高兴，我也愿意出力’。临分开的时候，她说等候我的消息，一再叮嘱我。所以，这两天她要是给我来电话，我到时再到府上拜访……”

幸子当天听了井谷这一番话后回到家里，心想丹生夫人和井谷都是急性子，而且办事干练，说干就干，这件事大概不会不了了之。果然，三天后的上午十点左右，井谷来电话说：“上次说的那件事，刚才丹生夫人来电话说，今天晚上六点让我陪着小姐到岛之内的吉兆日本餐厅，可不可以？只是简单地吃顿晚饭，放松心情。丹生夫人的意思是，最好让小姐一个人去，如果非要人陪同，就请您先生陪同，您就不用去了。您一去的话，如孔雀开屏，艳丽无比，会冲淡别人对小姐的印象。这一点我也有同感，请您谅解。在电话里说这些话有失礼貌，但前几天已大致奉告，因为事情比较急……”听井谷的口气，一副马上就要幸子答复的样子。幸子说“这样吧，一两个小时后我给你答复”，然后挂断了电话。她先和雪子商量：“雪子你有什么想法？当天电话通知就要见面，这种急性子我可受不了。不过，井谷从那以后一直对这件事很上心，我们还是应该感谢井谷的热情亲切，加上丹生夫人和我们也不是一两天的交情，井谷深知我们的想法，不至于把不入流的人介绍给我们。”雪子说道：“不过，光听前几天的那番话，我心里还是没底。要不你直接给丹生夫人打个电话再仔细了解一下。”于是，幸子给丹生夫人打了电话，了解对方的各种情况。

那个男人名叫桥寺福三郎，静冈县人，有两个哥哥，均为医学博士。他本人曾留学德国，现在住在大阪天王寺区乌辻的出租屋，一起住的有他女儿和一个老女佣。女儿在夕阳丘女子初中上学，长相随母亲，十分漂亮，乖巧可爱。兄弟三人都非常出类拔萃，乡下老家又是名门世家，大概也能分到一部分财产。尤其本人是东亚制药公司的高管，收入一定丰厚，看上去生活阔绰。再加上相貌堂堂，风采不凡，称得上是个美男子。丹生夫人说了一大堆，总之是在说那人是个打着灯笼也找不到的好男人。幸子问他多大岁数，对方回答说大概四十五六岁。再问女儿多大，又回说上初二。当问到小姑娘还有没有其他兄弟姐妹，丹生夫人答不出来，甚至连他父母亲是否健在都不知道。再深问下去，原来丹生夫人和桥寺的妻子因蜡染这一共同的爱好，在学习会上相识。“我很少去他家，所以在他妻子生前只见过他一次，后来在他妻子的葬礼和一周年忌的时候见过两回，加上昨天，一共才四次。但是，我对他说‘妻子既然已经去世，不要想不开，我给您介绍一位非常好的姑娘’，他回答说‘那就拜托你了’。所以也希望莳冈夫人这边一定要同意今晚的见面。”这个丹生夫人面对不同的对象，有时说东京话，有时说大阪话，大概最近一直在说东京话吧，前天见面时以及现在在电话里，她都用一口地道的东京话口若悬河地说着。

“丹生姐，你也太不像话了。”幸子受她影响，也情不自禁地说起东京话来，“听说你不让我跟着去。”

“这不是我说的啊，是井谷老板说的，我只是表示赞成，你要发火就冲她发吧。”丹生夫人接着说道，“……哦，对了，前几天我见到阵场夫人时谈起你，她也给你们介绍过吧。”

幸子心头一惊，问道：“阵场夫人说了些什么？”

“嗯……怎么说呢……”丹生夫人略一犹豫，说道，“她说给人介绍过一个对象，但被断然拒绝了。”

“她一定很生气吧？”

“这个嘛，也许吧……可是，双方没有缘分，那也没办法啊。要是为这个生气，还做什么媒人啊？我不是那种不知趣的人，见了面，要是觉得不合适，尽管痛痛快快地明确拒绝，别把事情想得那么复杂，请雪子小姐轻松随意地来。总之，请你和雪子小姐说，务必要来。要是连一面都不见就拒绝，那我真的要生气了……”她又叮嘱道，“反正我已经订好餐了，和桥寺先生准点在那里等候，你也不用再给我打电话回复去不去，我相信小姐一定会光临的……”

打电话来要求当天见面，连幸子也觉得答应如此火急火燎的要求未免不够稳重，但只要不拘泥于这种表面的形式，让雪子今天去见面并无不妥。雪子大概不愿意一个人去，以前贞之助也曾代替幸子陪同前往，所以只要贞之助时间方便，这事就可以解决。问题是自己不想如此轻易地答应丹生夫人，这样会让人瞧不起，虽然最后还是会答应，但今天就是想找个理由拖延两三天。总之，她只是想摆摆谱，端一端架子，可对方这么热情真诚，如果自己不表现出同样诚挚的态度，又担心伤害到对方的感情。她刚才从丹生夫人的电话里听到阵场夫人生气的事情，有一种情绪猛然撞上心头，所以今天更觉得畏首畏尾。前年春天拒绝野村那个人求婚的时候，幸子推说是本家不同意，自觉做得相当委婉，实际上还是引起了对方非常激烈的反应。其实阵场夫人气愤也不是不能理解，幸子当时也想到阵场夫人或许生气了，因而暗中自我苛责，所以听丹生夫人这么一说，她心里不由得惊了一下。可是，丹生夫人为什么突然提起阵场夫人这件事？虽然这个人平时唠唠叨叨，但突然搬出一个毫不相干的人，把本可以不说的话讲给自己听，难道仅仅是像平时那样多嘴多舌，还是含带着威胁的意思呢……

“雪子，你觉得怎么样？”

“……”

“去看看吧……”

“你去吗？”

“我本来也想跟着去，被她们那么一说，只好算了。你不愿意和井谷老板一起去吗？”

“就两个人……”

“这样的话，让贞之助姐夫跟着去吧……”幸子观察着雪子的表情，“他说只要没事就可以陪你去。我打电话问问他，好吗？”

“嗯。”

幸子见雪子轻轻点头，就给大阪的事务所打了个加急电话。

十四

贞之助听幸子说井谷和雪子将各自出发，五点半在事务所会合，便说这样也可以，井谷肯定会准时到达，再三叮嘱雪子不要迟到，最好比井谷早到二三十分钟。可是，过了五点一刻还不见雪子的影子，他就有点坐立不安。妻子和雪子每次都不遵守时间，他已经习以为常，但是让急性子的井谷在这儿等候，他也更加焦躁。他想确认一下，便往芦屋打电话，还没接通，事务所的门被推开了，井谷和雪子一前一后走进来。

“两人一起来啦，我正好在给家里打电话呢……”

“其实我是到府上把小姐接来的。”井谷说道，“没有时间了，咱们走吧。车子在外面等着呢。”

贞之助只是刚才在电话里听妻子说了一遍关于这次见面的来龙去脉，知道丹生夫人这个名字，但想不起来是否见过，这样被拉去陪同见面，有点坠入五里雾中的感觉，他便在车里向井谷打听相亲对象的情况、与井谷的关系等。

井谷回答说：“我也不太清楚，详情请向丹生夫人打听。”

“你和丹生夫人是什么关系？”

“我和她也是最近刚认识的，今天是第二次见面。”

贞之助听到这样的回答，心里越发狐疑。到了那家吉兆日本餐厅，丹生夫人和桥寺已经在那里等候。

井谷一边走进单间，一边说道：“二位好，等很久了吧？”虽说是第二次见面，但她说话的口气显得亲密熟悉。

“不，我们也是刚到。”丹生夫人很体谅地回答，“不过，真是让我敬佩，你们在六点准点到了。”

“我从来都是守时的。今天惦念小姐那边，就去接她了。”

“这个地方还好找吧？”

“嗯。莳冈先生知道这个地方……”

“呀，好久不见了，我们之前见过一次……”

贞之助想起在自家的客厅曾见过这位夫人，便说道：“久疏问候，内人一直承蒙您的关照……”

“哪里哪里，我也很久没有见到您夫人了，记得上次还是在她患黄疸卧床的时候去拜访的。”

“啊，那个时候——那已经是三四年前的事了。”

“嗯，是啊。那时我和朋友一行三人不请自去，硬是把生病卧床的夫人拉起来，也许她还以为我们是一伙女劫匪呢。”

身穿棕色西服、挺着腰身跪坐的桥寺一直在等待丹生夫人介绍自己，他斜瞟夫人一眼，微笑着说：“就是女劫匪嘛。”接着自我介绍：“我是桥寺，初次见面……”又对贞之助说道，“这位夫人就是个劫匪，说是今天无论如何必须得来，不由分说，我就稀里糊涂地被拽到这里来了……”

“哎呀，桥寺先生一点也不像个大男人的样子。既然都来了，还说这种话……”

“真是的……”井谷跟着敲边鼓，“没必要为自己辩解一番吧。男子汉最重要的就是要有魄力。这么一说，首先就是对我们失礼了。”

“呀，对不起……”桥寺挠着脑袋，“我今天可要受欺负了。”

“说什么呢！这哪是欺负你，完全是为你好。你整天对着已故太太的照片过日子，会伤身体的。偶尔也要出来见见世面，这世上不逊色于你原先那位太太的美女多着呢。”

贞之助提心吊胆地观察雪子的表情，她似乎见惯了这种场面，只是笑眯眯地听着。

“好了好了，光顾说话了，大家入座吧。桥寺先生坐那儿，这儿是我坐的。”

“好的好的，两个女劫匪，不听她们的话，那太可怕了。”

大概桥寺和贞之助一样，也是被强行拉到这里来的。其实他本人并没有现在就要续弦的想法，突然被还不是很熟悉的丹生夫人抓住，也不给他考虑的时间，就火烧屁股似的被推出来，所以他老是说“真不好办”“真没想到”之类的话。不过，这种茫然失措的神态中透出几分可爱，没有给人不快的感觉。贞之助和他交谈片刻，感觉这个人有一种在社交界练就的圆滑老练。他递过来的名片上写着“医学博士”“东亚制药常务董事”的头衔。他自己也说没有行医，只是当上了药店的掌柜，本人看上去像是一个柔和圆润、处事周到的实业家，倒没有多少医生的样子。年龄说是四十五六岁，但是从面部到手腕、指尖的皮肤都丰盈白皙，再加上五官端正，脸颊丰腴，可以说是一个美男子。虽然体态丰满，却不显得轻佻，具备与年龄相符的气质风度。在以前见过的对象中，应该说数他的仪表风采最为出色。酒量不如贞之助，却也能喝几杯，给他斟酒，他从不推辞。按说今天聚会的人彼此并不熟悉，容易冷场，但由于两个女劫匪的豪放做派以及桥寺应酬周旋的娴熟功夫，酒席上一片笑语欢声。

“不怕诸位笑话，这家店我没有来过，今天的菜肴十分丰盛啊。”

贞之助酒已上脸，酡颜亮堂，说道，“近来无论是酒还是菜品都逐渐减少，这家店的酒菜平时也这么丰富吗？”

“不是这样的吧。”桥寺说道，“今天是看在丹生夫人的面子上，特殊关照。”

“也不见得，只是我先生偏爱这家店，在这里可以随便一点。今天借‘吉兆’这个名字图个吉利，所以订在这里。”

“刚才夫人发‘吉兆’这个音是‘kitcho’，我觉得是不是应该念‘kitkyo’呢？”贞之助说道，“关东人大概不知道，大阪有一种东西叫‘kitkyo’。井谷老板知道吗？”

“这个我还真不知道……”

“kitkyo？”桥寺歪着脑袋，“我也不知道。”

“我知道。”丹生夫人说，“不就是那个吗？十日戎[①]那一天在西宫、今宫的庙会上出售的系有小金币、账本、百宝箱等东西的竹枝。”

“嗯，对，就是那个。”

“啊，那个像茧球[②]一样的东西吗？”

“是的。十日戎出售的东西有……”丹生夫人有板有眼地哼起小调《十日戎》的歌词，“……风袋、鸟形碗、蒲草钱包，还有小金币、钱盒子、乌漆帽……”她掰着手指数，然后说道：“把这些东西系在竹枝上。这个吉祥物，在大阪写作‘吉兆’，按大阪方言念‘kitkyo’。是这样吧，莳冈先生？”

“嗯，没错。没想到夫人还知道读音。”

“人不可貌相。别看我这个样子，我可是在大阪出生的哦。”

“嘿，您是大阪人？”

---

① 指正月初十祭财神，以祈求生意兴隆。

② 正月的吉祥物之一。将年糕、米粉糕团成蚕茧状系在柳枝上，装饰在商店门口，以祈求蚕茧丰收。

“嗯。所以啊，这点常识还是有的。不过，如今还有人用旧音来念吗？连这里的店员都不那么念了。”

“那我再向您请教一个问题，现在的《十日戎》小调里有‘葩煎袋’一词，这是什么东西呢？”

“葩煎袋？不就是风袋吗？风袋、鸟形碗、蒲草钱包……”

“不对，这儿应该是葩煎袋。”

“葩煎袋是什么东西呢？”

“是不是装葩煎的袋子？”桥寺插话道，“所谓葩煎，就是爆米花，我不知道汉字怎么写。葩煎大概是指爆裂的声音吧。关东地区在三月的节日里会爆豆子……”

“这方面桥寺先生知道得最详细了。”

话题转到关东与关西在风俗、语言上的比较，生于大阪、长在东京、又回到大阪的丹生夫人自称“我是两栖动物”，比谁知道的都多，对贞之助说东京话，对井谷说大阪话，运用自如。接着，曾经去美国研究过一年美容技术的井谷谈起当时在那边的见闻，桥寺也谈起他到德国考察拜耳制药公司时的体验，说那家公司规模宏大，连工厂内的电影院都有道顿堀的松竹座那么大。井谷擅长把握谈话的进展，在适当的地方把话题拉回来，开始询问桥寺的女儿、老家等方面的情况，并且创造机会让他和雪子交谈，不知何时再次把话题拉回到桥寺的再婚问题上。

“令爱是怎么说的？”

“我没听她说过什么。别说女儿，连我本人都没有考虑定下来。”

“所以要尽快啊。反正您不会不再娶吧？”

“嗯，那是自然……只是……这……怎么说呢……我现在还没有想马上组织新家庭的心情。”

“这是为什么啊？”

“也不为什么……就是心里空荡荡的，下不了决心。所以，如果有夫人这样的人总在身边不断地推着我，我也许最后还是会娶的。”

“那这件事就交给我们吧。”

“呀，您这么一说，我也不好办……”

“桥寺先生，瞧您和鲶鱼一样，真是让人捉摸不透。还是尽快组建新家庭吧，您已故的太太在九泉之下也会感到高兴的。”

“用不着那么顾虑已经故去的太太。”

“我说丹生夫人，他这个人，就是别人把饭做好端到他面前，他只要拿筷子吃就行了。所以别理他，咱们只管尽快给他安排就是了。”

丹生夫人说道：“就是，到时候绝对不许他百般推托。”

贞之助和雪子只能笑眯眯地看着桥寺被两个女劫匪欺负得狼狈不堪的模样。今天的聚会完全没有相亲的意图，就像说好的那样，只是心情轻松地吃顿晚饭。但是，把这个还没拿定主意的男人拽来，而且当着贞之助的面把对方逼得无路可走，确实是非女劫匪干不出来的把戏。贞之助觉得他和雪子的处境显得有点尴尬，但他发现雪子对这种场面并不胆怯，只是面带微笑地看着，让人奇怪她已经不知不觉地练就出如此胆量。不言而喻，在这样的场合，坦然微笑要比局促不安更能游刃有余地应对局面的变化。如果是过去的雪子，肯定如坐针毡，满脸通红，泪水汪汪，或者离席而去。无论多大年龄，雪子都没有丧失处子的纯真之心，但经过多次相亲的历练，在面对这种场面时她终于变得毫不害羞，毫不怯场。不过，想到她已经三十四岁，能有这种表现实属正常，只不过是贞之助平时被她年轻的外貌和合身的小姐装扮所迷惑，至今没有发现她的这种变化。

那么，这个桥寺究竟有什么想法呢？丹生夫人告诉他有这样一位小姐，去见见吧，他听了以后，觉得见见对自己也不吃亏，就出来了。如果真如他嘴上所说的“没有想马上组织新家庭的心情”，他就不应该出来，从表面上看，他是不是也心动了呢？他刚才一直表现出为难的样子，不过是故作几分夸张的表演，其实心里早已算定如果雪子符合自己的条件，娶她也无妨，所以今天并非完全无动于衷，只为吃饭而来。然而，他的交际谈吐，正如丹生夫人所说“让人捉摸不透”，表现得过于圆滑老练，难以看出今晚他对雪子的印象如何。雪子起初被两个女劫匪的言行吓得胆战心惊，几乎没有参与交流，即使别人给她创造与桥寺交谈的机会，她还是像老样子“嗯”“噢”地回答一声，无法继续聊下去。而桥寺忙于应付两个女劫匪，被折腾得狼狈不堪，只和雪子客气地说了两三次话。因为摸不透桥寺的真实想法，贞之助与他分别的时候，不知道以后是否还能见面，心里没底，因此只说了几句客套话。井谷和贞之助、雪子一起坐阪急电车回家，她在贞之助的耳边反复嘀咕道："这门亲事，我和丹生夫人一定办成。桥寺先生既然来了，下一步就由不得他了。我瞧得出来，其实他心里还是很满意雪子小姐的。”

十五

当天晚上，贞之助向幸子谈起自己对桥寺的印象。他说：“这个人看起来可以打满分，是一个令人非常满意的对象。但是他现在对再婚一事还在考虑，好像并不是丹生夫人和井谷说的那样已经考虑成熟，所以只好稍微等一等。我们稀里糊涂地听信那两个人的话，弄不好又会上当受骗。”从去年开始，夫妇俩对雪子的相亲变得谨小慎微。

第二天傍晚，井谷来访。她说道：“今天早上丹生夫人就打来电话，询问你们对他的印象如何。雪子小姐有什么想法？”幸子听了丈夫的看法以后，便回答说：“感觉人不错，可是对方的想法还不明确……”井谷立即说道：“不，这个您不必担心。只是他今天早上在电话里对丹生夫人说‘那位小姐看上去内向忧郁，不知道是不是这样。我喜欢开朗活泼的人’。因此，我就对她说：‘第一次见雪子小姐的人都会有这样的感觉，其实她一点也不忧郁，您向桥寺先生好好解释一下。坦白说，要说内向，可能有一点，但绝不是忧郁。她是贤淑文静，乍一看也许有那样的感觉，接触以后，会意外地发现——这么说可能有些失礼——她的情趣爱好其实十分新潮，是一个热情阳光的人。所以我认为那位小姐正是桥寺先生理想中的开朗女孩。要是不信，可以接触看看啊。她喜欢钢琴，爱吃西餐，喜欢看西方电影，外语学的是英语和法语，仅仅这些，不就足以说明她开朗的性格吗？至于喜欢穿和服，那是因为友禅和服袖子宽大、图案华丽，一来非常合身，二来她本人也有明亮的一面。只要双方接触交往，很快就会知道这些情况。大户人家的小姐第一次见面就叽里呱啦地喋喋不休，那像什么样子？’我接连打去好几次电话，非常恳切地告诉丹生夫人雪子小姐的情况。”井谷又补充道，“不过啊，雪子小姐太过老实，要是引起别人的误解，自己要吃亏的。下次见面可以更加勇敢地去互相交谈，这样比较好。我们打算过几天再把他拉出来，到时候希望小姐能留给他一个开朗的印象。”井谷提出这一建议以后，就回去了。

幸子内心一直忧虑雪子眼角上的色斑，好在这次不是很明显，让她如释重负。不过这一次真的有戏吗？井谷的话也只能半信半疑。

第二天下午三点左右，井谷来电话说：“我人在大阪，差不多一小时以后和丹生夫人一起带着桥寺先生去府上拜访。”

“要到家里来吗？”幸子慌忙问道。

“啊，是的。他说今天时间不多，只待二三十分钟，没有其他合适的见面地点，加上想看看府上的样子。”

“到我家里来，这有点……”

井谷不顾幸子为难的心情，说道：“今天是有点突然，不过也就二三十分钟，你什么都不用准备。桥寺先生好不容易心动了，要是临时取消，事情又会变得麻烦起来，所以今天无论如何就这样决定了。”这完全是一种强加于人的态度。

幸子拿不定雪子的想法，便问道：“雪子，让小悦跟着阿春去神户，可以吗？”

雪子罕见地痛快回答道：“用不着，她们两个已经察觉出来了。”

于是，幸子回到电话旁，对井谷说道：“我们恭候光临。”她随后立即给贞之助打电话，让他尽量在那个时候赶回来。

贞之助在客人来之前就回到家里。“井谷也给我来电话，说‘桥寺先生想体验一下家庭的气氛，今天提出要去家里和各位见见面。没想到雪子小姐非常愉快地同意了这个要求’。我最高兴的是雪子的心境发生了这样的变化”。

不一会儿，三位客人来了，便被请进会客室。井谷走到走廊上，把幸子叫出去问道：“今天小妹不在家吗？”

幸子顿时心里咯噔一下，回答道：“不巧她出去了。”

“那就让悦子小姐出来吧。本来想把桥寺先生的女儿也带来，但因为这次是临时决定的，下次一定把她带来，刚好可以和悦子小姐成为好朋友。两位小姐先交朋友，这样最好，桥寺先生说不定会更加心动，下面的事情也会顺利发展。”贞之助也说：“雪子有这样的心意，那是再好不过的了。让悦子出来，可以听听她的想法。”

于是，贞之助、幸子、雪子、悦子四个人出来接待客人。这一天，桥寺还是被井谷和丹生夫人硬拉过来的，听他的口气似乎在说“遇上这两个人，真受不了”。桥寺一再解释道：“事先没有联系，突然登门拜访，实在失礼，我完全是被女劫匪绑架来的，并非出自本意。”他还说，“我只是一介公司职员，不敢妄想娶这样的千金小姐，身份实在悬殊。”这番话让人摸不透他的真实想法。

雪子虽然不像以前那样沉默寡言，令人难以接近，但天生的腼腆性格不可能一下子改过来，尽管井谷事先提醒过，还是不见她积极主动，对答时依然磨磨唧唧，只言片语。贞之助见状，让她拿出相册，给客人看历年去京都赏樱的照片，但关于照片的说明还是由幸子承担，雪子和悦子只在旁边偶尔客气地加以补充。幸子心想今天要是妙子在家，一定会恰到好处地说一些笑话，让气氛更加活跃。另外三个人大概也有同样的想法。说是二三十分钟，说笑间不知不觉过去一个小时。

桥寺看看手表，说了句“那我就告辞了”，从椅子上起身微微鞠躬。丹生夫人和井谷也站了起来。

“哎哟，你们再坐一会儿吧。”幸子挽留二位女客，不过她知道井谷是个大忙人，便说道，“丹生姐，您好久没来，别走了。虽然没有什么可招待您的……”

“既然这样，我就不走了。晚饭请我吃什么好吃的？”

“……没什么好吃的，就茶泡饭。”

“茶泡饭也行。”于是丹生夫人留了下来。

吃饭的时候，雪子和悦子都自觉地不上席，只有幸子三人在谈话。幸子今天是第一次见到桥寺，果然对他印象不错，夫妇俩不约而同地称赞对方的人品。虽然还没有征求雪子的意见，但从某些地方可以感觉到雪子并不讨厌他，这是夫妇俩一致得出的结果。丹生夫人还告诉他们后来了解到的桥寺的门第、性格等情况，让夫妇俩更加坚定了要促成这门婚事的决心，然而桥寺那边似乎对此不太热心，这让他们心里没底。丹生夫人却说：“主要是因为我和井谷整天在他身边唠唠叨叨逼得太紧，所以他故意矫情，掩饰自己的难为情，其实心里已经看上雪子小姐了。不过，坦白说，因为他和亡妻是恋爱结婚，至今多少还顾虑她的面子，同时也要考虑女儿的感受。所以即便再婚，也尽量采取被别人劝说而不得不结婚的被动形式。当然，实际上他还没有最后下定决心，希望别人在背后推一把。如果他真的不想结婚，也不会让别人拉出来两次。就说今天吧，嘴上说这样闯进才见过一次面的小姐家里实在不合规矩，但结果还是来了，这不是证明他对雪子小姐有意吗？”丹生夫人的话并非没有道理。她继续说道：“桥寺先生一定非常重视女儿的想法，只要是女儿喜欢的人，他二话不说就会完全接受。所以我琢磨着下次让他女儿和悦子小姐见面，届时一定请府上的悦子小姐出席，尽量促使她们成为好朋友。”丹生夫人说完这番话就回去了。

丹生夫人走后，幸子对贞之助说道："以前虽然相过不少次亲，但比较起来，这一次最为理想，满足我们的全部条件，无论是地位还是身份、生活状况等，都不高不低，正好合适。要是错过这次机会，恐怕以后再也不会遇到这么满意的对象了。既然丹生夫人说对方故意装出被动的态度，希望女方主动推一下，那我们就积极一点，你看怎么样？"她希望丈夫能想出好主意。贞之助赞成主动出击，可具体怎么主动呢？他说："最主要的还是雪子的态度一直消极，这就很难办，像今天晚上，她如果再机敏大方一点就好了……反正再考虑一下吧。"贞之助这么说，却也没有想出什么好主意来。

第二天，贞之助到事务所上班，想到道修町离这儿不远，要是有合适的借口，不妨去拜访桥寺的公司，就这门亲事深入细谈。昨天和桥寺聊天的时候，谈到医药的话题，幸子说"家里一直买德国进口的维生素 B 和磺胺剂，可是最近受战事影响，百浪多息片剂和注射剂经常断货"，桥寺便说："敝公司生产一种名叫普莱米的磺胺剂，请您一定试用一下。它不同于一般的国产药，绝对没有副作用，功效和百浪多息相比没什么区别。而且敝公司也生产维生素 B，请您也试试。我立刻给您寄来。"贞之助回答说："不用寄来，我每天都去大阪，到时候去贵公司取。""那好，我随时都在，要是事先来个电话更好。"贞之助想起昨天这段对话，当时未必真想要去，但现在就以"内人想快点拿到昨天说的药"为由去公司找他也不牵强吧。贞之助主意已定，稍微提早离开事务所，顺着堺町走过去。

从堺町往西走大约一丁，进入道修町，北面都是库房样子的老式店铺，其中只有一栋钢筋水泥的建筑，格外显眼。桥寺从里面走出来，也不问什么事，和贞之助打完招呼就叫来店员，吩咐他把什么什么药分装几盒送过来。他说："这儿没有什么小餐馆，我陪您到附近找个地方坐一会儿。您稍等一下。"他回到屋里，对两三个店员嘱咐一番，连大衣帽子也不穿戴就走了出来。贞之助在店外等了大约五分钟，从桥寺对店员说话的样子以及店员对他的态度来判断，感觉这个人是公司的高管，在这家店也是一把手。当他把药交给贞之助的时候，贞之助坚持要付款，但他坚决不收。贞之助十分不好意思，客气地说“您这么忙，我就不打搅了”，他说“没什么忙的，走，到附近坐一坐”。也许是他有话要说，贞之助觉得不能错过这个机会，便跟着他走了。本以为他会带自己去附近的茶馆，两个人却走进一条小胡同，来到一家民宅式样的小餐馆，上到二楼。

贞之助对大阪的街道可以说相当熟悉，但还是第一次知道这种地方竟有这样的小胡同和小馆子。餐馆只有一个房间，窗外四周都是民宅的屋顶以及远处耸立的高楼大厦，坐下时简直有种置身于船场正中央的感觉。这家餐馆大概是道修町的商人，尤其是药店店主、掌柜带着客人来吃便饭、谈生意的地方。桥寺解释说“在这么简陋的地方招待您，十分抱歉，主要是我一会儿回去还有事情要做”。贞之助没想到他会请自己吃晚饭，反而过意不去。

酒上了两三瓶，五道精致的菜肴说不上好吃。因为离晚饭还有一点时间，加上贞之助觉得桥寺有事要忙，很快就放下了筷子。吃完饭，拉门外面还残留着早春天空的暮色，两人坐在这里还不到两个小时，看来桥寺并不像贞之助所期待的那样有话要说，而完全是出于礼貌上的应酬，所以双方只是漫无边际地闲聊。不过在回答贞之助的问题时，桥寺说：“我原先的专业是内科，在德国专门从事胃镜使用方法的研究。回国以后，一个偶然的机会和现在这家公司有了业务往来，出于种种原因，最终不得不放弃医生这个职业，改行去卖药。现在这家公司的社长是别人，但极少到公司来，实际上所有的业务几乎都由我负责。我去别的地方推广新药，对方不知道我是医生，只当是一个推销员来对待，等到我介绍药品的功效，才知道我原来是医生，结果弄得狼狈可笑。”贞之助发现，如果自己不主动提亲事的问题，他就绝口不谈莳冈家和雪子，这让贞之助难以开口。在餐后上水果时，贞之助才鼓起勇气说：“别看我小姨子那个样子，其实她的性格一点也不忧郁。”为了不让他感觉自己是特地在为雪子辩解，贞之助只是在谈论别的话题时顺便轻描淡写地带上了这么一句。

十六

第二天，丹生夫人给幸子来电话说："听说您先生昨天和桥寺先生见了面，这样开始直接接触非常好，希望按照这个势头继续密切交往下去。以前你们什么事都交给别人去办，其实并不好，结果还被别人说是高高在上。我们的作用只是牵线搭桥，以后就靠你们的热诚和努力了。我们的任务已经完成，井谷老板和我都撤出来，我想你们一定会顺利进行下去的，要趁势而进，希望早日听到好消息。"最后她还说了一句"祝贺你们"，可是幸子夫妇感觉事情还远没进展到"祝贺"的程度。

刚放下电话，紧接着栉田医生上门拜访，说是出完诊返回的路上顺便过来的。因为他和桥寺是大阪大学的校友，尽管不是同一届，但都是阪大出身，于是幸子托他调查桥寺的情况。栉田医生一向忙得不可开交，他说声"失礼了"，走进客厅，也不脱大衣，只站着谈了一下大致的情况，说"其他的都写在这里了"，从口袋里拿出一张纸交给幸子便走了。

栉田医生有一个要好的同学和桥寺关系密切，所以查到的信息充实详细。从桥寺本人的情况、老家的状况，到他女儿性格温柔、学习成绩优秀等各种信息相当全面，可以说是佐证了贞之助收集到的那些信息。栉田医生临走时还说："这个人我也极力推荐。"

贞之助对妻子说："这一次雪子应该时来运转了，一定要千方百计促成这门亲事。"虽然有点不合常理，他还是毅然给桥寺写了一封五六尺卷纸长的信。

以书函奉陈此事，实在失礼，但出于希望足下了解妻妹状况的想法，同时日前拜谒之际未能奉告，故而不揣冒昧，奉呈此信。

妻妹如此年龄，为何未婚？莫非本人品行不佳，抑或身体有恙——足下可能有此疑问，坦率而言，绝无此事。妻妹之所以婚期延误，实乃其周围之家人虽无显贵家世，却拘于门第礼法，致使良缘尽拒。此事丹生夫人和井谷老板已告知，原因仅此而已，别无他因。此种做法实在愚不可及，逐渐招致世人反感，无人主动登门做媒。所言之事，绝无虚假，倘若足下尚有疑惑，尽可调查。雪子之不幸，责任全在周围之家人，本人洁白无瑕，无任何可疚之处。

鄙人如此说明，绝无偏袒亲人之意。雪子无论脑力、学力、品行、才艺皆为优秀女子，尤令鄙人敬佩的是，她非常疼爱小孩。鄙人之女今年十一岁，对雪子二姨之爱更胜于对母亲。小女的学业、钢琴练习皆由雪子悉心指导，病中也是雪子从旁精心护理，故而小女依恋雪子犹胜母亲，尽在情理之中。还望足下调查此事，确定是否属实。

另外，足下担心雪子是否性格忧郁，鄙人前日也曾略作说明，绝非如此，不必过虑。鄙人胆敢保证，雪子若能成为尊夫人，绝不会辜负足下之期待，至少能够让令爱幸福生活。鄙人对亲人如此褒扬，或许引起足下不快，实乃出于希望促成此番姻缘好事之恳切心情。

此函悖于常礼，再次深表歉意，望请海涵是盼。

贞之助特意使用郑重规范的文言文书写上述书函。他上学时对作文颇有自信，觉得使用晦涩难懂的文言文铺陈叙事并不困难，但这封信写得可谓是煞费苦心。因担心口气太过，适得其反，既不能有强加于人的感觉，也不能过于谦卑。第一次由于措辞太生硬，作废重写，第二次又觉得过于柔弱而再次作废，好不容易写成上述的第三稿。可是投进信箱以后他又开始后悔，觉得还是不写为好。如果对方无意结婚，看了这封信也不会改变主意；如果对方有意结婚，看了这封信说不定反而生厌，一切顺其自然也许才是最明智的选择……

贞之助并没有期望对方回信，但过了三天，见对方仍毫无音讯，他有点坐不住了，便在第二个星期天早晨，故意没有告诉幸子去向，只说到外面散散步，就出门了。他先是乘坐阪急电车到梅田，然后上了出租车，对司机说去乌丸。他在出门之前记下桥寺家的地址，只是想不动声色地从桥寺家门外面走过，看看桥寺住的是什么样的房子，并不打算进去拜访。他让车子停在桥寺家附近的一个十字路口，下车以后，挨家挨户看着门牌往前走。

大概因为今天的天气第一次真正如阳春般温煦，连走路也觉得轻松有劲，贞之助不禁感觉这是个好兆头。他看到桥寺家的住宅是一栋比较新的建筑，坐北朝南，阳光明亮。听说是出租屋，却并不寒酸，倒给人一种外家的感觉。透过松树树篱能看见三四栋小巧玲珑的两层楼房，围着板墙，桥寺的房子就是其中一栋。一个中年鳏夫和女儿两个人居住在这样的房子里未免过于宽敞。贞之助在门前站立片刻，透过在晨光下闪闪发亮的松树绿叶，抬头看到玻璃拉门半开的二楼的栏杆，忽然改变了主意。既然都到这里了，何不进去看看？他走到门前，摁了下门铃。

一个五十岁上下的女佣出来应门，并把贞之助引上二楼。走楼梯刚走到一半时，楼下传来“呀”一声，贞之助回过头，只见桥寺穿着睡衣，外面套着漂亮的八端绸棉袍，站在楼梯下面招呼道：“不好意思，请稍候片刻，我马上就来。今天睡懒觉了……”

“请便。不用着急，是我突然冒昧造访……”

贞之助看着桥寺轻松随意地躬了一下身子，转身走进楼下的里屋，心里先松了一口气。他一直挂念桥寺如何看待自己的那封信，没见到本人之前总不放心，见桥寺刚才和自己说话的态度，的确没有发现对方有丝毫不快。

贞之助在二楼等待的时候，悠然环顾四周。这是二楼的前厅，应该是客厅。另一间放有壁龛的八叠大的房间里摆着博古架，没有插花，却装饰着挂轴、摆饰、楣窗匾额、对折屏风、花梨木桌等，桌上还放着烟具，看上去颇为文雅，收拾得整整齐齐；隔扇、榻榻米等都没有污迹，也没有鳏夫那种邋邋遢遢的凌乱感。这些固然出于主人的情趣，同时也反映出夫人生前的品位。贞之助刚才在房子外面观望时就已经有所感觉，进来一看，果然比想象中更加敞亮。白地云母泡桐花纹的隔扇吸足了外面的光线，映射出一片灿烂光明的景象，使得整个房间没有一处阴暗的角落，四面八方充溢着清澈透净的空气，贞之助吐出的香烟烟雾清晰地在空中形成一个圆圈。他刚才在门口把名片递给女佣时，还觉得自己脸皮厚，有点心虚，现在却认为进屋来是对的，能够作为客人在这个家里对主人观言察色，本身就是莫大的成功。

“让您久等了。”大约十分钟过后，桥寺走上来，此时他已经换上了一套笔挺的藏青色西服，“请这边坐，这边暖和。”说着，他请贞之助坐到朝街走廊一侧的藤椅上。

贞之助不想让对方以为自己是来询问他对那封信的反应的，所以本想见面后小谈片刻就告辞。可是透过玻璃窗照射进来的阳光晒在身上十分舒服，加上主人待客殷勤周到，不知不觉间谈了一个小时，贞之助也没有起身告辞。话题依然天南海北，贞之助说了一句“前些日子冒昧去信，深表歉意”，桥寺只是淡淡地回应道“哪里，贵函写得那么恳切，感谢之至”，接着又是漫无边际的谈天说地。贞之助终于意识到叨扰已久，刚要起身，桥寺便说：“您稍等一下，今天我要带着女儿一起去朝日会馆看电影，您要是没事，一起去吧。”贞之助本就想见见这位姑娘，顺势说道：“这样啊，那就一块儿去吧。”

现在这个时间，在街上拦出租车不太容易，桥寺给一家车行打电话，叫来一辆帕卡德。车子开到中之岛的朝日大厦时，桥寺说道：“怎么样？我可以送您到阪急车站，但如果您愿意，我们就在这里下车。”正是午饭时间，贞之助觉得他大概想请自己在阿拉斯加西餐厅吃饭。上次吃过一顿，今天又要他请客，贞之助心里不安，但可以借机见到他女儿，加深双方的交情，这是求之不得的事情，所以便答应了他的邀请。

三个人围着餐桌吃了一个多小时，一边品尝西餐一边随意漫谈。因为女儿在场，谈话多涉及电影、歌舞伎、美国和日本的演员、女中学校的情况等，内容更加拉拉杂杂。桥寺的女儿今年十四岁，只比悦子大三岁，但谈吐举止比悦子显得稳重成熟得多，像个小大人。这也许是她的外貌给人一种这样的感觉吧。她穿着女中的学生服，虽然不施脂粉，椭圆的脸形和高挺的鼻梁让她看上去已经不似少女模样，倒像个神态端庄的成年人。她的容貌不像桥寺，那肯定随她母亲，因此大致能想象出她母亲也是一个标致的女人，桥寺从她身上或许也能看到亡妻的音容笑貌。

结账的时候，贞之助说“今天让我来付吧”，桥寺说“那不行，今天是我叫您来的”。贞之助立即说道：“那我今天就叨扰了。下次请您到我那儿去，陪您逛逛神户。下个星期天请一定要带上令爱来。”贞之助硬是让桥寺答应了下来，两人随后在五楼的电梯前分了手。

下个星期天将再次相聚——这就是贞之助带回家的最好的礼物。

十七

那天贞之助回家后，把整个过程对幸子讲了一遍。幸子调侃他的脸皮也变厚了，但其实心里十分高兴。要是放在以前，她不仅高兴不起来，还会生气地指责丈夫做事轻率。她没想到丈夫会不顾脸面地做出这样的事，对他在雪子婚姻问题上的态度转变感到惊讶。既然这样，不必再做其他，只须静静等待下个星期天的到来。

其间，丹生夫人来过一次电话。她说："听说后来您先生和他的令爱也见了面，相亲一事希望越来越大，可喜可贺。还听说这个星期天由你们招待桥寺父女，请好好款待他们吧。最重要的还是请雪子小姐消除给对方造成的忧郁印象，这也是我最担心的，所以特地嘱咐一句。"既然桥寺把事情的进展一一告诉了丹生夫人，看来他本人对这门亲事并非态度冷谈。

到了星期天，桥寺父女在上午十点来到芦屋。在家里待了一两个小时后，六人乘坐高档出租车去神户，来到花隈的菊水餐厅。关于今天午饭的地点，曾有过不少方案，如中餐、东方饭店的西餐、宝家的日式中餐等，最后觉得既然是游览神户，还是菊水最富特色，所以定在了那里。午饭吃得比较晚，两点开始，四点结束，回去的时候六人顺便从元町散步到三宫町，在尤海姆咖啡厅稍事休息，然后贞之助他们送桥寺父女坐上阪急电车，接着去阪急会馆看了美国电影《天使之翼》。今天只是两家人见见面，不可能一下子变得亲密无间。

第二天下午，雪子独自在二楼练字，阿春上来说有电话打来。

“找谁的？”

“对方说请雪子小姐接电话。”

“谁打来的？”

“是桥寺先生。”

雪子一听，顿时慌了神，放下毛笔站起来，却没有立即去接电话，而是满脸通红地在楼梯口转来转去。“二姐呢？”

“好像出去了。”

“去哪儿了？”

“嗯……好像是去寄信了。刚出去，把她叫回来吗？”

“快！快叫她回来！”

“是。”阿春急忙飞奔出去。

幸子平时为了活动一下身子，总是亲自去寄信，然后沿着堤坝一直散步。阿春在第一个拐弯的地方看见了她。“太太！雪子小姐叫您回去。”

幸子看着上气不接下气的阿春，诧异地问道：“什么事？”

“桥寺先生来电话了。”

“桥寺先生？”幸子也感到意外，心里一惊，问道，“找我的吗？”

“不是，是打给雪子小姐的，可是她让我把您叫回去。”

“雪子接电话了吗？”

“这个……不知道，我出来的时候她还在转来转去……”

“她为什么自己不接电话？雪子这个人，真滑稽。”

幸子立即意识到大事不好。雪子不喜欢接电话是家里出了名的，所以极少有人给她打电话，即便有她的电话，也基本上是别人代接。不是特别重要的事情，她基本不接电话，以前一直都是这么做的，但今天和以往任何时候都不一样。虽然不知道是什么事，但桥寺特地给她打来电话，理应由她亲自接。如果由幸子代接，反而让人感觉不正常。又不是十七八岁的小姑娘，什么害羞，什么难为情，家里的姐妹们知道她天性如此，外面的人可不理这一套。要是桥寺不认为这是对他的侮辱，那还好说。可是，雪子是不是磨蹭到最后勉强接电话了呢？让对方等上好半天，就算最后接了电话，说话还是那样支支吾吾——接电话时更是拖拖拉拉——只会把事情搞砸。那样的话，还不如不接呢。雪子这个人有时候也很倔强，会不会就是不接，一直等着幸子回来救场呢？可幸子现在跑回去，恐怕对方也早就挂断了。即使没有挂断，幸子接了电话，该怎么向对方赔礼道歉呢？无论怎么说，今天必须由雪子亲自接电话，而且是刻不容缓飞奔着去接。幸子有一种不祥的预感，好不容易进展到这一步的亲事会不会因此前功尽弃？然而，桥寺是那种见多识广、温和体贴的人，大概不会因为这点小事就要轻易断交吧。要是幸子在家里，无论如何都会逼着雪子接电话，可偏偏在她离家的五六分钟里来了电话，她越想越觉得事情不妙。

幸子三步并作两步赶回家里，走到厨房的电话机旁一看，电话已经挂断，雪子也不在边上。

幸子问正在揉面做午后点心的女佣阿秋："雪子呢？"

"刚才还在那儿……是不是上楼了？"

"雪子接电话了吗？"

"嗯，接了。"

"马上过来接的吗？"

"不是。她一直等太太回来，见您还没有回来，才……"

"通话时间长吗？"

“就一会儿……差不多一分钟吧。”

“什么时候挂断的？”

“刚刚。”

幸子走上二楼，只见雪子靠在练字的桌子旁，手里拿着字帖，正低头观看。

“桥寺先生来电话说什么了？”

“他说今天四点半在阪急的梅田站等我，问我能否出去。”

“嗯，是约你一起散步吧？”

“他说想在心斋桥散散步，然后找个地方吃顿饭，问我能不能去。”

“你怎么说的？”

“……”

“你说去吗？”

雪子咽了一下口水，含糊地说道：“没有。”

“为什么？”

“……”

“去有什么不好吗？”

在与相亲对象发展关系的过程中，让雪子单独和一个只见过两三次面的男人逛街散步，雪子是绝对不会同意的，幸子作为姐姐最了解妹妹的这个性格。从雪子的性格来说，她这样拒绝对方也许可以理解，但幸子还是很生气。雪子不愿意单独和一个不熟悉的男人一起逛街吃饭，姑且不论幸子，她这样做对得起贞之助吗？如果雪子能考虑到贞之助和幸子这次为她的婚事是多么不顾脸面、低三下四，她自己难道不应当表现得积极一点吗？何况桥寺主动打电话来，说明他做出了很大的努力，就这样被冷冰冰地一口回绝，该是多么失望沮丧啊。

“这么说，你拒绝他了？”

“我说有点不方便……”

即使拒绝，也要找个合适的借口，巧妙地婉拒才好，可是雪子根本不会这套把戏。想到雪子笨嘴拙舌地给了人家一个钉子，幸子心里委屈，泪水不由得涌出来，再看看眼前的雪子，更是气不打一处来，扭头走到楼下，穿过阳台走到院子里。

幸子知道补救这个过失的最好方法就是让雪子给桥寺打电话，向他赔礼道歉，答应今天傍晚去大阪赴约。但是，幸子明白不论怎么劝说雪子，她也不会答应，如果强迫她去，只会让双方更加不愉快，闹出吵架后不欢而散的结果。如果幸子给对方打电话，巧舌如簧地解释今天实在不便，对方会相信吗？如果对方问明天是否可以，又该如何回答呢？雪子并非只是今天不愿意，如果双方还没有互相熟悉彼此，她绝对不会愿意单独约会。幸子想来想去，今天只好把这件事放在一边，明天去丹生夫人那儿详细解释雪子的性格，表示这绝非她冷淡疏远桥寺，也不是不愿意和桥寺一起约会，只是一直都是小姐脾性，遇到这样的事情难免张皇失措，畏缩不前，这也正好说明她天性单纯，请丹生夫人向桥寺转告。这样的话，也许会得到桥寺的谅解吧……

幸子在院子里踱步思考的时候，听见厨房的电话好像又响起来，接着阿春跑到阳台上，朝着院子大声喊道："电话！是丹生夫人打来的！"

幸子心头一惊，跑到厨房，忽然改变主意，叫阿春把电话转到丈夫的书房里。

"啊，幸子姐……刚才桥寺先生来电话了，他好像非常气愤……"丹生夫人的声调也变得非同寻常，她本来说一口流畅地道的东京话，由于兴奋，说话更加麻利干脆，"不知道桥寺先生为什么那样愤慨。他说'我不喜欢那样因循守旧、小里小气的小姐。你们说她如何开朗活泼，她哪里开朗了？请你转告他们，我断然拒绝这门亲事'。我不明白他这么怒气冲冲的原因。他又说'我本想和她两个人好好谈一谈，于是约她今天傍晚一起去散步。起先是女佣接的电话，我说雪子小姐在的话，请她接电话。女佣回答说在。不知道怎么回事，雪子小姐迟迟不出来，我等了好半天，她好不容易接了电话，我问她是否方便，她没有别的话，只是‘嗯、这个，嗯、这个’地支吾不停，不说去，也不说不去。我追问之下，她才勉强挤出一句有点不方便，声音小得几乎听不见。说完以后，她又默不作声了。我也气恼得很，一下子挂断了电话。那个小姐究竟把我当成什么人了？这也太欺负人了吧？’原来是这件事气得他大发雷霆。”丹生夫人一口气说到这里，又补充一句，“所以啊，非常遗憾，雪子小姐的事就到此为止吧。”

“真的非常对不起，给你们添了很大的麻烦……要是我在家，绝对不会发生这种事，真不巧我出门去了……”

“可是……您不在，雪子小姐不是在家吗？”

“是的，是的，确实如此……真的非常对不起……闹成现在这个局面，您也无法调解了吧……”

“当然没有办法了……”

幸子恨不得找个地洞钻进去，一边前言不搭后语地应付着，一边听她说话。

“好吧，幸子姐，在电话里这么说可能有些失礼，现在即使我过去见面也无济于事，所以就不去了，请您原谅……”

幸子觉得对方像是要打电话，急忙说道：“真的对不起，真的……我改天上门赔罪……您生气也理所应当……”她都不知道自己说了些什么，只是一味道歉。

“好了，幸子姐，您用不着这么说。您来的话我可担当不起……”丹生夫人摆出一副不想听幸子说话的架势，正当幸子战战兢兢的时候，她说了声“再见”，挂断了电话。

幸子放下电话，双手托腮倚在丈夫书房里这张放有电话机的桌子上，一动不动地坐在那里。丈夫即将回来，这件事不管怎么说总得告诉他，可是……今天就不说了，等明天心情平静以后再对他说吧……可以想象丈夫该是多么懊恼沮丧，但愿这件事不会导致丈夫厌恶嫌弃雪子……丈夫一直不太喜欢妙子，但对雪子心怀同情，现在难道他对这两个小姨子都要厌弃了吗？妙子现在有了靠山，倒还无所谓，但如果雪子被贞之助弃之不顾，将如何立足啊……以前，幸子对妙子无法容忍的时候，会向雪子诉苦；对雪子不满的时候，会向妙子诉苦，所以不觉得有什么委屈。现在这个关键时候，妙子不在家里，幸子倍感凄凉。

“妈妈。”悦子打开书房的隔扇，站在门槛上，用奇怪的眼神看着母亲。她刚放学回家，见家里静悄悄的，觉得大概出了什么事。“妈妈，你在干吗？妈妈……”

“二姨呢？”

“二姨在二楼看书……妈妈，你怎么啦？”

“没事……你去二姨那儿吧。”

“妈妈也去。”说着，悦子拉起幸子的手。

“好，一起去。”幸子转换心情，站起来和悦子一起回到正房，让悦子上楼，自己走进客厅，坐到钢琴前，打开琴盖。

大约一个小时以后，贞之助回到家里。幸子一直在弹钢琴，一听见门铃响，立即出门迎接。丈夫抱着公文包进入书房，幸子紧跟了进去。

“听我说，你费了九牛二虎之力张罗的这门亲事，也完蛋了……”

刚才幸子还拿不定主意是今天还是明天告诉丈夫，可是一看见丈夫的脸就憋不住了，非说不可。贞之助的脸色一瞬间有所变化，但他也只是轻轻叹息了一声，没有流露出明显不愉快的表情，平静地听完了幸子的叙述。幸子看着丈夫若无其事的样子，又一次深感委屈，终于用前所未有的口吻激烈地责难雪子：“让我们这样为她操碎了心，什么人呀?!”当然，现在说这些话已经于事无补，其实桥寺是想和雪子结婚的，虽然嘴上含糊暧昧，心里却对雪子有意。正因为这样，桥寺今天才会主动邀请雪子。越是认识到这一点，幸子就越觉得今天电话里的失误是多么令人遗憾，恨不得捶胸顿足地痛哭一场，可是哭又有什么用呢？机会永远不会再有了。为什么那时自己不在家？要是自己在家，即便不能应约，至少也可以让雪子和桥寺正常交流。那样的话，亲事大概会顺利进行下去，也许在不久的将来就会订婚。这未必只是自己一厢情愿的想法。按照一般的做法，十之八九就是这样的结果。然而，这个电话偏巧在自己离家的五六分钟打来！这样偶然的不值一提的小事就决定了人的命运。幸子心不甘情不愿，悔恨交加，不在家仿佛成了自己的过失。电话早不来晚不来，偏偏在那五六分钟里打来，幸子甚至觉得这是雪子的背运。

“这么一想，我虽然很生气，可又觉得雪子着实可怜。”

“不过，这是雪子的性格所造成的悲剧，即使你在家里，结果难道会不一样吗？”贞之助只能反过来站在妻子的立场上安慰她，“即便你站在雪子身边，她也不可能妥善应付。而且，如果不能爽快地答应对方的要求一起去散步，难免让人不愉快。所以，今天发生的事情究其根本还是雪子的性格所致，和你在场不在场没有什么关系。即使今天巧妙地蒙混过去，以后可能还会多次出现类似的事情，所以这门亲事注定要破灭。雪子的性格要是不彻底改变,这也许就是她的命运。”

“照你的说法，雪子不是一辈子都嫁不出去了吗？”

“我不是这个意思，我是说像雪子这样胆小怕事，连电话都打不好的女性也有她的优点。大概会有这样的男人，不认为她这种性格是因循守旧、小里小气、落伍于时代，而是女性该有的温柔文雅。只有懂得这种性格的男人，才有资格娶雪子为妻。”

幸子得到丈夫如此贴心的安慰，反倒更觉得对不起丈夫，同时尽量让自己努力去感受雪子的可怜，把火气逐渐压了下去。但是，一回到正房，走进客厅，看见从二楼下来的雪子坐在沙发上，正抱着铃逗弄着玩，那副满不在乎的样子又让幸子的怒火窜了上来。她拼命克制着，涨红着脸喊道："雪子！"她狠狠地甩给雪子一句话，"刚才丹生夫人来电话说，桥寺先生非常生气，这门亲事又吹了。"

"嗯。"雪子依旧一副事不关己的样子。也许她在掩饰几分难为情的心情，把手伸到咕噜咕噜叫着的铃的下巴下面继续逗它玩。

幸子真想把"不仅桥寺先生，丹生夫人、你姐夫贞之助、还有我都气坏了"这句话也甩给她，但还是硬咽了下去。这个妹妹真的认识到今天的过错了吗？如果认识到了，她应该对姐夫说一句"对不起"才对。想到她即使心里明白自己错了，但也决不肯开口道歉，幸子不禁地又觉得这个人实在可恶。

十八

第二天，井谷到家里来，把事情的经过原原本本地告诉了幸子，幸子这才越发明白桥寺生气的原因。

井谷说："听说昨天桥寺先生给丹生夫人打电话，他也给我来电话了。那样一位温文尔雅的绅士如此怒气冲冲，说那个小姐对自己太没有礼貌了，甚至还数落了我一通。我觉得这事非同小可，赶忙去大阪，见到丹生夫人和桥寺先生，仔细一打听，觉得桥寺先生发火也不无道理。其实事情不仅仅发生在昨天，前天就已经出现了这样的苗头。前天，桥寺父女应你们的邀请在神户的菊水餐厅一起进餐。回家途中，大家在元町散步的时候，桥寺先生和雪子小姐很偶然地走在了一起，因为两个人被街上出征军人的送行队伍阻挡，与其他人分开了。当时桥寺看见一家杂货店的橱窗，对雪子说'我想买双袜子，能和我一起进去看看吗'，雪子小姐'啊'了一声，磨磨蹭蹭地好几次扭头看着落在后面大约五十米远的其他人，像寻求救星一样，一脸为难地站在那里一动不动。桥寺先生见她这副样子，心里很不高兴，自己一个人进店里买东西去了。这也就是十几二十分钟的事情，外面的人谁也不知道，但是桥寺先生当时就感觉很不愉快。不过他还是尽量往好的方向想，善意地理解为只是性格使然，并不是她讨厌自己。这么一想，心情也就好转了。可是这件事还是记挂在心里，于是他想再试一次，确定雪子小姐是否讨厌自己。昨天趁着天气好，又是公司休息日，便这样打来电话。可是结果正如你们所知道的那样，桥寺先生再次受到了那样的羞辱。前天雪子小姐那个态度，桥寺先生还觉得是她不好意思，但一次两次地受到这样的对待，只能认为是她非常讨厌自己。加上那种拒绝方式，简直是在说'难道你还不知道我讨厌你吗'，不然至少可以说几句周到圆通的话，让人接受。看来雪子小姐是故意亲手摧毁身边人好心为她的终身大事所付出的辛苦努力。桥寺先生说'我非常理解丹生夫人、井谷老板，还有莳冈家的大哥、大姐的好意，但是她那样的态度，我即使想接受大家的好意，也无法接受。我感觉不是我自己主动拒绝这门亲事，而是被人家拒绝了'。"

昨天井谷和他们见面的时候，丹生夫人比桥寺更气愤，她说："我觉得雪子小姐对男性的态度很不好，难怪别人说她性格忧郁，所以我一直忠告她要尽量给别人留下一个开朗的印象，但是她根本充耳不闻。雪子小姐这种性格，我也没话好说，让我更加不理解的是幸子姐为什么放任妹妹这种态度。如今这个时代，即使是华族小姐、皇族公主，也没有谁摆出这么大的谱，究竟幸子姐认为自己的妹妹是什么样的人呢？"

井谷似乎想借丹生夫人之口发泄自己的怨恨，说话的口气相当严厉。但是，不论她说什么，幸子都无言以对。不过井谷有点男人脾性，把不满的情绪都倾诉出来以后，心里就痛快了，接着若无其事地聊起了家常。她见幸子始终懊恼沮丧，便说道："您也别这么悲观，丹生夫人我不敢说，反正我以后还会继续介绍的。"接着她又闲聊起雪子脸上的色斑，"桥寺先生见过雪子小姐三次，一点也没有发现，还是他女儿回家告诉他说'那个人脸上有色斑'。桥寺说'是吗？我怎么不知道呢'。所以啊，用不着担心那块色斑，有时候根本就不是问题。"

原来这就是前天在元町让桥寺生气的事情，幸子最终还是没有把这件事告诉贞之助，因为说了也是白说，而且担心这样会让丈夫更加厌恶雪子。贞之助也有自己的一套，他瞒着妻子，凭着一己之见给桥寺写了封信：

事已至此，夫复何言。给您写这封信可能会令人感觉我们心有不甘，但我还是应该向您解释清楚，否则无颜见人。您或许以为我们夫妇等人在没有充分确定妹妹心意的情况下，就急急忙忙地推动此事，但实际上舍妹对足下非但没有厌恶，还很同意这门亲事。那么，您一定会说前几天的那种消极暧昧的态度以及电话里的冷淡应对又该如何解释呢？

其实，那是她对异性怯懦害羞的天性使然，不能成为讨厌足下的证据。任何人都会觉得一个三十多岁的女性这样行事简直荒唐可笑，但作为深知其秉性的至亲并不觉得奇怪，她在那种场合总是如此，甚至比起以前不那么认生了。当然，这些话在别人那里是说不通的，所以我没有任何辩解的理由。尤其是前几天的那通电话，不知道该如何向您道歉。我甚至对您说过，她本性并不忧郁，内心实则十分开朗，我至今依然相信这一点没有错。但是，她到了这个年龄，连起码的应酬话都说不好，实乃不明事理至极，足下气愤也理所当然，仅凭这一点就得出舍妹没有资格成为足下的妻子，我对此也无话可说。尽管深感遗憾，但我不能不清醒地认识到她落选的事实，也不可能厚着脸皮恳请您重新考虑这件事。

总而言之，舍妹成为落伍于时代的女性，完全是家庭教育不当的结果。这固然与她幼年丧母、青年丧父的境遇有关系，但不言而喻，我们也有一半的责任。我们在不知不觉间偏袒自己的妹妹，可能对她的评价过高，但我们绝对没有为了撮合这门亲事而对足下欺瞒撒谎，这一点务请理解。我衷心祝愿足下喜得爱妻，也祝愿雪子早获良缘，大家早日忘掉这件不愉快的事情，届时希望能与足下重新开始友好的交往。能够结识足下我由衷感到高兴，如果因为这点小事而不相往来，那将是我们莫大的损失。

贞之助很快就收到桥寺恳切的回信，信中写道：

大札情切意笃，惶恐之至。足下说令妹落伍于时代，不明事理，乃谦逊之辞。令妹不论多大年龄，都不沾染世俗之气，始终保持少女之纯真本性，实乃可贵。有幸成为令妹之夫者，必须高度评价这种纯真性，有义务尽力予以呵护，以不损其珍贵之品质，最重要的是具有深刻理解和细致体贴之心，所以，生于乡野而卑俗如鄙人者，全然没有这个资格。出于这种考虑，鄙人以为这对双方而言都不会幸福，故而无奈谢绝。如足下因此认为这是对令妹的无礼批评，实非本意。日前承蒙贵府盛情款待，鄙人感激不尽。贵府和谐美满之情景，令世人无限欣羡。鄙人认为只有这样的美好家庭，才能培养出令妹那样珠玉般的性格。

复函和贞之助的一样，也是用毛笔写在卷纸上，虽然不是文言文，但措辞得体，体例周全。

那天在神户散步时，幸子带着桥寺的女儿走进元町的一家外国服饰店，给她挑了一件短款外套，并请店员在衣服上绣上她名字的首字母。亲事告吹后的几天，店里通知说短款外套上的名字已经绣好，如果不送给桥寺的女儿，反而显得气量狭隘，幸子便拜托井谷转送过去。

过了大约半个月，有一天幸子去井谷的美容院，井谷说："这是桥寺先生送给您的，放在我这儿了。"说完，她把一个牛皮纸包装的盒子交给了幸子。幸子回家打开一看，里面是京都襟万缝制的凸纹纺绸衬袄，花色图案都与幸子很相配，大概是桥寺拜托丹生夫人挑选的。幸子明白这是对自己送给他女儿那件短款外套的回礼，但也可以看出桥寺为人细致周到。

雪子又是什么心情呢？表面上看，她并没有失望沮丧，也没有表现出因为辜负贞之助和幸子的一片好意而愧疚的样子。不过，从她的言行举止可以看出，她心里明白二姐夫妇为自己费心尽力，可是自己天性如此，做不出超过这个限度的事情，如果因此婚事告吹，也不觉得可惜。或许她多少有些不服输，故意打肿脸充胖子也说不准。

幸子最终还是没有对雪子毫不留情地发泄、表示过不满，别别扭扭地逐渐恢复了正常，可她心里终归留有疙瘩，未能释然如初。她想等妙子回来的时候向妙子倾诉一番，可是妙子差不多有二十天没出现了。上一次是三月上旬的星期二，也就是那个“决定命运的电话”打过来的第二天早晨，妙子顺便回家待了一小会儿，听幸子说“这一回又不行了”，就垂头丧气地走了，从那以后就再也没有露面。说实在话，前些日子丹生夫人和井谷问起妙子的时候，幸子就高度警惕，怀疑她们是否明知妙子的事情却佯作不知，探听虚实，所以她的回答也是模棱两可。虽然她不想让别人知道妙子已经离家出去住了，但万一将来妙子和奥畑的关系闹出问题，届时可以说已经和那个妹妹断绝关系。然而，这些良苦用心如今都化为泡影，她忽然间很想见到妙子。

一天早上，幸子和雪子在餐厅里说话，幸子说“小妹最近怎么样了？打个电话问问看吧”。可是那天送悦子上学的阿春总不见回来，等了三个小时她才回家。她瞧了瞧餐厅，见只有幸子和雪子，便悄悄走到两人身边，低声说道：“小妹病了。”

“啊？什么病？”

“像是肠炎或是痢疾。”

“她来电话了吗？”

“嗯。”

“你去她那里了？”

“是的。”

“小妹是在公寓里躺着吗？”雪子问。

“不是。”阿春低下脑袋。

据阿春说，今天一大早，她就被叫醒了，说有她的电话，接起一听，发现是奥畑的声音。奥畑说：“小妹前天到我家里以后，突然发病。那是在晚上十点左右，小妹发烧将近四十度，浑身发冷颤抖。她说要回公寓去，我没让她走。可是病情越来越严重，昨天叫附近的医生瞧了一下，起先不知道什么病，怀疑是流感或者伤寒。昨天夜里开始剧烈腹泻，肚子绞痛，医生说大概是肠炎或者痢疾。如果是痢疾，就得住院，但是需要人照顾，所以我没有让小妹回公寓，暂时在我家里治疗。这件事我只告诉你一个人。小妹看着十分痛苦，但是我觉得不用担心，继续在我这里治疗也没有问题。如果病情有变，我再通知你，但我觉得绝对不会有事。”

阿春心想自己应该去看看，所以送悦子上学以后就绕到了西宫。去了一看，发现妙子的病情比想象中要严重得多。

听说从昨夜开始，妙子已经腹泻二三十次，因为太过频繁，根本躺不下去，只好抓着椅子，一直坐在便器上。医生说过不要采取这个姿势，必须安静侧卧，使用插入式便器。阿春去了以后，和奥畑一起好不容易说服妙子躺下来，可就在阿春待在那儿的短暂时间里，妙子就拉了好几次。因为肚子绞痛，每次排便量都很少，导致她更加痛苦。妙子还高烧不退，刚才量的时候仍是三十九度左右。不知道是肠炎还是痢疾引起的，说是把大便送到了阪大附属医院去化验，要过一两天才有结果。阿春对妙子说还是请栉田医生过来看看，妙子却说：“我不愿意让栉田医生知道我躺在这个家里，还是不要请了。另外，也不要告诉二姐，免得她担心。”阿春当时没有说是否会向幸子报告，只说完“我再来看您”就回去了。

“没有护士吗？”

“现在没有。她说要是时间拖长了，就要请护士……”

“现在谁在照顾她？”

“砸冰块是少爷（阿春第一次这样称呼奥畑）在做，便器的消毒和擦屁股是我来做。”

“你不在，谁来做？”

“这个……大概是奶妈做吧。少爷的奶妈心地非常好。”

“这个奶妈还做饭吧？”

“是的。”

“要是真得了痢疾，让做饭的人清理便器，不是太危险了吗？”

“那怎么办呢？要不我去看看吧。”雪子说。

“先看一下情况再说吧。”幸子说，“如果是痢疾，那就必须想办法治疗；如果是肠炎，两三天就会好。现在先别慌，只好暂时让阿春过去照料，对贞之助和悦子就说阿春在尼崎的老家有急事，请两三天假回去了。”

“他们请的是什么样的医生啊？”

“那个医生我没有见过。听说是附近的医生，也不认识，这是第一次请他。”阿春回答道。

“还是让栉田医生去看看吧。”雪子说。

“是啊。”幸子说，“要是她在自己的公寓里，那还好说。可是她在阿启的家里，还是别叫了。”

幸子明白，其实妙子心里还是有懦弱的地方，她嘴上说不要告诉二姐，其实本意恰恰相反。这个时候，她大概才真切地感受到了家庭的温暖，两个姐姐不在身边，她是多么无依无靠啊！

十九

阿春迅速收拾好行李，吃过午饭后，说了句“我两三天就回来”，匆匆出门走了。出门之前，幸子把她叫到客厅，千叮咛万嘱咐要改掉平时懒散的习惯，和病人接触后一定要洗手、病人每次排完便都要用来苏尔给便器消毒等诸多事项都仔仔细细地交代了一遍。还有，要随时报告病人的病情，每天至少上午来一次电话。若是奥畑家没有电话，到附近的商店借电话比较方便，但还是尽量使用公用电话，打电话时也要趁贞之助和悦子不在家的时候打。

阿春是下午出门的，幸子和雪子估计今天不会有电话打过来，只好等待明天。因为惦念妙子的病情，两人心情更加着急，感觉时间格外漫长。到了第二天上午十点多，阿春终于来了电话，幸子吩咐把电话转到丈夫的书房里。电话听不清，还经常断线，费了好大劲才听出个大概。总而言之，病情和昨天相比并没有多大变化，只是腹泻比昨天更加频繁，一小时竟达到十次，高烧也不见退。“原来怀疑是痢疾，到底是不是？”“这个……还没有明确的诊断。”“大便的化验结果怎么样？”“阪大附属医院还没有回复。”“大便的状态怎么样？带血吗？”“好像有一点。除了血之外，就是像鼻涕一样黏糊糊的白色黏稠物。”“你在哪里打的电话？”“我用的公用电话。奥畑家附近没有，很不方便，而且在我前面还有两三个人排队，所以打晚了。今天我打算再打一次电话，如果今天打不了，就明天早晨打。”阿春说完后，挂断了电话。

“大便出血，那不就是痢疾吗？”在一旁听着的雪子说道。

“是啊……我也这么觉得。”

“肠炎会大便出血吗？”

“大概不会吧。”

“一个小时腹泻十次，肯定是痢疾。”

“是医生没把握吧……”

幸子基本上断定是痢疾，做好了思想准备，开始考虑治疗的方案。这一天她一直焦心等待的第二次电话终究没有打来，到了第二天十一点多还是没有任何音信。阿春怎么回事？幸子和雪子心急如焚。将近中午的时候，阿春突然从后门走进来。

“怎么样？”两人见阿春脸色凝重，一声不响地把她拉进客厅。

“还是痢疾。”阿春说。

其实大便的化验结果还没有出来，医生昨晚和今天早晨都来看过，说是痢疾，必须按照痢疾来治疗，国道沿线的森村医院设有隔离病房，说让病人到那里住院。正要决定去这家医院时，碰巧一个经常来送菜的菜店老板在厨房门口无意中对阿春说“那家医院还是别去为好”。阿春向邻居一打听，的确口碑不佳，说那家医院的院长耳背，听诊不准确，经常误诊。虽然毕业于大阪大学，但学生时期成绩很糟糕，博士论文还是让同班同学代写的，那位同学也在这一带开医院，承认论文确实是他代写的。

阿春把这些情况告诉奥畑后，奥畑也不安起来，开始打听别的医院，结果发现附近的其他医院都没有隔离病房。奥畑说：“就当是肠炎，在家里治疗怎么样？”医生不赞成，说：“这可是传染病。”奥畑坚持说什么“即使是痢疾也没必要住院，不都是在自己家里治好的”，因此不理会医生的劝说，自己这么决定下来，说由他去说服医生同意，还和阿春商量，征询一下幸子姐姐的意见。阿春觉得在电话里说不清楚，便急匆匆地赶了回来。

幸子问：“那位医生什么样？”阿春说他姓斋藤，毕业于大阪大学，看上去比栉田医生小两三岁。从他父亲那一代开始就在这条街上行医，人称“老大夫”的父亲还健在，父子两代的医术名声还不错。但是据阿春观察，他不像栉田医生那样机敏利索，诊断极其慎重，犹犹豫豫总拿不定主意。这次之所以诊断延误，这也是原因之一。再者就是妙子体温太高，感觉不像痢疾，第一天又没有排便，发病后过了二十四小时，也就是大前天晚上才开始腹泻，所以医生怀疑是伤寒，就这样耽误了治疗，导致病情进一步恶化。

“是怎么被传染的？是不是吃了腐烂的东西？”

“对，说是吃了青花鱼寿司。”

“在哪里吃的？”

“据说是发病那天傍晚，和少爷去神户散步，在一家名叫‘喜助’的餐馆吃的。”

“雪子，这家餐馆没听说过吧？”

“没听说过。”

“说是这家餐馆在福原红灯区里面，那里的寿司特别好吃，于是想去吃一次。他们在新开地看完电影后就去了。”

“阿启怎么什么事都没有呢？”

“是的。听说少爷不喜欢青花鱼，就没吃……只有小妹一个人吃了，所以她说肯定就是因为青花鱼。可是她吃得并不多，而且鱼肉的确非常新鲜。”

“青花鱼很可怕，即便是新鲜的，也可能食物中毒。”

“据说鱼背上发黑的鱼肉最危险，小妹吃了两三片。”

“我和雪子绝对都没吃过青花鱼，只有小妹吃。”

“这个小妹就喜欢在外面乱吃东西。”

“是啊，她先前就很少在家吃晚饭，总喜欢去外面的各种餐馆吃。”

妙子生病以后，阿启的态度又是如何呢？表面上若无其事，实际上觉得把传染病患者留在自己家里不好办吧？起初以为是轻微的肠炎，得知不是肠炎时又束手无策，想让芦屋尽快把妙子接回去吧——幸子想起前年发大水时阿启的冷漠作为，不禁产生了这样的担忧。但据阿春观察，阿启这次并没有表现出这样的态度。发大水的时候，平时爱干净的奥畑怕弄脏裤子，可这次他似乎并不害怕传染病，或者说他在发大水时的冷漠表现招致了妙子的厌弃，所以这次竭力显示自己的真心诚意。他说就在他家里治疗，似乎不是有口无心，细微之处他想得都很周到，经常提醒阿春和护士干活，自己还亲自动手换冰袋里的冰块，甚至帮忙消毒便器。

“我和阿春姐一起去吧。我不怕传染。”雪子说，“阿启都说痢疾不至于死人，而且病人又没有别的合适的地方可去，就在那儿治疗也可以，只是不能把看护的事全推给他们，我们什么也不管。贞之助姐夫和本家怎么说我不管，反正我不能那么做。要是栉田医生去给她看病，多少能放心些，我对不认识的医生和护士心里还是没底。从今天起，我代替阿春姐住在那边，阿春姐就负责联络。打电话说不清楚，让人听了反而焦虑。阿启一个单身汉，家里大概缺这个少那个的，到时还得阿春一天跑几个来回。”雪子说完后，开始收拾东西，然后简单地扒几口茶泡饭，可能不想姐姐为难，不征求她的意见就出门走了。幸子的心情和雪子完全一样，所以也就没阻拦。

悦子放学回家问二姨去哪儿了，幸子不动声色地回答“去打针了，然后去神户买东西”。傍晚贞之助回来，幸子觉得不能不说，就把两三天前发生的事情以及雪子自作主张去照料妙子的事都原原本本地告诉了丈夫。丈夫脸色铁青，一声不吭，听完后既不说好也不说坏，大概是默认了这件事别无他法吧。吃晚饭的时候，悦子又问二姨去哪里了，这次幸子稍微向她透露“去照顾生病的小姨了”。悦子刨根问底地追问道：“小姨在哪里生的病？哪儿不舒服？”幸子带着训斥的口吻说道：“小姨在公寓里躺着呢，一个人不方便，所以二姨就过去了。不是什么大病，小孩子不用操心。”悦子不再说话，不知道她是否相信母亲说的话，贞之助和幸子试图说些别的岔开话题，可是悦子一副闷闷不乐的表情，说话爱搭不理，一边吃饭，一边翻着眼皮看父母的脸色。妙子从去年年底开始就不在家，悦子听母亲说是因为小姨工作太忙回不了家，但她从阿春那里知道了妙子的大致情况，或者说让她知道一点实情对幸子来说反而更方便一些。悦子在后来的两三天里只见阿春频繁地来来回回，却不见雪子回来，更加焦躁不安，追在阿春屁股后面询问妙子的病情，最后抓住母亲问道：“为什么不把小姨带回家？快点把小姨带回来！”

幸子被悦子怒气冲冲的责问惊呆了，安慰道：“小悦，有妈妈和二姨照料小姨，你就放心吧。小孩子不要这样说话。”

悦子却非常激动地叫喊起来：“小姨在那个地方太可怜了！小姨会死的！”

实际上，妙子的病情几经反复，已经逐渐恶化。雪子寸步不离地精心照料，但根据阿春带回来的消息，妙子的身体一天比一天消瘦虚弱。一周以后，大便的化验结果终于出来，在痢疾菌中发现了毒性最强的志贺菌，而且不知道怎么回事，一天里妙子的体温忽升忽降好几次，体温高时达到三十九点六乃至四十度，还伴有剧烈的发冷和寒战。另外每次腹泻都会腹部绞痛，极其痛苦，便给她吃了止泻药。腹泻止住后却仍浑身哆嗦，体温也在升高。如果让她通便，体温是下去了，但会腹痛难忍，完全水泄。病人这几天精神萎靡，医生也说她的心脏逐渐衰弱。雪子心急火燎，对医生说："这样子还能治好吗？好像不是单纯的痢疾，是不是还有其他什么病？应该注射林格氏液或者维他康复？"但医生回答"现在还不需要"。这个时候要是栉田医生治疗，肯定早就打针了。一问护士，才知道斋藤医生的父亲不喜欢给病人打针，斋藤医生受父亲影响，不到最后关头也不打针。阿春对幸子说："雪子小姐认为到了这个地步，就不要再顾忌什么脸面，赶紧把栉田医生请去，但还是想先让您亲自过去看一下病人的状态。"阿春又补充道，"这五六天，小妹人瘦得都脱相了，太太您看后一定会大吃一惊的。"

幸子原先因为害怕被传染以及顾虑丈夫的心情，一直犹豫不定，现在她无论如何也坐不住了，也不和丈夫打招呼，就让阿春带路，一大早就出门了。临出门时，幸子给栉田医生打了个电话，告诉他妙子在西宫的一个朋友家里突然发病，不得已只好躺在朋友家，请来一位姓斋藤的医生治疗，又告知后来病情如何变化等大致情况。栉田医生说："这个时候必须不停地注射林格氏液和维他康复。如果放置不管，身体的各项机能会急剧衰弱，你们告诉那个医生，一定不要再延误了。"幸子说："说不定还要请您去看一下。"栉田医生很痛快地回答："那个斋藤医生，我也认识。只要事先得到他的谅解，我随时都可以去。"幸子放下电话，坐进等候在门口的出租车，顺着国道一直往东，过了业平桥不久，只见山麓下有一座宅邸，一棵盛开的樱花树向围墙外伸展出绯红的树枝。

"啊，真漂亮……"阿春不经意间随口说道。

"是啊，那家的樱花每年都开得最早。"

幸子看阳光照射下的水泥路面仿佛摇曳着薄薄的游丝，这一阵子因为妙子的事情弄得心烦意乱，都没有意识到已经进入四月了。再有十天，就是赏樱的好时节。今年还能像以往那样三姐妹结伴去京都赏樱吗？要是可以，该多么高兴啊。可是，即使妙子病情好转，能那么快出门吗？如果去不了嵯峨、岚山、平安神宫，至少可以去看看御室的樱花吧……说起来，去年悦子得猩红热也在这个月，但那是在赏樱之后，所以没有妨碍去京都赏花，不过也因此没有看成菊五郎的《道成寺》。今年四月菊五郎还会来大阪演出，这次的剧目是《藤娘》。本想一定要去观看，难道又看不成了吗……六甲山隐隐约约浮现在天际，车子在夙川的堤坝上行驶，幸子静静地想着这些心事。

二十

病房在二楼。幸子刚走进玄关的土间，刚才一听见停车的声音就立即下楼的奥畑和雪子迎了出来。

“您来一下……”奥畑用眼神示意，“客气话就不说了，有要紧事必须立即商量。”说着他带领幸子走进楼下最里面的房间。

其实斋藤医生刚走不久，奥畑送他到门口时，他歪着脑袋说：“看来病情不容乐观，好像心力已经衰竭。目前虽然症状还不明显，或者是我多虑，从触摸的感觉来看，似乎肝脏肿大，有可能引发了肝脏脓肿。”问他那是什么病，他说：“就是肝脏里有脓。病人这样高烧，体温又忽高忽低，浑身发冷颤抖，大概不仅是痢疾，只能认为是肝脏脓肿并发症。这只是我的一己之见，不能作为最后的诊断，还是要请阪大附属医院的专家来会诊，这样才能得出准确的结论。”追问之下，斋藤医生说：“这是由其他疾病中的脓肿细菌感染造成的，这次是因痢疾引起的脓肿。如果脓肿的地方只有一处，那还比较容易治愈，但如果是多发性的，就是肝脏出现多处脓肿，就会相当麻烦。如果脓肿与肠子粘连的部位破裂，那还好办，但如果是胸膜、气管、腹膜破裂，恐怕就没救了。”斋藤医生没有明说，但听他的口气基本可以确定是肝脏脓肿了。

“我还是先看一下病人再说……”

幸子听完奥畑和雪子的介绍以后，走上二楼。病房是六叠大的朝南房间，外面有个小阳台，出入口是一扇西式门，地板上铺着榻榻米，但没有壁龛，天花板也是白壁，除了一侧的墙边有和式壁橱外，大体上给人一种西式房间的感觉。至于室内的陈设布置，一个角落里放有一个三脚架，上面摆着看似西方古董的烛台，还粘着烛泪，脏兮兮的；两三个像是从跳蚤市场买来的旧货；还有一个妙子很早以前制作的已经褪色的法国人偶等，墙上挂着一幅小出楢重的小型玻璃画。这本来是个缺少风趣的房间，但病人身上盖着豪华鲜艳的厚绉羽绒被，胭脂色的底色上是黑白相间的方格花纹，从通往阳台的双槽推拉玻璃门照射进来的阳光洒满被褥，让整个房间恍若鲜花盛开般明媚亮堂。

病人现在的体温有所下降，朝右侧躺卧，双眼紧盯着门口，像是在等待幸子的出现。幸子早就听阿春介绍过病状，害怕与妙子四目相对时的冲击会令自己难以承受，大概因为已经做好了这种思想准备，当看到妙子的脸庞时，感觉她虽然消瘦得变了形，还不至于像自己想象的那么憔悴枯槁，只是圆脸变成了长脸，浅黑的肤色变得更黑，眼睛显得格外大。比起这些，还有一个地方引起了幸子的注意。因为一直没有洗澡，全身污秽肮脏自不必说，病人还给人一种精神不洁的感觉。说起来，这是妙子平时品行不端造成的结果，以前她一直通过精致的妆容巧妙地遮掩过去，现在由于身体虚弱，在面容、脖颈等部位似乎晕映出可以说是阴暗、淫猥的暗影。幸子说不清这种感觉，但在她眼里，这个胳膊无力地搭在榻上的病人仿佛不是因为疾病的痛苦而消瘦，而是这些年放荡不羁的生活让她身心疲惫、卧病在床。按说妙子这般年龄的姑娘多日缠绵病榻，应该会像十三四岁的少女那样将身体缩成一团，楚楚可怜，有时甚至呈现出一种清净无瑕、圣洁庄重的姿态。然而妙子与之相反，青春朝气的感觉已然丧失，实际的年龄赤裸裸地暴露无遗——不，比实际年龄更加苍老。而且奇怪的是，她丝毫没有现代女性的气质风韵，却像一个茶屋或者酒楼——而且还是低级的不正经的——女招待。四姐妹中，就数她与众不同，品行恶劣，但她无疑依然保留着大家闺秀的韵味，可现在看着她脸上阴暗、浑浊、松弛的皮肤，仿佛浸入了花柳病的病毒，那副脸色令人联想到堕落风尘的女人的肌肤。在这床花里胡哨的羽绒被的对照下，病人那复杂的不健康的状态更加显眼。

其实，平时雪子就意识到妙子这种不健康的状态，虽然嘴上没说，实际上处处小心提防。例如，妙子洗过澡的浴盆，雪子绝对不用；幸子穿过的衣服，即使是内衣，雪子都满不在乎地拿过来穿，但绝不穿妙子的衣服。不知道妙子是否感觉到这一点，幸子却对此有所察觉，而且发现雪子这样做是从她偶然听到奥畑患有慢性淋病的时候开始的。说实话，妙子一直坚称自己和板仓、奥畑没有发生肉体关系，仅仅是“纯洁的交往”，对于这种辩解，幸子并不相信，只是不深入追究罢了。雪子从来不置一词，却早就对妙子表现出谴责和蔑视的态度。

“小妹，怎么样了？听说你瘦得都变形了，看着也没那么严重嘛。”幸子尽量保持与平时一样的声调，“今天腹泻几次？”

“从早上起有三次。”妙子依然面无表情，声音小却清晰，“但是，光是肚子痛，什么也拉不出来。”

“这是这种病的症状之一，就是里急后重啊。”

“嗯。以后怕吃青花鱼了。”妙子第一次露出微笑。

“是啊，从今以后再也别吃青花鱼了。”幸子态度略微严肃地说，“小妹，你不用担心。斋藤医生说了一定要审慎判断，为慎重起见，希望再找一位医生会诊。因此，我想请栉田医生来。”

幸子之所以突然对妙子这么说，是因为看到妙子还没有意识到自己病情的严重性，如果背着她和雪子、奥畑悄悄商议，反而会刺激到她，不如这样开诚布公地直接告诉她为好。另外，斋藤医生提议请阪大附属医院的专家来会诊，弄不好又让妙子多心猜疑，所以考虑先请栉田医生来，听过他的意见后再决定也不晚。幸子这么说的时候，妙子茫然地看着鼻尖前面的榻榻米，呆呆地听着。

"小妹，这样可以吧？"幸子问道。

"我不想让栉田医生到这里来……"不知道妙子想到了什么，她语气坚决，不知何时泪水盈眶，"要是栉田医生知道我在这个地方，我觉得很羞愧……"

护士一听，机灵地赶紧起身走了出去。幸子和雪子、奥畑都惊诧地看着从妙子脸颊流淌下来的眼泪。

"噢，这个由我慢慢和小妹谈……"奥畑身穿法兰绒睡衣外加蓝灰色真丝睡袍，隔着妙子坐在幸子和雪子对面，他面露倦色，脸颊浮肿，掩饰不住狼狈惊慌的神色，目光瞟向幸子，似乎想请她谅解。

"好啦，小妹，你要是不愿意，就不请他过来。这事你就别放在心上了……"幸子知道目前最重要的是不能刺激病人，便这样宽慰道。但是，她觉得事情不好办——妙子为什么突然表示反对呢？这其中的原因奥畑似乎知道，但是她想不出来。

幸子没有告诉丈夫今天到这里来的事，在病房里待了一个小时，午饭时间也快到了，见妙子的状态开始恢复平稳，便决定先回家。她打算从机场町乘坐电车或者公交车，从慢波抄近路往国道走，雪子送她到中途，并让阿春稍微拉开距离跟在后面。

雪子和姐姐并排走时，说："其实昨天夜里发生了一件怪事……事情是这样的，昨夜两点左右，我和护士一起睡在隔着走廊与病房相对的房间里。一般是我和护士轮流睡在病房，但昨天晚上小妹的病情有所好转，十二点左右正打算睡觉，阿启说今晚他代替我们守着，让我们睡个好觉。于是我和护士睡一起，阿启和衣躺在小妹旁边，忽然听见从病房里传来哼哼的声音，我以为是小妹身体疼痛发出的声音，或者是在做噩梦，心想有阿启在身边照顾应该没事，但又不放心，急忙起来，把病房的门推开一半，听见阿启不停地唤着‘小妹、小妹’。这时我听见小妹忽然叫了一声‘米哥’。她就叫了这么一声，接着好像从梦中惊醒过来。她那一声叫的肯定就是‘米哥’。我看她恢复了平静，便悄悄把门关上，回到自己的房间里。后来病房寂静无声，我觉得大概没事了，也就放下心来，加上连日的疲劳，迷迷糊糊地睡了两三个小时。到了四点多，小妹又开始肚子痛、腹泻，疼痛难忍，阿启一个人实在应付不了，便过来把我叫起来。后来我一直没有睡，今天早上回想起来，那一声‘米哥’肯定就是指板仓。也就是说，昨夜小妹梦见死去的板仓，被噩梦魇住了。说起来，板仓正是去年五月死去的，都快一周年忌辰了。板仓死得惨，小妹一直挂在心上，正因为如此，她至今每个月都要去板仓在冈山的老家扫墓。正赶上板仓一周年忌辰即将到来的重要时节，偏偏得了重病，而且还躺在板仓的情敌阿启的家里，所以她精神上的负担应该非常沉重。小妹心机很重，旁人摸不透她心里的真实想法，这阵子她一定在想着这件事，所以日有所思夜有所梦。不过这都是我的推测，不知道猜得对不对。现在她因为从早晨开始就身体疼得厉害，顾不上精神上的痛苦，一旦肉体上的疼痛平静下来，精神就变得萎靡不振。阿启比小妹更死要面子，表面上不动声色，可连我都这么感觉，他不可能不介意的。”雪子继续说，“刚才小妹突然说出那句话，就是因为昨夜的梦魇，当然这完全是我的臆测，但是我觉得小妹昨夜被板仓的亡灵魇住以后，或许她十分顾忌住在阿启家里。可能她感觉到只要住在阿启家里，这个病就好不了，只能逐渐恶化，最后死去吧。所以，刚才她说的话其实并不是在躲避栉田医生，而是表示不愿意住在这里，可能的话，想换个地方，莫非这才是她的本意？”

“你说得有道理，说不定她就是这个意思。”

“我本想仔细问问她，可是阿启总在她身边，寸步不离……”

“我忽然想起来了，如果让小妹转到其他地方……蒲原医院怎么样？我觉得只要说清楚原因，那里一定会接收的。”

“嗯，嗯……可是，蒲原医生能治疗痢疾吗？”

“只要他把病房借给我们，我们可以请栉田医生出诊。”

蒲原医院是一家位于阪神御影町的外科医院，院长蒲原博士在大阪大学上学的时候就经常到莳冈家在船场的商店和上本町的家里来，莳冈家的姐妹从未出嫁时就和他很熟悉。蒲原当年被誉为高才生，当父亲听说他经济拮据交不起学费的时候，通过别人资助过他。后来，蒲原去德国留学以及回国后开业行医，父亲也承担过一部分经费。蒲原是一名具有专业素质的外科大夫，因为对医术很有自信，医院也因此很快发展起来，没几年时间就还清了莳冈家的补助金。后来，莳冈家的成员以及船场商店的店员去他的医院看病，医药费总是格外优惠，怎么也不肯多收。这无疑是回报他在贫困的学生时代所受到的恩情。蒲原生于千叶县的木更津市，性格与众不同，骨子里有关东热血汉子助人为乐的一面，极重感情。所以，如果向他讲明事情的原委，请他以合适的名义让妙子住院，以他平时的性格而言，显然不会不答应。因为是外科医院，只好麻烦栉田医生出诊。幸好蒲原医生和栉田医生是同学，而且他们关系很好。

雪子送幸子到慢波的南面出口，幸子对她说：“回家以后我会立即与蒲原医生、栉田医生联系。病情如此严重，这边要预想到万一发生斋藤医生所说的那种情况，不管病人是否同意，都不能让她继续待在阿启家里了。在离开之前，千万不能疏忽大意，要强烈要求斋藤医生刻不容缓地给小妹注射林格氏液和维他康复。如果你一个人说服不了，就让阿启和他交涉。”

幸子回到家里以后，就给蒲原医生打电话，蒲原果然一口答应，还说会准备一间特殊病房，随时都可以过去。接着，幸子给栉田医生打电话，他是个大忙人，很难联系得上，说是出诊去了，只好联系患者家里，到傍晚六点多才好不容易联系上，他也表示了同意。幸子本想火速办理，可是因为要和各方联系，还要把事情的经过原原本本地告诉嘴上不说、却忧心忡忡的贞之助，让贞之助拿钱出来，终于决定明天早上送妙子到医院。到晚上七点多，幸子才把这个决定通知西宫那边。

阿春夜里十二点多回来，捎回雪子的话，还告知了后来发生的情况：幸子离开后不久，小妹病情发生变化，浑身发冷，颤抖不停，体温高达四十多度，但晚上降到三十八度左右。至于注射林格氏液，奥畑在电话里向斋藤医生磨破嘴皮，对方说“总之先过去看一看”，可是来的不是那个年轻的斋藤，而是老斋藤。他看了看病人，略一思考，说目前还不需要注射林格氏液，让已经开始准备的护士停下来，把注射器收拾进皮包里就回去了。雪子见状，更加迫切地感到必须换医生，等小妹稍微平静一点，就对小妹说无论如何必须让栉田医生来，再次征求她的意见。果然，小妹不说任何原因，只是强调自己不愿意一直待在这里，医院也好，甲麓庄的公寓也好，反正希望离开这里。搬出去以后，可以接受栉田医生的治疗，但不愿意让栉田医生到这里来。因为奥畑一直在小妹身边，小妹说话还要顾忌奥畑的心情，但大概就是这个意思。奥畑听完小妹这些话以后，急躁不安起来，对她说“小妹，你别这么说，就住在我这里，不要想那么多”，一再劝她重新考虑，但小妹对他根本不予理睬，一副充耳不闻的样子，只顾和雪子说话。奥畑终于气急败坏，脖子上青筋暴起，提高嗓门质问道：“小妹你为何讨厌我这个地方？”雪子从旁观察，感觉是昨夜小妹的梦话导致两人的感情产生了裂痕，但雪子并未提这事，而是安慰对病人气势汹汹的奥畑："感谢您的好意，我自觉把患病的妹妹长久放在这里不妥，芦屋的姐姐也是这个意思。"雪子又告诉他到蒲原医院住院的手续都已经办妥，这才好不容易得到他的同意。

二十一

第二天早晨八点，救护车来接妙子，这时候还发生了一点小争执。奥畑一再坚持说：“我一直照料她，有责任把她安全地送到医院，我一定要陪着去。”幸子和雪子几乎是轮流恳求：“您说得有道理，但今天就把她交给我们姐妹吧。我不是说以后不让您见小妹，只是您和她的关系还没有得到世人的公认，病人自己也十分在意社会舆论，所以暂时交给我们，您稍微回避一下。即使病情没有恶化，只要您打电话过来，我们也会把每天的情况告诉您。只不过请尽量选在上午打到芦屋，让我或者阿春接电话。请不要直接给医院打电话。”姐妹俩费尽口舌才让奥畑打消了去医院的想法。幸子又向斋藤医生解释转去医院的缘由，对他的精心治疗表示感谢。斋藤医生表示充分理解，主动提议陪同去医院，和栉田医生做好交接工作。

雪子和斋藤医生一起护送病人先行出发，幸子和阿春留下来收拾病房，分别给护士和奶妈一点酬谢，然后从夙川叫来一辆出租车，比雪子等人晚一个小时出发赶往医院。每逢亲人住院，幸子心里都会产生一种难以言喻的悲伤……一进去恐怕就出不来了吧？这种不祥的预感以前曾有过，今天她也害怕会有同样的感受袭上心头。出租车一进入国道，仅仅一天，沿途的风光就比昨天更加明媚浓郁，六甲山笼罩在厚厚的云霞之中，几乎各家各户都盛开着玉兰花和连翘花。要是平时，这样的春色一定会让她兴奋激动，但今天无论如何她也无法摆脱沉重的心情。因为她发现病人今天的样子和昨天大不一样，昨天听到斋藤医生的那番警告时还只是半信半疑，认为不会是他说的那种最坏的情况，不过是医生吓唬自己而已，就没把医生的话当回事。但是，今天早上看小妹那样子，她一下子担心起来，这该不会是……今天小妹两眼发直，虽说平时表情比较平淡，不太形于辞色，但今天却像是完全丧失了知觉，茫然无神，那一双大得惊人的眼睛呆滞不动，死死盯着某一点。这简直就是一副死相，幸子一看，心里不禁害怕起来。昨天还能流泪说话，精神尚可，可是今天……刚才奥畑在外面的走廊上和幸子姐妹俩争执着非要去医院的时候，妙子也是瞪着空洞发虚的眼睛，仿佛一切与自己毫不相干。

昨天蒲原院长在电话里说给小妹准备了一间特殊病房，那是一栋造价昂贵的纯日式建筑，与医院有走廊相通，原先是院长的住宅，去年蒲原院长又购入一栋某位实业家出售的宅邸，位于距医院一百多米的住吉观音林，举家搬到了那边，这栋房子就成了平时偶尔休息的地方。让妙子住在这里还可以起到隔离的作用，所以作为特殊病房提供给她。曾用来接待客人的八叠房间如今用作病房，沿回廊与四叠半的房间相邻。为了方便陪床人员，还提供厨房和浴室，说是可以随便使用。幸子昨天向护士工会提出申请，希望这次还是派去年悦子患猩红热时负责看护的那个“水户姐”过来。十分凑巧，今天早晨水户姐正好到医院来了。在患者中人气很高的栉田医生还是老作风，虽然一再叮嘱他遵守时间，但幸子到医院以后，总不见他来，于是打电话四处询问，催促两三次，颇费周折。斋藤医生时不时看看手表，却没有流露出着急厌烦的表情，老老实实地等待。好不容易等来了栉田医生，斋藤医生向他介绍病人的情况，交接完就回去了。两位医生用德语交谈，旁人无法知道内容。栉田医生诊断的结果与斋藤医生的大不一样，他说肝脏没有肿大，认为不是肝脏脓肿。体温升降和发冷颤抖可能是恶性痢疾引发的，并非异常情况。病情总体上正逐渐好转，只是病人身体严重衰弱。他当场吩咐水户姐给病人注射林格氏液和维他康复，过一会儿再注射百浪多息，最后若无其事地说："我明天还来，你们用不着担心。"幸子还是放心不下，送他到玄关时，泪眼汪汪地问："医生，真的不要紧吗？"栉田医生看起来信心十足，回答道："不要紧，不要紧。""要不要请大阪大学的医生过来会诊……""斋藤那么说，是他过于谨慎。如有这个必要，我会告诉你的。现在你就听我的，不要紧。""可是，在我这个外行看来，昨天还不是这个样子，今天完全变了个人样……那张脸和临终时候的面相有什么两样啊？""你想多了，一旦身体衰弱，任谁都是那个样子。"栉田医生根本就不当回事。

幸子送走栉田医生以后，打算回一趟家。她到院长室向蒲原医生表示感谢后，回到芦屋的家。丈夫、悦子、雪子、阿春都不在，幸子走进异常安静的西式房间里，独自坐在椅子上发呆，不由自主地又想起那件不祥的事情。在她看来，栉田医生多年以来一直给姐妹们看病，从来没有误诊过，既然他这么说了，还是应该相信他，比起斋藤医生的意见，幸子更愿意相信栉田医生的判断。可唯有这次，当她看到妙子那张死人一样的面庞时，产生了一种只有骨肉亲人才会明白的预感。于是，她想按照自己的这个预感通知本家大姐，回家就是为了写这封难以下笔的信。在这封信中，要把妙子被逐出家门直至这次得知妙子重病并将其接回的过程告诉大姐，还要对其中的细节多少加以适度润色，至少需要两三个小时。幸子坐在桌前，迟迟不想动笔，吃过午饭后才勉强起身走上二楼，把自己关在房间里，开始执笔写信。四姐妹中，数幸子的书法最好，擅长书写假名，且富有文采，写起信来往往一挥而就，不像本家大姐那样要事先打草稿。她喜欢用毛笔写在卷纸上，墨浓字大。但是今天不像以往那样文思敏捷，一气呵成，修改了两三遍才写好这样一封信：

大姐慧鉴

久未问候，今年又到了美好的季节，六甲山每日云霞叆叇，正是阪神地区最美丽的时节，每年这个时候，我在家里就待不下去。好久没有去信，家里人都好吗？我们这边一切安好。

近来又发生一件不愉快的事情，因此没能及时写信，现在特地相告：小妹身染恶性痢疾，病情严重。

有关小妹的情况，以前大姐来信时已告知。尽管觉得她可怜，但还是让她搬了出去，并不许她再踏进这个家门。小妹并没有像我们所料想的那样与阿启同居，而是在本山村的一栋叫甲麓庄的公寓赁屋独住，这件事后来我也告诉过大姐。至于后来她怎样生活，我们虽然心中挂念，但没有过问，对方也没有音信，只是阿春似乎偶然悄悄去过，说小妹还住在那栋公寓里，和阿启还有交往，但没有住在他家。如果是这样，我多少放心一些。

然而，上个月月底，阿启突然给阿春来电话说小妹生病了。实在不凑巧的是，小妹是在去阿启家里玩的时候突然发病，就这样一直待在他家里，起先不知道是什么病，以为没什么大事，也就没放在心上，但后来逐渐出现痢疾的病状。可小妹已经和我们断绝关系，又是病在阿启家里，我们犹豫着是否要把她接回来。阿春非常担心，过去看望后告诉我们小妹得的是恶性痢疾，只请来附近的一个医生看病，那医生的医术令人担忧，采取的治疗措施也很不到位。病人高烧不退，腹泻不停，每天都苦不堪言，身体憔悴消瘦，不像人形。我听了以后，依然不予置理。但是雪子妹妹擅自跑去照顾，所以我也就不能不闻不问，看望后大吃一惊。医生说“像是肝脏脓肿并发症，如果的确是这个病，很可能无药可救。我一家之言无法准确判断，还需请专家来会诊”。小妹一看见我，禁不住泪流满面，说不愿意待在那里，想换个地方。我听出来她是不愿意死在阿启家里。雪子猜想是因为那个姓板仓的摄影师的周年忌辰即将到来，小妹大概是害怕板仓的亡灵作祟，前些日子似乎还被亡灵梦魇。也许真有这么回事，也许她还考虑到要是死在阿启家里，会给您和我们造成麻烦。这个一向顽强坚韧的小妹变得如此懦弱，本就非同寻常。今天她脸上开始出现死相，眼神凝滞发直，面部肌肉一动不动，我看了不由得毛骨悚然。因此，我觉得必须体谅她的心情，立即把她接出来，并且不许阿启以后和她来往，今天早上用救护车把她送到了蒲原医院。因为具备传染病医疗设施的医院都已满员，我们向蒲原医生说明原委后，得以悄悄住院。现在给小妹治病的医生就是您也认识的栉田医生。

大致情况就是如此。采取这个措施实在万不得已，姐夫姑且不论，我想大姐您应该可以谅解。贞之助也认为这样做实属无奈，虽然心里担忧着急，但直至今日还没有去看望病人。万一病情危笃，我会打电报通知您，请您做好这方面的思想准备。不过，栉田医生似乎认为不是肝脏脓肿，未必出现危险情况，病情也正在好转当中。但说一句不吉利的话，我总觉得这次栉田医生误诊了，因为从小妹的神态、面相来看，都让我有一种不祥的预感。但愿我的预感不对……

拉拉杂杂写了这些，是想先向您报告迄今为止发生的事情。我马上就要去医院。发生这件事以后，其他一切事情都顾不上了。雪子妹妹比我更辛苦，这阵子不分昼夜地护理病人，夜间几乎未曾合眼，这种时候多亏了她。

余言后述。

幸子

四月四日

幸子担心这封信会吓到单纯善良的大姐，但也希望这封信能让她对妙子产生怜悯之心，不知不觉间稍微夸大了对病情的描述，但绝对毫无虚假地表达了自己的真实感受。幸子写完信后，趁着悦子还没有放学回家，急忙返回医院去了。

二十二

妙子住院两三天后，病情明显好转。那一天看见的如死人般的面相，说也奇怪，仅仅是那一天的现象，住院的第二天，妙子脸上浮现的不祥幻影消失得无影无踪。幸子感觉仿佛从怪异的噩梦中醒了过来，想起前些天栉田医生语气坚定地说“不要紧，不要紧”，再一次对他正确的诊断感到佩服。她心想，东京的大姐看到她的信后定是牵肠挂肚，于是紧接着发出第二封信，报告病情见好的消息。大姐看到信后大概十分高兴，一改过去那种拖延的作风，隔天就寄来一封快信。

幸子妹妹

敬复

前些日收悉来信，出乎意料，不知如何是好，此后每天为此事苦恼，未能及时回信。刚才接到你的第二封来信，阅后终于放下心来。妙子本人自然不言而喻，对我们而言，也感到无比高兴。

现在可以告诉你，其实我看过你的第一封信以后，就觉得小妹这次无药可救了。这是对她过去那些行为的报应，她一直胡作非为、到处添乱、令人操心。说起来固然可悲，但死了也就死了，没有办法。要是她死了，谁来处理后事？谁来为她举行葬礼？你姐夫大概不愿意，更没有理由让你来做这件事，但让蒲原医院出面也没有道理，一想到这些，我就痛心……小妹这个人到死还要连累我们。

不过，现在她的病已经好转，这下好了，给我们省了一件麻烦事。这也是你和雪子妹妹精心照料的结果，她本人知道你们的这份心意吗？如果她明白，趁这个机会让她了结与阿启的关系，开启新的生活就好了，不过，她大概没有这个想法吧。

这次蒲原医生和栉田医生帮了大忙，但是我不能以姐姐的身份向他们公开表示感谢，请体谅我的难处。

鹤子

四月六日

幸子收到信的当天，为了让雪子看信，特地跑了一趟医院。正要离开时，雪子送她到病房外面，她抓住机会说："来了这么一封信，你就在这里看吧。"说着，她从手提包里悄悄取出信，让雪子站在玄关入口处看信。

雪子看完以后，只说了一句"这就是大姐"，转身进去了。幸子不知道雪子这句话是什么意思，但是她自己对这封信并无好感。坦白说，大姐在信中不经意间暴露出对妙子已经毫无感情，一心只想着怎么才能让妙子惹出的祸事不累及自家。大姐有这个想法无可厚非，但这样说出来，不禁让人觉得妙子可怜。

诚然，妙子此次得病未尝不是一种报应，可是她从少女时就过着跌宕起伏的生活，曾历经大洪水的生死考验，遭遇过与她相差悬殊的恋人的死去，只有她经历过享受风平浪静生活的姐姐们做梦也想不到的千辛万苦，可以说她已经承受了足够的报应。幸子想到自己和雪子肯定无法经受这样的艰辛苦楚，不禁对这个妹妹的冒险人生产生敬佩之情。再想到大姐收到第一封信时狼狈周章、收到第二封信时如释重负的神情，幸子不禁觉得滑稽可笑。

妙子住院的第二天早上，奥畑就给芦屋的家里打来电话，幸子向他详细说明了病人从当天早晨开始逐渐好转以及栉田医生的诊断情况，并告诉他已经看到病人身体恢复的一线曙光。此后的两三天，奥畑没再来电话。第四天傍晚，幸子在医院里从中午待到三点左右才回家去了，雪子和水户姐守在病人身边，阿春在隔壁房间里用电锅熬米粥，这时，这座别馆的看门老大爷进来通报说："刚才好像是府上的人进来了，那人没有说自己的名字，也许是莳冈先生家的老爷吧。""是吗？会不会是贞之助姐夫？可他应该不会来啊……"雪子说完，和阿春对视了一眼。这时，从院子里传来皮鞋声，只见奥畑身穿绛紫色双排扣西服、戴着金丝边深色墨镜（他并没有近视，不知道什么时候开始戴墨镜装酷了）、拿着一根桜木手杖，从胡枝子树篱后面走过来。这座别馆与医院各有各的大门，第一次来的人一般不知道，总是到医院那边打听怎么走。奥畑是怎么知道的呢？他来到别馆门前，趁着看门老大爷进去通报的时候，擅自走进院子（后来才知道，奥畑一开口就问老大爷："莳冈妙子的病房是在这里吗？"老大爷问了两次"您是哪位"，奥畑只是说："你只要对妙子小姐说我来了，她就明白。"阿春起先十分不解，他究竟如何知道妙子的病房在这座别馆的呢？又是怎么知道从门口穿过院子进入病房的路的呢？看来不是向别人打听出来的，而是靠自己的耐心观察所得。自从板仓那件事以后，他对妙子的行动产生了侦察的兴趣，这次妙子住院，他好像经常在医院周围徘徊）。院子沿着回廊从东往南呈直角延伸，奥畑便穿过盛开着珍珠绣线菊的院子，走到一个八叠房间的走廊边上，从那个位置刚好能看见病人的脸。他伸手从外面拉开稍微开着的玻璃拉门，随意地说了一句“刚好到附近，就顺便来看看”，摘下墨镜，笑嘻嘻地站在外面。水户姐看见一个陌生男人突然闯进来，大吃一惊。正在喝着红茶看报的雪子见状，为了让水户姐放心，若无其事地起身走到走廊上，和奥畑打招呼，又为了不让站在踏脚石上别别扭扭的奥畑进屋来，雪子急忙拿来一个坐垫放在走廊边上，请他坐下。雪子见奥畑张嘴想说什么，连忙回避，走进隔壁房间，把阿春熬粥的砂锅拿下来，放上水壶烧水，等水烧开后泡茶。她本想让阿春把茶给奥畑端去，一转念觉得阿春这个人好说话嘴不严，被奥畑抓住问这问那的很麻烦，便对阿春说：“阿春，剩下的事我来做，你先回去吧。”然后她亲自把茶水端出去，立即又缩回到隔壁房间里去了。

那一天，薄云轻蔽，天气温煦，房间的拉门敞开着，面朝院子躺卧的妙子将奥畑从出现到坐在走廊上的全过程看得清清楚楚，但是她一直面无表情，只是用平静的目光注视着这位客人。奥畑见雪子不愿与他说话，感觉有点难堪，不一会儿，他掏出烟盒，取出一支烟点燃。烟灰逐渐变长，他想弹在脚边，却犹豫不定，眼睛在房间里转来转去，问道：“不好意思，有烟灰缸吗？”水户姐听见后，机灵地拿出一个红茶茶杯当作烟灰缸。

“小妹，你看上去好多了。”奥畑说着，把一条腿搭在走廊的门槛上伸直，用脚后跟抵着敞开的玻璃拉门，似乎想让妙子看他新买的鞋子，“现在可以告诉你，前几天可真险啊。”

“嗯。我知道。”妙子的声音听上去恢复了些气力，“都快上黄泉路了……”

“什么时候能下床？今年的赏花恐怕要吹了吧。”

“赏花虽然不错，但我更喜欢菊五郎。”

“瞧你精神这么好，应该没问题了。”奥畑转向水户姐，“怎么样？

这个月能出去走走吗？”

“这个嘛……”水户姐只应了一声，也不再理睬他。

“昨天晚上我和菊五郎一起在坂口楼吃饭。”

“谁把他请来的？”

“柴本。”

“那个人就喜欢捧第六代。”

“前些天给我打电话说，想请第六代菊五郎吃顿饭，让我去作陪。可是，第六代那家伙可真难请……”

奥畑这个人性情浮躁，沉不下心来，不能持之以恒地干一件事。他最多也就是看看电影，极少看戏，说戏剧沉闷。尽管不看戏，他却喜欢和戏剧演员交往，以前钱袋鼓鼓的时候，经常把他们请到茶屋、餐馆饮酒吃饭，所以和水谷八重子、夏川静江、花柳章太郎等人关系密切。他们每次来大阪的时候，奥畑也不好好看戏，但肯定不忘到后台和他们打招呼。至于第六代菊五郎，奥畑并非喜爱此人的演出，只是想认识名角，一直希望有人能为他引见一下。

因为妙子问这问那，奥畑得意扬扬起来，绘声绘色地讲述起昨夜坂口楼聚会的情形，还模仿第六代说话、开玩笑的腔调动作。他今天到这里来大概就是专门为了给妙子讲述昨晚的情景吧。阿春和雪子二人在隔壁房间里，阿春对这类话题尤其感兴趣，尽管雪子两次催她早点回去，她嘴上答应着，却依然竖起耳朵偷听。雪子再次催促“阿春，已经五点了”，她才不情愿地站起来。她一般都是下午来医院，干完做饭、洗衣服这些活儿后，到了晚饭时间再回到芦屋的家里。回家的路上，阿春心想奥畑少爷那样津津乐道，他还要在那里漫谈到什么时候呢？按理说他不应该到医院来，要是太太知道了，一定会大吃一惊。他不赶快回去的话，雪子小姐该多难办啊！您说好不来的，说话不算话，还是赶快走吧——这话雪子小姐能说得出来吗？阿春不觉走到新国道的柳川车站，像往常一样在这里等电车，忽然看见一辆空出租车从神户方向驶过来。那个司机她在芦屋川见过，于是她从道路这边举手喊道：“喂！你是回芦屋川吗？方便的话，带上我吧！”她让车子停在自己旁边，然后司机特地绕道把她送到芦屋的拐角处。她气喘吁吁地从厨房门走进去，见阿秋正在厨房里摊薄蛋卷。她一边走一边煞有介事地随口嚷嚷道：“太太在哪里？老爷还没有回来吗？出大事了，奥畑少爷竟然跑到医院去了！”她从走廊往西式房间瞧了一眼，只见幸子正躺在长沙发上，便走进去悄声说：“太太，今天奥畑少爷去医院了！”

“啊？”幸子顿时脸色一变，坐了起来。阿春那夸张的语调比事情本身更让她吃惊。“什么时候去的？”

“就在刚才，太太一离开，他就来了。”

“现在还在那儿吗？”

“我出来的时候还在……”

“他去有什么事吗？”

“他说到附近办事，顺便去看望一下。也不等通报，突然就从院子那边走过来……雪子小姐躲在隔壁的房间里，他就跑去和小妹说话。”

“小妹生气了吗？”

“没有。看样子聊得很开心……”

幸子让阿春暂时留在房间里，自己走到旁屋的书房给雪子打电话（雪子不喜欢接电话，起先是水户姐接的，幸子说麻烦叫雪子亲自接电话，雪子才很不情愿地接了）。幸子一问，才知道阿启还没走。“起先他坐在走廊上，后来天色慢慢暗下来，加上有点冷，明明谁也没有邀请他，他就擅自进屋，关上玻璃拉门，坐在小妹的枕边和她说话。不知道怎么回事，小妹竟然也不厌恶。我躲在隔壁的房间里，但也不能一直这样，便走进病房，在一旁听他们说话。我想让他快点离开，先是给他换了杯茶，天黑了也不开灯，想尽各种办法，但是他无动于衷，依然旁若无人似的谈天说地。”

“这个人就是这么死皮赖脸，你要是不说话，他以后还会来。他再不走，我现在就过去。”

“现在快到吃晚饭的时间了，而且他也知道二姐你打电话过来，大概很快就会走吧，用不着特地跑过来。”

幸子想到丈夫即将回家，又担心悦子会盘问这么晚妈妈到哪里去了，于是吩咐雪子“那就交给你处理吧，妥当地打发他回去”，然后挂断了电话。幸子心里明白雪子什么话也不会说，她不知道后来是什么情况，整个晚上挂念在心，也没找到打电话的机会，就这样迎来了深夜。到十一点左右准备跟随丈夫上楼睡觉的时候，阿春悄悄走到她身旁，耳语道：“听说是您打电话后过了一个小时走的。”

“你打电话问的？”

“是的。刚才我去打公用电话了。”

二十三

第二天，幸子去医院一问才知道，她打电话后奥畑还是不肯起身，雪子又躲进隔壁房间里再也没有露面。天色逐渐黑下来，无奈只好开灯，而且病人吃饭的时间已过，雪子便叫水户姐把粥给妙子端过去。奥畑依旧赖着不动，问妙子有没有食欲、什么时候开始能喝粥的，甚至还说“我也饿了，给我拿点什么吃的来”“这附近哪家馆子的菜最好吃”这样的话，弄得连水户姐也躲进了隔壁房间，病房里只剩下他和妙子两个人。后来也许是他真的饿了，才朝着隔壁房间招呼道：“对不起，打扰很长时间了。”说完，他从走廊下到院子里离开了。他打招呼的时候，雪子只是从隔扇间探出脑袋回应一声，故意不下去送他。雪子说：“他从四点左右一直待到六点多，大约两个小时，要是小妹说一句‘你走吧’就好了。他突然从院子进来，说话的口气狂妄自大（雪子以前就说过，二姐在场和不在场，阿启的态度大不一样，昨天尤其傲慢无礼），连水户姐都觉得相当奇怪。他应该知道这会给我们造成多大的麻烦。本来小妹完全可以说‘你回去吧’，而且她也应该说的啊！”不过，雪子没敢对着妙子发这些牢骚，只是暗地里对幸子倾诉。

幸子心想照这样下去，过两三天也许他还会来，因此有必要现在就去找他，告诉他以后再也不要到医院去了。而且无论如何她必须去一趟奥畑那里，因为上个月月底斋藤医生的出诊费大概是奥畑支付的，妙子在他家里卧床十天左右的药费、陪护人的伙食费以及各种杂费也花去奥畑不少钱，如果细算，还有接送医生的车费、司机的小费、每天的制冰费等，他垫付的钱款不在少数，而这些款项至今还没有还给奥畑。现在如果用金钱还掉这些费用，他未必接受，但不管怎么样，至少斋藤医生的那笔诊疗费一定要还掉，其他的只好用东西表示感谢之意。但是，这部分估算花了多少钱，买什么东西送去比较合适，幸子心中没数，问妙子送什么东西好，妙子说："这些事我自己来处理，二姐就不要管了。我这次生病的费用，无论是住在奥畑家的，还是住院的，自然都应该由我支付。只是现在还在病中，存款提不出来，暂时由阿启和二姐垫付。等我病好了，一定清算偿还。二姐就不用操心了。"幸子私底下征求雪子的意见时，雪子却说："别听小妹那么说，其实她搬进公寓已将近半年，存款花去了一大半。话说得漂亮，但她大概无力偿还。如果只是小妹和阿启两人之间的事，那还好说，既然我们掺和进去，那就不能还是一笔糊涂账，钱也好，东西也好，尽早偿还为好。"雪子还补充道，"也许二姐你还以为阿启现在依然有钱，我这阵子住在他家里，发现他在方方面面其实已经捉襟见肘。例如饭菜简朴得令人不敢相信，晚饭桌上除了一碗清汤，就是一盆烩菜，阿启、护士、我都吃一样的东西。有时阿春实在看不下去，就跑到西宫的市场买回来一些炸虾、鱼糕、大和煮[①]的罐头等，阿启也跟着一起吃。至于斋藤医生的司机的小费，我尽量留心支付，到后来变成全部由我支付，他对此装作不知道。阿启是个男人，对这样的小事不太在乎，但是对那个奶妈可一定要提防，提高警惕。奶妈对阿启忠贞不二，

① 用甜辣味的调味汁煮的肉类，多制成罐头。

性格温柔和蔼，对小妹也服侍周到，但那人一手掌管家里的开支，连一两分钱的东西都锱铢必较，精打细算。据我观察，那个老太婆表面上亲切客气，其实心里对我们一家，尤其对小妹并没有什么好感。虽然在我面前没有表现出来，但我有这样的直觉。阿春经常和那个老太婆聊天，要是想多了解这方面的情况，你可以去问阿春，一定会知道不少事情。正因为家里有这么一个老太婆,所以更不要欠他家一分钱。”

幸子听后记在心里，逐渐感觉不安起来。回到家，她叫来阿春说：“那个奶妈对我们是怎么看的？你从她那里都听到什么了？你把你听到的都告诉我。”阿春翻着白眼,表情异常严肃,思虑片刻后叮问道:“说出来不碍事吗？”然后她小心翼翼地说了下面一番话。

阿春开口先来一句:“其实我一直觉得这事应该找个机会向太太汇报……”她是上个月下旬去了奥畑家以后，才和那个奶妈逐渐熟悉起来的，但是，妙子在他家卧病期间，因为各自都有很多事情要做，没有时间慢慢聊天。妙子住院的第二天早上，因为还有少量物品留在奥畑家里，阿春就过去收拾整理。那天奥畑不在，就奶妈一个人在家，奶妈对阿春说喝杯茶再走吧，于是两人聊了起来。当时奶妈极力称赞幸子和雪子，说:“您家小妹有这样两个姐姐，非常幸福。相比之下，我家少爷是有些缺点，可是自从尊夫人（奥畑的母亲）去世以后，就被哥哥排挤出来，弄得现在没有人和他来往，实在可怜得很。小妹如今是他唯一的依靠，所以希望小妹能成为他的太太。”奶妈噙着泪水表白，还恳求阿春“希望你也出一臂之力促成此事”，然后又似乎难以启齿地说道:“这十年里我家少爷为小妹牺牲了一切。”奶妈极其委婉地暗示奥畑之所以被长兄逐出家门，其原因正出在妙子身上。和奶妈的谈话中，最让阿春感到意外的是，这几年里，妙子的生活开销主要依靠奥畑的支持，尤其去年秋天搬到甲麓庄独自生活以后，几乎每天一大早——就是早饭之前——就到奥畑家玩，三顿饭都在西宫吃，夜里很晚才回甲麓庄公寓睡个觉。所以，虽然嘴上说过着自己做饭的日子，实际和寄居在奥畑家里没什么两样，甚至连换下来的衣服都拿过来让奶妈洗，或者由这边送到洗衣店去。两个人在外面的消遣，不知道由谁负担，但奥畑钱包里总是存放一两百日元，只要和妙子出去一趟，回来时钱包就空空如也，由此可以推断每次都是奥畑请客。所以说，妙子从自己的存款中提取的部分，最多不过是支付甲麓庄的房租罢了。奶妈见阿春还是难以置信的样子，就说“既然谈到这个，顺便也给你看看”，便从里屋拿出一沓这一年来的各种账单和收据等，然后说明自从妙子寄居这里以后每个月的开销和以前有多么悬殊。煤气费、电费、车费，还有菜店、鱼店等的开销果然自去年十一月以后开始急剧增长，可以想象妙子在这个家里是如何挥霍无度、骄纵奢侈。不仅如此，在百货店、化妆品店、洋货店的账单中，妙子的购物占了绝大部分。阿春意外发现其中还有去年十二月妙子在神户东亚路的隆鑫妇女洋货店定做的驼绒大衣和今年三月在同一家店定做的真皮便宴服的账单。驼绒大衣的面里分别是两种不同颜色，面布是茶色，里布是鲜艳的红色，质厚而轻柔。当时妙子得意扬扬地在两个姐姐面前炫耀，说买这件驼绒大衣花了三百五十日元，因为喜欢，没有办法，只好卖掉两三件过于花哨而穿不得的衣服，才把这件大衣买到手。阿春记得当时自己还想过已经被赶出家门自谋活路的妙子，竟然还能这么奢侈浪费？现在才知道原来那是妙子让奥畑定做的大衣。所以，阿春觉得奶妈说的话是可信的。

奶妈说:“我对你说这些，绝不是想说小妹的坏话，只是想告诉你，我家少爷为讨她的欢心，是多么真心诚意，竭尽全力啊。说来惭愧，原来少爷虽说是奥畑家的少东家，但因为是老三，花钱并非随心所欲。老太太在世时还有点办法，如今已是财源枯竭，去年被逐出家门时从正房老爷（长兄）那里拿到的少得可怜的一点生活费就是他唯一的财产。可那点老本一点点消耗，能支撑到现在已经很不容易了。但是少爷为讨好小妹，不顾后果地花钱如流水，看样子维持不了多久。到那时候，少爷大概会觉得车到山前必有路吧，但如果他不能脱胎换骨、洗心革面、正正经经做人，就得不到亲戚朋友的同情。我替他忧心忡忡，让他不要像现在这样整天无所事事，赶快找份正儿八经的工作，哪怕一个月一百日元的工资也好。可是，他现在脑子里只有小妹，根本没有心思顾及其他事。所以，我考虑只有让小妹成为少爷的太太，才能把他拉回正轨，否则别无他法。这件事可以说是十年前那起小报事件之后的悬案，老太太和正房老爷当时都不同意，我也不赞成，但现在想起来，当时要是同意他们结婚就好了。那样的话，少爷不会走上邪路，现在也有个幸福美满的家庭，会勤勤恳恳地工作。”奶妈还说，“不知道怎么回事，正房老爷看小妹就是觉得不顺眼，至今还不愿意少爷和她结婚。不过，既然已经断绝关系，就可以不在乎正房老爷的意见，两人结了婚，正房老爷也不至于反对到底，也许反而可以开辟出一条新路。其实呢，现在真正的难关不在正房老爷，而在小妹本人。因为据我观察，最近小妹已经完全变心，似乎不打算和少爷结婚了。”

“我这么说，听起来好像是在责难小妹，我没有这个意思。”奶妈一再表白后继续说，“莳冈先生府上怎么看待少爷呢？这个不谙世故的公子哥，要说缺点，肯定一抓就是一大把，但我可以保证，至少他对小妹的纯真感情始终如一。不错，他从十七八岁就开始出入茶屋酒肆，品行恶劣，和小妹没有来往的那段时间更是放荡荒唐，沉溺酒色，但那也是因为喜欢的人离开自己而自暴自弃，希望你们能体察他的心情。小妹绝顶聪明，我家少爷和她绝不在一个档次，她既有主见，又具备一门女人难以掌握的技艺，所以看不上我家那个没出息的少爷，这也在情理之中，但毕竟有十年非同寻常的交往情谊，不应该这么轻而易举地说抛弃就抛弃吧？希望她能可怜一下少爷那份始终不渝的真心。再说了，如果她打心底没有与少爷结合的意思，在移情别恋米吉的时候，就该果断地和少爷一刀两断，让他死了这条心。可是，小妹当时的态度暧昧不明，与米吉的婚事似结非结，对少爷又若即若离，最后又把少爷拖了进去。米吉死后，小妹至今还是这种模棱两可的态度，似断非断，既不拒绝，又不同居，这究竟出于什么用心？这样一来，我不能不说她只想在金钱上利用少爷。”

阿春对奶妈的说法有点难以理解。“您是这么说，可我们那时听说小妹其实想和板仓老板结婚，就是因为少爷从中捣鬼，才未能如愿。还有一个原因，就是她要等雪子小姐的婚事定下来以后再考虑自己。”奶妈立即反驳道：“雪子小姐的事另当别论，但如果说我家少爷从中捣鬼，那就太可笑了。那个时候，小妹一边瞒着少爷和米吉见面，一边瞒着米吉和少爷见面。我知道，从来都是小妹主动给少爷打电话约他出去的。就是说，小妹巧妙地将少爷和米吉两个人玩弄于股掌之上。也许她本意上喜欢米吉，但出于某种需要，也打算尽可能和少爷保持长久的关系。”奶妈就差没说出“妙子就是贪图钱财勾住奥畑不放的势利眼”这句话来。阿春说：“您也知道，那时候小妹靠制作人偶的收入不仅衣食无忧，还有存款，应该没有少爷供她生活的需求吧。”奶妈回答道：“小妹是这么说的吧？您、府上的太太、雪子小姐都信以为真？可是，你们稍微想一想就能明白，不管小妹说她多么卖力工作，一个女人家，从事的又是供小姐消遣性质的业余工作，那些收入真的既能满足她在衣食住行上的奢侈花销，又能留有余钱存款吗？听说她有一个气派的工作室，还有洋人弟子，还让米吉拍摄作品照，宣传上也大手大脚，所以家里人偏信于她，高估她的实力，这也可以理解。但我觉得她并没有多少收入，没见过存折当然不好说，即使有存款，也多不到哪儿去。如果存款很多，很可能就是从我家少爷这里榨去的。说不定啊，在背后指使小妹这么干的正是那个米吉。也许米吉的如意算盘是让小妹从少爷这里榨取金钱，榨得越多，就越能相应地减轻自己的负担，所以米吉明明知道小妹偷偷摸摸地和少爷约会，也睁一眼闭一眼地佯作不知。”

这些话让阿春大大出乎意料，她多少想为妙子做些辩解，但奶妈手头握有真凭实据，并出示予以驳斥，一个个都是严重的问题，弄得阿春不敢如实地告诉幸子，只透露了一两件事情：奶妈知道小妹手头有几颗宝石（中日开战以后，人们都自觉地不戴戒指，妙子就把这些宝石放在盒子里，看得比生命还重要，没有拿到公寓去，而是让幸子保管），因为这些宝石都是奥畑商店的商品，奥畑偷偷拿出来送给小妹，每次被发现后，都是由老太太给擦屁股。据奶妈说，有时候是直接把宝石给小妹，有时候是把宝石换成钱后再给小妹；小妹还把给她的宝石悄悄变卖，结果有的转了几圈又回到奥畑商店里。当然，奥畑从哥哥的商店里偷偷拿出来的东西并非全都给了小妹，有一部分卖掉后作为他自己的零花钱，但奶妈可以确定大部分都给了小妹。小妹对这些东西的来路心知肚明，却依然满不在乎地收下，更有甚者，她只要看中店里的哪只戒指，就闹着要奥畑取出来给她（当然，除了戒指，还有手表、胸针、粉盒、项链等）。

奶妈在奥畑家几十年，一手把奥畑从婴儿哺育成人，对这些细小的事情了如指掌，要是让她举例，恐怕不胜枚举。可是她表示自己并非憎恨妙子，只是想证明奥畑对妙子的无私奉献。她说：“你们府上的人不了解真相，把我们家少爷想得太坏，所以反对他们结婚。可是，你们想一想少爷被逐出家门的真正原因是什么，大概就不会不同意了。我不是说小妹人品多坏，既然是少爷痴心迷恋的女人，对我来说也是贵人。现在我就是希望大家齐心让小妹回心转意和少爷结合。听说最近小妹又有了一个男友，更有可能甩掉少爷。也许她看到少爷渐渐囊中羞涩，打算一脚把他踢开吧。”

奶妈的话越发离奇，阿春大吃一惊，问："您是从哪里听到她又有一个男友的？我今天第一次听说。"奶妈回答说："这个我也不能确定。只是最近听见两人经常像争风吃醋一样吵架，少爷嘴里蹦出一个'三好'的姓氏，还挖苦一番。这个人好像是神户人，不知道住在哪里做什么工作，但少爷经常把'调酒师''那个调酒的家伙'挂在嘴边。"阿春问调酒师是干什么的，奶妈说大概是在神户的一家酒馆调制酒类，详细情况不得而知，阿春也没有深入追问下去。谈到这件事时，奶妈顺便还说妙子的酒量相当好。妙子平时在幸子等人面前最多也就是喝一两合，但据奶妈说，她在西宫和奥畑喝酒的时候，日本酒能喝七八合，方瓶威士忌喝三分之一不在话下，且酒量虽大，却从没有醉酒出丑，但也有在外面喝得酩酊大醉由奥畑搀扶回来的时候，而且最近越来越频繁。

二十四

幸子听阿春说完这些话需要多大的耐性，这一点不言而喻。她好几次感觉自己面红耳赤，甚至都想掩着自己的耳朵，举手制止阿春“别说了”。她觉得如果继续问下去，大概还会有其他更多问题暴露出来。终于，在话题告一段落的时候，幸子说“好了，你走吧”，把阿春赶出房间，然后趴在桌子上，让自己剧烈跳动的心脏平静下来。

难道真的是这样吗？平时一直担心的事情果真都发生了吗？谁都会偏心，在奶妈眼里，阿启是一个纯真的青年，但实际上他对小妹绝没有奉献上真心实意的爱情。丈夫和小妹都认为这个奥畑就是个劣迹斑斑的浪荡儿，他们的观察结果应该是对的。不过，也不能就此完全否认奶妈所说的“小妹就是一个吸血鬼”。正如奶妈过高评价阿启一样，幸子她们在很多方面也高看了小妹……幸子平时一看到妙子手指上戴着金光灿烂的新宝石戒指就心存怀疑，但妙子总是骄傲地说这是用自己的劳动所得购买的。一看到她那种得意的样子，幸子心中的疑团就立即烟消云散。而且不管怎么说，妙子毕竟有自己的工作室，一直在辛勤地工作，她的作品售价相当高，这是幸子亲眼看见的，幸子还帮忙计算、核对过举办个展时的账目，所以不能不相信她说的话。后来，妙子逐渐不做人偶，转向西式缝纫，但是她一直说自己生活无忧，还有存款用于出国留学和开设裁缝店。然而，幸子揣测她这么点存款终究会坐吃山空，不太放心，便让她缝制悦子的衣服，给她挣一些零用钱，还从左邻右舍的朋友家给她揽来缝制西服的订单，有了这些收入，生活总算过得去。虽然幸子对妙子真实的生活情况依然时有怀疑，但一想到这些理由，就打消了怀疑的念头。妙子说不要亲姐妹的帮助，更遑论其他人的资助，她完全就靠自己的一双手开拓天下，而幸子尽量相信她说的话……这不就是偏听偏信吗？还有，妙子是怎么说奥畑的呢？不是说他毫无经济能力吗？不是说这个人不仅靠不住，将来还得靠她养活吗？不是说她不要阿启的一分一文，也尽量不让他动自己的钱吗？她那么振振有词，难道是欺骗姐姐们、瞒骗世人的伎俩吗？

应该受到谴责的人与其说是妙子，不如说是被妙子的花言巧语完全蒙蔽的这几个不谙世事、天真单纯到无知的傻姐姐。现在看来，奶妈说的靠那消遣性质的业余工作挣得的收入根本做不到那样挥霍无度是有道理的。幸子以前也常这么想，但不肯深究下去，而是有意回避，这一点如果被人指责说是狡黠地逃避而非头脑简单，那也无话可说。无论如何都不想承认自己的亲妹妹是一个道德败坏的女人——这就是自己失误的根源。想到世人，尤其是奥畑本家以及奶妈大概不会体谅自己的心事，又不由自主地面红耳赤起来。她听到奥畑的母亲以及哥哥都坚决反对奥畑和妙子结婚时，还禁不住暗中不快，但现在终于理解他们反对的理由了。他们看到的不仅仅是妙子这个浪荡女人，还有其背后那个不健全的家庭。他们一定这么想：不知道如此放任妹妹恣意妄为的姐夫、姐姐们是何种居心啊。幸子想到这里，不得不承认辰雄决定与妙子断绝一切关系是正确的。她想起贞之助也尽量不与妙子的事情沾边，当问起原因时，他的回答是妙子性格复杂，有的地方他看不透。其实丈夫大体已经看透了妙子心灵的阴暗面，只是说话委婉，拐弯抹角，既然如此，应该对自己明说，提醒自己注意才是啊。

这天，幸子的身心似乎受到了沉重的打击，也不去西宫，说是脑袋有点昏沉，吃了一片匹拉米洞，把自己关在二楼的房间里，不想见丈夫，也不想见悦子。第二天早晨送走丈夫，幸子又走进卧室躺下来。妙子住院以后，她几乎每天都去看望，所以本想下午也去看一眼，可是忽然觉得现在的妙子变成了另外一个人——一个迷失自我、令人畏惧的人，让她害怕相见。下午两点左右，阿春上来说："您今天去医院吗？刚才雪子小姐来电话说，把《蝴蝶梦》那本小说给她带去。"幸子依然躺在床上，说："我今天就不去了，你把书送去吧，就在那间六叠房间的书架上。"接着她忽然想起什么，叫住阿春吩咐道，"小妹现在不需要人护理了，你叫雪子回家休息休息吧。"

雪子自上个月月底去奥畑家，后来又直接转到医院，一直护理妙子，十几天没有回家，听了幸子让阿春传达的话以后，当晚就回家来，和家里人共进晚餐。幸子在傍晚也起床了，尽量若无其事地走进餐厅。贞之助为了犒劳雪子，从存货不多的酒柜里拿出一瓶当时已是稀罕品的勃艮第葡萄酒，亲自擦拭瓶上的灰尘，只听嘭的一声清脆声响，贞之助拔掉了瓶塞，问雪子："雪子妹妹，小妹的病好了吗？"

"嗯，这个不用担心，就是身体瘦弱，要恢复原样可不容易……"

"有那么瘦吗？"

"是啊，圆脸变长脸，颧骨都凸出来了。"

"我想去看小姨……"悦子说，"爸爸，可以让我去吗？"

"噢……"贞之助略一蹙眉，又立即舒展开来，开朗地说，"去看可以，但小姨得的是传染病，没有大夫的同意是不能去的。"

贞之助这样在悦子面前谈到妙子，听他的口气似乎也不是坚决不让悦子去，大概是因为今天他心情特别好，但这也让幸子她们感到意外，难道他对妙子的看法发生变化了？

“是栉田医生去看的吗？”贞之助又问雪子。

“是的。不过，最近医生说没问题了，也就不来了。这位医生非常忙，只要病人见好，他就会这样。”

“你不去也可以了吧？”

“是啊，用不着去了。”幸子说，“有水户姐陪着她，阿春每天也都去帮忙……”

“爸爸，什么时候去看菊五郎？”悦子问道。

“什么时候都可以，这不就等二姨回来嘛。”

“那这个星期六可以吗？”

“还是先看樱花，菊五郎的演出一直到这个月月底呢。”

“好吧，爸爸，那一定要去看樱花。”

“好，好，这个星期六、星期天不去的话，樱花就看不上了。”

“妈妈、二姨都一起去。”

“嗯……”

幸子觉得唯独今年赏樱少了妙子一人，气氛显得冷清，如果贞之助同意，尽量等到月底，看妙子身体恢复的情况，最好大家一起去御室。她心里这么想，但还是没有说出来。

“妈妈，你想什么呢？不喜欢去看樱花吗？”

“即便再等等，小妹也赶不上。”贞之助看出了妻子的想法，“不过，要是能赶得上看八重樱，到时候大家再去看一次就是了。”

“小妹大概到这个月底才能下床在房间里走一走。”雪子说。

雪子早就看出来，与贞之助、悦子激动兴奋的心情相比，幸子显得无精打采。第二天早上，等贞之助和悦子都出门以后，雪子问道：“你去阿启那里了？”

“没有……我有话和你说。”

幸子把雪子叫到二楼，两个人关在八叠的房间里。幸子把昨天阿春说的话一五一十地告诉了雪子。

“雪子，你是怎么想的？你认为奶妈说的话是真的吗？”

“二姐，你怎么想？”

“我觉得是真的。”

“我也这么想。”

“都是我不好……我太相信她了……”

“相信她不是理所当然的吗？”雪子见幸子的眼泪夺眶而出，自己的眼睛也湿润了，“二姐，你没什么错。”

“我该怎么向本家的大姐和姐夫解释啊？”

“你对贞之助姐夫说了吗？”

“什么也没说。这种丢人现眼的事怎么说得出口啊……”

“我觉得贞之助姐夫大概想以后对小妹更宽容一些吧。”

“从他昨天晚上说的话来看，好像是这个意思。”

“其实用不着告诉贞之助姐夫，他大致都能知道小妹在外面干了些什么。他担心的是把小妹逐出家门，与她断绝关系，只会让一家人更加脸上无光。”

“你姐夫好不容易改变想法，要是小妹也能洗心革面就好了。”

“她从小就是这个性格。”

“现在说也不管用了。”

“小妹已经没得救了……以前不知道说过多少遍。”

“我看还是像奶妈说的那样，让她和阿启结婚吧，这既是为阿启好，也是为小妹好。”

“此外没有其他挽救这两个人的办法了。”

“小妹真的讨厌阿启吗？”

其实，幸子和雪子心里都很在意那个姓三好的调酒师，但谁都不愿意提及这个令人不愉快的人，简直就是无视他的存在。

“我也不知道讨厌还是不讨厌，住在他家里的时候那么不情愿，可是前天又和阿启聊那么长时间，也不叫他走……”

“表面上装作讨厌阿启，不过做样子给我们看的，其实内心不是那么回事。”

“要是这样的话还好……会不会想叫阿启回去，却碍于情面说不出口啊？”

当天雪子去了一趟医院，拿上那本《蝴蝶梦》就回到家里。此后的两三天，她就在家里看看书，或者去神户看看电影，专心休息。到了下一个星期六，在贞之助的提议下，他们夫妇俩加上雪子、悦子，四个人去了京都，像往常一样赏花，住了一个晚上。今年由于时局的关系，很少有人在花下喝酒欢歌，反而方便了赏樱，从来没有这么仔细欣赏过平安神宫那娇艳的红枝垂樱。游人们都安静地游览，衣服也尽量穿得朴素，走路轻手轻脚，在樱花树下静静地转悠，感觉这才真正是赏樱的风雅情趣。

赏樱过后两三天，幸子派阿春去西宫的奥畑家，代她偿还奥畑在妙子生病期间所垫付的款项。

二十五

几天后，奥畑果然又去了医院，那天不仅水户姐在，阿春也在。阿春打电话问幸子怎么办，幸子说：“不要像以前那样冷淡对待，让他进房间。”到了傍晚，阿春向幸子汇报：“他刚走，待了差不多三个小时。”隔了两天，奥畑又在同样的时间来到医院，过了六点还没走，阿春就自作主张地到国道旁的菱富餐馆买饭菜回来，甚至还添了一瓶清酒。奥畑吃得尽兴，到了九点还在闲聊。好不容易等他回去以后，妙子很不高兴地说：“阿春姐，用不着对他那样。他这个人，稍微给点好脸色，就不知道自己姓啥了。”阿春心想小妹刚才还对他那么和蔼可亲，怎么就责怪起自己来了，实在想不通。

不出妙子所料，意外尝到甜头的奥畑过了两三天又到医院来，这次吃的还是菱富餐馆的饭菜，到十点还没有要走的意思，最后还说要在这里过夜。阿春打电话请示幸子同意后，让他挤在小小的八叠大的房间里，妙子的床铺和水户姐并排，然后把这期间雪子用过的被褥铺在一边让奥畑睡，那晚阿春也留了下来，在现成的坐垫上裹着毛毯睡在隔壁房间里。第二天早晨，因为上次挨过妙子的训斥，阿春便说“要是有面包就好了，但不巧全吃光了”，故意只端出红茶和水果。奥畑慢悠悠地吃完，起身离去。几天后，妙子出院，回到甲麓庄的家里，但还需要静养一段时间，于是阿春每天从芦屋去她家里，从早到晚照料她，做饭洗涮，收拾家务。这期间，单瓣樱、多瓣樱都凋谢零落，菊五郎在大阪的公演也已经结束。到五月下旬，妙子才真正可以到外面走走。好在贞之助对妙子的态度变得宽容，虽没有明确说“可以”，但对妙子出入芦屋家不再表示异议。就这样，妙子在六月份几乎每天都到芦屋家里吃饭，尽可能地补充营养，恢复体力。

在这段时间里，欧洲的战争发生了惊天动地的变化。五月，德军进攻荷兰、比利时、卢森堡等地，敦刻尔克悲剧发生；六月，法国投降，在贡比涅森林签订了停战协定。在这样的局势下，舒尔茨一家人现在怎么样了呢？那家太太说希特勒处事圆滑稳妥，大概不会打仗，但是她的预言完全扑空了，世界发生如此大规模的动乱，她如今作何感想？长子彼得已经到了参加希特勒青年团的年龄了吧，说不定父亲舒尔茨也应征入伍了。他们一家人，包括太太和罗瑟玛丽都被祖国的辉煌战果冲昏了头脑，或许不会介意家庭一时的寂寥。幸子等人经常谈论这些事情。英国是与欧洲大陆分隔开来的岛国，照现在这种形势，很可能成为德国空军轰炸的对象，当聊到这些时，话题又转到了住在伦敦郊外的卡塔丽娜身上。人的命运实在难以预测，这位白俄姑娘不久前还蜗居在玩具般的小屋里，如今逃亡到英国以后，倏忽之间摇身一变成为大公司的社长夫人，住进城堡一般的宅邸，过上了令人羡慕的富贵生活。然而，这样的日子转瞬即逝，一场前所未有的惨祸降临在整个英国，德军的空袭，尤其是对伦敦周边地区的袭击极其残酷惨烈。卡塔丽娜居住的那座宏大华丽的豪宅大概一朝便化为了灰烬。如果仅仅是那样还算幸运，弄不好还会沦落到食不果腹、衣不蔽体的悲惨境地。每一个英国人看起来都惊恐万分，不知道什么时候就会遇上空袭。如今卡塔丽娜会不会怀念遥远的日本的天空呢？会不会想念住在夙川那间陋室里的母亲和哥哥，后悔自己离开那个家呢？

“小妹，你给卡塔丽娜写封信吧。”

“嗯。下次遇见基里连科的时候，向他打听一下地址。”

“我也想给舒尔茨太太写信，有谁能把日文译成德文吗？”

“要不再请赫宁格太太帮忙？”

不久，幸子便请赫宁格太太帮忙翻译，时隔一年半给舒尔茨夫人写了一封长信，内容大致如下：作为友好国家的国民，我们对德国所取得的辉煌战绩深感高兴，每次看到报上有关欧洲战事的报道，都挂念你们是否平安无事；我们的生活依然如故，只是担忧日本和中国的争端没有结束，很有可能逐渐演变成全面的战争；旦夕之间世界就发生了巨变，想起与你们比邻而居、朝夕相处的时光，我产生了几分怀旧情绪，盼望着重回那样的时代；你们遭受过那次大洪灾，可能对日本有了不好的印象，但哪个国家都会发生那种罕见的灾难，请不必一直担心，在恢复和平以后，希望你们再次来日本游玩；我们非常希望这辈子能够去一趟欧洲，说不定什么时候会去汉堡的府上拜访；尤其是女儿想学钢琴，如果条件允许，将来打算送她去德国学习音乐，等等。此外附言“另寄出一个包裹”，是送给罗瑟玛丽的绸缎和扇子。第二天，幸子拿着这封信去赫宁格太太家里，请她译成德文。数日后又去大阪，顺便到心斋桥的“美浓屋”买了一把扇子与一块中国绉绸的布料，一起打包寄往汉堡。

六月上旬的星期六和星期天，贞之助请雪子看家，把悦子也委托给雪子，自己和幸子两人一起去奈良观赏新绿。从去年到今年，因为那些接连发生在两个妹妹身上的事，幸子一直处于精神紧张的状态，没有得到充分的休息，所以这次出游算是慰劳妻子，另外夫妻俩也很久没有单独相处了。他们星期六晚上下榻奈良饭店，第二天参观游览春日神社、三月堂、大佛殿，又转到西京。幸子从中午开始就耳后根红肿发痒，鬓发一碰便像得了荨麻疹般格外痒，十分难受。今天上午，他们在春日山的树林新绿间穿来穿去，贞之助用莱卡相机给她拍照，她有五六次站在树下摆姿势，也许就是那时候被蚋之类的虫子咬的。这个季节上山，她先前想着应该戴好防虫的头罩，后悔这次没有戴头巾来。晚上回饭店的时候，在街上的药店里想买苯酚软膏，店员说没有这种药，她只好买了风油精。但是，风油精一点也不管用，夜里痒得更厉害，她一个晚上没睡好觉。第二天早上离开饭店之前，她再次让店员去药店买来氧化锌橄榄油剂，抹了以后才出门。在上本町与贞之助分开后，对方直接去事务所，幸子独自回到芦屋，到傍晚才觉得不痒了。

丈夫和往常一样按时回家，不知道他在想些什么，只说想看一下幸子的耳朵，便把幸子拉到阳台明亮的地方，仔细察看了她的耳后根，说：“唔，不是蚋，是臭虫。”

“啊，哪有臭虫啊？”

“奈良饭店的床上，我今天早上觉得这儿痒，”说着，贞之助卷起两边的衣袖给幸子看，“你瞧，这是臭虫咬过的痕迹。你的耳后根也有两处这样的痕迹。”

幸子用两面镜子对照看自己的耳后根，发现果真如此。“还真是啊……那家饭店待客一点也不热情，服务也很差，还有臭虫，太不像话了。”幸子一想到本来兴高采烈的两日游被臭虫弄得一团糟，就对奈良饭店恨得牙痒痒，气都不打一处来。

贞之助说“过几天我们再出去旅游一次”，但六、七月份都没有时间。八月下旬，贞之助去东京出差，于是想利用这个机会去东海道的什么地方游玩。幸子早就想去富士五湖，便计划贞之助先去东京，幸子晚两天动身，两人在滨屋会合，然后从新宿出发，回来的路上顺便去御殿场。从大阪去东京的时候，因为贞之助告诉幸子夏天坐火车最好选三等车厢，没有闷热的窗帘，风嗖嗖地吹进来，比二等车厢还凉快，她便听从丈夫的意见，选了三等卧的下铺。

那天白天幸子碰上了防空演习，那是她有生以来第一次参加消防水桶的接力传递。

大概是因为过度劳累，幸子梦见了防空演习，梦了醒，醒了梦，梦里好像身在芦屋家的厨房，可又是非常时尚的美国式厨房，到处铺着瓷砖，抹着白漆，闪闪发光，案上摆放着许多擦得亮晶晶的瓷器和玻璃餐具等。在防空警报响起的瞬间，这些东西突然噼里啪啦地破裂，满地散乱着亮闪闪的细小碎片，她大声叫喊："雪子、小悦、阿春，危险！危险！别过来！"然后跑进餐厅，这时碗橱上的咖啡杯、啤酒杯、葡萄酒杯，还有葡萄酒、威士忌的酒瓶等也都噼里啪啦地破碎了。她边叫喊着"这儿也危险"，边跑上二楼，可是楼上所有的灯泡也都噼里啪啦地碎了，最后她带着一家人逃进只有木制家具的房间里，终于松了一口气……

这时梦醒了。同样的梦幸子做了好几次，好不容易熬到天亮。早晨，有人打开车窗，煤灰顺风刮了进来。一粒煤灰飘进她的右眼，她怎么也揉不出来，只是不停地流眼泪。九点抵达了滨屋，但贞之助因为有事一大早就出去了，幸子为了补眠，早早铺被躺下，但眼睛里有异物，一眨眼就痛，还直流泪。她到盥洗室用水冲、点眼药水都不管用，只好让旅馆掌柜带她去附近的眼科医生那里，把眼睛里的异物取出来。医生给她的右眼戴上眼罩，说今天一天不能摘掉，明天还要再去检查一次。

贞之助中午回到旅馆，看见妻子戴着眼罩，问她怎么回事，她没好气地回答："都是你害的，让我遭这么大的罪，以后我再也不坐三等车厢了。"

贞之助笑着说："我们的'旧婚旅行[1]'从奈良开始就不顺，可是现在还要出去，今天办完事，明天早上咱们早点出发。你这眼罩要戴到什么时候啊？"

"眼罩只戴今天一天就可以，但是医生说为慎重起见，想看看伤到眼球没有，让我明天再去一次。要是明天一大早就出发，那这眼睛怎么办啊？"

"眼睛里进点煤灰，没什么大不了的。医生就是为了多挣钱，故意说得很严重。今天就会好的。"贞之助说完便出去了。

随后，幸子给涩谷的姐姐打了个电话，把今天早晨已到东京的事说了一遍，还说今天要逗留一天，戴着眼罩闷得慌，能否请姐姐过来一趟。姐姐回答"我也想见你，可实在腾不出时间"，接着问起妙子的事情。幸子告诉她妙子的身体已经痊愈，同时感觉彻底断绝关系也不是办法，虽然没有明确表示允许，但也逐渐同意妙子偶尔回家，然后说详细情况电话里不好说，过一阵子还会去东京，说完便挂断了电话。一个人在旅馆里实在无聊至极，等到太阳偏西，幸子去了银座散步，忽然看见影院门前挂着以前看过的《历史在夜晚发生》的电影海报，便心血来潮地走了进去。可能是独眼观看的缘故，男主角查尔斯·博耶的脸模糊不清，那双富有魅力的眼睛也不像平时那样俊美，所以她摘下眼罩，发现眼睛已经痊愈，也不流眼泪了。晚上回到旅馆，她对丈夫说："你说得对，眼睛已经全好了。医生都是那样，能拖一天是一天。"

之后的两天，夫妻俩下榻河口湖畔的富士观景酒店。这次的旅行足以弥补在奈良游玩时的遗憾。两人避开酷热的东京，尽情呼吸金秋时节山麓清爽的空气，经常悠然自在地徜徉在湖畔的道路上，或者躺

① 结婚多年的夫妻一起去旅行。

在二楼房间的床铺上隔窗眺望富士山的倩影，这些都足以让人心满意足。对于幸子这种生于阪神地区、难得来到关东的关西人来说，对富士山的好奇心一点也不亚于外国人对富士山的憧憬，这是东京人无法想象的。她之所以选择这家酒店，就是被“富士观景”这个店名所吸引。到这里一看，果然富士山正对着酒店的大门口，仿佛近在眉睫。幸子这次来到富士山的近旁，第一次尽情感受山容朝夕的无穷变化。酒店建筑使用白色木料，只有采用“御殿造”风格这一点与奈良饭店相似，其他则独具一格。奈良饭店的建筑也使用白色木料，但因年代久远而显得脏污，给人昏暗阴郁的感觉。这里的墙壁、木柱等所有地方都是崭新的，让人感觉清新爽快，大概一是因为竣工时间还不长，二是山间空气清澄干净。第二天下午，吃过午饭的幸子躺在床铺上，目不转睛地凝视着天花板，一面窗户外是富士山山顶，另一面窗户外是环抱着湖水高低起伏的绵延山峦，这些景色同时进入她的视野，使她情不自禁地幻想起未曾去过的瑞士的湖畔，想起拜伦的诗歌《西庸的囚徒》。她仿佛来到一个遥远的异国，与其说这是因为视觉上感受到了湖光山色的变化，不如说是出于触觉上空气带给肌肤的感觉。她觉得自己仿佛置身于清冽甘醇的湖底，怀着像喝汽水一样的心情，尽情呼吸清新的空气。蔚蓝的天空中飘浮着白云，太阳时而遮蔽，时而朗照，室内粉墙的明亮格外清晰地渗透进她的脑海。这家酒店经常住满来此避暑的游客，前些日子还是顾客盈门，但二十日过后，生意一下子冷清下来，现在住的人不多，宽敞的酒店十分安静，侧耳细听，周围寂然无声。在这片宁静中，她凝视着忽明忽暗的光线，似乎忘记了时间的存在。

“悦子她爸……”

贞之助似乎沉浸在和幸子相同的思绪中，只见他躺在旁边的床铺上凝视天花板，许久没有作声，沉默地享受着四周的静谧。过了一会儿，他起身走到看得见富士山的那扇窗前。

“悦子她爸，这个很有意思，你来看。”

“什么啊？”

贞之助回头一看，见幸子坐了起来，看着床头柜上镀镍暖水瓶的外壳，说：“你过来看，这暖水瓶外壳映照出来的这个房间，简直就像一座大宫殿。”

“哎？我看看……”

暖水瓶光亮的外壳起到凸面镜的作用，把这明亮房间里的所有东西，甚至是细小的物体都纤细晶莹地映照了出来。大概是折射的缘故，房间的天花板无限延伸，整个房间看起来无比高远广阔，坐在床铺上的幸子的身影显得极小，似在远方。

“你看这里面，我的影子。”幸子说着，又是摇头又是挥手，凸面镜里的幸子也在遥远的地方摇头挥手，仿佛那是住在水晶球里的妖精、龙宫里的公主或宫殿里的王妃。

贞之助多年没见过妻子带着孩子气的天真动作，夫妻俩心照不宣地找回了十几年前新婚旅行时的感觉。当时他们下榻宫下富士饭店，第二天驾车沿着芦湖周边游览，也许是因为景色相似，唤醒了他们对昔日的回忆吧。

“以后我们经常这样出来旅行吧……”当天晚上，幸子在丈夫的耳边喃喃细语，贞之助对此没有异议。夫妻俩聊过甜蜜的私房话，最后回到现实，谈起女儿和妹妹们的问题。见丈夫今晚心情不错，幸子想抓住机会，便悄悄提出了妙子的事情，说“你也见她一次吧”，贞之助立即应道：“嗯，我知道。我以前对小妹有点过于苛刻，对那样的人过分严格反而使她走入歧途，结果弄得我们自己也很麻烦。以后还是尽量像对雪子那样对待她吧。”

二十六

旧婚旅行那天晚上说的话到九月如约实现，贞之助和妙子见了面。虽然以前同意妙子到芦屋来，但都没让她见到贞之助。这一天，她也堂堂正正地和贞之助坐在一起吃晚饭，幸子夫妇、女儿、姐妹五人围桌欢聚，气氛融洽。幸子和雪子心中藏着从阿春那里听来的奥畑奶妈的话，所以对妙子还有无法释怀的地方，但她们都努力把这些不愉快的事情忘在脑后。虽然两人没有商量过，但心意相通地打算瞒过贞之助，也不责备妙子，觉得妙子变成这样她们也有一半责任，都尽量用温暖的爱去感化这个性格古怪的妹妹。所以，客厅里一派和气融融的景象，一扫近来沉闷的氛围，家里仿佛有种春回大地的感觉，大人们喝酒也比平时多了。悦子说"小姨今晚就住这里吧"，贞之助也如此提议，所以那天晚上妙子便决定住下来。悦子兴高采烈地说："小姨今天晚上就在我的房间里，和二姨、我三个人一起睡！"悦子在这种时候总爱兴奋地大声嚷嚷。

妙子已经完全恢复了以前那样的女性魅力。生病的时候，幸子见她皮肤黝黑，脸色如花柳病患者一般，皮肤松弛，整个人精神颓废，疲软无力，怀疑她再也恢复不了先前那样青春活泼的样子，可不知不觉间她又成了一个面色红润、朝气蓬勃的现代派姑娘。不过，贞之助顾忌本家的面子，认为妙子当前还是暂时住在外面为好，所以妙子依然住在甲麓庄，每天到芦屋来待上大概半天。她依然使用以前二楼的那个六叠大的房间，最近经常关在里面，在阳光充足的窗前拼命踩缝纫机做衣服，都是幸子给她拉来的订单。她本来就喜欢西式缝纫，所以干活特别热心，有时晚饭只匆匆扒几口，又上楼继续工作。幸子想着尽可能不让妙子因为钱的事再去麻烦奥畑，就不断默默地给她拉来订单。可是看到妙子这样废寝忘食拼命苦干的样子，幸子又于心不忍。这个妹妹竟也有如此忘我工作的一面，她生性活泼好动，不愿老老实实地窝在家里，正因如此，一旦走上邪路，也很难拉得回来，但只要引导得当，就会往好的方面发展。她有才能，心灵手巧，悟性高，学东西上手快，无论做什么事很快就能掌握要领。学舞蹈，舞得婀娜多姿；学制作人偶，做得精细巧妙；学西式缝纫，做得有模有样……不到三十岁的女子，有谁能熟练掌握这么多门技艺？

“小妹，还这么拼命啊。”到晚上八九点，幸子听缝纫机还在转动，便经常上楼劝妙子，“这样会影响悦子睡觉，差不多就行了，这么拼命干活，肩膀会酸痛的。”

“噢……我想今天把它做出来。”

“明天再做吧，挣那么多钱干什么啊？”

“嘿嘿……”妙子鼻腔中发出笑声，“其实我需要一笔钱。”

“要钱的话和我说。小妹，零花钱我还拿得出来。”

因为最近丈夫的工作和军需工业有关，幸子的手头比以前宽裕了不少，家庭开销更加丰裕宽绰，所以现在雪子的生活费几乎不需要本家供给，都是由幸子承担。贞之助以前说过“既然要照顾雪子，对妙子也要一视同仁”，幸子一有机会就把这个想法对妙子说，但是她似乎总当作耳边风，表现出不想领受幸子的好意、不愿无故接受别人资助的矜持态度。

至于后来妙子与奥畑交往的情况，幸子和雪子都一无所知。妙子虽然每天都来芦屋，但有时傍晚来晚上走，有时早上来傍晚走，不外乎这两个时间段，必定有半天时间在外面度过，其间是和阿启在一起，还是和别的男人在一起，无从知晓。两个姐姐暗地里忧心忡忡，却没有直接去询问她。姐姐们的心情也和奥畑的奶妈一样，既然到了这个地步，那就希望妹妹和阿启结婚，但是她们知道直接催促并非上策，只能等待她的心境发生变化。恰好这个时候，即十月初的一天，妙子对幸子和雪子说："奥畑可能要去满洲。"

幸子和雪子都非常吃惊，异口同声地问："什么？去满洲？"

"很可笑吧？"妙子笑着把情况告诉两个姐姐，"我也不太清楚，说是满洲国的官员来日本，要招募二三十个日本人当满洲国皇帝的随从。并不是式部官[1]、侍从一类的高级官员，只是在皇帝身边做些日常杂事，类似于侍者，所以不求具备学问，只要出身正统，在资产阶级家庭里长大，五官端正，懂得礼仪，仪容整洁就可以。也就是说，只要是端正文雅的公子哥就行，脑子稍微笨一点也不要紧，这份差事对阿启来说再合适不过了。阿启的哥哥们都说要是有这样的工作，一定要让他参加招募，去满洲当皇帝的随从，不仅名声好听，工作大概也不难，非常适合启三郎。如果启三郎有意去，作为庆祝他走上新生活的送别礼，可以允许他恢复与家庭的关系。"

"这份差事倒是不错……不过，阿启下定决心了吗？"

"还没有。周围的人都劝他，可他就是不说去。"

"这也可以理解，船场的少爷竟然沦落到去满洲讨生活……"

"可是阿启现在穷困潦倒，窘迫到恐怕连房子都租不起，即使如此，

① 明治时代负责礼仪的官员。

大阪也没人愿意雇他，他又放不下身段，哪里还有这么好的差事啊。”

“也是……这差事不是谁都干得了的，也只有阿启这样的人才能胜任。”

“就是啊，好像薪水给得相当高。我也极力劝他，不一定长期在那里，干个一两年，到时哥哥们高兴，他又能得到社会的信任，所以无论如何要豁出去干一番。”

“一个人在那边很孤单，奶妈也跟着去吗？”

“她说想跟着去，可是她有儿子、孙子，去不了那么远的地方吧。”

“那小妹跟着去啊。”雪子说，“为了帮助阿启改过自新，做这么点事总可以吧？”

“哼……”妙子一下子露出不乐意的表情。

“哪怕半年也行，小妹跟着去，在那边把家安顿下来。只要你开口，他就可能去。这也是帮助别人嘛，我想小妹不至于不愿意吧？”

“是啊，小妹，这样可以吗？”幸子赞同道，“这样一来，阿启的哥哥一定会感谢你的。”

“我想这正是和阿启分手的好机会。”妙子压低声音，语气却十分坚定，“如果我跟着去，永远都无法了断我和他的关系，所以最好他一个人去。我极力劝过他，但他因为这个怎么也不肯去。”

“这样吧，小妹，”幸子说，“我们并不是强迫你和阿启结婚，只是跟着他去，共同生活一年半载，看到他正儿八经地认真工作以后，如果你不愿意待下去，自己回来就是了。”

“连满洲那个地方都能跟着他去，他就更不愿意和我分开了。”

“你得晓之以理啊，如果他还是不明事理，你就找个机会逃回来得了。”

“那他会把工作什么的都扔掉，追回来的。”

“或许吧，但是考虑到你们过去的情分，分手归分手，该尽人情的还是要尽人情……”

“我丝毫不欠阿启的人情。”

幸子觉得再说下去势必引起激烈的争吵，便没有往下说。这时雪子说：“你能说没有欠他的人情？这么多年，你和阿启的关系不是世人皆知吗？”

“我早就想一刀两断，可是他一直死乞白赖地纠缠不放，哪是什么人情，简直让人厌烦。”

“小妹，你在经济上不是也给阿启添了很多麻烦吗？我这么说你可能不爱听，但人家不是也在金钱上资助过你吗？”

“胡说，绝对没有的事！”

“真的吗？”

“我为什么要他的钱？我自己能挣钱养活自己,我还有存款。雪姐，你不是知道吗？”

“你是这么说，可别人不这么认为。我一次也没有看过你的存折和收支账本，你到底有多少收入，还真不知道……”

“首先，你们认为阿启有那么大本事就是错误的，我还觉得阿启将来要靠我来养活呢。”

“那好，我问你，”雪子似乎尽量不看妙子，双手摆弄着桌子上插有一支菊花的小玻璃花瓶，“去年冬天在隆鑫定做的那件驼绒大衣，不是阿启给你定做的吗？”她的声音像往常一样，丝毫不见兴奋，拿起花瓶的纤细手指没有一点颤抖。

“我当时不是说了吗？我花了三百五十日元买的。为此我卖掉了玫瑰色的和服短外褂和两件波纹图案、一件圆形花瓣图案的衣服。”

“可阿启的奶妈说这钱是阿启付的，连隆鑫的收据都给我们看了。”

“……”

“还有，那件真皮的便宴服也是他给你买的吧？”

“那种人说的话，希望你别信。”

“我也不想相信，但是奶妈拿出一张张单据，凭证据说话。你要是说她撒谎，就拿出能反驳她的账单来给我们看看。”

妙子依旧坦然自若，面不改色，只是默不作声地盯着雪子的脸。

“奶妈说，这种事几年前就开始了，不光是西服，还有戒指、粉盒、胸针啊，一件一件她都记得清清楚楚。阿启之所以被逐出家门，也是因为他为你偷了店里的宝石。”

“……”

“小妹，如果你真心想和阿启断绝关系，到如今早就断了。和板仓那时候不就是一个好机会吗？”

“当时你们不是不同意我和他断绝关系吗？”

“那时候是因为我们希望你和阿启结婚，才不同意的。但要是知道你一方面和板仓交往，一方面又在金钱上利用阿启，我们也会改变想法的。”

幸子对雪子的话十分赞同，觉得应该像这样把事情对妙子挑明，但自己怎么都不敢揭穿事实，惊讶于雪子竟然如此理直气壮地发问诘难。她只在一旁默默地听着，想起五六年前，雪子也曾这样对大姐夫辰雄展开猛烈的攻击。一个性格内向腼腆的人，在被逼得走投无路的时候，也会愤然而起进行反击啊。那一次，平时说话低眉顺眼的雪子思路清晰，据理力争，把辰雄说得哑口无言。

“不错，阿启也许是没本事，可你叫一个没本事的人去偷店里的东西，到现在却还说不欠他的人情，有这样说话的吗？不过，你不要误解，奶妈说她不是恨你，只是因为阿启对你如此尽心尽力，希望你能成为他的太太。我们知道这个情况后，也希望你们能够结合。”

“……”

“能利用的时候就狠狠利用人家，等到没有利用价值的时候，就说他是无能的公子哥儿，正好有这么个机会，就让他一个人去满洲，这种话你居然都能说出来……”

也许是理屈词穷，也许是觉得申辩也徒然无用，妙子不再作声。雪子还在絮絮叨叨地说个没完，她的语气依然平静，不急不慢。妙子不禁潸然泪下，但她仍面无表情，仿佛没有意识到眼泪正顺着脸颊流淌下来。突然，她起身走出房间，砰的一声粗暴地关上了门，整栋房子都震了一下。接着，她走到走廊，大门外随即又传来砰的一声巨响。

二十七

这次姐妹之间罕见的争吵发生在午饭时间之前，贞之助和悦子都不在家，阿春也恰好外出，而且两个人始终都没有提高嗓门嚷嚷，在关着门的餐厅里语气平和地争执，所以厨房里的女佣们也没有发觉，只是刚才砰一声巨响让阿秋大吃一惊，以为发生了什么大事，急忙跑到走廊上。可是走廊上一个人也没有，她把餐厅门推开一道小缝，往里瞧了一眼，刚才还在的妙子不见了，只见幸子和雪子正从碗橱的抽屉里取出桌布，又把桌上的小花瓶收拾起来。

幸子问："有什么事吗？"

"不，没有……"阿秋慌忙回答，正要把头缩回去，雪子对她说："小妹刚才回去了，午饭准备太太和我两个人的。"接着，她又对幸子说，"像刚才那样，偶尔也要敲打一下。"雪子说完就像没事人一样，似乎把一切都忘在了脑后，这天上午发生的事情都没让贞之助和悦子察觉出来。

第二天，妙子没到芦屋来，悦子和阿春觉得奇怪，悦子便问："今天小姨怎么啦？会不会得感冒了啊？"幸子也若无其事地说"小妹今天没来啊，真少见"，但暗地里担心妙子可能这阵子都不会来。第三天早上，妙子满不在乎地来了，仿佛什么事也没有发生，和雪子说话的态度也与平时没什么两样，雪子也愉快地和她交谈。妙子说奥畑好像不打算去满洲了，雪子只是回了句“是吗”，此后两人谁也没再提此事。

又过了几天，幸子和雪子在元町偶然遇见井谷，听到一件出人意料的事。原来井谷最近已经把那家美容院转让给别人，她要再去美国，学习研究最新的美容技术。有朋友劝她，现在世界局势动荡，担心美日之间大概会发生大事，还是过段时间再去为宜。但她认为不论等到什么时候，这个担心总是存在，即使美日之间发生大事，看样子也不会马上发生，可以在此之前速去速回。她还说现在护照很难办理，她通过特殊关系好不容易才办妥。井谷打算在美国待上一年半载，这么短的时间其实用不着把店铺盘出去。实际上她一直想去东京发展，刚好趁这个机会离开神户，从美国回国以后就在东京开店。幸子姐妹并非第一次听她说这个想法，她那因中风而长期卧床的丈夫去年去世的时候，幸子她们就听到过这个计划。现在她丈夫的周年忌已过，她便决心要付诸行动。按照她做事干脆利索的一贯作风，看来很快就会离开神户，美容院大抵已经有人接手，转让手续估计也已办妥，甚至连船票都预订好了吧。井谷说：“要是朋友们知道我远行，肯定要举办饯别会之类的，可是当下这种时候还是免了吧，而且我决定得比较仓促，抽不出时间接受大家的好意。实在不好意思，就不准备向各位朋友一一辞行了。”

当天晚上，幸子和丈夫商量：“不管井谷本人说什么，她的这家美容院在神户还是相当有名的，面子上也吃得开，所以大概会有人为她举办欢送会。尤其我们家，她在雪子的事情上一直热心关照，即使别人不办，我们也要设宴为她饯行。”第二天早上，他们却收到井谷寄来的铅印通知书，上面明确表示谢绝所有饯别仪式，说要坐明天的夜车前往东京，上船之前下榻帝国饭店，没有时间出席任何人的宴请。既然如此，姐妹三人商量只能带礼物上门送行。由于难以决定要送的礼物，当天便没有去成。第二天早晨，贞之助出门以后，幸子正和雪子商议挑什么礼物时，不料井谷来了。

幸子说：“哎呀，您这么忙还特地跑来。我们正打算去府上拜访呢。”

“不敢不敢，别这么客气。即便你们去了，店铺已经转给别人，冈本的那个家也让给我弟弟一家人居住，他们今天搬进去，屋子里翻腾得乱七八糟……我是来告辞的，时间紧迫，我哪家都没去，但唯独您这里，不来就放心不下，而且还有一件事奉告……”

“请您先进来吧。”幸子说道。

井谷瞧了一眼手表，说“那就打扰一二十分钟”，走进客厅。

“我在美国待的时间不长，很快就会回来，但是要和神户告别，还真让人恋恋不舍。尤其是你们这一家人，太太也好，雪子小姐也好，小妹也好，我都非常喜欢。抱歉，我这么说实在失礼……”井谷还是快言快语，想在短时间里把想说的话没有遗漏地说出来，所以滔滔不绝地说着，“莳冈家的三位姐妹既有相似之处，又各有特色，性格鲜明，无论哪一位都是优秀的女性。坦率地说，我对神户并不是特别留恋，但对于本打算一直长久交往下去的莳冈家的各位，以后无法像现在这样亲切相处，是我最大的遗憾。今天见到你们二位非常高兴，可惜没能见到小妹。”幸子说可以打电话让小妹马上过来，正要起身，井谷连忙说不用，欠了一下身子，说：“虽然有点遗憾，请代我向小妹问好。嗯……在神户是见不到了，可是离轮船启程还有十天，如果方便，三位能否来一趟东京呢？我不是想让你们来给我送行，而是想在东京介绍一个人给你们认识……”

井谷稍微停顿了一下，又说：“我这样当着小姐本人的面，在这么仓促的时刻匆忙提出这件事，不知是否合适，在我离开神户的时候，心里最挂念、最过意不去的就是没能亲自促成雪子小姐的美满亲事。我不是说恭维话，上哪儿去找如此优秀的小姐，还有这样出色的姐妹？所以我觉得自己的使命还没有完成，至今仍在想应该尽量让小姐的亲事有个眉目，了却这桩心愿后才能安心出国。因此，我想向你们提议一个人，说起来，你们大概也知道这个人，就是明治维新时期立下功勋的公卿华族御牧子爵。当然，为国家大事奔走效力的是上一代的御牧广实，现在的家主是其子广亲。此人年事已高，曾隶属于贵族院的研究会，活跃于政界，如今隐居在祖上留下的位于京都的别墅里悠闲度日。一个偶然的机会，我认识了广亲的庶子，此人名叫实。听说实从学习院毕业后，进入东京大学的理科读书，但中途退学，去巴黎学习了一段时间绘画，还研究法国菜什么的，兴趣广泛，但总体来说，都是浅尝辄止。然后去了美国，进入一所不知道在什么地方、也不是很有名的州立大学攻读航空学，毕业以后也不回日本，在美国到处游走，还去过墨西哥和南美。这期间，因为国内的汇款中断，他为生活所困，还当过饭店的厨师、服务生等。另外，他又重新开始创作油画，学习建筑设计，凭借聪颖过人的天资和随心所欲的性格，他涉猎很多领域，而作为专业的航空学，自从毕业以后则完全放弃了。八九年前实回到日本，没有固定的职业，一天到晚晃晃荡荡。几年前，他的一个朋友要盖房子，他半是闹着玩似的给人家设计，结果意外获得好评，逐渐有人认可他在这方面的才能。他很谨慎，最近才在西银座的一栋大楼里开设了一家事务所，正儿八经地干起建筑这个本行。但是，他的设计风格充满西方的现代气息，豪华且费钱，加上战局的影响，订单逐渐减少，生意愈发冷清，不到两年，事务所便关门歇业，到现在他还是无业人员。大概就是有这么个经历的人，不是说他本人最近想成家，而是他周围的朋友替他着急，无论如何要给他物色合适的对象。我打听了一下，他今年四十五岁，由于长期住在国外，加上回国以后习惯了自由自在的单身生活，至今没有太太或同居者。当然，他在西方可能有过男女经历，回国以后在新桥赤坂一带也曾纵情游乐，尝过放荡不羁的滋味，但从去年开始逐渐收敛，主要是经济上无力支撑吃喝玩乐的生活。他年轻时分得子爵父亲的部分财产，这笔钱一直维持他半生的流浪生活，只出不进，坐吃山空，一味只知道花钱，不知道挣钱，大概所剩无几。他想当建筑师，虽然起步晚了点，还是打算在这个领域开拓自立的道路，要不是当下的时局，应该能顺利发展，然而目前正遭受着挫折。不过，这个人属于典型的华胄子弟，善于交际，说话幽默，兴趣广泛，以艺术家自命，是一个天生的乐观派。他本人从不为这件事苦恼，因为太过无所谓，周围的人替他着急，总不能一直这样，于是张罗着给他物色一个妻子。”

据井谷说，她女儿光代介绍了御牧先生给她认识，光代去年从目白学业园毕业后担任《女性日本》杂志的记者。杂志社的社长国岛权藏非常赏识御牧，因为国岛在赤坂南町的住宅就是御牧设计的，他对这幢住宅非常满意。御牧因此成了国岛家的常客，国岛夫人对御牧也十分器重。御牧的建筑事务所还在西银座的时候，《女性日本》杂志社也在西银座，离得很近，御牧几乎每天都到杂志社去，几乎和所有职员都很熟悉，其中与井谷的女儿关系特别好，总叫她“阿光、阿光”。社长夫妇也非常喜欢井谷的女儿，彼此就像一家人一样。井谷有一次去东京，让女儿带她去社长家里拜访，刚好遇见御牧也在那里。虽然是第一次见面，御牧就逗得人直笑，一下子拉近了距离，关系亲密起来。其实井谷在东京并没有什么事情，但为了让国岛社长更加青睐自己的女儿，她自去年以来去东京拜访国岛家三次，其中有两次碰到了御牧。据女儿光代说，国岛夫妇喜欢赌博，经常通宵达旦地打纸牌、桥牌、麻将等，总把御牧和光代拉来当对手。井谷说她这样评价自己的女儿未免可笑，但光代的性格确实利落爽快，具备与年龄不符的博弈天资，加上好胜心强，又有耐性，玩一两个通宵，第二天照样精神饱满地上班，比别人更加精力充沛地工作，这似乎正是社长夫妇喜欢光代的原因。井谷为赴美做准备的那段时间，去了两三次东京，请国岛帮忙申请护照以及其他事项，所以又见过两三次御牧。最近就在国岛家里当着御牧的面，大谈特谈“给御牧君找个妻子”的话题。国岛夫妇是最热心的提议者，因为国岛与御牧的父亲认识，他说只要御牧有意与合适的人结婚，他就去说服御牧的父亲，多少给御牧一笔钱，让新婚夫妇得以维持新家庭的生活。国岛还抓住刚好在场的井谷，说“你有没有好的人选，有的话一定介绍过来”。

井谷一口气说完，又瞧了一眼手表说：“没时间了，我赶紧说吧。我听到这句话时，马上就想到这门亲事非常适合莳冈家的小姐，但遗憾的是时机不凑巧，如果我不走，会当场表明有位非常优秀的小姐，并且一定尽力促成此事，担起牵线搭桥的任务。可出国的日子迫在眉睫，我真是爱莫能助。所以我当时没有说话，回到神户以后，一直挂念着这件事，愈发觉得要是错过，十分可惜，还是要尽力而为，所以前来奉告御牧的相关情况。刚才说过，他四十五岁，应该比您先生年轻一两岁。从容貌上说，长期在西方生活过的人都那样，已经谢顶，皮肤不白，不是所谓的美男子。但毕竟出身大家门第，仪表堂堂，身体健硕，整体来说属于富态型，他本人自豪地说从未得过病，怎么劳累都能挺得住，的确是体格健壮的人。最重要的问题是资产，他从学生时代就不住在家里，当时拿到十几万日元，可以说如今几乎没有剩余。后来他曾几次向他父亲哭求，听说有一两次也拿到些钱，当然都已经挥霍一空。这个人只要手头有钱，就挥金如土，出手阔绰，第二天又立即变得身无分文。他父亲说给多少钱都没用，他是个无底洞，在金钱上毫无信用。国岛也说，他到四十五岁还在外面租房住，好吃懒做，这太不应该了。我也觉得这样当然得不到他父亲以及世人的信任，他首先要成家立业，哪怕数额不大，做个工薪族什么的，至少能自食其力，依靠自己的本领获得固定的收入。这样他父亲也会放心，多少给些资助。尽管这种事时常有之，但真的多少给些就行，没必要给很多。国岛说：‘依我看，在设计精致玲珑、风格独特的住宅上，御牧可以充分发挥杰出的天分，将来成为一位优秀的建筑师。我将不惜一切力量支持他。只是当下时局不好，生活穷困，但这是暂时的，绝不要悲观。我打算说服他父亲承诺三件事：一、承担御牧的结婚费用；二、给新婚夫妇购买一幢住宅；三、资助两三年的家庭开支。大概没有问题。’大抵情况就是这样，尽管这个人还有不尽人意之处，但毕竟是初婚，虽说是庶子，到底是出身藤原氏的名门子弟，亲戚都是些名人，在赡养上也没有拖累。对了，我忘记说了，他的母亲，即子爵的侧室，在生下这个孩子后不久就去世了，所以他对母亲没有任何印象。他兴趣广泛，十分熟悉法国、美国的风俗习惯，也了解这两国的语言，可以说这是他的长处。我想这一点正符合府上的要求。我和他交情不深，你们这边最好深入调查一下，不过从我和他的交往情况来看，我觉得他待人宽厚，态度亲切，没什么明显的缺点，只是酒量极大，我曾见过他两三次酒酣耳热的样子，要是喝醉了，那更有意思，令人发笑……总之，我觉得错过这个机会非常可惜，搁在心里总放不下，也琢磨着有没有人代替我充当这个牵线搭桥的角色。其实说到牵线搭桥，那人本就擅长交际，不用费什么事。只要经过第一次介绍，以后就由国岛夫妇从中斡旋，如果双方都有意，进展顺利，他们会妥当安排。还有我女儿光代也可以帮忙，别看她年轻，却也是少年老成、好管闲事的姑娘，适合做这样的事，让她充当联络人还是大有用处的。”

说到这里，井谷再次瞧了一眼手表。“哎呀，不行了，说是打扰十五分钟……真的要告辞了。”她站起身，还是继续说道，“我该说的都说了，请你们考虑吧。顺便说一下，国岛会在东京设宴为我送行，如果你们有意，太太和雪子小姐就作为神户方面的代表参加吧，姐妹俩一起出席，希望小妹也尽量安排时间。如果你们光临，我们也请御牧出来作陪，席间我把双方互相介绍一下。能否继续进展是以后的事，这一次只当是给我送行，见一面怎么样？不用现在答复，等我去东京以后，或者明天我给您打电话，同时告知饯别宴的时间。”井谷说完，匆匆忙忙地打个了招呼，飞也似的走了。

二十八

井谷刚才急急忙忙奔出门外，幸子忘了问她今晚几点的火车，便给冈本的家里打电话，她不在，接电话的人说“听说一律谢绝送行”，不肯告知时间。到傍晚，幸子估计井谷应该回家了，又打电话说一定要再见一面，这才知道井谷乘坐的是九点半从三宫发车的快车。去车站送行的除了三姐妹，还有贞之助和悦子，姐妹三人盛装打扮，由贞之助带领着全家。自从去年秋天为父母做法事以后，已经好久不曾这样了。

大家穿戴完毕，围着餐桌吃晚饭的时候，悦子目不转睛地看着妙子罕见地穿着绿底大朵白茶花纹饰的鲜艳和服，问：“小姨今天不穿西服吗？”她看到母亲和两个姨妈光彩耀眼的身影，明显感受到与每年赏樱时相似的兴奋。

“怎么样？小悦，这和服合身吗？”

“我觉得小姨还是穿西服好看。”

幸子说：“你穿和服显胖。”

妙子的小腿曲线曼妙，穿西服能衬托出她少女般的靓丽可爱，穿和服却会掩盖住她小腿的优点，整个人显得又矮又胖。她最近常穿和服的其中一个原因就是她病后为补充营养而过度饮食，变得比病前更加丰腴。但妙子说她原先双脚热乎乎的，那场大病以后，一穿西服就觉得两脚发冷，受不了。

“日本的女性年轻时无论多么时髦，到一定年龄以后就不怎么穿西服了。小妹，你这也是变老的征兆啊。”贞之助说，“你看井谷老板，又在美国研修过，又干这个行业，应该说必须要穿西服，可她总是一身和服。”

“真的，她总穿和服。不过，她已经是老太婆了啊。”幸子说，“对了，刚才那件事，今天晚上怎么对她说呢？”

贞之助说：“我是这么想的，今天晚上别谈太多，去东京就是为了参加井谷的欢送会。即便没有这门亲事，不也得去吗？”

“对，是这样。”

“按说我也应该去，只是最近事情太多，脱不开身，就你和雪子去吧。要是小妹能去，那更好……”

“我也去。”妙子说道，“现在正是天气暖和的时候，好久没去东京了，这次既是送人，我也想在东京转一转。今年赏花没去成，想在东京补上……”

对井谷的情分，妙子没有幸子、雪子那么深，她经常光顾井谷的美容院，可是那里收费过高，所以她也去别的美容院，而且不像雪子那样，在婚事上受到过井谷的多次热心帮助，因此妙子在这方面没有欠井谷人情。但是，妙子平素喜欢井谷那种干脆利落、做事从不拖泥带水的性格以及讲义气的作风，尤其去年被逐出家门以后，她觉得自己在社会上没有立足之地，也许是心理作用，过去交往密切的朋友突然间都用一种奇怪的眼光看待她，唯有井谷一如既往地不改亲切的态度。美容院这样的场所，是流言蜚语的集散地，有关妙子品行不端的种种风言风语应该早就传进了美容院老板井谷的耳朵里，井谷甚至还洞悉了内情。然而，井谷并没有关注妙子的阴暗面，只是肯定她阳光的一面，妙子对此一直心怀感激，尤其是今天上午井谷特地来家里辞行的时候说到想见小妹，甚至说希望她也一起去东京。妙子听说后，心里不由得涌起感激之情。每次给雪子提亲，妙子总觉得她自己被视为一个障碍，见不得人似的，而井谷这么做，说明并不认为这个小妹妹在莳冈家有什么不体面、不光彩的地方，相反，井谷认可妙子的独特个性，愿意堂堂正正地向世人介绍莳冈家有这样一个小妹妹。妙子感觉井谷的话中暗含这样的寓意，井谷的此番良苦用心，只有去东京参加对方的欢送会才能予以报答。

"那小妹就去吧。这种事人越多越热闹。"

"可是啊,关键在雪子……"幸子回头看着笑眯眯一言不发的雪子，"态度不积极啊……"

"为什么？"

"她说要是三个人一起去，把悦子一个人留在家里不好……"

贞之助说："谁不去都可以，雪子是非去不可的。就两三天，悦子一个人在家也没事。"

"二姨，你去东京吧。"悦子用大人的语气说道。她现在越来越懂事了，"我会乖乖待在家里，有阿春陪着，一点也不寂寞。"

幸子说道："雪子去东京还有个条件……"

"什么条件？"

雪子只是"嘿嘿"地笑着。

"她觉得不去对不起井谷，可要是去了，又担心会被留在涩谷，所以不想去。"幸子说。

"这样啊。"

"不去涩谷不就行了吗？"妙子说。

贞之助表示反对："这样不好，还是要露个面，不然，他们要是知道了，不好办。”

“所以雪子让我和涩谷那边商量一下，以后找个时间过去慢慢待上一阵，这次就先立即回芦屋。要是对方答应，她就去东京。”

“雪姐这么讨厌东京的话，这次恐怕又不行吧。”妙子说。

“我也觉得不行。”悦子紧跟着妙子说，“二姨要出嫁，那是没办法，可我觉得最好不要嫁到东京去。”

“小悦，你知道什么！”

“要是嫁到东京那个地方，二姨也太可怜了，是吧，二姨？”

“好啦，没你说话的地方。”幸子制止住悦子，“我想啊，那个御牧是公卿的儿子，从血统上说是京都人。如今在东京只是租房住，说不定以后会定居关西。”

“嗯，不是没有这个可能。如果我们给他在大阪找个工作，也许就住在这边了。至少可以确切地说，他的身体里流着关西人的血。”贞之助说。

“同样是关西人，京都人和大阪人的性格大不一样。京都的女子很好，男的却不怎么样。”幸子说。

“喂，喂，你别这么吹毛求疵。”贞之助说。

“不过，那个人生在东京，又在法国、美国待过那么长时间，说不定和一般的京都人还是不一样吧。”

“我不喜欢东京那个地方，但东京人也许还不错呢。”雪子说。

贞之助说送给井谷的纪念品留待东京的饯别宴之前再决定，今天晚上先送给她一束花。于是，五个人饭后一起去神户，在元町买了鲜花，决定由悦子在月台献给井谷。候车室里，原本应该是很多人前来送行，一片熙熙攘攘的光景，因为井谷没有通知大家出发的时间，场面显得有点冷清，但还是有井谷的两个弟弟——在大阪行医的医学博士村上夫妇、在国分商店当店员的房次郎夫妇等二三十人到场。盛装前来的三姐妹顾忌周围的气氛，没有脱下大衣。幸子走到井谷身旁，低声说道："今天上午特地光临，十分感谢。我和先生商量了一下，您在临出国前还如此惦念舍妹的事，这份热切之情，不知如何感激。听了您的介绍，更是感谢，即使没有这件事，我们三人也想参加饯别宴。"随后，贞之助也再三表示谢意。井谷喜出望外，说："你们能光临，我真的太高兴了，恭候你们到来。详细情况我明天一定打电话告诉您。"火车开动时，她从窗口挥手告别，又说了一遍。

第二天晚上，井谷如约从帝国饭店打来电话，通知说饯别宴于大后天下午五点举行，地点就在帝国饭店，她和她的女儿光代、国岛权藏夫妇及其令爱、御牧先生，还有作为神户代表的莳冈姐妹三人，共九人参加。井谷还问："你们到了东京住哪里？我想你们本家在东京，大概会住在那边，但为了联系方便，索性一起下榻帝国饭店怎么样？这个月到下个月，东京将举行两千六百年祭[①]，几乎所有旅馆都已经满客了。不过，国岛先生的一位亲戚预订了帝国饭店的客房，他可以把房间让给你们，自己住到国岛家里。"

幸子一听，心想这次妙子也一起去，雪子又不愿意去涩谷，还是尽可能不要把这次东京之行告诉大姐他们，于是回答道："请您告诉那位先生，就这么办。我们打算坐明天晚上或后天早上的快车去东京。本应该启程到横滨送您上船，但是三个人一起出来的时间太长，不放心家里，所以实在无奈，饯别宴后就得告辞。我们打算后天和大后天两个晚上住在饭店里，这期间还想看一场歌舞伎，或许为此再住一个晚上。"

井谷立即说道："那我给你们预订歌舞伎的票吧？说不定我们也一起去看。"

① 从神武天皇即位（公元前 660 年）至昭和十五年（1940 年），历经两千六百年，日本各地都举行了庆祝活动。

第二天，买好晚上从大阪始发的卧铺票，三人开始整理东西。幸子和雪子打算今天去烫头发，可是井谷的美容院已经转手了，她们不知道去哪家好，想等妙子过来后让她带着去她熟悉的美容院。两人不停嘀咕着“小妹今天怎么这么迟”，说着说着一个上午便过去了。一直到下午两点左右，办事向来利落的妙子却一个人烫好头发快步走进来。听到姐姐们说“嘿，还等着你带我们去呢”，妙子满不在乎地答道：“到东京烫不就行了吗？帝国饭店里有美容院吧。”幸子和雪子说着“是啊，那就这么办吧”，磨磨蹭蹭地开始商量要带哪些换洗衣服，把两个衣箱和手提包都装满了。等姐妹三人吃过晚饭，整理好装束，时间已经相当紧迫了。

二十九

第二天早晨，三人一走下了东京站的站台，一个穿西服的小个子姑娘小步跑过来，像是缠上幸子似的说道："请问，您是莳冈夫人吗？我是光代啊……"

"啊，井谷老板的……"

"嗯，好久不见了。本来妈妈应该来接站的，因为忙不过来，由我代替她。"光代看着三人的行李说，"我去叫搬运工来。"说完，她又吧嗒吧嗒地跑去叫来了搬运工。

"啊，二位是雪子小姐和小妹吧，我是光代，真的有好几年没见了。妈妈总是受到你们的关照。这次三位特地一同光临，实在是太荣幸了。昨天晚上妈妈还谈到这件事，非常高兴……"

把大件行李交给搬运工后，还有包袱、化妆皮包等两三件小东西，光代说着"这些我来拿……不，不，让我来拿，让我来"，硬是从大家手里抢过去，穿梭在熙熙攘攘的人群中，走在前头。

幸子姐妹在光代上神户县立第一高等女中的时候曾见过她一两次，但和她并不熟悉，现在一看，她比过去清新脱俗多了，要不是她主动报上名字，还真认不出来。她母亲井谷虽然消瘦，但身量高，可是这个女儿还是像以前那样又矮又小，似乎一点也没有长高。以前是黑黑的圆脸，胖乎乎的身子，现在皮肤白了，脸蛋和身体看上去反而收缩了，那双手像十三四岁的孩子那般小。她比三姐妹中个子最矮的妙子还要矮五六分。身穿和服、外罩大衣的妙子虽然个子不高，但看上去很是丰满。光代却如她母亲所说，显得少年老成，瘦小寒碜，说话的腔调和母亲极为相似，也是快言快语的，滔滔不绝，如同早熟的孩子。光代比雪子小十几岁，却一口一句“雪子小姐，雪子小姐”，弄得雪子好笑又难堪。

“光代小姐一定很忙，还特地来接站，真是不好意思。”

“哪里，不用客气。不过说实在话，这个月要举办两千六百年祭的各种活动，杂志社是够忙的，妈妈还拉我帮她做事……”

“前些日子举行观舰式了吧。”

“观舰式的第二天是大政翼赞会的成立大会，然后是靖国神社的大祭，二十一日还有阅兵式。这个月的东京可忙了，旅馆都爆满了……啊，对了对了，旅馆很难预订，虽然我们已经订好了，但房间不是太好。”

“没关系，没关系，什么样的房间都可以。”

“不仅房间小，还只有两张单人床，这可不行，交涉后才好不容易把一张单人床换成了双人床。”

光代一路上在车里讲了这些，她说这是特殊情况，还有歌舞伎的票，本来想买今天晚上的，但用一般途径连十天以后的票都买不到，最后只好动用杂志社的关系，才买到后天的票。那一天除了她和她母亲，还有御牧也会陪同观看，但六个人的座位并不连在一起。

“只预订到这么憋屈的小房间，真是对不起，而且还不是朝阳的，让大家受委屈了……”光代将三人送到房间，然后把行李搬过去后，立刻朝门口走去，“妈妈现在外出，很快就回来。她说回来后立刻过来看望你们。我现在去杂志社，一会儿还过来。你们有没有要在银座买的东西？有的话，随时给我打电话……”说着，她伸出指甲涂得格外猩红的小手，从手提包里夹出一张名片，“这是我的电话。”

幸子一直惦记着头发，本想今天就去做，可是考虑到自己和雪子坐一个晚上的火车比较疲乏，觉得未必非今天不可，还是先休息一下。井谷很快就会过来，所以不可能好好躺下来补眠，只能解开腰带稍微放松休息片刻。她现在更担心的是雪子。大概是一直打针的作用，最近雪子眼角的色斑不能说完全消失，却已经淡了很多。可能由于经期临近，加上舟车劳顿，雪子的脸色显得黯然无神，幸子担心这时候色斑会变得明显起来，所以头等大事就是不能让雪子劳累。

“怎么样？雪子，明天再去烫头发吧。今天太累了……”

“今天做也可以啊……”

“饯别宴是傍晚五点开始，所以明天白天不是没有时间。今天先休息一下，然后去银座，还要买东西呢。”

“我先躺一会儿。”妙子刚才一进房间，就毫不客气地占据最舒服的安乐椅，筋疲力尽地靠着椅背横卧着。姐姐们谈话的时候，她脱下外褂，解开宽腰带，只系着窄腰带，迅速爬上双人床，舒服地躺到了上面。以前，这么点疲乏对她来说根本不算什么，她甚至不会流露出疲惫的感觉，还会不管两个姐姐就精神饱满地跑出去玩。最近她逐渐变得不像以前那样活跃，不管在什么地方，动不动就两腿一伸，又是枕臂而卧，又是唉声叹气，那种缺少教养的模样更加恶劣地表现了出来。也许是因为她还没有完全恢复健康，又像是因为现在太胖，干什么都感到吃力。

幸子说：“雪子，你也躺一会儿。”

“嗯。”雪子把妙子脱下来扔在安乐椅上的外褂轻轻拿起来放在一边，然后也不解开腰带，规规矩矩地坐了下来。房间里只有两张床，晚上只好和妙子一起睡双人床，而且这张双人床比正规的要小，她现在不想上床和妙子躺在一起，另一张床是留给幸子的，她不便躺上去。可是，坐在安乐椅上的雪子却比躺在床上的妙子更快地进入了梦乡。

幸子是否明白雪子的想法呢？过了一会儿，她爬上那张空着的单人床躺了下去，看着坐在安乐椅上已经睡着的雪子，发现反而是她和妙子都睡不着，便说道："小妹，去洗个澡吧。"

于是，幸子和妙子都去洗了澡，见雪子还在睡，便叫醒她，让她也洗了澡，然后一起去餐厅吃午饭。等待多时的井谷始终没有出现，三人下午便去了银座。送给井谷的礼物还没有选好，必须先解决这件事，她们边走边看商店的橱窗，觉得要出国的人未必喜欢时尚的东西，西方人还是对日本的土特产感兴趣，于是按照这个思路寻找，忽然在服部钟表店的地下商店看见螺钿盒子，便买下来作为幸子赠送的纪念品，又在御木本购买镶嵌珍珠的玳瑁胸针兼发卡，作为雪子和妙子共同赠送的纪念品。买完这些，三个人都有点累，便到德式面包店休息。还有东西没买，妙子却站起来说"回去吧，回去吧"，四点半左右三人回到饭店。一走进房间，只见桌子上摆着一个插有兰花的花瓶，旁边放着井谷的名片，上面写着"回来后请通知我，想和你们一起喝茶"。

"又喝茶啊，不是刚喝过吗？"妙子又占据那把安乐椅，一副八抬大轿都抬不动的样子。幸子和雪子也想休息，便躺在床上伸直身子放松起来。不到十分钟，电话铃响了。

幸子说是井谷打来的，拿起电话，果然听见井谷说："今天早上就出去了，刚刚回来。现在已经备好茶点，请大家到大堂来。"

"嗯，嗯，正想着给您打电话呢。好的，马上就去。"

妙子说："我就不去了。二姐和雪姐去吧。"

"这样对井谷老板不礼貌，小妹也去吧，我们也累啊……"幸子硬是拉上懒得动弹的妙子，三人一起来到大堂。

三十

井谷一阵寒暄过后，说："刚才售票处的人通知说，已经买好后天的票，你们三个人坐在一起，还有两张连号票，我和光代坐，御牧先生只能单独坐别的地方。"井谷由此展开话题，喝茶的过程中巧妙地穿插御牧的事情。幸子等人还只当作闲聊，而井谷在不知不觉中让幸子她们知道了一些情况。她说已经把雪子的情况告诉国岛夫妇和御牧，还把一直留在手里的雪子的照片给他们看，他们对照片的评价非常好，昨天晚上她在国岛家里还专门对他们说雪子的外貌看着要比实际年龄年轻得多，御牧说虽然没见过本人，但如果是照片上这个样子，他很满意，只要莳冈家没有异议，他就张罗着早日迎娶雪子。井谷不愿意像普通媒人那样夸大其词，巧舌如簧，便把莳冈家的事情，包括涩谷本家与芦屋分家的关系，大姐夫辰雄为何与雪子、妙子不和等情况实事求是、毫无隐瞒地告诉了对方。御牧听后表示一点也不介意，没有改变结婚的决心。他过去曾放荡荒唐过，不知是已经看透俗事，还是已经超然世外，态度极其泰然。

雪子和妙子察觉出话题逐渐向这方面深入下去，一喝完茶，便匆匆离席，回到房间。井谷见状，目送着雪子远去的背影，更加压低声音说道："其实，我已经说了色斑的事。与其后来被对方发现，不如主动说出来为好，显得我们无所隐瞒。"

"这样好，我们也轻松。其实她后来一直在治疗，你看现在一点也不明显。结婚以后就会痊愈的，这一点也请您向对方解释一下。"

"是的，是的，我也这么说了。御牧回答说'是嘛，结婚以后看着她的色斑逐渐消退，倒是一件愉快的事情'。"

"哎哟。"

"还有关于小妹的事情，我不知道您是怎么想的，社会上有各种各样的风言风语，即使这些都是事实，我觉得也用不着放在心上，谁家没有一两个特立独行的人啊？有这样的人有什么不好呢？御牧先生说'她妹妹怎么样没关系，我娶的又不是她妹妹'。"

"能这样通情达理的人少见啊。"

"曾经有过放荡不羁经历的人把事情都看得很透，他说'她妹妹的事情与我无关，您毫无保留地把她的事情告诉我，这很好，但如果您不想说，也没必要告诉我'。"井谷看着幸子一副放心的样子，随即问道，"我说啊，雪子小姐有什么想法？"

"啊，这个……实际上还……"

老实说，幸子也是现在听了井谷的这番话以后才开始心动的，这次来东京的主要目的还是给井谷送行，虽然脑子里也有相亲这件事，但终归是次要的，也就是抱着见了面再说这种不冷不热的态度。如果过于积极主动，万一不成，到时候会更失望沮丧，这种心情难以消除，所以幸子至今还没有问过雪子的想法。现在看来，对方的条件总体上不错，前些日子已经提到过，这门亲事的难处就在于要嫁到东京来，雪子本人肯定也因为这个拿不定主意。不过，更坦率地说，这一次不能让雪子那么任性了，而且她本人应该不会说那样的话，倒是幸子自己不想让这个妹妹嫁到东京去，暗自希望她最好住在东京、大阪、神户之间。幸子便问道："御牧先生打算将来住在什么地方？听说他在京都的令尊要给他买房子，买在哪个地方呢？我绝非以此作为结婚的条件，只是想非东京不可吗？他将来工作的话，也可以在关西吗？我问这些问题，只是作为参考。"

井谷说道："好的。这些问题还没有询问过御牧先生，我立即去问。"接着，她反问道，"我看大概是东京吧。是因为雪子小姐不愿意住在东京吗？"

"没有，不是……不是这个意思……"幸子慌忙地含糊掩饰过去。

"那这样吧，吃过晚饭，说不定光代会把御牧先生带过来，到时候请你们来我的房间里玩……"说罢，两人就分手了。

果然，八点刚过，井谷来电话说："各位都累了吧，不好意思。客人已经来了，请三位过来吧。"幸子便从衣箱里拿出几个纸包，摆满了两张床。帮雪子换好衣服后，她和妙子也换上别的衣服。这期间，井谷又来电话催促了一次。

"快请进。"幸子刚一敲门，光代就开了门，"我房间乱糟糟的，真不好意思。"

五六个大大小小的皮箱、各种装西服的纸箱、各方赠送的饯别包裹和赴美所需的物品堆满了整个房间。御牧一见三姐妹进来，立即从椅子上站起身，相互介绍完毕，他没有坐回原先的椅子，说"我坐这里就行，各位坐那里"，便坐到了扁衣箱上。房间里的各式椅子只有四把，三姐妹和井谷各自坐着，光代坐在床头。

"怎么样啊？井谷老板，客人都到齐了……"御牧似乎在继续刚才的话题，"这么多人欣赏，怎么也得让大家看看嘛。"

"怎么也不能让您看。"

"反正我要送您上船，即使您不愿意，我也能看到。"

"可是我上船的时候也打算穿和服啊。"

“嘿，在船上也一直这样？”

“不一定，但尽量不穿西服。”

“这个想法可不好，您做那么多西服是干什么的啊？”御牧回头对三姐妹说道，“我想问问各位，刚才我们在谈论井谷老板穿西服的问题，你们见过她穿西服吗？”

“没有啊。”幸子答道，“没看见过，所以我们也不知道她穿西服是什么样子。”

“东京的人也这么说，连阿光都说不记得见过她妈妈穿西服的样子，所以无论如何要穿给我们看看。”御牧又转向井谷，“怎么样？井谷老板，趁着大家都在场，试穿一下吧。”

“您说什么呢？难道要我在这里脱光吗？”

“哪儿的话，您换衣服的时候，我们可以去走廊。”

“穿不穿无所谓的，御牧先生，”光代出来帮母亲说话，“别这么欺负我妈妈。”

井谷终于脱身，说道：“这么说来，小妹最近经常穿和服。”

“真滑头，竟然转移目标……”

幸子说：“是啊，最近小妹穿和服比穿西服多。”

“人家还说我这是变老的征兆哩。”妙子不经意地蹦出一口地道的大阪话。

“我这么说也许不礼貌……”光代打量着妙子绚丽华美的和服，“我觉得小妹穿西服一定非常合适，当然不是说穿和服不合适……”

“光代小姐，我打断一下，我听说这位小姐名叫妙子，你怎么叫她小妹？”

“哎哟，御牧先生，亏您还是京都人呢，连这个叫法都不知道吗？”

幸子说：“只有大阪人才叫小妹，京都人好像不怎么说。”

这时，井谷拿出大概是别人赠送的巧克力，问道：“要不要吃一点，各位？”

大家都已经吃饱，谁也没有伸手，只是喝着粗茶。光代建议母亲给御牧来点什么，于是叫饭店送一瓶威士忌到房间来，御牧也不客气，说“服务生，你就把瓶子放在这里吧”，然后把酒拿到身边，一边浅酌一边和几人聊天。井谷巧妙地引出话题，大家顺畅地交流起来。她先是问道：“御牧先生要是成家的话，非东京不可吗？”对此，御牧就自己的身世和未来的计划等谈了许多想法：“刚才光代小姐说我是京都人，但是御牧家族的本家从我祖父那一代就迁居东京小石川，所以我在东京出生，父亲那一代还是纯粹的京都人，母亲则生于深川，我的身体里一半流着京都人的血，一半流着东京人的血。我年轻时对京都没什么兴趣，而是向往去欧美生活。可是最近，我感觉内心深处开始萌生一种眷恋乡土的愁思。如此说来，父亲上了年纪后也怀恋起京都，不愿意住在小石川的宅邸里，而是隐居嵯峨。想到这些，我就产生了一种宿命感，在兴趣爱好上也出现这种倾向。我逐渐认识到日本古代建筑的优越性，正等待时机，立志将来继续从事建筑事业。这段时间就是一心研究日本的传统建筑，打算在以后的建筑设计中大量采用日本元素。我想来想去，说不定会在京阪地区求职，暂时在那一带居住，这样方便研究。不仅如此，我觉得以后我设计的住宅样式应该与阪神地区的环境更相称，而不是东京。所以，说得夸张一点，我甚至觉得自己的未来在关西。”御牧又问，“如果在京都成家，应该选择什么地方？”

幸子发表了自己的看法，并问道：“令尊的别墅在嵯峨的什么地方呢？”几人由此说到如果在京都居住，最好选在嵯峨、南禅寺、冈崎、鹿谷一带，就这样不知不觉聊到深夜。御牧喝掉差不多三分之一的威士忌，依然面不改色，神态自若。然而，随着醉意逐渐上来，他开始表现得滑稽诙谐，时常冒出俏皮话，令大家开怀大笑。尤其是他与光代像一对好搭档，你来我往，唇枪舌剑似的相互挖苦，旁人如同在听相声。幸子姐妹都忘记了白天的疲劳，兴致勃勃，毫无睡意。“哎呀，坏了，没电车了。”御牧慌忙起身，“我和你一起走。”光代也站起来，两人离开的时候已将近十一点。

幸子姐妹这天睡得比较晚，第二天睡到九点半多。幸子等不及餐厅的午饭，就在房间里随便吃点吐司，然后催着雪子去资生堂的美容院。帝国饭店的地下也有个美容院，但昨天晚上光代推荐说，资生堂使用一种叫卓多姿的药水，采用新潮的烫头方式，不用将电烫帽罩在脑袋上，比较轻松。今天过去一看，前面已经有十二三人排队，不知道要等多长时间。要是神户的井谷美容院，这种时候就凭一张熟面孔，说几句话，就可以在排队顺序上做点手脚，可是这里却不吃这一套。等待的时候，周围都是不认识的东京的太太、小姐们，也没人和她们说话。两人只好小声交谈，一面担心让别人听见大阪口音，一面又竖起耳朵倾听四周喋喋不休的东京话，简直犹如身处敌营，战战兢兢的。只听一人说道“今天人这么多啊”，另一人回答“今天是大吉日，结婚的特别多，哪家美容院都生意兴隆”。幸子心想原来今天是大吉日，井谷把饯别宴安排在今天，也许就带有祝贺雪子相亲圆满的意味。这时，顾客接连进来，有两三个人用插队时的老一套手法，一边说着“对不起，我已经预约好了”，一边走进去。幸子不到十二点就到这里，现在快两点了，不知还赶不赶得上五点的饯别宴。她心想以后再也不上资生堂来了，不由得着急起来，也只好忍着一肚子火。出门时只吃了几片吐司，幸子她们现在饿得难受。雪子平时总说“我胃口比别人都小”，东西吃得少，也因此比别人更容易饿，动不动就出现脑贫血。这还能烫头发吗？幸子了解她这个毛病，似乎比雪子本人还担心她的身体状态，一直细心观察默不作声、似乎在发冷的雪子。两点过后，终于轮到她们，幸子让雪子先烫，等到幸子烫完，已经四点五十左右。

正准备回去，店里人说“莳冈太太有电话”，原来是妙子着急了，从饭店打来电话说“二姐还没弄好吗？马上就五点了”。幸子不由自主地用大阪话说道：“嗯，知道了。刚弄完，马上就回去。”说罢，两人急急忙忙出了店门。

幸子懊悔地对雪子说道：“雪子，记住：大吉日千万不要去不认识的美容院。”

在赶往饭店宴会厅的走廊上，幸子遇到刚才在资生堂看见的五个女人身穿礼服走过。在饯别宴上，幸子向井谷解释的时候，又搬出刚才那句话：“迟到太长时间，对不起各位。不要忘记，大吉的日子千万不要去不认识的美容院。”

三十一

第三天，即在东京的最后一天，三姐妹从早上到下午都相当繁忙。

幸子本来只打算看戏，别的什么都不干，明天上午去道玄坂的大姐家,下午购物,然后坐夜车回神户。这个计划首先遭到了妙子的反对，她说来的时候就是坐夜车，吃够了苦头，睡眠不足，到现在还没有恢复过来，想早点回去躺在自己的床铺上舒舒服服地睡一觉。雪子也赞成她的意见。疲累固然是原因之一，她们的真实目的是想尽量缩短在大姐家里的时间。也就是说，她们的计划是今天上午购物，下午去歌舞伎座之前到大姐家露个面，让出租车在外面等五六分钟，马上就出来去看戏，然后明天早晨坐燕子号返程。

幸子不是不能理解妹妹们的心情，妙子讨厌本家自然不用说，就是雪子，也有一年多没回本家。其实，去年十月本家就发了最后通牒，让妙子在要么来东京，要么断绝关系这两者中选择其一，也对雪子说了大致相同的话，但并没有明确把雪子逼到绝路，只是含糊地提了出来。雪子不清楚本家究竟有几分真心，所以采取漠视的态度，本家也没有深入追究，只催促雪子回东京。这是对雪子束手无措的大姐夫为避免刺激她而采取暂时听之任之的措施，还是利用雪子抗拒命令的机会，打算暗中像对妙子一样，也和她断绝关系呢？不管是哪种情况，这次去本家，大姐都可能谈及相关的事情，别说雪子本人，就连幸子也不想去道玄坂。说实话，上上个月幸子游览富士五湖顺便去东京的时候，只是给大姐打了个电话，虽然有眼睛进煤灰不方便的原因，更重要的是担心如果大姐传达大姐夫的意见，让雪子回东京，而雪子坚决不肯的话，自己就会夹在中间让两头受气。还有一个原因，幸子对本家大姐的感情日益冷淡疏远，也许她本人尚未意识到这一点。今年四月，幸子把妙子病重的情况通知大姐后，大姐的回信让她极不愉快。所有原因积攒在一起，让她甚至都不打算通知大姐，只想悄悄来悄悄走，可是贞之助认为万一大姐知道了，就不好办了，而且这次雪子的亲事似乎有望成功，还是有必要趁这机会多少给大姐吹吹风。幸子原本对这次见面并没有抱什么希望，直到前天晚上见到御牧本人，还有昨天晚上在宴席上经介绍认识了自荐做媒的国岛夫妇，才了解到他们的性格为人，感受到他们营造出来的气氛，那种担心一不小心深陷进去的警惕心理一下子缓解下来。在幸子的印象里，昨晚的会面没有精心策划过，完全是自然而然的，双方对其结果都十分满意。最让幸子高兴的是，御牧和国岛都对妙子充满亲切之意，诚恳真挚地和她交谈，令人感觉对方并没有把女方家庭的缺点视为缺点，而是暗中给予安慰体恤，且不带丝毫的矫情造作，所以妙子也能坦诚开怀，不时冒出她拿手的俏皮话，还模仿别人的说话动作，逗得大家前仰后合。幸子还感觉到妙子之所以甘愿耍活宝，使得宴席气氛活跃融洽，完全是出于对雪子的一片深情，这让幸子不由得眼角发热。雪子似乎也理解妙子的良苦用心，难得兴高采烈，有说有笑。御牧在宴席上多次重复“我在京都或者大阪安家”，但幸子心想，如果雪子通过这些人的介绍，能和御牧结婚，住在关西还是东京已经不再是问题了。

因此，幸子今天早晨估摸着大姐夫已经出门上班了，便给涩谷的大姐打电话，把井谷的事情说了一遍，说这次三个人来是给井谷送行的，打算明天早上坐快车回去，今天只留了一点时间，下午还要和井谷一起去歌舞伎座看戏，所以想在那之前到大姐家里坐一会儿。幸子还给大姐透了点风，说这次井谷在饯别宴上给雪子介绍了一门亲事，目前还没有什么进展。上午，幸子她们三个人在银座转悠，三四次穿过尾张町的十字路口，朝不同方向走，中午在滨作吃午饭，然后从西银座的阿波屋前面乘出租车去道玄坂。妙子那天出门时就嘟嘟囔囔地说“太累了，受不了”，勉强跟着出来，在滨作的单间里吃饭的时候，她就把坐垫当枕头，两腿一伸，自在休息。等到要上出租车，她说：“我不想去。本家已经和我断绝了关系，我要是去了，大姐见了都不方便打招呼吧。我也不想去那个地方。”幸子劝道：“你说的我也理解，可是就你不去，显得你记仇。大姐夫另当别论，其实大姐应该并不在乎什么断绝不断绝关系，见面肯定会感觉亲切的。尤其是你生了一场大病以后，她大概也想见见你。所以你别这么说，一起去吧。”“去了麻烦，不去了。我找个地方喝咖啡，然后先去歌舞伎座。”幸子不再勉强，和雪子两个人前往大姐家。

到达目的地后，司机说“对不起，我等不了你们”，幸子几乎哀求道“别这么说，您等我们一下，也就十五二十分钟，等候的车钱照付”，司机才终于同意把车停在门口。她们走上二楼的八叠房间，朱漆八脚桌、赖春水的书法匾额、泥金画的木架、木架上的座钟等诸多物件依然如故。姐妹对坐，除了今年六岁的梅子，其他孩子都已经上学，家里没了先前那样的吵闹。

“还是让出租车走吧，怎么样？”

“回去的时候，能马上叫到车吗？”

“以前走到道玄坂，车子很多，不过……也可以坐地铁啊，从尾张町走过去也不远。”

“下次再慢慢聊吧，反正不久还会来的。”

鹤子忽然问道：“歌舞伎座这个月演什么剧目？”

“《茨木》和《菊畑》，还有别的……”

雪子见梅子上来，说“小梅，我们下去吧”，便牵着她的手走了下去。

等到只剩下两个人的时候，鹤子问：“小妹怎么没来？”

“小妹一直和我们在一起，她说自己还是不来为好……”

“怎么这么说啊？来吧，没关系的。”

“我也这么说。其实呢，这两三天事情太多，她好像很疲惫，毕竟身体还没有好全。”

和大姐面对面坐下来的那一刻起，幸子这几个月来对她产生的轻微反感逐渐消失。远隔两地时，幸子越想越不愉快，而这样相处时，又觉得姐姐还是过去的姐姐，一点也没有变。刚才她还问歌舞伎的剧目，现在四个姐妹都在东京，却只有三个人去看，唯独把这个姐姐排除在外，似乎显得自己心胸狭窄，对不起这个姐姐。对此，姐姐又是怎么想的呢？就她的性格而言，什么事都不往心里去，如果不在乎这件事当然最好，可是不论多大年纪都怀有少女般单纯之心的姐姐一听说看戏，心里肯定也想一起去吧。而且，最近本家珍视的大部分动产由于股价下跌，几乎完全亏空，家庭经济状况一定日渐紧缩，要不是刚好四姐妹在一起，她也不会单独去看戏的。

幸子想到这里，为了宽慰一下大姐，便尽量夸大其词地谈论雪子这次的亲事，说对方主意已定，只要这边答应，便大功告成。这次大概可以让姐夫、姐姐高兴了。待贞之助和对方见面以后，再到东京来和他们商量。最后，幸子说道：“今天去歌舞伎座也是这位御牧先生和井谷老板陪同。”她站起身来，“那就这样吧，过一阵子我还来的。”说罢，她便向姐姐告别。

鹤子跟在幸子身后，边下楼边说：“让雪子也开朗一点，和人家交往时态度亲热一点。”

“这一次她和以往不同，亲切应酬，有说有笑。看她那样子，这件事八九不离十。”

“希望能成，明年可就三十五了。”

“再见，下次见。”在楼梯下等候的雪子对大姐打了声招呼，逃跑似的抢先走出门外。

“再见。向小妹问好。”大姐送她们到路边，靠在车旁说道，“井谷老板出国，我不去打个招呼不好吧？”

“没事的，你又不认识她。”

“可是，既然知道她来东京了，不露个面行吗？什么时候启程？”

“听说是二十三日。她不喜欢热闹，谢绝所有送行。”

“那我到她下榻的饭店去看一看吧。”

“我觉得不用去……”

司机发动车子的时候，幸子还和大姐隔着车窗说话。她发现大姐的泪水正扑簌簌地流淌下来，不禁奇怪这眼泪和井谷有什么关系。一直到车子开动，大姐的泪水还流个不停。

开过道玄坂的时候，雪子说：“大姐哭了。”

“为什么哭呢？我觉得奇怪，她怎么谈到井谷老板就哭了？”

“什么啊？肯定是因为别的事，只是拿井谷老板掩饰自己的难为情罢了。”

“是因为我们没有邀请她一起去看戏吗？”

“对呀，她就是想去。”

大姐因为没能看戏就哭鼻子，她起初一直拼命忍耐，为产生这种小孩子般幼稚的心态而羞耻，最后终于忍不住才哭了出来。幸子现在想起来，才明白果然是这么回事。

“大姐说让我回来吗？”

“她大概一心想着看戏的事，没来得及说出来。”

“是嘛。”雪子心上的一块大石头终于落地。

在歌舞伎座看戏时座位互不挨着，没有进一步交流的机会，但他们一起在餐厅用了餐，幕间的五分钟或十分钟的休息时间，御牧也过来邀请她们到走廊交谈。追求时尚、兴趣广泛的御牧坦承他对歌舞伎一窍不通。的确如此，他对歌舞伎这种传统戏剧一无所知，甚至连长呗和清元都分不清楚，结果被光代冷嘲热讽了一通。

井谷听说幸子姐妹坐明天早上的快车回神户，说道：“今天晚上就要分手了。这次我送给你们一件满意的礼物，心里非常高兴。还有很多事情想和你们商量，以后就由光代和芦屋那边联系。”看完歌舞伎，御牧提议一起走一段，六人便向尾张町走去，井谷和幸子走在最后，和大家稍微拉开距离。井谷简单扼要地说：“您也看得出来，御牧先生非常上心。昨天晚上国岛夫妇见过小姐以后，比御牧先生更加满意。所以，御牧先生打算尽量这个月去芦屋拜会一下您先生。如果能得到府上的初步认可，下一步就是请国岛先生和御牧先生的父亲商谈。”接着，六人在科隆面包店稍事休息，御牧和光代说明天早晨来送行，就在西银座告别，剩下一行四人回到饭店。

井谷送幸子姐妹回房间，又说了一通话，然后道一声“晚安”就走了。幸子先去洗澡，接着是雪子。幸子从浴室出来的时候，看见妙子还穿着看戏时候的衣服，也不脱外褂，就把报纸铺在地毯上，斜坐在上面，背靠安乐椅，可能是刚才陪着大家走路，有点累了。幸子见她这种疲惫不堪的样子，觉得不太正常。

“小妹，你身体还没有完全康复吧？是不是别的地方还有毛病？回去以后再让栉田医生看一看。”

妙子“嗯”了一声，看似吃力地说道：“不用看我也知道。”

“是什么地方有毛病了？”

妙子侧脸贴在安乐椅的扶手上，用黯然无神的目光看着幸子，一如往常那样平静沉着地说道：“我怀孕大概有三四个月了。”

“什么?!”幸子感觉一下子透不过气来,睁大眼睛死死地盯着妙子,片刻后才吐出几个字来，“是阿启的孩子吗？”

“是那个叫三好的。二姐从奶妈那里听说过吧？”

“就是那个调酒师？”

妙子默默地点了点头。“没看过医生，但我想肯定是怀上了。”

“小妹，你想生下来吗？”

“不是说想生……不这样，阿启就不会死心。”

这是幸子的老毛病，只要遭受突如其来的巨大惊吓，就会手脚惨白，浑身剧烈颤抖。她意识到当务之急就是让自己悸动的心脏平静下来，于是不再和妙子说话，摇摇晃晃地走到墙边，关掉天花板上的灯，打开床头柜的台灯，钻进被窝里。雪子从浴室出来的时候，她闭着眼睛装睡，随后听见动静，像是妙子慢腾腾地爬起来，走进了浴室。

三十二

毫不知情的雪子第一个睡着，妙子也很快进入梦乡，唯有幸子无法入睡，不时用毛毯擦拭涌出来的泪水，一整夜都辗转反侧。皮包里装有安眠药，也有白兰地，但今天晚上精神受到如此刺激，这些都不管用，她根本不想食用这些。

每次来东京都会遭遇倒霉的事情，这是什么缘故呢？难道自己原本就与东京不对付吗？前年秋天，新婚旅游以后时隔九年来到东京，就收到阿启揭发小妹和板仓谈恋爱的信件，让自己大吃一惊，那天晚上也和今晚一样，彻夜未眠。去年初夏第二次来到东京，虽说和自己没有直接关系，但是在看歌舞伎的时候被叫出去，得知了板仓病重的消息。即使没有这些事情，每次雪子的亲事总是遇到某种不祥的征兆，而这一次相亲恰巧又在东京，令人感觉兆头不好，会不会又要发生触霉头的事情？“有二必有三”的预感总是挥之不去。但是，今年八月第三次上东京，一切都很顺利，难得和丈夫旅行愉快，自始至终都心情舒畅，于是努力使自己相信东京之行并非总有坏事发生。就说这次吧，本来没有抱多大希望，起初甚至怀着破罐破摔的想法，所以觉得没有必要理会兆头的好坏与否。可是现在看来，东京的确是一个不吉利的“鬼门关”。这一次又因为妙子的事受阻，雪子的亲事将再次失败……这么理想的一门亲事，偏偏选在东京见面，说到底还是雪子命途多舛。幸子觉得雪子实在可怜，更加感觉妙子可恶，一个可怜，一个可恶，两种感情交织在一起，让她泪水涟涟。

啊，又是这样，真的又是这样被这个妹妹欺骗……可这一次应该责备她本人，还是自己这个监护人呢？她说怀孕三四个月，也就是今年六月左右大病初愈时发生的事情。如果是这样，应该有一段孕吐的时间，却被她隐瞒过去，自己一点也没有察觉，这难道不是自己的疏忽大意吗？就说这两三天吧，看着这个妹妹吃饭时都懒得动筷子，稍微动一动就一直喊累，她的一举一动自己都清清楚楚，却做梦也没有想到是因为怀孕，这难道不是自己太迟钝吗？说起来，这阵子她不穿西服，而是穿和服，应该也是这个原因。在小妹眼里，她们肯定是一群傻瓜，可是她难道不会受到良心的谴责吗？从刚才她的话语中，可以推测怀孕并非偶然导致，而是和三好那个男人事先策划好，造成既成的事实，以此逼迫阿启与她断绝关系，同时也迫使家里人不得不认可她与三好的结合，所以才选择怀孕这个手段。也许小妹以为这是一出妙招。设身处地替她想一想，这个结果是好是坏？也许对于小妹来说，除此之外别无良策，但这种行为能被允许吗？

小妹啊，我、我的丈夫，还有雪子，违抗本家的严厉命令，不惜做出无数牺牲来保护你，你却辜负我们的一片好意，难道要把我们逼到没脸见人的境地才痛快吗？那好，我们夫妇在社会上出乖露丑、抬不起头也就罢了，难道你忍心摧毁雪子的未来吗？你这个妹妹为何如此一而再再而三地折磨我们呢？你今年春天患重病的时候，雪子不是无私忘我地尽心照料你吗？难道你不知道多亏了雪子你才捡回一条命吗？我原本还以为你对雪子铭恩在心，才在昨晚的宴席上那样表现，其实是自己高估了你，你昨夜那样欢闹，仅仅是毫无来由的醉态而已。

你这个妹妹除了自己，从来不考虑别人……

幸子之所以怒不可遏，是因为妙子一贯的冷静判断和铁石心肠，她事先经过反复计算，知道这样做会让幸子火冒三丈、会再次伤害贞之助的感情、会让雪子蒙受几乎无法预计的巨大灾难，还依然认为采取这种非常手段是有利于自己的上策而付诸了实施。这种手段是舍弃别人来保全自己，也许在妙子的人生观中属于迫不得已的行为，但偏偏选在这个时候——决定雪子命运的关键时刻捅出这种事吗？当然，妙子怀孕与雪子相亲只是巧合，并非事前蓄意的谋划，但如果平时口口声声说的“我的事情要等雪姐结婚以后再说”“我绝对不能连累雪姐”是出于真心，至少也要等到雪子的婚事定下来以后再采取什么手段吧。好吧？这些先不说……明明知道自己怀孕了，为什么还非要跟来东京？就不能不来吗？或许在妙子看来，好久没有作为莳冈家三姐妹的一员抛头露面，有这个机会自然十分高兴，也怀着对井谷的感激之情，以至于忘记了身体极易疲劳的状态，不，也许出于她一贯的大胆莽撞，认为即使稍微劳累一点也不要紧，才会无所顾忌地跟来。可是，身体还是扛不住旅途带来的疲惫，同时觉得这是一个合适的时机，于是把实情讲了出来。然而，幸子她们作为家里人始料未及。三四个月大的孕肚，眼尖的人是能察觉出来的，又是宴会，又是看戏，众目睽睽之下居然毫不在乎，挺着肚子到处现眼，这得有多大的胆量！首先，现在正是最忌讳乘车的时期，长时间在火车里摇摇晃晃，万一有个三长两短，将来怎么办？即使她本人不当回事，幸子和雪子会怎样地惊慌失措、丢人献眼啊！幸子想到这些，就不由得脊背发凉，说不定昨天就有人察觉，自己早已丢尽颜面，却还被蒙在鼓里……

反正现在已是生米煮成了熟饭，能有什么办法？这次自己又被耍弄了一回。既然都瞒了这么长时间，就不能以后再挑个合适的时间和地点告诉我吗？在这样的旅途中，在这样凌乱不堪的饭店房间里，在我筋疲力尽正想睡觉的时候，在我没有任何心理准备的情况下，突然间轰隆一声，夸张一点说，把这么一个犹如天崩地裂的事实砸给我，不是太残忍了吗？幸亏我的脑贫血没有发作。不管怎么说，这种做法太轻率无知，太冷酷无情了。这件事和别的事不一样，纸包不住火，迟早要暴露的，所以总有一天必须坦白。尽管早一点比晚一点好，可是怎么能在今晚这样别人毫无精神防备的时候，在半夜三更三人共处一室没法哭泣、没法发火、没法逃跑的时候把这件事告诉我呢？这难道就是小妹对长年累月亲切关爱自己的姐姐所应有的态度吗？如果她还有一点同情心，难道不应该在旅途中忍着不说，待我回家后身心都回到正常状态以后，再找时间从容地告诉我吗？我不奢求现在的小妹能为我做什么，但这么点希望也做不到吗？

不知不觉间，幸子听见早晨电车碾压铁轨的声音，窗帘的缝隙中透进光亮。她的大脑深处极度疲倦，却毫无睡意，还在继续思考这个问题。很快就会让人看出来了，必须尽快处理，怎么处理呢……不让任何人知道，神不知鬼不觉地堕胎是一种方法，但是听刚才妙子的口气，大概不会同意。责备她的胡作非为，让她承认自己的错误行为，同时为了莳冈家的名誉，也为了帮雪子扭转命运，只好说服她牺牲肚子里的孩子，不管她是否愿意，必须强行实施。这也是一种方法，但像幸子这样性格懦弱的人根本不可能说动妙子。而且，如果是两三年前，随便哪家医院都可以做这种手术，然而最近的社会舆论对这种手术抨击得越发厉害，即使妙子同意，也不可能轻易办成。那么，另一个方法就是让她躲到一个无人知道的地方，就在当地分娩。这期间，要绝对禁止和那个男人来往，所有费用由莳冈家承当，并且全程由幸子等人监督，同时加快雪子结婚的进程，直到举办婚礼。但是，幸子要实施这个计划，必须对丈夫讲明情况，借助他的力量，否则幸子一人无法完成。想到这些，幸子的心情立即沉重起来。不管丈夫多么信任自己，爱护自己，自己怎么好意思把亲妹妹三番两次的不端行为告诉他呢？对丈夫而言，雪子和妙子只是妻妹，和本家大姐夫的情况不一样，没有格外照顾她们的义务，然而他对这两个小姨子的精心关照胜过亲哥哥，个中原因——说出来有点自我陶醉——归根结底是出于对妻子的深厚感情。这一点幸子内心十分自豪，并感激丈夫。这本来是一个和谐美满的家庭，从未有过风波，但每每因为妙子的事情让丈夫不快，偶尔也因此产生意见分歧，幸子作为妻子，不止一次觉得自己对不起丈夫。最近丈夫好不容易心情好转，允许妙子到芦屋的家里走动，而且这次从东京带给他雪子亲事有望的好消息，一定会让他心花怒放——可在这个时候怎么能够把这个坏消息告诉他呢？贞之助是那样的人，遇到妙子的事情时总是反过来安慰幸子和雪子，不让两人为此受委屈，但丈夫越是这样，幸子心里越难受，而且她知道丈夫虽然说了没关系，却在强忍着内心的不快，幸子更觉得过意不去。

不管怎么说，这次必须依靠丈夫的理解和正义感。幸子最担心的就是这件事又会毁掉雪子的好运。雪子的亲事每次都是开头顺利，等到再进一步的紧要关头时，总会遭遇阻碍致使无疾而终。就拿这次来说，即使把妙子送到什么遥远的温泉旅地，也未必能掩尽天下人耳目，御牧总有一天会知道真相。还有，以后两家来往频繁，互相邀请的机会增多，如果妙子从此不再露面，销声匿迹，不论怎么搪塞掩饰，都会让御牧起疑心。另外，奥畑那边会不会意外地出来干扰？奥畑恨的是妙子，不是幸子和雪子，但因为被妙子一脚踢开而迁怒整个莳冈家，采取敌视态度，实施报复手段也不是不可能。如果奥畑偶然听到雪子的这桩亲事，也许会跑来揭发，把妙子的丑事传到御牧耳朵里。那倒不如坦率地把事情原原本本地告诉御牧以求得谅解，不是更好吗？他既然不把妙子的事情视为问题，坦诚相告不是比先是遮遮掩掩而后暴露无遗更安全吗？也许人家根本就不当回事。不，即使御牧本人不介意妙子的丑事，他周围的人们、他的子爵父亲、国岛夫妇能不厌恶妙子吗？尤其是那个子爵以及子爵家的亲戚，能同意与出了个淫乱妹妹的家庭结为亲家吗？

啊，这门亲事……又要破灭……雪子多么可怜啊！

幸子悄悄地叹了口气，翻过身睁开眼睛一看，房间已经十分明亮。旁边的双人床上，雪子和妙子还是像小时候那样背对着背睡觉。雪子面向这边睡得酣然，幸子看着她那张白皙的脸，心想她在做着什么样的梦呢？

三十三

从东京回来的当天晚上，幸子就把妙子怀孕的事情告诉了贞之助。她一见到丈夫，心里一刻也憋不住（当天早上，她在饭店里趁妙子不在的两三分钟里告诉了雪子），晚饭前，她对丈夫说“你来一下”，把丈夫叫到楼上，先谈雪子相亲的事，然后咬咬牙、心一横，把妙子的事也和盘托出了。

“本来只想给你带回这个好消息，让你高兴……可偏偏又出了这种事，给你添堵……”

贞之助安慰哭哭啼啼的妻子：“雪子的好事出现一点麻烦，并不意味着这桩亲事就不行了。我来处理吧，你用不着这么担心，交给我好了，让我考虑两三天。”

过了几天，贞之助把幸子叫到书房，说想这样处理这件事，并征求她的意见：首先，妙子说她自己怀孕三四个月，大概不会错，但还是要请专门的医生诊断确认，提前知道预产期。关于转地疗养，有马温泉一带比较方便。好在妙子现在还住公寓，以后绝对不许她再来芦屋走动，幸子她们可以在夜里坐出租车直接去有马。至于让谁陪在她身边这事有点犯愁，只能事先对阿春再三叮嘱，让阿春跟着去。当然，在有马的旅馆不能使用莳冈这个姓，就装作某家的太太去那里疗养。在旅馆住到临产之前，可以选择在有马分娩，或者只要不被人发现，也可以提前一点回神户，住进一家合适的医院，这个到时看情况再做决定。要实行这个计划，必须征得妙子和那个姓三好的男人的同意。由贞之助亲自去见妙子和三好，做好说服工作。贞之助认为既然木已成舟，将来妙子和三好迟早会结婚，他本人也不反对。但是，当前妙子未经家长许可，私自和三好发生关系乃至怀孕，一旦流传世间，会造成恶劣影响，所以两人暂时不能来往。贞之助夫妇负责妥善处理，以便妙子顺利分娩。以后找个适当的时候，自然会把妙子母子交给三好，不仅同意他们结婚，还将尽力取得本家谅解。需要忍耐的时间大概不会太长，只要等到雪子的亲事决定下来就可以——贞之助打算按照这个设想说服两人，当前应该让妙子远离众人，不能让任何人知道这件事。据妙子说，知道或者看出点眉目来的只有她和三好，还有奥畑。那么，此外就是贞之助夫妇、雪子，至于阿春等女佣，必定瞒不住她们，只能叫她们绝对不许外传。

幸子担心奥畑会捣乱，贞之助说："我立即和他见面，把话说清楚。"幸子又害怕奥畑有意抛弃名誉，到时可能什么事都干得出来，比如持刀伤人，或向报纸爆料，对莳冈家诽谤中伤，如果他想干，不是没有可能。贞之助对此付之一笑，说："这是你在杞人忧天。奥畑看上去像不良青年，但毕竟出身名门世家，还不至于干出流氓恶棍那样的勾当，即使想拿刀威胁，我看他也是有这个心没这个胆。再说了，他和妙子的关系从来就没有得到两家人的认可，因此，他在这个问题上根本就没有说话的权利，何况妙子对他已经毫无爱情可言，甚至怀上了三好这个情人的孩子，对于奥畑来说，只能彻底分手，别无选择。虽然有点可怜，我会谆谆开导他，晓之以理，让他死了这条心。他没理由说不行，大概会听从我的劝解。"

按照这个计划，贞之助第二天便开始行动。他先到甲麓庄找妙子谈话，然后去了神户凑川的某幢公寓，找三好谈话。幸子问他对三好的印象如何，贞之助回答说："我对这个小伙子的感觉竟然还不错。我们谈了不到一个小时，无法进行细致的观察，但在我看来，他比板仓认真诚实。我并没有责备他，他却说造成这样的结果，他有一半的责任，还诚恳地向我谢罪。从他说的话推测，两个人发生关系好像不是三好主动，而是妙子勾引他。三好解释说这么说显得自己卑劣，他虽然意志薄弱，但绝非他这一方主动去做那种事。出于前前后后的原因，他确实身不由己地犯下那样的错误，所以恳请我理解他当时的处境。他说只要问一下小妹，就知道他没有撒谎。我觉得他说的应该是真话。正因如此，他不仅完全无条件地接受我的意见，还很理解我的心情，十分感激我。他说'我自知没有娶小妹为妻的资格，但如果将来允许我们结婚，我发誓一定让小妹幸福。我自知责任重大，考虑到将来要获得府上同意，也准备了一些存款。到那时，我打算独立经营一家高档小酒吧，面向时尚的西方人。小妹将来做西服，我们夫妻俩共同工作，自力更生，在经济上不给府上添麻烦'。"

第二天，妙子去兵库的船越妇产科医院做检查，确诊怀孕不到五个月，预产期在明年四月上旬。日子一天天过去，妙子的身形逐渐变得引人注目起来，于是幸子按照丈夫的指示，在十月底的一个傍晚，让阿春悄悄地陪伴妙子前往有马。两人一路上小心谨慎，有意避开有熟人的车库，从省线的本山站坐出租车到神户，又换乘另一辆出租车，翻越山岭似的到达了有马。出发前，幸子再三再四地叮嘱阿春：妙子暂住在"花坊"温泉旅馆，大概五六个月，其间使用"阿部"这个假姓；不能叫她"小妹"，必须称呼"太太"；不要给芦屋打电话，需要联系的时候，要么你来芦屋，要么这边派人过去；禁止妙子和三好来往，不许把妙子转移的地方告诉三好；万一有什么可疑的来信，或者有人打电话来，或者有人找妙子，都必须高度警惕等。阿春对幸子说："事到如今才对您说很抱歉，其实你们去东京之前，我们就已经知道小妹大肚子了。"幸子大吃一惊，问她是怎么知道的，阿春回答说："最先是阿照察觉出来的，她说怎么回事啊，小妹的身形不太正常，会不会有了啊？不过，只是我们几个人之间说说，没有对其他任何人说过。"

妙子和阿春离开以后，一天，贞之助回家把他去找奥畑谈话的情况告诉了妻子。

原先说奥畑家在西宫一本松旁边，可是到那儿一看，他已经不住那儿了。向邻居打听，说是本月初收拾行李搬到了夙川的松岭旅馆。到松岭旅馆一问，又说在那里只住了一个星期，听说搬去什么香栌园那边的永乐公寓了。好不容易找到他，见面后谈话并不是很顺畅，但最终还是按照预想那样得以解决。贞之助先是表示有这么一个品质恶劣的妹妹实在让家门很不光彩，他与妙子的相识只能说是一场灾难，贞之助对此极为同情。

谈话从这里展开，奥畑起初表现得通情达理，让贞之助放心，平静地问起妙子现在在哪里、是否由阿春陪伴。他想方设法打探妙子现在的住处，但贞之助明确告诉他："请你不要打听这个，妙子现在住在哪里，我们连三好都没有告诉。"奥畑一听，说了声"是吗"，就陷入沉思。贞之助说："不管妙子在哪里做什么，你能不能认为这已经与你无关呢？"奥畑不高兴地说："我算是死了这条心了。可是，府上就同意小妹和那样的人结婚吗？那个男人在如今这个店干活之前，听说在外国轮船上当调酒师，完全是个来路不明的人。别看板仓那个样子，至少出身清白，而三好的父母、兄弟姐妹是什么人，有谁听说过？像这种当过海员的，谁能知道他过去是什么样的。""谢谢你的忠告，这一点我们会充分考虑的。"贞之助顺着他的话继续说，"另外，我还有一个请求，说起来有点自私自利——你要恨也应该去恨小妹，而她的姐姐们都是无辜的，所以请你也能为她们、为莳冈家着想，能否不把小妹怀孕这件事声张出去？万一传出去，最大的受害者就是还没有找到结婚对象的雪子。这一点你能保证守口如瓶吗？”尽管相当勉强，奥畑还是明确回答：“这个请你放心。我丝毫没有怨恨小妹，更不想让各位姐姐为难。”

双方谈过以后，贞之助觉得这件事也轻而易举地搞定了，便回到大阪的事务所上班。可是不久，奥畑打电话来说：“就刚才说的那件事，我也有个要求，想和你再见一面。方便的话，我现在就过去。”贞之助表示可以等他。奥畑很快就来了，被领进会客室与贞之助相对而坐。起初他扭捏了一会儿，突然变成一副可怜兮兮的样子，说：“今天上午听了你的话，我想也只能彻底死心了，但我和她相恋十年，现在不得不分手，希望你能够理解我无法言状的孤寂心情。而且，你大概也已经知道，我为了小妹被哥哥和其他亲戚赶出家门，起先还能勉强租个小房子居住，如今你也看到了，我只能独自蜗居在脏兮兮的一间小屋里。如今连小妹都要抛下我，从今往后我可真成了天底下名副其实的光棍了。”奥畑的腔调如同演戏一样，接着笑嘻嘻地说，“我也不想向你开口提这个要求，可是，我现在每天连零花钱都成问题，有些话难以启齿，我以前也给小妹垫付过一些钱，现在能不能让她还钱呢？”奥畑有些脸红，补充道，“当然，当初垫钱的时候并没有说要她还，可我现在要是不困难，也不会开这个口。”贞之助说：“既然有这桩事，当然要还。有多少钱？”“这我说不清楚，问一下小妹就知道了。如果能给我两千日元，也就行了。”贞之助本想和妙子核实以后再说，但转念一想，这两千日元作为分手费和封口费不算高，还可以立即了断，不会有后顾之忧，便说道“我现在就给你”，当场开了一张支票交给奥畑，并再次叮嘱：“我请求你的那件事，也就是妙子怀孕的事，你必须绝对保密。”奥畑再次说“这我知道，你放心吧”，然后离开了。就这样，和奥畑的事情总算解决了。

正是处理妙子问题最忙乱的时候，幸子收到井谷女儿光代的来信，她在信中首先对三姐妹远道而来参加饯别宴表示感谢，报告母亲已经高高兴兴地启程，然后说御牧先生打算十一月中旬去芦屋拜访贞之助，请贞之助当面了解自己，最后说国岛先生和夫人特意表示衷心的问候。

过了一个星期，幸子收到鹤子的来信。鹤子历来无事不来信，幸子以为又有什么事，打开一看，大姐难得絮絮叨叨写了一大堆家常话。

幸子妹妹：

上次久别重逢，本以为可以从容叙谈，可惜没有时间，未能如愿。歌舞伎座的演出一定很有意思吧？下次一定也要叫上我。

御牧先生那件事，后来怎么样了？我觉得现在对你大姐夫说还为时尚早，所以还没有告诉他。但愿这一次能够圆满成功。对方是名门之子，应该没有问题，但如果需要调查身世，你告诉我，由我们去调查。每次都这样完全交付给贞之助妹夫和你去办，我心里过意不去。

近来孩子们都逐渐长大，我也可以放手了，所以有空写信，而且时常练习书法。你和雪子妹妹现在还去书法老师那儿学习吗？其实我练习书法手头没有摹本，很不方便，如果你们有作废的草稿，请寄给我。最好是经过老师批阅的。

另外，我还想向你讨要一些东西，要是有现在用不着的旧衬衫等内衣之类，能否送给我呢？即使是你不穿的，或是还能凑合穿出去的，打算扔掉和给女佣的也可以。还有，雪子妹妹、小妹的东西也可以，只要是内衣，都无所谓，包括灯笼裤，什么都行。孩子大了，可以不用照管，但花钱的地方越来越多，所以必须厉行节约，精打细算。穷家难当啊，不知道什么时候才能过上舒坦日子。

今天心血来潮想给你写信，结果写了一大堆牢骚话。我期待着不久你会有好事和我商量。

向贞之助妹夫、小悦、雪子妹妹问好。

鹤子

十一月五日

幸子看了这封信，想起那天在道玄坂隔着车窗告别的时候，姐姐的脸上泪水涟涟。她说是心血来潮写的这封信，并且索要各种各样的东西，其实也许心里还是忘不了那天没有叫她一起去看戏的事，用这种委婉的方式表达出来。以前大姐来信，多半是端着大姐对小妹的态度提意见，幸子觉得见面时她是亲切的大姐，可写起信又总是板着一副训斥的面孔。她今天竟然写来这样的信，让人有点不可思议，所以幸子只是把大姐要的东西用包裹寄过去，没有回信。

十一月中旬的一天，赫宁格夫人来访，说女儿弗莉德尔要随父亲去柏林。夫人认为欧洲正在打仗，不太愿意女儿前往，但女儿想研究舞蹈，一心要去，丈夫没有办法，只好妥协，说“既然这么想去，我就带她去吧”。幸亏还有别人一起，路上比较放心。赫宁格夫人说，女儿到柏林以后，肯定要去舒尔茨家拜访，问幸子要不要让她的女儿捎口信。今年六月，幸子曾托夫人把信函译成德文，同时还将一把扇子和一块中国绉绸的布料寄到汉堡，可是后来一直没有收到舒尔茨家的回信，心里有点挂念，于是想趁这个机会顺便让她女儿带去纪念品，便答道“在您女儿出发之前，我把东西送到府上”。几天后，幸子选了一枚珍珠戒指作为送给罗瑟玛丽的礼物，又给舒尔茨夫人写了一封信，送到赫宁格家里。

正如光代来信所说，这个月临近二十日的时候，一天晚上，御牧从嵯峨的子爵家里打来电话，说："昨天从东京过来的，打算待两三天，想趁先生在家的时候前去拜访。"幸子回答："傍晚来的话，哪天都可以。"御牧便说："明天就去拜访。"

第二天下午四点左右，御牧前来和提早回家的贞之助在客厅里交谈了三四十分钟，然后加上幸子、雪子、悦子一起去神户，在东方饭店吃烤肉。饭后，御牧坐新京阪线回嵯峨，一家人把他送上阪急电车。御牧的态度和在东京时毫无二致，他和贞之助是初次见面，依然豁达大方，能说会道，给人留下随和可亲的印象。酒喝得比上一次还多，饭后他们仍频频喝着威士忌，不知疲惫地说着笑话。最高兴的当数悦子，走在回家的路上时，御牧牵着她的手，悦子就像对一个温和体贴的叔叔那样亲昵，还悄悄对幸子说"二姨要是嫁给御牧先生就好了"。幸子问贞之助对御牧感觉怎么样，贞之助略一思考，说："见面的感觉当然不错，给人的印象很好，这一点没得说，我也很满意。可是，像这样十分随和的人往往都有不好说话的一面，多半对妻子比较苛刻，尤其是华族的少爷，好像更是如此，所以不要一头扎进去。"他又用稍带些警惕谨慎的语气说，"即使没有必要调查门第出身，他本人的品行、性格，还有至今未婚的原因，还是要查一查为好。"

三十四

御牧拜访芦屋是专门去接受贞之助的人品测试的，所以对亲事只字未提，话题从建筑、绘画谈到京都的著名园林、古刹，从他父亲的嵯峨宅邸里的林泉景致，谈到从祖父御牧广实那里听来的明治天皇和昭宪皇太后的故事，还有西餐、洋酒等，让贞之助见识到他的侃侃而谈后便回去了。过了大约十天，即星期天早上，光代事先没有联系就突然来了。她说因为杂志社的事情来大阪出差，顺便前来拜访，社长和御牧先生都吩咐她来打听一下“测试是否及格”。幸子表示“因为贞之助有这样的意见，现在想调查对方的一些情况。十二月贞之助要去东京，和本家商量之后再给予答复”。光代说：“你们觉得有哪些情况不了解呢？最近我和御牧先生接触很多，他的优缺点我基本都了解，您提出来，我把知道的原原本本告诉您，这样比找别人调查更直截了当，还请您无须顾虑地提出来。”光代的性格和她母亲一样，快人快语，从不拐弯抹角。幸子应对不了，就叫来了贞之助。既然光代这样痛快，贞之助也不客气，开诚布公地提出自己的疑问，最后对御牧这个人有了一个大致的了解：御牧是一个洒脱豪爽的绅士，却意外地感情用事，有时脾气暴躁。他和子爵家的长子是同父异母的兄弟，哥哥名叫正广，两人关系不好，经常吵架。光代没有亲眼见过，但听说吵得激烈的时候曾经揍过哥哥。酒品不是很好，喝醉了便会胡闹，但现在毕竟上了年纪，极少见他喝得酩酊大醉，所以酒后也不再耍酒疯。他受到美国文化的熏陶，对妇女非常有礼貌，十分尊重，即使醉酒也从来没有对女性动手，这一点可以放心。如果再说他的一两个缺点，就是兴趣广泛，但心浮气躁，缺少对一件事情深入钻研的毅力和韧劲。另外，他喜欢请人吃饭，助人为乐，所以花钱如流水，但没有挣钱的本事。贞之助没问的事情，光代也都和盘托出。

贞之助觉得对御牧这个人的形象和为人已经基本清楚，但是他说道："不客气地说，我最担心的是婚后的生活。我这么说也许失礼，据说他一直依靠父亲给他的财产随心所欲地过日子，花钱大手大脚。他涉足各种行业，但没有一件干出点名堂来的。如此看来，即使在国岛先生的支持下成为建筑家，此后能否成功，我还是放心不下。就算他在建筑上真有本事，以日本当前的形势，那种建筑风格也吃不开。这种状态恐怕三四年内不会改变，那这几年他将怎么度过？听说通过国岛先生的斡旋，可以从他父亲那里获得相应的补助，但如果当前的形势将持续五六年乃至十年，总不能一直得到资助吧？而且那样的话，可能一辈子都要成为子爵家的累赘，这方面我们心里没底，能不能给予一个让我们安心的回答呢？抱歉说了许多不近人情的话，坦率说我对这门亲事也是很看好的，基本上认为可以接受。我下个月去东京，想拜会国岛先生，把刚才说的问题确认一下。"

光代说道："好的，明白了。您心里有这样的不安，我完全可以理解，但这些不是我可以回答的。我回东京以后立即向社长汇报，关于将来的生活保障，一定给予您一个满意的答复。那我们等待您下个月的光临了。"贞之助要请她吃饭，她说"多谢好意，我要坐今天晚上的夜车回东京"，辞谢后便离开了。

十二月上旬，幸子叫雪子一起去京都的清水寺，祈祷妙子平安分娩，讨了一个护身符回来。这时三好给贞之助的事务所寄去一封信，里面装着他在中山寺祈祷妙子平安分娩的护身符，请贞之助转交给妙子。恰好阿春回来，幸子便让她把这两个护身符带给妙子。有一段时间没见到妙子，幸子心里挂念，听阿春说妙子早晚很有规律地外出散步，其他时间都老老实实地待在房间里；散步时会尽量避开街道，选择行人稀少的山路；在房间里有时看小说，有时制作人偶，还缝制婴儿的衣服，没有人来过信，也没有可疑的电话。

阿春还说她今天见到了基里连科。情况是这样的：阿春从有马乘神有电车，出终点站神户站的检票口时，碰见基里连科站在那里。阿春只见过他两三次，但对方记得阿春，对她微笑，阿春也点头回礼。他问阿春："就你一个人吗？"

"是的，就我一个人，刚才去了铃兰台。"

"莳冈家的各位都好吗？妙子小姐怎么样？"

"大家都很好，还是老样子。"

"是吗？好久没见了，请向他们问好。我现在去有马。"

他刚要进检票口，阿春问："卡塔丽娜小姐来信了吗？战争这么激烈，伦敦也遭到德国空军的轰炸。她怎么样了？大家都为她担心。"

"噢，谢谢。前天收到她九月寄出来的信，说她家在伦敦郊外，正好在德军飞机的航线上，每天从早到晚都有轰炸机编队通过，狂轰滥炸。可是那里有非常深的设施完备的防空洞，洞里被电灯照得亮堂堂的，唱片机播放的舞曲不绝于耳，人们喝着鸡尾酒跳舞，还说什么战争真叫人快活，没什么可怕的。所以，你们也不用担心。"他说完笑着走了。

幸子觉得这的确像是卡塔丽娜说话的口气，有趣是有趣，可又担心多嘴多舌的阿春会不会走漏风声，便问道："基里连科问妙子什么了吗？”

“没有，什么也没问。”

幸子追问：“真的？阿春，你什么也没对他说吗？你觉得他看上去知不知道小妹的事情？”

“我看他一点也不知道。”

幸子听了阿春明确的否定后，总算放下心来，又再三叮嘱阿春：“一定要注意外出时不能让任何人察觉，你一个人还好说，要是和妙子一起外出散步，很难确保不会被人撞见，所以要慎之又慎。”

十二月二十二日，时间已近年底，贞之助有事去东京出差。此前他通过两三种渠道调查了解御牧的性格以及他与子爵父亲、异母兄长之间的关系，确认了光代所说的话符合事实。最重要的还是有关今后生活的问题，即使在与国岛见面时，也没有得到具体的保证。国岛只是说：“我打算与御牧的子爵父亲谈谈，现在还无法明确表态。但是我保证让他给新婚夫妇购买住房并且提供部分生活费。为了合理使用这笔钱，不至于被乱花掉，钱将由我亲自管理，按月寄给他们。至于以后的生活，请您相信我，我绝对不会让他们生活拮据，能否完全交给我管理？我认为御牧具备建筑家的杰出才能，等到形势转好，我一定扶植他东山再起。各人看法不同，我相信这种形势不会持续很长时间。即使持续相当长的时间，吃饭大概也不成问题。”国岛就差没说出“有我在，怕什么”这样的话来。国岛领着贞之助仔细参观御牧为他设计的住宅，但由于贞之助不懂建筑，弄不清御牧在建筑领域究竟有多大本事。不过，像国岛这样有社会地位的人对御牧如此高度赏识，还要负责御牧未来的前途，贞之助只能表示相信。而且，幸子其实比国岛更热心地盼望这门亲事能获得成功。贞之助还没有听到妻子明确的表态，但显而易见她喜欢御牧的为人，不管怎么说，她内心非常高兴能与华胄之子联姻，如果贞之助毁掉这门亲事，她该多么沮丧伤心啊。贞之助也觉得或许这是迄今为止条件最好的一桩婚事，于是对国岛说道："我完全信任您，一切都拜托您了。不过按照程序，我们还要征得本家和雪子本人的同意，虽然知道不会有异议，还是要确认一下。所以，请您暂缓时日，我先回芦屋，正月月初会给您一个正式的书面回复。这些都是形式上的问题，您可以认为今天大体就把事情决定下来了。"贞之助告辞出来以后，直接去道玄坂，把事情经过向鹤子仔细汇报，希望她之后火速告知大姐夫的意见。

新年一过，正月初三时，光代又来到芦屋。"我是利用三天的休假去冈本的舅舅家里玩，顺便来传达社长的口信。社长有事来大阪，昨天应该已经到了，今天下午来京都，下榻'都'酒店。他说想利用这个机会得到你们上一次谈话的回复，然后去拜访御牧子爵，再请各位去嵯峨的子爵家里，这样是否可行？他让我来征询一下你们是否方便，希望明天能得到答复，让我向他汇报。催促得比较急，非常对不起，但社长说征求本家和本人的同意似乎只是走走形式，我今天来，应该就能得到正式的回复。"

贞之助的确对国岛说过正月初就正式答复，但是他考虑在初七之后回复，而且涩谷方面至今没有任何回音。当时大姐非常高兴，说"雪子这一次终于出嫁了，她能嫁到这样的名门，我在婆家面前也很体面光彩，辰雄也会感到自豪骄傲的。虽然雪子结婚晚了，等了很长时间，但晚有晚的好处，这一切都可以说是归功于贞之助妹夫的辛苦周旋"。贞之助觉得这一次大姐夫不会不赞成，只是因为年终事多，才没有及时回复，到正月应该会回复的。他觉得这件事已经板上钉钉，其实不问也知道，他完全可以主持大局进行下去。但是，这个时候如果不征求雪子的意见，独断专行做出决定未免危险，雪子会觉得别人不把她当作一回事，有可能对此产生厌恶的情绪，所以即便麻烦，为了履行这道程序，也只好让国岛再等一天。而关于未能按时答复的理由，他对光代说“打算今天晚上往东京打电话，询问大姐夫的意向。对不起，劳你明天再来一趟。明天上午一定会有答复的”，就这样，他向光代请求延长了一天。当然，“往东京打电话”只是借口，不过刚好有时间，他当晚就往涩谷打了个电话，是大姐接听的，说辰雄去麻布的兄长家拜年了，不在家里。

贞之助问：“姐夫对这事有回音了吗？”

“年底家里乱哄哄的，好像还没有。我已经把事情详细告诉他了。”

“那大姐夫说什么了吗？有什么意见呢？”

“这个啊……”大姐吞吞吐吐地说，“他说家世门第没什么可说的，就是没有固定职业这一点不放心。我对他说要是这个还不满意，那就太挑剔了。他觉得我说得也对，听那口气基本是同意的。”

“其实今天国岛先生派人到家里来要求答复，既然这样，我就可以告诉他我们没有异议，往下进行了，这一点请大姐予以理解。随后还是要直接听取姐夫的意见，不然不好办，所以请你告诉他，火速寄封信来。”贞之助说完，挂断了电话。

至于雪子这一边，贞之助认为只要向她表示尊重她本人的意向，事情就可以办妥。当天晚上通过幸子征询雪子的意见，没想到没那么简单，雪子没有立即表态，问：“什么时候回复？”幸子说：“明天上午光代来听消息。”她似乎有些不满地说：“难道贞之助姐夫要我一个晚上就做出决定吗？”幸子说：“我看你一直都没有不满意的样子，所以以为你是同意的。”“如果二姐和姐夫叫我嫁，我也打算嫁出去，可这是终身大事，至少也要给我两三天，好让我有个心理准备吧……”雪子早就拿定了主意，却还是要这么说。第二天上午，她嘟嘟囔囔地表示同意，又埋怨贞之助让她一个晚上就决定，脸上没有一丝高兴，更没有对一直好意为她操劳的姐夫、二姐表示半句感谢。

三十五

四日上午，光代得到回复后便走了，六日傍晚又来拜访。她说："我四日用电话把府上的答复告诉下榻在都酒店的社长，预定当晚坐火车回东京。可是社长说这门亲事的介绍人是我妈妈，让我代表她从中斡旋。这是社长的命令，于是我推迟两三天回东京。今天社长来电话，让我转告府上，说他和御牧子爵的会谈非常顺利。另外，他希望把雪子小姐等人介绍给御牧家的人，如果各位方便，请于后天八日下午三点左右光临嵯峨。这边有子爵、当天赶去的御牧先生、社长、我，还有大概是住在京阪的御牧家的一两个亲戚参加。本来时间应该再从容一些，但因为社长实在太忙，他想一鼓作气把事情办成，仓促之下只得提出这样的安排，还望见谅。社长说也请小妹、悦子小姐去，尽量所有人都参加。"幸子回答说"感谢社长的好意，但本家不同意妙子出席这样的见面会"，予以婉拒，然后让悦子早点从学校回来，决定四个人参加。

当天，贞之助一行人在新京阪的桂站转车，在终点站岚山下车，步行穿过中之岛，来到渡月桥下。这一带是每年赏樱必来的地方，大家非常熟悉。现在是最冷的季节，加上京都的冬天格外寒冷，大堰川的水色令人感觉刺骨一般的凛冽。沿河西行，来到三轩家前，右边是小督局的坟墓，走过游览船停泊处，拐进天龙寺南门，有一个悬挂着“听雨庵”匾额的大门就是御牧家。按照光代事先的指点，一行人很快就找到宅邸，这才知道此处还有这样的别墅。宅邸是茅草屋顶的平房，外面看并不大，客厅正面的庭院布置有泉水、岩石，借景岚山，景致优雅，美不胜收。在国岛的介绍下，主客双方互致问候后，御牧说“虽然有点冷，但是没有风，各位想要走一走吗？观赏一下庭院，家父会很高兴的”，然后带着大家转了一圈。他又说：“从这里看过去，岚山好像与庭院连接在一起，中间还隔着道路和大堰川。樱花盛开，游人纷沓而至的时候，只有这里宛如远离尘世的仙境一般宁静幽寂，根本听不见外面喧闹的人声，令人惊讶，也是让家父很骄傲的地方。庭院里特地不种樱花树，一到四月，可以平心静气地欣赏对面山峦上红云般的花海。今年赏花时节，请各位一定光临寒舍。在这间客厅里一边品尝便当，一边观赏远山的樱花，家父该多么高兴啊。”

过了一会儿，说是准备就绪，贞之助一行人被请进茶席，由御牧的妹妹、嫁到大阪富商园村家的夫人亲自指导点茶，日暮以后众人移到大厅就餐。所有的菜肴都是精心制作，对京都风味颇为熟悉的幸子推测这是从“柿传”饭店送来的菜肴。广亲子爵不愧是公卿血统，非常合适衣冠束带，体形消瘦，细长脸，肤色如象牙一般，给人一种能乐演员的感觉，乍一看与圆脸肤黑的儿子毫无相似之处，但仔细比较能发现两人的眼睛、鼻子颇为相像。父子两人的性格差异比外貌差异更大，可谓截然相反。儿子开朗豁达，父亲谨严阴郁，是典型的京都人。老人说了声“见谅”，围上深灰色的绢丝围脖，为预防感冒在背后生起电暖炉，坐在电热坐垫上。他话不多，说话慢条斯理，已过古稀之年，但身体还算健朗，对国岛和贞之助等人也都相当热心招待。起初因为老人在座，大家都显得有点客气拘谨，但酒过三巡，气氛逐渐活跃起来，坐在父亲身边的御牧说道：“怎么样？各位看我们父子长得一点也不像吧？”御牧开玩笑地开始评点自己和父亲的长相，引得笑声四起。贞之助站起来走到老人面前，向他敬酒，然后来到国岛面前坐下，一副聆听高见的样子，久久地坐在那里。

除了悦子，其他女性基本都身穿和服，唯有光代是西服，那双穿着袜子的脚丫弯曲着，好像感觉到寒冷似的，显得拘谨瑟缩。“阿光，怎么这么老实啊？”见御牧不停给她斟酒，她嘴上说“今天您别欺负我啊”，但几杯下肚，渐有醉意以后，她又开始喋喋不休起来。最后，御牧说“白葡萄酒没有了，真让人遗憾，但我知道二位的海量”，来到幸子和雪子跟前斟酒，她们也不客气，举杯畅饮。尤其是雪子，虽然正襟危坐，却喝了不少。雪子还是和平时一样不声不响，面含微笑，但幸子看到雪子的眼睛里闪耀着从未有过的兴奋的光辉。御牧看到悦子夹在大人堆里很无聊的样子，时常过来亲切交谈。其实悦子并不是百无聊赖，这个神经敏感的少女此时正不动声色地观察、研究每个大人的言行举止、表情变化、衣裳服饰、携带物品等。

八点左右晚宴结束，贞之助一行人首先告辞。在广亲子爵的关照下，他们准备坐出租车直接到七条站。光代说“我也顺便搭车去冈本的舅舅家”，于是她坐了进去。御牧说了句“我送你们到车站吧”，也不听贞之助的劝阻，坐到副驾驶座上。汽车沿着三条大街一直往东，在乌丸大街向南拐去。御牧心情舒畅，一边抽烟一边聊个不停。悦子不知道什么时候改口叫御牧“姨父”，突然说：“姨父，你姓御牧，我姓莳冈，都有一个‘maki’”。[1] 御牧喜不自禁，说：“小悦真聪明。所以说啊，小悦家和我家本来就是有缘分的。”光代附和道：“真的啊。这样雪子小姐的旅行箱、手绢上的姓名字母就不用改了，多方便啊。”

---

[1] “莳冈”的“莳”和“御牧”的“牧”在日语中的发音都是“maki”。

雪子一听，不由得笑出声来。

第二天，国岛从都酒店打来电话说："昨天晚上双方都很满意，我心里非常愉快，打算今晚和御牧先生一起回东京。有关彩礼等事项，以后由井谷小姐负责联系。另外，昨晚广亲子爵说，阪神甲子园的园村先生有一栋很不错的房子，可以出售，子爵打算购买下来送给新婚夫妇居住。御牧先生最近会去大阪或神户求职，离芦屋都比较近，看来一切顺利，万事俱备。只是那栋房子现在还住着房客，打算和他们交涉，让他们立即迁出。"涩谷的大姐夫至今没有回复，贞之助心里非常焦急。本家不明确表态，大概是因为大姐夫不满意雪子不去东京，或者还有别的什么原因。于是，贞之助给辰雄寄去一封信，内容大致如下：

此次亲事，想必您已从大姐那里知悉。我也认为御牧先生并非最理想的对象，但我们这边也有很多不足之处，不宜过高要求对方。考虑到这些情况，我们只能信任国岛先生的建议，结下这门亲事是最好的选择。前几天已经电话告知大姐，八日我们应邀去御牧家与广亲子爵见面，现在事情进展到彩礼订婚的阶段。此事一直由我们夫妇操办，未能一一征求本家高见，可能让您见怪。还有一件事我必须向您道歉，尽管道歉时间已晚。从去年开始，实际上更早一些，您多次要求雪子妹妹返回本家，但时至今日并未实行。这里面有各种原因，绝非我对您的意见置若罔闻，而是实乃无奈。坦率地说，雪子妹妹十分不愿意回东京，幸子对她怀有一些同情，所以不采取强硬的手段，此事无法实施。当然，其中一半责任在于我。正因感觉责任之重大，我才对雪子妹妹的亲事尽力奔走。长兄对不服从命令的妹妹自然无须照顾，如今倒是我觉得自己有义务关照她。但如果您认为我这是多管闲事，我只有退出。我一直本着这样的心情奔忙，如果您允诺此次的亲事，与之相关的费用应该由我负担。请您万勿误解，我这么说绝不是意味着让雪子妹妹从芦屋出嫁。这无疑是我们家人内部的事情，任何情况下雪子妹妹都是作为本家的女儿出嫁的，这一点不会改变。如能承蒙对上述事情之慨允，不胜感激。尚望体察下情，祈闻尊意。因时间紧迫，务求速复是盼。

过了四五天，辰雄的回信寄了过来，看来没有误解贞之助的来信，回信说得通情达理，大致内容如下：

拜读来函，辞意恳切，十分体谅您的心情。数年来，妻妹们对我疏远，对您和幸子妹妹亲近，并非我有意弃之不顾，但确有不周之处，所以凡事都给二位添麻烦，十分抱歉。雪子之事迟迟未复，并无他意，只是觉得她的事总让你们操心，我过意不去，都不知道信中该如何回复。雪子不回这边家里，我从未认为您有责任，也不认为张罗雪子的婚事是您的义务。一定要说的话，也许应该说这是我的无方所致，但如今不必追责谁是谁非。关于这门亲事，对方是名门之后，又有国岛先生这样的闻达之士居间介绍，而且他对您说得那么透彻，我提不出任何异议。今后此事完全由您操办，彩礼之类，一切都由您酌定。至于结婚费用，我也会尽力而为。由于眼下不甚宽裕，承蒙您的亲切好意，只要您不认为此事理应由您负担，或许还得仰仗您的帮忙。总之，此事日后见面时再议。

贞之助这才放下心来。然而，他又想到妙子的事情，奥畑虽然做出保证，如果形势发生变化，说不定又会提出什么要求。必须趁着现在风平浪静的时候，抓紧时间，加快进程，首先就是立即办妥订婚手续。但是，后来听光代传来的消息说，国岛夫人偏偏在这个时候得了恶性感冒，并转为肺炎，病情相当严重，雪子的事情不得已只好暂时拖延一段时间。国岛也来信郑重其事地说明情况。另一方面，御牧通知说子爵家已经购入甲子园的那栋房子，并转交给了御牧，登记手续均已办妥。只是房客尚未搬走，但很快就会腾出来，届时御牧会过去检查房子，也请这边的姐姐、雪子小姐一起去看房。另外，将从听雨庵调来一个女佣看管空房子，婚后可以把她留下来。

国岛夫人的病情曾一度危笃，幸好渐有起色，转危为安，二月下旬可以下床，然后转到热海疗养两周。夫人对雪子的订婚事宜一直牵挂在心，病中说梦话还念叨此事。三月中旬，光代到芦屋商量订婚之事。首先是订婚和结婚仪式在东京还是京都举办，国岛的意见是，御牧在小石川有子爵家的本宅，莳冈家在涩谷也有本家，所以应该在东京举办。订婚的日子选在三月二十五日，婚礼想在四月举行。贞之助对此没有异议，便往涩谷打电话通知大姐。涩谷那边因为孩子多，房子被糟蹋得不成样子，像猪圈一样乱七八糟的，于是大姐急急忙忙地更换隔扇的贴纸、榻榻米，还把墙壁粉刷一新，忙乱了一阵。

幸子听说在东京举办仪式，不太高兴，但也没有不赞成的理由。三月二十三日，贞之助因为太忙，就由幸子陪同雪子去东京。二十五日订婚仪式结束后，国岛就给洛杉矶的井谷打电报，报告事情的进展。雪子要向大姐夫、大姐辞行，就留在涩谷，二十七日幸子一个人回到芦屋。到家正好十点，贞之助和悦子都不在家。她走上二楼的卧室，打算舒舒服服地休息一下，忽然看见桌子上有一封经由西伯利亚寄来的外国信函，已经拆开。旁边有一张字条，上面有丈夫潦草的字迹：

舒尔茨夫人和赫宁格小姐来信，实在难得。悦子想看里面的内容，就把信拆开了，但是舒尔茨夫人写的是德文。我拿到大阪，让朋友译成了日文。译文见另纸。

字条旁边放有七页纸的译文。

三十六

令人怀念的蒔冈太太：

早就应该给您写一封长信了，我们一直很想念您和可爱的悦子小姐。悦子小姐已经长大了吧。但是，我们现在几乎没有时间写信。您也知道，德国现在人手不足，很难雇到女佣。我们去年五月请了一个女佣，每周来三次，只是早上来打扫卫生，做饭、购物、修理、缝补等都得由我亲自来做。白天干这些家务活，晚上才好不容易有点时间。以前都会利用这个时间写写信，如今只能拿出装有孩子们袜子的筐，缝补袜子上大大小小的破洞。过去这些穿旧穿破的袜子都随手扔掉，但现在一切都要厉行节约。为了打胜仗，我们通过点点滴滴的节约贡献自己微薄的力量。我听说在日本也变得一切从简了。我们的一位好朋友利用休假来到这里，给我们讲述日本的许多变化。这可以说是努力向上、朝气蓬勃的民族所肩负的共同命运吧。大家都说，要在阳光下占有一席之地真不容易，但我们坚信一定能做到。去年六月，收到您用德文写的信，非常高兴。感动于怀，衷心致谢。这封信您大概能请哪位热心的朋友翻译成日文吧，但愿对方能看懂我的笔迹。如果看不懂，我下次就改用打字机打印。您寄来的丝绸和日本扇子的包裹还没有收到，十分遗憾。但是，您送给我们罗瑟玛丽的那枚漂亮的戒指，让她非常高兴。赫宁格小姐曾来信说她带来了您送给罗瑟玛丽的戒指，但不知道什么时候去汉堡，前几天我们的一个朋友去柏林见到赫宁格小姐，就把戒指带回来了。真是非常精致的礼物。我代罗瑟玛丽深表谢意。不过，现在还不能给她戴，我想先保管着，等她长大一点再给她戴。另外，我们在日本共同认识的那个朋友四月打算回日本，我想请他带点聊表心意的装饰品送给悦子小姐。这样一来，两个女孩身上就都有了友爱的象征。如果战争以辉煌的胜利告终，而且一切都恢复原样，到时候你们能到德国来吗？悦子小姐一定想了解一个崭新的德国。如果能接待你们这样的尊贵客人，我们该多高兴啊。

我猜你们也想知道我们家孩子的情况吧，每个孩子都和以前一样健康成长。彼得从十月开始和同学们去拜恩，他好像很喜欢那个地方。罗瑟玛丽从十月开始学习钢琴，大有进步。弗里兹的小提琴水平相当高，在孩子中长得最快，性格开朗活泼，在学校里和大家相处得很好。一年级时，弗里兹在学校还是半玩半读，现在已经非常适应学校的生活。最近孩子们在家时都会帮我干活，而且各有分工，弗里兹傍晚必须把家里所有的皮鞋擦干净；罗瑟玛丽负责烘干餐具，磨快餐刀，大家都很努力地干活。今天收到彼得的一封长信，他说在宿舍里也要干擦皮鞋、缝缝补补这些活，衣服和袜子都得自己整理。这些事情对于年轻人来说是非常好的锻炼。不过，我担心他们回家以后，又会把这些事推给我这个母亲。

我丈夫在一家进口商行工作，最近已经熟悉了业务，也从中国、日本进口货物，但因战争多少受到限制。

今年冬天很长，但没有去年那么冷。这地方晴天甚少，从十一月至今未见太阳露面。早春即将来临，想起在日本的时候，天气总是温暖和煦的，让人心情舒畅。我们一直留恋日本晴朗的天气。

要是能再次得到你们的消息，我们一定很高兴，希望可以听到你们的情况。照片禁止邮寄出国，十分遗憾。罗瑟玛丽最近要给悦子小姐写信。平时学校的作业很多，她要等到星期天才能腾出时间。彼得也会从拜恩去信的。孩子们喜欢亲近美丽的大自然，大概很少待在室内。我觉得这很好，居住在汉堡这样的大城市，就像憋在洞穴里生活一样。

请向悦子小姐转达我们，尤其是孩子们的问候。向您以及您的先生衷心致意。再次感谢您对我们的亲切挂念和深情厚谊。

您的希尔达·舒尔茨

一九四一年二月九日于汉堡

赫宁格小姐的来信用的是浅显易懂的英文，幸子大体能看明白。

亲爱的莳冈夫人：

请原谅我没有及时给您写信，因为我忙于寻找住处，实在没空。现在，我们终于住进一位老年朋友的家里。我们与他的儿子在日本时就已熟识，这位老人六十三岁，独居在一幢很大的公寓里，平时感觉十分寂寞，所以询问我们能否一同居住。我们幸运地遇到这样的好机会，非常高兴！

经过漫长却愉快的航海生活，我们于一月五日到达德国。在俄国国境因接受检疫而禁止外出的那段时间，自然不是很愉快，但可以说俄国人还是对我们尽了最大的努力。那里的饭食非常可怕，每天都是黑面包、奶酪、黄油和叫作“罗宋汤”的菜汤。我们只能靠打扑克、下国际象棋消磨时间。平安夜时我们点燃蜡烛，吃到了普通人吃的那种面包和黄油。你们无法想象我当时是多么怀念日本那个有母亲和弟弟们居住的家啊！然而过了六天，我们被带到一个车站，父亲和我坐在宽大崭新的双人座席上，对面是访问日本后回国的希特勒青年团的少年们。一路上我和他们谈天说地，忘记了长途旅行的疲劳。

在柏林，我们几乎感觉不到战争。剧场、咖啡馆都挤满了人，食品充足也很好吃。实际上，我们在旅馆、餐厅吃饭的时候，一般都会因食物太多而吃不完。气候的变化让我食欲大增，我不得不开始注意，不要使自己太胖。最近唯一让我们吃惊的是，街上有很多士兵和军官，他们身穿军装，仪态非常帅气。

我从这个月起进入俄国芭蕾舞学校。这所学校距离我家步行只要十分钟。老师在彼得堡学习过舞蹈，我们叫她格斯乌斯基太太。她亲自指导白天的练习，态度和蔼亲切，我每天上午十一点到十二点半、下午三点到四点半去学习。我希望尽快提高自己的水平。格斯乌斯基芭蕾舞团是由高年级的优秀学生组成的，最近刚从罗马尼亚友好访问回来，又要立即前往挪威和波兰。我希望两三年后也能加入这个芭蕾舞团。

最后，您委托的那枚送给罗瑟玛丽的珍珠戒指已经送到。我害怕丢失，不敢邮寄，两三天后，父亲的一位朋友从汉堡过来，我就把这个礼物委托给他，请他一定要亲自交给本人。今天我收到舒尔茨夫人的明信片，说已经收到您赠送的美丽的戒指，罗瑟玛丽非常高兴，并表示感谢。现在我把这封明信片一同附上。

这里的天气直到今天还很冷，但应该会逐渐暖和起来。你们想象一下吧，这里一月份的气温是零下十八度。不过，室内有暖气设备，舒服且温暖。德国房子的窗户都是双层的，比日本结实，没有缝隙，风吹不进来。

我去练习舞蹈的时间到了，就写到这里吧。期盼您的来信。

弗莉德尔·赫宁格

一九四一年二月二日于柏林

信中附有一张明信片，是汉堡的舒尔茨夫人寄给柏林迈尔奥拓街的赫宁格小姐的，通知说已收到戒指。

三十七

雪子在涩谷的大姐夫妇家里住到了三月底。其实完全可以住到结婚那天，但她还是不想住太久，更希望与芦屋的家人们共度婚前的时光，所以一到四月，她就迫不及待地回到了芦屋。

国岛传话过来，婚礼在二十九日天长节[1]那天举行，婚宴设在帝国饭店。御牧方面，子爵年迈不能出席，由嗣子正广夫妇代表。另外，御牧家希望婚礼不过于奢华铺张，但要尽量依照家族的规矩，在这个大原则下发送请柬。御牧家在东京的亲友自然都会来参加，关西方面的参加者也不在少数。因此，莳冈家在大阪的亲戚以及在名古屋的辰雄老家，即种田家的人甚至大垣的菅野遗孀也都要参加。这将是一场近年来少有的盛大气派的喜宴。

一天，御牧从东京来到芦屋，说甲子园的那栋房子已经腾出来了，请幸子、雪子一起去看看。房子坐落在阪神电车北面几百米远的地方，是一栋相当新的平房，夫妇俩雇个女佣一起居住正合适，尤其令人满意的是有一百多坪的院子。御牧就房间的布置，衣柜、梳妆台等的摆

① 第二次世界大战前对天皇诞辰的称呼，战后改称“天皇诞生日”。

放征求她们的意见，同时还提出新婚旅行的计划，打算结婚当晚就住在帝国饭店，第二天去京都向父亲问安，然后就去奈良，利用两三天时间游览春天的大和路。他一再强调这只是个人设想，如果雪子小姐不想去奈良，可以改去箱根、热海。幸子也不征求雪子的意见，就说“关东方面就算了，带她去奈良吧。我们虽然离奈良很近，却对大和的名胜古迹很不熟悉，妹妹甚至连法隆寺的壁画都没参观过”。御牧说在奈良期间想下榻纯日式的旅馆。尽管幸子曾在奈良的旅馆因臭虫吃过苦头，但还是推荐月日亭。御牧还说经过国岛先生的介绍，他已经决定在尼崎市郊外的东亚飞机制造厂工作。他曾在美国的大学读过航空学，又持有毕业证书，这些起到了关键作用。其实他毕业后没有从事过与专业相关的工作，对飞机制造一窍不通，不知道工厂具体会分配给他什么样的工作，虽然有点担心，但有国岛先生的面子，工厂给予的工资待遇相当高，这就更令人不安。不过，为了度过当前的时局，不论什么工作，都要紧抓住不放。等新婚旅行一回来，就立即投入上班族的生活。不过，他还是想利用业余时间研究关西的古建筑，为以后东山再起做准备。

御牧还问“小妹怎么样了”，幸子心头猛地一跳，平静地回答：“挺好的。她今天没过来。”不知道御牧是否知情，总之他没有再问下去，待了半天就离开了。

那个时候，妙子已经接近预产期，由阿春陪着悄悄从有马回到神户，住进船越医院。为了避人耳目，幸子等人不去医院，甚至连问候的电话也不打。住进医院的第二天深夜，阿春悄悄回到芦屋，报告说：“小妹胎位不正。院长说去年去有马之前检查时胎位还是正常的，可能是后来坐车颠簸等原因导致胎儿脚朝下。如果早发现，及时调整，还可以恢复正常，但现在临近生产，胎儿已经滑到骨盆，就很难了。不过，院长说保证产妇平安分娩，请家里人放心。”阿春汇报完就走了。

四月上旬的预产期过了以后，妙子还不见动静，也许因为是头胎，要稍微拖几天。

今年的樱花开始凋谢，贞之助想到再过半个月雪子就要出嫁，惋惜春光匆匆如流水，便打算出去春游以作纪念。然而，今年的形势比去年更加严峻，雪子在婚宴上更换的盛装由于政府颁布的奢侈品禁止令而无法定做新的，只好让小槌屋搜购旧货。从这个月开始，大米实行配给制度，菊五郎也不来大阪演出了。就连去年赏花的服装都要顾忌不能过于引人注目，今年更是顾虑重重。不过，赏花是每年必去的，今年也不例外，所以大家都尽量穿着朴素的衣服，于十三日星期天去了京都，也没去瓢亭，只是从平安神宫到嵯峨一带随便转了一圈。今年赏花依旧少了妙子，四人在大泽池畔静静地吃便当，把冷酒倒在漆碗里，冷清地互相传着喝，然后就回来了，都不知道究竟看了些什么。

第二天，早就大肚子的铃生了小猫。这只母猫已经十二三岁，去年怀孕时就没有力气分娩，靠打针催生。今年从前一天晚上就动了胎气，但一直生不下来，于是在楼下六叠房间的壁柜里给它做了一间产房，叫兽医来打了一针，小猫崽的嘴巴好不容易露出来，幸子和雪子轮流用手拉，才把它拉了出来。两人互不说话，不声不响地帮助老猫平安生产，其实心里在祈愿妙子也能够顺利分娩。悦子不时装作上厕所的样子，从楼上下来窥看，幸子说："小悦，快走开！小孩子不要看这个。"她们终于在凌晨四点左右帮助老猫产下三只小猫崽。幸子和雪子用酒精消毒过沾着血的双手，脱下已有臭味的衣服，换上睡衣正要钻进被窝时，电话铃突然响了。幸子心头一惊，拿起话筒，果然传来阿春的声音。她问道："怎么样？生了吗？"

"还没有。好像非常难产，已经阵痛了二十个小时。院长说阵痛微弱，打了催产剂。现在没有德国的针剂，只能用国产的，所以不见效。小妹一直不停地呻吟，身体难受得挣扎个不停。从昨天开始就没有吃任何东西，怪就怪在吐出来的东西是青黑色。她哭着说这么痛苦，肯定没救了，这次死定了。大夫不要紧，可是护士担心她心脏受不了。本来规定不允许打电话的，可是这情况，我不能不打。”

听了阿春的叙述，幸子还是无法明确把握实际情况，但她觉得如果只是因为没有德国的催产剂而让产妇痛苦，她还是可以想办法弄到手的。妇产医院一般都藏有一些好药，用于特殊的患者，她想亲自去医院恳求院长。雪子也说“事到如今，就不要再顾忌什么世人的议论了”，极力劝她去医院看望。这时，贞之助也起身走过来。他同意雪子的意见，说“我对三好承诺过，小妹的身体和婴儿由我负责完好地交给他，现在出现这种情况，不能置之不理”，他不仅让幸子马上过去，还通知三好立即去医院。

神户船越医院的院长是一位德高望重、医术精湛的专家。幸子去年向妙子推荐这家医院，不过她本人并不认识院长。她把家里珍藏的、如今已成为珍贵药品的尼可刹米、百浪多息、维生素 B 等注射剂都拿上了，心想说不定用得着。幸子走进病房的时候，三好已经先到了。从去年秋天以来，半年没见幸子的妙子含泪说：“二姐，谢谢你……我觉得这次不行了。”说完妙子又哭起来，手脚痛苦地挣扎着，还莫名其妙地吐出了一些非常肮脏黏稠的块状物。三好听护士说，这是胎儿的毒素从母亲嘴里吐出来了，可幸子觉得那些块状物像是婴儿出生后第一次排泄出的胎便。幸子急忙跑到院长室，拿出贞之助的名片给院长看，并拿出带来的注射剂，说：“大夫，我好不容易才弄到这些药品，都拿来了，就是弄不到德国生产的催产剂……不论多贵都不要紧，请您在整个神户寻找……不管在哪里，不管是谁，只要有……”幸子故意提高嗓门，状似疯狂，终于感动了心地善良的院长。其实这家医院还剩下唯一一支德国针剂，院长说着“真的就这一支”，很不情愿地拿了出来。极其神奇的是，注射完这一针后，也就过了五分钟，妙子忽然开始阵痛。

幸子亲眼看到相比国货，德国产品是多么优秀。接着，妙子被推进分娩室，幸子、三好、阿春坐在走廊的长椅上等待。只听妙子呻吟了两声，紧接着院长抱着婴儿急速跑出来，向手术室飞奔。在接下来的三十多分钟里，一直听见不停拍打屁股的声音，却始终没有婴儿的哭泣声。

妙子被推回病房，幸子三人围在病床周围，屏息凝神地倾听着，却只听到打声，可以想象院长在进行最后的努力，但仍是徒劳。过了一会儿，护士进来说道："非常对不起，婴儿降生前还是活着的，可是分娩时不幸死亡。我们用尽一切方法抢救，也注射了你们从家里带来尼可刹米，遗憾的是没能抢救过来。详细情况稍后会由院长说明。既然母亲已经为婴儿缝制了衣服，还是给婴儿穿上吧。"护士接过妙子在有马缝制的婴儿服，走了出去。不久，院长抱着婴儿的遗体走进来，满头大汗地说道："我不知道该如何道歉，我接生失败了。由于婴儿是倒位出生，我帮忙助产。托出婴儿时我的手滑了一下，没托住，结果造成婴儿窒息，这是极其罕见的事。我一直保证没问题，却出现这样大的失误，不知道该用什么话表示我的万分歉意。"幸子看着院长坦率地承认失误，觉得其实不道歉也没什么，对方却诚惶诚恐地谢罪，不禁对他真诚的态度产生一丝好感。院长把抱在怀里的婴儿给大家看。"是个女孩，你们看她多漂亮。我接生过很多孩子，不是恭维，我从没见过这么美丽可爱的女孩，要是能活着该多好啊！非常遗憾……"说罢，他再次道歉。婴儿的头发又黑又密，梳得整齐光亮，肤色白皙，两颊泛红，谁见到都会情不自禁地发出赞美。三人依次抱过婴儿，妙子忽然号啕痛哭起来，幸子、阿春、三好也泪水涟涟。"简直就像市松人偶……"幸子边说边凝视着婴儿那透明如蜡的艳丽脸庞，觉得这孩子身上仿佛附有板仓和奥畑的怨恨，不由得毛骨悚然。

一个星期后，妙子出院，遵照贞之助"只要不公开抛头露面便无妨"的意见，住到三好那里，由他照顾。两人在兵库租了一栋两层小楼，开始了夫妻生活。四月二十五日晚上，妙子悄悄回到芦屋，向贞之助夫妇、雪子告辞，同时收拾随身行李。她走上二楼那间以前居住的六叠房间里，只见里面摆满了雪子的各种嫁妆，琳琅满目，壁龛里也堆满大阪的亲戚以及其他人送来的贺礼。妙子虽比雪子先成家，但这件事却没人知道。她形单影只地从放在家里的东西中挑选出当前要用的物品，用蔓草图案的包袱皮包成一团，然后和大家聊了大约三十分钟，便悄然离开，回兵库去了。

妙子一出院，阿春也回到芦屋。等雪子出嫁后，她要请两三天假回尼崎的老家，好像是因为家里人想给她张罗相亲。

幸子动不动就沉浸在悲伤的情绪里，感慨人的命运就这样决定了，这个家将很快变得冷清起来，嫁女的母亲大概就是这种心情。雪子自从决定二十六日由贞之助夫妇陪同坐夜车去东京以后，随着日子一天天过去，更显得消沉。而且不知道怎么回事，几天前她开始肚子不舒服，每天腹泻五六次，服用若末止泻药和阿鲁西林也不太见效，到二十六日这一天还不见好。那天上午，在大阪冈米定制的假发送来了，雪子只试戴一下就放进壁龛。放学回家的悦子一下子就发现了，拿起来一边说“二姨的头很小啊”，一边戴在自己头上，特地到厨房给女佣们看，逗得大家笑起来。在小槌屋定做的婚宴上更换的礼服也及时送来，雪子看了一眼，嘟囔道“这要不是婚礼的衣裳该多好”。幸子不由得想起当年嫁给贞之助时也是这样，一点也高兴不起来，妹妹们问她的时候，她回答说“有什么可高兴的”，还写了两句诗给妹妹们看：

今日试衣又日暮，
此身出阁黯神伤。

那一天，雪子的腹泻还是没好，上火车后还在继续。

图书在版编目(CIP)数据

细雪 / (日) 谷崎润一郎著 ; 郑民钦译. -- 海口 : 南海出版公司, 2021.8 (2025.10重印)
ISBN 978-7-5442-8162-1

Ⅰ. ①细… Ⅱ. ①谷… ②郑… Ⅲ. ①长篇小说－日本－现代 Ⅳ. ①I313.45

中国版本图书馆CIP数据核字(2021)第085482号

细雪
〔日〕谷崎润一郎 著
郑民钦 译

出　版　南海出版公司　(0898)66568511
　　　　海口市海秀中路51号星华大厦五楼　邮编 570206
发　行　新经典发行有限公司
　　　　电话(010)68423599　邮箱 editor@readinglife.com
经　销　新华书店

责任编辑　张　锐
特邀编辑　胡　琪　杨雯潇　黎晓言
装帧设计　李照祥
内文制作　王春雪

印　刷　河北鹏润印刷有限公司
开　本　850毫米×1168毫米　1/32
印　张　20
字　数　500千
版　次　2021年8月第1版
印　次　2025年10月第5次印刷
书　号　ISBN 978-7-5442-8162-1
定　价　59.00元

版权所有，侵权必究
如有印装质量问题，请发邮件至 zhiliang@readinglife.com